Trevor Steele

# Sed nur fragmento

Trevor Steele

# Sed nur fragmento

### Originala romano

*3a eldono*

MONDIAL

**Mondial**
Novjorko
2020

**Sed nur fragmento**
Originala romano de Trevor Steele

3a eldono
(La 1a eldono aperis en 1987, la 2a eldono en 2012,
ambaŭ ĉe la eldonejo *Fonto*.)

**Fonto de la kovrilbildoj:**

1. **"Indiĝeno"** – William Macleod: *History in Portraiture*,
en: *Picturesque Atlas of Australia*, 1886

2. **"La Parlamentejo en Brisbano"** – *Queensland Railway and
Tourists Guide*, 1890

3. **"Papua New Guinea"** (Papuo-Nov-Gvineo),
foto el: *eGuide Travel*, 2010 (el: Vikipedio)

ISBN 9781595694072

www.librejo.com
www.bitlibroj.com

# Dediĉo:

Al
Edita, David kaj Hedi


kaj


Poul, Ken, Beverley, Ruth,
Vera, kaj Karel,
kiuj stimulis

# PROLOGO

## *Antaŭ ol dece retiriĝi*

La Iluminitoj de nia epoko unuvoĉe instruas, ke sur la plej reala nivelo, nekomprenebla por nia konscia intelekto, nek tempo nek spaco nek materio ekzistas sendepende de la agado de pensantaj estaĵoj, inter kiuj ni homoj okupas tre modestan rangon. Sekve la tuta historio, kiel ajn konkreta ĝi ŝajnu al ni, estas kvazaŭ drama prezentaĵo kun interkonsentitaj roloj surscenigata de niaj kaj aliaj Mensoj. Mi, nura bibliotekisto, ne kuraĝas nei tiun doktrinon; foje mi eĉ kredas ĝin ekkompreni, kvankam ĝi vertiĝigas min. Sed ofte mi ribelas kaj silente proklamas mian fidon je la sendependa reala ekzisto de salikoj kaj mevoj, rokoj kaj akvofaloj. Kaj dum preskaŭ sepdekjara observado mi konstatis, ke plej regas nian vivon ĝuste tiu laŭdire nur ŝajna tempofluo. Nenio pli doloras ol la forpaso de tio, kio meritas daŭron; nenio pli efike kuracas doloron ol la paso de pluaj jaroj. Freŝaj tomboj timigas kaj plorigas, centjaraj tomboj inspiras elegiajn poemojn.

Pardonu, karaj legantoj, mi ne intencis tedi vin jam en la unua alineo per miaj metafizikaj banalaĵoj. Mi eĉ ne kuraĝus tuŝi tiajn temojn, se mi ne scius, ke ili koncernas kaj konsternas ankaŭ vin kaj ĉiujn sentemajn civitanojn de nia transira kaj transiga epoko. Tamen ŝajnas – jen denove tiu vorto! – ŝajnas al mi ke, se la Iluminitoj pravas, vi kaj mi povas komploti por gajni etan venkon super tiuj kapturnaj leĝoj pri realo kaj iluzio. Se pensoj tiel tiranas la materian mondon, do ni pense *rekreu* la vivon kaj epokon de barono Nikolaj Ivanoviĉ Maklin!

7

Nu, trabaraktinte tiujn du alineojn, vi eble samopinias kun miaj konatoj, kiuj priridetas miajn folaĵojn kaj nomas min babilemulo. Hm, al ĉiu la propra talento! Mi bone konscias, ke mia rolo de senmalica kaj parolema revulo faciligas rilatojn kun aliaj, ĉar ili povas senti sin iomete superaj al mi; kaj tia rolo, iam akceptite kaj perfektigite, ne plu ĝenas min. Sed miaj konatoj ne scias, ke mi lernis ankaŭ silenti, almenaŭ pri unu afero. Nur nun mi perfidas la sekreton de mia vivo dum la lastaj ses jaroj: per tio, ke mi prezentas al la publiko tiun ĉi verkon.

Karaj legantoj, estas nun via vico prirideti min. Kia enuiga vivo, vi diros, kies "sekreto" estas nura libro neniel pornografia aŭ politike ofenda! Sed la vero estas, ke la naskado kaj aperigo de ĉi tiu libro pri Maklin prezentas la solan montopinton sur la malalta ebenaĵo de mia vivo. Mi devas konfesi, ke estas iom paradokse, ke la biografio de homo, kiu piedmarŝis sola inter kanibaloj de febriga tropika ĝangalo, estas verkita de maljuna babilemulo, kiu veturas per plena buso inter sia fraŭle komforta apartamento kaj sia universitata biblioteko. Certe mi ne rajtas pretendi ian "animan parencecon" kun Maklin. Permesu, ke mi mallonge klarigu, kial mi tamen aŭdacis transpreni la taskon.

La afero komenciĝis kiel rutina biblioteka laboro. Antaŭ ses jaroj iu studento P petis, ke mi helpu lin venigi tekstojn pri Maklin. P klarigis, ke li aŭdis, ke mi estas specialisto pri fremdaj lingvoj. (Fakte mi iom kompetentas pri kelkaj eŭropaj lingvoj, kio sufiĉas en mia lando por akiri reputacion de specialisto.) P volis verki disertaĵon pri la scienca laboro de Maklin post 1871. Mi antaŭvidis verkon en taŭge sensprita stilo destinitan esti legita de du aŭ tri severmienaj fakuloj kaj poste kovriĝi de polvo sur nevizitata breto inter aliaj mucidoraj disertaĵoj. Sen ia klarigo P formetis sian projekton; mi supozas, ke malgraŭ sia rusa deveno li trovis la manskribitajn tekstojn de la pasinta jarcento iom fortimigaj. Komence Maklin estis por mi nur nomo – kiu modere klera homo ne aŭdis pri li? Sed tuj, kiam ekalvenis dokumentoj el diversaj landoj, la materialo fascinis min. Mi jam regis, almenaŭ lege, la aliajn lingvojn de la amasiĝantaj tekstoj, kaj mia antaŭe iom supraĵa kono de la rusa rapide kaj ŝajne propraforte profundiĝis. Mia tuja konvinko, ke Maklin meritas plian konatecon, fariĝis konkreta deziro, ke *mi* entreprenu la taskon.

Sub la preteksto, ke senkulpa P daŭrigas sian studadon kaj ke mi nur plenumas liajn dezirojn, mi havigis el institucioj en multaj landoj ĉiujn haveblajn tekstojn; ĉion mi fotokopiis antaŭ ol resendi. Mi esploradis ĉiujn aludojn kaj la plej mikroskopajn piednotojn. (S-ro P, se hazarde vi nun legas ĉi tiun libron, bonvolu pardoni la bonintencan trompadon!) Komenciĝis stranga periodo de mia vivo, en kiu mi sentis inkubsonĝan timon, ke iu alia studento decidos diserti pri Maklin. Kiom da fojoj mi antaŭsuferis konflikton inter mia bibliotekista konscienco kaj la deziro protekti kontraŭ "ŝtelo" mian dokumentaron! Sen tia katastrofo mi atingis mian emeritiĝon kaj ĵetis min en la taskon, kies rezulton vi nun juĝu.

Kio plej stimulis min, estis la scio, ke dank' al miaj dokumentoj mi havas pruvojn por nepre modifi la ĝis nun ĝeneralan opinion pri Maklin. Se vi honeste respondus, karaj legantoj, ĉu vi ne akceptus la komenton de tiu recenzisto, kiu preterpase diris pri Maklin, ke li estas "eble nobla monumento, sed kiel homo nealirebla"? Kaj ĉu vi ne konsentus kun tiu profesia freŭdisto, tiu ununiveligisto de karakteroj, kiu sciigas, ke *ĉar* Maklin "metis malantaŭ sin la komfortojn de la civilizacio kaj la amon de virinoj", plej verŝajne li suferadis pro teruraj inhibicioj nevenkeblaj! Se vi obstinas legi, baldaŭ vi trovos, ke nia freŭdista amiko eĉ ne konis la faktojn. Iu literaturulo deklaris, ke moderna homo nepre trovas fremdulo homon (li aludis Maklin), kiu skribas Sciencon kaj Progreson per majuskloj. Jes ja, efektive Maklin skribis tiel, kaj nia jarcento laŭŝajne kun rikana ridetaĉo montris la naivecon de la progresisma kredo de la pasinta jarcento, tiu serena fido de niaj praavoj je solida, pliboniĝanta mondo sen ombro de metafizikaj duboj. Sed mi humile petas vin permesi al Maklin tian kredon, sen kiu li verŝajne ne trovintus la forton necesan por vivo ne tute senmerita. Cetere, Maklin ne plaĉus al modernaj literaturistoj, ili ne elektus kiel "heroon" iun, kiu neniam trovis la vivon teda, absurda aŭ naŭza. Sed nun vi legos, amikoj, ke nia generacio malgraŭ siaj Iluminitoj ne estas la unua, antaŭ kies okuloj la stabila fizika universo subite diseriĝis...

Kio permesis al mi korekti la ĝisnunan bildon de Maklin, estis la retrovo de lia *Privata Taglibro*. La mondo konis ĝis nun nur lian *Taglibron*, la rigore sisteman raportaron de la sciencisto kaj esploristo Maklin; ĝi prezentas al ni homon kapablan skribi kun nekredebla objektiveco pri la planoj de kanibaloj por lin manĝi, kaj tuj poste pri la temperaturo de la maro. Tiu menciita majuskligo estis la sola patoso, kiun li permesis al si. Sed la Maklin de la *Taglibro* ne estis la tuta homo. Mortante, li petis, ke oni bruligu la kajerojn de la *Privata Taglibro*; kial, ni povas nur konjekti. Tiu peto ne plenumiĝis. Ankaŭ pri tio ni havas nenian klarigon. Poste – feliĉe por mi – la *Privata Taglibro* kuŝis forgesita. Estus tede priskribi mian longan penadon por havigi ĝin; mi diru nur, ke nur eksterordinara bonŝanco kaj la komplezemo de nekonata arkivistino en fora lando ebligis sukceson.

Estu via konsolo, eltenemaj amikoj, ke en viaj manoj kuŝas ne originalaĵo mia. Mia tasko estis iom ordigi kaj editori tekstojn de Maklin kaj de iuj el liaj samtempuloj, foje enmetante klarigajn alineojn en mia tretanta prozo. Se vi ankoraŭ ne klake ĵetfermis la libron, vi meritas rekompencon. Do mi dece retiriĝu malantaŭ la kulisojn. Mi invitas vin formeti metafizikan cerbumadon kaj vojaĝi trans jardekojn kaj marojn...

Ni troviĝas ĉe la marbordo de la Verda Insulo, tiu tropika lando inter la Hinda kaj Pacifika Oceanoj. Vicoj da altaj, sovaĝe belaj montoĉenoj preskaŭ atingas la maron.

Eble unu kilometron for de la plaĝa strio kuŝas la rusa vaporŝipo *Vostok*. Kie sablo kaj ĝangalo sin alfrontas, staras haste konstruita kabano, en kiu troviĝas Maklin kaj liaj du servistoj. Ie kaj tie en la ĉirkaŭaĵo estas indiĝenaj vilaĝoj.

Nun vestu la scenon per profunda nokta mallumo. Nenia sono krom tiu de la ondoj kaj la noktaj insektoj. Ni eniru neobserveate la kabanon. Mezgranda barbulo sidas ĉe kruda ligna tablo. Flagreta kandelo dancigas saltemajn ombrojn.

# PARTO I

*Inter sovaĝuloj*

# La alveno

La okuloj de barono Nikolaj Ivanoviĉ Maklin estis ruĝaj kaj doloraj pro manko de dormo, sed li sciis, ke ne utilus kuŝiĝi. Eĉ se fine li sukcesus ignori la zumantajn moskitojn kaj mordemajn formikojn, lia menso tro aktivus por permesi endormiĝon. La ĝemado de Santamaria kaj Knabo, kiuj eĉ dormante preskaŭ ritme sin gratis kaj provis mortfrapi moskitojn, ne plu ĝenis lin. Iel ĝi harmoniis kun la regula muĝado de la ondoj. Sed en lia kapo zumadis interpuŝiĝaj impresoj, planoj kaj esperoj.

Kiel li sin liberigu de tiu pensosvarmo? Sen multe da atento liaj okuloj direktiĝis al la stako da kajeroj sur la tablo. Preskaŭ ĉiuj estis ruĝaj, sed ie kaj tie troviĝis verdaj. Aŭtomate li kalkulis la verdajn: unu, du... ses entute. La kajerojn li intencis uzi por sia *Taglibro* kaj desegnaĵoj, vortlistoj kaj resumoj de la indiĝenaj lingvoj. Subite li venis al decido, pli bone, la decido ekkaptis lin. Impulse li apartigis la verdajn kajerojn kaj sur la kovrilo de la unua li grandlitere skribis: *"Privata Taglibro, N. I. Maklin"*. Eble, se li sukcesus surpaperigi la pensojn, kiuj turmentadis lin, li trovus trankvilon. La pensoj nun forigendaj ne trovus lokon en lia oficiala *Taglibro*, ili estis tro sujektivaj, tro... privataj. Kia malforta vorto, "privata"! Liaj vortostoko kaj pensmaniero taŭgis por scienca raporto, sed pri intimaj aferoj li estis vera komencanto. Li preskaŭ turnis la kapon, esperante, ke neniu observas lian senhonte impulsan skribaĵon kun ĝia pompa parafo.

Sed ja estis observanto: la sciencisto Maklin mokete ridetis al tiu alia, pli privata Maklin. Ne estu tiel rigida, sin defendis la privatulo; kaj krome mi povas pravigi mian faron – jen mi tro-

viĝas en unika situacio eble neniam ripetiĝonta, mi estas la unua
blankulo inter la sovaĝuloj de ĉi tiu tute nova kaj tute antikva
mondo – ĉu la privataj impresoj de homo en tia situacio ne inte-
resus sciencistojn? Nu bone, indulgu vin, respondis la ankoraŭ
ridetanta sciencisto.

Facila venko! Sed kion li skribu? Ŝajnis neeble ordigi la ĥaoson
en lia kapo. Do li simple malfermis la kajeron kaj ripozigis la kra-
jono-pinton sur la papero. Mi ne provu trudi ordon, mi lasu ĝin
skribi tion, kion diktas la impulso – kaj jen, kvazaŭ sen lia volo la
krajono glitadis kaj aperis unuopaj frazoj:

> *Ho granda Kehl, mi promesas fari ĉion eblan por alporti mian*
> *ŝtoneton al via Grandioza Mozaiko.*
>
> *Kia poltrono Santamaria montris sin en la lastaj tagoj!*
>
> *Ĉu Teluli estos mia ĉiĉerono?*
>
> *"Aj Maklin! Aj Maklin!" Kiel oni nomas tiun metrikan piedon*
> *– ᴗ – ? Teluli vere trafis efikan funebran ĉanton!*
>
> *Ĉu fakte mi mortos ĉi tie? Ĉi-momente mi povas diri nur, ke ne*
> *gravas.*

Sed la disciplinita sciencisto intervenis por haltigi la svingiĝan-
tan manon. Ne, tio estas tro! Mi ne dronu en maro da subjekti-
vaĵoj – forŝiru la paĝon! Li elpoŝigis tranĉileton kaj zorge forigis
la ofendan paĝon, ĉar sinregemulo ne mistraktas paperon. Li ĉifis
la folion, ekstaris, kaj paŝis al la ekstera fajro, kiun li trovis dank'
al kelkaj ruĝaj punktoj. Li manovris la branĉetojn kaj blovis sur
la ardajn cindrojn, ĝis ili ekflamis. Li pendigis la ruĝan paperon
super la fajro kaj estis ĝin faligonta, kiam hazarde saltanta flamo
reliefigis la vortojn *Kia poltrono Santamaria*.

Ial li levis la paperon for de la fajro kaj snufis pro ĉagreno.
Lastatempe lia giganta servisto malplaĉis al la barono. La malno-
bla timego al la sovaĝuloj vekis ĉe Maklin malŝaton, sed krome
li bedaŭris, ke li mem estis tiel mise juĝinta Santamaria en la ko-
menco. En Suvo li sentis simpation al tiu senlabora grandulo, kiu
agrable baritonis kantojn el sia sudeŭropa hejmregiono. La homo

14

estis evidente fortulo, kaj volonte rakontadis pri siaj muskoloj kaj kuraĝo. Tiutempe Maklin favore komparis lin kun Knabo, la silentema miksrasulo, kiun li estis jam antaŭe dunginta. Ke Knabo lojale plenumos sian taskaron, kiel li mem asertis, oni povus supozi, sed li certe estus malgaja kunulo. Do, kiam Santamaria mem proponis sian servon al Maklin – kaj la ruso ne povis nei, ke la oftaj aludoj de Santamaria al la privilegio servi faman sciencistan efikis flate – la ideo ŝajnis bona. Se estus du servistoj por prizorgi la vere pezajn laborojn kaj tiujn de la ĉiutaga vivo, Maklin povus dediĉi sin des pli bone al sia laboro de sciencisto. Sed, kiam li forveturis de Suvo sur *Vostok*, la rilatoj inter la du servistoj fariĝis ofte malagrablaj, kaj Maklin supozis, ke ĉefe kulpas la blankulo, kiu prefere nomis Knabon "Bubo". La fanfaronaĵoj de Santamaria iĝis kun la tempo jam malpli kredindaj, kaj lia kantemo, lia plej alloga karakterizaĵo, malpliiĝis. Eĉ lia kripligado de la germana lingvo ekagacis. Estis almenaŭ bonŝance, ke same kiel Knabo li ofte laboris sur germanaj balenŝipoj, kaj rekta komunikado inter Maklin kaj la du servistoj estis ebla. Santamaria akiris sufiĉan vortostokon por esprimi sin rapide en krude simpligita formo, suverene ignorante gramatikajn konvenciojn. Maklin, por kiu la germana estis preskaŭ denaska lingvo, konsciis, ke li devas esti tolerema pri tiaj aferoj, sed li nun preferis la unuvortajn frazojn de Knabo al la fluaj barbaraĵoj de Santamaria... Kaj nun, post la alveno sur la Verda Insulo, la giganto montris tian liptreman teruron antaŭ la sovaĝuloj, ke Maklin ne sciis, ĉu senti koleron, malestimon, aŭ ian kompaton. Eĉ la plej altkreskaj el la "ŝimioj" (kiel Santamaria nomadis la sovaĝulojn, se ili troviĝis je protekta distanco) apenaŭ atingis la altecon de lia mentono. Ŝajne lia timo paralizis la famajn muskolojn; malgraŭ la propra okupiteco Maklin rimarkis, ke la iom gracila Knabo portas pli pezajn ŝarĝojn ol la renoma fortulo.

Skuante la kapon por forflugigi siajn ĝenajn pensojn pri Santamaria, li refoje eniris la kabanon. Nur nun li konstatis, ke li tenas en la mano nebruligitan folion. Do restu skribita, kion mi skribis! Provizore iom glatiginte la paĝon, li ŝovis ĝin en la kajeron.

* * *

Alia homo ne povis endormiĝi dum tiu varma nokto. Sur la fer-
deko de *Vostok* kapitano Boris Miĥajloviĉ Oŝaklin paŝadis tien
kaj reen. Dum preskaŭ la tuta vivo li ĝuis profundan, refreŝi-
gan dormon, li rigardis sian dormon kiel integran parton de sia
sana, devokonscia kaj pia vivo. Sed ĉi tiu vojaĝo interrompis tiun
agrablan rutinon; ekde la forveturo de Peterburgo lin ofte vizi-
tis dum la nokto senformaj aŭguroj pri ia katastrofo. Kiom da
fojoj li cerbumadis, ĉu io terura minacas lin aŭ lian familion, la
Dinastion, la Patrolandon kaj ĝian sanktan Eklezion; sed tiuj sen-
nomaj fantomoj de la nokto rifuzis perfidi sian celon! Komence li
fervore preĝadis, ke Dio aŭ forprenu de li la malbenon aŭ alme-
naŭ rivelu la naturon de la minaco, por ke li laŭeble faru kon-
traŭpaŝojn.

Iom post iom venis al li la konvinko, ke liaj inkubsonĝoj iel
rilatas al la ĉeesto sur *Vostok* de barono Maklin, kiu ja surŝipiĝis
en Peterburgo. En la ĉefurbo li ricevis la vojaĝinstrukciojn kuti-
majn por kapitano de militŝipo, sed krome la komision trans-
porti la scienciston Maklin al la Verda Insulo, kie loĝis ĝis nun
nur sendiaj ŝtonepokuloj. Ĉu eble la mistera vojaĝo de Maklin
estas ŝtoneto en la monda strategia mozaiko de la Patrolando?
Tion Oŝaklin forte dubis, ĉar finfine ĉiuj opiniis la baronon ate-
isto; laŭdire oni forsendis lin de la peterburga universitato pro
politikaj kialoj, eĉ antaŭ ol li fariĝis disĉiplo de la fifama dio-ne-
anto Kehl en Heidelberg. Sed finfine la Fingro de Dio foje skribas
per kurbaj linioj, ĉar laŭ alia onidiro Maklin nun estis favorato de
iu altrangulo, eĉ, kelkaj flustris, de ĉefduko Dimitrij mem.

Leginte pri sia tasko transporti Maklin kaj liajn kestegojn da
sciencista materialo al la fora insulo, la bona kapitano preĝe petis
konsilon. Li ricevis la respondon, ke oni abomenu pekon sed
amu pekulon. Vere li ja abomenis ateismon, kiu kondukas ne
nur al pereo en la transa mondo sed ankaŭ al orgojlo, malobe-
emo, ribelado kaj anarkio sur la tero. Tamen li promesis al sia

Kreinto klopodigi sin por montri al Maklin tiom da amo, kiom al normalaj homoj.

Komence li rilatis tre singarde al la ateisto. Li observis, ke la homo estas almenaŭ tre laborema kaj neniam enuas, vera maloftaĵo ĉe nobeloj dum longa vojaĝo. Maklin ĉiam trovis ian okupiĝon: se li ne studis ian ekzotan fiŝon aŭ spongon aŭ birdon, li mezuris la temperaturon de la maro aŭ aero, aŭ faris notojn pri la marfluoj, la ventoj, la nubformiĝoj aŭ io alia, kio iel rilatis lian metion. Ŝtelobservinte la scienciston, Oŝaklin foje balancis la kapon: komprenebIe Dio permesas, ke la homoj iomagrade esploru la aferojn de la fizika mondo – neniu kapitano de militŝipo povus ignori sian devon uzi la rezultojn de sciencaj esploroj por pli bone defendi la Patrolandon. Sed ĉe Maklin evidente temis pri pli ol nur serĉo al utilaj praktikaj scioj; tiuj pale bluaj okuloj volis penetri en misterojn de la universo, senpermese legi la Menson de Dio, je kiu li ne kredis. Jes, decidis kapitano Oŝaklin, tiuj okuloj perfidas ion mefistofelan...

Konfesendas tamen, ke la barono faciligis al sia gastiganto la taskon montri amon al la pekulo. Li estis ĉiam modesta kaj ĝentila, lia konduto estis senscepte inda je denaska nobelo, kaj li neniam blasfemis, drinkis, rakontis fiŝercojn, ludis kartojn aŭ alimaniere diboĉis. Eĉ liaj manĝokutimoj estis spartanaj. Entute, Oŝaklin konstatis, lia vivmaniero estas multe pli edifa ol tiu de amaso da nobeloj, kiuj nomas sin kristanoj kaj rusoj. Malgraŭ sia juneco – certe li aĝis malpli ol tridek jarojn – la barono aspektis jam kvardekjara, sed ne laŭ la maniero de antaŭtempe elĉerpita diboĉulo. Oni povus vidi en li ian asketon. Liaj malgrasaj trajtoj perfidis ian internan energion, kiu aŭguris intensan sed probable mallongan vivon – oni neeviteble pensis pri tro rapide brulanta kandelo. Kaj tiuj boremaj okuloj... cetere ili estis ankaŭ sorĉe belaj.

Kun la paso de la semajnoj la konsternaj ecoj de la juna barono stompiĝis en la menso de la kapitano, kiu trovis, ke li agrable anticipas la ĉiutagan ĉeeston de sia gasto en la kapitana manĝosalono. Maklin malofte iniciatis temon – kaj certe li neniam trudis sian fian nekredon – sed se oni alparolis lin, liaj respondoj estis kutime interesaj kaj foje amuzaj. Foje ankaŭ enigmaj... sed nu, li studis ĉe germanaj universitatoj, kie onidire simpla lingvaĵo estas rigardata kiel pruvo de supraĵa menso.

Fine Oŝaklin trovis ke, eĉ se en la koro de Maklin troviĝas senfunda abismo, en kiun neniu kristano povus ĵeti rigardon sen tremi, aliflanke li alte estimas la homon. Se antaŭe li supozis, ke iel Maklin kulpas pri liaj inkubsonĝoj, nun li timis, ke Maklin estas ne iu sendito de la Inferulo sed la celata viktimo.

Tiu estimo al Maklin cedis lokon al senkaŝa admiro en tiu tago, kiam la sciencisto surbordiĝis. Ili estis veturintaj jam kelkajn tagojn laŭ la marbordo de la Verda Insulo, kiam Maklin fine petis la kapitanon haltigi *Vostok*, ĉar li elektis lokon por konstruigi sian kabanon. Dio mia! pensis Oŝaklin, ĉu li fakte planas restadi sur tiu pagana plaĝo inter Dio-scias-kiom da miloj da kanibaloj? Vidu, laŭ tiuj fumkolonoj estas multaj vilaĝoj en la ĉirkaŭaĵo – kaj kun Maklin estas nur du servistoj, unu senvalora grandbuŝulo, kiu ne protektus la propran patrinon, kaj unu ŝtonvizaĝa duonsovaĝulo, kiu eble mem manĝus la baronon, se oportuna momento sin prezentus.

Maklin preskaŭ febris pro deziro renkonti la sovaĝulojn, kiuj nun videble amasiĝis sur la plaĝo. El sia kajuto li portis amason da buntaj ŝtofopecoj kaj aliajn donacetojn. Ĝentile li malakceptis la proponon pri pafilportanta eskorto, sed petis boaton. Kaj jen li foriris, ordoninte al Santamaria kaj Knabo remi direkte al la svarmaj homfiguroj. Kapitano Oŝaklin povis nur preĝi kaj sekvi la boaton per binoklo. Kiam la boato estis nur eble ducent metrojn de la bordo, la sovaĝuloj minace gestis kaj skuis siajn lancojn. Oŝaklin klare vidis, ke Maklin energie instigas al siaj du servistoj daŭrigi la remadon. Tion vidante, la sovaĝuloj ekpanikiĝis; unuopaj ili forkuris, tiam en vicoj, fine amase ili malaperis en la ĝangalon. La sceno estis amuza. Kial ili tiel fuĝu antaŭ unu boateto kun tri homoj? Sendube la ĉefa motivo, konkludis Oŝaklin, estas la ĉeesto de *Vostok*; oni povus imagi, ke por primitivuloj tiu modere granda militŝipo kun elvomata nigra fumnubo prezentas timigan vidaĵon.

Do la plaĝo estis senhoma, kiam la impeto de la lasta ondo portis la remboaton sur la deklivan sablon kaj lasis ĝin sur la brile malseka surfaco. La tri viroj elsaltis. Sed kio okazas nun, Oŝaklin demandis, iomete ĝustigante la lenson de la binoklo: Maklin ekkaptas manplenon da ŝtofopecoj, diras ion al la servistoj, kaj kuras al areto da malaltaj arboj – jes, kaj nun li postĉasas sovaĝulon, kiu ne fuĝis kun la aliaj... jen la sovaĝulo haltas, li vidas, ke Maklin ne portas armilon... Maklin donas al li pecon da ŝtofo... eble ruĝan, sed de ĉi tie ĝi aspektas nigra... la sovaĝulo akceptas la donacon... volvas ĝin ĉirkaŭ la kapon. Kaj nun? La sovaĝulo krias ion direkte al la ĝangalo... de tie aperas aliaj, etpaŝe alproksimiĝante... ankaŭ al ili Maklin proponas ŝtofon... ili akceptas, volvas la kapon... iu sovaĝulo nun proponas ion al Maklin... jes, estas kokoso... Maklin trinkas el ĝi kaj alvokas siajn servistojn, ke ili faru same...

Jes, verŝajne mi atestis historian scenon, pensis kapitano Oŝaklin, paŝante sur sia ferdeko dum tiu varma nokto. Kuraĝon li ja havas. Kiel ruso mi fieras pri li, eĉ se li estas... Jam delonge li ekdubis, ĉu Maklin vere povas esti ateisto. Ĉu ateisto ricevus tian gardanĝelon, kia tiu unua sovaĝulo sur la plaĝo? Estas mirinde, kiel Maklin kaj la sovaĝulo... Talula, Tilule, aŭ kiel ajn li nomiĝas... senvorte komprenas sin reciproke. Evidente Tulale (iliaj nomoj sonas kvazaŭ la komenco de kanto) mem konscias pri sia gardanĝela tasko. Kaj antaŭhieraŭ, kiam mi denove provis konvinki Maklin forveturi kun ni kaj ne sensence oferi la vivon, mi estis certa, ke la sovaĝulo komprenas kaj volas subteni min. Neniam mi forgesos lian mimadon de la venonta atako kontraŭ Maklin kaj la posta kanibala festeno! Vere trafis min en la medolo, kiam li ululadis "Aj Maklin! Aj Maklin! Aj Maklin!" Neniu povas dubi, ke li volas savi Maklin. Se ĉiuj barbaroj similus lin, ni povus trankvile forveturi...

Lia paŝado haltis, liaj piedoj dummomente paraliziĝis. Subite li ricevis ian klarigon de la tuta afero. La "Aj Maklin!"-lamentado iel kunfandiĝis kun la senformaj ombroj de liaj inkubsonĝoj, la sono ŝajnis eliĝi el la gorĝoj de tiuj ombroj mem, kaj nun la ŝanĝiĝemaj figuroj finfine perfidis sin, alprenis konkretajn trajtojn: la terurajn trajtojn de verdinsulaj sovaĝuloj rikane invitantaj iun karan homon – ĉu Maklin aŭ Oŝaklin mem? – al naŭza festeno, kies menuo estas nekonata... "Aj Maklin!"

Oŝaklin devigis siajn plumbopezajn krurojn porti lin al la kajuto. Estis kvazaŭ li ĵus vekiĝus el febraj sonĝoj kaj estus ankoraŭ malsaneta sed kapabla trankvile dormi. Morgaŭ, li promesis, mi rakontos ĝin al Maklin, sed nun mi dormu profunde...

\* \* \*

Lia nomo estis Renato Santamaria. Jes, Renato. Sed kiom da homoj sciis, ke la patrino nomis lin Renato, kiom eĉ volis scii pri tio? Kiun interesis lia malfeliĉa sorto? Neniu iam demandis pri lia patro, kiun li neniam konis (cetere ankaŭ la patrino dubis pri la identeco de la patro). Ĉu li kulpis pri tio, ke li naskiĝis "ekster la sanktaj ligoj de la geedza lito benita de Nia Patrino la Eklezio", kiel pastro Sorin iam tondris? Ke li perdis sian karan panjon en sia deka jaro, devis poste vagabondi kun ŝia mizeraĉa cirkotrupo, kaj fine eskapis perŝipe kaj trovis de tempo al tempo maristan laborlokon – ĉio ĉi tio estis tute egala al la stulta, egoisma mondo.

La sardona Fortuno kreskigis lin, ĝis li staris pli ol du metrojn alta kaj pezis pli ol cent kvardek kilogramojn. Lia plena staturo donis al li prokrastitajn indicojn pri la nomo de lia patro, sed ĉu li estis enviinda pro tiaj korpodimensioj? Neniel! Ĝuste tia homo estas natura celo de ĉiu duonebria muskolulo deziranta pruvi sian batalkapablon, kaj la malica sorto regule sendis al li tian alkoholspiran kverelemulon. Pro sia nemeritita malriĉeco Santamaria ĉiam trovis sin inter sociaj malaltranguloj (tiu bone edukita oficiro Grone el Dresdeno klarigis al li, ke ĝustadire oni nomas tiajn homtipojn "damna broletaro" – tiu scio iom konsolis Santamaria). Verdire, ili volis nur drinki, interbatiĝadi kaj amori kun virinaĉoj. Kiam la sorto puŝis lin al la pacifikaj insuloj, San-tamaria komence sentis embarason, irante al malhelhaŭtulinoj. Sed ankaŭ tion oficiro Grone metis en la ĝustan perspektivon; se blankulinoj ne estas haveblaj, estas neeble eviti "moralan gom-bromidiĝon".

Kio pleje ĝenis pri lia giganta staturo estis, ke ĝi estis trompa tiusence, ke ĝin ne akompanis la atendeblaj forto kaj batalemo. Jam tri fojojn oni terure pugnodraŝis lin, kaj lia natura emo estis forkuri de eblaj rivaloj. Sed kun la tempo li lernis utiligi la avantaĝojn ŝajne donacitajn de la naturo. Se li sukcesis krei la impreson, ke li estas eĉ pli granda kaj forta, ol li aspektas, la bate-muloj kutime refoje pripensis sian distran intencon. Do Renato Santamaria, kies koro estis milda, ekfanfaronis. Kaj li plue fan-faronadis. En sobraj momentoj li devis konfesi al si, ke li fariĝis nura bombastulo, sed fine neniu homo estas perfekta. Kaj oni ne kredu lin stultulo; foje li konsciis, ke li daŭrigas la pozon de nevenkebla heroo eĉ en situacioj, kie ĝi estas superflua.

Unu puran donacon li ricevis de Dio, nome la kapablon kanti. Tio fakte devigis lin refoje dubi pri la identeco de sia patro, sed ĉiukaze la afero ne plu gravis. Li amis la propran voĉon, kaj ne senkiale. Li alprenis la rolon de bonvola, belvoĉa egulo, kiu tamen laŭbezone fulmorapide konvertiĝus en timegigan Tita-non, povantan frakasi aron da ursoj per unu bato. Sed en sia koro li sopiris al societo de agrablaj homoj, kiuj instigus lin kanti kaj sendebate akceptus lin kiel amindan fortegulon.

La alveno de *Vostok* en Suvo ŝajnis proponi al li ŝancon por trovi tian homgrupon. Iun vesperon li hazarde vidis en havena drinkejo kelkajn rusajn oficirojn kaj barbulon, pri kiu oni flustris, ke li estas la mondfama sciencisto Maklin kaj serĉas serviston, kiu helpos lin, dum li laboros sur iu tropika insulo. Santamaria iom studis la vizaĝon de la maldika sciencisto kaj trovis ĝin simpatia; kun tiaj okuloj la ruso estis probable eĉ pli klera ol Grone. Santa-maria permesis al si dummomente revi. Jen li, jam tri monatojn senlabora, kaj la mono preskaŭ elĉerpita. Kio estus preferinda: denove devi stari sur la ferdeko de iu fetora balenŝipo en glaciaj ventegoj; aŭ kanti kaj foje laboreti sur bela tropika insuleto, dum tiu agrabla barono faras sian mondfaman ŝiencon?

Subite la drinkejo estis plena je la verva melodio de sudeŭropa popolkanto. Ĉiuj turnis sin al la angulo, el kiu venis la tre plaĉa voĉo, kaj vidis, ke la grandega kantanto ekstaris kaj iom post iom antaŭeniĝas, ĝis li staras en la mezo. Ritme Santamaria svingis la brakojn, tiam li manklakis tiel infekte, ke ĉiuj imitis lin. La aero vibris laŭ la gaja ritmo. Fininte tiun kanton kaj ricevinte entuziasman aplaŭdon, la grandulo ĵetis kelkajn germanlingvajn ŝercetojn direkte al la rusoj (ne necesis anonci, ke ili estas pruntitaj de lia antaŭa kolego, la erudiciulo el Dresdeno). Santamaria supozis, ke almenaŭ kelkaj el ili komprenos la lingvon de Goethe kaj Grone, kaj li ĝojis, vidante, ke li rikoltas ridon de preskaŭ ĉiuj, inter ili Maklin. Nun estis tempo por alia kanto, ĉi-foje tre melankolia ario, kiu plorigus ŝtonan muron. Estis nenia alia sono en la drinkejo krom la soranta kaj falanta ortona plendo pri perdita amo. La lasta vokalo mortadis longe kaj solene. Kortuŝite, la giganto faletigis la kapon. Post emociiga paŭzeto la ne plu elteneble funebra etoso cedis al la tondro de aplaŭdo kaj krioj de "Hura!" kaj "Pli da!" Tuj Santamaria fariĝis denove gaja farsulo, kantante kaj dancante tiamaniere, ke neniu mano aŭ piedo restis senmova.

Tiu ero, li sciis, estas taŭga finalo. Malgraŭ ĉiuj instigaj krioj li rifuzis plu kanti, sed nur modeste demandis, ĉu iu regalus bieron al mortsoifanto. La logilo efikis. Unu el la oficiroj de *Vostok* tuj invitis la kantinton aliĝi al ilia grupo kaj kuntrinki. Kaj bonŝance, oni liberigis por li sidlokon tuj apud Maklin.

Dum la posta babilado Santamaria ne preterlasis mencion de la propraj superaj fizikaj kvalitoj kaj de la fakto, ke li troviĝas "brovizore" (tre utila termino ŝuldita al iu konato) sen laboro. Aliflanke li esprimis senliman admiron al la mondfama ŝienco de la sinjoro doktoro brofesoro barono Maklin, kvankam la detaloj de tiu famo momente eskapis for de lia memoro. Ĉiukaze estus brivilegio meti sin je la servo de la barono, kaj la sinjoro barono povus esti certa, ke neniu damna broleto aŭdacus montri sin imberdinenta, se Renato Santamaria ĉeestus. Pri la kapablo de la modestulo porti pezajn ŝarĝojn, nu, se oni bonvolus nur rigardi liajn brakojn...

Videble la barono hezitis, sed post nelonge li konsentis dungi Santamaria. La nova servisto jam revis pri estontaj okazoj, kiam li sidos inter gapantaj admirantoj, rakontante: "Kiam mi kaj Maklin tiutempe..." Eble la Fortuno pentis pri la longaj jaroj da ruzoj kontraŭ Santamaria.

Tamen la elreviĝo venis tre rapide. La tagon de la forveturo li eksciis, ke Maklin jam havas ankaŭ alian serviston, tiun produkton de hazarda koito de morale gombromidita blankulo kun polinezianino. Knabo estis ja duonŝimio, kaj la alia genera duono, pri tio Santamaria eĉ vetus, estis certe broleta. Kaj brute malbela! Lia vizaĝo similis al... kaj Santamaria longe serĉadis trafan esprimon... al merdotruo de mulo. Li fiere ridetis pri tiu elpensaĵo, kvankam estis eble, ke Grone iam diris ion tre similan. Oni ne tro insistu pri fizike reala simileco de la vizaĝo de Knabo kaj tiu korpoparto de mulo, sed estis ja io muleca pri la malgrasaĉulo; oni neniam povis diveni, kion li pensas aŭ sentas, li eĉ statuosimile toleris, ke oni nomu lin Knabo. Kia stulta, nenionsignifa nomo, kaj li estis eble jam tridek-kvinjara! Por piki la ledan stoikecon de la alia servisto, Santamaria nomis lin Bubo, kio almenaŭ iom sukcesis, ĉar dum ono de sekundo Knabo mishumore sulketigis la frunton. Aliflanke tre incitis la blankan giganton, ke Knabo kvitancas liajn bombastajn aŭtobiografierojn per plene apatia manko de esprimo. Maklin ne intervenis en la interrilatoj de siaj servistoj, sed Santamaria estis tro inteligenta por ne intuicii, ke la mastro verŝajne simpatias pli kun la duonŝimio. Ha! Kiel oni kontentige traktu tian ulon? Al Maklin Santamaria sincere volis plaĉi, li volonte agnoskis, ke la barono estas supera homo, eĉ se malpli ema ol Grone transdoni la fruktojn de siaj spertoj kaj pensado al subuloj.

La vojaĝo sur *Vostok* estis sufiĉe elreviga, sed imagu la ŝokon de ĝia fino! La nomo "Verda Insulo" supozigis al Santamaria idilian koralinsuleton kun kokospalmoj, kristale klaraj rojoj kaj buntaj birdoj – kaj kompreneble meduzoj, spongoj kaj tiel plu, por ke la barono sin okupu. Sed kio fakte estis tiu "Verda Insulo"? Duonkontinento kun aĉaj montegoj kaj ĝangaloj naŭzaj pro pikinsektoj kaj hirudoj, kaj sendube ankaŭ serpentegoj, leonoj kaj elefantoj! Sed tiuj aĉaĵoj estis nenio kompare kun la ferocaj kanibaloj! Neniam la ideo venis al Santamaria, ke ili vivos inter homoj – se tiu vorto trafis. Kaj nun, ĉiuflanke oni vidis milionojn da ŝimioj kun krajonoj tra la nazo kaj ŝarkodentoj pretaj formanĝi *ion ajn*, kaj ĉirkaŭ la talio ili portis *homajn* ostojn, eĉ kraniojn! Se vi turnas al ili la dorson – ŝunk! tuj estas lanco inter viaj skapoloj kaj ilia kuirkaldronego atendas vian kadavron. Neniu supozu, ke Renato Santamaria ne aŭdis pri tiaj aferoj el la buŝo de almenaŭ unu alte edukita homo! La sola saviĝo por blankuloj estas ĉiam resti kune, kaj la plej bona loko estas ĝuste en la mezo de la grupo.

Santamaria ne estis stultulo, li vidis, ke ekde ilia alveno (kaj li tremis, memorante la unuan remveturon) Maklin estas en preskaŭ ekstaza stato. Nur tiel oni povus klarigi lian kolosan naivecon pri la ĉefspiono de la ŝimioj, tiu ruzaĉa Teluli, kiu ĉirkaŭtrotadis, ĉion gvatante kaj flarante kaj prezentante pantomimon. Evidente Maklin plezure gestis kaj balbutis kaj gruntis responde al la kanibalo, baldaŭ li konis eĉ kelkajn vortojn de la lingvaĉo. Sed ĉu tia afero estas ŝienco? Kaj iun tagon Teluli faris alian pantomimon, pleje evidente antaŭfrandante venontan festenon kun la blankuloj sur la menuokarto: subite li ekhojlis "Aj Maklin! Aj Maklin!" kaj la sango de Santamaria glaciiĝis en liaj vejnoj, lia cerbo simple idlis. La satana hojlado reportis lin al preĝeja benko, kie li, eta knabo, terurite kaŭris en la angulo, dum la pastro imitis la kriegaĉojn de la damnitoj en la infero.

Rigardante, foje eĉ helpante, la rusojn konstrui la kabanon, Santamaria devis memori rakontojn de sia saksa mentoro pri arabaj ekzekutotoj, kiuj devas unue elfosi la propran tombon. Kaj ĉiufoje, kiam Maklin venigis ankoraŭ alian kestegon, lia grandega servisto pli tristiĝis, ĉar ĉiu kesto signifis eĉ pli longan restadon en tiu hadesa loko. La nombro da kestoj estis simple nekredebla – ĉu la barono vendis sian tutan bienegon en Ruslando por aĉeti sciencistajn ludilojn kaj rubaĵojn donacotajn al la sovaĝuloj (li memoris, ke en la cirko li ĵetegis viandopecegojn al la leonoj kaj tuj forkuris, por ne aldoniĝi al la manĝo).

Kaj fine venis la horo, kiam *Vostok* estis forironta. Rigardante la nigran fumkolonon, li nostalgie sopiris al la sekureco kaj bonaĵoj de la civilizacio. Laŭ la ordono de la mastro li staris preta hisi la rusan flagon apud la kabano, kiam senaverte ĉiuj mizeroj de lia tuta vivo kungluiĝis en pezegan amason kaj preme falis sur lian kapon. Liaj kruroj ne eltenis, ili kvazaŭ kunfaldiĝis, kaj li trovis, ke li sidas sur tiu malamata tero kaj ploras, ploradas... neniam post la morto de panjo li tiel amare ploris. De ie venis la voĉo de Maklin, ĝia tono fine fariĝis kolera, sed Santamaria ne volis aŭdi ĝin, ĉu oni ne vidis, ke li estas sentema homo pistata de senkompata sorto, kondamnita al baldaŭa kaj dolorega morto?

Nun la voĉo de Maklin estis tute proksima: "Santamaria, *Vostok* ekmoviĝas, bonvolu hisi la..." La kolera tono cedis al alia, duone malŝata, duone kompata: "Vidu, ni povas ankoraŭ haltigi la ŝipon. Ĉu mi remu vin al ĝi?"

Santamaria hontis levi la kapon, ankoraŭ la plorado ne permesis al li paroli. Sed iom post iom lia korpego ĉesis tremi, li viŝis la nazon kaj okulojn per la maniko, kaj diris per voĉo strange firma kaj decida: "Mi resti. Vostok danĝera. Fortuno decidi."

Kaj li restis.

Tiun vesperon Santamaria daŭre miris pri tiuj siaj vortoj. Li certe ne antaŭpensis ilin. Li mem ne sciis, kion li diris, ĝis la vortoj estis diritaj. Ĉu entute estis li, kiu parolis? Kaj kion la parolo signifis?

Dum kelkaj horoj Santamaria parolis proksimume tiom, kiom lia miksrasa kunulo. Lia humoro permesis al li eĉ ne unu fanfaronaĵon.

\* \* \*

25

Tiun nokton Maklin sciis, ke baldaŭ li kapitulacos al nerezistebla ondo de forgesiga dormego. Dum la kvin tagoj post la surbordiĝo li ja laboregis kaj tre malmulte dormis, sed la febra ekscitiĝo kaj frenezeta energio de la pasintaj tagoj nun senteble malflusadis. Li elpensis alian komparon: estis kvazaŭ gitarkordo pograde perdus sian streĉitecon.

Do eble estis malbona ideo, ke li mem deĵoris dum la unua gardoperiodo de la nokto. Kion li povus fari en duondorma stato, se sovaĝuloj atakus? Eĉ Knabo – mencii Santamaria estis tute superflue! – insistis, ke nun, post la forveturo de *Vostok*, la sovaĝuloj probable fariĝos pli atakemaj. Maklin estis certa, ke la samvilaĝanoj de Teluli ne atakus, sed estis aliaj vilaĝoj ne tre malproksimaj, kaj Teluli mem tre insiste avertis kontraŭ iliaj loĝantoj, tio estis ja la celo de lia neambigua drama prezentaĵo. Endormiĝi povus esti danĝere, eble li devus veki Knabon pli frue ol interkonsentite.

Por forpuŝi la siblan ŝaŭmon de la unua dormondo, li malfermis la jam duonplenan ruĝan kajeron. Baldaŭ mi komencos Volumon II de mia oficiala *Taglibro*, li diris al si. Jam estis en ĝi multaj desegnaĵoj, inter ili unu de la kapo de lia amika sovaĝulo Teluli. Frapis lin la penso, ke estas mise nomi Teluli sovaĝulo, kvankam li ĝis nun senpense uzadis la vorton por ĉiuj verdinsulanoj. Eble mi baldaŭ modifos mian tutan vortostokon, li ridetis al si; estas absurde, ke la mizerulo Santamaria nomas tian homon, kia Teluli, simio (eĉ pli absurde, kiam li bizare prononcas ĝin "ŝimio"!). Ĉu estas malpli absurde, ke mi mem uzas la terminon "sovaĝulo"?

Unu paĝo de la *Taglibro* havis la titolon "Arboj". Li relegis la detalojn. Laŭ profesoro Bauer en Peterburgo preskaŭ ĉiuj tropikaj arbospecioj rapide putras post faligo, kaj li devis atendi, ke la kabano baldaŭ parte aŭ tute ekputros. Fakte li ne konis la tieajn arbojn pli bone ol la maristoj, sed li persone kontrolis la devenon kaj utiligon de ĉiu lignopeco de la konstruaĵo. Eble tiel li evitus kelkajn venontajn miselektojn, se liaj notoj estus kompletaj. Ankaŭ la transportadon kaj elpakadon de la kestegoj li rigore kontrolis, ĉar multaj pecoj el lia ilaro facile rompiĝus; kaj kie li trovus anstataŭajn?

Se la maristoj sentis ian ĝenon pro lia milda tiranado, ili ne vidigis ĝin. Ili laboradis bonhumore, fajfante kaj ridante. Amuzis lin, ke tiu monstro Santamaria ĉiam restadis en la mezo de ilia grupo. Unu fojon ili flustre interkomplotis kaj, kiam Santamaria preparis teon, ili silente forŝteliĝis, lasante la ulegon sola. Kiam ili atingis ioman distancon for de li, unu el ili subite eligis raŭkan kriegon, supozende kanibalan militdeklaron. La panikiĝo de la krete pala homo ridegigis ĉiujn. Sed ili ne plu faris tian ŝercon, eble pro ia sento, ke tio estis tro, eble pro la admono de kapitano Oŝaklin kiu, hazarde aŭdinte pri la afero, vicigis la kulpulojn kaj solene memorigis ilin, ke ili reprezentas Ruslandon kaj la Eklezion de Dio kaj devas montri respekton al eĉ la plej sentaŭga el Liaj kreitoj.

Ankaŭ Maklin aŭdis pri la ŝerco de la maristoj kaj la prediko de "onjo" Oŝaklin, kiel iu oficiro nomis sian superulon. Maklin silentis, sed sentis estimon al la sinceraj principoj de la – jes iomete onja – kapitano. Pri Santamaria li preskaŭ malesperis. Li bedaŭris, ke post la farsa hiso de la flago – li mem faris ĝin, dum la servisto balbutis ion pri la Fortuno – li ne devigis la sentaŭgulon reiri al *Vostok*. Li eksuspektis, ke baldaŭ li devos malŝpari valoran tempon por savi la poltronon de pluaj halucinaĵoj.

Feliĉe Knabo pruvis sian fidindecon. Dum la lastaj du tagoj li bone dediĉis sin al la laciga tasko plekti el palmfrondoj tegmenton por la kabano (li finu ĝin baldaŭ, ĉar nepre venos pluvo!). Lia masko perfidis nenion, sed verŝajne li estis kontenta apliki la tradician metion de sia fora hejminsulo. Krome li ne devis toleri la provokvortojn de la altkreska malkuraĝulo.

Ridiga memoro skuis lin el lia duondormo. Post la hiso de la flago li lasis Santamaria kaj Knabon ĉe la kabano kaj iris al la vilaĝo de Teluli distanca nur kvaronhoran piedmarŝon. Oŝaklin estis avertinta lin, ke laŭ mararmea tradicio (kaj liaj lipoj karesis la vorton "tradicio" kaj lasis ĝin eliri nur silabon post silabo) *Vostok* sendos sian plej lastan saluton, tuj antaŭ ol malaperi post la apudan promontoron, per kanonpafado. La barono deziris, ke almenaŭ la vilaĝo de Teluli ne konsterniĝu pro la apenaŭ sencohava rito de la civilizitoj. Li atingis la vilaĝon ĝustatempe, sed antaŭ ol li povis elpensi mimadon kapablan transdoni la trankviligan mesaĝon, la unua bruego eksonis. Tuj la sovaĝuloj, ne, la indiĝenoj, ĉiuj sterniĝis sur la placo, kvazaŭ falĉite. Maklin volis trovi konsolajn gestojn, sed la reago de la vilaĝanoj estis tiel troigita laŭ liaj konceptoj, ke li laŭte ekridis. Mirante, la teruritoj turnis sin al la ridanto. Kaj jen okazis, ke li mem laŭte furzis, pro kio Teluli siavice ridegis. La aliaj ankaŭ ekridis, kaj Maklin pro subita inspiro sidiĝis sur la teron. Nun ĉiuj sidis kaj ridis, kaj la ceteraj kanonpafegoj estis apenaŭ aŭditaj.

Ial li nun memoris, ke tiun matenon li skribis aron da leteroj al Eŭropo. Li provis refoje nomi la adresitojn. La unua estis kompreneble al Kehl, kies intereso pri la ekspedicio estis apenaŭ malplia ol tiu de Maklin mem. Kaj al Bauer, kies sperto provizis tiom da utilaj konsiloj pri la materialo transportota al la Verda Insulo. Kaj al Jurij, lia pli juna frato. Lia letero al Jurij efektive servus kiel testamento, se li ne povus reiri al Ruslando. Bona Jurij, tiel malsimilaj ni estas en preskaŭ ĉio! Lia ambicio ne iras preter la limoj de la bienego, kies laŭnoma posedanto mi estas. Sed sen li mi ne ricevus la monon, kiu helpas financi mian laboron. Ankaŭ al aliaj li sendis leteron, sed lia memoro rifuzis kunlabori.

Estis ankoraŭ tre frue. Knabo rajtas iom pli longe dormi, li pensis, sed kiel mi restu maldormanta? Eĉ la moskitoj kaj formikoj komplotas por igi min dormi. Kial mi ĵus rimarkis, ke blovas freŝa venteto? Jen do kial la fiinsektoj ne turmentas nin hodiaŭ. La du servistoj dormas senmove en la alia duono de la kabano. Se vi du almenaŭ farus ian bruon, mi povus pli facile rezisti la ĉarmojn de... kaj li provis memori la nomon de la diino (aŭ ĉu estis dio?), kiu laŭmite alportas dormon. Ne, lia cerbo vakis.

Restis nur unu eblo. La lastan fojon ĝi preskaŭ fiaskis, sed nun li denove provu. Kaj li enmanigis la verdan kajeron. Ankoraŭ li ne havis tempon por alfiksi ĉifitan folion. Kiel li ordigu nun siajn pensojn, por ke ne refoje estiĝu nekohera listo da frazoj?

La respondo venis rapide. Li verkos iom pri diversaj homoj, eble unu alineeton por ĉiu. Li komencis:

*Kiam mi surŝipiĝis en Peterburgo, mi ricevis unue malfavoran impreson pri kapitano Boris Miĥajloviĉ Oŝaklin. Li ofte rigardis en miajn okulojn kaj tuj forturnis la rigardon. Li traktis min tiel rigide, ke mi ne komprenis lian sintenon. Li tedis min en la manĝosalono per sia manio ekparoli pri religiaj temoj sed subite interrompi sin kaj transiri al alia temo. Tamen mi aŭdis sufiĉon por konkludi, ke liaj vidpunktoj estas antaŭdiluvaj, se mi rajtas prunti aludon el tiu menskripliga libro. Tre ofte mi volis fari al li tiklan demandon (ekzemple pri la manĝebloj por la bestoparoj en la arkeo de Noa, aŭ iu simile groteska biblia rakonto) por "piki lian balonon de iluzio" (kiel Kehl kutimas diri). Certe en mia loko Kehl farintus tion!*

*Sed nun mi estas kontenta, ke mi ne insultis lin. Kion mi gajnus de la mensa doloro de homo, kiu almenaŭ provas vivi laŭ siaj principoj, kiel ajn ili kontraŭu miajn ideojn? Kaj fine Oŝaklin montris vere patrecan (aŭ onklinecan?) korinklinon al mi. Hodiaŭ, antaŭ ol forveturi, li penegis persvadi min ne resti ĉi tie. Estis larmoj en liaj okuloj. Li eĉ devigis sin paroli pri inkubsonĝoj kaj kanibalaj festenoj – fakte li parolis iom sen-orde, sed lia intenco estis klara kaj sincera. Mia respondo, ke sonĝoj rezultas de iritiĝo de cerbaj nervoĉeloj, videble kaŭzis al li doloron. (Tio memorigas min, ke ankaŭ nia inda Santamaria orakolis hodiaŭ. Ĉu mi troviĝas en nesto de mistikuloj?)*

*Boris Miĥajloviĉ, kiam ni revidos nin, mi...*

Sed li ne povis daŭrigi. Li konsciis ankoraŭ nur, ke Oŝaklin diradis, kiel malsana la barono aspektas. Jes, li konsentis, sed vidu, mi kaj mia sanstato... jen malnova historio...

Nepre li devis veki Knabon. Eĉ se okazus tertremo, li nun ekdormus. Li stumblis en la alian duonon de la kabano kaj pinĉis la brakon de Knabo. La servisto aspektis terure laca, sed kapjesis. Maklin fortiris siajn botojn kaj falis sur sian liton. Lia lasta penso estis: jes, mi sendis leteron ankaŭ al ĉefduko Dimitrij...

*   *   *

Iu pinĉis lian brakon. Knabo malfermis la okulojn kaj serĉis la trudulon, kiu rompis lian dormon. Li sentis, ke tamtamas en lia kapo, kaj li volis nur ree endormiĝi. Nun li komprenis, ke estas la mastro. Ho jes, li konsentis gardi la kabanon post la mastro. Dum la lastaj tagoj la mastro mem aspektis mortlaca, nur tiu grandega stultulo, kies formon li pli divenis ol vidis en la kontraŭa angulo de la ĉambro, estis sana.

La mastro estis jam for, do Knabo ekstaris, surmetis la ĉemizon kaj botojn, kaj eliris por urini. Preterpasante la karnamason de Santamaria, li nevole memoris tiun pentraĵon kun la dikega besto... la elefanto! Elefanto... malofte la cerbo de Knabo ludis per vortoj, ili ne estis lia hobio, sed ĉi-foje la asociiĝo estis neevitebla. Elefanto kaj elefantiazo. Same kiel la ŝvelinta kruro de panjo trompe aspektis dika kaj forta sed estis malsana kaj malforta, la tuta korpo de Santamaria estis elefantiaza. Kaj lia maniero paroli. Nur liaj voĉkordoj estis sanaj. Knabo memoris sian surprizegon, kiam la unuan fojon li aŭdis la giganton kanti. Li ekdubis, ĉu estas la sama homo. Sian miron li esprimis tiam per dufoja malrapida palpebrumo.

Elefantiazo. Li konis tre malmulte da tiaj grandaj vortoj, sed li povis diri "elefantiazo" en tri lingvoj, ĉar fine li ŝuldis sian vivon al la elefantiazo de panjo. Kial Kiora, lia panjo, tiel suferis kaj kial li naskiĝis, estis demandoj nerespondeblaj.

Fininte la urinadon, li zorge antaŭenpuŝis la piedojn por ne stumbli en la mallumo survoje al la kabano. Malica moskito kriĉis apud lia nazo, kaj li instinkte frapis sian vangon. Li estis dankema, ke ĉi-nokte la moskitoj lasis ilin en paco, tiu ĝenulo estis ĝis tiam la sola. La lokoj sur lia korpo, kie la insektoj pikis lin, ankoraŭ jukis malgraŭ la amonia solvaĵo, per kiu la mastro lavis ilin, kaj la ŝvelaĵoj restis. Nu, ankaŭ mi suferas specon de elefantiazo, li pensis ironie. Kriiiĉ! Frap! Ĉi-foje li sukcesis pisti la moskiton kontraŭ sia vango. Li forviŝis la varmetan likvaĵon kaj denove konstatis, kiel pezaj kaj rigidaj estas la muskoloj de lia vizaĝo. Heredaĵo de panjo, certe ne de Ĵapol. La karno de lia vizaĝo estis tiel malmoviĝema, ke ĝi facile metis maskon antaŭ la pensojn en lia kapo. Multaj homoj, kaj aparte tiu dormanta elefanto, ŝajnis konkludi, ke li eĉ ne havas pensojn kaj emociojn.

Lia kapo spasme doloris kaj li sentis sin malforta. Li sidiĝis sur la altan peronon antaŭ la pordo, de kie li havis iom bonan vidon en la direkton, el kiu eventualaj atakontoj venos. La hazarda pensasociiĝo certigis, ke nun li pensos pri panjo kaj ŝia malsana kruro. Do almenaŭ li provu ordigi la memorojn.

Panjo sin rigardis malbelega, sed li mem trovis ŝin normala, eĉ bela, ĝis li estis sufiĉe aĝa por mem deziri inajn korpojn. Se ŝia malbona kruro ne kripliĝis fizike, tamen iu parto de ŝi estis malgranda kaj lama. Nur kiam li ekjuĝis knabinojn, li konstatis, ke antaŭ juĝemaj viraj okuloj panjo estas ankaŭ dika, malgracia kaj ne scias koketi per sia peza, prognata vizaĝo.

Neniu viro volis havi Kiora, eĉ ne tiu vireto Numalasera, kiu mem vane provis allogi la junajn belulinojn. Magio kaj sorĉado ŝajne ne helpis. Ŝia laboro estis mallerta, do ŝi ne taŭgis por iĝi sklavino de iu pigrulo. Nur modere interesis ŝin, kiam la aliaj virinoj rakontis kaj ridetis pri tiu afero, kuŝi kun baŭmanta kaj snufanta viro, sed Kiora volis atingi la dignon de patrino kaj edzino, por ke ŝia vivo ne estu tute senfrukta. Laŭ ia virina logiko ŝi decidis ke, se ŝi sukcesos patriniĝi, iam ŝi fariĝos ankaŭ edzino. La unua paŝo estis iel gravediĝi.

Ĝustatempe por panjo la blankuloj – ili nomis sin francoj – ekkutimis vizitadi la insulon. Ilia ŝipo kaj eĉ pli iliaj korpoj malagrable odoris, sed ili havis multajn strangajn kaj belajn aferojn por donaci, aparte al komplezemaj virinoj. Kiora pacience studis la situacion. Ŝia strategio estos tute mala al tiu de Rirarete, la plej dezirata belulino de la tuta insulo, kiu sciis avidigi ĉiujn virojn per sia koketa irmaniero. Rirarete ĉiam elektis inter la gravuloj, tiuj kun la glataj kaj molaj manoj kaj la plej allogaj donacoj. De unu kavaliro Rirarete ricevis francan robon, kiu kovris la tutan korpon. La robo estis multe tro strikta kaj nekomforta, neniu virino povus ĝin tuttage porti, sed la ŝtofo estis tre brila kaj glata. Rirarete ofte surmetis ĝin vespere, tiun simbolon de virina prestiĝo, kio kompreneble nur plialtigis ŝian dezirindecon. (Ĉion ĉi panjo pli ol unu fojon rakontis al li, sed li memoris Rirarete nur kiel mishumore krieman diketulinon ĉe la rando de maljuniĝo, kiu ofte alfaŭkis la maturiĝantajn belulinojn.)

Kiora ne povis konkurenci kun Rirarete, ŝia taktiko celis la malsupron de la marista socia gamo. Iam ŝi trovos la viron, al kiu tiel mankas memfido, ke fine li metus infanon en la ventron eĉ de prognata elefantiazulino. Ŝia instinkto gvidis ŝin al Ĵapol (ĉu oni prononcu la nomon ĝuste tiel, ne gravis). Eĉ la malbela Kiora poste ridis pri la aspekto de Ĵapol. Maldika kiel lanco. Oni devis du fojojn rigardi por esti certa, ke li havas brakojn. Marŝante, li klinis sin antaŭen, kaj la kapeto sur la longa kolo balanciĝis kiel tiu de birdo serĉanta vermon. Ambaŭflanke de lia akra beketo troviĝis du grizaj okuloj, kiuj konstante pardonpetis pri io. La aliaj maristoj senkompate ŝercis pri li, ŝajnigis, ke ili envias lin pro lia potenca vireco, kaj per laŭtaj "hura!"-krioj instigis lin iri "falĉi" ankoraŭ alian virinon (tio ŝajnis al Kiora esti la signifo de iliaj gestoj). Iu ŝercema kamarado fingromontris al Kiora, kriante ion al Ĵapol kaj ridante (tio doloris, ĉar evidente li estis nehazarde elektinta la plej malbelan por Ĵapol) kaj tiam li eĉ ŝovis la "heroon" en ŝian direkton. Nervoze Kiora provis vidigi, ke ŝi ja emas, sed la maldikuleto forkuris, tiel ridigante la gajulojn.

Kiora povis tamen atendi. Ŝi obstine restadis laŭeble proksima al sia celato, kaj fine liaj okuloj perfidis ke, se la afero eblus, li volus. Bedaŭrinde kelkaj maristoj rigardis tion, kaj ironiaj triumfokrioj tuj ruĝigis lin. Sed ŝi geste sciigis, ke ŝi atendos lin tiun vesperon sub indikata arbo. La venkokrioj de la aliaj francoj estis tiel surdigaj, ke Kiora dubis, ĉu li venos. Sed ŝi trovis lin tie sub la arbo. Iel li sukcesis ne reagi al la fajfĥoro de la kamaradoj, kiam ŝi firme kaptis lian manon kaj kondukis lin al neobservata loko.

Knabo estis dankema, ke panjo neniam parolis detale pri la amorado. Evidente ĝi estis tute nekontentiga, almenaŭ por ŝi. Ŝi menciis nur, ke ili kunkuŝis tri fojojn, antaŭ ol Ĵapol forveturis. Ŝi neniam revidis lin, nek volis, sed li plenumis ŝian celon.

Al la knabo ŝi donis la plej sonoran nomon, kiun ŝi povis elpensi. Sed tiu nasko ne alportis la prisopiratan agnoskon. Neniam viro volis eĉ aventuron kun ŝi. Kaj la insulanoj rigardis la filon malbelega duonblankulo; nur malofte aliaj infanoj ludis kun li. Iun tagon Kiora malsaniĝis kaj baldaŭ mortis, fremdulino sur la tero. Ŝi bedaŭris nur, ke ŝi lasas sola la dektrijaran filon. Sed baldaŭ ankaŭ li eskapis, kiam la estro de germana balenŝipo vizitis la insulon kaj sciigis, ke li volas dungi kelkajn homojn. Sed iuj insulanoj jam konis la metion kaj avertis la aliajn. Nur li prezentis sin kaj la estro grumblante akceptis lin.

La germanoj ne demandis lian nomon, ili simple nomis lin Knabo. Post nelonge li akceptis tion. Lia melodia, multsilaba nomo apartenis al panjo. Nur se iam iu homo povus redoni al li parton de la amo, kiun panjo mortante forprenis, nur al tiu homo li dirus sian nomon. Imagu, la elefanto postulis, ke al *li* li diru ĝin!

Knabo sentis novan spasmon de kapdoloro kaj serĉis pli komfortan pozicion sur la perono. Ĉi tie oni almenaŭ ne frostas, li pensis, ne kiel sur la balenŝipoj. Li ne komprenis la germanojn, fakte li ne komprenis la blankulojn entute. Ilia dio donis al ili belajn vortojn, sed en ili mem estis ia streĉiteco, kiu igis ilin foje kruelaj kaj enigmaj. Li memoris la suferadon de panjo, sed juĝis, ke la krueleco de la insulanoj estis pli kruda, malkaŝa, atendebla, iusence pli honesta. Lin mem ili malbone traktis, sed Knabo atingis nun tian nivelon de objektiveco, ke li komprenis ilian sintenon: li mem certe ne fieris pri Ĵapol! Sed la blankuloj... ne, neniam li komprenos, kial ili metas tiom da dividoj inter sin, kaj la gravuloj ĉiam insistas humiligi la homojn kun brakoj sed malmulte da kapo.

La laboro sur la balenŝipoj estis foje peza kaj li ofte ne sciis, kiom da tempo li povos elteni la malvarmegon. Sed li lernis akcepti tiajn aferojn sen plendi. Ĉiukaze li ne talentis pri vortoj, aparte tiam, kiam li troviĝis inter fremdlingvuloj. La germanan li nun sufiĉe komprenis, sed mankis motivo por evoluigi la parolkapablon. Li estis kontenta, ke la homoj rigardu lin senemocia kaj duonmuta kaj nomu lin Knabo. Li interne ridetis, memorante ke, kiam li rifuzis diri sian ĝustan nomon al Santamaria, tiu stultulo provoke nomis lin Bubo. Knabo do ŝajnigis, ke tio ĝenas lin, kaj Santamaria estis dummomente kontenta kaj lasis lin trankvila.

Ĉi-foje la agentejo en Suvo dungigis lin al la rusa sciencisto Maklin. Komence Knabo trovis la mastron distanca kaj intuiciis en li eĉ pli intensan streĉitecon ol en aliaj blankuloj. Baldaŭ li kredis tamen, ke temas pri alispeca streĉiteco, kiu ne direktiĝas al mono, plezuroj aŭ regado super aliaj homoj. Iun fojon Knabo ŝtelrigardis la mastron, dum li faris mezurojn kaj desegnaĵojn. En tiuj belaj okuloj li legis la deziron elserĉi la misteron en ĉio. Knabo vane klopodis trovi vorton por tiu soifo. La mastro certe postulis obeon, sed oni povis fidi, ke liaj ordonoj havas alian celon ol nur ordoni. Kaj cetere li ne malŝparis vortojn. La elefanto aliflanke!...

Kiam ili alvenis sur la Verda Insulo, Knabo timis la kanibalojn. Eble la senĉesa babilado de la tremanta elefanto nervozigis lin, sed ankaŭ Teluli, kiu ŝajnis amika, avertis pri la danĝero. Kiu povus forgesi lian "Aj Maklin! Aj Maklin!"?

Forta ondo da doloro trairis lian kapon kaj li iomete ekfrostis. "Aj Maklin! Aj Maklin!" vibradis samritme kun la doloro, kaj li memoris, ke iam ĝi vekis lin el inkubsonĝo, sed fakte ne estis la voĉo de Teluli, estis nur malbena zumado de moskitoj. Kiel li malamis tiujn insektaĉojn! Plejparte la homoj traktis lin nepersone, sed la moskitoj ŝajne direktis sian malicon kontraŭ li persone.

Kelkajn horojn poste Knabo vekis Santamaria. Post malafabla gruntado la elefanto konsentis gardi nur tial, ĉar Knabo indikis, ke li nepre intencas refoje kuŝiĝi kaj estas egale al li, ĉu la verdinsulanoj jam alvenis kun lancoj kaj kuirpotoj.

Lia korpo ekfebris kaj Knabo sciis, ke lia malsano ne forpasos rapide. Li esperis baldaŭ resaniĝi ankaŭ pro tio, ke li ne finis la plektadon de la tegmento. Imagante, ke pezaj pluvgutoj jam batas lian kapon, li falis en dormon plenan je konfuzaj kaj malbonaŭguraj ombroj.

\* \* \*

Komencinte sian deĵorperiodon, Santamaria ne devis lukti kontraŭ dormemo. Kiel homo endormiĝu, kiam li jam duone sentas lancon aŭ sagon en la dorso? Santamaria decidis kaŭradi sur la perono kun la dorso kontraŭ la muro; sed li dubis, ĉu estus preferinde ricevi la murdilon en la stomakon.

Ĉefe tri aferoj okupadis lian menson.

La unua demando prezentis nur pormomentan problemon. Dum ono de sekundo venis al li la frostiga eksuspekto, ke la duonŝimio eble estas alianculo de la plenŝimioj sin kaŝantaj en la ĝangalo. Sed dank' al akrigita rezonkapablo li povis facile nei tiun eblon: unue, ĉar Knabo ne estis sufiĉe inteligenta por lerni komuniki kun la kanibaloj en tiel mallonga tempo; kaj due, se fakte li estus ilia kunkomplotanto, li facile povintus masakri unu el la dormantaj blankuloj, aŭ eble ambaŭ, dum sia deĵorperiodo.

La dua zorgo estis malpli facile forviŝebla. Se, aŭ kiam la nigraj diabloj atakos, kiel li veku ĝustatempe Maklin kaj Knabon? Li povus ja kriegi por vibrigi la kabanon, sed la kulpo restus ĉe la aliaj, ĉar lastatempe Maklin aspektis kadavre laca kaj Knabo ŝajnis iom malsana. Ĉu ili reagus sufiĉe rapide por lin savi?

La tria afero havis pli filozofian kernon. Li memoris la hororan kanibalan pantomimon kaj nervoŝiregan hojladon de la spiono Teluli. Santamaria jam atingis altan nivelon de objektiveco en sia pensado kaj povis meti sin en la lokon de aliaj. Hm, li pensis, se mi estus tiu ŝimiaĉo kaj intencus vori la blankulojn, mi *ne* perfidus mian celon per tia umado. Do kial li faris tion? La sola konkludo estis, ke tio pruvas senabelacie (dankon, Grone!) la malsuperan penskapablon de la sovaĝula menso. Estus tamen interese iam aŭskulti la vidpunkton de oficiro Grone pri la afero. Ho, Dio permesu, ke mi pretervivu ĉi tiun nokton kaj iam konversaciu kun Grone! Amen.

Krome, estis terure malkomforte devi atendi la tagiĝon por pisi.

# Ŝtatperfido

Li vekiĝis, aŭdante de supre la viglan babiladon de la du servistoj; pli precize, Santamaria vigle babilis, kredeble Knabo vigle aŭskultis. Laŭ lia horloĝo estis jam la sepa. Laŭ la paroltono de Santamaria estis evidente, ke la noktaj teruroj fuĝis pro la hela taglumo, varma teo en la stomako, kaj la apudesto de alianculo, eĉ duonŝimia alianculo. La grandulo denove trovis rekomendajn vortojn pri siaj propraj faroj.

Eksidante, Maklin trovis, ke li estas laca ĝis en la ostoj. Tamen lia plano por hodiaŭ estis ambicia, iusence ĝi markis la veran komencon de la granda aventuro, ĉar li intencis entrepreni ekspedicion sen la gvidado de sia gardanĝelo Teluli. Ĉu li pensis "gardanĝelo"? Lia vortostoko estis tiel mizere malriĉa, ke li konstante prunteprenis de la opozicio. "Ateistoj de la mondo, unuiĝu kaj ellaboru vian propran terminaron!" Sed ankaŭ la politiko ne estas via fortaĵo, do lasu la aferon provizore, li diris al si ironie. Hm, ĉefduko Dimitrij...

Kvankam li jam surmetis la botojn, la du servistoj videble ne sciis, ke la mastro leviĝis. Li ĵetis alian rigardon malsupren al ili kaj notis, ke Knabo sidas volvita en lankovrilo. Malsana do? Maklin povis studi la malmoviĝeman vizaĝon kaj rimarkis, ke Knabo sekvas la vortojn kaj gestojn de la giganto kun nekutima atentemo. Santamaria estis surteriginta sian tetason kaj elokventis, fingromontrante al diversaj lokoj en la ĝangalo. Maklin streĉis la orelojn kaj kaptis la ĝeneralan signifon de la vortoj. La modesta mesaĝo estis, ke dum sia gardoperiodo la blanka servisto sen ia dubo ekvidis kaŭrantajn formojn de kanibaloj "tie... kaj tie... kaj tie" (la lokoj estis iom neprecize indikitaj); sed kiam la ŝimioj vidis, kiu gardas la kabanon, ili saĝe decidis retiriĝi. La manego karese frapetis la heroan bruston. Knabo malrapide kapjesis, evidente plene konvinkite pri la valideco de tiu rakonto. "Jes," li diris senemfaze, kaj tiam li faris la plej longan paroladon, kiun Maklin ĝis tiam aŭdis el lia buŝo: "Jes, ankaŭ mi vidis. Du kanibaloj. Tie kaj tie," kaj li precize montris al du arboj multe pli proksimaj ol la kaŝejoj de la kanibaloj de Santamaria.

Ĉu vespo pikegis Santamaria? Bonŝance li ne tenis la tetason en la mano; tiukaze ĝia varmega enhavo falintus ien ajn, eble sur Knabon. Ĉu do vere?... "Kie? Kiiee?" li laŭte postulis de Knabo, kiu serene gestis denove al la arboj. "Ki – kial vi ne diri!?"

La observanta Maklin mordis sian malsupran lipon por ne ekridi. Li esploris la mienon de la ruzaĉulo, kiu perfidis nur la plej etan gradon de amuziĝo. Nun Knabo eble kredis, ke Santamaria faros ion neordinare stultan kaj impulsan, ĉar li aldonis senemocie: "Ne. Ne vidis." En la malfeliĉa giganto luktis dankemo, ke la atakontaj sovaĝuloj estis nur fikciaĵoj de lia bezono fanfaroni, kontraŭ kolero pro la prihontinda mensogo de la duonŝimio. Muĝinte ion pri la idioteco de Bubo, li paŭteme reeniris la kabanon kun sia taso da teo.

La matenmanĝo konsistis el teo kaj diversaj manĝaĵoj el ladskatoloj. La ladviando iomete naŭzis Maklin, kaj li poste trinkis iom da kokossuko por forigi la gustaĉon. Knabo apenaŭ manĝis, kaj Maklin rimarkis, ke lia vizaĝkoloro iom jam estas ŝanĝiĝinta. Al la demandoj de Maklin, la miksrasulo konfirmis, ke li iomete febras sed volas provi fini la tegmenton hodiaŭ. Ree aliĝinte al la grupeto, Santamaria plendis pri la ranca viando sed konsumis el ĝi malavaran kvanton – ĉar fine lia korpo bezonis pli ol ordinaraj korpoj. Maklin cerbumis, kiel utiligi Santamaria, kaj fine ordonis, ke li gardu la kabanon kaj kolektu el la ĉirkaŭaĵo kiom eble plej da sekaj brulligneroj. Indikante la grimpoplantojn, kiuj alkroĉiĝis al la plej apudaj arboj, li aldonis sarkasme: "Ili ne brulas."

La mastro pakis en sian ŝultrosakon kajerojn, krajonojn kaj diversajn aferetojn disdonacotajn. Laŭ sia ĝistiama sperto pri la verdinsulanoj li juĝis, ke la buntaj rubandoj tre taŭgas por ekkonatiĝi. Verŝajne, li supozis, ĉar la brilaj koloroj altiras kaj aliflanke la rubandoj estas tiel simplaj, ke neniu havus kialon por suspekti, ke malicaj fortoj sin kaŝas en ili. Fingromontrante al la grizaj nuboj ĉe la malhele blua eĝo de la maro, li diris: "Povus

pluvi hodiaŭ. Knabo, mi esperas, ke vi finos la laboron. Santama-
ria, stakigu la lignon sub la kabano. Ĝis poste!" Kaj li malaperis
en la ĝangalon.

Knabo ekkolektis siajn fortojn por fini la plektadon. Eble estis
eraro liaflanke insisti al Maklin, ke iu, kiu ne komprenas plekti,
nur fuŝus kaj ne helpus lin – tion li diris por malhelpi, ke Maklin
komisiu Santamaria kune labori pri la tegmento. Sed eble la
multa laboro postulos tiom da atento, li esperis, ke mi ne oku-
piĝos pri mia malsano kaj tiuj diabloj, kiuj tristigas mian kapon
kaj metas pezajn ŝtonojn en mian stomakon.

Santamaria nostalgie memoris la odoron de balenŝipoj, ĝi
estas ja multe pli facile eltenebla, ol multaj supozas. Kaj ofte
oni povis plikleriĝi, konversaciante kun elstaruloj, kiaj oficiro
Grone. Kaj tiu rusa ladviando, aĉ! Se nur li ne sentus ian devon
ne malŝpari manĝaĵojn, li volonte fordonacus ĝin al la hundoj de
la ŝimioj.

*   *   *

Unu el la avantaĝoj de la situo de la kabano – kaj tion Maklin
rimarkis la unuan tagon – estis, ke ĝi formis nodopunkton de
multaj padoj, kiuj supozende disradiis al ĉiuj proksimaj vilaĝoj.
Ju pli da vilaĝoj li povos viziti, des pli grandan ŝtoneton li alpor-
tos al la Grandioza Mozaiko de Kehl. Kaj kio pri la planoj de
ĉefduko Dimitrij?... Hodiaŭ li preferis forpuŝi tiajn zorgojn.

La pado nun sekvata devis konduki al Tangala, almenaŭ laŭ
la indikoj de Teluli. Fakte ĝi tiom serpentumis, ke baldaŭ oni
facile povus perdi la orientiĝon, sed ĉiam ĝi refoje direktis la pie-
dojn alsude kaj Maklin konstatis, ke ĉiu kurbiĝo estas rezulto
de prudenta evitado de obstakloj aŭ ekspluatado de favora kon-
turo; la homoj, kiuj iom post iom faris tiun padon, tiurilate neniel
diferencas de modernepokuloj.

Preskaŭ ĉiam Maklin trovis sin sub la alta baldakeno de la
arboj. Nenio videblis krom la ĉiuflanka ĝangalo, li aŭdis ne plu

38

la voĉon de Santamaria sed nur nekonatajn birdovokojn. Sub la arboj estis malvarmete kaj agrable kaj li ĝuis la marŝadon malgraŭ sia laceco. Post kelkcentoj da metroj la pado supreniĝis kaj kondukis lin sur la spinon de ondoforma monteto. De tie li havis liberan vidon al la maro. Proksime al la plaĝo kuŝis la foliriĉaj suproj de aro da falintaj arboj; komence li supozis, ke pasis tie fortega vento, sed tiam li konstatis, ke mankas la trunkoj. Komprenenble! Estis la arboj, kiujn la maristoj sub lia kontrolado faligis por konstrui la kabanon.

La senombra etendaĵo de la pado mezuris nur eble kvindek metrojn, sed antaŭ ol li transpaŝis ĝin, li sentis perlojn da ŝvito sur la frunto kaj en la akseloj. La suno akre pikis lian eŭropan haŭton. La griza nubaro videble kreskis, kaj li dum momento pripensis, ĉu reveni al la kabano kaj helpi Knabon, ĉar se pluvo falus sur la parte sentegmentan dometon, ĝi povus serioze difekti lian ekipaĵon. Kaj malsekaj litoj ne estus tre agrablaj. Memorante tamen ke tiu fidinda servisto rifuzis helpon de nespertuloj pri la plektarto, Maklin daŭrigis sian vojon cele al Tangala. Krome li mem fervoris por entrepreni kiom eble plej da antropologia laboro, antaŭ ol li mem denove malsaniĝos.

Li ruktis kaj flaris la aĉan ladviandon. Baldaŭ ni devos ekmanĝi freŝajn aĵojn, li promesis al si. Sed komprenenble li devus tiam malkaŝi la pafilon. Estis plej verŝajne, ke ili, filoj de teknologia kulturo, nepre bezonos pafilon por havigi al si manĝindan karnon. Ha jes, la pafilo... Kiel reagos la du servistoj, kiam ili ekscios, ke li devigis ilin gardodeĵori sen havebla pafilo, kiun li intence lasis en kestego? Kion diros Santamaria, estis al li indiferente, sed li ne antaŭĝuis iun eventualan silentan riproĉon de Knabo.

Li konsciis, ke al multaj la decido ne utiligi la pafilon por defendi la kabanon ŝajnus frivola, riska. Sed ĉu la tuta ekspedicio al la Verda Insulo ne estis antaŭkalkulita risko? Tamen li trovis necesa defendi sian decidon. Lia unua konsidero estis, ke eĉ unu kuglo cele al unu indiĝeno povus nuligi la tutan celon, krei neforigeblan malfidon al la blankuloj. Li skuis la kapon, imagante pafilon en la manoj de la plumpa poltrono dumnokte; li panike pafus ĉe la unua susuro de la folioj, kaj kien la kuglo trafus?... Maklin ironie ridetis, vidante sin erare mortpafita de Santamaria; jen taŭga fino de la aventuro! Sed se la indiĝenoj kontraŭ liaj atendoj fakte atakus, kion li atingus per pafilo? Nu, unu aŭ du mortintaj indiĝenoj donus malmulte da kontento, kaj la timiga efiko estus nur provizora.

Kio plej malfaciligis la decidon lasi la pafilon dumtempe en ĝia kestego, estis la nemiskomprenebla sinteno de Teluli. Lia indiĝena amiko avertis pri kanibaleco de vico da aliaj vilaĝoj: Tangala, Koladu, Figam, Lamedu, kaj kelkaj, kiujn Maklin ne plu memoris. Aliflanke li geste tre emfaze neis, ke Rogendu "hommanĝas". Malgraŭ la verva mimado la mesaĝo estis iom neklara, kaj Maklin sensukcese provis demandi, ĉu la homoj de Rogendu principe neniam manĝas homojn, aŭ ĉu ili nur promesas ne manĝi Maklin kaj liajn kunulojn. Ke nur Rogendu estus sen kanibaloj, ŝajnis malfacile kredeble. Venis alia penso: ĉu Teluli celis veki timigan impreson pri la aliaj vilaĝoj por ligi la novan amikon Maklin al Rogendu? Ankoraŭ estis neeble juĝi la motivojn de eĉ bonvola ŝtonepokulo.

Tamen la rilatoj kun Teluli estis ĝis tiam la plej esperiga aŭguro. Ekde la unua tago, kiam li ne forkuris kun la aliaj sed gvatis la alvenantojn el inter la arbetoj, estis kvazaŭ li atendus por helpi malnovan amikon. Sed kial Teluli rifuzis rigardi rekte en liajn okulojn? – cetere, ĉiuj indiĝenoj faris same, kvankam li observis, ke ili ne havas tian inhibicion inter si.

La rolo de Teluli en Rogendu ŝajnis iom enigma. Li ne estis la estro – ankoraŭ Maklin ne povis decidi, ĉu estas iu ĉefa aŭtoritatulo – sed dank' al Di... dank' al io... li evidente influis la aliajn. La parolmaniero de Teluli ŝajnis malpli rapida kaj pli preciza ol tiu de la aliaj (tamen ĝis nun Maklin komprenis nenion krom iujn unuopajn vortojn mime prezentitajn, sed ĉiun novan akiraĵon li zorge registris en ĉiam kunportata kajero). Eĉ fizike Teluli diferencis de la aliaj. Li estis malpli granda sed liaj muskoloj estis pli rondaj, precipe tiuj de la femuroj kaj suroj. Kelkaj el la aliaj, Maklin memoris, suferas je elefantiazo.

Tre bela blua birdo kun ruĝa kapo kaj flava brusto forflugis el arbo super lia kapo. Li bedaŭris, ke li ne portas la pafilon. Ke kelkaj ekzempleroj de ĉiu specio oferiĝu por la bono de la Scienco, estis por Maklin nediskutinda memkompreneblaĵo.

Denove li ruktis. Baldaŭ li nepre devos riveli la ekziston de la pafilo! Nun estis varme, eĉ sub la verda ŝirmo. Liaj paŝoj estis nun pli laborigaj, lia lango ŝajnis el kartono. Li sopiris al dika, sukoplena kokosnukso... Tangala devis esti proksima, se Teluli pravis. Stranga afero, Teluli kaj la mapo. La indiĝeno havis tre precizajn ideojn pri la surpapera situo de la diversaj vilaĝoj, kaj lia kono pri la topografio de la regiono kaj la linioj de la marbordo elvokis admirajn ekkriojn de oficiro Zaminov de *Vostok*. Sed Teluli mem montris nenian intereson pri la teknika procezo transdoni sciojn en simbola formo al papero por posta utiligado.

Jes, Teluli pravis! Tra breĉo en la ĝangalo li vidis peze suprenspiralantan fumkolonon. Sendube Tangala. Freŝa fluo de energio plirapidigis liajn piedojn. Nun li vidis parton de la unua kabano. Senaverte li ekvidis, ke nur kelkajn metrojn for de la pado knabeto kaŭras. Lia pozicio vidigis, ke li plenumas unu el la plej universalaj homaj bezonoj. Maklin haltis kaj pro taktosento volis resti nevidebla, sed subite la etulo turniĝis, ekkrietis, kaj fulmorapide malaperis en la ĝangalon. Maklin demandis sin, kial la knabo kuras for de la vilaĝo, sed divenis, ke la bone trejnita uleto volas atingi sian hejmon laŭ nerekta vojo kaj samtempe laŭeble forkonduki la trudulon de la vilaĝo mem.

La knabeto tre rapide kuris, ĉar senprokraste aŭdiĝis el la vilaĝo laŭta konfuzaĵo de koleraj viraj ordonoj, timoplenaj virinaj kaj infanaj kriĉoj, plorado, sakrado, kurado tien kaj reen. Ega stultulo! Li forgesis la plej elementan regulon instruitan kaj demonstritan de Teluli. Se vi alproksimiĝas kun pacaj intencoj al vilaĝo, haltu je kelka distanco kaj faru ian neminacan bruon, por ke la vilaĝanoj havu tempon por forkaŝi la inojn kaj infanojn, se ili volas. Se vi ne faras tion, ili kredas, ke vi intencas ataki.

Kaj jen li, enironta Tangala. Laŭ iliaj moroj li meritis morton. Kial do liaj piedoj ne turniĝis kaj faris kiel eble plej rapidan retreton? Kial ili antaŭentrenis lin, ĝis li atingis la randon de la senherba placo? Antaŭ li estis nur viroj, ĉiuj armitaj kaj minacaspektaj. En lia kapo zumis nekredeble banalaj voĉoj. Unu komentis: "Danielo inter la leonoj..." Alia pintigis la lipojn kaj kondamnis tiun metaforon pro ĝia fonto, sed la unua bojis: "Fermu la faŭkon, vi eterna pedanto! Kial tede kontraŭbatali miljaran lingvouzon? Do vi elpensu pli trafan metaforon!" Ankoraŭ alia solena voĉo patosis: "Kuraĝon! Antaŭen por la Grandioza Mozaiko!" Iu respondis: "Aj Maklin! Aj Maklin!", sed la plej potenca voĉo el ĉiuj kriis: "Putru viaj stultaj langoj! Ĉu Maklin mortu kun tia galimatio en la kapo?"

Io siblis super lian kapon, apenaŭ maltrafinte ĝin. Obtuza bato kontraŭ arbo malantaŭ li. Li turnis la kapon kaj vidis, ke sago treme pendas en la arbotrunko.

La piedoj de Maklin haltis. Ĉia babilado en lia kapo ĉesis. Nun lia problemo estis simpla: kiel ne perdi la vivon?

\*   \*   \*

La silento daŭris kelkajn sekundojn. Ĝin interrompis la raŭka voĉo de maljunulo, kiu fingromontris al loko pli alta en la arbo ol la nun senmova sago kaj diris ion. Maklin juĝis, ke li volas ŝajnigi, ke la sago celis ion alian, eble birdon en la arbo. La etstatura maljunulo estis la sola, kiu ne portis armilon; eble li ne plu taŭgis kiel batalanto, aŭ eble li havis ian rolon de paciganto. Sed neniu homo sur tiu varma placo kredis je tiu fikcia birdo, kaj Maklin neniel dubis, ke la sago trafis ĝuste tien, kien la pafinto celis. Ĉu oni atendis, ke post tiu nemiskomprenebla averto li forkuros? Li decidis dampi la batadon de la propra koro per alia taktiko.

"Maklin", li prononcis klare kaj laŭte, indikante al si, "Maklin". Tiam li larĝe gestis, kvazaŭ li volus ĉirkaŭbraki la tutan vilaĝon kaj ĝiajn loĝantojn: "Tangala. Tangala. Tangala." El la kvardek aŭ kvardek kvin viroj, kiuj alfrontis lin en duon-

cirklo, li elektis la grandaĝan pacemulon kaj geste invitis lin pro-
nonci sian nomon. Sed tiu malgrandulo aŭ ne komprenis – kio
ŝajnis al Maklin neebla – aŭ ne volis respondi; eble estis danĝere
perfidi sian nomon al fremdulo. Eble tiu taktiko estis do riska
por Maklin, sed li esperis, ke helpos, se li almenaŭ povus diri
kelkajn nomojn, kaj krome li jam diskonigis sian; ĉu per tio li ne
iusence submetis sin al la tangalaanoj, kio devis konvinki ilin, ke
liaj intencoj estas bonaj?

Sed la maljunulo silentadis kaj fine ne povis elteni la rektan
rigardon de la blankulo. Maklin okulserĉis alian viron eble pli
facile persvadeblan. Li elektis mildaspektan diketulon kaj paŝis
al li. Sed nun okazis ia konfuziĝo de liaj sensoj, nur la cerbo sen-
dis al la piedoj urĝegan mesaĝon: Haltu tuj! La piedoj obeis, kaj
tie, terure proksime al la nazo, tiel proksime, ke li devis strabi
por ĝin vidi, estis la pinto de lanco. Lia rigardo laŭlongis la mort-
igeman armilon; la brako, kiu ĝin subtenis, estis haltinta en sia
antaŭensvingiĝo ekzakte ĝustatempe por ne penetri la kapon;
la atleta korpo estis transsaltinta la interspacon tiel rapide, ke
Maklin mortintus sen ia ideo, kiu lin mortpikis. Movante nur la
okulojn, Maklin studis la vizaĝon. Ĝi estis kvazaŭ karikaturo el
inkubsonĝo de Santamaria.

La malamoplenaj okuloj estis malpure flavaj cirkletoj kun
centraj punktoj tiel malhelaj, ke oni malfacile dirus, ĉu li entute
havas irisojn aŭ nur nigrajn pupilajn truojn. Liaj krispaj haroj
estis firme gluitaj al la kapo per dikaj kototavoloj, el kiuj elstaris
osto, laŭsupoze homa. Liaj orelloboj estis multoble plilarĝigitaj
per lignaj cilindroj, kaj ĉirkaŭ lia kolo pendis ĉeno el diversaj
ostopecoj. La maldikaj lipoj tuŝis sin sub la nazo, sed ambaŭ-
flanke ili gapis kaj permesis vidon al la duonputrintaj dentoj – li
similis al hundo tuj mordonta. Sed la plej okulfrapa trajto estis
malsimetrie dika cikatro, kiu sin etendis diagonale de la maldek-
stra tempio ĝis la dekstra mandiblo trans la frakasitan kaj parte
forhakitan nazon.

La groteskulo daŭrigis sian pozon dum iuj sekundoj, kiuj ŝaj-
nis al Maklin horoj. Finfine ankaŭ li ne povis reciproki la rigardon

de la trudinto, do li retiris la lancon kaj denove puŝis ĝin du aŭ tri fojojn en la direkton de la blankulo. Per voĉo neatendite mallaŭta kaj malbele mistona pro la difektita nazo li diris: "Maklin". Tiam li fingroindikis sin kaj bojis multe pli laŭte: "Kodi".

La rusa barono fikse rigardis la tremantajn lipojn, kiuj alterne gapis flanke, ellasante salivon, kaj fermiĝis kiel zipo. Ĉu Kodi fakte intencis lin murdi? La lanco restadis en timiga proksimeco al la kapo de Maklin, sed nun la maldekstra brako etendis sin en la direkton, el kiu Maklin venis. Subite la malbelega buŝo forkraĉis torenton da koleraj vortoj. La vortoj "Maklin" kaj "Kodi" estis la solaj el la tuta filipiko, kiuj komunikis ion al sia celato. La senŝanĝa kaj nekredeble trankvila mieno de la fremdulo informis Kodi, ke li malŝparas siajn vortojn, do li starigis la lancon vertikale sur la teron kaj tenis ĝin per la maldekstra, dum la dekstra mano mimis hakilbatojn. Ĉiun baton akompanis la bruo "kruk!", kaj de tempo al tempo la lanco duonfalis kvazaŭ faligita arbo kaj estis restarigita por ricevi novajn batojn. Fininte la mimon, Kodi elŝprucigis lastan kaskadon da koleraj frazoj, kaj tiam silentiĝis, mienante malamike.

Kion tiu koŝmarulo volas diri, Maklin demandis sin. Li konkludis, ke Kodi avertas, ke li faligos Maklin kaj ĉiujn sin trudontojn, kvazaŭ ili estus arboj kaj li havus hakilon.

Post la malfluso de la vortondoj de Kodi neniu alia parolis, do evidente Kodi estis ial la ĉefa malamiko. Maklin supozis, ke la kolera retiriĝo de Kodi markas la finon de la plej akuta krizo, sed li sentis sin mizere nescia pri la homoj de tiu vilaĝo kaj vere ne havis ian inspiron, kion nun fari.

La donacoj, kompreneb
le! Hodiaŭ lia cerbo dormis!

Li eltiris verdan rubandon el la ŝultrosako kaj volvis ĝin ĉirkaŭ sian ĉapelon. Li esperis, ke ĝi aspektas alloga, interesa aŭ almenaŭ amuza. Evidente lia farado scivoligis la tangalaanojn, sed ili restis batalpretaj. Ĉu li donacu unue al Kodi? Ne, estis en la okuloj de tiu homo io malica, nemildigebla per simpla donaceto. Elpreninte aliajn rubandojn, li proponis unu al la senarmila maljunulo kaj mimis la agon volvi ĝin ĉirkaŭ la kapon. De diversaj direktoj venis komentoj; la indiĝenoj evidente interkonsiliĝis, kiel reagi al la donacoj. La maljuna viro sen entuziasmo permesis, ke Maklin metu la rubandon en liajn manojn, sed li rifuzis sekvi la instrukcion ĉirkaŭkapigi ĝin. Kodi malŝateme rifuzis akcepti la donacon proponatan al li, sed ĉiuj aliaj faris same kiel la maljunulo. Kiam Maklin proponis al ili najlojn kaj butonojn kaj vitrajn kuglojn, la rezulto estis tiu sama pasiva nerezisto.

Do kion fari? Li vidis dormomaton sub apuda arbo kaj lia korpo postulegis ripozon. Samtempe li memoris la sukceson en Rogendu de sia decido sidiĝi. Alia memoraĵo trudis sin: ke fascinis la rogenduanojn, ke Maklin foje demetas la botojn kaj ĉapelon, tiujn ŝajne tiel intimajn partojn de sia korpo.

Maklin sidiĝis sur la varmegan polvon. Li fortiris la botojn kaj ŝtrumpetojn, kaj aŭskultis sen levi la kapon la krietojn de miro. *Se mi estus en Rogendu, ili nun havus fingron en la buŝo*, li diris al si. Li preskaŭ ridetis kiam, levinte la okulojn, li vidis, ke lia diro pravas. Tiu miresprimo do ŝajnas tre disvastigita konvencio... kaj por ĝin fari, necesis, ke la viroj aliigu sian pafpretan pozicion.

Aj! La polvo dolore varmigis liajn molajn eŭropajn piedojn. Li ĵetis rigardon al la senmovaj brikosimilaj piedoj antaŭ si. Nur tiam li konstatis, ke multaj estas elefantiazuloj. Krome kelkaj korpoj vidigis malbelajn furunkojn, kiujn li volonte incizus, purigus kaj bandaĝus, sed li juĝis ankoraŭ tro frue por kaŭzi ian doloron, eĉ kun plej bona intenco, al la tangalaanoj. Dummomente li imagis groteskan scenon, en kiu li forlancetas la senutilajn ŝvelaĵojn de la cikatrego de Kodi por provizi karnon por la mankantaj partoj de lia nazo. Maklin! Via cerbo ne nur dormas, ĝi estas malsana, li riproĉis al si.

Fingromontrante al la dormanto li geste sciigis, ke li volas dormi. Tre singarde li stariĝis, malrapide li paŝis tra breĉo en la duoncirklo, preskaŭ tuŝante lancojn, denove vidigis sian intencon kaj silente petis permeson uzi la maton. Neniu protestis, do li portis la botojn kaj la maton en unu el la kabanoj, kie laŭ lia diveno multaj el la senedzinaj viroj dormadis. Jes, ĝuste, tie li trovis la altan peronon, sub kiu la aero freŝige fluis. Delikate klininte la kapon al ĉiuj por lastfoje peti permeson, li sternis la maton, demetis la ĉapelon (kaj kun kontento aŭskultis la subpremitajn "aa!" kaj "uu!"-kriojn), metis la ĉapelon sur la botojn por formi kusenon, kaj kuŝiĝis. Refoje la gitarkordo malstreĉiĝis, ĉi-foje tuj. Li interne voĉigis parodion de infanaĝa preĝo, "Ho Dio, mi preskaŭ kredas, ke Vi permesos al mi vekiĝi", kaj sekvis kompata nenio.

Vekiĝinte, li luktis por trovi la orientiĝon. Hm, jes, Tangala, la vilaĝo de la dolĉulo Kodi. Li taksis, ke li dormis proksimume unu horon. La sunradioj resaltis senkompate de la polvo de la placo kaj devigis lin nur gvati tra siaj palpebroj. Li ŝvitis kaj liaj vestoj malagrable kroĉis sin al lia haŭto. La salivo en lia buŝo estis nur gluaĵo.

La viroj ne plu staris batalpretaj, ili kolektiĝis sub arboj, sed ankoraŭ ili observis lin. Maklin rimarkis, ke iuj hundoj kaj porkoj reaperis, kio nur substrekis la ankoraŭan neĉeeston de la virinoj kaj infanoj. Certe tiuj revenos el la ĝangalo nur post lia foriro. Subite li ekkonsciis, kiel malagrabla lia vizito devas esti por la vilaĝanoj, kaj li decidis tuj foriri. Buntaj koloroj altiris lian atenton; tie, ĉe tiu rando de la placo, kie li ĝin surpaŝis, kuŝis liaj donacoj nun malakceptitaj. La mesaĝo estis tute klara: oni permesas, kaj ordonas, ke li foriru tien, de kie li venis.

Li surmetis la botojn kaj ĉapelon, ĉi-foje sen videbla reago. Li deziregis ion por trinki, kaj lia serĉanta okulo ekvidis aron da kokosnuksoj sub ombroriĉa arbo. Aŭdeble li diris: "Maklin volas trinki", kaj li indikis la deloge belaspektajn nuksojn kaj mimis trinki. Sed li estis malbonŝanca: la viro plej proksima al tiu arbo estis neniu alia ol Kodi, kiu ekkriis tiel malafable, ke Maklin tuj ĉesis peti.

Sur pezaj piedoj li transmarŝis la placon. Li skuis kaj frapis la rubandojn por forigi de ili la polvon, kaj ŝovis ilin en la ŝultrosakon. Lia soifanta buŝo gustumis amaran malvenkon. Deprimite, li demandis sin, ĉu li iam gajnos la fidon de tiaj homoj, aŭ ĉu li devos pasigi la tutan tempon en Rogendu kaj la proksimaĵo de la kabano. Ĉu tiel li povos plenumi pli ol nur etan onon de sia misio?

Reenirante la ĝangalon, li aŭdis konfirmon de la hodiaŭa fiasko: malantaŭ li eksonis la misformita voĉo de lia malamiko Kodi. Li juĝis, ke la malbeno de Kodi tradukiĝus proksimume kiel: Foriru kaj neniam revenu!

* * *

Atinginte la rojon apud sia kabano, Maklin duone falis, duone surgenuiĝis kaj lasis la kapon plonĝi en la klaran akvon, eĉ ne demetinte la ĉapelon. Li kapitulacis al la plezuro de la bene malvarmeta tuŝo, kaj tiam li malrapide englutis la vivigan likvaĵon. El ĉiu poro fluis ŝvito; eĉ dum tiuj ekspedicioj kun Kehl apud la Ruĝa Maro lia korpo ne tiom postulis refreŝiĝon – kompreneble, tie la varmego ne estas humida, lia sciencista memo komentis. Sed dummomente la eta knabo en Maklin regis; li impulse ekdecidis mergi la tutan korpon, kaj kial sin senvestigi, se la vestoj estas traŝvititaj kaj bezonas laviĝon? Li devis bridi sian senpaciencon por unue formeti la botojn kaj horloĝon. Li ruliĝis surdorsen kaj apenaŭ rimarkis la plumbe grizajn nubojn. La temperaturo de la beata akvo estis malgraŭ ĉio surprize malalta; li supozis, ke ĝia tuta fluovojo kuras sub arboj, kiuj fortenas rektajn sunradiojn. Sed en tia tago eĉ la verdega ĝangalo efikis kiel ŝvitbano...

Li elakviĝis kun plezura malrapideco, senvestigis sin kaj sidiĝis sur varman rokon. Ne, Maklin, viaj elstarantaj ripoj kaj dratformaj membroj ne imponus la damojn, li ridetis al si; imagu, ke vi devus tiurilate konkuri kontraŭ Tom Layton! Maklin pensis pri tiu angla ĉarmulo, kiu maltrankviligis la korojn de tiom da fraŭlinoj (kaj sinjorinoj?) en Heidelberg – ĉu li nun trovis pli indan celon por siaj talentoj ol atingi diskretajn invitojn al luksaj buduaroj, la ulo ja estas ankaŭ inteligenta! Estis ĉiam malfacile klarigeble, kial Kehl favoris ĝuste lin, Nikolaj Ivanoviĉ Maklin, antaŭ la ceteraj: Layton, Schniff, Keyser, Borg, Rubinstein, Montcasse... En la kazo de Layton oni povus vidi, ke Kehl juĝas lin iom frivola, kvankam la anglo ŝajnis lerni la sciencojn ludante, same facile, kiel li batigis inan koron. Sed kio pri Schniff? Malgraŭ sia ial neflata nomo – kaj kia bagatelo tio estas! – Schniff estis almenaŭ tiel sindediĉa studento kiel Maklin, ĉiam modesta, cedema al la aŭtoritato de Kehl. Eble pro tio Kehl ne respektis lin? Aŭ ĉu lia deveno el Allenstein incitetis la kontraŭprusan antaŭjuĝon de Kehl? Hm, Kehl mem estis foje enigma. Lia menso povis kiel glavo forhaki la nenecesajn kromaferojn kaj tuj trovi la kernon de problemo, li kapablis brile koncepti kaj vortigi sian vidpunkton; sed de tempo al tempo li kulpis pri ŝoke etanima antaŭjuĝo. Iun tagon li baptis Schniff "Meduzo" kaj poste ĉiam kvitancis la hundosimilan lojalecon de Schniff per neklarigebla malafableco.

Li vringis la vestojn por elpremi la "pezan" akvon kaj sufiĉe kovris sian malgrasan korpon por roli kiel deknaŭa-jarcenta nobelo antaŭ du servistoj. Tiu kuŝado en la rojo grandparte forlavis la pezan senton de malvenko, sed li sciis, ke la nova energiŝargo nelonge daŭros. La kabano, kiun li nun marŝante ekvidis, bonvenigis lin kiel vera hejmo.

Santamaria sidis en ombro, trinkante teon kaj admirante la laboron de Knabo. Maklin vidis la mizeran lignostakon sub la kabano; infano povus kolekti pli en dek minutoj da nestreĉa laborado. La malŝata esprimo sur la vizaĝo de la mastro igis Santamaria ekstari kaj serĉi ian distran temon. Lia unua provo estis: "Terure varme. Pluvi eble." Antaŭ ol la mastro povus prikomenti tiun apenaŭ refuteblan diron, li provis alian vojon: "Sinjoro brofesoro barono reveni tre frue. Bona mateno havita?" Jes, pensis Maklin, mi revenis evidente *tro* frue por la pufa pigrulo. Santamaria tamen ne paŭzis por sciiĝi pri la mateno havita de la mastro, li fine trovis brilan forturnan taktikon: "Vidu, mastro, Knabo tuta tago ne trinki ne manĝi nur labori labori tegmento preskaŭ fini", kaj li verve gestis al la tegmento. Kia geniulo! diris Maklin al si; li esperas, ke la bona laboro de la alia servisto igos min silenti pri lia pigrado. Sed malgraŭvole liaj okuloj sekvis la manon de Santamaria; efektive la miksrasulo estis bonege laborinta malgraŭ sia malsano. Nur la gracilaj brakoj de Knabo, rapide plektante, kaj lia kapo videblis de malantaŭ la lankovrilo; la nenature ardaj okuloj koncentriĝis pri la tasko tiel, ke li apenaŭ agnoskis la ĉeeston de la mastro. Maklin notis, ke la aloj de lia malbela nazo estas malsane ruĝaj kaj la tuta korpo febre tremetas.

"Knabo, vi estas malsana. Ĉu ni vere ne povas vin helpi?"

"Ne, mastro. Fari nur iomete pli."

Maklin ordonis al Santamaria prepari teon kaj boligi fazeolojn, sed Knabo diris senesprime: "Ne volas manĝi". Do la mastro insistis ke, kiam Knabo finos la taskon post kelkaj minutoj, li almenaŭ trinku kaj enlitiĝu. "Mi ne volas, ke vi grave malsaniĝu", li aldonis, esperante, ke la servisto ne estas jam grave malsana.

La barono interrompis la manĝon por voki Santamaria, ke ili helpu Knabon malsupreniri de la nun finita tegmento. Fakte ili devis lin malsuprenigi, ĉar Knabo ŝajne konsumis sian lastan forton pri la longa tasko. Lia varmega korpo tremis kaj li nun ĝemadis. Dum ili portis lin al la lito, Santamaria fine konstatis, ke io serioze misstatas pri Knabo. "Povra Knabo", li diris, kaj li intencis neniam plu nomi lin Bubo. Maklin preferis ignori la malican voĉon en si, kiu tradukis la vortojn kiel "Povra Santamaria" – nun estis provizore nur unu laborpova servisto, por kiu la mastro certe trovos multajn taskojn.

Fininte la manĝon, Maklin plenigis kelkajn paĝojn de ambaŭ taglibroj pri la vizito al Tangala. Respertante tiun malsukceson, li sentis, ke ĉiuj energioj denove forfluas. Li volis dormi. Al Santamaria li firme proponis, ke li gardodeĵoru "kondiĉe ke la streĉaj laboroj de la ĝisnuna tago ne tute subfosis vian forton". Kuŝiĝinte, li pensis: Estas bone, ke nun mi almenaŭ facile endormiĝas. Kaj tion li faris tuj.

\* \* \*

"Sinjoro barono! Sinjoro barono! Vekiĝi, ŝimioj veni!" Maklin rapide orientiĝis. La senlima timego sur la vizaĝo de la servisto igis klare, ke ĉi-foje temas pri realaj homoj, ne iuj fikciaj "ŝimioj" nokte forŝteliĝantaj post nura vido al Renato Santamaria. "Aŭskulti, sinjoro barono!" li balbutis.

Maklin aŭskultis. Kaj li ridetis. Santamaria aspektis eĉ pli terurita – ĉu en sia lasta horo la barono freneziĝas?

"Trankviliĝu, Santamaria. Kion vi aŭdas? Ili ridas, tamtamas, krias mi-ne-scias-kion sed certe nenion minacan. En ĉi tiu lando vi ne aŭdas atakontojn. Ilia bruo pruvas, ke ili venas en paco."

La mastro surmetis la botojn por iri akcepti la homojn, kiuj estis haltintaj je kelka distanco. Li kriis la bonvenigan vorton instruitan de Teluli: "Aĝabaj!" kaj la gaja procesio ekmoviĝis renkonte al li. Antaŭe estis Teluli, lia viriĝinta filo Melatu kaj du aliaj rogenduanoj, Bilgasi kaj Orenda (iliajn nomojn Maklin jam registris en kajero). La ceteraj, eble dudek viroj, portis tre distingajn ornamaĵojn. Kelkaj tenis en la manoj belformajn potojn, kiuj evidente enhavis ion.

Post la matena fiasko kaj la refreŝiga dormo (li konsultis sian horloĝon kaj konstatis, ke li dormis du horojn) Maklin tre antaŭĝuis la klarigan konversacion kun tiu talenta mimulo Teluli. Teluli salutis lin preskaŭ intime, klinante la kapon sur la bruston de sia nova amiko. Sekvis longa interŝanĝo de vortoj kaj precipe de gestoj, kaj la ruso facile komprenis. La vizitantoj, kiuj ŝajnis havi ian parencecon kun Rogendu, estis loĝantoj de Bukbuk, insulo situanta norde de Rogendu. Ili nepre volis vidi la mirigan Maklin kaj la mirindaĵojn en lia kabano, kaj krome ili kunportis donace manĝaĵojn por la fremduloj kaj sufiĉon por si. Laŭ la reĝisorado de Teluli, kiu tre ĝuis sian rolon de peranto, tri bukbukanoj iris antaŭen prezenti la donacojn. Dum unu prezentis al Maklin surprize belan argilan poton, Teluli sukcesis komuniki la scion, ke potofarado estas la specialaĵo de Bukbuk. Maklin transprenis la poton kaj trovis en ĝi pakaĵon, kies volvaĵo konsistis el bananaj foliegoj. Malvolvinte ĝin, li vidis ankoraŭ varmajn bakitajn bananojn, panfrukton kaj aliajn nekonatajn fruktojn kaj iuspecan viandon. Li klinis iujn fojojn la kapon por danki, ree volvis la pakaĵon por konservi la enhavon varma.

La du aliaj donacoportantoj paŝis antaŭen. Unu iris al Santamaria kaj la alia vane serĉis Knabon. Por Maklin estis iom embarase vidi, kiel malkaŝe la bukbukanoj montras sian gradon de estimo per la relativa grandeco de donacoj: al la giganto Santamaria ili donacis manĝaĵpakaĵon multe malpli grandan ol tiu por la negranda Maklin (ĉu ili agis laŭ la konsiloj de la rogenduanoj?). La pakaĵo por Knabo estis nur iom pli granda ol tiu por Santamaria. Mime la barono sciigis pri la malsano de Knabo, sed akceptis lialoke la donacon kaj grimpis en la kabanon; sed tuj estis evidente, ke Knabo ne povas manĝi. Reaperante, Maklin redonis la pakaĵon al la donacinto, kiu metis ĝin en unu el la aliaj potoj, kiuj probable enhavis la manĝaĵojn rezervitajn por la bukbukanoj kaj rogenduanoj.

Subite Santamaria eligis jelpegon. Tuj Maklin turnis la kapon kaj vidis, ke du aŭ tri vizitantoj provis palpi la enormajn bicepsojn de la blankulo – tian giganton ili verŝajne neniam antaŭe vidis – sed Santamaria misinterpretis ilian intencon. Maklin devis subpremi sian ridemon: "Vidu, ili ne portas armilojn. Kaj eĉ sen viaj brakoj ili havas pli ol sufiĉe da viando. Homo, ili estas amikoj – malstreĉiĝu!"

La bukbukanoj simple preteratentis la strangan reagon de la grandega blankulo kaj volis nun rigardi la miraklajn aferojn de Maklin. Sed unu el la vizitantoj (lia nomo estis Vrike) fingromontris al la rusa flago, kiu pendis lace kunfaldiĝinta en la senmova aero. Vrike insistis pri klarigo de la signifo de la flago antaŭ ol eniri la kabanon.

Efektive Maklin apenaŭ konsciis pri la ĉeesto de la flago ekde la forveturo de *Vostok*. Kiel klarigi al ŝtonepokuloj la signifon de eŭropa flago? Kvankam la analogio ne estis bona, li decidis uzi ĝin: kion poto signifas por Bukbuk, tiu flago signifas por

Ruslando. Ne, ĉiuj liaj klopodoj tion komprenigi videble malsukcesis. Eĉ Teluli, kiu kutime komprenis lin kvazaŭ per telepatio, gestis sian nekomprenon: li estis certa, ke Maklin ne deziras aserti, ke en Ruslando la homoj faras ĉefe flagojn. Maklin faris alian eksperimenton. Li fingromontris iom neprecize en nordokcidentan direkton kaj diris malrapide kaj emfaze "Rus-lan-do". Ĝuste en tiu momento fulmosago zigzagis trans la ĉielon ekzakte tie, kien lia fingro sin direktis. Preskaŭ ĉiu verdinsula buŝo ricevis fingron – kio estis tiu Ruslando? Ĉu ia loko, de kie venas la fulmoj? Ĉu Maklin iel parencas al la fulmo? Eble pro tio li kaj la aliaj strangaj fremduloj havas siajn nekredeblajn aĵojn?

Maklin intuiciis, ke la koincida fingromontro kaj la fulmo iel ligiĝas en la pensoj de la indiĝenoj. Lia unua reago estis voli ĝustigi iliajn ideojn, sed kiel? Kaj tiam la demando: kial? Ne estis lia kulpo, ke la indiĝenoj tiel pensis; sed eble ilia miskredo donos al lia misio ian protekton? Do li diris nenion plu pri la temo, sed nun fulmo inkandeskis sur alia parto de la horizonto. Vrike indikis tien kaj demandis: "Rus-lan-do?" Maklin nur mienis sfinkse; la indiĝenoj tiru la proprajn konkludojn. Denove multaj fingroj enbuŝiĝis.

Aplombe Maklin gestis al la kabano. Estis tempo por montri la trezorojn en ĝi. Li eniris sian ĉambron kaj elportis keston kun tuta aro da diversaj admirindaĵoj: rubandoj, kugloj, najloj, speguletoj, lensoj, trančiloj, aliaj ŝtalaj iloj, buntaj kaj blankaj pecoj da papero, vestoj, horloĝoj. La miro de la homoj estis senfina, neniu buŝo estis malplena. Maklin vane klopodis imagi, kia ekspozicio simile efikus sur eŭropanoj. Kio estas preter la imagopovo de deknaŭa-jarcenta klera eŭropano? Kortuŝis kaj samtempe amuzis lin studi la miregon de tiuj homoj, mense apartigitaj de li per jarmiloj da historio.

Li estis disdonaconta multajn el la ne tre valoraj aferoj, kiam la telepatia Teluli haltigis lian brakon. Per elokventaj gestoj li sciigis al Maklin, ke la bukbukanoj ne atendas donacojn hodiaŭ sed esperas, ke Maklin baldaŭ vizitos ilin kaj kunportos donacojn. Maklin komprenis: oni ne komercas, oni ne interŝanĝas, oni donacas kaj lasas al la ricevinto, ĉu la afero estos reciproka. Li komparis tion kun la etiko de la komerca mondo en Eŭropo kaj preskaŭ ruĝiĝis...

Nun fulmo pli proksima briligis la ĉielon kaj la responda tondro krakis. Senteblis en la sufoka atmosfero la mesaĝo, ke ŝtormo venos post ne tre longa tempo. Maklin divenis, ke la bukbukanoj intencas dormi en Rogendu. Estis do tempo por manĝi. Li proponis tion al Teluli, kiu transdonis la mesaĝon al la aliaj, kiuj ride konsentis. Ridado estis evidente grava parto de ilia komunikado – vole nevole Maklin bildigis al si burleskan scenon, en kiu la universitataj seriozuloj en Heidelberg oficiale decidis enkonduki ĉiutagan periodon da ridado por si mem kaj la studentoj.

Por trinki la vizitantoj kunportis amason da kokosnuksoj, kiujn ili nun elpotigis. Ekestis nekutima silento, kiam ĉiuj ekmanĝis. Maklin komencis per la fruktoj, ĉar la viando eligis odoron por li naŭzetan... li ne volis konjekti, kian originon ĝi havas. Nun superbruis ĉion la ŝmacado de Santamaria; la neatendita sciiĝo, ke la ŝimioj aŭ almenaŭ kelkaj el ili povas taŭgi al aliaj celoj krom ĵeti lancon en vian dorson, pliigis lian ĉiam imponan apetiton. Maklin iom hontis pri la vulgaraĉa manĝmaniero de sia servisto, kies grandaj makzeloj disŝiris la viandon tiele, ke oni povus kredi, ke li estos ekzekutita, se li ne sukcesos ĉion vori en mondrekorda tempo.

Santamaria kompreneble sidis tuj apud la mastro, al kiu li transigis la opinion, ke la viando estas simple kvalite unuagrada. Maklin iom scivolis pri la deveno de tiu pompa kaj tute netipa esprimo, kiam Santamaria ruktegis tiel longe kaj sonore, ke lia mastro devis pensi pri preĝeja orgeno. Kiam la aliaj ĉesis mirigite rigardi la manĝritaron de la blankulo, Maklin kaŝe metis sian viandon sur la bananfolion de Santamaria. Santamaria delikate dankis: "Tre ŝuldita al sinjoro barono. Pensi pri rusa ladviando – uĥ, nur merdo!" Ĉu la stulte afabla grimaco de la servisto incitis Maklin, aŭ ĉu lia ruseco trovis la arbitran aludon – fakte oni aĉetis la ladviandon en Valparaizo – insulta? Ĉiukaze iu diableto instigis lin flustri tre klare en la grandegan orelon:

"Jes, mi konsentas, ke la ladviando ne respondas al la postuloj de bonmanĝula estetiko. Sed..." kaj li paŭzis, por ke la senkomprena vizaĝo venku sian stultan esprimon, "pri la ladviando oni almenaŭ scias, ke ĝi ne estas... homa karno..."

Sekvis furioza retreto malantaŭ la kabano, kie Santamaria luktegis por elĵeti la manĝitaĵon. El la indiĝenoj nur Teluli, kiu sciis pri la blankula inhibicio rilate la manĝadon de homa karno, divenis la kaŭzon de la incidento kaj rapide informis Maklin, ke la viando devenis de porkoj kaj hundoj (tiujn du vortojn Maklin jam komprenis). La barono jam hontetis pri sia malica ŝerco kaj ĝiaj probable antaŭvideblaj rezultoj, do li iris al la spasme rukteganta servisto kaj diris, ke oni ĵus klarigis al li, ke la viando estas porkaĵo (mencii la hundojn povus esti nesaĝe). Baldaŭ la nun senmotiva batalo ĉesis, sed Santamaria alrigardis sian mastron per tiel ofenditaj okuloj, ke li similis senkiale batitan hundon. Maklin sincere bedaŭris sian cedon al la deziro puni la idiotan diron de Santamaria, kaj pene pripensis ian manieron konsoli la egulon. Li ekmemoris la ŝajne aplomban kantemulon en la drinkejo en Suvo kaj ricevis ideon: "Santamaria, estus bona ideo prezenti al la gastoj ekzemplon de la, hm, eŭropa kantarto, se iu el ni, ĉu ne, farus al ili la komplezon..." Aĥ Maklin! li ĝemis en si, kial staru sur stilzoj, kiam vi parolas al tiu mizerulo? Kaj fakte la mieno de la sin kompatanta servisto perfidis, ke li ne kaptis la sencon de la pedante formulita peto. Maklin diris simple: "Ĉu vi volas kanti post la manĝo por niaj gastoj? Ankaŭ mi volonte aŭskultus vin. Kaj komprenelbe nia povra Knabo." La kresto de la giganto tuj rektiĝis: "Se sinjoro barono deziri, jes". Dum kiom da tagoj oni jam forgesis, ke Renato Santamaria kiel kantanto estas simple kvalite unuagrada? Sed nun ni reiru kaj finu tiun manĝon, kontraŭ kiu la rusa ladviando estas simple kvalite lastagrada.

Eble dudek minutojn poste ĉiuj aspektis sataj. Nun la fulmostrekoj fariĝis pli regulaj, dum la tondrado estis ĉiam pli laŭta, se ankoraŭ ne vere proksima. Ĉiukaze la vesperaj distraĵoj ne longe daŭros. Maklin volis certigi al sia servisto oportunon por akiri ioman prestiĝon; eble, li supozis, se oni agnoskos lian nepridubeblan talenton por kanti, li fariĝos iom pli kontentiga servisto. Maklin vokis Teluli, indikante al Santamaria kaj elstarigante la bruston kaj gestante laŭ la maniero de opera herotenoro, kaj klarigis, ke nun la giganto faros la-la-la. Ĉi-foje eĉ Teluli nur ŝultrotiris: li ne komprenis. Maklin supozis, ke la pozo, kiun li alprenis, estus universala, sed nun li memoris ke, kiam li aŭskultis la kantadon de polinezianoj en Suvo, ĝi efikis monotona sur li; krome ĝi estis esence afero de tuta grupo kaj la talenta soloisto kun sia ĉefa rolo kaj siaj dramecaj pozoj estis fremdaj.

Do estus interese simple prezenti Santamaria al la gastoj sen ia klarigo. Certe la surpriza beleco de lia voĉo kaj la varieco de lia repertuaro imponus tiujn homojn, kiuj sen ia dubo ĝis nun neniam aŭdis ion similan. Maklin indike klakis per la fingroj, kaj Santamaria ekstaris kun la modesta soleneco de iu, kiu baldaŭ ricevos honoran medalon. Tiu kanto pri perdita amo ĉiam kortuŝas la aŭskultantaron, ĝi nepre elvokos larmojn de dolĉa animturmento el la okuloj de tiuj simplaj infanoj de la Naturo.

La stariĝo de la giganto sufiĉis por altiri la atenton de ĉiuj. Santamaria fermis la okulojn, li kunplektis la fingrojn antaŭ la ŝvelinta brusto, li klinis la kapon, kvazaŭ li atendus akompanan muzikon, li levis emocioplena la kapon kaj malfermis la buŝon sed lasis la okulojn fermitaj. Maklin malantaŭenkliniĝis sur la ŝtuparo por ĝui la kanton kaj la reagon de la vizitantoj. La pura vokalo "o-o-o" vibrigis la humidan noktan atmosferon de tiu sovaĝe bela pejzaĝo, eĉ la fulmoj dummomente ripozis por aŭskulti. Nun la voĉo sorĉe soris, tremetis, glitis malsupren, soris eĉ pli alten...

Orenda el Rogendu estis la unua. Li rompis la silenton per entuziasma, elkora ridado. La aliaj tuj estigis aplaŭdan ĥoron da ridoj, kelkaj imite ekhojlis, nelerte imitante la papilian flugon de la blankula voĉo, ĉiuj trovis ege amuza la prezentaĵon de la ruza farsulo – kiu atendus, ke ĝuste li estas talenta komikulo? Hura, dika kaj granda blankulo!

Ne tuj Santamaria konsciis pri la reago, li ja tenis la okulojn fermitaj kaj la propra potenca voĉo iugrade nuligis sonojn de ekstere. Sed kiam li patose paŭzetis por denove supreniri poŝtupe la krutaĵon de dolĉa melankolio, la kakofonio de la ŝimioj bataĉis liajn orelojn. Li malfermis la okulojn kaj vidis, ke multaj ruliĝas sur la tero kaj ridas, kvazaŭ ili estus ĵus formanĝintaj sian lastan malamikon. Kaj li ĵus kantis strofon el la plej rave ploriga kanto iam ajn elpensita!

La misakorda reago de la indiĝenoj surprizis Maklin ne malpli ol la viktimon mem, kies kresto minacis tute forigi de la kapo kaj peze fali en iun koton. Li volis savi la serviston de kompleta humiliĝo sur la propra tereno. Senvorte li paŝis al unu el la bukbukanoj, geste petis permeson pruntepreni lian tamtamon, kaj transdonis ĝin al Santamaria: "Evidente ili ne komprenas nian tragedian muzon. Do kantu ion kun verva ritmo, akompanu vin per la tamtamo. Ju pli primitiva, des pli bona!"

Santamaria denove rigardis la ŝi-... la homojn kaj konstatis, ke fakte lia unua ero tre plaĉis al ili kaj ilia amuziĝo estas tute senmalica – oni povus eĉ diri, ke pro sia senkulpa stulteco ili estas instiga kaj aplaŭdema aŭskultantaro. Li eksperimente palpis la tamtamon kaj trovis, ke ĝi agrable respondas al la fingromovoj. Li alprenis pozicion de kantonto, kaj la indiĝenoj scivole silentiĝis: kion la amuzulo prezentos nun?

La granda buŝo eligis ekkrion tute malsimilan al la antaŭa klaŭnaĵo, li kantadis kaj tamtamis laŭ nerezistebla ritmo, la voĉo estis ne plu amuza sed forta, bela, nepre danciga, ili devis stariĝi, ĉiuj korpoj svingiĝis, ili laŭtakte stamfis, saltis, kriis imite al la sonoj el tiu forta buŝo, al tiuj strangaj sed plaĉaj sonoj. Nur Maklin restadis sidanta kaj ridetis, ĉu pro plezuro ĉu pro amuziĝo, sed eĉ liaj botoj kaj kapo ne rezistis la infektan ritmon. La kantanto sentis veran ĝojon, li amis sian danceman aŭskultantaron, li ripetis la kanton du, tri, kvar fojojn, jes kial ne ankoraŭ unu fojon? La ritmo ĉiam plirapidiĝis, ĉies memo fariĝis nur furioze svingiĝanta esprimo de iu praritmo, la tuta universo solviĝis en ekstazajn korpomoviĝojn. La finalo estis kvazaŭ eksploda koito... ĉiuj sinkis elĉerpitaj kaj kontentaj.

La portinto de la tamtamo kriis ion al Teluli, kiu informis Maklin, ke la bukbukanoj volas donaci la instrumenton al la dika blankulo. Kiam la mesaĝo estis transdonita al la kantinto, granda ĝojlarmo glitis el ambaŭ liaj okuloj. Li volis iel sciigi al tiuj noblaj infanoj de la ĝangalo, ke lia koro sentas amon por ili ĉiuj, kiom da homoj iam donacis al Renato Santamaria?... Ne estas ilia kulpo, ke la bona Dio kreis ilin ŝimioj kaj sensciaj kanibaloj, li mem ne meritas la privilegion esti blankulo, la scio, ke li estas blankulo kaj ili nur ŝimioj, efikas pli modestige ol orgojlige sur li... La koro de Renato Santamaria estis tro plena, por ke li trovu la ĝustajn vortojn en iu ajn lingvo. Ĝuste tiam li stumblis pro arboradiko kaj preskaŭ faligis la tamtamon, sed retrovis la ekvilibron kaj komentis: "Merdo!"

Maklin sentis, ke la sukcesa vizito de la bukbukanoj jam re-kompencis lin pro la mizera afero en Tangala. Kial la tangalaanoj kaj precipe Kodi rifuzis eĉ akcepti liajn donacojn? La enigma mi-mado de Kodi momente priokupis lin – eble la homoj nun antaŭ li povus klarigi. Nun estas mia vico prezenti distran eron, li pen-sis amuzite; iam mi verkos kurslibron por etnologoj kaj preskri-bos por la unua semestro nur mimadon. Li stariĝis por altiri ilian atenton: "Tangala... Kodi..." kaj li movis la manon tranĉilforme diagonale trans sian vizaĝon kaj ŝajnigis forhaki duonon de la nazo. La indiĝenoj ĉiuj kapjesis aŭ diris ion por sciigi, ke ili se-kvas lin: evidente Kodi estis bone konata en tiu regiono. Maklin decidis preterlasi la preskaŭan lancatakon de Kodi, sed li ripet-foje demonstris la teatraĵon pri la "lancarbo" ofte faligata. Subite Bilgasi el Rogendu ekscitite kriis ion al Teluli, kiu siavice eligis vervan "A-a!". Teluli nun transprenis la scenejon: per multaj ges-toj kaj kelkaj vortoj li nemiskomprenble prezentis *Vostok*; aron da remantoj kiuj fariĝas hakantoj; Maklin, kiu staras kaj iom pe-dante donadas instrukciojn; falantajn arbojn; Kodi... Aha! Nun ankaŭ Maklin kaptis la sencon... do tial! La lertaj gestoj de lia amiko Teluli iluminis lian cerbon. Kodi estas la posedanto de la arboj, el kiuj konsistas la blankula kabano, kiujn la maristoj faligis sub la kontrolo de Maklin! Sed... la arboj formis parton de ŝajne senmastra ĝangalo kaj cetere estis je longa distanco de Tan-gala... Tamen la kontenta mieno de Teluli kaj Bilgasi konfirmis, ke li ĝuste interpretis ilin.

Al la iluminiĝo en la menso de Maklin respondis nun senĉesa iluminiĝo de la ĉielo. Senaverte fortega lumo tiel brila kiel la taga suno falis sur la tutan ĉirkaŭaĵon kaj la terskua krakego de la tondro forbatis el ĉiu kapo ĉiun penson krom unu: la ŝtormo estas proksima. Vortoj ne necesis. Unu el la bukbukanoj mallonge diris vortojn evidente dankajn kaj fingromontrante norden aldonis: "Bukbuk... Maklin..." kaj li mime remis al Bukbuk. Maklin ridetis akceptante kaj diris: "Nun Rogendu," kaj li mime kuris kaj protektis la kapon kontraŭ pluvogutoj. Ĉiuj ridegis, deziris revidon, kaj forrapidis.

\*   \*   \*

La ŝtormo estis la plej potenca, la plej malbonvola, la plej violenta en la ĝistiama vivo de Maklin. Ofte li deziris, ke la iluzio de la indiĝenoj pri lia rilato al la fulmo estu almenaŭ dum kelkaj minutoj io reala. Tiam li malpermesus, ke la dioj de la vetero faru el lia kabano la celtabulon de sennombraj blindigaj fulmoj kaj oreldetruaj tondrokrakegoj. Hajloŝtonoj, multaj el ili tiel grandaj kiel tasoj, konstante plugis truojn en la ĉirkaŭa tero. La pluvego trovis kelkajn fendojn en la haste konstruitaj muroj de la kabano, kaj multaj objektoj, inklude la tamtamon de Santamaria, malsekiĝis.

Sed la kabano mem bone rezistis la furiozan atakon. Multaj arboj en radiuso de unu kilometro ricevis rektan, mortigan fulmon, sed la kabano de Maklin kaj la vilaĝo Rogendu restis sendifektaj. Pro ĝia situo sub la du arbegoj la hajloŝtonoj ne atingis la kabanon. Kaj dank' al la bona laboro de Knabo la tegmento ne cedis al la koleraj pluvogutegoj.

Ĉu Knabo mem eĉ aŭdis la ŝtormon, Maklin ne povis decidi. La malbela miksrasulo nur deliris, kiam lia mastro devigis kininon flui tra lia senresponda gorĝo. Io estis rompinta la dignon de silento, kiu kutime ŝirmis la terenon de lia animo. Li ĝemadis kaj intermite eligis vortojn en lingvo nekonata, aŭ li febre klakigis la dentojn. Naŭzeta ŝvito kovris lian malfortan korpon.

Nur la postan matenon Maklin trovis, ke la stango kaj la rusa flago mem kuŝas malpuraj sur koto, tien ĵetitaj de iu kolera verdinsula dio. La flago estis eĉ ŝirita en iuj lokoj. La flagostango ne staris sub la ŝirmo de la arbegoj, kiuj savis la kabanon. Longe Maklin rigardis la flagon, melkante sian barbon.

*   *   *

Kiel li diros jarojn poste al tiu entreprenema usona ĵurnalisto Whartley, Renato Santamaria sentis sin dum tiu tago post la ŝtormo home pli proksima al la mastro.

Unue, ĉar lia rivalo Knabo brovizore simple, oni povus delikatsente diri, mankis. Aj, povra Knabo, li estis nerekonebla, kiam li tiom parolis eĉ en delira stato. Estis strange mediti, ke troviĝas homoj sur la tero, por kiuj tia bi-bu-ba-bo estus komprenebla lingvo. Sed oni ja devas akcepti, ke ekzistas multaj strangaj popoloj kaj lingvoj.

Kaj povra Knabo terure ŝvitis. Santamaria jam delonge konstatis, ke la ŝvito de ŝimioj vere fetoras, kaj malgraŭ ĉia bonvolo al Knabo mem estus malhoneste nei la evidentan fakton, ke li estas almenaŭ duonŝimio.

Sed estis pli pozitivaj kaŭzoj de tiu alproksimiĝo al la mastro. Kiam du viroj kune travivas tiajn spertojn, kiajn Santamaria kaj la barono, ili devas pli intimiĝi. Estis plezuro memori la sukceson de la pasinta vespero, al kiu oni mem iomete kontribuis per kantado simple kvalite unuagrada. Oni ĝojis ankaŭ pro tio, ke oni ŝajnigis kunludi en tiu ŝerceto de la mastro pri la "homa" karno.

Kaj poste la ŝtormo. Du viroj, unu fama en la monda ŝienco, la alia renoma pro fizika forto kaj kuraĝo, ŝultro-al-ŝultre kontraŭ la sovaĝeco de la elementoj. Io tia ja forĝas ĉenojn de amikeco.

Hodiaŭ la mastro restis hejme (ĉu Santamaria eĥis la vorton "hejmo" pri tiu kabano?). La barono videble konsterniĝis pro la stato de povra Knabo. Li diris ŝerce, ke li esperas, ke Santamaria scios lin flegi, kiam li, la mastro, mem malsaniĝos. Pri tiu ŝerco ni ne plu pensu.

Post la matenmanĝo la mastro ordonis al li denove kolekti brullignerojn kaj ŝerce deziris "pli da sukceso ol ĉe via lasta provo". Certe la sukceso estis atingita, eĉ se... Nu, la mastro ja diris, nur sekajn lignerojn, sed post la nokta ŝtormo kuŝis ĉie abunde da deŝiritaj brançoj ankoraŭ verdaj. Estis relative facile forhaki per la toporo la foliaron de tiuj didonitaj brançoj kaj diskrete miksi la restaĵon kun la malpli facile troveblaj sekaj ligneroj. Tiele estiĝis impona stako, kaj ĉu ne pravas, ke eĉ la plej sukoplenaj brançoj iam sekiĝos? Kaj ĉar la mastro komisiis al Santamaria responson pri la fajro, ĉu entute necesis, ke tiu senkulpa sekreteto malkovriĝu?

Intertempe la mastro ĝisfunde ekzamenis la aferojn difektitajn de la ŝtormo kaj diligente registris ĉion. Li estis nekutime hezitema pri la rusa flago kaj videble prokrastis la decidon, kion fari pri ĝi. Domaĝe, se tiu bela flago kun la simpatia birdo ne plu gaje flirtos tie supre.

La nova sento de kamaradeco kun la mastro atingis brovizoran kulminon dum la mallonga vizito de la ŝimioj el Rogendu, kiuj asertis, ke ili volas scii, ĉu la ŝtormo suferigis Maklin. Santamaria restis kiel eble plej proksime al la mastro, preta por lin defendi, ĉar blankuloj devas sin reciproke apogi, ĉu ne, kaj malgraŭ ĉio ŝimioj estas kaprice nefidindaj. Kaj la mastro evidente volis havi iun apud si, estis kvazaŭ li luktus en si mem kaj serĉus konfidenculon. De tempo al tempo li tradukis la gestaĉojn de la ŝimioj; estas diable inteligenta homo, la mastro, li ja komprenas eĉ tiujn groteskaĵojn, sed ĉu tio estas ĝustadire ŝienco?...

Unue temis pri la ŝtormo. Iom ĝenis, ke la ŝimioj raportis, ke multaj arboj perdis siajn brançojn, ĉu tio estas temo menciinda, eble la mastro faros embarasajn demandojn... Feliĉe oni transiris al alia afero, longa mimado, kiu ŝajnis temi pri kazo de morala

60

gombromidiĝo, sed la mastro poste klarigis: en la tuta Rogendu neniu homo estis vundita de la ŝtormo, nur unu porko mortis pro batoj de hajloŝtonoj. Virino laŭte prilamentis la beston kiel propran infanon – fakte la ŝimiino nutris tiun porkon dum du jaroj per la propraj mamoj! Tiom da feblamensa virina sentimentaleco komprenble ridegigis ĉiujn.

Tiam Santamaria observis interesan ludon, kiu estis komence tute enigma. La mastro trovis paperfolion kaj rapide skizis mapon de la regiono, markis kelkajn vilaĝojn, kaj petis Teluli marki la lokon, kie troviĝas la arboj de Kodi. Estis amuze vidi, kiel la ŝimio tenas la krajonon, sed estante mem fremdulo al la skribarto Santamaria ne vidigis sian amuziĝon. Kiam Teluli plenumis la peton, la barono desegnis serion da cirkloj ĉirkaŭ la tereno de la "Kodi-arboj" kaj demandis, ĉu iu posedas la arbojn en la cirkloj. La ŝimioj ĉiuj kapjesis kaj nomis la posedantojn. Tuj la mastro desegnis cirklojn laŭ la tuta marbordo kaj ripetis la demandon pri posedantoj. La ŝimioj verve babilaĉis inter si kaj konfirmis, ke ĉie estas posedanto, eĉ se ili ne ĉiufoje scias nomi la koncernaton. Tiu informo ekscitis la mastron kaj li turnis siajn bore intensajn okulojn al la servisto kaj diris kun emfazo: "Vidu, Santamaria, ĉiu kvadratmetro de ĉi tiu lando jam havas posedanton!" Tiu modere interesa konkludo ŝajnis al Santamaria apenaŭ ekscita, kaj denove li dubis, ĉu ĝi vere rilatas al ŝienco, sed li diplomatie detenis sin de ĉiu eble mishumoriga komento.

Sekvis longa kaj peniga mimado, dum kiu Santamaria subpremis sian oscedemon per distraj pensoj pri la menuo de la venonta manĝo, sed finfine la mastro resumis la enhavon. Laŭ la ŝimioj terposedantoj preskaŭ neniam rigore insistas pri ia pago, se eksterulo volas utiligi la bestojn aŭ plantojn sur tiu tero. Foje tiaj pruntoj rolas en geedziĝkontraktoj, sed ĝenerale oni devas nur antaŭe peti ĉe la posedanto. Eĉ Kodi – sed la ŝimioj mem ne volis ĵuri pri iu ajn reago de Kodi (kaj tiun ulon ni prefere neniam renkontu!) – eĉ Kodi eble estus permesinta, se Maklin estus unue petinta. Kaj Maklin surprizis sian serviston per la demando, kiel li komparus tian sistemon kun la eŭropaj leĝoj pri posedado.

Feliĉe la demando estis nur retorika, kaj Maklin jam serĉis dona-cojn por la ŝimioj; sed Santamaria miris pri tia banala rezulto de tiel longa pantomimo, kaj li sincere esperis, ke li ne devos nun manĝi la merdon el la rusaj ladskatoloj.

Maklin donacis al la ŝimioj speguletojn, kaj ili kuris hejmen en ekstazo. Nekredeble, ke plenkreskaj viroj tiamaniere kondutas pro speguloj! Sed la primitiva menso...

La bona Dio rekompencis ilin! Anstataŭ la aĉaĵon el la skato-loj ili manĝis ĵus kaptitajn fiŝojn! Nur kelkajn minutojn post la forsalto de la rogenduanoj alia bando da nekonataj ŝimioj sur-plaĝigis sian boaton (Maklin nomis ĝin "pirogo") kaj donacis la fiŝojn. Eĉ pli bone, ili malaperis preskaŭ tuj. Ili ne komprenis la ŝimiajn vortojn diratajn de Maklin, kaj li kaptis nur unu vorton, "Lamedu". Ili fingromontris suden, do evidente ili estis el tiu vilaĝo iom sude de Tangala. Per gestoj ili sciigis, ke ili volas reiri kapti multajn fiŝojn.

Nur kiam ili ĝisis la lameduanojn, la blankuloj konstatis, ke estas multaj pirogoj sur la akvo de la bajo. La barono rezonis, ke ĝis nun la ĉeesto de *Vostok* fortimigis la fiŝistojn, kaj li aldonis, ke supozende la ŝtormo promesis al ili bonan kaptaĵon. Santama-ria honeste konfesis al si, ke la vido al tiom da ŝimioj en boatoj estas defio al lia kuraĝo, sed aliflanke la fiŝoj gustis kiel manao en la dezerto. Ia instinkto konsilis al li ne kompari ilin kun la ladviando, almenaŭ ne aŭdeble.

Post la manĝo la mastro faris ĉion, kio estis ebla por povra Knabo, kaj tiam li permesis ĝeneralan sieston. Li kaj Santamaria eĉ ne diskutis, ĉu iu gardodeĵoru.

Vekiĝinte, la barono multe skribadis kaj diris, ke li intencas parkerigi ĉiujn registritajn vortojn el tiu ŝimia lingvo. Al Santa-maria li donis la komision bori unumetran ŝakteton en la tero por enmeti termometron, dirante, ke necesas kompletigi la mete-ologiajn kaj marajn informojn. Li eĉ provizis specialan borilon – kion li ne havas en tiuj kestegoj!?

La tero estis mola post la pluvego, kaj Santamaria fakte ĝuis la iom fremdan sperton ekzerci siajn muskolojn. Dum li laboradis, li miris pri tiu ĉi plej nova manio de la mastro – termometro en la tero! Kaj tio transiris al meditado pri lia vidpunkto koncerne ŝiencon kaj tiun alian specon – kiel ĝi nomiĝas?... jes, humanikaj studoj. Sed jen la ironio, li memorigis sin, ke fakte li ne havas firman vidpunkton. Lia intereso pri la konflikto inter ŝiencistoj kaj humanikuloj datumis de tiu fama debato inter kolego Grone kaj oficiro Kneff, kiu hazarde sidis en la sama drinkejo. Tiu neforgesebla kolokvo estis titana lukto inter samnivelaj spiritoj, ĉar Kneff same kiel Grone disponis pri universitata edukado almenaŭ komencita. Por Santamaria estis vera intelekta frandaĵo aŭskulti la senĉesan tien-kaj-reen de erudiciaj vortoj, la kolizion de fulmo kaj tondro. Kneff, kiu kutime portis gantojn, prezentis la tezon, ke humanikuloj ŝvebas en eteraj regnoj kaj reportas al la homaro radikale esencan scion pri la Vivo kaj pri la Homo mem, dum ŝiencistoj pro sia limigita mondpercepto kaj -koncepto metafore rampas sur la tero, serĉante ian informon pri vermoj en la koto. Grone refute ĵetegis al Kneff la antitezon: dum la humanikuloj sidas sur sia dika pugo kaj ŝpinas radikale iluziajn intelektajn araneaĵojn, la ŝiencistoj sin levas de sur la pugo kaj atingas ion praktikan cele al la Progreso de la Homaro.

Pietate memorante la malkonsenton inter si de du tiaj fakuloj, Santamaria mem sentis la amare dolĉan animan turmenton de intelektulo, kies profunda kaj ekvilibra scio malebligas facilan sed supraĵan decidon. Li eksuspektis, ke eble unu el la instigiloj en lia decido dungiĝi al Maklin estis la sekreta espero kontribui al la solvo de tiu problemo surbaze de propra observado de funkcianta ŝiencisto. Ĝis nun li povis diri ke, kvankam oni povus klasifiki Maklin inter tiujn araneaĵo-ŝpinantojn, kiuj celas praktike progresigi la Homaron, aliflanke li neniel apartenas al la surpuguloj.

Do brovizore la debato restis nefermita, sed persone Santamaria volis deklari, ke li siaflanke bonvenigus iom pli da uzado de la menciita korpoparto flanke de la mastro, kondiĉe ke tio ne limigu la sidrajtojn de la servisto.

Ĉu li pensis "servisto" anstataŭ "servistoj"? Pardonu, povra Knabo! Kio okazos, se – laŭ la esprimo de oficiro Grone – Knabo baldaŭ piedskrapos la teron la lastan fojon, kaj iu venonta ŝtormo detruos la tegmenton?

\* \* \*

Tiun vesperon Maklin, fininte ĉiujn aliajn taskojn, sciis, ke fine venis la horo por provi sisteme klarigi al si, kial li fariĝis "ŝtatperfidulo". Al li plaĉis nek la ĝenerala temo nek la situacio, kiu pelis lin al tia decido. Probable li devos iam alfronti ĉefdukon Dimitrij aŭ eble ian rusan tribunalon; kaj liaj motivoj neniel konvinkus aliajn. Kiel oni klarigu, ke ekzistas pli altaj homaj lojalecoj ol patriotismo?

Li solene malfermis la verdan kajeron. Li komencu per tipa "Kehlismo":

> *Antaŭ ĉio mi volas esti honesta. Ĝis nun ŝajnis al mi eble vivi libera de politikaĵoj. Mi deziris vivi nur kiel sciencisto kaj dediĉi min al la konstruado de tiu Grandioza Mozaiko, kiel mia majstro Kehl nomis la sintezon de ĉiuj scioj.*

Lia deziro resti senpolitikulo ŝajnis ĝis antaŭ nelonge ebla. Eĉ lia sola persona kontakto kun la politika polico, kiun oni rigardis "studmalpermeso" tiutempe en Peterburgo, ne estis nepre "politika kazo". Li rebildigis al si la ledan, senhumuran vizaĝon de tiu nekonato en la administreja ĉambreto de la universitato. La antipatia ulo, sen ia dubo sekreta policano, certe kapablus ordoni ekzilon aŭ eĉ morton por iu ajn studento, sed la "kazo Maklin" trovis solvon kontentigan al ambaŭ partioj (retrospektive li ridetis pri tiu vorto – Maklin la "partio!").

> *Sed kontraŭ mia volo la politiko trudis sin en mian vivon.*

Dimitrij, Rubajlo, kaj nun la Verda Insulo... Unue li sentis ian instigon emfazi sian malŝaton al la politiko. Li skribis:

*Sur la politika areno floras la plej malnoblaj homaj ecoj: regemo, akiremo, mensogemo, konformemo, malkonformemo, stulteco, perversigita idealismo...*

Estis eble, ke tiu bildo estas tro negativa. Li ne konis sufiĉe da politikistoj por esti nepre certa. La tuta kampo estis fremda al lia science disciplinita pensmaniero, sed li obstinis.

*KIO ESTAS POLITIKO?*

*(1) Enlanda.*

*(a) Supre la peza mano de senfantazia kaj pedanta aŭtokrataro.
Ŝajna stabileco, fakta regado per kaprico, korupteco, ambicio.
Multjarcenta maljusteco sanktigata per eklezia aŭreolo.
Konvinko, ke plej eta perdo de privilegioj detruos tutan sistemon.*

Tiu malnova, ofte supremata voĉo rikanis: "Hm, ĉu *barono* Maklin skribas tion?" Aĥ, li defendis sin, lasu min hodiaŭ, estas sufiĉe da eksteraj problemoj! Li daŭrigis:

*(b) Malsupre milionoj da senrajtuloj, nesciaj pri vera situacio. Ŝarĝobestoj por ni (jes! ankaŭ por barono Nikolaj Ivanoviĉ Maklin!).*

*Konsoloj: alkoholo, amorado, kverelado, dancado, kantado, religio. Mensoga pastraro plej efika alianculo de tiranoj.*

*(c) En la mezo la "altruistoj". Volas liberigi la "popolon". Iliaj motivoj?*

Li devis konfesi, ke li malmulton scias pri la motivoj de la reformemuloj kaj revoluciuloj. Sed ankoraŭ pikis lin malagrable la sible flustrita riproĉo de tiu studento Palĉinskij en Peterburgo: "Maklin, ne imagu, ke vi povos ripozi sur neŭtrala tereno. Kiu ne batalas kontraŭ ĉi tiu fia sistemo, tiu objektive subtenas ĝin!" Do ĉu Palĉinskij kaj liaj kunkonspirantoj rajtas dikti al ĉiuj aliaj la batalterenon?

*La "revolucio de la popolo" estas iluzio de Palĉinskij kaj aliaj duonprivilegiuloj. De tempo al tempo ĝia kolero trafas iun duonstultan policanon, kiu pereas ĉe provinca strantangulo pro distranĉita gorĝo. Aŭ bombo dispecigas iun maljunan dukon en teatro.*

*La registaro mortpafas, pendumas, ekzilas amason da parte senkulpaj "martiroj".*

*La sistemo estas pli firma ol antaŭe.*

Maklin stariĝis. Ĉu, li pensis ironie, mi volus tamen esti politika teoriisto? Ĝis nun li ne suspektis, kiom da emocio li sentas pri la politika sistemo. Do, olda knabo, vi lernas iom pri vi mem, li diris, elirante por ekzerci la gambojn, ordigi la pensojn, kaj urini.

Alia ironia konstato estis, ke ĝuste en tiu vespero, kiam li surpaperigas sian "ŝtatperfidon", li malkovras sian ĝisostan rusecon. Kiu krom ruso povus priskribi la politikan vivon per tiaj vortoj?

Frap! Ne, la moskito eskapis. Do tiuj aĉuletoj nun revenas. Kien ili iras dum ŝtormo?

Grimpante sur la peronon de la kabano, li aŭdis obtuzan bruon el la direkto de Rogendu. Li divenis, ke oni okazigas kantadon en la vilaĝo, kaj li esperis baldaŭ ricevi inviton. Estus interese observi, kiel niaj rusaj prapatroj sin amuzis antaŭ multaj jarmiloj!

Li residiĝis. Li esperis, ke neniam plu li skribos pri politikaĵoj; sed kion oni komencis, tion oni finu. Estis nun la vico de la internacia politiko. Pri tio li sciis eĉ malpli ol pri la enlanda, sed ofte Kehl faris memorinde akrajn komentojn pri la temo. Kiel Kehl resumus?

*(2) Internacia.*

*Amaso da ofte nestabilaj "malpli gravaj landoj" submetataj al la kaprico de la "grandpotencaj ŝtatoj".*

*La doktrino de la "grandaj potencoj": kio ne kreskas, velkas.*

*Sekve: agresa ekspansio estas prezentata kiel "necesa sindefendo". Strategio, imperiisma ideologio kaj komerca akiremo interplektitaj, foje kun religia/kultura fasado.*

Maklin sentis, ke tiuj stakataj frazoj estas polvosekaj kompare kun la fervora deklammaniero de Kehl. Kiam Kehl, mense kaj fizike granda homo, levis sian noblan leonkapon kaj la vibroriĉa voĉo eliĝis el lia brusto, neniu aŭskultanto rezistis la evidentan validecon de liaj opinioj – almenaŭ tiumomente. Kehl preferis martelegon al rapiro. "Imperiismo!" li iam oratoris, "kio estas imperiismo? Bando da spirite analfabetaj drinkemuloj metas siajn dikajn botojn, ankoraŭ odoraĉajn je eŭropa koto, sur iun teron ĝis tiam liberan je eŭropa jugo. Niaj herooj plantas sian ŝiman nacian flagon, mistone elgurdas sian ridindan himnon; ilia rumelspira estro – se hazarde li scias legi – solene malvolvas dokumenton kaj prononcaĉe proklamas tiun teron esti por ĉiam aneksita al la glora Patrolando, malgraŭ la iomete ĝena fakto, ke de jarmiloj alia popolo tie loĝas. Poste venas aro da fumvomaj kanonŝipoj, oni murdas kelkajn indiĝenojn por igi klara, al kiu la tero nun apartenas, oni subaĉetas aŭ ĉantaĝas kelkajn korup-titajn princojn, oni trudas la propran nekompreneblan juron, oni komutas la komercon en la manojn de monavidaj patriotoj el la Patrolando – kaj ekde nun la kartografoj entuziasme registras la disvastiĝon de la civilizacio per novaj ruĝaj, bluaj, verdaj aŭ brunaj areoj sur la monda mapo. Vivu la civilizacio, vivu la sen-morta gloro de la Imperio!" Kaj la grandioza flavebruna haoso da haroj ĉirkaŭ la forta kapo de Kehl svingiĝante emfazis ĉiun vorton.

Ankaŭ Maklin svingis sian malpli imponan hararon, pro-vante fortimigi la moskitojn. Nun li aŭdis, ke Santamaria en la apuda ĉambro provas frapi la ĝenajn fluginsektojn. Knabo estis finfine tute trankvila; la morfino provizore nuligis lian doloron. Santamaria estis tre bonhumora hodiaŭ, pensis la mastro; sed tiu homo estas ja preterpermese stulta – li imagas, ke mi ne vidis, ke lia prifanfaronata lignostako konsistas trikvarone el ĵus falintaj branĉoj, plej verŝajne dank' al la ŝtormo. Nu, ridetis Maklin, mi ŝajnigos ne rimarki tion – finfine li responsas pri la fajro kaj li ne povas vivi sen teo. Li nur provu bruligi sian lignostakon!

Lasu tiun kompatindan stultulon en paco, diris unu el la voĉoj en lia kapo. Ĝis nun vi nur sukcesis skribi pri via tute neoriginala malŝato al la politiko, apogante vin sur viaj antaŭjuĝoj kaj la diroj de via deklamema majstro. Ĉu tio validigas vian perfidon al ĉefduko Dimitrij kaj via patrolando? Atendu nur, respondis alia voĉo, nun mi pravigos mian agon. Li skribis:

> *Kompreneble mi ne rakontis al Kehl pri la "politika flanko" de la ekspedicio. Mi naive rifuzis konfesi al mi mem, ke mi venis ĉi tien kiel sciencisto sed ankaŭ kiel "neoficiala" agento de la rusa imperio. La eleganta maniero de ĉefduko Dimitrij faciligis al mi mian memtrompon.*

Ho jes, Dimitrij bone taksis mian karakteron kaj same bone elektis la momenton, Maklin meditis; oni povus diri en la ĵargono de la politikistoj, ke li zorge faris siajn hejmtaskojn.

Tiutempe li estis ĵus elrevigita de la Cara Akademio de Sciencoj. Post multjara restado en fremdaj landoj li estis la unuan fojon denove en Peterburgo kaj jam fama en sciencistaj rondoj pro la studoj "Radiolarioj" kaj "La Strukturo de la Homa Cerbo". Li referis antaŭ la Akademio kaj skizis sian planon vojaĝi al la Verda Insulo. La eminentuloj plenĥore superŝutis lin per laŭdoj, sed kiam li malkaŝis al ili, ke li bezonas financan subtenon, oni subite trovis plenbuŝajn vortojn de bedaŭro, ke en la akademia kaso estas nur manpleno da tintaj moneroj. Poste Maklin aŭdis la onidiron, kiun li elektis ne kredi, ke fakte la ĉefoj de la Akademio sentis ĝenon pri la manko de patriotismo de Maklin, kiu publikigis siajn verkojn en la germana lingvo kaj sen ia agnosko al la aŭtoritato de la Cara Akademio de Sciencoj – kiu efektive neniel lin helpis!

Post tiu elreviĝo li ne sciis kien sin turni. La rimedoj de lia bieno tute ne sufiĉis por financi la ekspedicion. Li ne povis esperi, ke iu fremda registaro helpos. Li sciis, ke Kehl farus ĉion eblan, sed pro politikaj kialoj Kehl perdis multe da influo en Germanio. Kiel Maklin petu helpon de privataj organizoj? Ĝuste kiam li ekkredis, ke li devas enterigi sian revon, venis la invito de ĉefduko Dimitrij.

Maklin miris, ke tiu altrangulo, pri kies rolo oni pli konjektis ol sciis, volas inviti al si sciencíston, sed post la ĵusaj spertoj estis certe flate. Eĉ pli li miris, ke la ĉefduko kapablas fari inteligentajn demandojn pri diversaj sciencaj temoj – eĉ pri radiolarioj!

*Ĉefduko Dimitrij instigis min paroli pri miaj pasintaj kaj aparte miaj estontaj laboroj. Li ŝajnis dividi mian entuziasmon por progresigi la Sciencon. Kiel mi ne parolu pri mia espero labori inter la sovaĝuloj (kiel mi nomis tiam ĉi tiujn homojn) de la Verda Insulo?*

Dimitrij estas elstara aktoro, la barono diris al si, probable li interne ridetis pri mia nekutima parolemo tiun vesperon. Sed mi estis juna, mi sidis en elegante meblita kaj bonguste ornamita salono de mistera potenculo, kiu estas ĉarma, inteligenta mondumulo kaj ŝajne montris sinceran intereson pri mia vivcelo... kaj lia palatkaresa vino efikis deloge...

*Mi parolis iomete pri la loko de mia plano en la vizio de Kehl, kaj pli detale pri la instigo de Bauer (kiu estas bona ruso malgraŭ sia nomo!). Mi klarigis mian deziron vivi inter la homoj de la lasta granda lando, kie ankoraŭ regas pure ŝtonepoka kulturo. Mi klarigis, ke Bauer jam ellaboris inventaron por unujara restado ĉi tie; ke nur pro sia granda aĝo Bauer ne povas mem fari la ekspedicion kaj do urĝas min fari ĝin, antaŭ ol la angloj aŭ francoj aŭ germanoj aneksos la insulon.*

Aj, mi estis ja naiva! Dimitrij sendube sciiĝis pri ĉio pere de iu spiono, antaŭ ol mi malfermis la buŝon. Kaj la dosiero pri la "kazo Maklin" ĉe la peterburga universitato estis kompreneble bone konata al li... almenaŭ li kredis, ke mi estas bona patrioto! Ironio post ironio, pro li mi fariĝis ŝtatperfidulo! Li eĉ ne palpebrumis, kiam mi menciis la zorgon de Bauer pri la angloj, francoj kaj germanoj.

*La majstraĵo de la vespero estis la akto, en kiu Dimitrij ŝajnigis veni al impulsa, malavara decido. Li promesis disponigi al mi la caran mararmeon por transporti min kaj ĉiujn necesajn materialojn al la Verda Insulo. Kiel mi ne konsentu? Mia ŝajne forvaporinta revo subite staris antaŭ mi kiel facile plenumebla realaĵo. Dimitrij stimulis min paroli pri miaj bezonataĵoj. Nur preterpase li faris unu malgrandan peton: li deziris, ke mi konsentu vivi ĉi tie kiel rusa civitano. Kaj se – sed li samtempe per eleganta manmovo preskaŭ neis, ke io tia povos okazi – se la rusa registaro, por bari la ekspansiajn planojn de la aliaj grandpotencaj ŝtatoj, trovos necesa etendi sian protekton al la homoj de la Verda Insulo, mi apogos mian propran registaron.*

*Li ne petis, ke mi ion subskribu. Li estis kontenta pri duonjesa kapmovo kaj tuj rekondukis la konversacion al la materialoj transportendaj. Li promesis kunsendi nacian flagon, kiu, li diris senemfaze, estos samtempe bela ornamaĵo de mia "stacio" kaj simbolo komprenebla al aliaj eŭropanoj. Fine ni elkore manpremis, kaj mi marŝis al mia loĝejo, kvazaŭ risortoj sub miaj ŝuoj senpenigus la antaŭeniĝon...*

Pro mia dezirego veni ĉi tien, li pensis amare, mi ne volis konscii, ke mi provizos la prekeston por antaŭplanita imperiisma rabsalto. Sed almenaŭ unu el miaj internaj voĉoj igis min mensoge skribi al Kehl, ke mia bieno provizas la tutan financon.

*Eĉ la averton de oficiro Rubajlo mi preferis tiam ne kompreni aŭ subpremis mian komprenon.*

Rubajlo estis verŝajne la plej inteligenta el la oficiroj de *Vostok*, multleginta grandulo kun granda aglonazo. Aliaj oficiroj suspektis, ke Rubajlo simpatias kun socialismo, sed la afero ne interesis la baronon.

Iun vesperon, estis jam tre malfrue, Maklin trovis, ke nur li kaj Rubajlo staras sur la ferdeko. La oficiro estis amatora astronomo kaj ekdemandis la scienciston pri iuj konstelacioj. Maklin baldaŭ devis konstati, ke la aglonazulo scias pli ol li pri kelkaj detaloj, sed iel la konversacio glitis malsupren, ĝis ili diskutis la mondan politikon. Eble Rubajlo rimarkis, ke la temo pli interesas lin ol la baronon, do li demandis, ĉu la bieno de la familio Maklin multe suferis dum la kampanjo kontraŭ Napoleono. Tiam sekvis rapida skizo pri la evoluo de la rusa ŝtato post la napoleona invado. Evidente la beko de Rubajlo iam pendis super multaj libroj pri la historio; ke tiuj libroj estis plejparte nerusaj, impresis sin eĉ sur la ne terure interesata barono.

Ili atingis la nuntempon. Laŭ Rubajlo estis du "skoloj" inter la direktistoj de la rusa ekstera politiko. Ambaŭ skoloj nepre subtenis imperiisman ekspansion (la voĉo sub la nazo ne perfidis, ĉu Rubajlo laŭdas aŭ kondamnas imperiismon). La unua skolo volis daŭrigi la tradician "kontinentan" ekspansion, aneksante pliajn teritoriojn tuj apud la ekzistantaj rusaj landlimoj. Rubajlo nomis la ĉefajn reprezentantojn de la "kontinentuloj"; ili estis senescepte generaloj, kies nomoj malmulton signifis al Maklin. La barono provis ĝentile kaŝi, ke li oscedas, kaj Rubajlo dummomente silentis.

La unuflanka "konversacio" estus tiam ĉesinta, se Maklin ne estus, pro nura ĝentileco, petinta Rubajlo klarigi pri la dua skolo. Retrospektive Maklin komprenis, kial li kredis ekvidi triumfan glimon en la okuloj de la alia. Rubajlo daŭrigis, ke la dua strategia skolo kredas danĝera, ke la rusoj koncentriĝu nur pri la propra kontinenta regiono kaj permesu, ke la rivaloj glutu la ceteran mondon. Tiuj "mondstrategiuloj" nepre volis establi rusajn koloniojn en kiom eble plej da landoj. La dua skolo, kiu ŝajnis aktuale la pli influhava, havis tri bone konatajn ĉefojn: admiralon Frenkel, ministron Uspenskij kaj ... ĉefdukon Dimitrij.

Rubajlo pardonpetis, ke li tro longe parolis kaj ne permesis al barono Maklin ĝui sian merititan dormon. La du viroj senvorte iris al siaj kajutoj.

*Iam mi devos informi al Rubajlo, ke lia taktiko sukcesis, eĉ se la efiko estis prokrastita.*

La skribinta mano ripozis. La moskitoj nun tiel svarmis, ke ne estos facile endormiĝi. Ankoraŭ vi ne venis al la kerno, zumis la pedanta voĉo. Bone do, nun finfine!

*Mi rifuzas kunkomploti kun ĉefduko Dimitrij aŭ iu ajn alia politikisto, kiu celas prirabi mian amikon Teluli aŭ mian malamikon Kodi. Eŭropano simple ne komprenas, ke ĉi tie ne estas senmastra tero. Kian rajton havas iu ajn eksterulo aneksi unu kvadratmetron de jam posedata tero, posedata laŭ konvencioj multe pli admirindaj ol la leĝoj de Eŭropo? Mi deklaras, ne pro abstraktaj konsideroj sed pro propraj spertoj, ke ĉiu imperiismo estas krimo!*

Maklin fermis la kajeron. La rusan flagon li lavos, sekigos, kaj enkestigos, ĝis la alveno de Vostok aŭ alia ŝipo. Lia ŝtatperfido alprenos pasivan formon. Ĉu li rajtas ankoraŭ rigardi sin nepolitikema homo? Almenaŭ Kehl aplaŭdos. Sed pli grave, li nun atingis situacion, en kiu li povas esti honesta kontraŭ si mem.

Li kuŝiĝis. Do, sinjoro honestulo, incitis lin la moskitoj, sekve vi jam repagos ĉion al ĉefduko Dimitrij, ĉu ne? Maklin rifuzis disputi, kaj spite al la moskitoj li baldaŭ trovis trankvilon.

*       *       *

Sed la trankvilo ne daŭris longe. Iu sono konsternis lin. Komence ĝi ŝajnis esti nur la nervotranĉa kriĉado de moskitoj laŭvice alproksimiĝantaj al lia orelo kaj tiam forirantaj por lasi al alia la plej senteman aŭdnervon; sed iom post iom Maklin sciis, ke la sono devenas de iuj flugantaj monstroj, kiuj kuntrenas lin norden por atesti ilian atakon kontraŭ *Vostok*. Ie flanke venis la solena voĉo de Santamaria: "Vostok danĝera. Fortuno decidi." Maklin turnis la kapon kaj miris, ke Santamaria estas ne pli granda ol aliaj homoj kaj ke lia vizaĝo estas tute serioza kaj sen ia spuro de la kutima stulteco. Sed dum Maklin rigardis lin, ia interna premo pufigis lian korpon ĝis la kutima grandeco kaj la vizaĝo alprenis sian karakterizan trajton de miksita stulteco kaj us-heroeco. La mastro forturnis sin de la ridinda spektaklo kaj volis averti kapitanon Oŝaklin. Per fortega trudo de sia volo li preterflugis la fajfantajn monstrojn kaj trovis sin sur la ferdeko de *Vostok*, urĝe klarigante al Boris Miĥajloviĉ, ke *Vostok* evitos grandan danĝeron nur, se li tuj konvinkos ĉefdukon Dimitrij, ke imperiismo estas krimo. Sed la bona kapitano, pli melankolia ol kolera, respondis, ke Nikolaj Ivanoviĉ nur sonĝas, ke sonĝoj estas halucinoj kaj nuraj rezultoj de iritiĝo de la cerbaj nervoĉeloj; por tion pruvi, li volis enmanigi al Maklin dikan nigran libron kun oraj literoj sur la kovrilo. Unuavide Maklin kredis, ke ĝia titolo estas *La Sankta Biblio*, sed la literoj nebuliĝis kaj regrupiĝis por formi *La Grandioza Mozaiko*. Kapitano Oŝaklin enigme rigardis la baronon, tiam li prenis tondilon kaj pie fortondis ĉapitron el la libro kaj kun iom supereca rideto transdonis ĝin. La titolo estis "La Strukturo de la Homa Cerbo" de N. I. Maklin. Per sia pre-dikista voĉo Oŝaklin diris: "Vidu, ateismo kondukas al ŝtatperfido. Vi, Nikolaj Ivanoviĉ, povos savi *Vostok* nur sub la kondiĉo, ke vi rehisos la rusan flagon kaj neos la ateisman doktrinon, ke sonĝoj estas signifoplenaj." Maklin tre konfuziĝis, li sciis, ke io ne pravas en la diro de la kapitano, kaj li nepre volis dissekci iun homan cerbon por testi la hipotezon, ke sonĝoj portas mesaĝon sendepende de la nerva iritiĝo, li provis geste komprenigi al Teluli, ke vera sciencisto devas ekzameni ĉiun hipotezon, eĉ se ĝi kontraŭas la Grandiozan Mozaikon. Sed kies cerbon? Nur Santamaria kaŭris terurita apud li, sed Maklin ne povis utiligi lian cerbon, ĉar ĝi estis tro granda por lia labortablo kaj tro subevoluinta por provizi fidindan rezulton. Kodi tenis sian lancopinton inter la okuloj de Maklin kaj rikane proponis specimenon de klera deknaŭjarcenta cerbo – subite Maklin konsciiĝis, ke la groteskulo intencas piki lian cerbon. Li staris paralizite, sed lin savis la bela voĉo de Santamaria, kiu staris sur la scenejo de iu rusa provinca opera domo kaj en heroa pozo kantis kortuŝan am-arion. Ŝokis Maklin, ke la aŭskultantoj subite ekridegis kaj ruliĝis sur la planko, sed ilia ridado tre similis al la sensenca zumado de moskitoj. Nur unu homo, sidante sola en loĝio tuj sub la tre alta plafono, ne ridis sed ĉarme kaj kompreneme ridetis. Maklin deziregis atingi tiun misteran homon, ĉar li sciis, ke post terure mallonga tempo bombo dispecigos lin, bombo metita tien de Palĉinskij, Rubajlo kaj Maklin mem. Malgraŭ siaj klopodegoj Maklin ne povis transflugi la interspacon sufiĉe rapide por savi la homon, kiu devus esti ĉefduko Dimitrij. Li preskaŭ povis tuŝi la ĉefdukon, kiam ekkrakegis la bombo kun sono ege simila al la plej intensa moskitokriĉo. La opera domo tuj pleniĝis je sango, sed tio ne interrompis la frenezan dancon de la verdinsulanoj, do Maklin decidis postflugi la ankoraŭ ridetantan kapon de ĉefduko Dimitrij, kiu facile trairis la tegmenton kaj soris ĉielen. Li urĝe volis klarigi ion al la kapo, sed subite ĝi turniĝis kaj sekvis lin, kaj li vidis, ke estas la kapo de Knabo, pri kies morto li kulpas. Nur per panika streĉego de sia flugpovo Maklin sukcesis teni sufiĉan distancon inter si kaj la senkorpa kapo, sed iom post iom iĝis klara, ke la intenco de Knabo estas ne venĝa sed ama, ke li amoplene alparolas Maklin en iu nekonata lingvo. Ankoraŭ fuĝante, Maklin devigis sin ĝentile peti Knabon paroli germane. En perfekta, iom patosa germana Knabo diris: "Ho panjo, ne devigu min uzi blankulan lingvon. Mi volas veni al vi. Kaj ne nomu min Knabo, vi ja scias, ke mi estas via filo –". Sed Knabo ne havis tempon por diri sian veran nomon, ĉar Maklin jam panike eksidis sur sia lito kaj penis permane kapti moskiton. Li ne sukcesis, sed la ago plene vekis lin el lia inkubsonĝo.

La barono surprizite rimarkis, ke la mateno jam sufiĉe heliĝis por ke li vidu la vitroglatan maron. Estis tro frue por definitive elitiĝi, do li decidis surpaperigi, kiom li memoris el tiu konsterna sonĝo. Kial la ses verdaj kajeroj originale destinitaj por konsistigi lian *Privatan Taglibron* ne sufiĉos?

Se Knabo mortos, li diris al si, estos interese dissekci lian cerbon. Neniam ĝis nun oni havis okazon ekzameni la cerbon de homo duone eŭropa kaj duone polinezia, almenaŭ ne laŭ mia scio.

# Fino de Sensprita Ŝerco

Estis ankoraŭ frue, kiam li finis la registradon de tiu sonĝo. Li ne bone komprenis, kial li entute surpaperigis tian aferon, sed devas esti ia fadeno da racieco, da kaŭzo kaj efiko en ĝi. Laŭ la horloĝo li konstatis, ke li dormis pli ol ses horojn, kvankam unue ŝajnis al li, ke li apenaŭ havis tempon por fermi la okulojn. Tiu frumatena horo estas ege bela, li pensis, aparte post la forflugo de la moskitoj; kie ili daŭrigas nun sian senutilan agadon?

Li denove admiris la maron, tiun elementon, kiun li, infano de la rusaj stepoj, amegis ekde la unua vido. La deziro esti denove sur la maro ekkaptis lin, kaj li decidis kunporti la reton kaj serĉi specimenojn de marvivaĵoj. Finfine li utiligos la remboaton afable donacitan de kapitano Oŝaklin, kiu ĝis nun restadis ligita al arbo. Li ridetis interne kaj reformulis la frazon: li ne volis aserti, ke la kompatinda Oŝaklin restadis ligita al la arbo – sed, se oni povus fidi la obskuran profetaĵon de Sankta Renato, estus pli bone por la kapitano resti ĉe ili ol forveturi per *Vostok*.

Sufiĉe da tiaj okultaĵoj! Li volis labori antaŭ la matenmanĝo, sed unue estus bona ideo lavi sin kaj surmeti purajn vestojn. Li malsupreniris al la rojo, kies klara fluo ĉiam elvokis plezuran senton. Senvestiginte sin, li trovis, ke li forgesis la sapon. Ne gravas, mi eksperimentu per la subtila sablo, li decidis. Ĝi estis tre bona anstataŭaĵo krom tio, ke sableroj restis en lia barbo. Li ĝoje mergis sin en la relative varmetan akvon – kiam la suno brilos, ĝi ŝajnos malvarmeta. Kiu en la tuta mondo, li demandis sin, ĝuas pli belan "banujon"?

Li estis tre kontenta, ke ĝis nun li restis sana, kaj hodiaŭ li eĉ ne sentis sin laca; ĉu la necesa "politika" decido de hieraŭ iel malpezigis lin? En tia promesoplena tago, kiu sciis – eble Knabo resaniĝos?

Li sekigis kaj vestis sin, faris la kutimajn mezurojn de temperaturoj, aerpremo kaj tiel plu, kaj iris al la boato. Malliginte ĝin, li ĵetis la ŝnuregon en la boaton, kaj devis peni por puŝi ĝin trans la sablon, ĝis la akvorando ĝin volonte akceptis. Ensaltante, li memoris, ke la fakto, ke la boato kuŝis plurajn tagojn sen esti difektita aŭ ŝtelita pliigis lian fidon, ke la indiĝenoj ne intencas ataki.

La remado estis plezure facila kaj permesis plenan ĝuon de la imponaj konturoj de la montoj, kies suprojn nuboj kaŝis. La multaj fumkolonoj anoncis, ke la regiono estas multe pli dense loĝata, ol sciencistoj kutime supozas. Se ĉi tiu regiono estas tipa, li konkludis, la tuta lando devas havi multajn milionojn da loĝantoj. Des pli bone, ke li nun rifuzis helpi submeti ĝin al rusa regado... Ĉu onjo Oŝaklin, tiu bona patrioto, estus donacinta la boaton, se li estus sciinta pri la venonta ŝtatperfido?

Li koncentriĝis pri la maro. Se oni atente rigardis ĝin, ĝi montriĝis ege riĉa je faŭno. Li provis laŭeble eviti kapti jam konatajn speciojn, sed zorge ĉirkaŭis la novajn per la reto. Estis multaj krustacoj kaj meduzoj... "Meduzo" Schniff! Kiam Kehl elkraĉis la epiteton germane, "Qualle Schniff", ĝi estis pli amuza. Kial tiu grandioza homo Kehl foje tiel vidigas siajn homajn mankojn? Alia brila studento, Rubinstein, ne trovis favoron antaŭ liaj okuloj, ĉar li estis "tiu monstra miksaĵo", nome prusa judo. La kontraŭprusa sentimento de Kehl estis bone konata kaj eĉ iom alloga post la prusaj venkoj, sed la antisemitismo de la granda homo ŝajnis al Maklin kontraŭi liajn proprajn noblajn principojn. Ĝi estis ja tre milda formo kaj malofte direktiĝis kontraŭ unuopaj judoj; Kehl fakte tute malaprobis la krudan antisemitismon tiam florantan en Germanio, sed li samtempe malaprobis la "senlime

76

troigatan rolon de la nomada hebrea tribo en la okcidenta kon-
cepto de la monda historio". Iam Maklin konstatis, ke Kehl ĉefe
kritikas, ke la judoj heredigis al la mondo sian "menskatenan
fabelaron"; li mem rilatis multe malpli amare al la du Testa-
mentoj ol Kehl, sed ne surprizis lin aŭdi, ke la patro de Kehl
estis tre bigota kristana pastro... Estas ironie, li pensis, ke Kehl
– kaj li rapide movis la reton por kapti nekonatan krustacon –
ke Kehl estas milda antisemito pro sia ateismo, dum multaj aliaj
estas "kloakaj antisemitoj" pro sia kristanismo. Sed feliĉe – jen
bela specimeno! – antisemitismo neniam atingos tian venenan
gradon de intenseco en Germanio, kia estas tre kutima en mia
propra Ruslando... ĉu mi iam vivos libera en Ruslando?

La fluo de liaj pensoj neniel interrompis lian laboron. Nun li
pensis pri aliaj iamaj kamaradoj. Borg, kompatinda ulo, li dronis
antaŭ du jaroj. Layton? Ho jes, nun li ekmemoris la onidiron, ke
la ĉarma anglo vojaĝis al Hindio. Montcasse estas verŝajne jam
profesoro en Parizo. Kaj vi, Nikolaj Ivanoviĉ, ĉu vi preferus esti
profesoro en Moskvo aŭ Jena aŭ Oksfordo – aŭ ŝtatperfidulo izo-
lita en kanibala lando, nepovanta paroli kun la indiĝenoj, baldaŭ
malsaniĝonta, "helpata" de du servistoj, unu sentaŭga kaj la alia
eble mortanta.

Li paŭzis por rigardi la panoramon kaj diris: Nikolaj Ivano-
viĉ, vi estas enviinda privilegiulo!

\*   \*   \*

Renato Santamaria vekiĝis iom malfrue. Knabo kuŝis kadavrosi-
mila en la alia angulo kaj odoraĉis; sur liaj kruroj estis aĉaj pus-
plenaj aferoj, kaj Santamaria rapide forlasis la ĉambron.

Li nebule memoris strangan ripetiĝantan sonĝon, kiu kom-
ence teruris lin, sed kiun li iom post iom trovis eĉ kontentiga.
Dumnokte li devis sin defendi kontraŭ ronddancaj hordoj da
kanibaloj, kiuj feliĉe estis nur moskitoj, kiam li vekiĝis. Kiom-

foje ili atakis, tiomfoje li konvertis ilin en moskitojn, ĝis fine ili agnoskis lian superan forton kaj foriris, kaj li povis profunde dormi.

Post la maltrinkado necesis tuj reprovizi "sukojn" por lia herkula korpo. Li antaŭĝuis la guston de varma teo, sed unue li devis fari fajron. Feliĉe restis ardantaj cindroj sub la grizaĵo. Hm, estis bone, ke neniu scias pri lia metodo grandigi la lignostokon. Li serĉis vorton por tiu metodo, kaj esperis, ke "brovizora" taŭgas. Hieraŭ li kaŝe eksperimentis per parto de "freŝa" branĉo kaj devis konstati, ke fakte la mastro pravas. Kiam li, ĉirkaŭrigardinte por esti certa, ke neniu observas, metis la ligneron sur la fajron, la suko sible ŝaŭmis kaj elfluis, estingante parton de la fajro kaj vomante sufokan fumaĉon. Li devis rapide forbati ĝin per alia trunketo por savi la belan fajron. Post objektiva pripensado li venis al la konkludo, ke tiuj brovizoraj branĉoj ne sekiĝos sufiĉe rapide por taŭgi en antaŭvidebla tempo: sekve, baldaŭ necesos sekrete kolekti vere sekajn. Sed por hodiaŭ estis sufiĉo.

He! Kio estas? Sur la speguleca maro iu remas direkte al la kabano, jes en vera remboato, ne iu ŝimia pirogo – devas esti blankulo, kiu venas ilin savi! Li kuris al la ĉambro de la mastro, ĝojkriante kaj frapante. Neniu respondo, do li eniris kaj trovis, ke la mastro mankas. Li kuris al la rojo: ne tie. Ĉu eble sinjoro brofesoro barono pisi? Li decidis rigardi, ĉu la mastro laboras ĉe la boato. Ŝokis lin trovi, ke eĉ la boato mankas!

Sed Renato Santamaria ne estis stultulo, li tiris post apenaŭ konsiderinda cerbumado la konkludon, ke la homo en la boato povus estis la mastro. Kaj ĝuste, baldaŭ li povis eĉ distingi la formon de la mastro. Certe la barono volos teon. La fidela servisto rapidis al la fajro kaj zorge sed ne malrapide elektis sekajn lignerojn. Bonŝance la flamoj baldaŭ eksaltis kaj la projekto bone prosperis, antaŭ ol la mastro vokis lin por helpi surbordigi la boaton.

La barono estis videble en bona humoro. Li montris la reton kaj la botelojn kun multe da bestetoj el la maro kaj diris entuziasme: "Io por la mikroskopo!" Santamaria aprobis, ke fine la brofesoro faras veran ŝiencon, sed li taktoplene detenis sin de tiurilata eble vunda komento kaj anoncis: "Jes, mastro, akvo bobeli kaj kanti en bolpoto!"

Post la matenmanĝo estis alia ĝojiga afero por la mastro. Post ekzamenado li sciigis, ke la febro de Knabo pasis, almenaŭ provizore. La korpo estis ankoraŭ tro varma kaj Knabo tute ne povis labori, sed oni povis esperi je resaniĝo. Tamen estos necese forigi la abscesojn sur liaj kruroj, Maklin diris, alikaze ili povos veneni la tutan korpon.

La mastro aldonis, ke li volas celebri la resaniĝon de Knabo laŭ speciala maniero. Li sugestis, ke Santamaria iru kolekti pliajn sekajn lignerojn. Kial la mastro emfazis la vorton "sekajn" kaj permesis dum ono de sekundo enigman rideton akompani la vorton? Santamaria eĉ kredis vidi, ke la mastro samtempe ŝerce fermas unu okulon. Sed en tia barbara lando vi neniam scias, kiam iu insekto subite flugos en vian okulon. Malgraŭ ĉia subtila rezonado la servisto spertis ioman kulposenton, kaj li foriris tuj plenumi la taskon.

Estante inteligentulo, Santamaria baldaŭ elpensis konvenan metodon por serĉi kaj amasigi la lignon. Li hazarde elektis iun padon kaj laŭiris ĝin. Se li vidis taŭgan pecon da ligno kuŝantan ne malproksime, li trenis ĝin al la pado; poste li devos nur reveni laŭ la pado kaj kolekti ĉiujn pecojn. Li sentis sin relative sekura, tenante toporon en la mano, kaj li fieris pri sia nove elpensita labortaktiko. Poste li modeste klarigos ĝin al la mastro. Li indulgis sian naturan emon kaj benis tiun ĝangalon per la gaja ritmo de tiu antikva fi-kanto pri la maristoj, kiuj trovas havenon ĉe la voluptema Laŭra. Foje li havis inhibicion kanti ĝin, sed baldaŭ lia animo estis kuraĝa.

Puĥĥĥ!! En la nomo de mil diabloj, kio estas!? Povas esti nur pafo! Lia lango haltis ĝuste en la mezo de tiu aŭdaca verso pri la femuroj kaj tiel plu. Santamaria povis nur pensi, ke iu mortpafis iun. Ĉu la mastro mortpafis Knabon, aŭ inverse? Aŭ ĉu la mastro mortpafis sin? De kie oni havas la pafilon? Ĉu li, Renato Santamaria, naskita sub malbenita stelo, nun restas sola inter kanibaloj kun murdema frenezulo, aŭ eble kun duonmortinta duonŝimio kaj sinmortiginta mastro? Ĉu do pastro Sorin pravis, dirante ke eĉ antaŭ sia eterna damniĝo la blasfemintoj kaj fi-kant-intoj sentas fajron sur la lango? Santamaria larĝe malfermis la buŝon por enspiri sufiĉe da aero por estingi la ekflamiĝontan langon, sed tuj sekvis dua puĥĥĥ!! Lia menso rapide ekzamenis la situacion. Unue, sinmortiginto ne pafas duan fojon, kaj due, la sono indikis, ke la trajektorio de la kuglo estas alsupra. La buŝo fermiĝis, sed li decidis rapide kolekti sian rikolton kaj reiri al la kabano.

Preskaŭ samtempe la mastro revenis el alia direkto; en unu mano li tenis pafilon, en la alia du pezajn, dikajn birdojn. Fiere la mastro transdonis sian ĉasaĵon, dirante: "Sinjoro Santamaria, bonvolu prepari ilin. Unu estas por Knabo, la alia por ni. Feliĉe ni disponas pri abundo da brulligno, ĉu ne?"

La komplimento pri la ligno kaj la unika titolo *sinjoro* Santamaria tiel flatis la serviston, ke eĉ ne venis al li en la kapon demandi, kie la mastro trovis la pafilon. Palpante la grasan brus-ton de la birdoj, li ĝoje foriris ilin senplumigi.

Li preskaŭ finis tiun taskon, kiam iu nekonata sed ege imper-tinenta ŝimio arogante hojlis kaj marŝis al la kabano, kvazaŭ li duone posedus ĝin. La insolentulo eĉ aŭdacis mangesti en lian direkton kaj ridetaĉante krii "Santa!" La sola ŝimio, kiu kutimis nomadi lin tiel, estis la ĉefspiono Teluli. Sed kiioo? Fakte ja estas Teluli, sed li aspektas iel diferenca. Santamaria devis fiksrigardi la ulon por decidi, kio okazis: Teluli sin razis! Kaj strange, oni preskaŭ kredus, vidante lin tiel, ke li estas normala homo, krom kompreneble la ŝimia koloro.

Iomete poste ridado de la mastro kaj la ŝimio eksonis el la ĉambro de la mastro. Ĝuste tiam Santamaria iris pli proksimen al la kabano por pligrandigi la fajron, kaj la mastro volis dividi la ŝercon kun iu. Li kriis: "Santamaria, ĉu vi memoras, ke hieraŭ mi donacis spegulojn al la rogenduanoj?" Komplezeme la servisto ridetis kaj respondis: "Jes, mastro." Kiu povus forgesi tiun infa-necan spektaklon!? "Nu", daŭrigis la barono, "unu el ili faligis sian spegulon kaj ĝi frakasiĝis. Imagu, Teluli proprainiciate utili-gis pecon de la vitro por sin razi. Mi vere ne rekonis lin!"

Sendepende de tio, ke Santamaria trovis ankaŭ la reagon de la mastro iomete infaneca – objektive estas stulte uzi vitron por sin razi – li opiniis, ke estus bone, se ĉiuj ŝimioj sin razus: tiam ili certe aspektus malpli timigaj. Sed li subpremis tiujn konstatojn kaj bonkore diris kun mallonga sed almenaŭ ĝentila rido: "Vi diri, mastro!" Tiam li diligente daŭrigis sian kuirlaboron, tak-sante ke, se Knabo ricevos tutan birdon, almenaŭ estos juste, ke li kaj la barono dividu la pli grandan. Kiuj finfine surtabligos la frandaĵon? Kaj li sincere esperis, ke la barono konsentos, ke la principoj de justeco diktas, ke la dividiĝo de la pli granda birdo estu proporcia al la korpopezo de la manĝontoj.

Li nostalgie provis decidi, kia vino plej bone akompanus tian manĝon, kiam aŭdeblis koleraj vortoj el la kabano. Ĉu la barono povos atingi ĝustatempe la pafilon? Sed li vidis, ke tio brovizore ne necesis: kun koleraj gestoj kaj pli da bi-bu-ba-bo la ŝimio fori-ris, dum Maklin sidis senvorta sur la perono.

Tia foriro de la spiono videble konsternis la baronon, do San-tamaria, nun surtelerigante la birdojn, penis kaŝi sian ĝojon, ke fine la mastro konscias pri la danĝera flanko de la ŝimio. Des pli bone, ke li ie trovis pafilon. Santamaria imagis komedian scenon, en kiu la mastro montras al la tuta ŝimiaro la potencon de tiu pafilo.

Akto 1: Maklin sendas mesaĝon, ke ĉiuj ŝimioj venu.

Akto 2: dum Santamaria ĝuas sekuran vidon el la kabano, la ŝimioj amasiĝas sube.

Akto 3: Maklin marŝas inter ili kun la pafilo, kaj subite puĥĥĥ! puĥĥĥ! puĥĥĥ!

Akto 4: en senfunda paniko la ŝimioj forfuĝegas.

Akto 5: ŝimioj restas for, ĝis vaporŝipo savas blankulojn.

La alveno de supre de la mastro interrompis lian reĝisoradon, do Santamaria iniciatis la konversacion: "Teluli foriri, mastro."

"Mi kredas, ke mi lin komprenis, sed mi preferis ŝajnigi nekomprenon. Kaj mi suspektas, ke li travidis mian taktikon."

Santamaria ankoraŭ provis digesti tiun diron, kiam la mastro aldonis: "Li volas, ke mi sendu Knabon al Rogendu." Ĉi-foje Santamaria ne povis bridi sian honestan langon: "Sed Knabo terure malgrasa, preskaŭ nenio por manĝi..."

Kial la mastro rigardis lin kun amara amuziĝo? Li diris: "Ne tiucele, amiko. Mi kredas, ke Teluli volas provi lin kuraci. Li ripetis la vorton 'engogu'. Mi ne komprenis ĝian signifon."

Evidente la mastro bedaŭris la scenon kun Teluli kaj bonvenigus okazon por restarigi ilian amikecon. Renato Santamaria radikale pripensis la situacion. Knabo almenaŭ brovizore nefunkcianta. Teluli kverelanta. Li mem okupas la prestiĝan rolon de konfidenculo. Sed ĉu ankoraŭ longe? La plej bona plano estos servi la baronon sen brovizoraj metodoj kaj esperi, ke baldaŭ la bela sceno kun la puĥĥ̂! realiĝos.

La mastro forprenis la malpli grandan birdon por doni ĝin al Knabo. "Tio pli helpos lin ol ĉia vuduo", li komentis. Eble Santamaria havos iam okazon por demandi, kia manĝaĵo estas vuduo. Sed baldaŭ Maklin revenis kun malgaja mieno. "Knabo insistas, ke malsanuloj devas malmulte manĝi. Eble tio estas nur preteksto. Mi kredas, ke li volas morti."

Kompreneble estis bedaŭrinde, ke Knabo volas morti, sed oni devas tamen plu vivi, kaj krome la problemo pri divido de la birdoj trovis kontentigan solvon. Kvazaŭ telepatie la mastro diris: "Vi prenu la grandan."

La fidela servisto indulgis sian apetiton. Iomete tranĉe la barono demandis: "Dio mia, ĉu vi nepre volas liveri definitivan argumenton al tiu antropologia skolo, kiu kredas, ke la prahomoj estis karnovoruloj?" Santamaria interrompis sian fervoran maĉadon sufiĉe longe por afable kvitanci tiun sibilaĵon per konsenta rideto, sed la mastro decidis ne plu esplori la apenaŭ tuŝitan temon. Tion lia servisto bedaŭris, ĉar pro la longaj vortoj oni facile konstatis, ke temas pri ŝienco, kaj restis kelkaj demandoj respondendaj. Maklin diris: "Santamaria, poste vi devos helpi min lanceti la abscesojn de Knabo."

Dum duonmomento Santamaria ĉesis ŝovi la birdofemuron en sian buŝon.

*    *    *

Tiun vesperon Maklin skribis en sia *Privata Taglibro:*

*Eĉ pli ol la fizikaj simptomoj, la mensa stato de Knabo kaŭzas al mi zorgojn.*

*Antaŭe li vekis la impreson, ke li ne plendus eĉ se oni forhakus liajn membrojn unu post alia; nun li timas la plej etan doloron – kio apenaŭ konvenas kun lia malplia deziro vivi.*

*La lancetado de liaj abscesoj estis sufiĉe naŭza sperto, sed la rolo de Santamaria havis sian nigre humuran flankon. Fiksite al la planko per la enorma korpomaso de Santamaria, Knabo ploris kaj kriegis, foje eĉ kiam la lanceto ne tuŝis lin. Kaj Santamaria ankaŭ ploris, kvazaŭ lin mi pikus, kaj diris senĉese "povra Knabo!"*

*Poste la dolora premo de la abscesoj preskaŭ malaperis kaj Knabo montris sian dankon per vere konsterna parolemo. Lia kolego apenaŭ povus pli paroli! Li nepre volis min informi pri sia patrino Kiora, iu kompatinda elefantiazulino, kaj pri sia patro Jean-Paul, franca maristo. Mi ne volis aŭskulti tiajn intimaĵojn, sed neniam mi aŭdis homon paroli pri la propra vivo el tioma senpersona distanco; evidente li rigardas sian naskiĝon sensprita ŝerco. Poste mi pli bone komprenis, kial la perdo de la vivo ŝajnas akceptinda eventualaĵo por li.*

*Kian sencon havas vivo, se senfruktaj demandoj pri la propra identeco ne permesas fari demandojn pri la tuta universo?*

*Ĉiukaze ne helpus, se mi sendus Knabon al Rogendu. Kio estas tiu engogu, pri kiu Teluli parolis? Probable ia ŝamanaĵo.*

*La eventoj de hodiaŭ denove pruvis la inteligentecon de Teluli. Unue la afero pri la vitro. Kaj due lia kolero estis, mi kredas, rezulto de tio, ke li divenis, ke mi pli bone komprenis lin, ol mi*

83

*ŝajnigis. Ĉu li nun fariĝos malamiko? Mi esperas, ke ne; sed anko-
raŭ la abismo inter mia pensmaniero kaj tiu de la verdinsulanoj
estas tiel profunda kiel...*

Kaj li cerbumadis pri taŭga komparo; fine li skribis:

*... kiel tiu inter la maniero de Kehl pensi pri la scienco kaj la idiotaj
balbutaĵoj de Santamaria pri "ŝienco"!*

*Kial mi insiste malŝparas sarkasmon kontraŭ tiu intelekta nano,
kiu eĉ kredas, ke mi laŭdas lin? Mi devas peni simple ne aŭdi liajn
plej punindajn stultaĵojn!*

Maklin estis enlitiĝonta, kiam li memoris:

*La sciigo pri la pafilo estis kompleta antiklimakso: Santamaria tro
avidis gluti la birdojn, kaj Knabo...*

Lia lasta penso estis: ĉu Knabo diris, ke li volas prononci sian
veran nomon en mian orelon antaŭ ol morti, aŭ ĉu mi nur sonĝis
tion?...

*   *   *

Maklin mem juĝis la postan semajnon plejparte "senfrukta",
kvankam li estis tre kontenta konstati, ke kontraŭatende li resta-
das sana. Kiu juĝas laŭ liaj taglibroj, certe opinias, ke la periodo
estis plena je antropologiaj kaj aliaj taskoj. Li komencis planti
semojn de utilaj kreskaĵoj ĝis tiam nekonataj sur la Verda Insulo:
maizo, papajo, kukurbo, kaj diversspecaj fazeoloj. Liaj espe-
roj, ke la indiĝenoj poste kultivos ilin, plenumiĝos. Iun tagon
li marŝis laŭ la marbordo por observi, kiel la indiĝenoj kaptas
fiŝojn (fuĝintaj antaŭ ŝarkoj en malprofundan akvon) per la pied-
fingroj! Tio kondukis lin al sobraj konsideroj pri la fizika degene-
rado de civilizitoj. Liaj zoologiaj kaj meteologiaj studoj senĉese

daŭris. Por tiutempaj antropologoj la kreskmaniero de la haroj de diversaj homaj rasoj estis tre interesa demando, kaj Maklin volis testi la hipotezon, ke ĉe la verdinsulanoj la harradikoj troviĝas en densaj tufetoj. Nur post longa penado li sukcesis pruvi al aro da vizitantoj el Rogendu, ke lia hartondilo ne estas danĝera. Li devis unue fortondi areton da propraj haroj kaj transdoni ĝin al Bilgasi, antaŭ ol tiu grimace pretis oferi iom el sia lano. La aliaj vizitantoj laŭvice submetis sin, sub la kondiĉo, ke Maklin interŝanĝu. La sciencisto zorge volvis ĉiun predon en paperon kaj notis la nomon kaj proksimuman aĝon de la oferinto; imite, la rogenduanoj zorge volvis la rusajn harojn en folion por transporti al sia vilaĝo. Fine Santamaria kriis: "Sinjoro brofesoro unu flanko preskaŭ ne havi haroj!" La profesoro decidis ekde tiam tondi sin ambaŭflanke.

Teluli ne akompanis siajn samvilaĝanojn dum tiu vizito, kaj ankaŭ ili venis nur unu fojon. Post la interŝanĝado de la haroj ili ĉiuj volis vidi Knabon, kaj kelkaj diris ion pri 'engogu'. Maklin rifuzis enlasi ilin, kaj fine li decidis disdonaci bagatelojn simple por marki, ke ilia vizito jam finiĝis. Ili akceptis la donacetojn, sed ne montris la kutimajn miron kaj plezuron. Maklin iris al sia labortablo kaj la rogenduanoj povis nur hejmeniri. Iun alian tagon grupo el Figam alvenis. Ilia lingvo estis tute alia ol tiu de Rogendu, kaj neniu interkompreniĝo eblis, krom tio, ke ankaŭ ili indikis la kabanon kaj demandis: "Knabo?" Maklin ne sciis, kion fari, sed denove la mistera vorto 'engogu' aŭdeblis. Iom kolere la blankulo venigis donacojn por senigi sin je la vizitantoj.

La malsano de Knabo estis do duoble zorgiga. Unuflanke ŝajnis, ke la indiĝenoj ial kulpigas Maklin, ke li ne volas permesi 'engogu' – kio ajn tio estu – kuraci Knabon, kaj tio malafabligis ĉiujn interrilatojn. Ĉefe la forrestado de Teluli konsternis; nur nun Maklin konsciiĝis, kiom li dependis de tiu iama amiko. Ekde la kolera foriro de Teluli liaj lingvaj studoj plene stagnis. Maklin memoris, ke Teluli sen barbo aspektas surprize maljuna; li havas vizaĝon de intelektulo, kies inteligentaj trajtoj ne kaŝas la fakton, ke li spertis multajn amarajn aferojn en la vivo kaj emas al skeptikismo. Lia barbo estis masko, kiu junigis lin sed prirabis lin je sia unikeco. Teluli la talenta aktoro estis verŝajne la rezulto de longa memtrejnado.

Se nur Knabo resaniĝus! Tio probable solvus la ĉefajn problemojn. Sed Knabo rifuzis lukti por sia vivo. Ĉar la medikamentoj de la okcidenta scienco evidente ne sufiĉis, Maklin iom pripensis sendi Knabon al Rogendu. Tia paŝo eble restarigus bonajn rilatojn. Sed fine estus kruele submeti mortantan homon al tiel turmenta vojaĝo, kaj li supozis, ke Knabo preferus morti en la kabano. Maklin provis ĉiajn metodojn por instigi en Knabo novan vivodeziron; li alparolis lin en patrineca maniero, li insultis lin, li dumtempe ignoris lin, li seke parolis kiel mastro al servisto. Nenio efikis, sed iun tagon, dum Maklin flegis lian marasman korpon, Knabo flustris en la orelon de la mastro unu vorton en polinezia lingvo. Maklin divenis la originon de tiu longa, eŭfonia vorto: "Via nomo?" Knabo kapjesis, kaj rekuŝiĝinte malstreĉis sian korpon.

Nur poste Maklin memoris la signifon de tiu incidento; la horo de lia siesto jam alvenis, kaj li mem ne tre bone distingis inter sonĝo kaj realo. Li eĉ ekdemandis sin, ĉu la distingo inter sonĝoj kaj realo estas nura nescienca konvencio. Sed lia sciencista memo ribelis pro tia mistika stultaĵo, kaj devigis lin rezigni pri la siesto. Li iris plene veki sin en la rojo kaj poste studis papiliojn sub la mikroskopo. Almenaŭ tiun ilon li ne ŝuldis al ĉefduko Dimitrij; li mem aĉetis ĝin en Peterburgo, kaj li povis sin dediĉi al tiu parto de sia laboro sen ia piksento pri ŝtatperfido.

Unu homo estis nekutime kontenta dum tiu semajno. Santamaria estis sen rivalo, eĉ la ŝimioj ne plu ĝenis. La mastro certe laboradis – fascinis Santamaria observi homon, por kiu laboro estas same memkompreneblaĵo, kiel por Renato Santamaria estis ĝis nun natura bezono evitadi laboron. Jes, la barono laboris, sed li restis relative surpuga, tio estas, li ne faris ekspediciojn kaj lasis sian serviston sola kontraŭ hordoj da malsataj kanibaloj (kiuj brovizore bone kaŝis sin). Tiun fakton li ŝuldis, Santamaria bone sciis, al la zorgo de la mastro pri la malsana Knabo. Estus ja konvene, se povra Knabo bonvolus resti pli ol brovizore malsana. Sed kio estos, se aliflanke Knabo – por uzi esprimon de la maristoj – estos ricevinta sian plej lastan pagon? Hm, la pago de Knabo...

La plej bona afero dum tiu semajno estis, ke vespere la mastro petis lin kanti. Post tuta semajno lia repertuaro ankoraŭ ne estis elĉerpita. Feliĉe la mastro ne komprenis la vortojn, ĉar foje ne decas, ke nobelaj oreloj aŭdu la tekston de popolkanto. Rekompence Santamaria laboris modere bone dum la semajno; estis agrabla surprizo, ke ioma diligenteco ne nur ne difektas la sanon, sed ankaŭ pliigas la apetiton kaj plibeligas la dormon. Se nur li ne devus dormi en la sama ĉambro kiel povra Knabo, kiu ĝemadis kaj eble jam komencis putri...

Santamaria ne estis stultulo, li sciis, ke la forrestado de Teluli parte kaŭzas la seriozan mienon de la barono, do li preskaŭ neniam trumpetis sian triumfan senton pro la neĉeesto de la ŝimio. Alian triumfon li gajnis, kvankam la afero komenciĝis malbone. Estis la afero pri la tertremoj.

La tutan veron pri la tertremoj Santamaria povis rakonti nur jarojn poste (estis denove la ruza Whartley, kiu stimulis lin rakonti), kiam li jam sukcesis "rompi la katenojn de la burĝa moralo". La konsilon fari tiun rompon li ŝuldis al oficiro Grone, sed dum la verdinsula epizodo de sia kariero Santamaria ankoraŭ vane tintigis la katenojn. Ĝuste en la momento, kiam la unua tertremo okazis, Santamaria estis faranta ion, kion pastro Sorin skurĝis per la plej drastaj vortoj; kaj malgraŭ ĉio estis neeble dubi, ke pastro Sorin ege influis la formiĝon de la morala kodo de Santamaria. Per siaj malŝataj aludoj al la "burĝa moralo" Grone kompreneble sincere volis helpi, sed finfine Grone estis nur germana protestanto, kaj estis sferoj de la vivo, pri kiuj li ne povus havi plenan komprenon. Iel Santamaria trovis konsolan, ke ankaŭ Grone havas homajn manketojn, kiuj tamen ne serioze reduktas lian klerulan rangon: sed post matura pripensado simple neeblis nomi la glimokulan fanatikulon Sorin "burĝo".

Do bone, kiam la unua tertremo okazis, la mastro siestis kaj Santamaria sin masturbis. Neniu editoro volonte mencius tion, sed Santamaria mem insistis pri ĝi (parolante kun Whartley) kaj eĉ vetis, ke neniu alia homo iam atingis *tian* paroksismon. Sed en la kriza momento li certe ne trovis la aferon amuza. Pro sia troa sentemo en moralaj aferoj, li rapide interpretis la subitan moviĝon de la tero sub si kiel malfermiĝon de la faŭko de la fajra abismo. Li kriegis kaj, apenaŭ ĝustiginte siajn vestojn, panikite kuris al la ankoraŭ dormanta mastro. Sed la vekiĝinta barono nur mishumore ordonis, ke Santamaria ne estu tia poltrono, ke nenio tremas krom la genuoj de Santamaria. Bedaŭrinde en *tiu* momento la barono pravis, sed li ja tradormis la tertremon. Feliĉe, kiam la dua tertremo okazis iujn horojn poste, ankaŭ la mastro spertis ĝin; li nerekte konfesis sian antaŭan eraron per tio, ke li demandis, kiu el la du tremoj estis pli severa (fakte ambaŭ estis tre mildaj).

La lastan vesperon de tiu semajno nova febro kruele vipis la skeletosimilan korpon de Knabo, kaj la mastro raportis, ke nun la kompatindulo suferas ankaŭ peritoneiton; tion li diagnozis pro la doloregoj en la abdomena kavaĵo. Tiu nekomprenata vorto tamen sonis kiel mortoverdikto, kaj la granda servisto ne povis ne demandi: "Knabo morti?" Kiam la mastro diris sen ia esprimo: "Morgaŭ, mi supozas," Santamaria peze surgenuiĝis kaj preĝis, ke la Ĉiopotenculo plenumu sian sanktan Volon. Turninte sin al sia surtera mastro, li petis permeson dormi en la ĉambro de la barono, ĉar se Knabo dumnokte... Iom acide Maklin respondis, ke li trovas la preĝon al la Ĉiopotenculo el vidpunkto de la logiko tute superflua.

Li ankaŭ malpermesis al Santamaria dividi la bonan ĉambron, dirante, ke la servisto kapablus dormi en tombo kun dek freŝaj kadavroj. Post la foriro de la vipita hundego, Maklin bedaŭris sian makabran ŝercon, kiu eble kaŭzos inkubsonĝojn al la servisto.

Antaŭ ol mem endormiĝi, Maklin diris al si kun ironia tordiĝo de la mensaj lipoj: "Kiu el ni du kapablis tradormi tertremon?"

* * *

La ĝemoj de Knabo spitis eĉ la morfinon tiun nokton, kaj la du aliaj viroj malbone dormis. Ĉiuj deziris, ke la fino venu rapide.

Eĉ Santamaria matenmanĝis sen entuziasmo. Ial li kaj la mastro parolis mallaŭte kaj foje ĉirkaŭrigardis. La servisto diris, ke siaflanke li timas atakon de la ŝimioj post la morto de Knabo, kiu estas ja duonŝimio; ili pensos, ke la blankuloj murdis unu el ilia raso. Maklin ne respondis, sed li duone emis kredi, ke malgraŭ la krudeco de siaj premisoj Santamaria eble tiris ĝustan konkludon. La indiĝenoj jam sufiĉe igis klara, ke ili malaprobas la rifuzon de Maklin rilate la enigman "engogu"; ne nur Teluli kaj la rogenduanoj, sed homoj el Figam, kaj sendube ĝis nun la tuta regiono, eksciis pri la malsano de Knabo kaj la sinteno de lia mastro. Maklin konjektis, ke lia rifuzo submeti Knabon al "engogu" povus esti rigardata kiel almenaŭ nerektan murdon; ilia reago al la morto estas neantaŭsciebla.

Santamaria ĉesis suĉi sian teon: "Mastro, kio fari pri Knabo kiam morti?"

"Ni atendos la nokton, remos ĝis iu loko, kie estas ŝarkoj, kaj ĵetos lin al ili."

"Sed ŝarkoj ĉie," diris la servisto, indikante la proksiman bordon de la maro. Ĉar Maklin ne respondis, Santamaria sciis, ke la mastro cedas tion. Li daŭrigis, fingromontrante al la pli fora akvo de la bajo: "Multaj pirogoj veni kapti fiŝoj ankaŭ nokte eble vidi Knabo."

Maklin konfesis al si, ke ĉi-foje la giganta servisto pensas logike. Sed li diris: "Ne estas alternativo. Ni ne povas simple ĵeti la kadavron en la maron apud ni. Ni ne povas lasi ĝin en la kabano, ĉar en ĉi tia klimato putrado komenciĝos tre baldaŭ post la morto. Ni ne povas enterigi Knabon dumtage, ĉar eble iu vidos nin. Dumnokte ni ne povos fosi sufiĉe profundan tombon, kaj eble la hundoj elfosus poste la kadavron. Do kion vi proponas?"

Tiu rezonĉeno de sciencista menso forte imponis Santamaria: ĉu humanikulo povus proponi ion egalvaloran? Sed li ankoraŭ ne kapitulacis: "Eble doni Knabo al ŝi- indiĝenoj por manĝi?"

"Ne," respondis la barono seke, "mi intencas detranĉi la kapon por konservi la cerbon." Malice Maklin ĝuis la malkomforton de la servisto, kaj aldonis bonhumore: "Diru, Santamaria, se vi estus honesta kanibalo, ĉu vi rigardus povran Knabon frandaĵo?"

Santamaria heroe luktis por alpreni rideton, sed li subite trovis naŭze paroli pri mortinto eĉ antaŭ lia morto. Li propravole decidis, ke estas tempo por lavi la manĝilaron.

La animo de Knabo ankoraŭ ne estis preta por sia longa vojaĝo. Kiam la barono, post mateno da intensa laboro, ekzamenis lin, liaj ostecaj brakoj ĉirkaŭis Maklin kaj la suferantaj okuloj rigardis rekte en liajn. La spiro el la nun daŭre malfermita buŝo estis malvarma, kaj la mastro devis bridi fortan instinkton forpuŝi la preskaŭan skeleton. Li supozis, ke Knabo imagas, ke li ĉirkaŭbrakas Kiora; la sceno moke akuzis ĉiun "bonan Dion".

Ankaŭ la posttagmezon Knabo devis tordiĝante trasuferadi. Estis kortuŝe rigardi, kiel pograde la senforma nazo pintiĝas kaj perdas sian koloron, la okuloj retiriĝas en la kranion, la lipoj blankiĝas, la manoj kaj piedoj iĝas frostaj.

Maklin iris al Santamaria je la kvina kaj demandis, ĉu li volas ĉeesti la morton aŭ preferus jam ekkolekti ŝtonojn por sinkigi la kadavron. Solene dirante: "Povra Knabo!" la servisto sekvis la mastron. Kiam ili eniris la ĉambron, Santamaria vidis la kelkajn vestojn de Knabo ne plu portotajn, kaj li impulse sidiĝis apud la mortanton kaj levis lian kapon sur siajn dikajn femurojn. Maklin inversigis botelon da kloroformo sur pecon da vato. Li estis metonta la vaton sur la nazon de Knabo, kiam per iu lasta fortostreĉo la okuloj de la miksrasulo ĵetis klare helan rigardon al li, tiam al la giganto tenanta lian kapon, kaj denove al Maklin. Estis eĉ spureto da ironia humuro en tiuj okuloj, kvazaŭ li volus diri: "Mi naskiĝis el la utero de elefantiazulino, mi mortas sur la sino de elefanto!" Per la okuloj Maklin signalis adiaŭon, kaj la vato malrapide surnaziĝis. Baldaŭ la korpo perdis sian streĉitecon, sed la koro daŭrigis sian malfortan batadon.

Santamaria samtempe ploretis kaj preĝis. Maklin rigardis la maron kaj meditis, ĉu la vivo de tia homo kia Knabo havas signifon; li esperis, ke lia propra vivo iom valoros, almenaŭ dum li spiros. Li denove ekzamenis Knabon kaj anoncis: "For." Li demandis sin, kion signifas "for" – *kio* estas for?

Laŭ la horloĝo estis la 5:35. Baldaŭ la tropika nokto embuskos ilin. Li sendis Santamaria por kolekti la pezajn ŝtonojn, kaj mem iris serĉi du sakojn. Estos pli facile transporti Knabon en du partoj.

Antaŭ ol ili povis komenci, la inke nigra nokto jam falis, kaj necesis ekbruligi kandelon. Santamaria sentis iun neeldireblan teruron, ke la mastro vere intencas profani la kadavron. Li ege malpeziĝis, kiam la sciencisto kolerete diris, ke ne valorus detranĉi la kapon, ĉar li ne havas ujon sufiĉe grandan por konservi homan cerbon. Maklin mem iomete hezitis post tiu konstato, ĝi memorigis lin pri io, sed li estis tro okupita por pensi pri tia afero nun. Kia elreviĝo por Bauer, al kiu li promesis kiom eble da korpopartoj de verdinsulanoj kaj aliaj pacifikrasanoj! Sed almenaŭ li povus savi la laringon kun ĝiaj muskoloj kaj la langon.

"Tenu la kandelon tie, por ke mi vidu la gorĝon," li ordonis al Santamaria. Antaŭsentante ion naŭzan, la servisto faris tion, sed preskaŭ vomis, kiam la skalpelo ekmordis la haŭton. Lia saviĝo estis pensi pri pli altaj temoj: se tia aĉaĵo estas ŝienco, ekde nun li staros ŝultro-al-ŝultre kun la ganto-portanta Kneff kontraŭ eĉ Grone.

"Fulmotrondro, Santamaria, tenu la kandelon senmova!"

La molkora servisto ne povis rigardi tian groteskan ŝiencon, sed de tempo al tempo li ne povis ne vidi, ke ekzemple la mastro forklivis ankaŭ pecon da haŭto de la frunto kaj skalpo. Kial Knabo ne protestas? Aĥ, jes, tial...

Estis nun tempo por disigi la kadavron en facile porteblajn partojn. Li komencis detranĉi unu antaŭbrakon sed, kiam la klingo tuŝis la brakialan plekson, finfine Knabo protestis per eta ĵetiĝo de la brako. Ŝrikante Santamaria faligis la kandelon, kiu estingiĝis, kaj la barono uzis rusan fivorton. Daŭris iom, antaŭ ol Maklin retrovis kaj ekbruligis la kandelon. Santamaria staris paralizita kaj preĝis, ke per iu miraklo Knabo malaperu dum la malluma intertempo, sed denove la lumo redonis la hororan scenon.

Eĉ tiu vampireca distranĉado devis iam finiĝi. Ili ĵetis la pecojn en du sakojn, portis ilin malsupren, kaj aldonis eble dudek kvin kilogramojn da ŝtonoj al ĉiu sako. Ĉu ili portis pli da ŝtonoj ol da Knabo?

Ili lukte portis siajn aĉajn ŝarĝojn direkte al la remboato. Bedaŭrinde iliaj hastantaj piedoj ne ĉiam trovis sekuran apogon en tiu densa mallumo. Maklin, kiu iris antaŭe, ĵus atingis tiun lokon, kie la deklivo komenciĝas, kiam iu nerezistebla forto antaŭenŝovis liajn genuojn. Tiu forto estis fakte la kapo de la stumblinta Santamaria. Nun sekvis nervotikla momento, en kiu la du viroj kaj la du sakoj karuselsimile interpuŝiĝis kaj ruliĝis malsupren. Estas malfacile silente kriegi. Fine la viroj stariĝis, sed ili trovis nur unu sakon. Firme Maklin ordonis, ke Santamaria staru tute senmova, dum li mem febre rampadis kaj palpis la sablon, ĝis li retrovis la serĉataĵon proksime al la akvo.

Iom post iom iliaj okuloj alkutimiĝis al la mallumo, kaj ili trovis la boaton. Ili lasis la sakojn fali en ĝin kaj malligis la ŝnuregon ĉirkaŭ la apuda arbo. Malbonŝance estis malalta tajdo, kaj ili devis streĉi ĉiujn fortojn por puŝi la boaton trans la sablon. Maklin pensis, ke estus multe pli facile, se anstataŭ la dikventran remboaton ili havus unu el la sveltaj pirogoj.

Ĉu tiu penso estis la signalo por iu malica dio? Pirogoj, ĉiu kun sia torĉo, subite aperis de malantaŭ la plej proksima promontoro. Plej verŝajne la indiĝenoj volis kapti fiŝojn, sed ili direktiĝis rekte al la boato el distanco de ne pli ol duonkilometro.

La tempo urĝis. Fine ili puŝis la boaton ĝis la loko, kie ĝi flosis. Ili ensaltis, ekkaptis la remilojn, kaj forte balais la akvon.

Sed la boato ne antaŭeniris. "Damne!" siblis Maklin, "ni kuŝas sur sablo aŭ io!"

"Mastro, se inĝenoj vidi gorĝo de Knabo... Kial ne kuri en ĝangalo kun sakoj morgaŭ enterigi?"

"Stultulo, mi jam klarigis tion! Tenu la boaton stabila, mi saltos en la akvon por vidi, kio estas."

"Sed mastro, ŝarkoj en akvo!"

Jes, li verŝajne pravas, pensis la barono, sed... Aha! Lia mano hazarde tuŝis la streĉitan ŝnuregon, kiu antaŭe ligis la boaton al la arbo. Evidente ĝi ie implikiĝis en radikoj aŭ io simila kaj nun fikstenis la boaton. Kun granda kontento Maklin elingigis sian tranĉilon kaj sege trarompis la ŝnuregon. Nun ili povis kun kiom eble malplej da bruo enigi la remilojn en la akvon kaj gliti antaŭen. Santamaria kapablis memori tutan litanion da pentopreĝoj, dum Maklin kalkulis la pirogojn: dek unu, do entute tridek tri viroj. Eĉ se ilia intenco estas kapti fiŝojn, kiel ili reagos, se ili vidos la sakojn? La sola avantaĝo de la blankuloj estis, ke ilia neiluminita boato estos videbla nur de proksime.

La pirogoj daŭrigis sian vojlinion rekte al la boato, kaj baldaŭ vortoj estis facile aŭdeblaj, se ne kompreneblaj. Ĉiu torĉo ĵetis longan lumstrion trans la glatan surfacon. Ĉiu remilmovo kirlis milon da sparkoj; Maklin notis, ke la remado estas neregula, do plej verŝajne la viroj fakte serĉas ion en la akvo.

De ĉiu flanko venis voĉoj kaj la pirogoj disiĝis. Dek el ili aŭ ĉesis proksimiĝi al la blankuloj, aŭ eĉ moviĝis pli malproksimen. Sed unu el ili direktiĝis tiel, ke tre baldaŭ ĝia linio kaj tiu de la boato devos kruciĝi. Ĝi estis nun ne pli ol kvindek metrojn for. La blankuloj sidis statuosimile.

La pirogo haltis. Ekscititaj voĉoj. Ili vidis nin! Ĉu ili aŭdas la tamtamadon de mia koro, pensis Maklin. Subita ekkrio de iu indiĝeno, kaj la pirogo forsaltis dekstren, evidente ĉase al io. La blankuloj elspiris. Post iomete ili pasis tra la breĉo en la linio de la pirogoj kaj ne haltis, ĝis ili troviĝis sur profunda akvo. Ili forĵetis la pecojn de Knabo. La sakoj tuj malaperis sub la akvon, kaj Maklin ne dubis, ke post nelonge la ŝarkoj voros la lastan pecon.

La pirogoj ne prezentis problemon dum la remveturo hejmen. Atinginte la bordon, ili renversis la boaton kaj provis forlavi ĉiun postsignon de sia nokta aventuro. Kune ili lavis sin kaj siajn vestojn.

Santamaria ĝoje konsentis al la ordono prepari teon, sed sakris pro tio, ke ne plu estis ruĝaj cindroj. Do lia laboro daŭris sufiĉe longe, por ke Maklin raportu ĉion en sia *Taglibro*.

Dum la tetrinkado Santamaria taktoplene tuŝetis temon, kiu evidente ne ĵus venis en lian kapon: "Mastro, vi pagi Knabo kaj mi. Sed Knabo morti... Kio pri pago de Knabo?"

Bonŝance la vizaĝo de Maklin estis nevidebla pro la mallumo. Post paŭzo li respondis tute trankvile: "La salajron de Knabo mi sendos al lia vidvino."

## Malsana senmortulo

Ambaŭ blankuloj sciis, ke la morto de Knabo alportos novajn problemojn kaj zorgojn. Renato Santamaria klare konsciis, ke nun la relative surpuga periodo de la mastro pasis. Kiam la barono rekomencos sian manian vizitadon al la kanibaloj, ĉu li deziros, ke la servisto lin akompanu? La giganto trovis plezuron en la propra pensklareco, kiam li dividis la problemon en du tute konkretajn alternativojn: aŭ li restos ĉe la kabano, aŭ li iros kun la ŝiencisto. Sed ekzamenado de la du alternativoj amarigis la intelektan plezuron. Se li kunirus, li certe trovus tuttagajn marŝojn estetike neallogaj; krome oni povus renkonti survoje nedireble aĉajn ŝimiojn – sed almenaŭ li kaj la mastro starus ŝultro-al-ŝultre, kaj li povus, ĉu ne, defendi sian mastro-kamaradon. Se li restus ĉe la kabano, li ne senbezone elĉerpus siajn fortojn, sed aliflanke povus esti, ke li sola ricevus elkore nedeziratajn vizitojn... Almenaŭ pri unu afero Santamaria havis firman opinion: la ĉefa problemo de la Verda Insulo estis la indiĝenoj.

Al Maklin eĉ ne venis la penso inviti Santamaria lin akompani. Lia tuja zorgo estis, kiel klarigi aŭ eviti klarigi la morton de

Knabo tiele, ke bonaj rilatoj kun la najbaraj vilaĝoj, antaŭ ĉio kun Rogendu, estu restarigitaj. Li tre esperis, ke baldaŭ la verdinsulanoj perdos intereson pri la malapero de iu, kiu estis ja fremdulo al ili; sed en neniu lando oni povis antaŭvidi la efikon de religiaj tabuoj kaj similaj neraciaĵoj.

Ne profitis mediti pri tiaj aferoj. Li volis fari novan ekspedicion. Li elektis akcepti la afablan inviton de la bukbukanoj kaj taksis, ke eblos atingi ilian insulon kaj reveni per boato en kelkaj horoj. Zorge li elpensis sian ekipaĵon: donacoj, la pafilo, medikamentoj kaj iuj simplaj iloj de kuracisto.

La ekspedicio estis brila sukceso. La sola ĝeno estis, ke li ne rajtis vidi la virinojn kaj infanojn; certe la deviga forrestado de tiuj devis ĝeni ankaŭ ilin! Sed bonŝance por li la potfara industrio de Bukbuk estis preskaŭ nur vira laboro. Lia monografio pri tiu industrio, modelo de antropologa ekzakteco kaj abunde ilustrita per liaj tre kompetentaj desegnaĵoj, poste helpos rebriligi lian reputacion de mondkonata fakulo.

Sed ni ne tro anticipu. La tujaj sekvoj de tiu tago sur Bukbuk estis pli pozitivaj, ol li kuraĝis esperi. Kiel li antaŭsupozis, li povis mildigi la suferadon de multaj homoj dank' al la "blankula" medicino. La ĝenerale stoikaj insulanoj permesis, ke li lancetu, lavu kaj bandaĝu dekojn da furunkoj. Unu el la viroj, Flaku, montris sin malpli kuraĝa ol la aliaj. Evidente babilema kaj ne tre populara homo, Flaku postulis kuracon de ia nevidebla doloro de la iskia regiono. Certe Maklin ne havis taŭgan rimedon, sed li ne volis estigi la impreson, ke li rifuzas helpi Flaku, do li simple prenis boteleton da harpomado, unu el la malmultaj postlasaĵoj de Knabo, kaj konvertis ĝian enhavon en "medikamenton". Per du fingroj li ekŝmiris la pomadon sur la koncernan parton de Flaku, kiu restis nekarakterize silenta. Sed iomete poste la paciento subite panikiĝis, fuĝis for de Maklin, furioze forskrapis la teruran substancon kaj, kuregante inter la aliajn, frapŝmiris ĝin sur ĉiun atingeblan dorson. Evidente li estis konvinkita, ke nun li mortos, sed ne volis esti la sola viktimo.

La situacio estis eble tikla, ĉar baldaŭ ekestis ioma tumulto, sed hazarde Maklin trovis la ĝustan taktikon. Li ne povis ne ridi pro la senmezure troigita reago de Flaku. Eble la nepopulareco de Flaku helpis; ĉiukaze baldaŭ ĉiuj kunridis, ĝis fine eĉ Flaku trankviliĝis kaj amare cedis al la ĝenerala amuziĝo. Denove Maklin konstatis la gravan rolon de komuna ridado inter la verd-insulanoj.

Ankaŭ tiu temo, kiun Maklin esperis eviti, leviĝis. La scivolulo Vrike diris la nomon de Knabo kaj gestis ĉue. Estis ironie, ke kvankam tiu afero ofte priokupis Maklin dum la lastaj tagoj, la demando trafis lin neatendite, kaj li mem nebone sciis, kion li faras. Kvazaŭ inspirite, li solene etendis la brakojn, rigardis ĉielen, ĉantis kelkajn senkoherajn vortojn (nur tiam li konsciis, ke li parodias ian religian riton), kaj fine fingromontris al la horizonto. Ne plaĉis al li devi mistifiki tiujn homojn, kaj li decidis imponi ilin per nefalsa demonstro de la mirigaĵoj de la blanka homo.

La ceremonio, kiu sekvis, baldaŭ naskos verojn kaj legendojn disvastigotajn de la ŝtonepoka "informservo". La blanka sorĉisto indikis sian intencon marŝi al sia remboato kaj ion reporti. Post kelkaj minutoj li reaperis kun tiu prifabelota bastono, ne tre longa, parte el ligno kaj parte el ia blankula materialo eĉ pli malmola ol ŝtono. Maklin geste petis, ke ili sekvu lin sed restu silentaj. Tiu admono apenaŭ necesis, ĉar ĉiun buŝon okupis fingro. Fine la reĝisoro haltis, kaj haltigis la procesion. Refoje postulinte silenton, li apogis sin kontraŭ arbo kaj rigardis laŭlonge de la bastono al birdo sur alta branĉo. La streĉan silenton ekrompis terure laŭta kaj akra bruo: Paŭ! Antaŭ ol la timigitaj bukbukanoj povis forkuri, la sanganta birdo falis inter ilin. La magio de la blankulo estis ja senlima!

Estis jam iom malfrue, kiam Maklin ekremis suden. Ni povas nur imagi, kia estis la revena veturo. La *Taglibro* lakone raportas:

*Forlasinte la marbordon, mi tuj sentis, ke baldaŭ venos atako de febro. Pro mia mizera stato la remado estis tre peniga kaj daŭris longan tempon.*

Pere de Whartley (informita de Santamaria) ni scias, ke la servisto preskaŭ ploris pro feliĉo, kiam fine Maklin reaperis. Sed tuj lia feliĉo cedis al konsterniĝo, ĉar la mastro aspektis kadavreca. Malgraŭvole Santamaria memoris la fizikan degeneradon de la malsaniĝinta Knabo. Nu, la morto de Knabo estis trista, sed... se la mastro forlasus lin... Renato Santamaria estis nur dekjara, kiam lia patrino... Sed ŝi ne lasis lin inter senkompataj ŝarkodentuloj.

\*    \*    \*

Leganto apenaŭ povas kredi, ke la *Taglibra* raporto pri la unua atako de malario estis verkita de la suferanto mem. Nur la tremanta manskribo konvinkas, ke Maklin ne simple kopiis el iu medicina teksto. Oni legas:

> *Post avertaj kapdoloro kaj vomemo, trietapa paroksismo.*
>
> *Unua etapo: Sento de intensa frostiĝo, tremado. Vertiĝo, doloroj en la malsupra parto de la dorso kaj en la gamboj. Tro rapida pulsbatado. Daŭro: eble unu horo.*
>
> *Dua etapo: Tre alta temperaturo. Deliremo. Malfacilo spiri. Pulsbatado tro rapida kaj peza. Soifo, sed vomemo neebligas trinkadon. Daŭro: pli ol tri horoj.*
>
> *Tria etapo: Intensa ŝvitado. Tre subita falo de temperaturo. Ega malforteco kaj laceco. Multhora dormado.*

Tiuj tri "etapoj" okazis dum la nokto post lia reveno de Bukbuk. Sekvis du tagoj, dum kiuj li devis ripozi. Laŭ la *Taglibro* lin ĉefe ĝenis ne la malario, sed la neeblo daŭrigi sian laboron. Multe pluvis dum tiuj tagoj, kaj li notis – aŭ optimisme aŭ ironie – ke la pluvo venas ĝustatempe.

Santamaria regule liveris al sia malsana mastro varman teon kaj manĝaĵojn, eĉ se Maklin ripetfoje diris, ke ili estigas en li nur naŭzosenton. Krome la fidela servisto ŝajnis kredi, ke lia sprita konversacio konsolus la suferanton. Li pli ol unu fojon substrekis la dezirindecon de ripozo kaj malkonsilis tiujn lacigajn ekspediciojn al ŝimiaj vilaĝoj. Li promesis mem kapti meduzojn kaj tiel plu, por ke sinjoro barono faru veran ŝiencan laboron per sia mikroskopo. Fine Maklin ĝemis kaj petis silenton.

La trian tagon post la unua atako Maklin esperis rekomenci sian laboron, sed forta kapdoloro heroldis novan atakon. La tuta malagrabla ciklo ripetiĝis kaj forrabis ankoraŭ tri tagojn. Fine Maklin sentis sin libera je febro, se ankoraŭ tre malforta, sed tiam okazis io neatendita. Santamaria ekplendis pri kapturniĝo kaj multlokaj doloroj. Liaj okuloj aspektis vitrecaj, kaj li stumble trenpaŝis.

La malsaniĝo de Santamaria memorigis Maklin pri la malica nomo donita al li de Knabo: kiam elefanto falas, la tero tremas. Santamaria kolapsis sur sian liton, rulis sian korpegon tien kaj reen, ĝemadis kaj delire kriadis. Maklin demandis sin amare, kial la ulo ne povas sin iomete bridi.

La postan tagon Maklin, apenaŭ marŝipova, devis flegi sian laŭte lamentantan serviston. Li sentis sin laca ĝis en la medolon. Principe li rifuzis kuŝi, kvankam liaj kruroj, kiuj nun ŝajnis konsisti el ia ĝelesimila substanco, nur stumble obeis la ordonojn de la pelanta cerbo. Foje pluvis, eĉ pluvegis, sed tio ne malaltigis la humidecon de la ŝvitiga atmosfero. Ĉio en la kabano ŝajnis malseketa, kaj fungoj jam ekkreskis sur kelkaj el la arbotrunkoj, kiuj konsistigis la murojn de la konstruaĵo. Pro subita intuicio li malfermis unu el la kestegoj por kontroli siajn vestaĵojn. Bedaŭrinde tiu intuicio pravis: multaj vestaĵoj jam ŝimiĝis kaj kelkaj estis pro truoj ne plu uzeblaj. Kolere li riproĉis sin pro tio, ke li tiel neglektis ilin. Do nenia profita laboro eblis tiun tagon, kaj konstante lin ĉagrenis la poltrona plendado de Santamaria. Kial li dungis tiun sentaŭgulon?

Iom post noktiĝo Santamaria sufiĉe resaniĝis por petegi teon, kaj la stomako de Maklin mem postulis ion varman. Do la barono devigis siajn malemajn krurojn porti lin al la fajrejo. Kompreneble ĉiuj brulligneroj estis malsekaj, kaj ilia kvalito, Maklin amare pensis, fidele spegulas la valoron de ilia kolektinto. Dum duon-horo li baraktis, manovrante la lignerojn kaj apogante sin sur kubutoj kaj genuoj por blovi sur la hezitantajn flametojn. La fumnuboj pikis liajn okulojn kaj plenigis ilin per larmoj, antaŭ ol la fajro estis sufiĉe forta por rezisti la pluveton, kiu intertempe penetris lian ĉemizon kaj malvarmigis lian spinon.

Levinte la poton, li sakris: ne estis sufiĉe da akvo en ĝi. Pres-kaŭ li volis kolere distreti la fajron kaj rezigni pri teo, sed li puŝis sin en la direkton de la nevidebla pado kondukanta al la rojo. Li antaŭeniĝis tre malrapide kaj necerte, ĉar la pado estis nura kotejo. Senaverte ambaŭ piedoj glitis kaj li peze surgluteiĝis, faligante la poton. Li devis rampi tra altaj herboj kaj palpserĉi la poton. Ha bone! li diris al si, nun miaj vestoj estas ne nur mal-sekaj, sed ankaŭ malpuraj! Trovinte la poton, li tre zorge daŭri-gis, helpate nun de la susuro de la rojo. Li taksis, ke li atingis la lastan dekliveton, kiam unu boto implikiĝis en radiko kaj la alia malrapide sed nehaltigebla ekglitis malsupren. Timante pezan falon, li instinkte ĵetis la liberan manon al apuda kreskaĵo ape-naŭ videbla por sin kroĉi al ĝi. Tio sukcesis, sed tuj akra doloro trakuris lian brakon; evidente io najlosimila, probable dorno, penetris la manon. Maklin forgesis sian mensan disciplinon, li estis kriaĉonta simile al iu Santamaria, kiam venis la fulmo.

Unue lin impresis ĝia brileco. Tiam li vidis la nedireblan belon de la tuta vidaĵo: la fora marhorizonto, la plaĝo, la rojo, la falantaj pluvogutetoj, la gutoj sur la folioj, la grandioza arbaro, la akvopoto en lia libera mano, la alia mano fiksita al dornbranĉeto kaj pogute ŝpruciganta lian purpuran vivosukon. La tempo hal-tis, dum li submetis sin al tiu superforta sorĉo. Tiam la fulmo redonis la mondon al la mallumo.

Li fortiris sian manon de la dorno. Ĝi venis facile, sen doloro. Li volis meti la alian manon en poŝon por elpreni tukon kaj volvi ĝin ĉirkaŭ la vundon, kiam ekis la dua fulmo.

Lia laca, malforta korpo ŝajne forfalis, lasante lian spiriton sori. Ĉi-foje li estis kaj partoprenanto kaj observanto de la rave bela sceno. Ĉiuj zorgoj kaj malagrablaĵoj de la tago neniiĝis, li povis nur danki pro la beno de tiu superabunda grandiozeco, la rezulto de neimagebla miriado da kaŭzoj. Li spertis la estiĝon de la universo kaj la tutan ĉenon da efikoj, kiuj nepre kondukis al ĝuste ĉi tio. Sennomaj pensoj travibris lian memon, li povis nur prunti la vorton de Kehl, la Grandioza Mozaiko. Kaj tiu homo, kiun li observis tie, Nikolaj Ivanoviĉ Maklin, li honeste provis kompreni kaj ilumini etan angulon de unu ŝtono de tiu Mozaiko, kaj pro tio lia vivo ne estis tute senfrukta.

Li ne sciis, ĉu la fulmo daŭris onon de sekundo aŭ eonon. Li sciis nur, ke kompare kun la sento de bonfarto en lia brusto ĉiuj zorgoj bagatelas. Li iom hontis pri sia infaneca ĉagreno kontraŭ la giganta infano en la kabano.

Nu, se mi estus dikredanto, li pensis, certe mi opinius, ke ĉi tio estas religia ekstazo.

Kiam la mastro reeniris la kabanon, tenante tason da bonodora teo en la mano, Santamaria miris pri lia serena bonhumoro. Kaj – ĉu vere? – jes, la unuan fojon li aŭdis Maklin kanti. La mastro ĉiam parolis moke pri religiaĵoj, sed Santamaria estis preta veti, ke la melodio el lia buŝo en ĉi tiu momento estas eklezia himno.

"Jen via teo," li diris per trankvila voĉo. Kaj antaŭ ol Santamaria povis fari iun el la multaj demandoj sur sia lango, li aldonis: "Pardonu, ke mi ne povas babili ĉi-vespere. Vortoj foje banaligas."

Kaj li iris al sia parto de la kabano. Santamaria jam iom kutimiĝis al la fakto, ke la mastro ofte parolas enigme. Li supozis, ke tio apartenas al la rango de vere mondfama ŝiencisto. Certe la barono devis sin alivesti, li estis ja tute malseka kaj kotokovrita. Do kial lia mieno estis serena, eĉ ĝoja?

Ĉiukaze la teo gustis ĉiele.

* * *

La postan tagon Santamaria sentis sin mizera. Li restis surlite sen ia emo moviĝi aŭ eĉ filozofumi. Sed estis konsole, ke la mastro ankaŭ sentis sin laca, tro malforta por fari unu el tiuj frenezaj marŝoj al la kanibaloj. Alia bonaĵo en tiu alirilate aĉa situacio estis, ke dum multaj tagoj neniu ŝimio ĝenis ilin.

La kontenta, eĉ feliĉa mieno de la mastro estis neklarigebla. Li eĉ flegis la serviston sen la riproĉa grimaco de la antaŭa tago. Li faris tiujn strangetajn ŝiencajn mezurojn (sed Santamaria estis tro laca por cerbumi plu pri la termometro en la tero) kaj multe skribis. Dio donu, ke sinjoro barono ne tro rapide refortiĝu!

Estis eble tagmeze, kiam Santamaria aŭdis sonojn, kiuj perfidis, ke la sorto ree rikanas al la fidela servisto. Maklin konversaciis – se oni povus nomi tian ŭa-ba-la-lu konversacio – evidente kun iuj ŝimioj. Iomete poste la mastro metis sian kapon tra la pordo kaj diris: "Mi iras nun al Rogendu. Mi ne komprenas ĉion, sed ŝajne arbobranĉo batis la kapon de la filo de Teluli. Mi revenos tuj, kiam eblos." Santamaria aŭdis, ke Maklin rapide kunigas medikamentojn kaj diversajn ilojn. Se nur li ne malkaŝus sian plezuron pro la invito de la ŝimioj! Renato Santamaria ĝemis.

Vere Maklin, ankoraŭ ĝoja pro la hieraŭa sperto, tre volonte respondis al la helpopeto. Supozende lia kuracista reputacio gajnita sur Bukbuk instigis la rogenduanojn. Li bone memoris Melatu, la plaĉaspektan filon de Teluli, tiun kun la maldensa liphararo kaj nur ekiĝinta barbo. Estis bone, ke dum sia studado li sekvis la konsilon de Kehl kaj akiris ioman scion pri la medicino. Li provis rebildigi al si la anatomiajn desegnaĵojn iam studitajn. Lia deziro helpi Melatu estis ja multmotiva.

La marŝado al Rogendu ne lacigis lin. La eŭforio ankoraŭ faciligis liajn paŝojn, kaj li antaŭĝuis la okazon reamikiĝi kun Teluli kaj la aliaj. Kvaronhoron poste la grupo atingis la vilaĝon. Maklin apenaŭ konsciis, ke la virinoj kaj infanoj jam foriris. Teluli salutis lin silente kaj kondukis lin al la kabano, kie Melatu kuŝis. La junulo ĝemadis, kuŝante sur la maldekstra flanko. La tutan dekstran flankon de la kapo kovris amaso da herberoj kaj folioj. Genuinte, Maklin larĝe malfermis liajn okulojn kaj notis, ke la pupiloj nesufiĉe maldilatiĝas. Eble ioma difekto de la cerbo. Dum ono de sekundo li bildigis al si plantosimilan Melatu, kiu pasigos siajn restantajn tagojn en subhoma stato. Kuracisto ne rajtas permesi al sia fantazio tian liberecon, Maklin! Maklin sciigis al Teluli, ke li volas forigi la primitivan bandaĝon. Teluli, kiu alprenis la kortuŝan mienon de suferanta patro, jese gestis. La stomako de la blankulo malagrable saltetis, dum li fine fortiris la lastan sangogluitan folion. Maklin sentis sin tre senhelpa; li povis pritrakti nur la surfacan vundon. Dum longa tempo li lavis la vundon, kiu en unu loko eĉ vidigis la tempian oston. Li devis razi parton de la kapo por alfiksi bandaĝon. Fininte tiun laboron, li eĉ sentis tenton interne preĝi, sed subpremis tiun praan sed iluzian bezonon.

Pro sia okupiteco la blankulo ne rimarkis, ke la rogenduanoj iomete moviĝis. Ili ne plu ĉirkaŭstaris en densa duoncirklo, sed iomete retiriĝis por permesi liberan vidon al malaltstatura homo kun nekutima abundo da blankaj haroj sur la kapo kaj eĉ pli sur la vizaĝo. Teluli rapidis prezenti la etan maljunulon al Maklin – do ankaŭ li ĵus rimarkis lian alvenon.

Evidente la grandaĝulo, malgraŭ sia neimpona staturo kaj tuta manko de bataliloj kaj ornamaĵoj, estis aŭtoritata figuro. Dum Teluli diris al li kelkajn vortojn pri Maklin, la blankulo studis lian interesan vizaĝon. El la pure blanka vato elstaris nur la iom larĝa bruna nazo kaj du belaj, preskaŭ nigraj okuloj. La unuan fojon Maklin rigardis rekte en la okulojn de verdinsulano kaj ricevis rektan kontraŭrigardon. Pleje imponis la mieno de memfida sereneco. Teluli alpaŝis la blankulon kaj klarigis: "Engogu".

Engogu! Tiu malbonaŭgura vorto, li subite agnoskis, ne forlasis lian menson la tutan tempon. Neeble, ke tiu mildaspekta hometo nun antaŭ li estas la timata Engogu! Teluli koleriĝis, ĉar li rifuzis sendi Knabon al Engogu. Do la blankharuleto havis la reputacion de kuracipovulo. Estis amuze, ke Maklin ĝis nun prezentis al si sub la vorto "sorĉisto" iun bildon pri ruza kaj danĝera cinikulo, kiu manipulas la timojn kaj emociojn de sovaĝuloj per nekompreneblaj, foje naŭzaj ritoj, bizaraj vestoj kaj ornamaĵoj kaj strangaj pocioj. Certe li derivis tian bildon el iu romano legita dum infanaĝo. Li antaŭsentis grandan kontentecon pro iam publik-igota raporto pri ĉi tiu tute alispeca sorĉisto. Sed li devos sin gardi kontraŭ la eble supera ruzeco de tiu ŝajne simpatia, sen-danĝera hometo.

Teluli evidente ĝuis la okazon refoje roli kiel interpretulo por Maklin; krome la ekzerco transigi ideojn per gestoj kaj vortoj estis por li terapio kontraŭ la timoj pri Melatu. Rigardante la vervajn gestojn de sia amiko, Maklin konfesis al si, kia plezuro estas denove bone rilati kun Teluli. Engogu, la mimulo klarigis, ne loĝas en Rogendu, nek en alia vilaĝo, sed sola en la ĝangalo. La najbaroj provizas manĝaĵojn al Engogu. Engogu ne koitas – Maklin interne ridetis pro la propra puritana ŝoko pri la nemis-kompreneble klara prezentaĵo de tiu fakto. Do Engogu estas ia ermito – en ŝtonepoka kulturo!

Maklin sukcesis fari la demandon, kion do Engogu faras. Tel-uli sidiĝis, fermis la okulojn kaj ritme balancetis la kapon, ŝajne entranciĝinte. Engogu plezure ridetis pri la mimado de Teluli. En tiu momento, Maklin firme kredis, ke la eta sorĉisto, kiel ajn ruza li estu, ne prezentos seriozan obstaklon al lia laboro. Kon-templema ermito! Ankaŭ Maklin ridetis, sed neniu el la brunaj ĉirkaŭstarantoj komprenis, kial.

Kvazaŭ por demonstri al ĉiuj, ke la senpotenca meditado de Engogu neniel povas konkuri kun la blankula magio, Maklin gestis al Melatu kaj Engogu kaj kun ŝajna humileco proponis cedi sian lokon al la blankharulo. Engogu komprenis, sed amik-eme kliniĝis, murmurante ion al Teluli. La interpretado de lia diro estis iom pena, sed plene kontentigis Maklin: Melatu estas paciento de Maklin; blankula medicino estas bona por Melatu; Engogu provos kuraci je iu alia tago.

Kia facila venko! Ke Engogu estas ia ĉarlatano, same kiel ĉiuj pastroj kaj ŝamanoj, estis ekster dubo. Sed prudenta, simpatia ĉarlatano, kiu ne riskus multon por defendi sian privilegian rangon, kaj probable kapitulacus antaŭ la defio de la blankula magio. Kaj fakte Engogu kliniĝis afable al ĉiuj kaj retiriĝis, kredeble reironta al sia ĝangala ermitejo.

Sed por gajni plenan venkon, Maklin devis nun kuraci la filon de Teluli. Proksimume unu horon li restadis, observante la junulon. Intertempe Teluli demonstris, kiel Melatu helpis hakfaligi arbon; dum la arbo falis, ĉiuj forkuris, sed branĉo de apudstaranta arbo estis deŝirita kaj falis rekte sur la kapon de Melatu. Jes, mimado estis terapio por Teluli. La duone rekreskinta vizaĝhararo de Teluli, unuavide klaŭneca, iel pruntis al la sentiva mieno pli intensan doloresprimon.

Maklin klarigis, ke kiam Melatu vekiĝos, li nepre ripozu en la kabano kaj neniukaze submetiĝu al la suno. La junulo dormis trankvile, kaj Maklin juĝis, ke lia rolo finiĝis por tiu tago. Li promesis reveni la postan matenon.

Teluli emocie apogis sian kapon sur la dekstran ŝultron de Maklin. Li diris nur unu vorton, kies signifo povis esti nur *morgaŭ*.

*   *   *

Dum la sekvanta semajno Maklin marŝis ĉiumatene al Rogendu por prizorgi Melatu. La junulo resaniĝis, ne tre rapide, sed post kelkaj tagoj li sentis sin sufiĉe forta por malobei la konsilojn de Maklin. Kiam Maklin alvenis la sesan tagon li trovis, ke oni eĉ timas, ke Melatu mortos; la junulo akompanis aliajn dum vizito al fruktejo – oni planis okazigi noktan feston. Sed la brulevarma suno kvazaŭ sternis Melatu. Maklin severe riproĉis Teluli, sed ne estis certa, ĉu lia plejparte ŝajnigita kolero troas; eble la aŭtoritato de verdinsula patro ne sufiĉas por obeigi dekkelkjaran filon. Sed, farinte ĉion eblan por Melatu, Maklin abrupte marŝis al sia kabano sen la kutima konversacio kun la vilaĝanoj; li juĝis grava, ke li insistu pri obeado al siaj "ordonoj".

La rezulto de tiu riproĉo vere surprizis lin. La postan tagon lin akceptis ĉe la kabano de Teluli ne nur ĝia posedanto, sed ankaŭ malbele platvizaĝa sed amikema virino: Dalusela, la edzino de Teluli kaj patrino de Melatu. Daŭris kelka tempo, antaŭ ol Maklin kaptis la plenan signifon de tiu nova evoluo. La viroj de Rogendu montras fine, ke ili fidas Maklin senrezerve. Li premiis la vorttorenton de Dalusela per larĝa rideto.

Refoje bandaĝinte la vundon de Melatu, li juĝis, ke la paciento estas ekster tuja danĝero, kaj eliris la kabanon. Ĉi-foje lin atendis honora gvardio el virinoj kaj infanoj; fone staris la viroj, kiuj indulgeme cedis al la eterna ina scivolo. Ekvidinte Maklin, iuj infanetoj kriĉis kaj malaperis malantaŭ la patrinojn, kiuj devis elbuŝigi la fingron por trankviligi la etulojn. En sia *Taglibro* Maklin notis lakone:

> *Kortuŝis min la senlima scivolo, kiu verŝajne estis des pli granda, ke ĝi ne povis kontentiĝi dum tiom da semajnoj. Sen ia malica intenco ili tamen preskaŭ senvestigis min.*

La maljuna Labanil murmuris ion, kaj la aliaj aplaŭdis. Teluli volonte intervenis por transdoni al la sciencisto inviton al la tiuvespera festo kaj dancado. Kiel Maklin reagis al tiu aldona agnosko? En lia *Taglibro* ni legas nur:

> *Mi akceptis.*

Nur survoje al la kabano li pensis pri sia servisto: ĉu tiu invito validas ankaŭ por "Santa"? La bela voĉo povus pliriĉigi la distran parton de la vespero – sed li rezignu pri melankoliaj am-arioj! Sendube la giganto preferus eĉ riski noktan marŝon tra la ĝangalo por esti en la sekura apudaĵo de sia mastro – Maklin ridetis pri la groteska esprimo "ŝultro-al-ŝultre", per kiu Santamaria volis gajni lian aprobon. Kiam Maklin iam diris kvazaŭ senintence "ŝultro-al-kubute", la servisto eĉ ne rimarkis la ironion. Certe la promesata manĝegado altirus Santamaria. Aliflanke estis dube, ĉu la indiĝenoj bonvenigus du blankulojn, se virinoj ĉeestus.

La decido estis facila. Li trovis, ke Santamaria ĝemegas sur sia lito en plena atendo, ke lia lasta horo alvenis. Unue Maklin sentis

kompaton, sed tion nuligis lia malŝato pro la "senparalela pol-
troneco" de la homego. Tiom da fojoj Maklin admonis lin gluti
kininon por forteni malarian atakon; se Santamaria tiel malamis
la gustaĉon de la medikamento, ke li nur ŝajnigis ĝin gluti, li ne
rajtis plendi pro la malsano mem. Li restu do en la kabano!

Kiel Maklin atendis, la festo estis tre energia afero. La vilaĝ-
anoj konsumis nekredeblajn kvantojn da kaĉo, viando, fruktoj
kaj kokosnuksa suko. Intertempe ili kriante kaj ululante danc-
adis laŭ la takto de tamtamoj, kiuj alterne malrapidigis la piedojn
kaj frenezige kresĉendis. Ŝajnis al Maklin, ke li retrovojaĝas tra la
jarmiloj. Sur la placo iluminita nur de ondantaj flamoj tordis kaj
ĵetis sin malhelaj korpoj; liajn orelojn batis sovaĝaj kaj monoto-
naj, sed ial fascinaj bruoj. Li deziris esti talenta pentristo por kon-
servi eterne tiun prahistorian scenon, kaj li sentis ian nedireblan
nostalgion. Ŝokis lin iu interna voĉo: "Vidu, post kelkaj jardekoj
la eŭropanoj estos detruintaj ĉi tiun mondon!" "Ne, se mi povos
tion malhelpi," li respondis. "La rusa flago ne flirtos imperti-
nente super ĉi tiu lando!"

Almenaŭ unu eŭropano estus eble bonveniginta la pereon de
la ŝimia mondo. El distanco de iom pli ol unu kilometro li nur tro
klare aŭdis la inferan ĥoron. Ĉiufoje, kiam tiuj barbaraj tamtamoj
atingis kresĉendon, li estis konvinkita, ke jen venas la signalo, ĉe
kiu la kanibaloj amase ĵetos sin sur la mastron. En sia mizero li
petegis Dion, ke almenaŭ la propra morto estu subita kaj sen-
dolora.

\*   \*   \*

Pasis monatoj da laboro interrompata nur de regulaj malariaj
atakoj, kiujn Maklin rigardis neeviteblaj kaj tre ĝenaj sed apenaŭ
menciindaj. Oni trovas en la *Taglibro* nur

*De mardo 16a ĝis vendredo 19a malsana.*

La servisto estis malpli ofte malsana, sed plendis des pli laŭte. Iam Maklin skribis

*La restado ĉi tie devas esti turmento por Santamaria.*

sed la lamenta sinkompato de la servisto malpliigis la kompaton de la mastro. Krom tio la barono supozis, ke la kondutaĉo de "Santa", pri kiu la indiĝenoj foje ridetis, alportas honton al la blankula raso. Preskaŭ ĉiutage, kiam li ne malsanis, Maklin pafmortigis birdon aŭ beston por scienca ekzamenado kaj por manĝi. Sed neniam li permesis al Santamaria tuŝi la pafilon.

Li sciis, ke lia medicina helpo al la indiĝenoj estus pli efika, se li povus persvadi ilin plibonigi la higienon de siaj vilaĝoj; sed li hezitis fari tion, kio povus esti aŭ ŝajni esti trudo en iliajn morojn. La antropologiaj studoj bone progresis, kaj li plenigis multajn paĝojn per notoj kaj desegnaĵoj. La ŝlosilo de vera progreso estis lia kreskanta kapablo paroli rekte sen temporaba kaj eble erariga mimado. Ĉar estis senesperiga diverseco de lingvoj en la regiono, li decidis koncentriĝi pri lernado de la rogendua. Tre ofte, kiam li vizitis alian vilaĝon, lin akompanis iu rogenduano kapabla kompreni la tiean lingvon. Plej plaĉis al li, kiam Teluli kuniris, ĉar tiu homo posedis komunikarton, kiu foje transpontis mankon de vortoj. Krom tio, Maklin sentis fortan simpation al sia gardanĝelo; tiu epiteto iel fiksiĝis en lia menso malgraŭ la malafabla grumblado de unu el liaj internaj voĉoj.

Baldaŭ do li parolis la rogenduan iom flue, se ankoraŭ primitive kaj sen regado de la nuancoj, kiujn li foje konstatis el indiĝena buŝo. Sed eĉ al tiu progreso leviĝis kuriozaj baroj. La rogenduanoj estis ĉiam ĝentilaj kaj ofte ripetis liajn vortojn kun ŝajna aprobo, tiel ke li kelkfoje ricevis falsan impreson. Iun tagon li decidis, ke finfine li volas fiksi la vorton por *bona*. Al Likame, inteligentaspekta viro, li proponis du pecojn da banano, unu jam nigran kaj duonputrintan kaj unu freŝan kaj nepre allogan. Sed li anticipis la decidon de Likame, forĵetante la aĉan pecon kaj alprenante naŭzomontran mienon; tiam li kontentamiene transdonis la belan pecon kaj diris ruslingve *bona*. La ĉirkaŭstarantoj kapmove konsentis inter si, ke Maklin serĉas la vorton *krul*. Ĉar li jam konis la vorton por *banano*, tiu respondo kontentigis la scienciston, kaj dum la sekvantaj tagoj li diris *krul* multajn fojojn. Sed la esprimo sur la ĝentilaj, nekomprenantaj vizaĝoj fine konvinkis lin, ke *krul* ne konvenas. Do li decidis provi ankoraŭ alian fojon, sed ne povis multe variigi la taktikon. Li aranĝis pecojn de frakasita poto apud integran bukbukan ekzempleron kaj per multaj gestoj kontrastis la senutilajn argilaĵojn kun la bona poto. Fine la rogenduanoj tradukis lian rusan *bona* per *kazu*. Li ripetis ĉiun paŝon de la eta eksperimento kaj ricevis entuziasman konfirmon pri *kazu*. Sed la afablaj ridetoj de liaj kunuloj, kiam la postan tagon li foje diris *kazu*, evidentigis, ke ankoraŭ li ne sukcesis izoli la eviteman vorton.

Dum la vespermanĝo Santamaria, ĵus plene resaniĝinte, estis tre komunikiĝema kaj superŝutis la mastron per siaspecaj filozofiaĵoj (oni bedaŭras, ke neniu kroniko konservis ilin). Por stiri la preskaŭan monologon alidirekten, Maklin menciis sian filologian problemon.

"Kial sinjoro brofesoro ne damandi *malbona*?" Kaj dum la mastro rigardis lin kun nekutima esprimo, li aldonis: "En koro homo tendenci al l'o malbona."

"Fulmotondro!" Maklin ekridis. "Ĉu alia sentenco de la saĝulo el Dresdeno?" Ankaŭ Santamaria ridis, tute ne pentema pri sia eta plagiataĵo. Sed antaŭ ol li povis elpensi konvene spritan respondon, la mastro diris: "Vidu, Santamaria, tia elstara maksimo meritas empirian kontrolon." Kaj li daŭrigis kun maliceta imito de la aliula parolmaniero: "Morgaŭ mi demandi *malbona*."

La sekvantan tagon li ruze proponis al diversaj grupoj da vizitantoj trosalitajn, amargustajn aŭ alimaniere aĉajn substancojn por manĝi, kaj kaŝaŭskultis la komentojn. Tre ofte aŭdiĝis la vorto *lobe*. Poste, kiam Teluli alvenis, Maklin prezentis al li parojn da jam konataj kontrastvortoj, kiaj *alta* kaj *malalta, forta* kaj *malforta*, kaj petis, ke Teluli diru la malon de *lobe*. Teluli kapjesis kaj diris *nua*. La du viroj alterne elpensis situaciojn, en kiuj la vortoj *lobe* kaj *nua* evidente konvenis, ridante pro la eltrovemo de la alia. Fine Maklin estis certa, ke li havas la ĝustan esprimon.

Neniu pli fieris pri tiu triumfeto ol la belvoĉa servisto, kiu tre volonte aŭdigis tiun vesperon ankoraŭ aliajn erojn el sia repertuaro. La ĝojo tamen ŝrumpis, kiam la mastro anoncis, ke morgaŭ li marŝos al vilaĝo sur alta monto. La fumon de tiu vilaĝo ili ofte vidis. Ĝia nomo, Maklin aldonis, estas Kulako. Multajn jarojn poste Santamaria fiere rakontis al Whartley, ke li tuj rebaptis la vilaĝon "Kulokako". Se jes, tio pruvas, ke eĉ en malbonaj momentoj li kapablis je altnivela humuro.

* * *

Tuj post la matenmanĝo Maklin pakis sian dorsosakon. Post ioma pripensado li decidis lasi la pafilon en la kabano. Estis nekonvene mencii al Santamaria, ke ankaŭ la rogenduanoj jam provis persvadi lin ne iri al Kulako kaj rifuzis kunsendi akompananton. Fine ili klarigis, ke en la monta vilaĝo loĝas du viroj tre *lobe*, Nareng kaj Gambung, kiuj disvastigas la fanfaronaĵojn, ke ili intencas mortigi Maklin, se li sin trudos tien.

Doninte instrukciojn al Santamaria, li ekmarŝis. Feliĉe li sentis sin relative forta, ĉar la grimpado estos laciga. Ne estis facile ignori la averton de la amikoj en Rogendu, sed ĉi-foje li fidis, ke li ne ripetos la erarojn de tiu neforgesebla marŝo al Tangala. Kodi! Ĉu nur tiu diagonala cikatro, evidente la rezulto de ia akcidento, donis al li tiel malamikan kaj hidan aspekton, aŭ ĉu la cikatro nur pli emfaze stampis lian antipatian econ sur lian vizaĝon?

Baldaŭ li atingis la unuan krutaĵon, kie la pado komencis serpentumi eĉ pli ol kutime. Kial li agas kontraŭ la konsilo de Teluli kaj la aliaj? Subite li konsciiĝis pri ĝis nun kaŝita motivo: li ne volis tro dependi de Rogendu. Lastatempe liaj amikoj tie foje proponis, ke Maklin loĝu ĉe ili. Ili prave atentigis, ke iuj partoj de lia kabano ekputras. Ilia propono flatis kaj kortuŝis lin, sed li juĝis, ke la brua vilaĝa vivo ade interrompus lian skriblaboron. Kaj kion farus Santamaria en "ŝimia" vilaĝo?

La grimpado daŭris kelkajn horojn. Sed fine li sciis, ke Kulako troviĝas nur iom pli ol cent metrojn antaŭ li. Li paŭzis kaj faris bruon, kriante serion da nekoheraj rogenduaj vortoj, kiuj tamen enhavis bonvolon kaj pacan intencon. Supozante, ke nun la virinoj kaj infanoj jam kaŝiĝis, li antaŭenpaŝis kiel eble plej aplombe.

Ĉiuj viroj staris sur la placo, batalpretaj. Li mem emfazis, ke liaj manoj estas malplenaj, kaj esperis, ke la plenŝtopita dorsosako aspektas sendanĝera. Lia sciencista okulo notis, ke tiuj montanoj havas malpli altan sed pli fortikan staturon ol la marbordanoj, kaj ke iliaj ornamaĵoj donas pli timovekan aspekton. Mallaŭte ili diskutis inter si; li komprenis nenion krom Maklin. Estus interese scii, en kia troigita formo la famo de Maklin atingis tiun vilaĝon.

Sed estis Maklin la aktoro, kiu nun direktis liajn paŝojn. Li elektis arbon ĉe la rando de la placo, marŝis al ĝi, sidiĝis en ĝia ombro, demetis la dorsosakon, eltiris buntajn ŝtofopecojn, kaj kun bone ludata trankvilo proponis la ornamaĵojn al la viroj. Per sia plej sonora voĉo li anoncis ruslingve: "Makalin donacas al Kulako. Venu viŝi vian postaĵon!" Kial, diable, vi diras tian stultaĵon? – postulis premlipe unu el liaj voĉoj. Venis firma respondo: Ĉu vi ne vidas, ke paroli absurdaĵon – cetere nekomprenatan – helpas Maklin resti serena?

Li sukcesis. Sendube la kulakanoj jam aŭdis pri Makalin la malavara donacanto de belaĵoj. Baldaŭ preskaŭ ĉiu viro volvis ruĝan aŭ verdan aŭ bluan aŭ multkoloran pecon ĉirkaŭ si. Sed restis ankoraŭ unu akto.

Aŭtoritate li kriis: "Nareng! Gambung!" Iom embarasite, la du junaj viroj malrapide proksimiĝis. Per gestoj kaj lingvo-salato Maklin sciigis al ili: Maklin volas nun dormi. Vi volas mortigi Maklin. Do bone, dum Maklin dormas, mortigu lin.

Ĉiuj staris fingro-en-buŝe, dum Maklin eniris la viran dormokabanon kaj fakte endormiĝis. Nareng kaj Gambung staris senkonsile, kvazaŭ knaboj laŭmerite riproĉitaj.

Ankaŭ tiu tago estis triumfo kaj liveris riĉan antropologian rikolton. Pere de rogenduaj esprimoj li povis iomete interkompreniĝi. La kulakanoj suferis je diversaj tropikaj malsanoj tute nekonataj al li, sed li persvadis ilin permesi, ke li pansu kelkajn vundojn. La tiel pritraktitaj fiere montris siajn bandaĝojn al la aliaj. Fascinis la vilaĝanojn rigardi kaj aŭskulti la strangulon, kiu estis evidente dotita per iuj supernaturaj ecoj sed samtempe montris tiel fortan intereson pri bagatelaj ĉiutagaĵoj, kiaj iliaj manĝaĵoj, kabanoj, ornamaĵoj kaj aliaj aferoj komprenataj de ĉiu sesjara infaneto. Kaj senĉese la fremdulo faris markojn sur tiu blanka substanco per la bastoneto; foje oni povis eĉ klare vidi, ke li faras bildon de kabano aŭ de homo.

La sola ĝeno por Maklin estis, ke la virinoj kaj infanoj devas resti for, dum li estas en la vilaĝo. Kion ili faras tie en la ĝangalo? Li supozis, ke ili kaŝe rigardas lin la tutan tempon. Proksimume je la dua li rimarkis grizajn nubojn, eble la heroldojn de venonta ŝtormo. Do li geste sciigis, ke li intencas foriri.

Unu el la vilaĝanoj (en sia kajero Maklin nomas lin Lopan, sed ne garantias, ke li vere kaptis la nomon) indikis, ke Maklin devas rapidiĝi, se li volas atingi sian kabanon ankoraŭ seka. Li faris ian proponon, kiun la vizitanto ne komprenis, sed evidente la vilaĝanoj subtenis Lopan. Tiam Lopan kaj Maklin kaj du aliaj kulakanoj ekmarŝis de la vilaĝo.

Baldaŭ Maklin sciis, kial la tri homoj lin akompanas. Unue ili formis gvardion kontraŭ atako; sed la ĉefa motivo estis montri al Maklin kelkajn tempoŝparajn sekretajn padojn, kiuj estis tre krutaj sed tre rapide kondukis ilin ĝis la montpiedo.

Tiun vesperon Maklin notis la nomojn de siaj akompanintoj; ne sen fiero li raportis, ke la du pli junaj kulakanoj, kiuj insistis alterne porti lian dorsosakon, nomiĝas Nareng kaj Gambung.

\* \* \*

Mallonge post la vizito al Kulako estiĝis la onidiro – almenaŭ Maklin ne aŭdis ĝin ĝis tiam – ke Maklin estas senmorta. Iun tagon en Rogendu Likame rekte demandis: "Ĉu Maklin mortos?" Ĉiuj silentis; evidente ili jam diskutis la temon.

Kion respondi? Li supozis, ke povus protekti lin, se la famo disvastiĝos, ke ne penvalorus provi lin mortigi. Sed rekta mensogo estus perfido de ilia naiva bonvolo, kaj povus havi iam malbonajn sekvojn por aliaj blankuloj. Kion li faru?

Li surterigis la kajeron, en kiu li estis desegnanta lignan statuon, kiun li pro manko de preciza informo supozis esti ia diaĵo. Li alvokis Orendu, kiu ĝuste tiam surpaŝis la placon kun lanco en la mano, kaj petis lin transdoni la tre longan armilon.

Li portis la lancon trans la placon kaj situigis sin kun la dorso kontraŭ arbo. Li tenis la lancon tiele, ke ĝia pinto ripozis ĉe lia umbiliko, tiam li vokis Likame. Kiam la indiĝeno estis sufiĉe proksima, li enmanigis al li la tenilon de la lanco kaj metis la proprajn manojn malantaŭ la dorson. Likame devis nur iom peze apogi sin sur la lancon por distranĉi la stomakan vandon de la blankulo.

"Likame, mortigu Maklin!" li kriis. Sur ĉiuj vizaĝoj vidiĝis ŝoko, pleje sur tiu de Likame. "Ne, Likame ne povas!" li laŭte respondis kaj tuj retiris la lancon.

Kvazaŭ nenio estus okazinta, Maklin reiris al sia antaŭa loko kaj daŭrigis sian interrompitan desegnaĵon.

Maklin ne bone komprenis la diversajn interpretojn de tiu incidento, sed unu afero estis klara. La rogenduanoj eĉ pli insiste petis lin loĝi ĉe ili. Li interne ridetis: Maklin la posedanto de mirindaĵoj kaj kuracanto estas eĉ pli valora, se li neniam mortos! Sed li kiel eble plej ĝentile rifuzis.

Maklin ne sufiĉe taksis la ruzan persistemon de Teluli. Dum la blankulo plu desegnis, Teluli iris de grupo al grupo sur la placo kaj flustris. Ĉie li rikoltis vervan konsenton. Maklin ne dubis, ke lia amiko "komplotas" ion, sed la kontentaj kaj atendoplenaj mienoj de la aliaj perfidis, ke la intenco estas bonvola.

Fine Teluli, en la nomo de la tuta vilaĝo, alparolis lin. Oni vidas, li klarigis, ke Maklin ne volas loĝi en Rogendu. Sed ĉu li ne konsentos pasigi tiun nokton ĉe ili? Se jes, Maklin alportos ĝojon kaj honoron al la vilaĝo, kaj ĉiuj festenos kaj dancos. Li iomete paŭzis. Ne necesos, li klarigis, ke Maklin dormu ĉi-nokte en la granda kabano de la senedzinaj viroj. Silane kaj lia edzino vizitas ŝian vilaĝon en la nordo, kaj la vilaĝo tre volonte disponigos al Maklin ilian kabanon.

Kial ne akcepti? Maklin komencis iom necerte: "Sed Santa..." Antaŭ ol li povis trovi taŭgajn vortojn, la maljunulo Kapali kuris kelkajn paŝojn, ekkaptis hundon ĉe la malantaŭaj kruroj, kaj bategis ĝian kapon kontraŭ arbo. Per bastono li donis al la besto, kiu apenaŭ havis tempon por jelpi, ankoraŭ unu baton, trenis la sangantan kadavron al Maklin kaj kuŝigis ĝin ĉe liaj piedoj. "Santa" estis lia sola klarigvorto.

Sed Teluli intervenis kaj iom riproĉis al Kapali, ke li forgesis, ke Santa ne volas manĝi hundon, nur porkon. Maklin protestis, ke ankaŭ li ne volas manĝi hundon. Tiuj strangaj preferoj de la blankuloj amuzis la vilaĝanojn, sed se Maklin restus sub tiu kondiĉo, do bone.

Ankoraŭ ne estis klare, ĉu Santamaria ricevis inviton. Do Maklin petis, ke oni buĉu kaj dispecigu porkidon kaj sendu ĝin al la kabano por Santamaria. Se fakte la rogenduanoj deziras inviti ankaŭ la serviston, ili proteste klarigos. Sed ili tuj konsentis plenumi lian peton.

Granda estis la timo, kiam la fidela Santamaria aŭdis, ke li devos pasigi la nokton sola. Aliflanke li ricevis du konsolojn. Unue, la mastro, kiu ja opiniis, ke ne okazos atako, diris, ke Santamaria rajtos uzi la pafilon... se li troviĝos en ekstrema danĝero. La dua konsolo estis pli pozitiva, pli konkreta. Kun kelkaj kilogramoj da bongustega porkidaĵo kaj litroj da varma teo en la stomako Santamaria rezonis, ke eĉ se ŝimia sago ĉesigus lian vivon dum la nokto, li aperus antaŭ sia Kreinto en stato de fizika bonfarto.

Ial la vespero en Rogendu ne plenumis la esperojn de la vilaĝanoj, kaj Maklin mem ne vere ĝuis ĝin. Manĝi estis por Maklin nur necesa ago, ne plezuro, kaj la nesatigebla apetito de la amikoj vekis en li naŭzetan senton. Kaj poste la senĉesa kriado, tam-tamado kaj dancado! Fine li konfesis al si, ke ĉi-foje la simpatiaj rogenduanoj, eĉ Teluli, ŝajnas esti plenkreskaj infanoj, iom stulte ĝuante senfine ripetiĝemajn kaj tedajn saltojn. La dancmoviĝoj de la virinoj estis plumpaj kaj neallogaj, eĉ Ponigala malgraŭ sia nekutima beleco paŝetis kaj kliniĝis sengracie. Jarmiloj da histo-ria evoluo ne estas transponteblaj. La intelektaj ĝojoj, kiuj dolĉi-gas la vivon de moderna eŭropano, ne povas kunekzisti kun la laŭta sindono al la pensmortigaj plezuroj de la korpo.

Fine Maklin trovis tro peniga ŝajnigi, ke li bone amuziĝas. Li konsciis, ke li ne povas reagi konvene al la indiĝena gastamo pro tio, ke nova malaria atako heroldiĝas. Li gestis "bonan nokton" kaj foriris al la kabano de Silane. La enigma konduto de Maklin efikis kiel sordino; baldaŭ la festantoj disiĝis.

*   *   *

Nebulece li konsciis, ke liaj sonĝoj estas tre agrablaj aŭ *povus* esti tiaj. La scenoj tre ofte ŝanĝiĝis, sed li trovis sin en serio da senskaresaj situacioj. Sed ia kulposento ne permesis al li plene fordoni sin, kvankam iu forto konstante, aŭ ritme, provis devigi lin superi sian inhibicion. Kaj fakte lia cedemo ĉiam kreskis, ĝis li sciis, ke li glitos en ian ravan sed ne libere elektitan delicon, se li ne tuj kunigos ĉiujn energiojn por rezisti.

Streĉante sian tutan forton, Maklin suprenĵetis la palpebrojn. Malgraŭ la mallumo li subite komprenis ĉion. Li rapide sidiĝis kaj tiris sian penison el la mola mano. "Njet!" li kriis, provante kovri la organon. "Ne, Ponigala! Maklin ne volas – foriru!" Lia severa tono panikis la junulinon, kiu suprensaltis, eligis siblan krieton kaj malaperis en la nokton. Dum kelkaj sekundoj Maklin sentis frenezan deziron revenigi ŝin; tra lia ekscitita korpo pulsa-dis ondoj da voluptemo.

Sed tio pasis kaj la nun akra kapdoloro devigis lin regi siajn pensojn. Malgraŭ ĉio li ridetis pri la ruzo de Teluli. Tiele li espe-

114

ris allogi Maklin al Rogendu kiel loĝanton! Nun ĉio estis klara. Li ne *vidis* Ponigala en tiu malluma ĉambro, sed la mano ne povis aparteni al iu alia. Antaŭ eble unu semajno tiu ruzulo Teluli demandis lin, kvazaŭ parenteze, kiu el la vilaĝaj inoj plej similas la virinojn en Ruslando. Lerta psikologo! La demando ŝajnis "senkulpa", sed Teluli fakte volis scii, kiu virino plaĉas al Maklin. La decido estis facila por Maklin; li supozis, ke Ponigala, svelttalia, kun grandaj sed firmaj mamoj, belformaj gamboj, inteligenta vizaĝo kaj brilaj okuloj kaj dentoj, ricevus la rangon de belulino en iu ajn lando... kaj jes, ŝi aspektis pli "eŭropa" ol la aliaj. Teluli ne plu menciis la temon, sed sen ia dubo la ĉeesto de Ponigala en la kabano de Silane estis iniciato lia. Do la knabino nur faris sian devon, kaj Maklin sentis, ke lia konduto kontraŭ ŝi estis... nu, nekavalireca. Ĉu ŝi suferu pro tio, ke la blanka fremdulo sin trovas en ia mensa konflikto, kiun li mem ne komprenas?

Kiam mateniĝis, Maklin trenpaŝis al la kabano de Teluli kaj per febla voĉo petis la amikon helpi lin iri hejmen. Konsternite, Teluli tuj alvokis tri aliajn. La kvar viroj kuŝigis la febranton sur maton kaj portis lin zorge sed rapide al lia kabano.

Alveninte en sia kabano, la malsana blankulo indikis, ke li volas nur dormi. Sed antaŭ ol la kvar brunuloj foriris, li stumblis sur kesto kaj eltiris belan spegulon kaj donis ĝin al Teluli. "Por Ponigala", li murmuris. Forte tremante, li diris al si ironie: "Ĉu Maklin iam mortos?"

## La nokto de Kodi

La febro estis severa kaj dum kelkaj tagoj poste lia kapo ankoraŭ tamtamadis. Li sin okupis per skribtaskoj, sed trovis malfacile plene atenti. Kiel kutime, lin ĝenis la malplia laborpovo pli ol la malsano mem.

Dum li estis ankoraŭ en tiu stato, li ricevis viziton de Teluli, kiu anoncis, ke Engogu staras ekstere kaj volas paroli kun Maklin. Jam de monatoj Maklin apenaŭ pensis pri Engogu, kiu iam ŝajnis prezenti obstaklon al lia tuta misio. Kaj nun la eta ŝamano volis paroli – pri kio? Maklin esperis, ke la konversacio ne longe daŭros, ĉar eĉ movi la parolorganojn pliigis la doloron en lia kapo. Li indikis, ke Teluli venigu la ermiton.

Sidante sur sia kruda seĝo, la barono invitis la gastojn sidiĝi sur la plankon. Laŭ la kutimo de sia lando, Teluli sidis alterne sur la du kalkanoj, sed Engogu alprenis sen ia streĉiĝo pozicion, kiu certe estus malkomforta por normala eŭropano. Maklin miris, ĉar li memoris, ke en iu ilustrita libro pri Hindio li vidis la saman pozon; ĝian nomon li ne sukcesis memori, sed ĝi estis kutima ĉe joganoj. Ĉu estis pura kultura hazardo, ke Engogu sidis tiele, aŭ ĉu li estis adepto de iu tradicio, kiu atingis eĉ la Verdan Insulon?

Estis io alia, en kiu Engogu ne similis al la ceteraj verdinsulanoj. Li ne flankenigis sian rigardon, sed serene redonis la rektan rigardon de Maklin. Unue estis agrable observi tiujn trankvilajn okulojn, sed baldaŭ Maklin havis la iom embarasan senton, ke Engogu klare kaptas liajn pensojn. Do li la unua forglitigis la rigardon kaj invitis Teluli klarigi la dezirojn de Engogu.

Evidente Engogu estis kontenta, ke Teluli parolu por li. Kompare kun edukitaj eŭropanoj la verdinsulanoj estis plejparte infane parolemaj, sed Engogu ŝajne kutimiĝis al kontemplula vivo. Nur de tempo al tempo li aldonis preskaŭ neaŭdeblan klarigvorton, kiun la verva Teluli tradukis en elokventan mimadon kun trafe elektitaj ŝlosilvortoj. Tamen la interkompreniĝo malrapide progresis, ĉar la enhavo de la dialogo venis tute neatendite. Maklin iom post iom trovis, ke li devas ĉesi apliki siajn konceptojn aŭ antaŭjuĝojn pri kristanaj pastroj kaj primitivaj sorĉistoj al Engogu.

Engogu, Teluli energie peris, ne naskiĝis en tiu regiono; antaŭ multaj jaroj li forkuris de sia propra vilaĝo, kie regas tre kruelaj moroj. Ekzemple, antaŭ ol junulo rajtas edziĝi, li devas mortigi kaj manĝi viron el alia vilaĝo. Al la demando de Maklin, kie Engogu naskiĝis, Teluli indikis neprecize al iu fora loko malantaŭ la montoĉeno. Mirinde, pensis Maklin, ke iu havis samtempe la kuraĝon spiti al siatribaj moroj kaj delikatan konsciencon en tia medio; tiuj eŭropanoj, kiuj asertas, ke la homo estas nepre produkto de sia ĉirkaŭaĵo, devus iam legi pri Engogu. Sed Maklin silentigis siajn pensojn por sekvi Teluli. Antaŭ la alveno de Engogu la homoj de nia regiono, Teluli daŭrigis, ofte batalis kaj kutime la homoj de ĉiu vilaĝo mortigis sole vojaĝantajn fremdulojn. Sed ial neniu atakis Engogu. Pro dankemo Engogu decidis provi pacigi la vilaĝanojn inter si, do li elektis vivi neŭtrale ekster ĉiuj vilaĝoj sed iom rilati al ĉiuj. Kaj baldaŭ evidentiĝis, ke Engogu estas bona homo, kiu sukcesis forpeli fiajn spiritojn el suferantoj sen postuli pagon. Fine Engogu persvadis ĉiun vilaĝon sendi unu fojon en la jaro, ĉe la apero de plena luno, reprezentantojn al ceremonio sur loko proksima al la kabaneto, kie li mem loĝas. Rezulte la kvereloj inter la vilaĝoj fariĝis malpli oftaj.

Dum la rakonto pri tiu eksterordinara paciganto elbobeniĝis el la manoj kaj buŝo de lia amiko Teluli, Maklin foje ŝtelrigardis la maljunulon. Li estis tute konvinkita, ke la rakonto estas vera, kaj li konsciis pri kreskanta simpatio al tiu fascina hometo. Iam li devos provi surpaperigi pli da detaloj pri la vivo, kiun oni laŭvorte povus nomi anakronisma. Engogu ŝajne devenis el iu etike pli evoluinta kulturo.

Teluli paŭzis. Li kredis, ke Maklin komprenas la esencon de lia raporto, do nun venas la momento. Ĉu plaĉus al Maklin akcepti la inviton de Engogu ĉeesti la ceremonion, kiu okazos post ioma tempo?

Refoje la barono rigardis la ermiton. Estus interese scii, kial li donas la inviton, sed probable estus malĝentile demandi tion. Kaj ĉiukaze li volis ĉeesti. Kiom da antropologoj iam ricevis tian favoron, kaj rekte el la buŝo de ŝtonepokuloj! Li stariĝis, kliniĝis kvazaŭ kavaliro antaŭ sia reĝo, kaj vidigis al la du homoj sian plezuron akcepti.

Senplue Engogu ankaŭ stariĝis, amikeme salutis Maklin, flustris ion al Teluli kaj foriris el la kabano. Teluli restis iomete kaj diris, kiam Engogu malaperis: "Engogu diras, ke Maklin ne plu havas buf! buf! en la kapo," frapante sian bruston, kvazaŭ li tam-tamas.

"Teluli, Engogu parolas prave!" respondis Maklin, skuante la kapon. Jes, fakte, la kapdoloro estis tute for! Sed kiel... kial...? Sin turnante por foriri, Teluli ridetis kaj diris: "Engogu nua!"

Do Engogu sciis pri la kapdoloro? Ĉu Maklin perfidis tion per sia mieno, aŭ ĉu Engogu telepatie sciis ĝin? Kaj la foriĝo de la doloro – ĉu iel Engogu kaŭzis tion? Subite Maklin intuiciis, ke eble la respondoj al tiuj demandoj devigos lin repensi aferojn, kiujn li preferus almenaŭ provizore lasi. Kaj ĉiukaze estis tiom da farendaĵoj – kaj nun li sentis sin bone – do ek al fizika laboro!

\*   \*   \*

Mirinde, kiel drastaj la opinioj pri unusola okazaĵo povas diverĝi. Tuj poste Maklin konfesis en sia *Privata Taglibro*, ke

> *la alkoholruzo estis nedigna stultaĵo kaj mistifikaĵo, kies motivon mi ne povas aŭ eble ne volas klarigi al mi mem.*

Aliflanke, Renato Santamaria plenkore aprobis tiun lecionon al la ŝimioj. La versio ricevita de ni devis kompreneble unue trairi la prismon de la interpreto far Whartley, sed oni facile intuicias, ke la materialo estas baze aŭtenta rakonto de Santamaria.

La tagon post la mistera foriĝo de la kapdoloro, la mastro juĝis necesa – almenaŭ tiel ŝajnis al la fidela servisto – pruvi refoje al la ŝimioj, ke lia magio estas pli potenca ol tiu de Magogu, aŭ kiel ajn nomiĝis tiu nana ŝimio kun la ridinde blanka kreskaĵo sur la tuta korpo. En bela momento de intima blankula solidareco la mastro eĉ avertis sian kamaradon, ke li intencas montri al la vizitantoj "kiel bruligi akvon". Tiu kolegeca antaŭaverto ebligis, ke oni plene ĝuu la konvulsie ridigan scenon.

Okazis, ke tiun tagon la vizitantoj ne estis la bando el Rogendu. Des pli bone, ĉar povas esti, ke Teluli kaj la aliaj ŝimioj el tiu vilaĝo eble ne reagus en la dezirinda maniero. Konfesendas, ke lastatempe tiuj ĉi ĉiam pli impertinentiĝis, duonkutimiĝante al la avantaĝoj de civilizita vivo. Estis ja ĝene, ke ili ne plu panikite forkuris, kiam Maklin pafis.

Nu bone, la vizitantoj venis per pirogoj de iu norda vilaĝo. Nigape, aŭ iel simile, ĝi nomiĝis. Ili donacis bananojn kaj fiŝojn, kiuj ja bongustis, sed oni neniam povas fidi kanibalojn – kial ili devas aspekti tiel ferocaj? Iam dum la mateno Santamaria divenis, laŭ kelkaj indikoj de la mastro, ke baldaŭ la komedio komenciĝos. La mastro mem eniris sian ĉambron, dum la ŝimioj sidis, babilaĉante ĉirkaŭ la ŝtuparo. La giganta servisto same troviĝis supre; por eventuale defendi la mastron li devis kompreneble resti proksime al li.

La mastro surpaŝis la peronon. En unu mano li tenis glason da akvo, en la alia subtason, kiu enhavis same senkoloran likvaĵon. Kiel blankulo Santamaria bone komprenis – kaj cetere la mastro jam antaŭe klarigis – ke, kvankam du likvaĵoj tute same aspektas, ili ne ĉiam havas la samajn ecojn. Akvo, por citi la aktualan kazon, diferencas de alkoholo. Kompreneble stultaj kanibaloj ne povas scii pri tiaj subtilaj distingoj, kio ja donis sian spicon al la afero.

La barono trinkis guteton el la glaso, kaj transdonis ĝin al la ŝimioj, por ke ili gustumu kaj sciu, ke temas pri tute normala akvo. Bedaŭrinde Santamaria ne povis aprobi tiun parton de la ruzo; li mense notis la glason kaj ĵuris al si neniam plu uzi tiun. Aliflanke estis amuze vidi la naivan impresiĝemon de la kanibaloj. Kvankam ili verŝajne eĉ ne kredis je Dio, ili manovris la glason de la mastro kun pli da pieco ol multaj pastroj la meskalikon. Fakte iliaj gestaĉoj ekridigis Santamaria, kaj ili senkomprene rigardis lin. Jal la mastro iom tranĉe ordonis al li silenti. Tia reago de la barono avertis lin, ke eble li decidos ne daŭrigi la tutan ŝercon, do la fidela kamarado bridis sian ridemon.

Maklin faligis iujn gutetojn da akvo en la subtason, sed kompreneble ne sufiĉajn por nuligi la ecojn de la alkoholo. Li ekbruligis alumeton. Tio jam estigis ĥoron da mirkrioj de la sovaĝuloj, kvankam laŭ objektiva vidpunkto alumeto estas tute banala ĉiu-tagaĵo.

Venis la sincere antaŭĝuata momento. La mastro alproksimi-gis la alumeton al la subtaso. Subite la tuta "akvo" brile ekfla-mis. Laŭtaj panikkrioj elbuŝiĝis; la ŝimioj eksaltis kvazaŭ frene-zaj kaj tenis la manojn antaŭ la okuloj. La mastro terenverŝis la brulantan likvaĵon, kiu nun ŝajnis bruligi la nudan grundon. Ho kia ĝojiga hojlado kaj jelpado kaj saltado kaj gestado sekvis – la ŝimioj kuris tien kaj reen kiel termitoj el detruita ejo! Nun ili unuvoĉe kriis iun vorton (la mastro raportis poste, ke la vorto evidente signifas "maro") kaj panikite fingromontris en la kon-cernan direkton. Tiam iu el ili donis ian komandon, kaj tuj la tuta bando kuregis al la pirogoj.

La mastro komentis: "Ili petegis min ne bruligi la maron!" Dio mia, kiel Santamaria ridegis, li preskaŭ ploris pro amuziĝo. Sed lia ridado ekmutiĝis, kiam li konstatis, ke la mastro ĵetas al li malestiman rigardon. Maklin formarŝis silente, sed ne antaŭ ol la akravida servisto rimarkis, ke la mastro riproĉas sin mem pro ia kaŭzo. Santamaria preskaŭ bedaŭris, ke tiu promesplena ekspe-rimento – li volonte cedus al ĝi vere ŝiencan rangon – abrupte ĉesis, sed almenaŭ la ŝimioj estis jam for, lasante la bananojn kaj fiŝojn.

Santamaria ne povis envortigi siajn pensojn, sed li estis certa, ke troviĝas ia trafa simbolo en la fakto, ke tiuj poltronoj tiel time-gis kelkajn gutojn de tiu likvaĵo, kiu – se ne en tiu aktuala formo – estas unu el la ĉefaj ĝojoj de la homa raso. Li provis memori la detalojn de konversacio kun oficiro Grone pri homoj, ŝimioj kaj la "mankanta ĉenero".

* * *

La semajnoj, kiuj rapide pasis – se oni esceptas la nun regule okazantajn malariatakojn – provizis la materialon, el kiu poste estiĝis multaj konataj monografioj. Maklin opiniis, ke li ne sufiĉe laboras, sed Santamaria ne samopiniis; certe leganto de la spartane konciza *Taglibro* ĉi-kaze konsentus kun la servisto. Ankaŭ la fidelulon la febro senkompate atakis, sed malpli forte kaj ofte ol la mastron. Iam Santamaria, laŭ sia kutimo sin skrupule analizi, foje eĉ kun kruela honesteco, konfesis al si, ke la plej bonaj periodoj, aŭ la malplej malbonaj periodoj estas tiuj, kiam li bonfartas kaj la mastro – prefere nur iomete – malsanas.

Dum multaj semajnoj Maklin apenaŭ aldonis ion al la *Privata Taglibro*. Je sia surprizo leganto trovas, ke la temo, al kiu li dediĉis la plej longan raporton en tiu tempo, estas religio. Laŭ sia propra takso Maklin estis ateisto kaj senpolitikulo; sed ni jam vidis, ke politikaj konsideroj trudis sin al li. Estus kruda eraro supozi, ke ĉiu ateisto ne interesiĝas pri religiaj demandoj, sed evidente Maklin opiniis, ke ĉia religia kredo havas intereson nur por muzeistoj. Kial do li pasigis tutan vesperon skribante pri ĝuste tiu temo?

La enigma figuro de Engogu ofte okupis lian menson. Ĉu oni parolu pri la "ŝamano", al kiu li cedis kreskantan respekton, kiel homo religia? Se jes, eble Maklin devis agnoski, ke estas pli da "religiaj dimensioj" ol oni konstatis ĉe la instituciaj eklezioj de Eŭropo.

Kompreneble, ĉar li ofte vizitis Rogendu, li ne povis eviti refojan renkontiĝon kun Ponigala. Kvankam ŝi estis nur unu virino inter eble dudek sur la vilaĝa placo, liaj okuloj devis direktiĝi al la juna belulino, kiu siavice ne povis ne rigardi lin. Tiu rigardo, kiu daŭris tre mallonge, tamen rivelis, ke lia sinteno konfuzas ŝin. Jes, pensis Maklin, la menso de ŝtonepokulino ne scius reagi al la konduto de viro, kiu nokte forpuŝas ŝin el la kabano kaj tage donacas belegan aferon, kiu redonas pli klaran bildon ol eĉ la plej senmova akvo. Do karulo, klarigu al vi mem, kial vi rifuzis ŝin!

Ree li ŝtelrigardis Ponigala. Certe ne pro nura estetiko li forpelis ŝin. Ĉu pro rasa orgojlo? Li kredis, ke ne. Parto de la motivo sendube estis lia firma volo pruvi al Teluli, ke li estis serioza, kiam li diris, ke li ne volas loĝi en ilia vilaĝo. Se li akceptintus

Ponigala, la dolĉan logilon, ĉu la indiĝena moraro postulus, ke li konsentu ankaŭ al la invito?

Sed Maklin dubis, ĉu tia kialo sukcesus bridi la fizikan voluptemon de viro plene ekscitita, kies nea reago antaŭiris ĉian rezonadon. Io pli profunda instigis lin.

Ankaŭ ĉi-foje la respondo venis pere de Santamaria, kvankam tiu indulo neniel suspektis sian rolon. La servisto nekuraceble timis la verdinsulajn virojn, la "ŝimiojn". Sed aliflanke laŭ liaj filozofiaj tezoj virino estas... nu, virino. Ĉar li neniam forlasis la ĉirkaŭaĵon de la kabano kaj la virinoj apenaŭ forlasis siajn vilaĝojn, ne estis surprize, ke li neniam vidis inon. Pri tio li foje aŭdigis sian nekontentecon. Nu, iun tagon li sciigis al la mastro, elektante la plej altnivelajn vortojn, sian deziron je "morala gombromidiĝo". La mastro ekridis, evidente imponite. Tiu kamaradeca agnosko stimulis la serviston palpebrumi kaj aldoni, en sia unike kulturita maniero: "Nur mastrubadi terure teda!" Kontraŭatende la vizaĝo de Maklin ŝtoniĝis.

"Fi, Santamaria! Kaj cetere, se vi devas mencii tian gustaĉan aferon, almenaŭ prononcu ĝin ĝuste!" Kaj li forĵetis la restaĵon de la teo, malmilde ordonis al Santamaria kolekti pli da lignaĵoj, kaj iris kontroli la meteologiaĵojn.

Poste Maklin, rebildigante al si la esprimon de dolora surprizo sur la larĝa, stulta vizaĝo, miris pri la propra etmensa prudeco. Eĉ se li mem trovis "mastrubadon" nenecesa kaj naŭzeta kutimo, ĉu la mizera "intima" vivo de Santamaria koncernis lin? Kaj kial entute li reagis negative al tia afero? Senaverte li vidis antaŭ si la severan vizaĝon de sia patrino. "Do jen!" li diris aŭdeble. Iu eta subkonscia resono de la patrina filipiko kontraŭ "pekado", kvankam li delonge malakceptis la dogmaron, sur kiu panjo bazis sian kondamnon, vivis en li. Li hontis pri tiu arkaika hantaĵo: sed jes, li devis konfesi, li ne volis "peki" kun Ponigala!

Tiun vesperon li decidis ekzorci el si ĉian eĉ nesuspektitan vestiĝon de religia kredo. Feliĉe la metodo estos simpla: intelekta analizo. La ĉefa gloro de nia epoko estas la venko de logika pensado super nevalidaj mensaj sintenoj; mallonge, la triumfo de Scienco super religio. Jen la nepra unua paŝo al vera Progreso. Necesas nur ĵeti lumon sur la ombrojn.

Obstina sed ne tro serioza dezireto marŝi al Rogendu kaj kuŝi kun Ponigala estis facile venkebla. Li turnis sin al la intelekta tasko sin ekzorci kaj prenis novan kajeron inkludotan en la *Privata Taglibro*.

\* \* \*

*Mi kutimas mense ligi religion kun malsano. Ĉu maljuste, aŭ ĉu konvena simboleco?*

*Mi estas ankoraŭ malsaniĝema, sed en mia knabaĝo mi tre ofte havis en la buŝo la aĉan guston de malsano. Intime ligita kun tio estis la sono de la fervoraj preĝoj de mia patrino. Ŝi, Jekaterina, kredis, ke korpa kaj mensa malsanoj havas nur unu fonton, la diablon. Ne estis nepre agrable por miaj knabetaj oreloj devi aŭdadi, ke satano havas min en siaj ungegoj. Mian patron Ivan mi memoras nur kiel apatian senfortulon kuŝantan sur lito, same kiel mi la objekton de tre aŭdeblaj preĝoj. Feliĉe Jurij estis ĉiam fortika kaj sana.*

*Mi estis nur trijara, kiam mia patro forlasis sian liton por kuŝi en ĉerko; kiel panjo ade diris, Jesuo prenis lin al si.*

*Tiutempe mia rezonpovo ne estis evoluinta, sed tiu diro pri Jesuo, kiu prenas la mortintojn al si, tre konfuzis min. Mi supozis, ke la morto prezentas la kulminon de malsanado, estas do la fina triumfo de la diablo. Do ĉu Jesuo estas alianculo de la diablo? Sed panjo ĉiam alvokis Jesuon, por ke li liberigu min de la diablo kaj reĵetu tiun malbeniton en la fajregan abismon.*

*Mi sekrete supozis, ke paĉjo volonte mortis, kaj foje Jekaterina ekstazis pri la ĝojo de la elektitoj, kiuj loĝas ĉe Jesuo en la ĉielo. Do kial panjo ĉiam vinagre mienis, papagante ke "Jesuo prenis vian patron al si"?*

*Ĉiukaze mi konstante malsaniĝis kaj vivis en timo. Ĉu tiaj timoj ial kontribuis al la malforteco de mia konstitucio? Tre verŝajne.*

*Alia terurajo de tiuj jaroj estis la danĝero peki. Ankaŭ pri tio miaj konceptoj estis malklaraj. En kio konsistas peko? Ĉu pekado, tiu alia manifestiĝo de la potenco de satano, estas do ligita al malsano? Se mi faris tiajn demandojn al panjo, ŝi emfazis, ke impertinenteco estas unu el la signoj de orgojlo, la plej pereiga el ĉiuj pekoj. Tiom mi ja komprenis, ke fari demandojn estas malbona afero. Sed probable eĉ tiam la semo de ribelo estis ĝermetanta en mi. Alian aferon mi komprenis: ĉio malĉasta estas grava peko. Sed kio estas malĉasta? Laŭ panjo preskaŭ ĉio, kio rilatas al la korpo, estas, aŭ facile povas fariĝi, malĉasta (tiutempe mi eĉ ne sciis, ke la vorto "seksintinkto" ekzistas).*

*Mi konscie ribelis en mia dektria jaro. Eble tia reago estis neevitebla. Povas esti, ke la sekto de mia panjo – ŝi estis germandevena – estis iom neordinare rigida, fanatika kaj timiga formo de kristanismo, sed la diferencoj inter diversaj versioj de io malbona ne tre interesas min.*

*Mia ribelo alprenis plumpan formon. Des pli krude mi atakis la dogmaron de panjo pro tio, ke mi ne tuj trovis ion por ĝin anstataŭigi. Mi ne volonte revivus tiujn du-tri jarojn. Mi kaj mia patrino preskaŭ tute disfremdiĝis. Kiam ŝi sendis min al la luterana internula lernejo de Sankta Anna en Peterburgo, mi kredis, ke ŝi simple volas seniĝi je mi. Nur poste mi komprenis, ke ŝi esperis, ke tie ŝia filo retrovos Dion. Ŝajne ŝi imagis, ke tion mi pli facile faros pere de ŝia gepatra lingvo.*

*Nur unu parto de ŝiaj esperoj plenumiĝis: mi ĝisfunde konatiĝis kun la germana lingvo. La alia parto plene fiaskis. Iun tagon, dum mi kuŝis ankoraŭ unu fojon en la lerneja "lazareto", min vizitis S-ro Bottrop, nia silentema instruisto de matematiko. Kun nekutima brilo en la palaj okuloj li kaŝe enmanigis al mi libron, kiu "eble interesos vin".*

*Tiu libro, La Senenigma Universo, ne "interesis" min, ĝi transformis mian vivon! Poste mi estis konvinkita ateisto. Kia konsolo, ke la supera menso de Kehl esprimis en tiu libro aferojn, kiujn mi nebulece sentis aŭ suspektis, kaj tiel logike kaj verve esprimitajn! Mi parkerigis kelkajn citaĵojn. Jes, ŝajnas, ke mia tuta generacio faris same. Unu el niaj distraĵoj en Heidelberg estis provi kompletigi citaĵon komencitan de alia. Preskaŭ ĉiam Tom Layton elstaris*

*en tiu ludo, sed foje estis mia vico. Nun mi povas kompreni, kial*
*Kehl mem iomete embarasiĝis pro la "naiva junula patoso" de la*
*propra libro, sed kiam oni estas junulo, patosa stilo povas tre efiki.*

*Kiam mi unue legis* La Senenigma Universo, *mi ĝojis konstati,*
*ke la aŭtoro estas ateisto sed ne kruda krimema diboĉulo (verŝajne*
*iom el la kutima karikaturo pri ateistoj liverata desur katedroj*
*restis en mia menso). Kehl montriĝis ege humana, serioza en sia*
*deziro plibonigi la mondon. Lia moto estis "Antaŭ ĉio Honesto".*

Kaj jen la fino de la raporto en la *Privata Taglibro.* Kial Maklin la-
sis ĝin evidente nekompleta? Ĉu la temo ektedis lin, aŭ ĉu li kapi-
tulacis al sia dormemo? Ĉu io prognozis, ke lia evoluo ankoraŭ
ne finiĝis?

*   *   *

Renato Santamaria sidis en la duone malluma kabano kaj mal-
ĝoje rigardis en la kompletan mallumon ekstere. Kiel li malamis
tiun landon! Ne nur, ke li ankoraŭ iom sentis la sekvojn de la
ĵusa malariatako. Ne nur, ke oni aŭdis nenion krom la senĉe-
san tamtamadon de la pluvo kaj intermite la muĝon de la tajdo.
Dum la nokto ĉiaj terurajoj malantaŭ la kurteno de la ĉiea pluvo
alprenis vere monstrajn proporciojn. Kaj nur hodiaŭ la mastro
informis lin, ke post kelkaj tagoj li ĉeestos ian noktan danci-danci
kaj hokuspokuson de kanibaloj el ĉiuj vilaĝoj! Kia espero restas
al blankuloj, kiam ŝimioj komplotas inter si anstataŭ priĵeti sin
reciproke per lancoj?

Vidante la senesperan vizaĝon de la alia, Maklin sentis la kuti-
man duonmalŝaton-duonkompaton. Do li anoncis, ke baldaŭ la
prikonsentita jaro kompletiĝos. Baldaŭ ili povos atendi, ke *Vostok*
aŭ iu alia rusa armeŝipo alvenos. Tuj la animo de la servisto mal-
peziĝis; li ne hontis esprimi sian sinceran deziron, ke tiu sorto
plenumiĝu.

125

La pensoj de la barono estis pli ambiguaj, kiel li konfidencis al sia *Privata Taglibro*:

> *Mi amas ĉi tiun landon, ĝian buntan bestaron kaj riĉegan plantaron. Kaj la homoj, kiujn mi iam stulte nomadis "sovaĝuloj", montris sin plejparte amindaj. Kaj mi ĝojas, ke ĉi tie ankoraŭ la naturo ne estas submetita al la bezonoj kaj kapricoj de "civilizitaj" homoj. Sed mi ne iĝis verdinsulano. Mia rolo estas tiu de eŭropa sciencisto, kaj mia ekspedicio ĉi tien plejparte perdos sian sencon, se mi ne povos transdoni la rezultojn de mia laboro al miaj samspecanoj. Kiel utilas kolekti ŝtonerojn por la Mozaiko, se ili restas nevideblaj al aliaj?*

> *Mi esperas, ke miaj raportoj donos informojn pri la ŝtonepoka stadio de la tuta homaro, do ankaŭ pri la pasintaĵo de la eŭropaj popoloj. Kaj mi esperas – ĉu naive? – ke la eŭropanoj, pli bone komprenante, ne trudos sian superan forton al miaj brunuloj. Iliaj soldatoj, kanonoj, administristoj, farmistoj, ministoj, kaj aparte iliaj pastroj povas nur detrui la vivon de miaj novaj amikoj, eĉ se unuopaj eŭropanoj estas persone bonvolaj.*

Evidente Maklin paŭzis. Post tiu frazo li malatente desegnis serion da etaj geometriaj formoj. Tiam li daŭrigis:

> *Mi ne povas tute forigi la sinriproĉon, ke mi montras maldankon al ĉefduko Dimitrij, kiu ja ebligis la ekspedicion.*

> *Foje mi preskaŭ konvinkas min, ke mi absurde troigas la propran "politikan" rolon. Eble Dimitrij simple ŝajnigos, ke mi fakte pretendas rusan aneksorajton ĉi tie, kaj malŝate lasos min iri. Povas ankaŭ esti, ke intertempe Dimitrij perdis sian influon. Se la alia skolo (mi kredas, ke Rubajlo nomis ĝin "kontinentisma") forpuŝis Dimitrij, mia "ŝtatperfido" ŝajnos ridinda bagatelo.*

> *Sed foje mi vidas timigan scenon, en kiu la eleganta masko de Dimitrij falas kaj mi vidas senkompatan politikistan vizaĝaĉon. Tiam mi pripensas, ĉu ne estus pli bone simple rifuzi revojaĝi hejmen.*

*Sed kiaj alternativoj restas? Ĉu mi pasigu la reston de mia vivo en Rogendu? Eĉ se merlo sentas sin bone inter kolomboj, ĝi ne povas fariĝi kolombo.*

*Alian aferon mi ne povus fari: kapitulaci al Dimitrij kaj kunlabori por sklavigi miajn amikojn. Ĉu mi volas esti heroo? Ĉiukaze mi ne povus vivi kun malbona konscienco.*

Piede de tiu paĝo ni trovas pikan demandon:

*Diru, kara, kio estas malbona konscienco? Ĉu alia religia vestiĝo?*

La respondo estis videble tre rapide skribita:

*Vi tedas min per viaj metafizikaĵoj!*

*    *    *

La *Taglibro*, tiu verko konata al la publiko, raportas nur:

*Mi iris kun kvar rogenduanoj al senarba loko sur la supro de monteto laŭdire proksima al la kabaneto de la ŝamano Engogu. La plena luno peze pendis sur la nokta ĉielo. La homoj de multaj vilaĝoj ĉiujare kunvenas tie por celebri ian lunfeston aranĝatan de la ŝamano. Kiom mi povis konstati, oni unuvoĉe konfirmas la opinion de Teluli, ke la ĉeso de seriozaj intervilaĝaj bataloj en ĉi tiu regiono dum la lastaj jaroj okazis ĉefe dank' al la laboro de Engogu; kaj la lunfesto estas la apogeo de lia eksterordinara misio.*

*Bedaŭrinde la ceremonio eĉ ne povis komenciĝi pro tio, ke unu el la ĉeestantoj laŭŝajne suferis ian paroksismon de freneziĝo. Daŭris horojn, ĝis oni sukcesis trankviligi lin, kaj poste ĉiuj iris hejmen. Pro laceco mi dormis en Rogendu.*

Kaj jen ĉio, kion la publiko ĝis nun scias pri unu el la plej neforgeseblaj eventoj en la vivo de Maklin. Fine – du semajnojn poste – li konfidencis veran raporton al sia *Privata Taglibro*, dokumento

127

verŝajne neniam publikigota. Ni povas nur imagi, kiom kostis al Maklin registri la aferon. Ĉu li esperis, ke skribante li iel reduktus la okazaĵon al intelekte digestebla dimensio? Ĉu skribado iĝis por li ia terapio? Ĉiuokaze ni notas egan diferencon inter la nekoheraĵo sur la unua paĝo de la *Privata Taglibro* kaj lia rakonto pri tiu vespero. Li eĉ titolis ĝin:

## LA NEKREDEBLAĴO

*Mi provu memori ĉion sinsekve kaj priskribu laŭeble objektive. Mi apenaŭ povus troigi la detalojn de tiu bedaŭrinde vera fantomromano; male mi bone scias, ke ĉia priskribo estos nur pala versio de la realo. Kial mi entute volas surpaperigi ĝin? Mi kredas, ke nur dentogrinciga bezono estis honesta al mi mem, pelas min (ankoraŭ mankas al mi la kuraĝo esti honesta al eventualaj legantoj de mia Taglibro). Kehl legos tiun sensukan priskribon. Kiel li mem reagus, se li spertus tion, kion mi ĵus travivis?*

* * *

*La rogenduanoj kaj mi estis inter la unuaj grupoj, kiuj alvenis ĉe la prikonsentita ceremonio. Ĉiuj portis torĉojn kaj iujn lignopecojn por fari fajron. Miaj eŭropaj vestoj bone protektis min, sed la plejparte nudaj indiĝenoj trovis la nokton iom malvarma, kaj ili konstante pasigis siajn torĉojn de unu mano al la alia, malantaŭ kaj antaŭ si tiele, ke ili kreis "varman cirklon" ĉirkaŭ si.*

*Mi ne scias, kiel oni delegis la tri ĝis kvin homojn el ĉiu vilaĝo. Mi supozas, ke Engogu insistas pri la nombro: tia grupo povas reprezenti vilaĝon, sed estas tro malgranda por igi ebla, ke ekfuriozu batalo. Kaj mankis bataliloj, raraĵo ĉe vojaĝantoj. Mi rekonis virojn (ĉu necesas diri, ke virinoj ne ĉeestis?) el multaj vilaĝoj: el Bukbuk, Koladu, Lamedu, Figam, Kulako, Nigape, Marakim, Otinek...*

*Engogu probable planis alveni la lasta. La luno ĵetis brilan lumon sur la naturan "placon"; mi volis scii, kian signifon plena luno havas por tiuj homoj, sed atendis oportunan momenton por fari la demandon (ĝis hodiaŭ mi ne demandis). Intertempe regis kiel kutime senĉesa babilado, dum oni salutis sin reciproke kaj kontribuis al la komuna fajro.*

*Mi supozas, ke la kvaropo el Tangala estis la laste veninta grupo. Multlingva zumado de flustroj pri "Kodi" kaj "Maklin" subite atentigis min pri la alveno de mia malnova oponulo. Kial Kodi ne tuj rimarkis min, la solan blankulon, mi ne scias. Sed certe li ne antaŭvidis, ke mi ĉeestos (poste mi aŭdis, ke neniu atendis, ke la koleriĝema kaj ksenofoba Kodi iam mem ĉeestos!). Vidinte min, Kodi abrupte haltis kaj diris ion malafablan al siaj samvilaĝanoj. Mi konstatis, ke li ne ĉesas ĵeti rigardon al mi. Mi dankis, ke mi ne povas vidi lian malbelan vizaĝon, kaj mi trovis prudenta resti kiel eble plej malproksime de li kaj provi ignori lian agreseman sintenon.*

*Dum kelkaj minutoj ni atendis la alvenon de Engogu, sed mi kredas, ke ĉiuj tre klare konsciis pri la konduto de Kodi. Tiam la afero komenciĝis.*

*Kodi klinis la supran parton de sia korpo antaŭen, tre rigide kaj pograde, kvazaŭ oni kunfaldus rustan ĉarniron. Nun ĉiuj okuloj malkaŝe direktiĝis al li. Ni aŭdis tre laŭtan glugladon en lia stomako, kaj el lia buŝo eliĝis vomaĵo. Kun nenatura malrapideco li terenfalis, kaj dum la falo liaj gamboj interplektiĝis tiele, ke fine li kuŝis en tre nekomforta pozicio.*

*Mi tuj iris al li por almenaŭ malplekti la gambojn. Mi memoras, ke mi ekpensis ke, se mi sukcesus mildigi la malamon de Kodi al mi, la nokto havus almenaŭ unu bonan rezulton.*

*Je mia konsterno mi trovis ke, kvankam Kodi ŝajnas senkonscia, la tuta korpo estas lignece rigida. Malgraŭ laŭte grunta fortostreĉo mi ne povis eĉ moveti liajn gambojn. Sed subite venis la dua etapo.*

*La korpo subite ekviglis kaj per nekredeble forta puŝo Kodi terenfaligis min, suprensaltis kaj bojegis: "Maklin, foriru el mia lando! Mi estas la mastro ĉi tie! Mi estas pli forta ol vi – hundaĉo, foriru!"*

*Unuamomente mi, ankoraŭ ruliĝante sur la tero, konstatis nur, ke la rekta malamo kaj terura potenco de tiu voĉo estas tiaj, ke kompare kun ĝi la neniel forgesita voĉo de Kodi estis najtingala melodio. Sed tiam orelfrapis min, ke Kodi komandaĉas min en mia rusa lingvo!*

*Ial Kodi mem ne kunportis torĉon. Pro tio mi dankas mil fojojn, ĉar tiu ege timiga figuro, kiu staris, pli bone kaŭris, super mi, ŝajne intencis min murdi. Ĉar la torĉoj de aliaj tre klare iluminis lin, mi povis plene ĝui la vidaĵon: ia blankeca ornamaĵo intermite pufiĝis kaj kaŝis la malsupran parton de lia vizaĝo. La naŭza substanco estis miksaĵo el saliva ŝaŭmo kaj grandega muka veziko, kiu kreskis kaj ŝrumpis laŭ la ritmo de lia spirado.*

*Vidante la danĝeron, aro da viroj alkuris por premteni Kodi, sed li ĵetegis ilin ĉiudirekten, kvazaŭ ili estus senfortaj beboj. Samtempe li alkriaĉegis ilin (oni informis min poste, laŭvice en iliaj propraj lingvoj). Mi kaptis la sencon de la rogenduaj frazoj. La "mesaĝo" estis ege primitiva: ke li estas pli forta ol ili ĉiuj, ke li forĉasos ilin. Mi supozas, ke la "enhavo" estis la sama en ĉiuj lingvoj. Sed... li ja uzis tutan aron da lingvoj... inklude la rusan!*

*Unu el la viroj provis minaci Kodi per torĉo. Kodi per unu movo alsaltis lin, forkaptis la torĉon, kaj rompis la dikan bastonon, al kiu la brulantaj herboj estis fiksitaj, kvazaŭ ĝi konsistus el mola argilo. Lia minacinto forkuris, ĝis li rimarkis, ke Kodi nun alfrontas nin ĉiujn.*

*Lia teniĝo estis – kaj ial mi kredas, ke li intence kreis tiun impreson – tiu de homsimila sed subhoma besto. Eble mi devus ne plu diri "li" aŭ "Kodi", sed "ĝi", ĉar mi juĝas nekontestebla, ke ia ekstera estaĵo aŭ forto transprenis la korpon de Kodi kaj donis al ĝi superhomajn fizikajn potencojn kaj parte eĉ intelektajn kapablojn (konon de lingvoj!), sed samtempe la estaĵo rifuzis alpreni plene homan formon. Interpretu tion tiu, kiu povas! Ankoraŭ mi ne volas!*

*Nu, tiu hida simio duonkaŭris, kun la kapo antaŭenpuŝita, la ŝultroj kuntiritaj, la brakoj etenditaj ĝis sub la genuoj kaj la gamboj fleksitaj. Mi estis certa, ke Kodi povus superforti nin ĉiujn. Iel mi ŝajnigis trankvilecon, sed neniam en la vivo mi sentis tian teruron. La fizika danĝero ankaŭ rolis, sed mia teruro estis grandparte intelekta: mi ne povas trovi pli taŭgan esprimon. Sub tiaj batoj, ke io, kio ne povas okazi, tamen okazas, io en mia al mi tre kara mondobildo simple frakasiĝis.*

*Ŝajne ĝi volis nun demonstri al ni sian proklamatan forton. Senaverte ĝi kuris rekte al ni, elbuŝigante nekredeblan kriegon. Ni ĉiuj forkuregis ambaŭflanke de ĝi, sed rikana ridego malkaŝis, ke ĝi ne volas kapti nin. Anstataŭ tio ĝi pluen kuris rekte al arbo rande al la "placo". Per grandegaj paŝoj ĝi suprenkuris la (vertikale starantan!) arbon ĝis alto de eble kvar metroj, tiam rulfalis malantaŭen tiele, ke ĝi facile surteriĝis per la piedoj. Ni aliaj, troviĝante dise sur la "placo", povis nur gapi, dum Kodi prezentis novan eron. Li – aŭ ĝi – kuris al falinta arbo, levis kaj ĵetis ĝin kaj, en la maniero de iu freneza ronĝobesto, formordis pecon el la arboŝelo kaj alkraĉis ĝin al la plej apudaj homoj. Dum kelkaj momentoj regis silento, kion oni tre malofte spertas inter la parolemaj homoj de ĉi tiu lando.*

*Kodi rompis la silenton per malicega "Maklin, mi pereigos vin!" Kaj refoje en mia denaska lingvo! Mi sentis, ke la haroj super mia nuko hirtiĝas. Mi volis kuregi al mia kabano kaj venigi la pafilon. Sed min savis la komenciĝo de nova akto en tiu nokta dramo. Kodi subite turnis sin al la loko, kie pado renkontas la "placon", kaj defie kriaĉis: "Engogu!"*

*Engogu surpaŝis tiun sovaĝan scenejon. Io en lia teniĝo sciigis, ke li bone ekkomprenas la situacion. Tuj multaj aliaj kuris al li kaj en vera babelo de lingvoj petegis lin ion fari. Ankaŭ mi senplue agnoskis la superecon de tiu eta homo, kiu estis kaj restis dum la tuta longa vespero trankvila. Mi rimarkis, ke Teluli, kutime la plej verva parolanto en iu ajn grupo, silentis dum la ĉiuflanka petado al Engogu. Ĉu Teluli simple rezignis pro tio, ke nenia mimado liaflanke povus egali la originalan prezentaĵon de Kodi?*

*Kodi "bonvenigis" Engogu per ia tondra insultado, tiam li prezentis kaprioladon, kiu superis la kapablojn de la homa korpo; li senĉese transkapiĝis, kalcitris, kuregis, ruliĝis, saltegis, dume ne ĉesigante sian nehoman gargaradon; la orelfenda bruo memorigis min pri la agonio de mortige sed mallerte vundita porko.*

*Mi ne scias, kiom da minutoj pasis, dum la korpo de Kodi ĵetegiĝis tien kaj reen. Sed dume la sereneco de Engogu komunikis sin al ni aliaj; antaŭe ni diskure panikiĝis, se Kodi alproksimiĝis, sed nun la oazo da trankvileco ĉirkaŭ Engogu iom post iom disvastiĝis. Tio videble malplaĉis al Kodi, kaj li decidis timigi min, probable ĉar mi staris iom aparte. Li – ne, mi devas diri "ĝi" – subite ekkaptis falintan torĉon, ĵetis ĝin per neimitebla forto al mi (feliĉe ne celtrafe), kaj rapide alproksimiĝis al mi, antaŭenpuŝante sin per la genuoj kaj kubutoj kaj klakege mordante la aeron. Mi volis forkuri, sed instinkte kliniĝis kaj tenis la manojn antaŭ mi, kvazaŭ mi volus rulpuŝi arbotrunkon.*

*Kio sekvis, estis granda kaj nepre agrabla surprizo. Kiam la monstraĉo atingis lokon eble duonmetron antaŭ mi, ĝi ne plu povis antaŭeniri. Ne pro tio, ke ĝi ne penis; el tiu eta distanco mi vidis, ke ĝi streĉas ĉiun fibron por min atingi; ĝi kolerege skuis la kapon kaj kresĉende muĝis, disĵetante vezikojn el salivo kaj muko. Cetere mi povis krome vidi, ke la okuloj estas tute vitrecaj, kaj ke sango fluas el multaj vundetoj – la korpo de Kodi devis pentofari pro la freneza gimnastiko de lia "gasto". Dum eble dudek sangofridigaj sekundoj la teruraĵo klopodis sin puŝi kontraŭ ia nevidebla barilo min ŝirmanta, tiam cedis, kaj refoje decidis imponi nin per sia spita simiumado.*

*Dume Engogu larĝe etendis la brakojn kaj eligis etajn sonojn, iomete balancante la kapon. Dum kelkaj sekundoj venis al mi la ne tre konsola penso, ke nun ankaŭ Engogu transformiĝos en tian estaĵon! Eble Teluli kaptis mian alarmon, ĉar li mangestis al mi, ke ĉio estas en ordo. Mi memoris, kiel Teluli mimis la entranciĝon de Engogu, kaj notis, ke la aliaj evidente kutimiĝis al tiu rito kaj atendas bonajn rezultojn el ĝi.*

*Ni aliaj nun fariĝis pli spektantoj ol partoprenantoj en tiu prabarbara kaj eble prahistoria dramo. Restis nur du aktoroj ege malsimilaj: la trankvila blankhara hometo kaj la timiga aperaĵo el ia subtera hororejo.*

*La konflikto daŭris horojn. Mia priskribo, legebla en nur kelkaj minutoj, povos nur fuŝe-feble redoni la etoson de tiu intensa lukto. Sed la esencon mi povas priskribi per kelkaj alineoj, ĉar la tri "raŭndoj" ĉiuj prezentis la saman sinsekvon tre malrapidan de okazaĵoj. Kaj malgraŭ la longa daŭro la batalo estis ĉiam neegala. Kodi, kiu komence similis al lupego laŭplaĉe dispelanta ŝafgregon, nun devis atenti nur pri sia ĉefa oponulo. Kvankam li – mi ree diru "ĝi" – montris kontraŭ Engogu eĉ pli laŭtan malamon, spiton, koleron kaj timigemon ol antaŭe, ĝi iomete post iomete estis devigata cedi al ia potenco en tiu homo fizike apenaŭ pli granda ol nano.*

Mi havis tempon kaj okazon por ekzakte observi. Kaj mia trejnado kiel sciencisto servis por registri ion, kio ŝajnas neakordigebla kun la premisoj, sur kiuj baziĝas mia sciencista vivkoncepto.

Engogu apenaŭ parolis (la aliaj raportis al mi poste, ke ankaŭ ili ne komprenis la "konversacion", ĉar ĝi estis en la denaska lingvo de Engogu). Pograde la hometo proksimiĝis al Kodi. La brakojn li tenadis horizontalaj: komence la angulo formita de liuj brakoj estis larĝe obtuza. Sed apenaŭ percepteble li konstante akutigis la angulon, kaj baldaŭ mi rimarkis la kialon, aŭ pli bone la sekvon. La tordiĝanta, ruliĝanta, saltanta korpo de Kodi kapablis libere moviĝi nur sur la triangulo, kies lateroj konsistis el la linioj formitaj per plilongigoj de la direktoj de la brakoj de Engogu. Eble tio estas sensencaĵo el la vidpunkto de la fizikistoj; mia sola senkulpigo por ĝin skribi, estas, ke mi vidis ĝin per la propraj okuloj.

Same kiel Kodi ial ne povis penetri la spacon senpere ĉirkaŭ mia korpo, ĝi ne povis eskapi el tiu triangulo. Ni komprenis, ke ĝi povos eskapi, se ĝi fuĝos for, ĉar fakte la triangulo ne havas bazon; sed fuĝo signifus rekta refuto de ĝiaj fanfaronaĵoj pri supera forto. Do Engogu pocentimetre limigis la movkapablon de sia kontraŭulo. Samtempe li devigis alispecan kapitulacon (mi intuiciis la situacion, kaj poste Teluli konfirmis mian juĝon). Per malmultaj, serene eldirataj ordonvortoj kaj fojaj kapmoviĝetoj Engogu insistis, ke la groteska simieculo sin portu kiel homo. Komence la reago estis spita ridaĉado kaj alpreno de multaj nehomaj pozicioj.

Ankaŭ tiu parto de la lukto daŭris tre longe, sed ĉiam malpli favore al Kodi, kiu pograde perdis sian rezistokapablon. Fine temis pri tre difinita punkto: Engogu ordonis, ke Kodi iru al la falinta arbo kaj sidiĝu sur ĝin kaj tie alprenu homan korpoteniĝon. La alia partio ĉiuforte sed vane kontraŭpenis. Kvazaŭ premate de iu giganta mano, Kodi rezistante marŝetis malantaŭen al la arbotrunko, metis la postaĵon sur ĝin, sidiĝis vertikale kaj krucis la brakojn;

*eĉ tiu lasta ago daŭris minutojn kaj okazis spite al muskoltremiga kontraŭpuŝo de la brakoj. Sed fine Kodi sidis en nemiskompreneble homa pozo.*

*Mi supozis, ke tio prezentas la klimakson. Tamen la estaĵo subite trovis lastan fortofonton. Ĝi salte restariĝis kaj eligis ankoraŭ unu el siaj kriegoj kaj bojis frazon ("Mi devas iri!", kiel mi poste informiĝis). Senplue ĝia "a-a!!" longe kresĉendis, la korpo ree rigidiĝis kaj – ĉi tio okazis nur kelkajn metrojn antaŭ miaj okuloj – Kodi ege malrapide sed bastonrekte surteriĝis, kvazaŭ oni per pulio tre singarde lasus fali ŝtonkolonon. Tuj kiam ĝi plene kuŝis surdorse, la terura "a-a!!" mutiĝis, la korpo malrigidiĝis, kaj Kodi – jes, fakte estis la homo Kodi – terurite kuntiriĝis, plore petegante helpon.*

*Mi atendis, ke nun Engogu alpaŝos kaj helpos al Kodi restariĝi. Sed la etulo restis surloke, ripozigante la brakojn. Samtempe li gestis averte, ke ni ne iru al Kodi. Kial, ni tre baldaŭ komprenis.*

*La dua raŭndo komenciĝis same, kiel la unua. Kun hirtiga kriego, nun bone konata sed neniel pli milda, Kodi refoje fariĝis bestaĉa superhomo, eble eĉ pli forta, fanfaronema, malica kaj spitema ol antaŭe. Po gradetoj Engogu devis reatingi sian superan rolon.*

*Mi ne priskribu la iron de la dua, nek de la tria raŭndo. Ilia rezulto samis tiun de la unua, sed ili preskaŭ tute elĉerpis la forton de Engogu. Iel Engogu sciis, ke li devas elteni ĝis la tria fojo, kiam la lasta "gasto" liberigis la korpon de Kodi kaj kriaĉege foriris. Mi demandis min, kio okazos, se venos kvara raŭndo. Sed post la tria Engogu stumblante iris al la knabece ploranta Kodi kaj trankvilige tuŝis lian kapon. Je tiu signalo pluraj homoj rapidis por restarigi la viktimon. La delonge silentaj langoj nun rekompencis sin – krom tiuj, kies liberan svingiĝon malhelpis enbuŝigita fingro. La reapero de tiu simpatia moro iom konsolis mian tremantan nervaron, sed ankoraŭ ni ne atingis la finon de ĉio.*

*En la supro de la plej apuda arbo subite ekbruis io simila al pistolpafo. En rapida sinsekvo similaj eksplodoj aŭdiĝis el la supro de aliaj arboj tiele, ke la eble dek bruoj laŭvice ĉirkaŭis nin. Dum spirohaltiga momento mi timis, ke nun tuta aro da demonoj anoncas tujan atakon. Sed ĉi-foje Engogu montris nekarakterizan* koleron. *Kun nova energifluo li ĵetis akuzan fingron al tiu loko, de kiu venis la ĵusa bruo kaj kriis per abrupta kaj akra voĉo: "For!" Kaj efektive la serio da bruoj tuj ĉesis.*

*Tio fakte metis finon al la distraĵoj. Persone mi ne tre bedaŭris la foriron de nia(j) distrinto(j). Mi same kiel la aliaj de tempo al tempo ŝtelrigardis Kodi, sed la konvinko de Engogu, ke ĉiuj "gastoj" jam foriĝis, pravis.*

*Engogu, apenaŭ parolkapabla pro laceco, anoncis, ke li invitas Kodi kaj unu alian homon tranokti ĉe li. Kial la dua gasto? Mi supozis, ke Engogu timas esti sola kun Kodi, sed tiu supozo nur spegulis mian propran mensostaton. Fakte la etstatura Engogu bezonis helpon por trenporti Kodi al sia kabano. Antuŭ ol foriri Engogu proponis, ke la homoj el apudaj vilaĝoj gastigu la aliajn.*

*Mi tre volonte akceptis la inviton de la rogenduanoj. Por diri la veron, mi dubas, ĉu tiunokte mi havintus la kuraĝon marŝi sola tra senluma ĝangalo al mia kabano. Mi ekkomprenis la konstantan teruron de mia filozofiema dungito! Li senĉese suspektas la ĉeeston de atakontaj "ŝimioj"; tiun nokton mi poltrone suspektis, ke ĉie atendas min nevideblaj malamikoj (tiun timon mi ankoraŭ ne plene venkis...).*

*Ne estis facile endormiĝi. Kalejdoskopo da mensplenigemaj bildoj plagis min. Mi trovis plej akceptebla pensi pri la sendube validaj okultaj potencoj de Engogu. La memoro pri mia sensprita mistifikaĵo per la alkoholo, mia mizera "magio", tiel hontigis min, ke mi spertis sangofluon al la kapo. Sed fine fizika elĉerpiĝo kompate senkonsciigis min.*

\* \* \*

Vekiĝinte, Santamaria baldaŭ konstatis, ke la mastro mankas. Kia terura sortobato ĝuste tiam, kiam oni atendas, ke *Vostok* savos ilin post eble nur kelkaj tagoj! Do fine ili murdis kaj voris la mastron – kiom da fojoj li avertis lin?

Panikite la servisto serĉis la pafilon. Diable – la mastro diris, ke ili ne plu havas kuglojn!

Necesis pensi rapide. La ĉambro de la mastro – aj, povra bro-fesoro! – estis pli facile defendebla! Do li amasigu en ĝi ĉiujn necesaĵojn. Hm, la spaco estis tre limigita, la ĉambro preskaŭ krevis pro la nenombreblaj boteloj kaj vitraĵoj kun bestokadavroj kaj aliaj senutilaĵoj, kuriozaj ŝiencaj aparatoj, kaj vera monto da paperaĵoj, kajeroj kun notoj kaj desegnaĵoj, kaj tiel plu. Brila ideo! Li povus forĵeti grandan parton de tiu balasto kaj samtempe uti-ligi la utilajn pecojn: ekzemple li povus forŝuti la aferojn el la boteloj kaj plenigi tiujn ujojn per akvo! Se iam eblos fari fajron, li povus bruligi la paperaĵojn; se li nun simple ĵetus ilin sub la kabanon, la stultaj kanibaloj ne scius ilin utiligi.

Lia situacio estis baze senespera, sed nobla animo alkroĉas sin al eĉ eteta espero; li ekvidis botelojn kun alkoholo! Kaj feliĉe la alumetskatoloj ankoraŭ abundis... Eĉ pli aŭdaca penso tra-fulmis lian cerbon: eble aliaj el tiuj misteraj kemiaĵoj estos same utiligeblaj kiel la alkoholo! Estas elokventa atesto pri la alta karaktero de Renato Santamaria, ke eĉ sub probable senabelacia mortoverdikto li kapablis sperti la esplorĝojon de vera ŝiencisto, meditante pri la ontaj eksperimentoj per esperende eksplodivaj akvoj, acidoj, kaj tiel plu.

Kompreneble tiuj pensoj kompletigis sian cirkviton en lia pensaparato multe pli rapide, ol oni povas diri. Aliaj proble-moj trovis ekspresan solvon. Ekzemple, kien pisi? Ekrigardo al la muroj certigis, ke ilia konstruo estas tiurilate beninde neper-fekta. Aliajn similajn problemojn oni devus solvi... nu, iel.

Sed la tuja postulo estis provizi la defendejon – do ek! Li komencu per la akvo.

Nesufiĉe dorminte kaj kun kapo plena je konsternaj deman-doj, Maklin estis kontenta almenaŭ pri tio, ke post kelkaj paŝoj li atingos sian kabanon. Sed li miris kaj haltis. Santamaria, kiu normale malemis moviĝi pli rapide ol modere vigla unukrurulo, kure pelis sian enorman kilogramaron al la rojo, tenante la bol-poton kaj aron da boteloj.

"He, Santamaria, kien vi iras?"

El la giganta gorĝo venis histeria jelpego, la bolpoto kaj la boteloj interfrakasiĝe falis, kaj la servisto mem kraŝis.

Preskaŭ tute sen amuziĝo Maklin sin ekdemandis, ĉu nun ankaŭ Santamaria pruntedonas sian korpegon al nevideblaj uzontoj.

* * *

Tiu ambaŭflanka ŝoko estis kontentige klarigebla. Sed je sia konsterno Santamaria konstatis, ke la nokto kun la ŝimioj iel ŝanĝis la mastron. La vizaĝo estis tro malgrasa, la belaj bluaj okuloj estis zorgoplenaj kaj nervoze saltetis tien kaj reen. Foje li rigardis la maron, foje la ĉielon, sed plej ofte la nepenetreblan ĝangalon. Li ĉiam estis iom serioza homo, sed nun li konstante mienis malride.

Komence la kompatema servisto supozis, ke la mastro ree malsaniĝas. Tamen tio ne pravis, kio havis ankaŭ sian bedaŭrindan flankon; ekde tagiĝo ĝis noktiĝo la mastro "freneze labori" kaj postulis, ke ankaŭ la servisto "fari tro multa laboro". Do la stranga konduto ne ŝuldiĝis al malario. Sed baldaŭ aliaj, plejgrade zorgigaj simptomoj manifestiĝis.

Maklin ne plu emis viziti la vilaĝojn de la ŝovaĝuloj, kio estis ja bonvena, sed... La ŝimioj ofte, fakte multe tro ofte, vizitis Maklin. Ĉe tiuj vizitoj la ŝimioj ne plu ridaĉadis, sed io eĉ pli suspektinda okazis. Maklin kaj ili tre serioze paroladis pri io, ofte dirante "Kodi" kaj "Engogu"; krom tio ili prezentis ian frenezan teatraĵon kun krioj, saltoj, ruliĝado kaj tuta aro da ritosimilaj strangaĵoj. Dum tiuj malbenindaj prezentaĵoj Santamaria povis iomete ripozi de siaj multaj laboroj kaj ŝtelrigardi la mastron, kiu partoprenis ne malpli groteske ol la ŝimioj. Ĉu ankoraŭ unu fojon la kaprica mano de la Destino preparas baton: ĉu eble la mastro freneziĝas? Pli ol unu fojon li volis sin certigi pri tio, sed la sola maniero estus demandi la mastron mem. Sed – aha! – jen vere filozofia problemo: se Maklin fakte estus freneza, li ne kapablus kompreni, ke li estas freneza; sekve ne penvalorus lin demandi, ĉu ne?

Malgraŭ la timige ripetiĝema karaktero de tiuj aĉaj pantomi-moj, kiam ŝimioj venis, estis almenaŭ unuflanke konsole, ke post ilia foriro la mastro tuj renormaliĝis kaj ĵetis sin en mil kaj unu taskojn. La alia flanko de tiu ekvacio (kiel amiko Grone kutimis diri) estis, ke oni mem trovis antaŭ si neniam ĉesontan liston da farendaĵoj.

Per ia ironio ankaŭ Maklin uzis tiun apenaŭ ĉiutagan vorton en sia *Privata Taglibro*. Li bone sciis, ke li devigas Santamaria pli labori ol antaŭe. Li esprimis sin per lakona algebraĵo:

*Povra Renato el la tribo Santamaria!*
*Ni simboligu lian nunan taskaron per x.*
*y reprezentu la laboron de meze maldiligenta dungito.*
*Ni povas do formuli la ekvacion* $2x = y/2$

\* \* \*

Fari sarkasmajn ŝercojn pri la servisto probable ne prezentis la apogeon de la atingoj de la sciencisto barono Nikolaj Ivanoviĉ Maklin. Aliflanke oni rajtas opinii, ke eĉ la menso de Renato San-tamaria ne kapablis kompreni en ĝia tuta amplekso la animan krizon de la mastro. Iun vesperon (sen dato) Maklin skribis:

*Ĝis nun mi estis ĉiam preta por agnoski, ke Kehl estas mia maj-stro aŭ almenaŭ ke lia opinio ege pezus en mia konsidero de iu ajn ĉi-speca demando. Sed eĉ Kehl ne kapablus klarigi tion, kion mi ĵus spertis. Estas neniu, kun kiu ĝin diskuti. Almenaŭ neniu, kiu komprenus mian deirpunkton. Mi sentas min izolita, pli ol iam ajn depost mia adoltiĝo.*

La milionoj da legantoj, kiuj konas nur lian *Taglibron*, ne suspek-tus, ke la intensa laboro de tiuj tagoj estis plejparte nesukcesa provo forpeli la hantajn impresojn de la "nokto de Kodi". Sed leganto de lia sekreta teksto trovas, ke li preskaŭ ĉiuvespere sin submetis al foje severa ekzameno de siaj pensoj kaj konduto. Ekzemple:

*Mi hontas konfesi, ke mi ankoraŭ duonatendas, ke mi senaverte renkontos fantomon. Nokte mi apenaŭ kuraĝas marŝi al la rojo – kia naŭza evoluo! Mi eksuspektas, ke mi kapablus je ĉia poltronaĵo, ke Santamaria eble prave imagas, ke ni estas "kamaradoj"...*

Kun la paso de la tagoj la timigaj bildoj iom malfreŝiĝis kaj li ne plu devis tiel severe sin riproĉi. Sed pli profundaj kaj mensturmentaj pensoj restis. Li esprimis la "kernon" tiel ĉi:

*Dum multaj jaroj mi plene akceptis la materialisman konceptaron, laŭ kiu ĉiaj nocioj pri nemateriaĵoj (mi diru mallonge: spirito) estas senutila balasto de la homara intelekta historio. Ĉio materia estas submetita al naturaj leĝoj jam konataj aŭ iam elspureblaj.*

*La malavantaĝo de tia mondkoncepto estas, ke unu senduba escepta kazo povas pereigi la tutan koncepton. Se spirito ekzistas, ĝi povas malobei la leĝojn, kiuj determinas la materian universon.*

*La ĉefa demando por mi estas, ĉu la okazaĵoj de tiu nokto konsistigas pruvon pri la ekzisto de io nemateria.*

Iom poste li spertis tagon, en kiu ĉio iris glate. Lia vespera resumo estis:

*Hodiaŭ mi klopodis formuli akcepteblan klarigon de tiuj eventoj. Jen miaj provoj:*

*1. La fenomenoj estis nur inkubsonĝoj aŭ halucino (eble mi deliris).*

*2. La malamo de Kodi al mi, lige kun ia mensa perturbo, sufiĉas por klarigi lian konduton (eble la homa korpo – inklude la cerbon – disponas pri potencoj ĝis nun nesuspektataj?).*

*3. Tiaj fenomenoj povas okazi nur inter primitivaj homoj (rezulte de iliaj kredoj?), kies menso kaj eble korpo iel permesas, ke okazu aferoj, kiuj estas neeblaj ĉe historie alte evoluintaj popoloj.*

*4. La tuta afero estis antaŭaranĝita komploto inter Kodi kaj Engogu (kaj eble aliaj – ĉu ankaŭ Teluli?) por min imponi aŭ fortimigi.*

*Estus ja konsole kredi unu el tiuj "klarigoj". La sola obstaklo estas, ke neniu el ili taŭgas – ili aŭ preterlasas tro da fenomenoj, aŭ estas eĉ pli absurdaj ol la fenomenoj mem.*

Li konfesis, ke lia laborego estas "terapio" por forgesi la konsternajn aferojn, sed la oftaj vizitoj de indiĝenoj certigis, ke la temo ricevu multe da atento. Dum tiuj vizitoj lia natura scivolo venkis liajn aliajn emociojn:

*Mi havis oportunon por enketi pri la stato de Kodi. Li ankoraŭ lamas kaj havas multajn cikatrojn. Lia konduto estas neniel "demoneca". Antaŭe ĉiam kverelema, li nun timas la propran ombron (mi povas tion kompreni!), ofte ploras memkompate, kaj ĵuras, ke li neniam plu deziros kontakton kun "malbonaj bolima". Mi supozas, ke tiu vorto bolima signifus en mia lingvo spiritoj.*

Se Kodi ŝanĝiĝis pro siaj spertoj, same oni konstatas novan sintenon ĉe Maklin:

*Hodiaŭ mi iom longe diskutis la aferon kun Teluli. Ĉi-foje ni apenaŭ bezonis la kutiman mimadon. Sed la senpena interkompreniĝo rezultis ne nur el mia pli bona kono de lia lingvo; okazis konversacio inter du malnovaj amikoj ligitaj per komunaj travivaĵoj neklarigeblaj al ambaŭ. Kaj ne plu mi rolis kiel duondio de alia planedo, kiu disponas pri mirigaj aĵoj; fakte mi pli urĝe serĉas respondojn ol li, kaj mi suspektas, ke lia nescio estas malpli ol mia.*

*Teluli tre volonte konsentis iam konduki min al Engogu, por ke tiu homo, kiun mi kutimis malŝate nomi "ŝamano", instruu min.*

*Aj Maklin, ĉu vi kapitulacas al ĉi tiu insulo, ĉu vi indiĝeniĝas?*

Ĉiam denove li devis skribi pri la terura nokto. Iom poste li preskaŭ senespere notis:

*Se efektive mi devas konkludi, ke ekzistas nemateriaj fortoj, ĉu sekve mi devas akcepti la dio(j)n, diablojn, anĝelojn kaj la tutan loĝantaron de la religia mondobildo? Mi volas milfoje krii: Ne! Ne!*

*Kaj se tio estis manifestiĝo de spirito, kia aĉa loko devas esti tiu alia mondo! Aj Kehl, kion vi dirus, se vi scius, kion skribas via disĉiplo?*

La postan vesperon li fine verkis la longan raporton, kiu pretiĝadis en lia menso dum du semajnoj: "La Nekredeblaĵo".

## Kiam Maklin revenos

Pasis ankoraŭ kelkaj semajnoj kaj la vivo ŝajne renormaliĝis. Fortaj pluvoj iomete forlavis la memoraĵojn. Maklin ree fariĝis ofta gasto en Rogendu, se la vetero permesis. Li trovis tute novan laborkampon, kolektante notojn por posta monografio pri "La Socia Strukturo de la Ŝtonepoka Vilaĝo R. sur la Verda Insulo". La informojn li ricevis grandparte de Teluli, ne nur pro tio, ke Teluli estis lia speciala amiko kaj talenta konversacipartnero, sed ankaŭ ĉar Teluli efektive pli bone analizis kaj povis klarigi al fremdulo la tre kompleksan parencsistemon de Rogendu.

Iun tagon Teluli konfidencis, ke ankaŭ li ne estas denaska rogenduano sed venis kun sia patro antaŭ multaj jaroj. De kie li venis? Teluli gestis al la montoj, kie troviĝis lia naskiĝvilaĝo. Komprenebie! Maklin demandis sin, kial li ĝis nun ne rimarkis, ke Teluli havas la rondmuskolan korpoformon de la montanoj? Ne eblis decidi ekzakte, kiom Teluli aĝis, kiam li kaj la patro post ia kverelo fuĝis al Rogendu, sed Maklin supozis, ke li estis proksimume dekjara. Ŝajnis al Maklin, ke Teluli altagrade regas la rogenduan lingvon; eble la devo konscie lerni ĝin kiel fremdan klarigis, kial li parolas ĝin klare kaj malpli rapide ol la aliaj, kaj tiamaniere, ke alilingvano povas ĝin pli facile sekvi.

Alia konstato estis, ke la patro, jam delonge mortinta, estis probable inteligentulo kapabla je iomagrada abstrakta pensado. Ne surprizis, kiam Teluli asertis, ke li pli bone komprenas la socian strukturon de Rogendu ĝuste pro tio, ke lia patro komparis ĝin kun tiu de la forlasita hejmvilaĝo. (Oni bedaŭras, ke Maklin ne transdonis la laŭvortan version originalan de "socia strukturo"!).

*Mi konkludas, ke la kazo de Teluli, kaj eĉ pli tiu de Engogu, demonstras, ke la nocio, ke primitivuloj estas nur produktoj de sia ĉirkaŭaĵo, ne ĉiam pravas. Mi devas tamen aldoni, ke Engogu kaj Teluli estas ambaŭ pli aŭ malpli "eksteruloj". Ĉu homa progreso dependas de tiaj eksteruloj?*

Li emis jesi sian propran demandon, sed ne sciis, ĉu ĝi iel aplikeblas al li mem.

Intertempe la menso de Renato Santamaria, malgraŭ lia foja filozofiemo, okupiĝis pri multe pli konkretaj demandoj. La ĉefa el ili, ni rajtas supozi, estis: "Kiam Vostok veni?" La mastro mem diris – per voĉo mirige indiferenta – ke la ŝipo jam malfruas du-tri semajnojn, sed ke tio estas atendebla, se oni pensas pri la distancoj.

Ĉiu mateno, eĉ la plej pluvogriza, alportis novan esperon, ĉiu vespero moke konfirmis la timon, ke "eble Vostok ne veni". Al la fidela servisto estis mondskue egale, kien la ŝipo ilin kondukos, gravis nur, ke ili eskapu. Videble iliaj provizoj, kaj la servisto pensis unuavice pri la manĝaĵoj, baldaŭ elĉerpiĝos. La moskitoj kaj aliaj turmentinsektoj de tiu abomeninda lando, post kelkaj monatoj de relativa ripozo, refoje provis frenezigi. La kabano estis ŝimokovrita kaj en kelkaj lokoj duone putrinta; se venos alia ŝtormego... Longaj pluvperiodoj mornigis la vesperojn tiele, ke oni ne plu emis kanti. Spite al la ŝajna paco de la pasinta jaro, oni ĉiam devis atendi perfidan masakron. Eĉ morala gombromidiĝo neeblis en tiu mizerejo.

Ĝuste tiam la sorto plenigis la vinglason de Renato Santamaria per vinagro. Lin sternis malariatako. Sekvis nedireble melankoliaj tagoj, en kiuj eĉ *Vostok* perdis sian signifon. Inter ĝemoj la servisto petis lastan favoron: ke la mastro certigu al li kristanan enterigon kaj malpermesu, ke aŭ la ŝimioj aŭ la ŝarkoj festenu per liaj "povraj restaĵoj".

*   *   *

Fakte la atako estis ja severa, kaj Maklin vole-nevole memoris la morton de Knabo. Knabo mem ŝajnis deziri sian morton, li neniam montris veran entuziasmon pri la vivo; domaĝe nur, ke la afero estis tiel longedaŭra kaj dolorplena.

> *Santamaria, malgraŭ ĉiaj karaktermankoj, havas apetiton kaj kapablas senti kortuŝe infanecan ĝojon pro eĉ bagateloj. Tia homo neniam vere deziris morti.*

Kaj tiu solena horo ankoraŭ ne alvenis. La kvinan tagon la servisto retrovis kialojn por vivi, kaj eĉ kapablis prizorgi la gravan taskon fari teon. Lia unua demando estis: "Ĉu sinjoro brofesoro pensi baldaŭ veni Vostok?"

"Nu, kiel mi sciu tion?" estis la mishumora respondo. Sed tuj Maklin pentis, vidante la esprimon sur la nekutime pala kaj malpli dika vizaĝo, do li aldonis: "Eble jam ĉi-semajne..." kaj ĝustatempe haltigis la langon, kiu emis diri: "Eble post ses monatoj!"

Interna voĉo demandis: "Kial vi ĉiam volas esti sarkasma al la kompatindulo?" Kaj senaverte alia voĉo akre respondis: "Ĉar la pulsado en mia kapo rekomenciĝas, jen kial!" Maklin tuj marŝis al sia ĉambro kaj glutis kininon.

Sed li ne sukcesis forteni martele frapantan kapdoloron. Nedubeble estis nun la vico de Maklin. Kelkajn horojn poste li delire tordiĝis sub dika tavolo da litkovriloj. Same kiel Santamaria, ĉi-foje Maklin suferis pli ol iam antaŭe. Post tri tagoj venis dua atako; la delirado cedis al plena senkonsciiĝo.

143

Iam li kredis aŭdi kaj vidi tra nebula vualo fremdajn homojn, sed ne volis koncentriĝi. Horojn, eble tagojn poste li malfermis la okulojn. Iu ĥoro ripetis lian nomon, sed baldaŭ nur la ĉefkantisto daŭrigis. Ial la voĉo ĉesis kanti kaj diris per insista, sed konversacia tono: "Barono Maklin! Barono Maklin!"

Sed kial la homo parolis lingvon konatan sed ne tuj nomeblan? La mensa fortostreĉo por doni nomon al tiu lingvo iome vekis lin. Jes, estas la angla – sed kial?

Kaj nun ankaŭ la zorgoplena vizaĝo de la altstatura fremdulo fariĝis klare videbla: "Barono Maklin! Fine vi vekiĝis! Mi estas kapitano Sykes de *Eagle*, armeŝipo en la servo de Ŝia Imperiestrina Moŝto Viktoria. Mi proponas transporti vin al Batavio".

Ankoraŭ li ne kutimiĝis al tiu nova nivelo de konscio. Kial la homo esprimas sin tiel formale? Hej, jen Santamaria! Lia rideto anticipas la elizeajn ĝojojn de la savitoj – sed kial?

Kaj kial ĉio ree mallumiĝas kaj ...

\*   \*   \*

Daŭris kelkajn horojn, antaŭ ol la deliro forpasis. Refoje necesis, ke kapitano Sykes sin prezentu kaj klarigu la situacion.

Kompreneble la unua demando de Maklin estis, kial *Eagle* venis anstataŭ *Vostok*. Sykes seriozmiene balancis la kapon.

"Vidu, oldulo, mi bedaŭras devi raporti, ke *Vostok*, vidu, antaŭ du monatoj sinkis post kolizio kun glacimonto en la norda Atlantiko. Almenaŭ tion oni supozas, vidu, ĉiukaze ĝi malaperis senspure..."

"Kion vi diras?" interrompis Maklin. Li ja komprenis la vortojn, sed bezonis tempon por povi kredi, ke li aŭdas tian gravan informon pri rusa ŝipo pere de la monotonaj unusilabaĵoj de la anglo. "Sinkis!?"

"Jes, oldulo, vidu, laŭraporte neniu postvivis... povus postvivi en tiu regiono."

"Ne..." Ŝoko kaj doloro kaj ia nekomprenebla senpeziĝo baraktis en lia konfuzita kapo. Ĉu Oŝaklin konservis sian sobran, diotiman dignon, dum la mortige frida maro kunfluis super lia kapo? Aha, nun li ne devos reveni al Ruslando kiel ŝtatperfidulo en katenoj! Kaj Rubajlo – kiel lia aglonazo flaris tiun politike sensencan morton? Ĉu eblis, ke la glacia marakvo bezonis nur iujn minutojn por glute estingi tiom da valoraj junaj homoj? Tuta galerio da vizaĝoj preterpasis liajn okulojn. Ĉu la inkubsonĝoj de la bona onklineca Oŝaklin do realiĝis – sed en tute alia situacio – ĉu tiuj sonĝoj ree turmentis lin antaŭ la fino? Kion diris Santamaria? "Mi resti. Vostok danĝera. Fortuno decidi." Ĉu eblas, ke iu klarvida estaĵo volis komuniki averton pere de tia stultulego? Kia absurdaĵo! Li skuis la kapon kaj kriis: "Ne!"

"Ege bedaŭrinde, mia kara oldulo." Kaj Sykes refoje paŭzis por lasi tempon, por ke la barono regu sian evidentan suferon.

"Kapitano Sykes, mi dankas. Mi estas tre malĝoja." Maklin devis komenci per tiaj frazetoj. Li ja facile legis *La Origino de la Specioj* en la originala angla, sed malofte li uzis la lingvon parole. "Sed al mi bonvolu diri, kial via ŝipo kaj ne alia rusa ŝipo..."

"Nu, vidu, fakte mi ricevis perkablan instrukcion el Londono. Ricevis ĝin en Sidnio. Plaĉas al ni povi fari komplezon, vidu, por via lando."

"Momenton, mi petas, kapitano. Mi ja dankas pro via komplezo, sed kiel vi sciis, ke mi estas ĉi tie?"

"Vidu, barono, vi estas probable pli fama, ol vi scias." Kaj la kapitano ridetis. "Via ĉeesto ĉi tie estas, kiel mi diru, nu, bone konata diplomatia sekreto. Via kapitano Oŝ... Oŝ..."

"Oŝaklin."

"Dankon. Jes, li komprenenble transdonis la ekzaktajn koordinatojn de via stacio. Kaj iun tagon iu nenomita altrangulo de via registaro konfidencis al la germana ambasadoro, ke la rusa flago flirtas super ĉi tiu golfo. Vidu, baldaŭ tiu "sekreto" diskoniĝis, kiel via registaro sendube intencis."

Do nun Dimitrij volas antaŭesplori la reagon de la aliaj registaroj, pensis Maklin. Bonŝance, ke Sykes ne insistos, ke mi reiru al Ruslando! "Diru, Kapitano, ĉu la rusa flago flirtis ĉi tie, kiam vi alvenis?"

"Vidu, tio estas ja stranga, fakte ne..."

"Kapitano Sykes," Maklin aldonis solene, serĉante la plej konvenajn vortojn, "ĉu vi estas preta ĵuri, ke la rusa flago ne estis hisita, kiam via ŝipo alvenis? Kaj ke mi nun deklaras, ke mi intencas neniam ĝin hisi?"

La anglo mirigite paŭzis. "Vidu, mia kara oldulo, eble mi devas klarigi..."

Kun surprize decida tono, eĉ iom malĝentila pro la fremda akĉento, Maklin interrompis. "Ne, kapitano, multan dankon. Nenion klarigi vi devas. Mi dankas. Mi bone konas. Mi multe pripensis. Ĉu mi ripetu mian peton al vi?"

"Ne necese, barono. Se vi estas certa. Mi donas la vorton de brita maroficiro."

"Mi sincere dankas. Vi atestas, ke mi rifuzas kunlabori en ia ajn plano por koloniigi la landon de la verdinsulanoj."

Sykes sulkigis la frunton. Kiel li skribis al amiko en Anglio, li subite trovis la propran situacion tre tikla. La ĉefoj en Londono sendis lin pli norden ol kutime, por ke li savu tiun povran ruson, se la ulo ankoraŭ vivas. Certe tiu instrukcio ne venis sole pro bonfara motivo. Sykes ne sciis, eĉ ne interesiĝis, pri la motivoj de la direktantoj de la granda politiko, sed nur stultulo ne suspektus, ke la misio savi Maklin estas almenaŭ supraĵe komplezo al la rusoj, fakte agnosko de la rusaj pretendoj poste aneksi la Verdan Insulon. Kial? Por meti obstaklon antaŭ la planojn de la tro sukcesa Bismarck? Por delogi la rusojn de ambicioj en Hindio kaj Afganio? Kiu scias? Sed nun la barono eĉ agreseme kaj pro motivoj malfacile kompreneblaj postulas, ke Sykes atestu pri lia intenco spiti la propran registaron! Do fakte la britoj, pere de Sykes, faras malkomplezon al la rusa registaro, se li cedas al la plumpe rekta postulo de Maklin. Kia kaĉo!

Sykes konfesis al sia amiko, ke dummomente li sentis la tenton simple lasi Maklin tie. Tiele li evitus ĉiajn komplikaĵojn kaj ne devigus Maklin malkaŝi siajn intencojn.

Sed du "faktoroj" persvadis lin ne fari tion. Unue, tiu grand-ega babilemulo, la servisto kun la sudeŭropa nomo, certe ne res-tus kun Maklin; kaj kien ajn oni transportus lin, li certe iam dis-konigus la aferon. Oni povus ja ĵeti lin al la ŝarkoj survoje – sed brita oficiro de la civilizita deknaŭa jarcento hontus eĉ pensi pri tia solvo... La dua faktoro, kial ne lasi Maklin sur la insulo estis, ke tio estus mortoverdikto. D-ro Wickham raportis per siaj kuti-maj medicinaj ĵargonaĵoj, sed Sykes komprenis almenaŭ tiom, ke la ulo devos morti post kelkaj pluaj monatoj en tiu kaduka kabanaĉo. Kaj oni bezonis nur rigardi la homon por diveni tion. Terure malgrasa, antaŭtempe maljuniĝinta, skuata de febroj. Kiel li sukcesis resti vivanta dum unu tuta jaro? Sykes sciis, ke laŭ reputacio la sovaĝuloj en tiu parto de la mondo tuj manĝas fremdulojn. Jes, la ulo devas havi fortan karakteron, oni vidas tion laŭ la strange sorĉaj bluaj okuloj. Ne, Sykes ne kapablis lasi Maklin tie, eĉ se la kuraĝulo mem volus tion.

"Nu, barono, mi plenumos, vidu, mian promeson. Sed, vidu, eble vi ne scias, vidu, ke mi estas plene kontenta pri la politiko de mia registaro. Nu, kiel mi diru, estus plej kontentige al mia registaro, se, vidu, se vi elŝipiĝus en Batavio..."

La bela rideto dummomente rejunigis la baronon. "Kapitano Sykes, ni bone komprenas nin!"

Ĉia streĉiteco malaperis. Maklin volis fari pli bagatelajn demandojn. "Diru al mi, kapitano, kiel vi sukcesis trovi la kaba-non? Vi serĉis, mi supozas, rusan flagon, ĉu ne?"

Siavice Sykes kun plena ĝuo ekridis. "Jes, vidu, vi estis diable bonŝanca! Via kabanaĉ... stacio estis apenaŭ videbla per teleskopo, kvankam ni sciis la koordinatojn. Sendube ni pre-terpasintus ĝin, se tiu servisto – kiel li nomiĝas? – ne estus tiel granda! Kaj li saltis kaj gestis freneze, li svingis tukojn, li eĉ brul-igis paperon por atentigi pri vi. Eble ni kredintus, ke estas nur sovaĝulo, se ni ne povintus kompari lian grandon kun tiu de aliaj homoj, kiujn ni vidis de tempo al tempo sur iu plaĝo! Vidu, barono, vi probable ŝuldas vian vivon al liaj – kiel ni diru? – mul-taj coloj."

\*    \*    \*

Malgraŭ la granda kvanto da specimenoj kolektitaj dum la jaro la tasko transporti la posedaĵojn de Maklin kaj Santamaria al *Eagle* daŭris multe malpli longe ol la mala tasko antaŭ unu jaro. La malsana korpo de Maklin postulis ripozon, sed li devigis sin kontroli tiun laboron. Jam delonge li notis, kiuj arbotrunkoj plej bone rezistis la putrigan efikon de la klimato. Poste venontoj eble profitos de liaj observoj. Kiu venos post li? Pro sia mizera stato – ĉi-foje estis pli ol malario – li ne volis pripensi tiajn aferojn.

La alia duono de la fama ekspedicio celebris la solan vere kontentigan tagon ekde la alveno sur tiu ŝimiostrando. Santamaria bone sciis amuzi la anglajn maristojn per sia preskaŭ senĉesa babilado en miksaĵo de lingvoj. La plej klera el la oficiroj deklaris, ke la gaja giganto parolas foje iun mediteranean dialekton, foje "bastardan formon de la nederlanda". Sed lian ĝojon ĉiuj komprenis. Oni indulgis lian evidentan emon eviti laŭeble ĉiun laboron, ĉar la homo havis naturan talenton kiel klaŭno kaj – oni honeste miris – belan kantvoĉon.

De tempo al tempo Maklin demandis sin, kial la indiĝenoj ne vizitas lin. La signifo de la okazaĵoj devis esti klara al ili, kaj la oficiroj de *Eagle* raportis, ke ili vidis multajn sovaĝulojn dum la antaŭaj tagoj. Maklin forte dubis, ke ili forrestas pro tio, ke ili timas la britojn. Tiam venis al li intuicio, kiu baldaŭ montriĝos vera. La indiĝenoj tre bone, tro bone sciis, ke Maklin forlasos ilin, sed ilia konvencio estis ŝajnigi, ke tiu katastrofo ne okazos, se ili ne akceptas ĝin. Do, se Maklin volis adiaŭi siajn amikojn, li devis viziti ilin.

Posttagmeze li bezonis pli ol horon, kun multaj paŭzoj survoje, por atingi Rogendu. La aliajn vilaĝojn li simple ne povos viziti.

Malmulton li skribis pri tiu vizito; li menciis nur, ke revenvoje al la kabano la viroj de Rogendu laŭvice portis lin kvarope. Kiam ili atingis tiun lokon, kie la kabano fariĝis videbla, ili rifuzis lin pluen akompani. Nur Teluli ne kapablis ne rompi la fikcion, ke Maklin restas. Raŭkavoĉe li ekdemandis: "Kiam Maklin revenos?"

Senaverte Maklin faris al si kaj al ili ĵuron: "Maklin revenos, kiam la tago estos kiel matura banano." Evidente ĉiuj komprenis. Unu lastan aferon li volis diri al ili. Li volis averti kontraŭ misiistoj, aventuruloj, homoj en uniformo; li estis konvinkita, ke nur sciencistoj sen ia materie aŭ "spirite" profita celo povos trakti kun la indiĝenoj sen trudado de propraj interesoj aŭ pensmaniero. Sed kiel li faru tian distingon tiele, ke ŝtonepokuloj ĝin komprenu?

"Eble aliaj blankuloj venos. Bonvenigu ilin nur, se ili estas fratoj de Maklin."

Ili memoris ĉiun vorton, sed foriris senresponde. Li tamen postrigardis ilin, ĝis la eterna ĝangalo glutis la lastan formon. Ne estis koincido, ke tiu lasta apartenis al Teluli.

# INTERAKTO

## Survoje

Pardonu, karaj legantoj, ke mi devas refoje surpaŝi la scenejon: estas mi, via neheroa eksbibliotekisto. Mi bedaŭras la neceson peri inter vi kaj nia komuna konato, barono Nikolaj Ivanoviĉ Maklin.

Vidu... pardonu, mi ne intencis imiti nian bonan kapitanon Sykes – la fakto estas, ke dum la jaroj tuj post la fino de sia unua vizito al la Verda Insulo la barono moviĝis en mallumo, kies solaj lumpunktoj estas iuj leteroj kaj oficialaj dokumentoj. Estas tute nenecese, ke mi menciu al vi, ĉu ne, ke la obskureco de tiuj jaroj naskis serion da nekontroleblaj legendoj pri Maklin. Sed mi, homo trejnita en pedante preciza pensmaniero, nepre volas konscience distancigi min for de nuraj onidiroj; kio tamen ne signifas, ke vi, karaj legantoj, ne rajtas permesi al via fantazio ludi per tiaj rakontoj. Ĉar finfine al kio servas science esplorata historiografio, se ĝi ne sukcesas sproni la imagpovon? Kaj ĉu vi ne konsentas, ke foje eĉ apokrifa rakonto enhavas simbolan veron?

Aj! Aj! Jen denove mi indulgas mian talenton por malkondensi. Maliceta kolego iam lanĉis la ŝercon, ke mi estas denaska malalĥemiisto. Dummomente tiu diro mirigis min, sed baldaŭ mi permesis al mi iomete superecan rideton, ĉar evidente tiu sprita kolego dividis la falsan kredon, ke la alĥemiistoj perdis sian tempon super tiu neebla kaj teda metalurgia tasko difinita en eksmodaj vortaroj. Informitoj jam delonge scias, ke la veraj alĥemiistoj okupis sin pri praaj tradicioj de okulta scio. Tamen mi cedas, ke la opinio, ke mi konvertas oron en plumbon, estas kaj humura kaj – kiel mi ĉi-momente demonstras – ne tute malprava.

Do, amikoj, sen pluaj pardonpetoj, kiuj siavice povus degeneri en diskuton pri la persaj filozofoj de la Mezepoko, mi nun resumos la eventojn en la vivo de Maklin en tiu preskaŭ sendokumenta periodo.

\* \* \*

La barono estis tre malsana dum la marvojaĝo al Batavio. D-ro Wickham avertis lin, ke li bezonas monatojn da ripozo kaj pli nutran manĝadon. Maklin, kiom ni scias, sekvis tiun konsilon. Ni rajtas dubi, ĉu homo tiel obstina kaj laborema kiel Maklin obeus la vortojn de hazarde renkontita angla mararmea kuracisto sen pluaj, pli fortaj kialoj.

La kialoj estas facile elpenseblaj. Ni, kiuj nun konas la enhavon de la sekreta *Privata Taglibro*, trovas tre probabla la konjekton, ke krom la fizikan malsanon la barono tiutempe travivis ian "animan nokton", pri kiu li ne povis malŝarĝi sin en diskuto kun iu sampensulo. Povas esti, ke homo en tia menso-stato preferas resti en obskureco. Oni konjektas, ke la kristana kredo de gesinjoroj Demmendaal malebligis, ke Maklin malkaŝe parolu al ili pri siaj travivaĵoj. Sed certe la plej evidenta kialo por sin izoli for de la cetera mondo estis la timo, ke la rusa registaro postulos punon al la ŝtatperfidinto. Nek kapitano Sykes, nek la nederlanda guberniestro Demmendaal volis disanonci al la mondo, ke Maklin elŝipiĝis en Batavio.

La motivo de Sykes estas senplue komprenebla; oni tamen sin demandas, kial Demmendaal volonte akceptis kaj fakte kaŝis Maklin dum ja konsiderinda periodo. La respondo estas verŝajne, ke Demmendaal kiel amatora naturisto estis tre kontenta povi gastigi la renoman sciencistonon.

Eĉ la fidela servisto ne sciis, ke lia suferanta mastro ne plu troviĝas sur *Eagle*, kiam ĝi ekvojaĝis al Singapuro. Eĉ homo malpli akravida ol Santamaria certe rimarkus, ke oni fortransportas la kestegojn de la mastro. Oni flustras, ke la britaj maristoj tiel ebriigis la giganton, ke lia cerbo feriis ĝis la tago post la "ĝiso" al Batavio. Ĉu Maklin estis senkonsola pro la disiĝo de sia kamarado, estas almenaŭ dubinda. Li apenaŭ havis kontakton kun la servisto dum la vojaĝo al Batavio, sed ni supozu, ke li aŭdis pri la aventuroj de tiu indulo. Surŝipe Santamaria trovis alian "ŝimion", kiun li sukcesis timigi. Estis Samuel, la dektrijara polinezia knabo, kies tasko estis helpi la kuiriston. Santamaria iun tagon asertis kun multaj gestoj, ke Samuel metis Gift en la manĝaĵojn. La britoj komence ridis pro la stranga nocio, ke iu metus "donacon" en la viandon; sed iu oficiro memoris, ke la germana Gift signifas ne "donaco", sed "veneno". Tiam ĉiuj ridis tiel elkore, ke fine la giganto devis iomete amare rideti pri la propra ŝerco kaj hezite ekmordeti la viandon, intertempe petante la Eternulon pri protekto kaj ĵurante fidelan servon al Li, se nur Li sekure kondukos lin al iu senŝimia lando.

S-ro Santamaria, por tuj resumi lian karieron, fine atingis la landon de senlimaj eblecoj. Ĉu li fidele servis la Eternulon tie, ni ne povas juĝi. La ŝimioj, kiujn li eventuale renkontis tie, estis, oni supozas, ne plu danĝeraj. Li fariĝis unu el la sennombraj elementoj en tiu fama fandopoto, en kiun li malaperis. Povas esti, ke hodiaŭ tuta tribo da usonanoj ŝuldas siajn imponajn korpodimensiojn al li. La tuta mondo scias pri la artikolserio "Mi kaj Maklin; Du Herooj en la Verda Infero", kiu ja riĉigis la paĝojn de la libro antaŭ viaj okuloj. Ĉu ni ŝuldas tiun sonoran titolon al la heroo mem aŭ al Whartley, unu el la plej brilaj lumoj de la tiama kaj tiea ĵurnalismo, estas demando apenaŭ respondebla kaj, oni suspektas, ne nepre respondinda. Dum kelka tempo la artikoloj valoris por donacigi multajn bierojn al nia simpatia heroo, sed poste li senspure foriĝis el nia vidkampo. Ni esperu, ke lia morto estis kontentiga kulmino de spertoriĉa vivo.

\* \* \*

Kun plena konsento de sia edzino, guberniestro Demmendaal transportigis Maklin kaj liajn kestegojn al sia vilao en Buitenzorg, monta vilaĝo malantaŭ Batavio. Onidire la klimato de la vilaĝo estas elstare saniga, kaj ĉar ĝi troviĝas pli ol mil metrojn super la marnivelo, oni facile kredas tion. La gegastigantoj vizitis la malsanulon diskrete sed kiel eble plej ofte. Ekzistas eĉ legendo, ke la edzino foje vizitis Maklin sen sia edzo kaj "kaptis sian oportunon". La elpensinto de tiu historio ne kuraĝis klarigi la signifon de la vortoj, sed lasis tion al la pervertita fantazio de maliculoj. Sed pluraj konsideroj malverŝajnigas la onidiron. Se ni ne akceptas, ke la pia kaj paca kunvivado de gesinjoroj Demmendaal metus obstaklon al eksterleĝa amoro, eble ni devas memori, ke en tiu periodo Maklin estis homo danĝere elĉerpita. Kaj lia vivmaniero antaŭ tiu tempo kaj post ĝi apenaŭ konvinkus objektivan pensanton, ke li misuzis la gastamon de la guberniestro.

Sed eble la plej bona defendo de la honoro de la sinjorino (se oni permesas, ke ni uzu tian eksmodan esprimon) estas, ke ĝuste en tiu tempo la barono plej intense sin okupis pri la publikigado de la fruktoj de sia jaro inter la verdinsulanoj. La *Taglibro* mem aperis kaj tiu brila serio da monografioj, kiuj certe estas konataj al la legantoj de ĉi tiuj paĝoj kaj plej sekure establis lian rangon inter la plej renomaj antropologoj de la deknaŭa jarcento. Estas paradokse, ke la homo, kiu rikoltis la admiron de la monda sciencistaro kaj grandparte de la cetera intelektularo per rapida sinsekvo de tiaj verkoj, restis kaŝata for de siaj admirantoj.

Evidente lia frato Jurij sciiĝis pri la kaŝloko; post la pago al Santamaria malmulte da mono restis al li, sed ses monatojn poste Maklin povis financi novan ekspedicion. Ni supozu, ke Jurij sendis la monon pere de Demmendaal. La alia homo, kiu sciis pri tiu sekreta adreso, estis la heidelberga profesoro Kehl. La verkoj de Maklin aperis plejparte en la germana lingvo kaj la eldonadon prizorgis profesoro Kehl. Kelkaj anatomiaj studoj aperis ruslingve sub la redaktado de profesoro Bauer. Bauer ricevis la manuskripton pere de profesoro Kehl. Mirigis la maljunan peterburganon, ke lia ĝentila peto pri la adreso de Maklin ricevis la respondon, ke la barono preferas ne malkaŝi ĝin. Poste Bauer ricevis vizitojn de pluraj nekonatoj, eĉ de iu aristokrato el la kortego, kiuj volis persone gratuli baronon Maklin pro liaj novaj atingoj. Surprizis Bauer, ke la vizitantoj malgraŭ sia entuziasmo montras tre neprofundan konon de la verkoj; aliflanke la naŭdekunujarulo sincere bedaŭris, ke li efektive ne povas transdoni al ili la deziratan adreson.

Nur al unu homo profesoro Kehl finfine rivelis la adreson; al alia eksstudento sia, anglo tiutempe loĝanta en Aŭstralio, S-ro Layton. Layton evidente donis fidindan kialon por sia scivolo kaj en sia letero li tre inteligente divenis, ke Maklin kaŝas sin "ie en ĉi tiu parto de la mondo", kaj li eĉ preskaŭ ekzakte divenis la kialon de tiu deziro resti netrovebla. Oni tre bedaŭras, ke Kehl detruis tiun leteron de Layton; post kelksemajna pripensado li cedis al la peto.

La sekva letero de Layton al Maklin estas unu el la etnombraj atestoj pri tiu "malluma epoko". Ĝia posedo estas des pli valora, ĉar ĝi plejparte, ni supozas, redonas la enhavon de la letero al Kehl. Sed la stilo estas sendube tute alia. Ni citu ĝin sen ellasaĵoj:

*Kara barono Maklin – aŭ ĉu mi ankoraŭ rajtas skribi:*

*Kara Niki!*

*Unue mi trankviligu vin: ne ĉiuj scias vian adreson! Nur al mi nia olda Kehl sciigis ĝin, kaj ankaŭ min li atendigis tiel longe, ke mi intertempe perdis la esperon iam ĝin ricevi. Kaj vi rekonos la stilon, ĉu ne: "S-ro Layton, nur sub la kondiĉo, ke vi observos la plej absolutan silenton – mi ripetu, plej absolutan – ktp..." Sed Niki, vi ja akceptas la vorton de malnova heidelbergano kaj amiko, ke mi parolos pri via kaŝloko tiom, kiom senlanga langusto, ĉu ne?*

*Unu aferо estu tuj klara: mi suspektas, ke via deziro resti, kie vi nun estas, iel rilatas al la monda politiko (ĉu vi memoras, ke vi iam deklaris la politikon la plej teda temo imagebla?). Se mia suspekto pravas, mia sola komento estas: Hura, Niki! (Mi same malaprobas la rabekspedicion de mia propra lando.)*

Certe vi tamen demandas vin, kial nia bona prof. K. plenumis mian peton. Mi sukcesis lin konvinki, ke eble mi povas proponi ion avantaĝan al vi. Jen la esenco: mi supozas, ke vi preferus trovi postenon en eŭropkultura lando. Viaj lastaj verkoj estas ja elstaregaj, sed mi supozas, ke la tantiemoj de ili kaj la profitoj de via bieno apenaŭ permesos al vi vivi iom lukse kaj fari ekspedicion. Aliflanke estas kredeble, ke vi preferus resti for de Eŭropo mem, almenaŭ dum kelka tempo. Kio restas al vi? Nordameriko, Sudameriko kaj la britaj kolonioj ĉi tie, Novzelando kaj Aŭstralio. Mi memoras, ke via kono de la angla lingvo estas bona.

Pardonu, se mi tedas vin per nenovaj pensoj. Sed vi apenaŭ povus scii, ke povus esti vere taŭga laboro por vi ĝuste ĉi tie en Brisbano, nia iom kruda Ateno sub la Suda Kruco. Temas pri eventuala fondiĝo de pure scienca instituto laŭ la modelo de la sciencejo de Schmidt apud Napolo. Mi ja diris "eventuala"; ĉio dependas de favora konstelacio de la ŝanĝiĝemaj politikaj interesoj de la grupoj, kiuj konsistigas la regantan klason de nia ofte proklamata demokratio. Mi diru nur, ke la ŝanco kapti por si la renoman sciencciston Maklin eble – eĉ probable – persvadus la ĉi-tieajn mecenatojn malŝarĝi siajn pufajn monsakojn tiucele. Niki, ne subtaksu vian propran famon! Ĉu ne plaĉus al vi ricevi salajron pro laboro, kiun neniu povus pli bone fari ol vi mem? Samtempe vi vere antaŭenigus la bonan aferon; kaj mi bone scias, ke vi estas hardita kaj neplibonigebla misiulo en la servo de tiu "Grandioza Mozaiko". Kaj plej grave: vi ne povas imagi, kiel plaĉus al la brisbanaj patriotoj atingi ion antaŭ la aĉuloj en Sidnio kaj Melburno!

Mi povus skribi kelkajn aferojn pri mi, sed preferas atendi, ĝis vi sidos antaŭ mi. Kompare kun la via, mia vivo estis tamen tiel ekscita, kiel tetrinka solenaĵo de maljunaj virgulinoj. Eble la mencio pri trinkado ne estis tute hazarda... Post maltrankvilaj jaroj de la kutima umado kaj diboĉado, eĉ unu jaro en Hindio, mi decidis fariĝi solida civitano kaj transpreni sur min pedagogian mision en ĉi tiu makuleto sur la monda mapo de nia senlima

156

*imperio. Mi provas enkapigi elementan scion pri la natursciencoj al la heredontoj de la ĉi-loka aristokrataro. Povas esti, ke mi ankaŭ renkontis "kialon" por definitive resti ĉi tie. Divenu...*

*Kiel mi metu finon al mia letero? Mi volonte dirus simple:*

*Ĝis revido!*

Sed kiam la letero de Layton fine atingis Buitenzorg, Maklin estis jam for.

\*   \*   \*

Maklin sentis sin sufiĉe resaniĝinta por entrepreni novan ekspedicion post sesmonata restado ĉe la vilao de Demmendaal.

Pri tiu tuta ekspedicio ni scias tre malmulton; aŭ Maklin provizore ĉesigis sian kutimon skribi taglibrojn, aŭ la eventoj, kiuj antaŭtempe finis ĝin, igis lin deziri forviŝi el sia memoro la tragedian fiaskon.

Li luis ŝipeton kaj vojaĝis al la sudokcidenta marbordo de la Verda Insulo. Unu el la tri dungitoj estis ĉino; pri la du aliaj ni scias nenion. Ni povas konjekti, ke Maklin faris la vojaĝon spite al la konsiloj de gesinjoroj Demmendaal. En tiu epoko neniu peco de nia planedo havis pli timigan reputacion ol ĝuste tiu marborda strio; ĉiu fremdulo, kiun la indiĝenoj povis kapti, estis murdita kaj plej probable manĝita. Se hazarde iu ŝipo devis halti tie, neniu maristo kuraĝis resti sur la strando post sunsubiro. Oni legu nur la harstarigan libron de Woessinck.

Kaj tamen Maklin elektis tiun lokon por fondi novan sciencistan stacion. Oni rajtas demandi kial.

Iuj cirkuligis la version, ke pro senespera amo al s-ino Demmendaal, Maklin decidis aŭ oferi sian vivon aŭ fari ion tiel aŭdacan, ke li nepre devus imponi la alimaniere neatingeblan damon. Al tiu onidiro mankas ĉiuj indicoj. Ni, kiuj nun scias pri la laŭvorte animskuaj eventoj dum la "nokto de Kodi", povus proponi alian konjekton. Ĉu li serĉis ian eskapon el la labirinto de metafizikaj turmentoj per konscia sinmeto al teruraj fizikaj danĝeroj? Nu, ni mem ne tre fidas la propran konjekton.

Alia demando estas, kiel Maklin sukcesis persvadi tri dungitojn akompani lin al tia loko. Ĉu li intence prisilentis sian vojaĝcelon? Se jes, li grave kulpis.

Ĉu la intencoj de la barono estis malpli dramoplenaj? Povas ja esti, ke li rezonis tiel ĉi: malgraŭ la avertoj de multaj mi povis vivi pace inter homoj de tiu insulo nur kelkcentojn da kilometroj for de la prifabelata marbordo. Do kial mi ne sukcesu nun?

Se tiel li pensis, li serioze subtaksis la diferencojn inter sia unua esplorejo – kiun la mondo nun konsentas nomi "La Maklina Marbordo" – kaj la regiono ĉe la alia ekstremo de la insuleto. Inter la homoj de la Maklina Marbordo loĝis la eksterordinara Engogu, kaj ilia vivmaniero estis tiutempe ankoraŭ integra; iliaj samras anoj ĉe la alia ekstremo suferadis dum jardekoj oftajn invadojn de la eksterordinare kruelaj malajaj sklavkaptistoj. Tiuj fihomoj regule murdis ĉiujn loĝantojn de atakita vilaĝo, kiuj ne estos vendeblaj, kaj forportis la aliajn. Ili fine tute detruis la vilaĝan socian strukturon kaj konvertis la verdinsulanojn mem en bandojn da predoserĉantoj, kiuj murdis por ne esti murditaj. Oni pensu pri la plej ĥaosa periodo de la eŭropa Malluma Epoko...

La ekspedicio fiaskis post tre mallonga restado; iam Maklin diris kun amara ironio ke "mi ne restis sufiĉe longe por tie suferi malariatakon". La loko, kie li surplaĝiĝis, nomiĝas Tapave; kaj hodiaŭ vizitanto certe konfirmas la opinion de Maklin ke "la natura beleco estas senkompara". Sed iam, eble tuj, bando da kanibaloj provis masakri la fremdulojn. La ĉinon ili murdis kaj ili sukcesis fortreni lian sangantan kadavron. Por savi sin kaj la du aliajn dungitojn Maklin pafis: poste li konfesis, ke li certe mortigis unu el la atakantoj kaj vundis aliajn, eble mortige. Kaj li konfidencis al sia konversacipartnero, ke tiu evento profunde ŝokis lin, kaj li aldonis: "Imagu, ke mi estus mortiginta Kodi, aŭ eble Teluli, aŭ eĉ Engogu..." Ĉiukaze li tuj revojaĝis al Batavio, kaj Demmendaal notis lian "hantatan" esprimon. Oni supozas, ke la kadavroj de la verdinsulanoj, kaj ankaŭ tiu de la ĉino, pezis sur lia konscienco. Ili mortis pro lia obstina deziro entrepreni ekspedicion al tiu loko malgraŭ ĉiaj konsiloj kaj avertoj.

Unu plian konjekton ni aŭdacu. Pri tiu tragedio li ja parte kulpis, sed la malproksima kaŭzo estis la detruo de la verdinsula socio far eksteraj invadantoj. Tiu amara sperto probable spronis lian mision kontraŭbatali ĉiun politikan trudon en la vivon de popoloj nekapablaj sin defendi per bataliloj. La nepolitikeman sciencisten atendis surpriza sorto.

*   *   *

La malariatako, kiun Maklin ne suferis en Tapave, estis des pli severa post lia reveno al Buitenzorg. S-ro Demmendaal, kaj eĉ pli lia edzino, timis, ke la malfortiĝinta korpo ne plu rezistos. La rusa gasto tamen obstinis verki kaj sendi al Kehl pluajn raportojn pri sia jaro sur la Maklina Marbordo (kiel li, iom embarasite sekvante la aktualan modon, konsentis nomi la landon de la amikaj verdinsulanoj). Ĉu li penis per tia laborego forviŝi la memoraĵojn pri la tragedio en Tapave?

Li ankaŭ respondis al s-ro Thomas Layton. La pli firma kaj flua manskribo de la letero konfirmas la verecon de la unua frazo.

*Kara Tom,*

*Mi prokrastis dum du monatoj ĉi tiun respondon al via tre surpriza sed nepre ege agrabla kaj flata letero.*

*La tutan tempon mi cerbumis por trovi akceptindan manieron por diri la jenon: "Elkoran dankon! Mi tre konscias pri la nemeritita komplimento kaj volonte akceptus vian proponon... Sed ankoraŭ ne, ĉar ekde mia alveno ĉi tie mi planas ekspedicion, kiu probable ne plu eblos, se mi ne kaptos la okazon por fari ĝin nun."*

*Ĉu mi tro plumpe esprimis tion? Mi ripetu, ke via propono estas ja alloga, kaj la projekto fondi sciencan instituton similan al tiu de Schmidt (Kehl raportis tre pozitive pri ties evoluo) estas nepre apoginda. Se mi estus jam ĉe vi en Brisbano mi fiere akceptus la honoron, kvankam mi ne samgrade kiel vi fidas pri mia kapablo uzi la anglan lingvon. Ĉar mi estas certa, ke lingve kaj karaktere vi estus pli taŭga kandidato ol mi, mi des pli dankas pro la komplimento.*

*Estas hontinde devi konfesi, ke miaj konoj pri Kvinslando kaj via "iom kruda Ateno sub la Suda Kruco" estis tiel magraj, ke mi devis konsulti atlason por trovi, kie la kolonio situas. Laŭ miaj tute neinformitaj imagoj Kvinslando estas tre primitiva loko, kie loĝas nur migraj orserĉistoj, bienistoj kaj manpleno da praloĝantoj. Ke Brisbano gastigas gimnazion, kiu sukcesis allogi eĉ iun Tom Layton, kompreneble ŝanĝis miajn ideojn. Vi petis min diveni la "kialon" de via eventuala restado tie: nu, mi bone memoras vian reciprokan inklinon al belaj damoj...*

*Per la tono de via letero vi sukcesis unusalte transponti la jarojn post nia disiĝo en Heidelberg; la voĉo de Tom Layton sonoris nemiskompreneble en mia orelo! Mi ĝojas, ke vi ankoraŭ nomas min amiko. Dum ni estis nur du anoj de la "Kehl-Rondo", mi ĉiam tre ĝuis vian spritan konversacion kaj trovis vin alloga persono, sed mi apenaŭ supozis, ke vi, ĉarmulo kaj fokuso de ĉia societa grupo, alte taksas la amikecon de tia retiriĝema seriozulo, kia mi tiam estis. Mi ne rajtas esperi, ke vi iam ripetos vian ĵusan proponon al mi, sed mi tre volonte rerenkontus vin.*

*Mi ŝuldas al vi klarigon pri mia reago. Alivorte mi diras nun iom pri mia planata ekspedicio. Apenaŭ necesas aldoni, ke mi petas vin prisilenti ĝin.*

*Pere de kontaktoj ĉi tie mi ofte aŭdis onidirojn, ke vivas kaŝite en la ĝangalkovritaj montoj de la Malaja Duoninsulo ege primitiva raso. Guberniestro Demmendaal informis min, ke la malajoj nomas tiun rason per vorto kun la signifo "Homo-Simio". Se oni povas kredi la plej fantaziajn versiojn, tiuj aborigenoj eble reprezentas iun stadion inter homo sapiensa kaj pli fruaj homtipoj. Mi kredas, ke vi komprenas mian deziron viziti ilin, antaŭ ol ili malaperos aŭ perdos sian kulturon. Eĉ se mia ekspedicio estos tre sukcesa, mi provizore publikigos nenion. Jen kial: la interno de la Malaja Duoninsulo estas regiono plejparte nekonata eĉ al la malajaj princoj, kiuj laŭnome regas la diversajn distriktojn, kaj ili estus kontentaj, se mi ĝin esplorus. Estos necese ricevi vojaĝpermesilojn de la princoj, sed Demmendaal estas certa, ke tio ne estos problemo. La princoj ankaŭ provizos, mi esperas, portistojn. Do mi sentos min devigata transdoni al la regantoj tiajn geografiajn detalojn, kiaj ne endanĝerigas la praloĝantojn (se tiuj ĉi entute ekzistas!). Aliflanke estas "publika sekreto", ke multaj britaj ministroj volas aneksi la duoninsulon. Neniu vorto mia helpu ilin! Do mi eĉ ne kunportos taglibron.*

*Parenteze, Demmendaal montris al mi artikolojn en germanaj gazetoj, en kiuj oni urĝe alvokas Bismarck aneksi la Verdan Insulon, antaŭ ol la kvinslanda registaro tion faros! Ĉu ĉe vi oni tiel malkaŝe diskutas la avantaĝojn de tia krimo? Ŝajne eŭropanoj eĉ ne povas imagi, kion signifas, ke fremda potenco altrudas sian regadon. Tiel facilanime ili pentras al si la benon ankaŭ por la viktimoj.*

*Pardonu la politikan enŝovaĵon, Tom. Ankoraŭ mi trovas la politikon teda kaj malagrabla, sed nun mi almenaŭ agnoskas, ke oni ne povas vivi, kvazaŭ ĝi neniel influus la propran vivon.*

*Lasta afero: el mia* Taglibro *vi scias, ke mi nun suferas malarion. La malsano tre malhelpas mian laboron, kaj mi devas konfesi, ke mi ne atendas longan vivon. Des pli gravas, ke mi faru ĉion eblan, dum mi ankoraŭ povas.*

*Mi forte deziras revidi vin iam. Ĉiukaze mi elkore salutas vin.*

*Niki.*

\*    \*    \*

Ne estu la rolo de babilema eksbibliotekisto provi priskribi la heroan ekspedicion de Maklin tra la Malaja Duoninsulo. La barono mem publikigis neniun vorton pri ĝi, sed dek jarojn post lia morto lia amiko Thomas Layton kunmetis tiun serion da rakontoj, *Maklin: Lia Sekreta Ekspedicio*, surbaze de memorataj konversacioj. Ne plu ekzistis risko, ke la britaj koloniigistoj profitos el la laboro de Maklin – ili ja jam glutis la landon! Tiu verko de Layton estas kontraŭmerite neglektata; parte, oni supozas, pro la politike malpopulara sinteno de Layton mem dum la lastaj jaroj de lia vivo en Brisbano. Sed mia profesia impulso ne permesas al mi ne kapti la okazon por rekomendi la rakontaron; sed oni samtempe zorgu ne imiti mian prozostilon!

Ĉi-loke ni emfazu nur kelkajn aferojn tute ne, aŭ ne eksplicite, menciitajn de Layton. Legante tiun libron, oni apenaŭ konscius, ke la tuta ekspedicio okupis preskaŭ tutan jaron, nek ke Maklin ekmarŝis sen sufiĉa preparado (neniu el liaj ekspedicioj estis "prudentaj"!). Aŭ la barono ne informiĝis pri la klimato de tiu lando, aŭ li simple ignoris la antaŭvideblajn malfacilaĵojn. Ĝuste en tiu jaro la musona pluvado estis aparte forta kaj longa, kaj tre kredinda estas la aserto de Layton, ke dum dek sep tagoj la vestoj de la amiko estis daŭre malsekaj. Estas vere rimarkinde, ke Layton neniam menciis la efikon de tuttagaj marŝoj tra ĝistaliaj marĉoj sur la sanstato de jama viktimo de malario; pro tio, ni supozu, ke la barono mem trovis la temon teda.

Eĉ pli surpriza estas la silento de Layton pri la ironia sortoturniĝo, per kiu la aventuro finiĝis: nome, ke oni liveris la delirantan ruson al la palaco de la brita guberniestro de Singapuro. La britoj do verŝajne savis la vivon de homo, kiu rifuzis perfidi al ili eĉ unu sciindan detalon pri sia ekspedicio. Eĉ pli, Maklin certe iel rolis en la konvertiĝo de tiu eksterordinara "kontraŭkoloniisto", kavaliro Gordon Blackstone. Komprenible ne estis nur Maklin, kiu kontribuis al la ŝanĝiĝo en la pensmaniero de tia kompleksa homo, kia Blackstone, tiutempe la ĉefa brita kolonia oficisto en la tuta okcidentpacifika regiono. Sed fakto estas, ke tuj post la renkontiĝo kun Maklin, Blackstone montris la unuajn signojn de tio, kion liaj subuloj poste nomos "freneziĝo". Prodejore en Singapuro, li ofte vizitis la malrapide resaniĝantan ruson. Nenia detalo de tiuj konversacioj iam surpaperiĝis, sed unu el la britoj asertis, ke "Maklin venenis la menson de nia ĉefo per pseŭdohumanaj sensencaĵoj".

Same kiel Maklin "perfidis" sian landon, Blackstone iam "perfidos" la aferon de la kreskanta Brita Imperio. Kiel ni legos, estis Maklin, kiu instigis Blackstone taksi pli alte la sendependecon de la verdinsulanoj ol la prestiĝon de sia propra vasta tribo; dank' al sia amikeco kun la brita ĉefministro Gladstone kaj lordo Derby, la ministro por kolonioj, Blackstone sukcesis nuligi la anekson de la Verda Insulo...

Sed ni ne tro anticipu.

Unu alian aferon Layton ne menciis, sed apenaŭ estas koincido, ke kapitano Beveridge, tiu severe justa krucmilitisto, estis konato kaj samreligiano de Blackstone – kaj ke Beveridge konsentis transporti Maklin al Sidnio. Maklin havis sufiĉan tempon post kelksemajna ripozo en Singapuro por vojaĝi al Buitenzorg kaj prepari ĉion por la alveno de *Crusader*, tiu nekutime konvene nomita ŝipo.

Ni supozu, ke Maklin donacis kelkajn valorajn specimenojn al la naturisto Demmendaal. Laŭ iuj onidiroj la adiaŭo de sinjorino Demmendaal "tuŝis pli ol lian koron". Nur malvolonte oni kolportas tiajn senspritaĵojn.

Maklin antaŭsendis siajn kestegojn al s-ro Layton en Brisbano. Ne plu troveblas iu tiutema letero, sed oni supozu, ke Maklin nun serioze volis akcepti la rolon proponitan de Layton.

Kiam kapitano Beveridge ekvojaĝis de Batavio por "kapti la friponojn dumkrime" – li aludis kompreneble la agojn de tiuj fikomercistoj, kiuj plejofte per trompo forrabis indiĝenojn de la pacifikaj insuloj kaj vendis al grandbienistoj en Kvinslando kaj Fiĝio – lia sola pasaĝero estis "Mr. Kleinschmidt", tiu fizike malforta sed tre laborema germana sciencisto. La krozado mem estis eventoplena kaj sukcesa, sed la posta proceso en Sidnio estis farse maljusta kaj ege kolerigis la kapitanon.

Post dusemajna restado en Sidnio "Mr. Kleinschmidt" adiaŭis la kapitanon kaj vojaĝis al Brisbano, telegrafinte s-ron Layton.

# PARTO 2

*Inter civilizitoj*

# Unuaj impresoj

La sennombraj insuloj kaj insuletoj de la Moreton-Golfo nun kuŝis malantaŭ ili, kaj la ŝipo puŝis sin kontraŭ la fluo de la Brisbana Rivero. De tempo al tempo ŝipeto aŭ boato preterpasis ilin, kaj ĉiufoje la kunpasaĝeroj de "Mr. Kleinschmidt" verve salutis kaj scivole rigardis la fremdulojn. Post ĉiu tia renkontiĝo zumadis konversacio pri la aspekto de la jamaj loĝantoj de Kvinslando: Ĉu ili prosperas aŭ ne? Maklin trovis teda la konstantan temon. Egale, ĉu oni aŭskultis la anglojn, skotojn, kimrojn, irlandanojn, germanojn aŭ aliajn grupojn da enmigrantoj, ili parolis pri "plibonigo de mia stato" aŭ eĉ "plibonigo de mi mem", sed aludis nur al la akiro de mono aŭ tero aŭ aliaj materiaĵoj malfacile akireblaj en la eŭropa hejmlando. Tia sendevia rezoluteco estis ja dinamika... kaj timiga.

Nu, barono, kiarajte vi malŝatas tiajn aspirojn – vi, kiu ĉiam havis sufiĉon por kontentigi viajn konfesende simplajn vivbezonojn? Bone do, li respondis al tiu interna voĉo, mi ne estu tro juĝema. Diru, kara barono, la insistema voĉo daŭrigis, kial vi venis ĉi tien? Kion vi volas gajni?

Sed antaŭ ol li povis respondi, lin alparolis Jaeger, la amikema bavara kamparulo. Kial ĉiam, Sepp, lia lama filo, akompanis la patron. Maklin jam rimarkis, ke Jaeger ŝajne pli amas la dekdujaran lamulon ol siajn tri fortikajn aliajn gefilojn. La patro ofte laŭdis la inteligentecon de Sepp, kaj fakte la knabo estis mense vigla, kion oni ne povis konstati ĉe la tri sanaj kamparulidoj. Ial Jaeger konvinkiĝis, ke "Sepp pli bone statos en varma lando". Maklin nur ĝentile klinis la kapon kaj intence ne rigardis la senespere atrofiitan dekstran kruron. Jaeger ŝanĝis la temon: "Ĝis nun la regiono aspektas nealloga, ĉu ne?"

Maklin ĉirkaŭrigardis. Certe la sceno estis neimpona; malantaŭ la kotaj riverbordoj etendis sin sablaj ebenaĵoj kaj marĉoj. Ne mirige, ke la kutime babilemaj enmigrantoj silentis. Tia pejzaĝo neniel akordis kun iliaj revoj pri la nordaŭstralia kolonio, kie ĉiu laborema blankulo povas fariĝi bienposeda moŝto aŭ bonhava metiisto. Ĉu finfine la longega vojaĝo el Eŭropo fiaskos? La malbele griza kaj odoraĉa riverbordo rikane mokis iliajn penojn.

Li memoris, ke eĉ kapitano Beveridge avertis lin, ke li perdos sian tempon en tiu "Brisbano, urbo forlasita de Dio". Tiutempe Maklin volis respondi, ke li konas nur unu loĝanton de Brisbano sed ke tiu estas homo ege altvalora. Sed li silentis, ĉar Beveridge opiniis granite firme pri preskaŭ ĉio – ĝuste pro tio li estis ofte malfacila en personaj rilatoj kaj samtempe heroa en sia kampanjo por la rajtoj de subprematoj. Por li la tuta loĝantaro de Kvinslando konsistis el sklavkomercistoj aŭ sklavpelantaj grandbienistoj. Dum la vojaĝo de *Crusader* Maklin lernis respekton por lia speco de patriotismo; la malgrasa kapitano konceptis la "britan mision" esti la aplikado de "kristanaj principoj" al la traktado de aliaj gentoj. Kurioze, ke Beveridge kaj Kehl tiel malsimilis kaj tamen similis unu la alian. Unu pro siaj kristanaj principoj, kaj la alia pro sia ateismo venis al preskaŭ identaj kondutreguloj. Estis io tre simila en la sentoplena atako de la leonkapa profesoro kontraŭ imperiistoj kaj la kolero sur la senkarna vizaĝo de la kapitano, kiam li aŭskultis la historion de tiu virino sur Tongo pri la rabekspedicio de Lewin, la fifama kvinslanda "dungisto".

"Mia kuzo Patterson skribis, ke la ekonomio vere soras ĉi tie!" deklaris iu. Ĉu li provis konsoli sin pro la nuna vidaĵo? Maklin interrompis sian meditadon kaj konstatis, ke fakte la ĉirkaŭaĵo aspektas iom pli bone. Sed ĝi tute ne povis kompariĝi kun la grandioza haveno de Sidnio. Jam estis klare, kiel forte la aŭstraliaj kolonioj kverelas inter si. Iu sidniano opiniis, ke Melburno estas "la anuso de la mondo", sed alia respondis, ke tio estas Brisbano. Aŭdinte tion, Maklin sentis fortan tenton demandi, kiun korpoparton prezentas Sidnio; la amara postgusto de la farsa proceso de Beveridge ankoraŭ pikis lin. Sed ankaŭ tiufoje li mordis la langon anstataŭ paroli. Kiu povus diveni, kiel tiaj duonebriuloj reagos?

"Vidu, paĉjo, nun ĝi aspektas pli bone!" kriis Sepp Jaeger ekscitite. Ĥoro da aprobaj voĉoj leviĝis; la riverbordoj estis nun altaj, belkreskaj arboj ornamis la scenon, kaj en la distanco oni vidis la unuajn domojn de la urbo. Regis optimisma tono. La fino de la vojaĝo alproksimiĝis. La fino? Kara Nikolaj Ivanoviĉ, vi ankoraŭ ne respondis: Kial vi venis ĉi tien? Maklin duonridetis al si: Kial? Ho, mi ankoraŭ ne scias. Ĉu mi devas ĉion scii kaj klarigi al vi?

\* \* \*

La homoj starantaj antaŭ la doganejo ŝajnis malaperi tuj, kiam la forta baritona krio "Niki!" eksonis el la gorĝo de la granda elegantulo rapide alpaŝanta.

"Tom!" respondis la barono kaj pensis, ke ilia interŝanĝo de krioj similas dueton de plenaera orgeno kaj misfajfa fluto.

La piedoj de Layton hezitis kaj konsterniĝo des pli taŭzis lian belan vizaĝon, ju pli li alproksimiĝis. Fine li haltis antaŭ Maklin, sed anstataŭ forte pumpi la etenditan manon li nur premetis ĝin. Ĉu li timis distiri la ostojn?

"Nu, Tom, tiel ĉi mi aspektas, kiam mi estas sana!" Ĉar tiu ŝerceto rikoltis nur malfortan rideton, kiu movis la buŝangulojn sed ne forigis la zorgoplenan esprimon el la grandaj brunaj oku-loj, li aldonis: "Kredu min, antaŭ ses monatoj mi estis nur iomete marŝipova skeleto. Nun mi vere plifortiĝas. Via aŭstralia klimato traktas min tre milde." Kaj la svingo de la mano klare mesaĝis: Tiu temo estu nun finita!

Layton komprenis. Li rapide trovis pli agrablan temon. "Niki, kiel bone estas refoje aŭdi el via buŝo la lingvon de Goethe kaj Kehl!"

"Tute konsentite! Lastatempe mi ofte luktis kontraŭ via lingvaĉo, kaj foje ĝi min terenĵetis."

Ree la orgeno kaj la fluto duetis en rido pli elkora, ol la spritaĵo meritis.

"Eble vi perdis unu-du kilogramojn, sed ne vian senson por humuro." Layton tamtamis sur sia abdomeno. "Mi alprenis sufiĉon por ni du," li deklamis kun histrione tragedia mieno.

"Nepardoneble troigite!" respondis Maklin samtone, sed fakte la amiko estis iomete pli ampleksa ĉe la talio, kaj krome la densan nigran hararon markis grizaj fadenoj. Sed Layton restis impone bela viro.

"Sinjoro barono, via bonintenca kompato nur pliakrigas mian spiritan turmenton," li ridegis. "Sed nun mi heroe forŝovas tiajn pensojn por demandi, ĉu la valizeto en via mano estas via sola... kunportataĵo."

Tiel trenvoĉe li eligis tiun pezan vorton, ke Maklin devis ridi, antaŭ ol li povis ekkrii: "Diable, Tom, mi ankoraŭ ne dankis vin pro tio, ke vi estis preta prizorgi tiujn aferetojn, kiujn mi sendis de Batavio."

Memorante la grandan nombron da kestegoj, Layton rulis la okulglobojn kaj kunfaldis la gambojn, kvazaŭ neportebla ŝarĝo puŝus lin teren. "Kiel eblas, ke unusola hometo posedas tiom da elefantkaĝoj? Sed ne zorgu, Niki, ĉio kuŝas en bona ordo sub la domo en Toowong."

"Toowong?" Maklin knedis la lipojn por prononci la fremdan vorton.

"Jes, Toowong. Urbeto konvene distanca kaj samtempe proksima. Ligita al Brisbano per fervojo. Loĝantaro eble 1.600. Favore situanta apud la rivero." Li ĉesis paroli per voĉo de iu, kiu deĵoras ĉe informgiĉeto. "Mi aranĝis loĝadon por vi ĉe s-ino Barker, vidvino renoma pro sia kuirarto kaj laŭ aspekto... uĵ! uĵ! uĵ!"

Maklin ne komprenis la signifon de tiu interjekcio, sed la mieno de Layton supozigis, ke s-ino Barker estas vidvino, ĉe kies pordo multaj viroj jam aspiroplene frapis.

"Kaj viaj kestetoj majeste okupas duonon de la spaco sub ŝia palaco."

"Tom, mi ŝuldas..."

"Niki, ne danku min nun – ankoraŭ ne." Li modulis la imponan voĉon. "Se vi prudente ludos per viaj kartoj, viaj aferoj povos resti sub ŝia domo... eterne. Ŝia persona nomo..." kaj li konfidence palpebrumis, "estas Bridget. S-ino Bridget Barker, Imperia Strato 8, Toowong. Se tiu enviinda sorto atendas vin, tiam vi danku min."

Maklin ridis kaj provis sondi la belan vizaĝon. Li bone memoris la ŝercemulon de la jaroj en Heidelberg. Sed ĉu li nur blagas nun? Ŝajne ne; la brunaj okuloj renkontis liajn rekte kaj serioze.

Iam dum la lastaj monatoj venis al Maklin la penso, ke li volonte edziĝos, se fine li decidos resti en unu loko. Neniam antaŭe iu virino interesis lin tiurilate, do la penso iom surprizis lin.

"Tom, mi apenaŭ kredas, ke eĉ la plej alloga vidvino sukcesus restigi ĉi tiun stepan lupon. Krome," li ridetis, "ĉu vi vere povus imagi, ke iu ajn virino trovus plaĉon en ĉi tia ostaro?"

Ankoraŭfoje ridado, kaj ili iris serĉi la aliajn "kunportataĵojn".

*   *   *

Laŭ iu silenta interkonsento ili ne priparolis la ĉefan temon dum tiu unua tago, kaj Layton ne faris unu el siaj mil kaj unu demandoj. La ruso havu tempon por mense digesti sian novan situon kaj situacion. Krome Layton volonte ĉiĉeronis lin trans la riveron, tra la urbocentro, kaj poste al la stacidomo. Eĉ sen gvidanto Maklin rimarkintus la kontraston en la brisbana arkitekturo; la registaraj kaj grandkomercaj domoj estis masive pompaj aŭ elegantaj en itala renesanca stilo kaj ambiciis eternan daŭron, sed la ceteraj butikoj, el kiuj tre multaj estis krudaj drinkejoj, efikis deprimaj. Layton indikis unu el la elŝtonaj konstruaĵoj kaj komentis: "Tiu ĉi domo nepre volas proklami, ke vi troviĝas en provinca ĉefurbo de la plej vasta imperio en la monda historio." Svingante fingron al aparte aĉgusta drinkbudo, li aldonis: "Kaj

|7|

tiu ĉi perfidas, ke ĉi tie fakte regas la pura komercista etiko: kontraŭ la minimuma elspezo la maksimuma enspezo – kaj forgesu komforton kaj estetikon."

Ŝajnis al Maklin mirige, ke en nova kontinento kun tioma spaco oni tamen starigis stratojn tiel mallarĝajn, ke foje ilia fiakro ne povis antaŭenmoviĝi pro la densa trafiko. De tempo al tempo iu ebriiĝinto riskis sian vivon, stumblante trans la asfalton, sed la ceteraj homoj serioze rapidis pri siaj negocoj. La pika odoro de ĉevalfekaĵo invadis la nazon de Maklin. "Kiam estas varmege, tiu aromo estas nerezisteble delica," ridetis Layton.

Tion vi apenaŭ devas klarigi al ruso! – pensis Maklin, sed li diris: "Estas pli da homoj sur la stratoj, ol mi atendis."

"Jes, la urbo aktuale estas tre prospera. Certe la ekonomia balono iam krevos, sed oni volas ĝin laŭeble ekspluati. Cetere, sen tia supreniĝo de la kurzo mi probable ne trovintus laborlokon. Kaj loĝi ĉi tie havas siajn avantaĝojn – mi intencas prezenti vin al la ĉefa avantaĝo morgaŭ vespere..."

"Do finfine iu virino sukcesis ne nur enamiĝi al Tom Layton, sed ankaŭ enamigi lin, ĉu?"

"La dua parto pravas, Niki, sed ankoraŭ ne estas certe, ke ŝi sukcesis enamiĝi."

"Nekredeble, ke la Donjuano de Heidelberg ĝis nun ne povis sturme kapti bastionon!" ridis Maklin, sed la mieno de la anglo restis serioza.

"Tiuj amaferetoj ŝajnas al mi nun terure banalaj! Mi ne volas tedi vin per miaj problemoj, sed vidu, dum ioma tempo mi... estis tro intima konato de Bakko. La vino ne plu tre allogas min, sed alispeca ebrieco... tiu virino! Eble mi devus provi per sturmo, sed ... mi ne dezirus, ke ŝi tiam kapitulacu. Niki, ĉu iam vi vivis en tia dolĉa turmento? Via rigardo diras, ke ne."

Maklin vere ne sciis, kion respondi. Sed estis flate, ke Layton volas paroli al li pri sia problemo. Probable li ne havis fidindan intimulon en Brisbano. Subite li ree rigardis la belan vizaĝon kaj ekhavis ideon: Ĉu Tom Layton estas tia homo, kun kia li povus diskuti siajn proprajn plej intimajn problemojn? Io en li respondis: Jes!

"Tom, mi estas nek virino nek samseksemulo," li ridetis, "sed mi kredas, ke iu ajn virino trovus vin tre altira. Ĉu via kordamo iam diris, ke vi ne altiras ŝin?"

"Ho ne, foje ŝi flatas min kvazaŭkonsole, ke mi estas tre ĉarma, kaj tiel plu, kaj mi estas certa, ke neniu alia viro aktuale rivalas min. Sed neniam mi havas la senton, ke ŝi vidas en mi ion pli ol agrablan amikon."

Malgraŭ ĉio estis iom embarase aŭdi tiajn konfidencaĵojn, do Maklin faris duonprovon spriti: "Nu, se la prudentaj flustroj de ĉi tiu seka senspertulo povos konvinki ŝin..."

Layton evidente volis ŝanĝi la temon, sed li aldonis, kaj eĉ ŝajnis ne tute nekonvinkita: "Niki, povas esti, ke vi alportos tiun turniĝon de fortuno! Estu bonvena en Brisbano!"

Dumtempe ilia fiakro forlasis la homplenajn stratojn kaj ili vidis la stacidomon nur kelkajn stratojn antaŭ si. Subite Maklin ekkriis: "Tom, ĉu tio estas kadavro?"

"Ankoraŭ ne," venis la respondo. "Ofte vi vidas Mitchell en tia stato. Onidire la nigruloj ne povas 'teni' alkoholon, kaj mi devas diri, ke ili kutime diboĉas ĝis senkonsciiĝo."

"Sed li povus sufokiĝi en tiu aĉa kloako."

"Pro ia perversa malamo al si mem ili ŝajne elektas tiajn naŭzajn truojn por kolapsi."

Maklin silentis. Li sentis urĝan bezonon fari ian geston por montri, ke li iomete komprenas, kial tiu indiĝeno tiel agas pro senfunda senespero. Estis koŝmaro lia, ke iam Teluli kaj la aliaj amikoj kuŝus ebriaj en kloako, se la blankuloj forrabos ilian landon. Aliflanke Maklin ne volis embarasi Layton. Sed la decido estis relative facile. Se Layton trovos lian impulsan agon embarasa, tio pruvos, ke lia amikeco ne tre valoras. "Tom, bonvolu haltigi la fiakron!" li diris tre decide.

Tuj, kiam la veturilo knare haltis, li elgrimpis kaj palpe surterigis la botojn. Li marŝis al la kuŝanta nigrulo kaj provis levi lin el la odoraĉa koto, sed li estis tro malforta. Senvorte li suprenĵetis rigardon al Layton, kiu tuj terensaltis, alpaŝis, kaj sola facile levis la senkonsciulon. Maklin kaptis la nudajn maleolojn kaj kune ili portis lin al ŝirmata loko, kie la herboj estis nek polvokovritaj nek malsekaj. Tiele ili kuŝigis lin, ke li ŝajnis digne dormi.

Senvorte ili ree enfiakriĝis, sed ili vidis la mienon de la fiakristo. La viro registris malaproban surprizon, ke du bone edukitaj homoj – eĉ se ili parolis iun nekonatan lingvaĉon – malŝparis sian energion kaj cetere lian tempon.

"Niki, eĉ legante viajn librojn mi intuiciis, ke vi dividas la homaron en du partojn: la potenculojn kaj la protektendajn indiĝenojn."

"Hm, jes, vi pravas, kvankam mi ĝis nun ne tiel klare diris tion al mi mem. Dankon, Tom."

"Ne, mi devas danki vin pro tiel rekta leciono pri io tre elementa, kion mi ĝis nun pretervidis... kaj jes, mi embarasiĝis! Sed pro tio, ke mi jam ofte vidis Mitchell aŭ iun alian nigrulon en simila stato, kaj ..."

Maklin ne trovis vortojn. Li ĝojis, ke Layton ne ofendiĝis; ilia amikeco do ne stumblis ĉe la unua obstaklo. Sed tiam venis neatendita demando: "Niki, se Mitchell estus iu el niaj multaj blankhaŭtaj diboĉuloj, ĉu vi agintus same?"

"Mi kredas, ke ne," respondis la ruso post ioma pripensado.

\* \* \*

Ili envagoniĝis. Layton elpoŝigis sian horloĝon kaj anoncis: "Laŭplane ni devus ekiri post kvin minutoj. Tio signifas, ke ni restos ĉi tie eble dek ĝis dek kvin minutojn."

"Akurateco ne multe gravis por mi dum la lastaj jaroj."

"Ĉu Kehl menciis, ke Ihering kaj Moltke kaj la aliaj satrapoj de la germana scienca mondo klopodas eksigi lin el Heidelberg?"

"Neniom pri tio. Kiajn argumentojn ili prezentas?" demandis Maklin.

"Ili ade atentigas pri la kontraŭprusa sinteno de nia oldulo. La ironio estas, ke antaŭ 1866 ĝuste ili, kaj aparte Ihering, multe pli laŭte protestis kontraŭ Bismarck ol Kehl mem. Iam Ihering proklamis, ke prusa venko signifus la morton de la intelekto."

"Kio do konvertis ilin al la nuna vero?"

"Dio mia, Niki, vi estas tro naiva! Kial tiuj ĥameleonoj ŝanĝis siajn kolorojn? Ĉar Bismarck venkis kaj krome kreis por ili unu-igitan patrolandon, jen kial! Antaŭe ili laboris en provincaj urb-etoj, sed nun ili pavas en Berlino kaj revas pri germana mond-imperio."

Dum kelkaj minutoj Layton gvidis la ruson tra la politikaj evoluoj de la pasintaj jaroj. La tuta mondo atendis novan militon inter Germanio kaj Francio. La brisbanaj gazetlegantoj diskutis la temon, kvazaŭ ili komparus du ĉampionajn ĉevalojn.

La snufeganta lokomotivo salte ekkuris en la direkton al Toowong. Post apenaŭ ducent metroj ili vidis fabrikojn. "De-mandu vian Bridget pri tiuj primitivaj ŝvitejoj," konsilis Layton.

Maklin iom miris pri tio. Li supozis, ke s-ino Barker, ĉar ŝi loĝas en la laŭmoda apudrivera urbeto, apartenas al la burĝa klaso. Ĉu do eblis, ke ŝi iam laboris en fabriko? Aŭ eble ŝia mort-inta edzo posedis fabrikon?

Li ne povis ne kompari la malbelecon de ĉiu industria kvar-talo, ĉu en Brisbano aŭ aliloke, kun la pejzaĝoj de "primitivaj" landoj. Sed ĉu industriiĝo ne prezentas unu faceton de la triumfo de la homo super la naturo?

Sed baldaŭ ilia trajno serpentumis tra loĝkvartalo, kaj Lay-ton ree alprenis sian ĉiĉeronan rolon. "Ankaŭ ĉi tie estas granda kontrasto. Rigardu tien." Maklin sekvis la fingron. "Unuavide vi kredas, ke la domoj estas duetaĝaj, sed fakte ili staras sur stilzoj. Jen la unika kvinslanda kontribuo al la monda arkitekturo." Tiu priskribo tiel trafis, ke ekde tiam Maklin ĉiam pensos pri la "surstilzaj domoj de Kvinslando"; sed li ne menciis, ke la verd-insulanoj utiligas tiun "unikan" konstru-principon eble jam de jarmiloj. Layton daŭrigis: "Hodiaŭ la temperaturo estas agrable milda, sed eble jam morgaŭ la suno ekboligos vian sangon. Tiam vi vidos la ĉi-lokan birdaron nestantan subdome por sin vent-umi."

"La birdoj...?" Maklin komencis, kaj tuj ridetis.

"Alia prudenta eltrovo estas la verando. Vidu, ĉe tiuj domoj ĝi okupas tri flankojn kaj preskaŭ duonon de la loĝspaco." Sur multaj verandoj sidis homoj legantaj, dormantaj, aŭ flegme parolantaj.

"Kaj nun tien." Maklin turnis la kapon en la indikatan direkton, sed tuj fermis la okulojn kaj fortunis sin. Densa nubo el cindretoj malice blovis tra la fenestro, ĉar la kriĉeganta lokomotivo nun dekstreniĝis kaj kaptis la okazon por prikraĉi ilin.

"Eĥĥ!" kriis la baritono. "Konvena enkonduko al la temo. Ĉi-flanke vi vidas preskaŭ nur aĉnivelajn kabanojn sen korto."

"Jes, kial do?"

"Spekulistoj aĉetas parcelojn, dividas ilin kaj konstruigas dometojn plej etkoste."

"Kiu aĉetas ilin?"

"Aliaj spekulistoj aŭ enmigrintoj. Vi vidis, ĉu ne, ke viaj kunpasaĝeroj estas plejparte enmigrantoj?"

"Tre klare! Kiom da homoj enmigras ĉiujare?"

"Mi ne scias ekzakte, sed onidire la loĝantaro duobliĝis dum la lastaj kvar-kvin jaroj."

"Tio devus estigi grandajn problemojn. Kiom entute loĝas ĉi tie nun?"

"Mi aŭdis, ke proksimume 75.000."

"Do ankoraŭ Sidnio ne devas timi la perdon de sia ĉampiona rango."

"Eble Melburno minacas ĝin. Sed ne diru tion al niaj brisbananoj!"

"Nu, mi estas senradika mondvojaĝanto, kaj ne komprenas tiajn aferojn. Sed kiel oni povas esti arda patrioto pri loko, en kiu oni loĝis dum unu-du jaroj?"

"Mi konsentas kaj kunsentas. Mi povas senti lojalecon al homoj kaj iomagrade al abstraktaj ideoj. Sed al lokoj..."

La pejzaĝo estis nun unike aŭstralia, fremda sed ial plaĉa. Maldekstre la rivero estis spegule senmova, dekstre leviĝis arbokovritaj montetoj. Tiuj arboj estis ankoraŭ io nova por Maklin.

Malpli verdaj, malpli densaj, malpli variaj kaj malpli fekundaj ol tiuj de tropikaj landoj, ili tamen invitis la marŝemulon pli ol la nepenetreblaj ĝangaloj de la Verda Insulo. Kaj estis neverŝajne, ke febraj malsanoj embuske sin kaŝas inter la eŭkaliptoj. "Moviĝu, Niki. Jen nia stacio!"

\* \* \*

Layton aplombe frapis ĉe la pordo. Maklin sentis tikliĝon de streĉa atento: estos nova sperto loĝi sub la sama tegmento kiel virino... kaj tiu "Uĵ! uĵ! uĵ!" de Tom vekis lian intereson.

La pordo malfermiĝis, sed la granda figuro de Layton kaŝis for de lia vido s-inon Barker.

"S-ino Barker, via mondfama gasto alvenis. Mi prezentu al vi –" kaj li flankenpaŝis, "baronon Nikolaj Ivanoviĉ Maklin!"

La ruso devis forte subpremi ridspasmon, kaj sukcesis konverti ĝin en larĝe radiantan rideton. Li kliniĝis profunde, por ne devi rigardi la komike malbelan virinon. Inter la neregulaj karnofaldoj sub la granda, senforma nazo troviĝis obstine kreskemaj lipharoj. Ŝiaj multoblaj mentonoj minacis plonĝi inter la peze pendantajn mamojn. La okuloj tute ne konformis al la ceteraj trajtoj, ĉar ili estis malgrandaj kaj preskaŭ migdalformaj. Sed plej okulfrapis la tutkorpa formo: ovo apogata sur du longaj, verŝajne malgrasaj kaj kurbaj bastonoj.

"Kia amuza longa nomo!" diris s-ino Barker kun rido, kiu supozigis ne timige altan gradon de inteligenteco. Ĝenerale ŝi ne aprobis alilandulojn, sed ŝi foje spertis, ke la viroj scias pli galante konduti ol aŭstralianoj. Siaflanke ŝi sciis kiel trakti ilin. Ŝi plumpe kliniĝis, etendis la dikan dekstran manon kaj entuziasmis: "Onŝontej!"

La barono komprenis sian rolon, do li mondumece kisis la manon kaj respondis: "Enchanté, madame!" Kaj li daŭrigis angle: "Provizas al mia koro grandan plezuron e... e... la ĝojo vin renkonti!"

Ĉiuj tri ridis pro tiu peza alilandulaĵo, Maklin pli ol la aliaj, ĉar li ne plu devis maski sian ridemon pro la ŝerco de tiu diabla farsulo Layton. Kiam li regis sian vizaĝon, li direktis al la ĉarma virino helpopetan demandon: "S-ino Barker, kion signifas en via lingvo 'uĵ!uĵ! uĵ!'?"

Sed la respondo ne estis tre kontentiga. La amuza vizaĝo alprenis komplete senkomprenan esprimon, sed tuj la sinjorino trovis alian temon. "Mi ne scias, barono, sed je ĉiuj sanktuloj en la Ĉielo, vi estas ja malgrasa! Sed ne zorgu, mi grasigos vin pli rapide, ol ĉevalo povas troti!"

Estis la vico de Maklin por ne kompreni. Li turnis sin al la anglo, kies rideto minacis fendi liajn buŝangulojn. Kun mokserioza mieno Layton ĝentile klarigis: "Foje, s-ino Barker, sinjoroj el foraj landoj ne tuj komprenas nian lingvon. La barono estas kutime brila knabo, sed eĉ li foje... Pardonu, dum mi klarigos ion al li."

Layton daŭrigis germane, kaj nur liaj okuloj perfidis lian amuziĝon: "Pli rapide, ol ĉevalo povas troti... tio signifas, ke via damo estas ne nur pensorabe bela sed ankaŭ komparodefia fonto de mensoskuaj tropoj." Kaj li aldonis angle: "Kaj la tuta urbo scias pri la kuiraĵoj de s-ino Barker. Ŝi grasigos vin pli rapide ol grasumita fulmo."

"Aĉulo!" ridis Maklin.

"Bone, mi alportos viajn aferojn, sed nun mi devas foriri. Mi esperas, ke vi observos la kondutregulojn de vera kavaliro," diris Layton, malicete palpebrumante.

"S-ro Layton, neniu forlasas la domon de Bridget Barker sen trinki tason da teo," ordonis la sinjorino.

Kaj tiun ordonon Layton senproteste obeis.

## Prelego kaj rojo

La postan tagon Layton alvenis iom antaŭ la dua. Li plendis pri la varmego de "Brezbano", sed Maklin kun ŝajna malestimo memorigis, ke li mem ĵus pasigis jarojn en plene tropikaj landoj. Li konsilis, ke la anglo forgesu sian patriotismon kaj demetu la tute nekonvenajn vestojn de sia hejmlando. Layton prude-puritane rulis la okulglobojn ĉielen kaj demandis: "Sinjoro, ĉu mi portu la vestojn aŭ nevestojn de viaj fimoralaj paganoj?"

Ilian aktoradon interrompis la apero de la dommastrino. Kvankam la du viroj protestis, ke ili ĵus trinkis, brile blanka servico rezolute trudis sin kune kun iuspecaj panbuloj kaj konfitaĵoj kaj kremo. Antaŭ ol mem retiriĝi s-ino Barker multvorte sed iom nekohere laŭdis la novan gaston, tiun veran ĝentlemanon, kiu tamen estis malpli dika ol jardo da spagetoj.

Post ŝia foriro el la komforta ĉambro Layton amuzite komentis: "Viaj akcioj ĉe la barkera borso tre alte valoras, amiko!"

"Tom, vi nekuracebla blagulo, via s-ino Barker estas vera parolmaŝino! Dum kelkaj horoj mi sukcesis okupiĝi pri miaj kestoj, sed preskaŭ la tutan tagon ni konversaciis – tio estas, mi ofte kapjesis kaj de tempo al tempo sukcesis aldoni 'Ĉu vere?'."

"Ĉu ŝi foje demandis vian opinion pri io, sed ne paŭzis por aŭskulti vian respondon?"

"Ne foje – tre tre ofte. Aŭskultu! Mi ne provos imiti ŝian intonacion... Sed jen tipa ero el ŝia programo." Kaj Maklin transiris al la angla. "Kion vi opinias pri miaj floroj, hej barono? S-ro Barker – aa, grandioza viro li estis! – ĉiam laŭdis miajn florojn. Neniam malŝparis eĉ unu pencon, vera ĝentlemano. Aparte la rozojn. Ĉu vi ne konsentas? Aŭ ĉu vi preferas la geraniojn? Ho, kia terura tago, kiam li mortis! S-ro Layton – ĉarma ĝentlemano ankaŭ li, ĉu ne? – diris, ke vi venas de la Verda Insulo. Mi ne sciis, ke ĝi estas parto de Ruslando. Ĉu fakte? En la nova jaro – ho, la jaro baldaŭ finiĝos, ĉu ne? – mi volas eksperimenti per pelargonioj. Mi ne povas kredi, ke ekzistas homoj, kiuj ne ŝatas florojn! Kion vi opinias pri homoj, kiuj ne ŝatas florojn? S-ro Barker mem ne kultivis florojn, sed ĉiam plaĉis al li rigardi ilin. Tian viron mi neniam plu renkontos, tion mi ĵuras! Parto de Ruslando – nu, oni lernas ion novan ĉiun tagon, ĉu vi ne konsentas?"

Layton aplaŭdis kaj demandis: "Ĉu vi klarigis al ŝi, ke dank' al vi la Verda Insulo ne estas rusa?"

Tiam Layton skizis la vivon de la fama s-ro Barker, kiun li mem ne konis. Maklin demandis sin, kiel la amiko povas tiel facile provizi informojn pri ŝajne senlima katalogo da temoj, eĉ pri la homoj de tiu urbo, kiun li mem konis nur kelkajn jarojn. Ben Barker, Layton klarigis, venis el Viktorio kun du aliaj or-serĉantoj. La triopo fakte trovis multe da oro ĉe la Burdekin-Rivero en la norda parto de la kolonio. Unu el ili vivis kiel diboĉa lordo kaj mortis senmona alkohololo dek jarojn poste. La dua simile elspezegis sian porcion kaj poste elmigris al Usono. Ben sola rezistis la tenton spiti la sobrajn morojn de la solida burĝaro; li investis sian monon kaj elektis sekuran postenon de policisto. Tiu domo en Toowong estis la sola granda aĉeto de lia vivo. Sed tuj post la ekloĝo tie li perdis sian unuan edzinon. Kiam li edzin-igis Bridget, ŝi estis pli flegistino ol partnero, ĉar la morto de la unua edzino tiel tristigis la nekomunikiĝeman viron, ke li rapide malfortiĝis.

Subite Layton ŝanĝis la temon. "Dio mia, estas tiom da aferoj klarigendaj! Ĉu mi eĉ menciis, ke hodiaŭ vespere mi prezentos vin al la –"

"Jes, al la ĉefa avantaĝo de la vivo en Brisbano!"

"Ho jes, al Belinda, sed ankaŭ al aliaj. Aŭskultu!"

Dum duonhoro Layton skizis la ĝistiaman progreson de la projekto establi sciencejon, kaj aparte la planon por tiu sama vespero. La priskribo flatis kaj samtempe timigis Maklin; li antaŭe ne serioze komprenis, kiel decida lia propra persono estas kaj estos al la realigo de tiu projekto. Fine li diris: "Tom, mi kredas, ke mi preferus marŝi al nekonata kanibala vilaĝo..."

Tuj post la foriro de la amiko, Maklin fosis en kestego kaj eltiris sian solan iom prezentindan kompleton. Feliĉe ĝi estis ankoraŭ libera je ŝimo, sed sennombraj nesimetriaj faldaĉetoj igis ĝin neportebla en societa rondo. Li provis streĉi la ŝtofon por forigi ilin. Bonŝance s-ino Barker observis lian plumpan manovradon, kaj tuj insistis senkompate gladi la vestojn, ĝis ili kapitulacis kaj pendis dece surmeteblaj.

* * *

Eltrajniĝante, Maklin refoje aŭdis mokan internan voĉon: Daniel inter la leonojn!

Sed almenaŭ la gvidanto en la leonejon estis amiko. Layton akceptis lin antaŭ la stacidomo kun la vortoj: "Niki, la fraŭlinetoj atendas nin ĉe fiakro." Maklin sekvis la grandan elegantulon, kiu devis mallongigi siajn paŝojn. Kun parto de la cerbo la ruso rimarkis, ke la fantomeca vespera sceno sub la gaslampoj aspektas tute alia ol tiu sama loko sub la hieraŭa taglumo. Ĉu li partoprenas en ia dramo? Li ankoraŭ ne plene akceptis, ke Aŭstralio estas reala. Eĉ la propra kompleto ŝajnis plejparte teatra rekvizito.

Ili pasis inter simile vestitajn homojn. La nombro da fiakroj sur la strato supozigis, ke la vespera societa vivo de la brisbana burĝaro estas vigla. Ankaŭ videblis grupoj da proletaj junuloj kaj knaboj, kiuj evidente preferis malpli ĝentilajn manierojn por malŝargi sian energion. "Certe estos interbandaj stratbataloj hodiaŭ vespere!" klarigis Layton, vidinte, kien la ruso direktas sian rigardon.

Layton haltis ĉe la luita fiakro kaj demandis kun ioma konsterno: "Kie ili estas?" Tuj sekvis hela virinvoĉa ridado, kaj la du viroj turnis sin al la virina duopo, kiu estis petole sin kaŝinta malantaŭ grupeto da diskutantaj homoj. Devas esti teatraĵo – nun aperas du belaj princinoj!

"Barono Nikolaj Ivanoviĉ Maklin, mi prezentu al vi fraŭlinojn Belinda kaj Clarissa Horne."

Unuavide Maklin kredis, ke la du estas identaj ĝemeloj: la samaj nigraj haroj borderis la saman ovalan, glathaŭtan vizaĝon, same malhelaj okuloj kaj perfektaj dentoj trudis sin al lia rigardo. (Poste li iom post iom rimarkos diferencojn, ĝis fine li sin demandos, kiel eblis, ke li trovis ilin tre similaj.) Li turnis sin al la pli apuda kaj diris ĉue: "Fraŭlino Belinda?" Kiam ŝi ridete kapjesis, li prenis ŝian manon, diris "Enchanté!" kaj delikate kisis ĝin... tiu rito, kiun li ŝuldis al s-ino Barker, ŝajne plaĉis al aŭstralianinoj. "Fraŭlino Clarissa, enchanté!" kaj la dua fratino reagis kun la sama rideto de plezuro. Kun aproba mieno Layton komentis: "Vidu, knabinetoj, ĉu mi ne promesis, ke nia ĝangalulo estos tute sendanĝera?"

Tute ne gravis al Maklin, ke en tiu kvaropo li estas la sola nebela specimeno de la homa raso. Kiam Layton galante proponis sian brakon al Belinda, la ruso kun same kavalireca gesto turnis sin al sia partnero Clarissa. En tia momento li tute forgesis, ke li ne longe vivos. Ĉar li neniam ĝuis tian kontakton kun belaj junulinoj, li povis dummomente imagi, ke lia junula aĝo ĵus komenciĝas. En tia vespero oni volas gaji, enamiĝi... La bela teatraĵo daŭru!

Poste li memoris nenian detalon de la interŝanĝo de spritaĵoj dum la veturo al la Salonego Albert. Certe Layton estis laŭ ĉies konsento fokuso de la babilado, sed Maklin konsciis ĉefe pri delica malforteco en la tuja apudeco de ravaj junulinoj, kiuj siavice konsciis pri la efiko de sia beleco. Eble pro tio, ke li sidis diagonale kontraŭ Belinda, li pli bone povis rigardi ŝin ol Clarissa, sian partneron sidantan apud li.

Fine ili elfiakriĝis antaŭ la Salonego, granda pompa domo hele iluminita. Subite lia rigardo fiksiĝis sur D-ro Thomas Layton, kaj iom sube Barono Maklin, alsaltantaj en grasaj ruĝaj literoj el la fono de la multaj afiŝoj, kiuj diversloke disanoncis al la homa tajdo la tiuvesperan programon. Momente forgesante, ke li partneras Clarissa, li alproksimiĝis por legi.

---

## LA KVINSLANDA ASOCIO POR LA PROGRESO DE LA SCIENCO

kun la apogo de La Kvinslanda Klubo,
La Filozofia Societo, La Johnson-a Klubo, kaj
La Muzea Societo prezentas publikan prelegon de

**D-ro Thomas Layton**
**ĉefinstruisto pri sciencoj ĉe la Brisbana Gimnazio**

pri la temo

***"Nia Origino kaj Nia Destino".***

Post la prelego estos prezentita la renoma sciencisto

**Barono Maklin**
la "Robinson Crusoe" de la Verda Insulo.

*Eniro senpaga. Monkontribuoj bonvenaj.*

---

"Dio mia, Tom, Robinson Crusoe! Ĉu tio estis via ideo?"

"Tute ne, sed mi ne povis malhelpi, ke oni presu tiun fabelaĵon. Sed, kiu scias, eble tio altiros la bonajn burĝojn, kiuj sopiras al iom da fantazio!"

"Cetere, vi menciis, ke vi diros 'kelkajn vortojn'! Mi ne imagis, ke vi mem prelegos. Almenaŭ tion mi antaŭĝuas. Sed kion mi diru en mia komika angla?"

"Tio apenaŭ gravas. Mi rolas kiel via Johano Baptisto; hodiaŭ vi devas nur aperi."

Layton konstatis, ke lia iom peza spritaĵo ne plaĉas al la ruso. Do li ŝanĝis la temon: "Kaj por respondi vian ankoraŭ ne faritan demandon: oni presis la afiŝojn pasintan semajnon."

"Do eĉ antaŭ mia alveno en Brisbano! Bonŝance, ke mia ŝipo alvenis ĝustatempe."

Nun Belinda kaj Clarissa alpaŝis. "Jes, fraŭlinetoj, vi pravas. Estas tempo por eniri kaj prezenti nian baronon al la ĉefkokoj de la brisbana societa mondo."

"Kokerikiii!" fajfis Maklin, miregante pro la propra frivoleco.

"Kluk-kluk!" respondis Belinda.

*   *   *

"Estimataj gesinjoroj, ĉu iam vi paŭzis dum promeno kaj vin demandis, kiom aĝas la tero sub viaj piedoj? Ĉu, ĵetante pecon da karbo en vian kamenon, vi iam provis bildigi al vi la evoluon de la prahistoria arbaro, kiu heredigis ĝin al vi? Ĉu iam venis al vi la penso, ke eĉ la plej ordinara ŝtoneto estas poemsimila kristaliĝo de la multmilionjara sinrealiĝo de nia hodiaŭa planedo?..."

Aŭskultante la sonoran voĉon, Maklin forte memoris tiun esprimon el la buŝo de Santamaria – certe ne lian propran – uzitan kiam tiu bonulo entuziasmis pri iu absurda diskuto de du duonedukitaj kaj verŝajne duonebriaj maroficiroj: "intelekta frandaĵo". Efektive Layton, la oratoro, memorigis pri Santamaria la kantanto; ambaŭ majstre modulis la voĉon kaj per tre konscia aktorado regis la aŭskultantojn.

Sidante sur la scenejo kun la "ĉefkokoj", tuta aro da eminentuloj, kies nomojn li jam plejparte forgesis, Maklin diris al si, ke li troviĝas inter la du plej belaj kokinetoj imageblaj. Severa voĉo resonis tra lia kapo: Ĉu vi ree infaniĝis? Bone do, li respondis, mi provos bone konduti.

Li studis la vizaĝojn amasiĝintajn antaŭ li. Ĉiu okulo sekvis la imponajn gestojn de la preleganto. Foja krieto de miro evidentigis, ke por kelkaj la ideo, ke la tero aĝas milionojn da jaroj, estas nova. Fakte iu ruĝvizaĝulo, unu el la malmultaj senbarbaj viroj, subite koleris: "Blasfemo!"

184

Kiel Layton reagos? Li serene paŭzis, vaste etendis la brakojn, kvazaŭ li malfermus homgrandan libregon antaŭ la amaso, kaj flustris tiel efike, ke ĉiu silabo aŭdeblis en la lasta seĝovico: "Permesu, ke mi prezentu al vi panoraman rigardon en la majestan libron de la geologio... skribitan de la Senlima Spirito mem." Ha, ĉu la ateisto Layton hipokritas? Nu, eble, aŭ... eble tiu "Senlima Spirito" estas provizore kontentiga ŝajnponto inter "Dio" kaj la Kehl-a doktrino... kaj certe la lerta oratoro volas gajni konvertitojn, ne tuj ofendi ilin.

Per kelkaj frazoj, en kiuj tondris, flagris, siblis, ŝaŭmis kaj krakegis, li skizis la estiĝon de la planedo el fajraj gasoj, ĝian malrapidegan solidiĝon, la aperon de gigantaj nuboj, la mensskuan kontakton de pluvoj kaj varmegaj rokoj, la disvastiĝon de oceanoj trans preskaŭ la tutan planedon, la leviĝon, sinkon kaj flankeniĝon de kontinentoj. La voĉpiroteknikaĵo ekcedis al dolĉa zefiro: nun dum neimageble longa periodo la tero transformiĝis en la belan, homamikan hejmon al ni konatan.

"Ĉu ĉi ĉio estas nur kosmologia fikciaĵo, geamikoj? Ne! Ni havas pruvojn alireblajn al ĉiu veroserĉanta homo... fosiliojn. Ĉu vi scias, ekzemple, ke oni trovas fosiliiĝintajn markonkojn sur montosuproj en la mezo de kontinentoj? Ĉu –"

"Trompiloj metitaj tien de Satano!" raŭke kriis la ruĝvizaĝulo. Layton levis la ŝultrojn, faris kapitulacan geston, grimacis humure-dolore kaj cedis: "Se vi insistas..."

Iu ekridis. Sekvis alia, tiam infekta ridado ondumis trans la salonegon, kreskante, kiam Layton faris alian pajacan mienon. La kolerega oponanto kriis ion, sed la ridado superbruis lin, do li levis sian pugnon kaj kriegis: "Vi, beletulo, ricevanto de profesora salajro, vi laboras por la Diablo!" Elefantpaŝe li marŝis el la salonego, kaj en diversaj partoj de la homamaso leviĝis dek aŭ dek du homoj, kiuj sekvis lian ekzemplon. Ilian foriron akompanis ironia ridado, insultvokoj kaj aplaŭdo.

Layton atentokapte levis la brakojn kaj silentige gestis. "Tiel la blinduloj de ĉiu epoko protestis, kiam aperis nova vero. Sed, geamikoj, mi persone admiras la kuraĝon de tiaj homoj kaj ilian lojalecon al principoj, eĉ misaj principoj." Tiun diron kvitancis surdiga aplaŭdo kaj "brave"-krioj. Maklin notis, ke neniu pli entuziasme aplaŭdas ol Clarissa, kiu sidis dekstre de li kaj rigardis Layton kun senrezerva adoro. Oj! oj! Do tiel estas! Unu fratino amas lin, sed ne tiu, kiun li deziras...

La fremda terminaro de la geologio multsilabe ruliĝis el la gorĝo de la preleganto: "... kvaternaro... terciaro... kretaceo..." Venis al Maklin impulso helpi la amikon. En tia vespero ĉio ajn ŝajnis ebla. Ĉu li ne promesis "flustre" helpi? Se la afero fiaskos, li povos trovi rifuĝon malantaŭ sia alilanduleco – eble al fremduloj oni permesos fojajn maldiskretaĵojn.

Li kliniĝis al la orelo de Belinda kaj flustris, levante la polekson cele al la bela parolanto: "Fraŭlino Belinda, mi trovas, ke vi estas tre bonŝanca juna virino."

Belinda turnis la kapon kaj senvorte rigardis rekte en liajn okulojn. Maklin sentis strangan tikliĝon ĉe la nuko, ial li estis kvazaŭ nuda, sendefenda nur kelkajn centimetrojn for de tiu nerezisteble bela vizaĝo. Ŝiaj nigre bluaj okuloj ŝajnis kreski, kreskegi, ĝis li vidis nenion alian, ĝis ili alprenis la aspekton de tiu lia rojo, en kiun li lasis sin fali post la ŝvitega malvenko en Tangala. Io panike urĝis lin: Maklin, gardu vin, ne falu en tiun akvon! Post longega ono de sekundo Belinda serene respondis: "Jes, barono, vi pravas." Sed li ne povis subpremi la intuicion, ke ŝiaj vortoj temas pri io alia ol lia aludo al Tom. Li trovis necese flustri refoje: "S-ro Layton estas mirinda oratoro."

Ankoraŭfoje Belinda turnis la kapon sed ne respondis, ĝis Maklin kun kulposenta plezurego lasis sin perdiĝi en ŝiaj okuloj: "Jes, s-ro Layton estas entute ĉarma kaj talenta viro." Sed ŝia petola rideto perfidis, ke ŝi bone scias, kion li volas aludi, sed rifuzas agnoski la aludon.

Barono Maklin abrupte deflankigis la rigardon kaj provis retrovi la pensoĉenon de la prelego. Intertempe Layton jam aperigis la unuajn vivantaĵojn sur la tero, kaj la sublima panoramo de la evoluo de plantoj kaj bestoj aperis antaŭ la spiritaj okuloj de tiu homamaso, verŝajne la unuan fojon por multaj. Maklin memoris, kiel lia juna menso la unuan fojon akceptis ĝin el la paĝoj de *La Senenigma Universo* – kiel cervo soifanta al fonto aŭ rojo... Aj! eĉ tiajn pensojn li evitu!

Por trankviligi siajn sensojn li klopodigis sin por memori iun malagrablaĵon... Jes! La nomo McLelland. Antaŭ la prelego li estis prezentita al tiom da eminentaj "ĉefkokoj" de tiom da diversaj organizoj, sed ial la nomo McLelland fiksiĝis. Nun li memoris, kial. Dum la proceso en Sidnio oni nomis multajn kvinslandajn bienistojn kaj komercistojn, kiuj profitis de la sklavkomerco, al kiu la kompatinda Beveridge volis meti finon, sed neniu nomo estis pli ofte dirita ol ĝuste tiu de McLelland. Maklin esperis, ke la nomo estas ofta, ke tiu "bonzo" de la Kvinslanda Klubo, kiu laŭ Layton estas unu el la plej valoraj alianculoj en la projekto establi la sciencejon, ne estas la sama homo. Se jes, ĉu oni povus akcepti la helpon de tia viro?

Maldekstre de li io moviĝetis. "Barono!" Ne eblis malobei tiel imperativan flustron, li turnis sin por rigardi Belinda. Ŝia mieno estis tiu de lernejanino, kiu aŭdacas diri ion iomete ŝokan. "Estas bedaŭrinde, sed viaj timoj pri McLelland pravas..."

Maklin ekstaris, sed sukcesis ŝajnigi, ke li volas nur kruci la krurojn.

*    *    *

Tiun nokton estis neeble dormi. Post vana duonhora kuŝado li decidis provi tiun terapimetodon forlasitan antaŭ kelkaj jaroj. Li malsupreniris, fine trovis la kajerojn de la *Privata Taglibro*, senpolvigis ilin, kaj elektis iujn novajn kajerojn.

Sendube la plej surpriza afero de tiu neforgesebla vespero estis la ankoraŭ ne klarigita fakto, ke Belinda sciis, ke li pensas pri McLelland. Sed unue li skizu la iron de la vespero ĝis tiu momento.

Post unuhora skribado li estis tion farinta kaj estis kontenta, ke li facile rekutimiĝis al la arto sin esprimi sur papero. Sed kiel li esprimu sian reagon al ŝia telepatia diro?

*Mi sidis ŝtoniĝinta kaj ĉiuforte klopodis sekvi la prelegon de Tom.*

Bonŝance Layton nun atingis tiun tiklan punkton de sia prelego, kiu igis malfacile ne aŭskulti: Ĉu la homo, same kiel la aliaj bestoj, evoluis el malsuperaj vivoformoj?

"Eĉ la granda Darwin mem prisilentis tiun problemon. Sed, gesinjoroj, la indicoj igas la respondon nepre jesa. Kaj ĉu la gloro de nia raso estas iel malpliigita pro tio, ke ni estas integra melodio de la tuta vivosimfonio, nedisigebla parto de la senlima beleco de la universo? Aŭ pro tio, ke post humila komenco ni ade supreniĝas al ĉiam pli alta ŝtupo de ekzisto?

Ne, milfoje ne! Krudmensuloj, nekomprenante kaj nevolante kompreni, diras: 'La evoluisma doktrino volas kredigi, ke viaj praavoj estis ĉimpanzoj!' Gesinjoroj, la vero de la evoluismo nur pribriligas la dignon de nia specio. Kaj plue, ĝi prezentas pli harmonian bildon de la verko de la Senlima Spirito, kiu ne devas de tempo al tempo trudi Sin kiel forgesema dommastrino en la iron de Sia propra universo, sed jam en la komenco ekfunkciigis ĝin tiamaniere, ke iam aperu ĝia ĉefa atingo, nome la homo!"

Evidente tiu formulo, kiu ŝajnis provizi pensoponton inter tradiciaj kredoj kaj la veroj de la Scienco, tre plaĉis al multaj aŭskultantoj, ĉar kelkminuta vigla aplaŭdo interrompis la prelegon. La parolanto kaptis la okazon por gluti buŝplenon da akvo. Remetante la glason sur la breton, li rigardis dekstren kaj iomete skuis la kapon aŭ por fortimigi iun insekton, aŭ – vere estis malfacile diri – por maski, ke li palpebrumas al Belinda. Se fakte li palpebrumis, Maklin divenis, nun venos ia blago. Li memoris tiun karakterizan gesteton el la jaroj en Heidelberg.

Kaj efektive li preparis blagon, sed la "pikilo" venis nur ĉe la fino. Layton deklaris, ke la hodiaŭa homo prezentas la ĝisnunan apogeon de la evoluo, sed estus triste imagi, ke estontece nia raso ne progesos eĉ pli. "Tiu progreso estos komprenble ne nur fizika, kvankam la belulinoj de nia epoko – kredu aŭ ne kredu! – estas malbelaj en komparo kun la meze belaj virinoj de venontaj generacioj... Ne, gesinjoroj, ankaŭ niaj mensoj, niaj pensmanieroj, niaj idealoj multe progresos. Iam la homoj ne plu venenos sin per alkoholaĵoj, tabako, kafo, teo kaj aliaj malutilaj konsumaĵoj. La homoj konscios, ke ĉiu nenecesa posedaĵo estas fakte kateno de la spirito. Harmonio en la familio, geedza fideleco, legado de edifaj traktaĵoj, ĝentileco, bona traktado de niaj bestofratoj, vera egaleco inter ĉiuj homoj sendepende de raso, klaso kaj kredo regos inter ni..."

Ĉu la amaso komprenis, ke la farsulo regalas ĝin per katalogo da etburĝaj virtoj spicitaj de eksplode revoluciaj postuloj? Ne, la vizaĝoj montris nek amuziĝon nek ĉagrenon – nur tiu sorĉistino sidanta maldekstre de li sufokis ridspasmon kaj tusetis.

"Geamikoj, mi esperas, ke miaj vortoj malfermis por kelkaj el vi novan perspektivon. Unu el la celoj de ĉi tiu kunveno estas veki inter vi intereson pri tiu nova vizio."

Layton glutis iom da akvo.

"Sed tiu glora estontaĵo ne venos rapide kaj facile sen ia ajn peno niaflanke. La supreniĝo de la homaro estis, estas, kaj estos ege peniga procezo. Sed en nia epoko ni konscie posedas la rimedon por plifaciligi kaj plirapidigi tiun progreson, nome la aplikadon de nia senkompara intelekto, nia racio, al la problemoj solvendaj. Scio estas potenco.

Kaj la plej rektan kaj efikan ekzemplon de funkcianta homa intelekto ni vidas ĝuste en la atingoj de sciencistoj. Sciencistoj sidantaj en laboratorioj ĉiutage akiras pli da scioj por ekstermi la epidemiojn, kiuj iam teruregis la homaron, por plibonigi niajn rikoltojn, por evoluigi komunikilojn kapablajn venki la izolecon de la plej foraj popoloj.

Sed ili atingas eĉ pli ol la venkon de la homo super la ekstera mondo. Ili prezentas al ni epokojn pasintajn – kaj venontajn – en ekscite nova lumo. Ili revoluciigas nian pensmanieron, alivorte ili multoble akcelas la dezirindan evoluon de nia raso kaj nia universo. Al la Scienco ni ŝuldas la promeson de baldaŭa alveno de la Paradizo!"

Layton paŭzis, por ke iliaj pensoj kuratingu tiun punkton. Maklin kredis vidi refojan palpebrumon, ĉu al li aŭ al Belinda aŭ eĉ al ili du, li ne povis juĝi. Sed kio venos? Tom, ne tro blagu!

"Viroj kaj virinoj de Kvinslando, mi loĝas nur de kelka tempo en ĉi tiu laŭ jaroj infana kolonio. Sed jam de la komenco mi rimarkis, ke kvinslandanoj estas senescepte optimismaj pri la brila potencialo de sia kolonio, aŭ sola aŭ en la kadro de iam unuiĝonta Aŭstralio. Ĉiu parolado de publika figuro abundas je aludoj al tiu temo.

Kia estos tiu grandioza estontaĵo? Ĉu ĝi signifas nur, ke la kolonio iam produktos pli da lano, sukero kaj oro? Jes ja, tiuj aferoj ankaŭ gravas, sed ĉu ni aŭdacas revi, ke Kvinslando povus fariĝi metropolo de la nova epoko de la spirito?...

Vi konsentas, ĉu ne, ke la heroldoj de la nova imperio de la spirito estas la sciencistoj. Sed kie estas tiuj sciencistoj? Vi pensas pri Parizo, Berlino, Londono, Peterburgo... Kiu el vi pensus pri Brisbano? Neniu! Sed kial ne? Mi diras al vi, ke per kelkdekoj da pundoj de ĉiu homo en ĉi tiu salonego ni povus ekkonstrui unike grandiozan projekton, kiel ajn humila estu ĝia komenco. Kaj la Ateno de la Nova Civilizacio estos via kaj mia, estos nia Brisbano!"

Ekscitiĝo kaj entuziasma scivolo zumis tra la salonego. Kvankam ĉiu okulo petis lin daŭrigi, Layton paŭzis por trinketi. Tiam li skizis la planon de la nove fondita Kvinslanda Asocio por la Progeso de la Scienco por konstrui ie en aŭ apud Brisbano sciencan stacion, la unuan ekster Eŭropo. Oni antaŭvidis, ke la instituto rapide kreskos kaj liveros praktikajn sciojn por progresigi ĉiujn sektorojn de la ekonomio de la kolonio, sed ankaŭ prilaboros vastaskalajn teoriajn sciojn por kontribui al sekure bazita filozofio en la loko de la metafizikaj sistemoj de pasintaj epokoj. Layton ne prisilentis, ke la kvinslanda registaro ja montras intereson pri la projekto, sed hezitas fari tian investon, kiu povus alporti enspezojn nur jarojn poste, dum la publika opinio ne estas konata.

"Kaj nun estas la momento por prezenti al vi la homon, kiu niaopinie estas sendiskute la plej kapabla en la tuta mondo por pioniri la projekton. Gesinjoroj, mi prezentas al vi viron, kiu legendiĝis jam en junaj jaroj, grandan heroon de nia generacio, unuarangan scienciston sur multaj kampoj, laŭ populara diro la Robinson Crusoe de la Verda Insulo – gesinjoroj, bonvenigu baronon Nikolaj Ivanoviĉ Maklin!"

Jen la timata momento. Ĉu liaj genuoj perfidos lin kaj lasos lin fali? Iel li stariĝis. Li premiis sin, permesante, ke lia rigardo balau la vizaĝon de Belinda. Sed ĉi-foje ŝi ne estis danĝero, male ŝia varma kuraĝiga rideto faris el ŝi alianculinon.

Li paŝis al la podio, kie Layton manpremis lin. Antaŭ ol li sukcesis malfermi la buŝon, la aŭskultantoj spontane stariĝis kaj ekaplaŭdis.

Kion li faru en tiu embarasa periodo de aplaŭdado? Senpense li kaptis la plej apudan glason kaj glutis ĝian tutan enhavon. Ial tio ridigis la homojn, do ankaŭ li ridis. Kvazaŭ per magio la streĉiteco forlasis lin.

"Karaj gesinjoroj," li komencis, konscia, ke lia rusa lango tro forte emfazas la r-sonojn, "mi ne meritas tian akcepton. Mi povas nur imagi, ke via aplaŭdo estas rekompenco por tio, ke mi balbutulo devas stari sur ĉi tiu podio tuj post tiu mirinde bela oratoro s-ro Layton..."

Dum la sekvanta ridado li ŝtelrigardis al la du fraŭlinoj. Belinda elkore ridis kaj sendis petolan palpebrumon rekte al li. Clarissa ankaŭ ridis, sed ŝi rigardis Tom Layton.

\* \* \*

Liaj frazoj estis nek multaj nek longaj, sed li ŝajne faris bonan impreson. Poste s-ro McLelland, la prezidanto de la KAPS, petis ĉiujn interesatojn montri sian aprobon de la projekto per donaco aŭ promeso de mono. La rezulto tre ĝojigis; Tom ĉirkaŭbrakis la baronon kaj proklamis: "Niki, ni venkis! Ni eĉ ne revis pri tia pozitiva reago. Se la registaro ne komprenos tiun indikaĵon de la publika sinteno, mi formaĉos la orelon de Arthur Horne, ĝis li ja enkapigos la mesaĝon!"

"Tom, pardonu..."

"Do bone, mi parolas la lingvon de via Bridget. Sed ĉi-foje mi rifuzas interpreti. Baldaŭ vi mem komprenos!"

Multaj el la eminentuloj anoncis sian intencon iam inviti la baronon vespermanĝi ĉe ili. Inter ili estis s-ro McLelland, kiu aspektis simpatia kaj inteligenta kaj evidente estis bone informita pri diversaj branĉoj de la sciencoj.

Baldaŭ la du fratinoj foriris "pudri la nazon", kaj eĉ la naiva barono komprenis tiun eŭfemismon. Layton kaptis la okazon por klarigi, ke Belinda kaj Clarissa estas la filinoj de Arthur Horne, unu el la plej riĉaj entreprenistoj de Kvinslando kaj "cetere" la ministro por poŝto, la plej influhava ano de la kabineto post la maljuna ĉefministro Johnson, kiu baldaŭ cedos sian lokon al Horne. Ankoraŭ alia surprizo en tiu vespero!

"Diru, Tom, ĉu Be... ĉu Clarissa estas eble mondfama poetino kaj pentristino?"

"Ne laŭ miaj informoj!" ridis Layton. "Ne, Rissy – tiel la familianoj nomas ŝin – estas ĉi-momente edzoserĉantino. Ŝi estas iom tro dorlotata knabineto, kiu loĝas nevolonte ĉe la gepatroj sed ne kuraĝas forlasi la neston."

Nun Maklin juĝis, ke li rajtas fari la demandon, kiu vere interesas lin. "Kaj via Belinda?"

"Dankon pro la posesivo! Nu, Bel estas tute alispeca. Ŝi estas la lingvoinstruistino ĉe la Knabina Gimnazio, tuj apud mia lernejo. Instruas la latinan, germanan kaj francan. Plaĉus al ŝi paroli germane kun vi, se iam vi havus tempon. Ŝi ne loĝas ĉe la gepatroj, sed luas ĉambron en Milton. Fakte ŝi veturas per la sama trajno kiel vi."

Kiel daŭrigi la temon? "Ne loĝas ĉe la gepatroj?"

"Bel estas tre sendependa knabino. La panjo – vi renkontos la patrinon ĉi-vespere – estas bonintenca prusino, kiu sufokas per troa zorgado pri onies bonfarto. Rissy konstante plendas, sed Bel preferis aĉeti sian liberon."

"Tom, e... e... diru, ĉu fraŭlino Belinda... kiel mi diru?... havas eksterordinaran intuicion?"

"Do vi jam spertis tion! Jes, foje ŝi konsternas min per sia kapablo 'legi' miajn pensojn, kaj foje ŝi diras la plej strangajn aferojn, kiuj tamen pravas. Estas io mistera pri tiu virino – kaj Dio mia, mi volus pasigi la vivon provante solvi la enigmon!"

"Ca ca ca!" Maklin siblis por averti, ke la belulinoj ree alproksimiĝas.

\* \* \*

"Nu, juna Tommy," trenvoĉis Arthur Horne jorkŝire, "dum ni honestaj politikistoj devis labori hodiaŭ vespere, vi hedonistaj kretopuŝantoj amuziĝis en la Salonego Albert. Fakte mi bedaŭras, ke mi ne ĉeestis vian tespisan prezentaĵon. Onidire vi bone distris la homojn – ankaŭ vi, barono."

"Momenton, via ministra moŝto, mi traduku por Niki," ridetis Layton. "Tiu olda kanibalo devus diri, ke li tradormis la vesperon en la parlamentejo, dum ni 'kretopuŝantoj' – jen lia misa humuraĵo por 'instruistoj' – laboregis por la bona afero, malgraŭ tio, ke ni teorie ĝuas nian honeste merititan ferion."

Kun ŝajnserioza mieno Maklin respondis: "Dankon al la elokventaj sinjoroj. Kiel sciencisto mi penas ekzameni ĉiun flankon de iu problemo por atingi plej objektivan vidpunkton."

La spritaĵo rikoltis malavaran ridadon. Baldaŭ ili formis ŝanĝiĝantajn duopojn por konversacii. Plej longe Maklin parolis kun s-ino Horne, iam Ottilia Krautmann el Paderborn en Vestafalio, kiu tute ne volis nomi sin prusino. Instigite de Maklin, ŝi klarigis, ke ŝi renkontis la ambician junan komerciston Horne dum familia vizito al Londono. Ŝia patro estis bankestro kaj ne aprobis ŝian pasion al la tiutempe neriĉa junulo el Jorkŝiro. Sed ŝi insistis, kaj tuj post la geedziĝo ili migris al Melburno, kie Arthur bone sukcesis kiel estro de fervojkonstrua kompanio. Antaŭ dek kvin jaroj li furore sukcesis kiel entreprenisto en Brisbano, kaj baldaŭ interesiĝis pri politikaĵoj; verŝajne ili pasigos la ceteran vivon en la urbo.

Maklin studis la ankoraŭ tre regultrajtan vizaĝon de la virino. Feliĉe la filinoj heredis ŝian trajtaron – neniu trovus la iom korpulentan Arthur kun liaj ruĝeta haŭto kaj ruĝebruna hararo bela. Tamen estis ia rezoluta forto en lia vizaĝo.

Tiam Maklin devigis sin preterpasi Belinda kaj paroli kun Clarissa. Fakte tio ne estis facila, ĉar nek li nek ŝi trovis iun komunan intereson por diskuti, sed fine Rissy laŭtvoĉe vigliĝis por peti la baronon ĉeesti la kriketan matĉon de la venonta dimanĉo. "La metodistoj koleriĝas, ke oni ludas dimanĉe, sed kontraŭ paĉjo ili estas senpovaj! Barono, venu, vi devas rigardi la matĉon – paĉjo kaj Tom ambaŭ ludos!"

La aliaj ĉesigis siajn konversaciojn por subteni Clarissa. Layton diris ion pri lia sciencista devo studi Homo britannicus ludens. La ruso komencis protesti, ke li havas multon por fari, ke lia nescio pri la ludo malpliigos ilian plezuron... sed li kapitulacis rapide.

Ĉiukaze la tri neloĝantoj de la domo devis foriri por ne maltrafi la lastan trajnon. Layton aliris Belinda kaj ili flustre interparolis. Ŝi kapjesis pri io, kaj Layton iris al Maklin.

"Niki, ĉu vi komplezus min? Mi loĝas iom norde de la urbocentro mem, sed vi kaj Bel veturos suden per la sama trajno. Ĉu vi povus devigi vin akompani ŝin ĝis ŝia stacio?"

Denove la bildo de la rojo aperis antaŭ li. Kion respondi? Li provis ŝerci: "Mi estas certa, ke la fraŭlino preferus la kompanion de bela altstatura juna kavaliro, sed se ŝi ne tro kontraŭas la ideon iri kun mezaĝa rakitulo..."

"Ach Herr Baron!" ŝi respondis melankolie en la germana. "Mi kredas, ke vi nur galante kaŝas la fakton, ke mi malplaĉas al vi. Sed mi punos vian malbonan guston per tio, ke mi insistos iri kun vi!"

\* \* \*

La trajnveturo minacis esti plezuregiga turmento, sed la du homoj trovis temojn, kiuj estis interesaj sed ne tro ekscitaj. Ŝi aŭdis iom pri lia jaro sur la Verda Insulo. Li sciiĝis, ke pro tio,

ke panjo insistis, ke la knabinoj ricevu decan eŭropan eduka-
don, ŝi kaj Rissy estis senditaj al Lausanne en Svislando. Povra
Rissy ploris la tutan tempon kaj devis reiri al Aŭstralio post ses
monatoj. Belinda estis certa, ke Rissy estas pli talenta ol ŝi mem
sed neniam havis sufiĉe fortan motivon por evoluigi iun specia-
lan kapablon. Post la katastrofa komenco Belinda ekŝatis la vivon
en tiu Lernejo por Junaj Damoj, kiu estis multe malpli rigida, ol
la nomo supozigas. Dank' al la jaroj tie ŝi iom bone lernis la tri
lingvojn, kiujn ŝi nun uzis profesie.

"Tom diris al mi, ke vi parolas la germanan same bone kiel iu
ajn germano. Se iam vi deziros apreceman aŭskultant... inon..."

La trajno ekhaltis, kio iom maskis la paraliziĝon de lia lango.
"Milton. Jen mia stacio. Vi ne bezonas min akompani. Mi loĝas
tuj apud la stacidomo."

Ŝi stariĝis kaj turnis sin direkte al la pordo. Sed ŝi refoje turn-
iĝis al li kaj aldonis rapide: "Barono, mi suspektas, ke mi kondu-
tis tre impertinente ĉi-vespere. Mi povas esti bonkonduta. Sed
hodiaŭ estis tre aparta tago por mi. Ĝis revido! Kaj mi ĝojas, ke
vi oferos vian dimanĉon por spekti tedan kriket-matĉon!"

Fine li balbutis: "Gute Nacht, Fräulein Belinda!" sed ŝi jam
malaperis en la mallumon.

* * *

Tute elĉerpite, li fermis la kajeron kaj enlitiĝis. La milan fojon
la sama bildo trudis sin: Li deziregis lasi sin fali en la rojon. Sed
nun kun subita ŝoko li memoris, kio sekvis tiun banon; li sidis
nuda sur roko, ironie rigardante siajn malgrasajn membrojn, kiuj
certe ne plaĉus al virinoj, kaj li diris al si... jes, kion li diris? Jes,
la vortoj estis: Imagu, ke vi devus tiurilate konkuri kontraŭ Tom
Layton!

Feliĉe eĉ tiu ŝoka memoraĵo ne povis forteni la tajdon de sen-
konsciiĝo, kiu inundis lian memon.

# Disputo inter tostoj

Li vekiĝis nur je la 10a horo. Li sentis sin pli bone ol iam ajn post la ekvojaĝo el Eŭropo. Li eĉ havis la impreson, ke lia korpo gajnis kelkajn centojn da gramoj, kaj li apenaŭ konsciis, ke dum la tuta vivo li estos fidele akompanata de malario.

Dum la manĝo lia dommastrino parolis pri konfuze granda nombro da aferoj, sed unu ripetiĝanta temo estis ŝia alta takso de s-ro poŝtministro Horne. Dank' al tiu energia sinjoro Brisbano nun havis rektan kontakton kun Londono, kaj ĉiun dekan tagon la urbo ricevis transmarajn poŝtaĵojn. Ĝojigis ŝin, ke la barono renkontis tiun elstaran ĝentlemanon, sed ĉu li sciis pri tiu Belinda?

Maklin povis paroli trankvile: "Belinda? Ĉu ŝi estas la filino de s-ro Horne?"

"Jes, jen ŝi. Ĉu vi aŭdis pri ŝi?"

Li preskaŭ sukcesis alpreni voĉtonon, kiu supozigus, ke li ne estas certa, ĉu li jam konas la cetere ne tre interesan personon: "Kion mi sciu pri ŝi? Ĉu estas io nekutima pri ŝi?"

"Ili diras, ke ŝi estas iom stranga. Sciu, ŝi estas preskaŭ dudekkvinjara kaj jam dekoj da viroj staris en vico por elhoki ŝin, sed ŝi nur montras malvarman ŝultron al ili. Kaj nun de du jaroj s-ro Layton – vere havinda ĝentlemano, ĉu vi ne konsentas? – s-ro Layton provas. Preskaŭ freneziĝas pro ŝi! Kaj apenaŭ estas virino en Brisbano, kiu ne volonte metus la pantoflojn sub la liton de s-ro Layton... ĉu vi komprenas min, barono, ha! ha!"

"Hm, nu jes, bedaŭrinda afero, ĉu ne, s-ino Barker?"

Bridget Barker sulkigis la frunton. Ŝajne ŝi ĵus ekkonsciis pri iu rilato inter antaŭe disaj aferoj. "Sciu, barono, mi kredas, ke estas io nenormala pri virino, kiu arogas al si laboron de viro. Ĉu vi ne konsentas? Se ŝi instruus kudradon aŭ trikadon aŭ ion tian... sed fremdajn lingvojn! Kaj ĉu estas senchave, ke knabinoj lernu aliajn lingvojn? Kion vi opinias? Ili nur ricevas kapon plenan je senutilaj afektaĵoj kaj taŭgas neniom en la domo! Sciu, iam mi vidis tiun s-inon Boothby, belan junulinon, sed parolaĉis, ili diras, pri politiko kaj aliaj viraj aferoj. Nu, ĉiu povis vidi, kio venos – forlasis la edzon kaj vivis kun iu juna nenifara socialisto!"

Kolero pro tia peko dummomente silentigis s-inon Barker. La barono do ŝtopis la vortbreĉon: "Jes, mi ĉiam diras, s-ino Barker: infanejo, kuirejo, preĝejo – jen la lokoj por virinoj!" Li esperis, ke ŝi preteraŭdas la iom brutalan sarkasmon, kaj lia espero plenumiĝis. Sen ia komento pri lia ne tute originala maksimo, ŝi alirigis novan municion.

"Ili diras, ke tiu Belinda estas duonciganino. Diras misterajn aferojn. Kaj tuŝas homojn. Ĉu vi sciis tion?"

Kun honesta miro Maklin demandis: "Tuŝas homojn? Mi ne komprenas."

"Sciu, s-ino McLelland – ĉu vi konas ŝin? Tre silentema virino." S-ino Barker paŭzis por ekmordi pomon; evidente silentemaj homoj ne plaĉis al ŝi. "Ofte havas kapdoloron. Nu, ili diras, ke foje tiu Belinda Horne simple tuŝas la kapon de s-ino McLelland kaj – hej presto! – la doloro estas for!"

"Eksterordinare! Sed ĉu vi trovas tion esti iel... malbona?"

Bridget Barker aspektis kiel eble plej pensema. "Ne tion. Sed, ĉu vi ne konsentas, oni devas gardi sin kontraŭ tiaj tuŝantoj. Se ili decidas sorĉi vin..."

Sed Maklin ne povis informiĝi pri la hipotezaj, sed sendube malagrablaj, sekvoj de sorĉado, ĉar ĝuste tiam iu frapis ĉe la pordo. Estis kuriero, kiu transdonis ion por barono Maklin.

Unu flanko de la nenormale granda vizitkarto havis presita:

*William Algernon McLelland*
*Pitt Strato 16*
*Spring Hill*

Sur la reverso li trovis en elegante flua manskribo:

*Kara Barono,*

*estis malofta privilegio kaj plezuro renkonti vin hieraŭ vespere. Mi kaj s-ino McLelland vere ĝojus, se vi povus honori nian hejmon per vizito ĉi-vendrede je la 7a horo ptm. Ni plezure anticipas la ĉeeston ankaŭ de s-ro Layton kaj aliaj eminentaj anoj de KAPS. Frako nedeviga.*

*W. A. McLelland.*

Tiu invito provizore metis finon al la atako kontaŭ la sorĉistino Belinda Horne. La diskuto finiĝis per bedaŭra postkomento, ke estas domaĝe pri la junulino, ĉar ŝi havas plaĉan aspekton. Post sufiĉa pripensado la barono cedis, ke oni povus tion opinii.

La posttagmezon kaj vesperon li pasigis skribante al Jurij kaj konatoj kaj amikoj en Eŭropo kaj Batavio. Al kavaliro Gordon Blackstone, la ĉefa brita kolonia oficisto en la okcidentpacifika regiono, li sendis raporton pri la vojaĝo de *Crusader* kaj la proceso en Sidnio. Al profesoro Kehl, Heidelberg, li anoncis, ke estas nun egale, ĉu oni scias aŭ ne, ke li loĝas en Brisbano. Li antaŭvidis iom longan restadon en la urbo. "Al s-ro Layton, kiu aranĝis ĉion, mi ŝuldas neesprimeblan dankon."

\* \* \*

La manĝo estis elstara kaj la vino, importita el la Barossa Valo en Suda Aŭstralio, surprize bona. Eunice McLelland, la dommastrino, estis la sola virino en la rondo, kaj ŝi preferis lasi la virojn paroli. De tempo al tempo aperis alia ino por alporti pladon aŭ forporti ion, sed ŝi kompreneble diris nenion kaj ŝajnis nenion aŭdi. Tiu servistino estis ja pure vestita kaj montris tute apatian mienon, sed iu devis fine demandi pri ŝi.

"McLelland, de kie vi havas vian novan nigran knabinon?" s-ro Middleton, la muzeisto, volis scii.

La mildaspekta gastiganto fintrinkis sian vinon kaj respondis: "Agrippina estas laŭ sia propra diro la lasta homo el la tribo Bongadara. Ili vivis iom okcidente de la nuna Mackay kaj iom obstine rezistis la alvenon de civilizitoj," li aldonis kun kompatemaj okuloj.

Barono Maklin demandis iom tro serioze: "La lasta? Ĉu tio signifas, ke ĉiuj aliaj..."

Sed s-ro Fisher de la Johnson-a Klubo eksplode ridis: "Agrippina! Diru, McLelland, ĉu la sango de la antikvaj romianoj fluas en la vejnoj de tiuj malhelhaŭtuloj?"

McLelland devis atendi, ĝis la ridado malflusis: "Ne paradu la fakton, ke vi Johnson-anoj diskutas la historion, Fisher! Ne, kompreneble la nomo ne estas ŝia originala! Sed vi ja konas mian Eunice, ĉu ne? Ŝi absolute insistis, ke ni donu al la orfino laboron kaj novan nomon, por ke ŝi forgesu sian antaŭan vivon."

"Brave, Eunice!" venis la iom nervoza voĉo de s-ro Perkins, la prezidanto de la Filozofia Societo. "Vi estas vera anĝelino! Kaj ne kredu, ke mi ne scias, kiel malbone tiuj nigruloj kutime reagas al via kompato! Oni ja rakontas pri vi kaj viaj karitataj faroj!"

"Dankon, Perkins!" kaj lia vizaĝo montris humuran ĉagrenon. "Konsentite, mia edzino estas eĉ troa sanktulino, sed ne forgesu, ke ankaŭ mi – mi ne volas prisilenti ĉi tion – ankaŭ mi ĉiam deziras doni al la indiĝenoj la ŝancon civiliziĝi kaj kontribui laŭ sia kapablo al la konstruado de ĉi tiu mirinda kolonio."

S-ro Adamson de la Kvinslanda Klubo ne povis ne stariĝi kaj proponi toston: "Geamikoj, tio estas la plej vera vero! Se pli da homoj dividus la sentimentojn de nia malavara gastiganto – kaj kompreneble de ties nobla edzino – la formortado de tiuj kompatindaj nigruloj estus eble malpli rapida kaj malpli dolora! Sinjoroj, mi petas vin leviĝi kaj tosti je la sano de William kaj Eunice McLelland!"

Kun modesta plezuro s-ro McLelland agnoskis la toston kaj demandis kun bonvola humuro: "Ĉu fine vi volas aŭdi pri la nomo aŭ ne?"

"Jes! jes! Parolu!"

"Fakte la rakonto ilustras la aludon de amiko Perkins. Eunice permesis al la nigrulino elekti la propran novan nomon. Ŝi neniel dirus al vi, sed mi scias, ke ŝi pasigis horojn – ne tro ruĝiĝu, kara, mi rakontas nur la veron! – farante liston da bibliaj kaj klasikaj virinnomoj (cetere ni ne volus havi iun inan Julion Cezaron en nia domo!). La unua nomo estis Agrippina kaj la lasta Zoe."

"Sed la knabino elektis la plej unuan!" trilis s-ro Perkins.

"Tre ĝuste," respondis la gastiganto. "Ŝi simple diris jes al la unua nomo kaj obstine, jes malĝentile rifuzis eĉ aŭskulti la aliajn. Kiom da aliaj nomoj vi volis prezenti al ŝi, kara?"

S-ino McLelland pruvis, ke ŝi ja posedas voĉon: "Ne gravas, William," ŝi respondis embarasite.

"Sinjoroj, ĉu mia edzino ne estas troa sanktulino? Ne gravas, ŝi diris – kvankam la konduto de tiu nigrulino kaŭzis, ke la tuta peno de Eunice estis vana!" Sed la mieno de la fiera edzo montris pli da komprenema doloro ol da ofendiĝo pro tia nedankemo.

Layton, nekutime silenta, ŝtelrigardis al Maklin kaj rimarkis, ke la ruso provas fumi cigaron proponitan de s-ro Vincent, fremdulo kies rolo restis neklarigita. Bedaŭrinde la barono faris ĉiun eraron, kiun nefumanto povas fari je la unua provo majstri tiun nur ŝajne leĝeran arton. Fine li tusis tiel laŭte, ke li superbruis la konversacion pri s-ino McLelland kaj la nedankema indiĝenino.

\* \* \*

La terure amatora fumado de Maklin gajigis la rondon kaj samtempe markis la finon de la manĝo. S-ino McLelland eliris doni instrukciojn al la belnoma servistino, kaj la viroj amase migris al la salono gustumi la kremŝereon de McLelland kaj diskuti pli formale la planon de KAPS. Maklin trovis, ke io memorigas lin pri lia vespero ĉe ĉefduko Dimitrij.

Ne estis oficiala kunveno, sed McLelland tre kapable skizis la nunan situacion kaj la venontajn paŝojn. Li informis, ke la Asocio ĵus abonis *Gegenwart und Zukunft*, la periodaĵon eldonatan ĉiumonate sub la gvidado de profesoro Schmidt, la estro de la sciencejo apud Napolo. La gastiganto estis certa, ke KAPS – kaj unualoke barono Maklin – povos multe profiti el la spertoj de la teamo de Schmidt.

S-ro McLelland humile petis la pardonon de la barono kaj s-ro Layton, se li tro misprononcis *Gegenwart und Zukunft*. Unu el liaj bedaŭroj estis kompleta nescio pri la germana, en kiu lingvo tiom da valora materialo aperadis. La pozitiva flanko estis, ke li ekhavis la ideon tradukigi ŝlosilverkojn en la anglan.

"Unu el nia rondo estus ege bona kandidato por tiu tasko, ĉu ne?" li diris, turnante sin al Layton.

"Momenton, amikoj!" respondis la granda elegantulo. "La laboro de tradukanto estas tre temporaba kaj peniga. Vi ja scias, kian frivolan histrionan karakteron mi havas – mi ne scias, ĉu mi havus sufiĉe longan spiron. Kaj mia instruista laboro lasas al mi tre malmulte da libera tempo – ne juĝu laŭ mia nuna pigrado, ĉar mi ferias..."

"Hej, Layton," s-ro McLelland interjekciis, "vi povus komenci per la ĉefaj verkoj de nia barono mem! Kial ne?"

Oni entuziasme subtenis la proponon de Middleton.

"Kaptite!" ridetis Layton. "Do malgraŭ ĉio mi pretas fari mian kontribueton al la forigo de lingvaj baroj."

Sekvis aro da plejparte inteligentaj demandoj pri la ekspedicioj de Maklin. Fine la filozofo, s-ro Perkins, komentis: "Barono, ni ĉiuj scias, en kia mizera barbareco vivis la praloĝantoj de Aŭstralio. De ili ni povas lerni absolute nenion, nenia parto de ilia vivo povus allogi eĉ mondforan filozofon! Sed laŭ tio, kion mi aŭdis pri viaj libroj, ŝajnas, ke vi portretas la homojn de la Verda Insulo en la rolo de noblaj sovaĝuloj ankoraŭ ne koruptitaj de la civilizacio."

"Via demando estas malfacile respondebla," diris la ruso malrapide. "Pri la indiĝenoj de via kontinento mi ankoraŭ scias tre malmulton, sed mi supozas, ke pro la detruo de ilia kulturo..."

"Kulturo!" ridis s-ro Vicent. "Pardonu, barono, ne ĉiuj jam kutimiĝis al la antropologa ĵargono!"

Layton sidis tuj apud la dika s-ro Vincent. Li havis cigaron en la buŝo, sed evidente ankaŭ li mallerte fumis, ĉar ĝuste tiam li devis flankenturni la kapon kaj tusegi tiamaniere, ke s-ro Vincent ricevis riĉan fumnubon rekte en la vizaĝon.

McLelland bonhumore intervenis: "Oni vidas, ke fumado ne estis parto de la kurso en Heidelberg."

La fuŝinta fumanto laŭte ridis, kaj la ceteraj sekvis. Pro la ĝenerala gajeco oni ne devis surloke decidi, ĉu la verdinsulanoj estas noblaj sovaĝuloj.

\* \* \*

Ilia konversacio reiris al la projekto. S-ro McLelland ĝojis informi la gastojn, ke li estas certa, ke nun la plimulto de la kabineto de ĉefministro Johnson aprobos malavaran sumon por la aĉeto de taŭga situo. Tiun favoran turniĝon oni grandparte ŝuldis al la brila prelego de s-ro Layton. Ĉiuj varme aplaŭdis. S-ro McLelland bone sciis, ke li parolas en la nomo de ĉiu civitano de Brisbano, esprimante sian plejan plezuron pro tio, ke la urbo nun akiros ion, kio baldaŭ gajnos por ĝi unuarangecon inter la kulturejoj – se ne de la tuta mondo – do almenaŭ de Aŭstralio. Tre varma aplaŭdo. S-ro McLelland petis permeson esprimi sian elkoran dankon pro tio, ke du tiaj elstaruloj, kiaj barono Maklin kaj s-ro Layton, decidis loĝi en Brisbano; sen ilia kontribuo la onta famo de la kvinslanda metropolo estus apenaŭ imagebla.

S-ro Fisher, la homo de la Johnson-a Klubo, aldonis, ke la feliĉo estas duflanka. Komprenenble Brisbano ŝuldas kaj ŝuldos multon al siaj enmigrintoj, sed aliflanke oni devas gratuli la famajn novajn loĝantojn pro ilia saĝeco, elektinte loĝi en tia urbo kaj tia kolonio. S-ro Fisher krome petis permeson rakonti ion, kio ilustros liajn vortojn. Komprenenble ĉiuj pretis aŭskulti.

"Amikoj, mi alvenis antaŭ dudek jaroj el Anglio por labori kiel privata instruisto de la geknaboj de s-ro James Muggeridge, posedanto de bieno okcidente de Rockhampton. Ne, ne," li interrompis sin kun afabla rideto, "mi ne volas aserti, ke Rock-hampton estas nepre la plej idilia parto de Kvinslando!" Li paŭzis, por ke la aŭskultantoj inde kvitancu lian spritaĵon, sed la amuziĝo estis nur modera. "Nu, amikoj, mi devis rajdi du tagojn tra nekonataj arbaroj kaj veprejoj por atingi la biendomon." Refoje li paŭzis, sed neniu sentis devon esprimi admiron pro tia faro, do s-ro Fisher decidis finrakonti. "Alveninte ĉe la domo, mi vidis viron en malpuraj, parte ĉifonaj vestoj, kiu laboris ĉe forĝejo martelante hufumojn. Mi vokis lin: 'Hej, ulo, diru, kie mi trovos s-ron Muggeridge?' Ĉu vi povas kredi, amikoj, ke tiu viro ja estis James Muggeridge mem? Unuamomente mi ŝokiĝis, tion mi ĵuras: bienposedanto tiel vestita kaj laboranta permane! Sed intertempe la jaroj portis al mi pli da saĝo, kaj nun mi dankas, ke nia Kvinslando estas tia! Nun mi forte aprobas multajn facetojn de la demokratio."

La rusa gasto ekparolis kun voĉo de iom naiva lernemulo: "Sinjoroj, mi venas el lando, kie la vorto 'demokratio' apenaŭ troviĝas en leksikonoj. Sed la temo interesas min."

"Refojan gratulon!" komentis s-ro Perkins. "Vi do venis al la ĝusta loko!"

"Dankon, s-ro ... pardonu, ke ..."

"Perkins, barono!"

"Ho jes, s-ro Perkins. Pardonu! Tiom da novaj amikoj per unu fojo! Permesu, sinjoroj, ke mi faru kelkajn elementajn demandojn pri via demokratio, jes?"

Venis ĥoro da bonvolaj respondoj: "Komprenneble!" "Je via dispono!" "Demandu nur!"

"Dankon. Nu, laŭ mia kompreno, unu el la bazaj aspektoj de la demokratio estas, ke ĉiu rajtas elekti, kiu regos la landon, ĉu ne?"

"Memkomprenneble!" fervoris s-ro Vincent. "Kaj ni havas la plej justan politikan sistemon de la tuta mondo!"

S-ro Fisher konfirmis: "Preskaŭ ĉiu civitano rajtas baloti."

"Tio estas tre impona por eksterulo," la barono diris, sed liaj okuloj iel ne akordis kun liaj vortoj. Layton okulsendis al li danĝersignalon, sed la ruso ne agnoskis, ke li ricevas iun mesaĝon. "Mi jam renkontis admirindajn virinojn de via urbo," li aldonis, kaj konsciis pri la pozitiva akcepto de la komplimento. "Diru al mi," kaj la voĉo iel akriĝis, "ĉu tiuj damoj rajtas voĉdoni?"

Iom embarase kaj sen amuziĝo estiĝis mallonga ridado, dum kiu s-ro Layton iom laŭte tusis. La milda, agrabla voĉo de s-ro McLelland komencis informocele: "Nu, barono, ni ne vivas en perfekta mondo. Oni donas la balotrajton al tiuj, kiuj povas responsi pri la bonfarto de la ŝtato."

Estis embarase por s-ro McLelland devi lekcii al homo, kiu estis ja finfine mondfama sur alia kampo. Li serĉis klarajn esprimojn. "Vidu, komprenende oni ne povas permesi al frenezuloj aŭ krimuloj elekti la registaron, ĉu? Nek al homoj kun malpli ol dudek unu jaroj, kies penskapablo ankoraŭ ne... solidiĝis. Nek komprenende al senhavuloj, kiuj ofte preferus renversi la strukturon de la socio." Li provizore interrompis sian lekcion por publike konfesi: "Mi persone malpermesus al ĉiuj konataj anarkiistoj kaj socialistoj ĉiuspecaj la rajton voĉdoni!"

Preskaŭ unuanima aplaŭdo salutis tiun sinceran diron. Sed s-ro McLelland tuj revenis al sia temo: "Do, barono, vi konsentas, ĉu ne, ke oni devas gardi la ŝtaton kontraŭ evidentaj danĝeroj. Pri niaj virinoj," kaj bonhumora rideto pliagrabligis liajn trajtojn, "mi ne principe kontraŭstarus ilian balotrajton! Sed estas ĝisplene konate, ĉu ne, ke virinoj simple ne interesiĝas pri politikaĵoj. Ili simple voĉdonus same kiel iliaj edzoj. Tute superflua afero, ĉu ne?"

Aproba ridado substrekis la trafecon de tiu argumento. Sed la filzofo s-ro Perkins nepre devis klarigi: "Estas ankoraŭ unu escepto al la balotrajto. Kredu ĝin aŭ ne, niaj policistoj ne rajtas voĉdoni!"

"Ĉu povus esti pli konvinka garantio pri politika justeco ol ĝuste tio?" sonoris s-ro Middleton retorike.

S-ro Layton faris fortajn manmovojn, eble por forbalai cigaredfumon, sed la barono, kies voĉo ial tremetis, daŭrigis: "Pardonu mian naivan nescion, sinjoroj, sed bonvolu klarigi: Ĉu mi rajtus baloti, se mi estus tridekjara, menssana, nekriminta, nesocialista virseksa... indiĝeno? Aŭ..." kaj nemiskompreble li turnis la vizaĝon al s-ro McLelland, "pacifikinsulano?"

Ĉiu vizaĝo ligniĝis. Evidente klopodante imiti ebriulan voĉon, Layton laŭte demandis: "William, ĉu vi havas pli da ŝereo?"

Sed la gastiganto rapide reakiris sian ekvilibron; li nek ofendiĝis pro la rekta malĝentileco de la rusa vizitanto, nek devis eviti la temon. "Barono Maklin, estas bone, ke tiu ebla fonto de miskomprenoj kaj malakordoj estu malkaŝe diskutata. Kiel jam dirite, mi ne kapablas legi viajn librojn, sed kiam via amiko Layton proponis vin por la kreota posteno, li informis min pri viaj ... e... sinceraj sed nekutimaj vidpunktoj koncerne... e... rilate iujn problemojn. Unu momenton, mi petas."

Maklin ricevis impreson, ke s-ro McLelland jam preparis ian prelegeton. Sed unue li afable replenigis ĉiujn ŝereglasojn, taktoplene manovrante tiele, ke la barono havis tempon por formovi sian glaseton, se iel li volis rifuzi pluan trinkaĵon. Sed la belforma glaseto restis senproteste en la senmova mano kaj glugle akceptis la bongustan verŝaĵon.

"Sanon!" Ĉiuj trinkis.

La plaĉa, se ne tre sonora, voĉo ree ekis: "Mi prologe diru, barono, ke mi persone ŝatas unuopajn reprezentantojn de la neblankaj rasoj. Kaj parte en akordo kun la kristanaj principoj de s-ino McLelland, mi neniam rifuzas laŭeble helpi elektitajn unuopulojn. Mi eĉ ekkutimiĝis al la nomo Agrippina por tiu krepuskulino!"

La bonvolaj okuloj fiksiĝis sur Maklin. "Estimata barono, mi ripetu, kia honoro estas gastigi vin en mia hejmo. Preskaŭ senspirigas min la ironio, ke mi aŭdacas provi instrui sciencan temon al la plej renoma disĉiplo de la genia profesoro Kehl..." Tiu trafa prezento de la situacio estigis ĥoreton da aproboj. "Sed vi konsentas, ĉu ne, ke en la natura mondo regas fera leĝo, ke la supera venkas la malsuperan? Kaj, kiel via amiko Layton brile formulis – ne, mi neniam kapablus ripeti liajn elokventajn vortojn! – ni homoj estas integra parto de la natura mondo. Nei tion signifus refali en la intelektan mallumon de la jarmiloj."

205

S-ro McLelland sorbetis iomete da ŝereo. Ĝis nun, li rezonis, la barono povas nenion kritiki, sed nun venas la tikla punkto. "Nun, se ni estas parto de la natura mondo, ĉu ne estas kompreneble, ke la sama selekta principo aplikiĝu same al la homaj rasoj? Bonvolu kompreni, barono, ke mi elkore bedaŭras la severecon de tiu leĝo – kiu el ni ne preferus vivi en pli milda universo? Sed la interna kohero de la tuta giganta sistemo ne obeas al nuraj homaj sentoj! Se la Senlima Spirito – oni povus kompreneble pridiskuti tiun terminon de amiko Layton – se la Senlima Spirito dekretis, ke malsuperaj rasoj cedu sian lokon al superaj, ni simple kaj honeste akceptu tion!"

La mano de Maklin nun videble tremetis, kaj la bela vizaĝo de Layton perfidis konsterniĝon. La konsola voĉo de la gastiganto eksonis: "Barono, ĉu ne estas facile konstatebla fakto, ke dum la lastaj jarcentoj okazis mondskala rasa... renoviĝo? Ĉie la blanka raso troviĝas en konflikto aŭ konkurenco kun aliaj. Kaj ĉie la blanka triumfas!"

"Aŭstralio ekzemple!" fervoris s-ro Vincent. "Nordameriko. Sudameriko. Hindio. La tuta Afriko... la listo estas senfina!"

Serene s-ro McLelland trinketis el sia glaso. La argumento estis nerefutebla. Ĉu la barono provos respondi?

La iom misa intonacio de la ruso supozigis, ke la akre trilitaj r-sonoj subpremas senpovan koleregon: "Sinjoroj, tre klare vi diras vin – pardonu, esprimas vin. Mi demandas min nur, ĉu via konsola filozofio estus la sama, se via haŭtkoloro estus alia!"

"Diable, Niki!" la pacienco de Layton ŝiriĝis. "Vi estas ja obstina! Ĉu vi nepre volas saboti la tutan projekton?"

Sed je tiu kriza momento io videble okazis al la barono. Subite lia tremetiĝo ĉesis kaj lia vizaĝo perdis sian palan streĉitecon. Kun tute alia mieno li turnis sin malrapide al la amiko: "Ne, Tom, mi ne volas ĝin detrui. Mi estas preta fari ĉion eblan por progresigi vian, nian projekton. Kaj mi tre dankas vin kaj s-ron McLelland kaj vin aliajn sinjorojn, ke vi donas al mi ŝancon fari vere sciencistan laboron en via plejparte alloga urbo. Sinjoroj, mi volonte proponus toston – al la vera Scienco!"

La nova aŭtoritateco de la rusa voĉo postulis tujan obeon, sed ĉiukaze la aliaj volonte faris toston: "Al vera Scienco!"

Kiam ili residiĝis, Maklin daŭrigis: "Vera Scienco, sinjoroj, detruas filozofiajn ĉarlatanaĵojn. Kaj mi estas certa, ke vira supereco kaj blankula supereco estas ĝuste tiaj ĉarlatanaĵoj!"

Nun Layton stariĝis, ne plu kolera: "Sinjoroj, vi ĵus aŭdis dignajn kaj noblajn vortojn. Mi petas vin restariĝi kaj laŭ praa brita maniero tosti la kuraĝan herezulon. Sinjoroj, je la sano de barono Maklin!"

Dum la mallonga komuna parto de ilia hejmenira vojo Layton devis demandi: "Niki, kiel vi sukcesis tiel aplombe retrankviliĝi? Dummomente mi timis, ke ĉio baldaŭ eksplodos!"

"E... mi lernis kelkajn aferetojn de iu ŝamano... lia nomo estis Engogu. Iam mi devas paroli al vi pri li. Cetere, Tom, koran dankon pro via silenta subteno ĉi-vespere. Gute Nacht!"

En la trajno Maklin mem miris pri tiu glata mensogo. Tute ne temis pri Engogu. Sed kiel li klarigu al Tom, ke ĝuste en la klimaksa momento io erupcie proklamis "Belinda, mi amas vin!"?

## Perdita ludo

La posta tago, sabato, estis ŝvitige humida. Maklin multe laboris pri la specimenoj en siaj kestoj kaj je sia kontentiĝo konstatis, ke tiuj specimenoj kaj la ankoraŭ ne ekspluatitaj kajeroj provizos materialon por iuj jaroj. Se ĉio bone evoluos, li donacos la fruktojn de sia kelkjara penado al la kolekto de la onta sciencejo.

Sed nenia laboro povintus silentigi la kakofonion de malaprobaj voĉoj en lia kapo. "Belinda, mi amas vin!" – kia knabeca absurdaĵo! Vi tute ne konas ŝin! Kiu skribis: "Al s-ro Layton mi ŝuldas neesprimeblan dankon"? Hipokritulo! Ĉiukaze estus freneze, se vi volus rivali kontraŭ Tom Layton – vi malgrasa malariulo! Ŝi estas virino tute sama kiel ĉiuj aliaj – ŝi manĝas, fekas, kaj volas logi virojn! Ŝi nur maltrankviligus vian kapon kaj interrompus vian laboron! Bona amiko, kiu planas ŝteli la amikinon de la plej bona kamarado imagebla! Ne iru al tiu sportejo morgaŭ – finu la absurdan revon jam ĉe la komenco!

Ŝajnis, ke la problemo, ĉu iri aŭ ne al la kriketmatĉo, per si mem solviĝis, kiam en la malfrua posttagmezo la nigre grizaj nuboj fine plenumis sian tuttagan promeson kaj verŝis pli ol unu centimetron da pluvo sur la soifan teron. Sed du horojn poste aperis miriado da steloj, kaj Maklin juĝis neprobabla, ke la vetero forprenos de li la decidon. Tiun vesperon li eskapis for de la misharmonia voĉaro per tio, ke li sin submetis al la vortfluo de s-ino Barker. Por malhelpi ŝian kutimon salti senkohere de temo al temo, li iom sistemece faris demandojn pri ŝia vivo. Li konkludis, ke kvankam ŝi persone travivis pli ol kvindek jarojn de la brisbana historio, ŝi malmulton komprenas pri la superindividua signifo de tiu eventaro.

Plej frapis Maklin ŝia rakonto pri la tumulto de 1866. En tiu jaro la registaro devis pro ekonomia krizo maldungi pli ol mil virojn, kiuj laboris konstruante fervojan linion al Grandchester. Kvankam la dommastrino ne menciis tion, Maklin devis konkludi, ke la viroj ricevis nenian rekompencon. Anstataŭ pace disiĝi kaj serĉi laboron en alia kolonio, mil el ili marŝis amase al Brisbano postuli aŭ novan laboron aŭ iun monan subtenon. Ĉiuj haveblaj policistoj kaj politike fidindaj volontuloj sin preparis por defendi la registaron kaj la urbocentron kontraŭ la hordo. Ĝuste je la kriza momento s-ino Barker – tiutempe f-ino Bridget O'Grady – troviĝis en la centro, kvankam ŝi neniel suspektis, kio okazas. Kiam ŝi vidis la marŝantajn kolonojn kaj aŭdis la sangohaltigajn sloganojn de kelkaj nigranimaj socialistoj, ŝi ektimis kaj volis forkuri. Sed antaŭ ol tio eblis, formacio de surĉevalaj policistoj sturmis la marŝantojn. F-ino O'Grady estis faligita kaj preskaŭ trovis sian morton sub ĉevalaj hufoj.

"Kaj imagu, barono, mi estis tute senkulpa, senkulpa kiel benakvo – poste mi eĉ edziniĝis al policisto! Mi ĉiam malamis socialistojn, komunistojn kaj aliajn pacifistojn – ĉu vi ne malamas ilin, barono?"

La sola rekompenco por tiu maljusta traktado – kiun ŝi nun rigardis neintenca – estis, ke oni enkarcerigis la plej impertinentajn socialistojn. F-ino O'Grady eĉ persone konis la plej brueman el ili – tiu ulo neniam en la vivo faris honestan taglaboron! Sed ŝi kompatis la edzinon kaj tri infanojn. La fina rezulto estis tamen bona; kiam oni liberigis la grandbuŝulon du monatojn poste, li jam lernis bridi la langon.

"Kio okazis intertempe al la edzino kaj tri infanoj?"

"Aj, tio estis ja malbona afero. La edzino ĉirkaŭvagis, petante pecetojn da manĝaĵoj de aliaj senlaboruloj. Ne ricevis sufiĉon. Brian, tiu estis la dua knabo, ĉiam malforta etulo, tiel malgrasa kiel korvo, li mortis. La patrino ja hojlis kiel dingo. Devis vidi, ke Brian ĉiam estus malsanulo – estas pli bone havi du buŝojn por furaĝi ol tri, ĉu ne? Sed estis ja malfeliĉa afero, oni devis senti kompaton – kaj tia edzo! Nu, barono, mi iras nun prepari teon. Ĉu vi volas iom da kuko? Fruktokuko! S-ro Barker ĉiam laŭdis..."

"Vi estas tro afabla, s-ino Barker, vi jam tro malavare regalis min hodiaŭ. Mi deziras al vi belajn sonĝojn pri justa mondo kaj sataj stomakoj!"

Maklin iom hontis pro tiu lasta – cetere ne plene komprenita – sarkasmaĵo, kiam s-ino Barker subite memoris: "Hej barono, la suno estos tre varma morgaŭ ĉe la kriketejo – forbruligos la harojn de simia postaĵo! S-ro Barker postlasis pajloĉapelon, ĝuste taŭgan kontraŭ tia suno. Momenton, mi petas!"

*   *   *

"Ĉu mi aspektas simila al iom tro matura knabo el Harrow aŭ Eton?" demandis Layton kun ironia rideto. Maklin trovis, ke la nuna aspekto de la amiko ja konvenas al lia propra bildo pri angla kolegiano: blankaj ŝuoj, blanka pantalono, blanka ĉemizo kaj verda kaskedo.

"Certe vi impresas sportule, Tom. Do ankaŭ mi provos vesti min dece por spekti viajn sendube heroajn farojn sur la kriket-ejo," kaj li malaperis. Kiam li revenis, li portis eksmodan sed komfortan grizan pantalonon, grandan blankan poŝtukon ĉir-kaŭ la kolo, kaj pale bluan bluzon; sed kio plej efikis estis kom-preneble la tre larĝranda pajloĉapelo de Ben Barker. La barono solene surkapigis ĝin tiamaniere, ke Layton laŭte ridis.

"Ŝikulo!" li fajfis. "Mi notas, ke tiu bluzo substrekas la efikon de viaj mistikulaj okuloj. Mi vetas, ke ĉiu virino, sur kiu vi amor-intence turnus tiujn lampojn, fandiĝus pro deziro!" Kaj suspek-tante nenion, Layton ŝerce aldonis: "Mi avertas vin nur, ke vi ne sorĉu Bel!"

Forturnante la kapon por viŝi jam puran boton, Maklin ko-mentis: "Do mi devas koncentriĝi sur Rissy. Sed tio estas jam perdita laboro, ĉar ŝi povas vidi nur vin!"

"Amiko, ne memorigu min! Mi forcedas al vi ĉiun posedo-rajton. Mi atingis tiun feblan mezaĝon, en kiu oni kontentiĝas posedi unu inon. Ne, stulta ŝercprovo! Mi ekstazus, se mi povus kunvivi kun Belinda – 'posedi' ŝin mi neniam kapablus."

"Tom, ni iru al la stacidomo, antaŭ ol mia Bridget sidigos nin ĉe sia enorma tepoto!" Layton konsentis, mirante, ke malgraŭ la provo ŝerci la ruso parolas senhumure.

Dum ili sidis, atendante la trajnon el Ipswich, Layton refoje indulgis sian emon pensi kaj paroli pri Belinda. "Domaĝe, ke ĉi-foje ŝi ne entrajniĝos en Milton."

Per modere normalsona voĉo Maklin demandis: "Ĉu ŝi dor-mis aliloke?"

"Jes," respondis la anglo, kaj li paŭzis por fortimigi muŝon. Dum tiu longa paŭzo Maklin devigis sin ne paroli, sed sentis, ke lia vizaĝo ricevas malagrable varman sangofluon. "Hieraŭ mi kaj la du junulinoj rajdis, kaj Bel decidis – post multa premo flanke de la panjo – tranokti ĉe la familio. Cetere, Niki, ĉu vi du bone rilatis dum via komuna trajnveturo?"

Maklin elspiris, kaj respondis trankvile: "Jes, f-ino Belinda estas agrabla kaj inteligenta juna virino. Mi ĝuis nian konversa-cion. Ĉu ŝi ĝuis ĝin, mi ne povas diri."

"Mi povas vin certigi, ke Bel trovas vin elstara ĝentlemano."

Maklin laŭte ridegis, ĉar la diro ŝajnis veni el la buŝo de s-rino Barker. Ĉu li nur trompas sin, aŭ ĉu Belinda elektis tian rigidan esprimon por maski, ke ŝi trovas lin pli signifa ol nur "elstara ĝentlemano"? Ĉu ŝi nur koketis dum tiu vespero, aŭ ĉu...?

"Jen ĝi venas, Niki. Ek al noblaj kaj kavaliraj atingoj sur la sportejo!"

La fumsputanta trajno memorigis Maklin pri io. Jes. Estis *Vostok*.

\* \* \*

"Ĉe McLelland vi estis vere radikala! Ne misjuĝu min, Niki, en mia koro mi scias, ke vi pravas. Nur... kiam oni vivis dum ioma tempo inter tiaj homoj, oni malofte kuraĝas ŝovi iliajn nazojn en ilian koton. Sed mi ĉiam suspektis, eĉ en via malnova 'nepolitika' fazo, ke sub la haŭto vi estas sentima idealisto."

"Diable, Tom, ne embarasu min! Mi estas nur malĝentila kaj netolerema kontraŭ tio, kio ŝajnas al mi evidenta stulteco aŭ maljusteco. Se tiaj homoj, kiaj McLelland kaj – kiel nomiĝas tiu naŭza vulgarulo? – nur vivus kelkan tempon inter la verdinsulanoj, ili devus ŝanĝi siajn antaŭjuĝojn."

"Sendube vi pensas pri Vincent! Sed, Niki, ĉi-foje mi volas paroli, eĉ se mi riskas ofendi vin per flatoj! Vere estas ia forto en vi. Kial la olda Kehl faris el vi sian spiritan unuenaskiton? Ho jes, ankaŭ mi sentis de tempo al tempo pinĉon de envio, sed mi intuiciis, ke la oldulo bone taksis nin ĉiujn. Povra Qualle Schniff – certe vi memoras la kompatindan Meduzon! – li estus forhakinta la dekstran brakon por gajni vian favoran rolon."

"Mi ĉiam kompatis Meduzon, ĉar li estis vere kapabla studento, terure obeema al la plej eta deziro de la majstro, kiu estis tiel malmilda kontraŭ li. Tion mi ne komprenas. Alian aferon mi neniam komprenos – kial Kehl ne preferis vin al mi? Vi estis ĉiam la plej sprita kaj almenaŭ same inteligenta kiel... ekzemple, mi."

"Ne imagu, ke mi ne foje emis pensi tiele! Sed intertempe mi konas min pli bone. Ne, Niki, sen ia blago; en vi estas ia fajro, kiu brulas nevidate sed kun kreskanta ardo. En mi estas foje brile flagra kandelo, je kiu neniu povas vere fidi."

Dum kelkaj momentoj la du amikoj rigardis la preterpasantan pejzaĝon. Tiam Layton daŭrigis: "Niki, mi komparu nin tiel ĉi: eble Layton kapablus iom elokvente oratori pri la beleco de kompato por la malfeliĉuloj, sed Maklin estas, kiu levas iun Mitchell el la koto."

La vortoj kaj embarasis kaj kortuŝis la ruson. Kion li povus fari por montri, ke li rigardas ilian amikecon ĝis nun tute unuflanka en sia rezulto, ke li ŝuldas nerepageblan fakturon al Layton? Jes, estis unu rimedo: li konfesu malkaŝe, ke li enamiĝis al Belinda, kaj petu la helpon de Tom por eviti kontakton kun ŝi.

"Tom..."

"Jes, mi embarasas vin. Do mi faru alispecan demandon, kiu eble embarasos vin pro mala kialo. Promesu al mi, ke vi ordonos min fermi la faŭkon, se miaj demandoj trostreĉas nian amikecon!"

"Nu, mi promesas," respondis la barono kun multe pli forta mieno de malŝarĝiĝo, ol Layton atendis.

"Onidire la persekutado kontraŭ la judoj en Ruslando estas ne multe pli bona ol la ekstermado de la nigruloj ĉi tie. Nun mia demando: Ĉu vi same forte kritikas la agojn de vialandaj patriotoj, kiam vi estas hejme?"

"Ne. Komprenble mi estis tiam pli juna, sed mi bone memoras, ke iu rusa ŝakalo kun la nomo Mironenko iam ŝaŭmsputante instigis al masakro de la hebreoj en najbara regiono. Mi forturnis min naŭzite, sed nek diris nek faris ion. Tiutempe mi volis vivi, kvazaŭ la politiko – tiel mi preferis etiketi tiajn fiaĵojn – ne tuŝus min."

"Estas konsole aŭdi, ke vi ne estas perfekta. Se vi estus tia, vi kaj kara Eunice McLelland konvertus nian Brisbanon en netolereble sanktan lokon!"

"Restu for de mi tia sanktuleco, Tom!"

Tio kondukis la konversacion al la persono de la enigma McLelland. Layton klarigis, ke li estas tre riĉa homo kun diversaj ŝafbienoj kaj sukerkan-plantejoj krom financaj interesoj en la ĉefurbo. Fakte McLelland pasigis grandan parton de la jaro en Brisbano, donacante monon al diversaj bonaj aferoj kaj apogante postlernejan klerigadon dum vesperaj kursoj. Aldone al ĉi ĉio, li estis unu el la lumoj de la prestiĝa Kvinslanda Klubo, kies politika influo egalis ĝian societan vojmontran rolon.

"Ĉu vere li implikiĝas en la rabado de pacifikinsulanoj for de iliaj hejmoj por labori sur la sukerkan-kampoj? Tion ni konstante aŭdis dum la proceso en Sidnio."

"Jes, certe. Kaj tion li verŝajne povas morale pravigi al si mem. Li argumentus, ke per tio li ankaŭ helpas la kanakojn civiliziĝi. Ĉu onklo Darwin antaŭvidis, kion oni povos fari per liaj teorioj?"

"Dum tiu vespero ĉe McLelland mi vere kredis, ke se mi ne diros ion kontraŭ la teorioj de tiuj komforte vivantaj uloj, mi vomos!"

"Kaj nun rakontu pri Beveridge kaj la proceso... Jam delonge mi volis aŭdi tion. Sed parolu rapide – baldaŭ ni atingos nian celstacion!"

*   *   *

Iom malfrue, laŭ Layton, ili eniris la kriketejon en la antaŭurbo Breakfast Creek. Layton jam provis imagi la originon de tiu nomo, "Matenmanĝa Rojo"; li supozis, ke iun tagon iu hazarde matenmanĝis tie, kaj do la loko eterne memorigos pri tia arbitra bagatelo.

Maklin sentis ekscitiĝon pro la scio, ke ie aliflanke de la ligna spektosidejo troviĝas Belinda Horne. Li sukcesis interŝanĝi komentojn kun Layton kaj samtempe aŭskulti internan monologon: Ĝis nun mi vidis ŝin nur dum tiu "teatra vespero"... ĉu sub la ĉionrivela taglumo ŝia rava logivo malaperos, kvazaŭ roso sub dezerta suno?... ĉu mi abrupte vekiĝos el la duonsonĝo de la pasintaj tagoj?... ĉu fine ĉio montriĝos nura incidento, produkto de menso ne plu povanta bone elporti solecon?... kiel mi evitu ofendi kontraŭ la feliĉo de Tom?...

Estis pli ol cent spektontoj, sed Maklin vidis nur la familian grupon Horne. Per parto de la cerbo li notis, ke Arthur portas la samajn vestojn kaj kaskedon kiel Tom, ke li ankaŭ urĝas Tom rapidiĝi, ke s-ino Horne sidas apud diversaj ujoj, verŝajne la manĝujoj, kaj ke Clarissa gaje krias: "Jen venas Tom kaj la barono!" Ĉion ĉi li observis, sed li atentis nur, ke Belinda, vestite en malstrikta sed malpeza florumita robo, elradias al li rideton desub pajloĉapelo eĉ pli larĝa ol tiu de Ben Barker. Ŝi sidis sur benketo kaj bela nigrahara knabineto premis sin kontraŭ ŝi. Belinda estis la plej malproksima el la grupo. Preterpase la du viroj salutis la ceterajn kaj atingis Belinda.

"Nun, Sally, jen onklo Tom. Salutu lin. Diru 'Saluton, Tom'."

La etulino ruĝiĝis, enbuŝigis fingron kaj peze puŝis sin kontraŭ la ŝultro de Belinda, sed fine ridetis kaj diris apenaŭ aŭdeble: "Sluton, Tom."

"Bona knabino!" Belinda instigis. "Kaj nun diru 'Saluton, barono!' Sally ridis embarasite, sed post helpopeta rigardo al Belinda, ŝi elbuŝigis iom pli laŭte: 'Sluton, ba-ŭono!"

"Kia klera knabineto, kaj ankoraŭ ne trijara!" Kaj nun salutu min. Diru 'Saluton, panjo!'"

La ruso esperis, ke neniu vidas, ke lia vizaĝo alprenas konsternitan ĉuan aspekton kaj ke perfida varmiĝo afliktas lin, dum Sally papagis: "Sluton, panjo!" Sed tuj poste la knabineto ride konsciiĝis pri la ruzo kaj laŭte kriis: "Ne panjo! Ne panjo! Onjo Bel! Onjo Bel! Sluton, onjo Bel! Sluton, onjo Bel!"

Maklin volis unuamomente koleriĝi pro tio, ke Belinda igas lin perdi sian trankvilecon, sed estis neeble ne infektiĝi de ŝia gaja ridado. Li trovis ŝin eĉ pli bela, ol li memoris, kaj antaŭ ĉio... reala.

Belinda mienis ŝajnserioze: "Estimataj sinjoroj, mi prezentu al vi mian amikinon, f-inon Sally Scoggins."

"F-ino Scoggins, mi ĝojas renkonti vin," diris Layton, solene kliniĝante, dum Sally trile ridis. Sed kiam Maklin ekkaptis ŝian maneton, tiklis ĝin per sia barbo, kaj flustris: "Enchanté, f-ino Sally!" ŝi ridege forkuris al la propraj gepatroj, probable por rakonti pri la amuzaj viroj kun onklino Bel.

*   *   *

Arthur Horne, la poŝtministro, aspektis iom tro aĝa por sia rolo de kriketludanto, sed oni konstatis, ke liaj fortaj kruroj ankoraŭ ebligas al li moviĝi kun surpriza rapideco. Li aliĝis al la ridetanta grupo kaj diris: "Tommy, ĉu vi scias, ke ili estas 'en'?"

Layton rigardis al la ceteraj verdkaskedanoj, kiuj jam grup-iĝis en la centro de la ludkampo, kaj interpretis: "Tio signifas, Niki, ke Arthur kaj mi pasigos la venontajn tri horojn ĉasante tiun ledan pilketon." Maklin sekvis la indikan fingron kaj vidis, ke s-ro Vincent, la "naŭza vulgarulo", ĵetas pomgrandan ruĝan pilkon kaj rekaptas ĝin, evidente streĉante siajn brakmuskolojn prepare al iu energia ekzerco. Ankaŭ Vincent aspektis, malgraŭ sia ronda formo, kapabla atleto.

"Jes, barono," trenvoĉis la viro el Jorkŝiro, "ni devas lasi vin ĉi tie por gardi nian tendon. Ne permesu al niaj virinoj ian frivo-lecon!"

Tom kaj Arthur marŝis al tiu centra loko, kune kun du ruĝkaskedanoj portantaj dikajn lignajn bastonojn, kies formo evidentigis, ke per ili oni povus forte bati la pilkon. "Bonŝan-con, sinjoroj!" postkriis Maklin. "Viaj inoj estos tute sekuraj – ĉu ankaŭ mi?"

Layton ridante svingis la brakon kaj Horne per turniĝo de la kapo agnoskis la provon de la barono ŝerci. Ĝuste tiam eta Sally, el distanco de dudek metroj, imperativis, ke onjo Bel "ŭenu". Belinda sekvis la emfazan inviton. Do Maklin restis dummo-mente sola kun s-ino Ottilie Horne.

215

"Ni du eksterlanduloj," diris la virino, "ni neniam kompre-nos kriketon. Oni devas esti denaska kriketemulo." Ŝi klarigis, ke onidire Arthur ludis elstare, kiam li estis juna. La du filinetoj – Clarissa pli ol Belinda – ĉiam volonte ludis kun la paĉjo en la malantaŭa korto. Foje Arthur ŝercis, ke se iam virinoj ludos kriketon, Clarissa estos monda ĉampionino kaj Belinda trovos lokon en la dua teamo. S-ino Horne plue rakontis, ke hodiaŭ du teamoj konkuras: la verdkaskeda dekunuo sub la estreco de Arthur, kaj la ruĝkaskedanoj, kies estro estas la ĉefjuĝisto, s-ro Maxwell."

"Sed jen venas Clarissa," ŝi interrompis sin. "Clarissa, karu-lino, venu ĉi tien kaj helpu min klarigi al la barono, kio okazas."

"Nu, mi estas nur knabino, panjo," respondis la bela junulino, gracie movante la korpon, kvazaŭ ŝi mem batus la pilkon, "sed mi ja volus kunludi!"

"Bedaŭrinde tio ne eblas, sed bonvolu prikomenti la ludon por barono Maklin."

Maklin memoris sian rezolucion paroli pli kun Clarissa, do li devigis sin diri: "Mi elkore petas pri tiu komplezo, f-ino Clarissa. Eĉ se mia kapo estos tro malforta por kompreni la kriketon, mi ĝuos la sperton sidi apud tiel rave bela junulino."

Ridetante pro la komplimento, Clarissa invitis lin trovi lokon apud ŝi. En tiu momento Belinda revenis kun Sally; kun pika plezuro Maklin rimarkis la facilmovan svingiĝon de ŝiaj koksoj kaj brusto, dum ŝi kliniĝis por aŭskulti flustratan konfidencaĵon de la knabineto. Ĝis tiam Belinda estis por li esence bela vizaĝo, sed nun li konstatis, ke ŝi vekas fortan erotikan deziron en li. Kiam Belinda rektiĝis, ŝi demetis la pajloĉapelon kaj surkapigis ĝin al Sally – tio estis evidente la flustrita deziro de la etulino. Samritme la neligitaj nigraj haroj de Belinda kaskadis sur ŝiajn ŝultrojn kaj dorson. Tiu harfluo redonis la sunbrilon tiele, ke li memoris tiun kurbiĝon de sia rojo, kie la saltanta akvo en unu anguleto ricevis sunradiojn.

Dum fuĝa sekundo la tuta grupo staris senmova kaj prezentis portretan pozon. Maklin registris, ke laŭ objektiva juĝo Clarissa

estas eble eĉ pli bela ol Belinda; ŝi estas iom pli granda kaj iomete
pli svelta kaj ŝia korpo havas vere katecan elastecon. Tiam la ele-
mentoj de la bildo disiĝis; Belinda kaj Sally trovis lokon aliflanke
de s-ino Horne, kaj Maklin sidiĝis apud Clarissa.

\*   \*   \*

Clarissa vere provis klarigi, sed ŝia netrejnita menso ne ebligis al
ŝi bone meti sin en la situacion de lernanto. Maklin ja konsciiĝis,
ke eĉ por angleparolantoj la terminaro de kriketo estas kolekto
da arkanaĵoj, sed Clarissa, provante igi la vortojn komprenbelaj,
ofte nur ripetis: innings estas ja... innings. Plejparte nur dank' al
la propra observivo Maklin iom post iom gajnis ioman ideon pri
la reguloj kaj etoso de la ludo. Amuzis lin la miksaĵo el agres-
emo kaj ĝentlemanaj ritoj. Oni ofte aplaŭdis, egale ĉu oni per
tio aprobis iun faron de la propra teamo aŭ de la oponanta dek-
unuo. Aliflanke la viro, kiu "boŭlis", tio estis, kiu post akcela
kuro ĵetegis la pilkon per kurioza cirkla movo, celis trafi aŭ la tri
bastonojn, kiuj staris malantaŭ la batilportanta oponanto, aŭ la
krurojn de la oponanto mem. Spektante Vincent, kiu ŝajnis esti
la ĉefa "boŭlanto", Maklin iom komprenis la subtilajn variaĵojn
en la flugo de la pilko; Vincent foje ĵetis iom malpli rapide, foje
kun pli kruta trajektorio, kaj foje movis la propran korpon tiele,
ke la pilko iomete ŝanĝis sian flugdirekton dumfluge. Same inte-
rese estis observi la lertecon de la du "batantoj", kiuj per mirakle
bona juĝo sukcesis bati la pilkon tiele, ke neniu verdkaskedano
povis kapti ĝin antaŭ la unua resalto desur la tero. Kelkfoje la
batanto plenforte frapis la pilkon, egale ĉu ĝi eble trafos iun el
la oponantoj aŭ ne. Evidente estis amaso da aliaj reguloj pri la
poentado, sed Maklin estis kontenta humure-imponite spekti la
solenan kulton de Homo britannicus ludens.

Post eble kvardek minutoj – laŭ Clarissa la teamo de Tom kaj
paĉjo ne ludis tre bone – la ruĝkaskeda batanto frapis la pilkon

217

rekte al la loko, kie sidis la familia grupo Horne. La apenaŭ sekvebla ruĝaĵo ruliĝis fulmorapide trans la ludkampon kaj neniu verdkaskedano povis ĝin haltigi. Clarissa tuj interrompis sian klarigprovon, salte ekstariĝis, kuris renkonte al la pilko, kliniĝinte ekkaptis ĝin per unu mano kaj reĵetis ĝin en la centron de la kampo. Maklin juĝis, ke ŝia ĵeto facile transarkis kvindek metrojn; neniu verdinsulano kaptanta fiŝojn per la piedfingroj uzas sian korpon pli lerte. Li volonte aldonis sian parton al la ĝenerala ridado kaj aplaŭdo, kiu salutis Clarissa.

Ruĝiĝante pro plezuro, Rissy revenis al sia loko apud la barono. Ŝi diris, ke tiu bato gajnis kvar poentojn por la teamo de ĉefjuĝisto Maxwell. Sed tuj poste, provante klarigi alian regulon, ŝi rezignis: "Barono, mi estas tro stulta por komprenigi tion al vi. Bel estas multe pli inteligenta ol mi. Ŝi povus eĉ klarigi al vi germanlingve. Bel!" ŝi kriis, "Ĉu vi venos min savi, aŭ ĉu mi sendu la kompatindan baronon al vi?"

Belinda ne kaŝis sian feliĉon, sed ŝi koketis per voĉo, kiu fandis ion en la brusto de Maklin: "Se f-ino Sally Scoggins konsentos, la barono rajtos sidi apud ni." Denove la etulino ridegis kaj puŝis la kapon kontraŭ unu mamon de onjo Belinda, tamen fiksrigardante la baronon. "Nu, barono, ĉu vi opinias, ke f-ino Sally aprobas aŭ ne?" demandis Belinda.

"Bedaŭrinde mi ankoraŭ ne ĝuas la avantaĝojn de amikeco kun la fraŭlineta moŝto," respondis la barono solene, "do mi devas peti vian interpretan servon."

"Sankta Moseo! Kiel eksterlandulo vi bone parolas la anglan!" ridis Clarissa.

"Antaŭ tia klereco mi kapitulacas, " diris Belinda. "Se lia barona moŝto bonvolos honori nin per sia apudesto..."

Dum la sekvantaj du horoj Maklin ricevis lecionon pri la reguloj de kriketo, sed la ludo ŝajnis tre malproksima...

\* \* \*

Je la unua horo oni paŭzis por tagmanĝi. La ludo estis duone finita; poste la verdkaskedanoj havos sian ŝancon bati la pilkon kaj amasigi poentojn. La familiestro kaj Tom Layton revenis al la grupo ŝvitante. Arthur opiniis, ke liaj knaboj ludis ne tre bone, sed povus tamen venki; multo dependos de tio, ĉu Tommy kaj Vincent povos bone komenci kaj "ekspedi" la pilkon.

S-ino Ottilie tuj transprenis la regadon, ĉar pri la manĝo ŝi ja responsis. Certe ŝi jam pasigis horojn ĝin preparante, kaj la impona amaso da sandviĉoj nun malpakata efikis tre apetit-iga. "Sinjoro barono, vi estu nia speciala gasto. Ĉu vi preferus sandviĉon kun kukumo aŭ tomato kun fromaĝo aŭ kun ovo aŭ bovaĵo aŭ kokaĵo aŭ kun ŝinko? Mi bedaŭras, ke hodiaŭ ne estas alia alternativo." Maklin ridis kaj atendis, ke ankaŭ ŝi ridu, sed s-ino Horne restis tute serioza. "Nu, multan dankon. Mi volonte manĝus fromaĝon... aŭ tomaton... aŭ ŝinkon... Mi sincere diru, ke mi ne povas decidi inter tiom da bonaj elektoj. Bonvolu elekti mem por mi!"

Maklin miris, ke la aliaj interŝanĝas okulsignojn kaj ke Belinda aspektas iomete nervoza. "Ne, sinjoro barono," diris la patrino senhumure, "mi ne povas responsi pri la gustoj de aliaj. Eble mi elektus ion, kio ne plaĉas, kaj poste mi ne povus pardoni min."

"Do bone, mi prenu kukumon kaj ovon," rapidis la barono.

"Ĉu vi estas tute certa, ke vi ne preferus ion alian? Eble toma-ton kun fromaĝo?"

"Jesuo Kristo!" diris Arthur Horne kolere. "Ottilie, ne tur-mentu la baronon per via ĉiama litanio!"

"Ne necesas, ke vi sakru, Arthur!" respondis s-ino Horne amare. "Vi devas danki, ke mi mem laboras en la kuirejo. Kiom da aliaj edzinoj el nia cirklo faras tion? Vi povus almenaŭ montri dankemon per tio, ke vi ne insultu min publike. La barono ne konas..."

"Panjo, ni ĉiuj scias pri via bona laboro, kaj mi volonte prenas nun sandviĉon kun bovaĵo," intervenis Belinda.

"Por mi ŝinko!" aldonis Layton.

"Jes, panjo, lasu nin elekti la proprajn el la korbo," diris Cla-rissa.

Ili manĝis silente, sed la streĉa etoso iom post iom iĝis malpli malagrabla, ĉar fine eĉ Arthur konfesis grunte, ke lia sandviĉo kaj la fruktosuko de Ottilie tre bongustas.

"Paĉjo, vidu, ĉu tio ne estas ĉefministro Johnson?" kriis Clarissa.

"Fakte jes!" respondis Arthur, "kion la oldulo faras ĉi tie?"

Ĉiuj rigardis, dum la etstatura maljunulo, kapsalutante tie kaj tie, alproksimiĝis al la grupo de Horne. Fine la grupo ekstaris por bonvenigi lin. "Lionel," Arthur Horne diris al la ĉefministro, "vi ne konas baronon Maklin, ĉu?"

Post ĉiuflankaj manpremoj ĉefministro Johnson petis permeson paroli sola kun poŝtministro Horne. Dum la du viroj iom retiriĝis por interparoli, Maklin studis la figuron de la pli maljuna. Li demandis sin, kiel eblis, ke homo fizike tiel neimpona fariĝis la ŝtatestro eĉ de malpli grava brita kolonio.

Johnson kaj Horne revenis silentaj, sed ia ekscitiĝo markis la trajtojn de Horne. Johnson deziris al "vi junaj homoj" tre agrablan posttagmezon kaj foriris, iom lamante.

"Lionel nur promesis al mi etan kristnaskan donacon," komentis Arthur Horne kun jorkŝira nerapidemo. Tuj li transiris al diskuto pri la ludtaktikoj por la matĉo.

Maklin intencis pensi pri io alia, sed la vortoj "eta kristnaska donaco" ne volis foriri el lia kapo. Kaj subite trafulmis lian cerbon la informo: Post nelonge Arthur Horne estos la ĉefministro de Kvinslando.

Bonŝance s-ino Horne kaj Clarissa rigardis la du taktikdiskutantojn, ĉar vole-nevole Maklin devis turni la kapon al Belinda. El ŝiaj nereziesteblaj okuloj saltis ia fajrero, kaj apenaŭ percepteble ŝi kapjesis: Jes, vi pravas! Sed ial Maklin intuiciis, ke ŝi aludas pli ol nur la venontan rolon de Arthur Horne.

Ĉar la aliaj ankoraŭ okupiĝis pri la kriketo, Maklin en cedema momento permesis al siaj okuloj diri al ŝi: Mi amas vin! Tuj lia konscienco pikis lin, kaj li deturnis embarasite la kapon.

"Niki," diris Tom Layton, "ĉu mi povus fortreni vin de la damo dum minuteto?"

Layton mem ekmarŝis direkte al la alia fino de la spektosidejo, do Maklin, sentante sin kulpa knabeto, sekvis.

\* \* \*

"Niki pardonu la misteran umadon, sed mi scias, kia tro diskreta ĝentlemano vi povas esti... Mi nur supozis, ke estus utile por vi aŭdi el vira buŝo, kie troviĝas la necesejo por sinjoroj."

"Tom, vi estas tro afabla!" ridis Maklin. "Jes, mi komprenas, ni iru kune."

Kune ili do "faris likvan oferdonon al Baal", kaj kune ili eliris la oferejon. En la sama momento Vincent volis eniri, sed vidante Layton, li kamaradece kubutfrapis la ripojn de la anglo.

"Ha, jen vi, Layton! Mi vidis vin kun tiuj du plaĉe viglaj ĉevalidinoj el la bredejo de olda Horne. Mi vetas, ha! ha! vetas, ke vi jam ĵokeis kelkajn rapidajn mejlojn sur ili, hej? Ha! ha! ha!"

Layton penis doni al la voĉo ŝercan tonon: "Vincent, se vi ne portus tiun verdan kaskedon, mi frakasus vian muzelon!"

Post sekundona hezito Vincent decidis ridegi pri tia elstara spritaĵo, ĉar Layton estis pli granda kaj eble ankaŭ pli forta ol li. Sed li rapidis en la necesejon, malbutonumante la pantalonon.

"Tiu ulaĉo vere agacas miajn nervojn," diris la anglo iom kolere. Kaj li aldonis: "Mi aŭdis, ke li estas subulo de McLelland kaj estras sukerkanejon apud Mackay. Mi povas facile imagi lin kun vipo en la manoj."

Oni daŭrigis la matĉon. Layton kaj Vincent, la bonaj kamaradoj, komencis por la teamo de Horne. Ili portis ĝisfemurajn gamaŝojn por protekti la krurojn kontraŭ la rapidfluga pilko. Maklin refoje admiris la lertecon, kiu permesis al ili ne nur defendi la tri bastonojn, la ĵetcelon de la boŭlantoj, sed ankaŭ gvidi aŭ rekte bati la pilkon al diversaj lokoj de la ludkampo; se ili havis sufiĉe da tempo post iu bato por kuri de unu fino de la dudekmetra ĵetejo ĝis la alia, ili gajnis unu, du, aŭ tri poentojn, depende de la nombro da kuroj.

Layton aspektis pli gracia en siaj moviĝoj, sed tiun tagon la kruda forto de Vincent pli efikis por gajni poentojn. Post duonhoro Arthur Horne larĝe ridetis: se la knaboj daŭre 'ekspedos' tiamaniere, lia teamo tre probable venkos. Sed tiam okazis la akcidento.

Per eleganta moviĝeto de la manartikoj Tom Layton batpuŝis la pilkon en la direkton al la kampolimo. Ĉiu okulo sekvis la ruĝkaskedanon, kiu rapide postĉasis la pilkon, sed neniu atendis, ke li sukcesos malhelpi la atingon de unu, eĉ eble du poentoj. Do neniu vidis ekzakte, kio okazis en la mezo de la ĵetejo; oni konstatis nur, ke Layton kaj Vincent pezege interfrapiĝis kaj terenfalis malantaŭen. La viro kun la pilko nun rapidege ĵetis ĝin al samteamano, kiu per ĝi faligis unu el la tri starantaj bastonoj, kaj la tuta ruĝkaskeda teamo triumfe kriis "El!". Jes, laŭ la reguloj de la ludo Vincent devis foriri kaj ne plu partopreni en la matĉo.

Nur iomete poste iu kuris helpocele al Tom Layton, kiu kuŝis senmove surdorse kaj ĝemadis: "Mia dorso! Mia dorso!"

Kiel eble plej zorge oni forportis la suferanton, por kiu ĉiu moviĝeto povis kaŭzi doloron. Unu el la ruĝkaskeda teamo, la kuracisto d-ro Winters, transprenis la aferon. Li opiniis, ke eble Layton tordis unu aŭ pli da vertebroj, kaj supozis, ke aŭ ligamento estas ŝirita aŭ intervertebra disketo estas pinĉata. Ne eblos trakti la vundon ĝis poste, kiam la doloro malpliiĝos, sed nun oni transportu Layton permane al lia apartamento, kiu bonŝance troviĝas nur iom pli ol unu mejlon for. Maklin proponis sin kiel portonto, kaj la fakto, ke neniu protestis, ke la barono mem aspektas malforta, konvinkis lin, ke lia sanstato vere pliboniĝis lastatempe. Iu spektanto, kiu loĝis tre apude, kuris hejmen kaj alportis rigidan matracon, kiu bone servis kiel "lekto", kiel Layton ŝercis tra kunpremataj dentoj. La patro de Sally Scoggins, d-ro Winters, la helpema spektanto, kaj Maklin ekiris cele al la apartamento en Fortitude Valley, kies signifo, Maklin konjektis, estas "Valo de Kuraĝo". Laŭ ĝentlemana interkonsento unu el la spektantoj rajtis anstataŭi d-ron Winter dum la resto de la matĉo; sed oni ŝajne jam perdis entuziasmon koncerne ĝian rezulton.

Estis evidente, ke Layton multe suferas survoje, ĉar liaj vortoj estis interrompataj de paŭzoj, gruntoj kaj foje dolorĝemoj. Sed li insistis provi spriti. Li komentis, ke esti portata sur lekto memorigas lin pri sia antaŭa vivo kiel persa satrapo. Li aldonis, ke li ĉiukaze intencis inviti Maklin al sia palaco, kaj pardonpetis pro la fakto, ke li ankoraŭ ne aranĝis lukulan festenon tie. Iom senrilate li diris, ke li ĝojas havi ankoraŭ kvin semajnojn da ferioj por plene ĝui sian paraliziĝon.

"Niki, mi vere volas peti komplezon de vi... aŭŭ!"

"Certe. Petu nur."

"Mi tre deziras... aj!... ke Bel vizitu min dum la venontaj tagoj.. aĥ!... sed tion ŝi faros nur, se iu akompanos... aĥ... al mia fraŭla apar... tamento. Rissy ne havus tian inhibicion... aj! aj!"

"Jes, Tom, mi bone komprenas. Mi akompanos Belinda vizite al vi." Kia ironio! Layton rajtus plendi same kiel Santamaria, ke la destino estas kruela.

Maklin ekzamenis tiun penson. Se li vere juĝis la ŝajne hazardan kunestadon de si mem kaj Belinda esti malfeliĉo por Layton, tio signifis, ke li jam rigardas sin serioza rivalo de la amiko. Sed ĉu ŝiaj kvazaŭ-komplicaj rigardoj, la ege agrablaj vortinterŝanĝoj kun ŝi, kaj ŝia sinpropono kiel aprecema aŭskultantino ne pruvis, ke ŝi tre bonvenigas lian deziron alproksimiĝi al ŝi?

Li rigardis la dolortordatan vizaĝon de la amiko, kaj venis al subita decido. Li ne volis indulgi kulpan ĝojon, dum Layton suferadis en sia apartamento. "Tom, mi ĵus decidis flegi vin dum almenaŭ kelkaj tagoj. Vi kuŝos senhelpa kaj bezonos iun. Se Belinda ial ne volas vin flegi en via fraŭla apartamento, mi anstataŭu ŝin. Ne, nenia kontraŭvorto! Eble ŝi estas pli bela ol mi, sed mi havas pli imponan barbon! Kaj se mi estos ĉe vi, ŝi povos vin viziti, ĉu ne?"

Kontraŭ tia logiko la anglo ne povis argumenti, kaj li kortuŝite silentis. Sed restis unu afereto: "Niki, kiu informos s-inon Barker?"

"Hm, ankaŭ mi pripensis tion. Ĉu vi supozas, ke Belinda... ŝia stacidomo estas tre apuda...?"

"Komprenable! Ŝi estas baze... oŭ!... bonkorulino..."

Tiel estis decidite. D-ro Winters donis al la ruso instrukciojn post la alveno en la apartamento. Efektive la doloroj estis multe malpli tuj, kiam Layton povis ripozi senmove. Lia vundita korpo nun postulis trankvilecon kaj dormon, do Maklin iomete poste remarŝis al la kriketejo. Aro da scivoluloj kolektiĝis ĉirkaŭ li por demandi pri la stato de la tre populara "Tom"; neniu uzis la formalan "s-ro Layton". Fine li povis alparoli Belinda, ĉi-foje sen ia konscienc-riproĉo. Al lia peto ŝi respondis serene: "Komprenebla, Niki. Kaj diru al Tom, ke mi pensos pri li."

Remarŝante al la apartamento, la barono sentis sin konfuzita kaj ravita. Do ŝi pensos pri Tom! Ĉu eble ŝi diris tion nur por konsoli la suferanton, aŭ ĉu la vortoj havas profundan signifon? Ĉu ŝi nur iom koketis kun Maklin dum la lastaj tagoj kaj trovis nun, ke ŝia koro vere inklinas al la bela anglo? Sed se ŝi amas lin, Maklin respondis al si, kial ŝi ne defias konvenciajn morojn kaj loĝas ĉe Tom dum lia periodo de senhelpeco? Aŭ ĉu ŝi nur uzas konvenciajn morojn kiel ŝajnkialon por ne devi malkaŝi al Tom, ke ŝi ne amas lin – ĉar finfine ŝi povus havi lin per unu sola jesa vorto?...

Aj Maklin! Iam vi estis tiel sendependa, vi povintus feliĉe vivi en kaduka ĝangala kabano, vi devis kontentigi nur la laborpostulojn de via sciencista konscienco. Kaj nun virino afliktas vin per kulposentoj kaj delektas vian amsopiran animon! Unu aferon estas certa; iu el vi tri devos suferi – plej bone, se tiu estos vi!

Aĥ ĉiele, ŝi nomis min Niki!


\*   \*   \*


La apartamento estis iom ĥaosa, tipa loĝloko de fraŭlo, kiu lastatempe apenaŭ restis hejme kaj ne atendas gastojn. Dum la amiko dormis, Maklin balais kaj ordigis. Poste Layton vekiĝis kaj devis esti malvestita, viŝlavita kaj revestita. La anglo estis tro fiera por akcepti "botelon" – li insistis stariĝi kaj, pezege apogante sin sur Maklin, po paŝeto treni sin al la necesejo. La dekminuta tien-kaj-reen-vojo estis preskaŭ ĝissvene suferiga, kaj Layton eĉ ne provis spriti. Nur kiam li refoje povis kuŝi senmova, li diris: "Bone, dum mia cetera vivo mi ne plu moviĝos."

"Tom, kial vi elektis loĝi sola ĉi tie? Kion vi farus nun, se neniu ĉeestus por vin helpi?"

"Alia ironiaĵo. Ekloĝante en Brisbano, mi volis povi de tempo al tempo gastigi apetitvekajn fraŭlinetojn. Sed iom poste mi renkontis tiun nigraharan belulinon, kiu instruas nur kvindek metrojn for de mia klasĉambro. Do fakte mi neniam plenumis la Veneran riton ĉi tie, ĉar ŝi simple mortigis en mi ĉian intereson pri aliaj inoj. Kaj ĝuste pro tio, ke mi loĝas sola, mi ĝis nun ne povas logi ŝin ĉi tien! Kredu aŭ ne kredu, Niki, mi rikoltis de ŝi ĝis nun nur naskiĝtagan kiseton sur la vango!"

Layton paŭzis penseme, kaj tiam aldonis: "Niki, pardonu mian amafliktitan babiladon – mi estas certa, ke la temo Belinda Horne jam tedas vin."

Maklin pensis: Estas bone, ke Tom ne havas la telepatian fakulton de Belinda! Por distri la suferanton li rakontis dum la manĝigado pri sia "aventuro" kun Ponigala. La propra tono surprizis lin, ĉar vole-nevole li prezentis la aferon, kvazaŭ li mem estus feblamensulo en ia kruda kamparula farso. Layton ĝentile ridetis, sed evidente li volis nur dormi. Li klarigis, kie Maklin trovos litotukojn kaj vestojn kaj librojn.

"Mi scias, ke antaŭe vi kredis, ke mi ĉiam komplezas vin. Sed nun," kaj li provis lastan spritaĵon, "mi bonkore prezentis al vi la ŝancon por nuligi viajn ŝuldojn."

"Tom, se vi bezonos min dum la nokto, kriu nur, egale ĉu mi dormos aŭ ne."

Multajn horojn poste Maklin endormiĝis, leginte la esencan parton de *La Deveno de la Homo* de Darwin. Duondormante li demandis sin: Kial mi ne povas tutkore jesi la teoriojn de tiu libro? Kaj la vestoj de Tom estas multe tro grandaj por mi... morgaŭ mi devos venigi vestojn kaj labor-materialojn el Toowong... do nur survanga kiseto... estis interese vidi miajn verkojn sur la breto de Tom...

\* \* \*

Ambaŭ viroj vekiĝis malpli frue ol kutime. Layton opiniis, ke la doloroj jam malpliiĝis, kvankam li ankoraŭ ne volis moviĝi. Maklin manĝigis al li kaĉon kaj menciis, ke li intencas fari kiel eble plej mallongan viziton al Toowong. Iom poste d-ro Winters alvenis kaj petis Layton movi la membrojn; li ne povis fari definitivan diagnozon, sed ŝajnis kontenta, ke la kazo estas malpli serioza ol tiu de s-ro White, kiu pasintjare falis desur ĉevalo kaj plej probable neniam povos marŝi. Tion Winters rakontis per senhumura voĉo, kvazaŭ li dezirus substreki, ke la afero estas tute ne priŝercinda. Ĝis tiam Layton ne konsciis, ke lia kutima parolmaniero ĝenas la mornan kuraciston. Forirante, d-ro Winters sciiĝis, ke la teamo de s-ro Maxwell facile gajnis la hieraŭan kriketmatĉon.

Ankaŭ Maklin estis forironta, kiam iu frapis ĉe la pordo kaj bone konata hela voĉo ĝojigis ambaŭ virojn: "Ĉu ina piedo rajtas transsojli tiun ĉi viran regnon?"

Maklin malfermis la pordon kaj Layton, jam ŝajne duone resaniĝinte, kriis: "Bel, atendu nur, ĝis mi razile forigos mian vizaĝan muskon. Matene ni rajdos kaj vespere ni dancos!"

"Mi ne miras," ŝi ridetis, "ke vi ne menciis kriketon. Via teamo ŝafosimile malvenkis – paĉjo estas same parolema kiel peklita brasiko. Tamen li kaj panjo kaj komprenelde Rissy salutas vin elkore."

"Sed vi faris eĉ pli – vi venis!"

La nekaŝita ĝojo en tiuj vortoj estis plej rekta amkonfeso, kiel ĉiuj tri tuj konsciis. Belinda ŝajnigis ne kompreni kaj diris: "Cetere, s-ro Vincent sincere pardonpetas. Ankaŭ li lamis poste, sed lia eliro ne estis tiel glore drameca kiel via, Tom."

Al la silenta ruso Belinda diris: "Vi certe imponas al via dommastrino, barono, eĉ se mi ne estis sufiĉe mensvigla por tute kompreni ŝin."

"Vidu Bel, tiu kvieta ulo prezentas danĝeron por ĉiu negard-ata virina koro – restu for de li!"

Belinda dummomente serioziĝis: "Ĉiukaze li faras pli bonan impreson sur s-ino Barker ol mi. Almenaŭ komence ŝi ŝajnis rigardi min ia fantomo. Mi kredis, ke ŝi ne permesos al mi tuŝi liajn aferojn."

Nur tiam la du viroj fortrenis siajn okulojn de Belinda kaj konstatis, ke ŝi kunportis valizon. Maklin tuj iris al la pordo kaj venigis ŝin. Belinda malfermis la valizon kaj elprenis kelkajn gazetojn, kiujn ŝi enmanigis al la kuŝanto: "Nepre legu la distran artikolon de pastro Inglis en la *Argoa de Kvinslando.*"

"La *Argoa*? Bel, diru nur, ke vi ekabonis tiun respektindan sed ĝisronke tedan gazeteton!"

Belinda interpretis por Maklin: "Temas pri la ĉi-loka organo de la anglikana eklezio. Evidente pastro Inglis, la redaktisto, ĝuis la publikan prelegon de nia s-ro Layton."

Ŝi komencis malpaki la vestojn de Maklin, sed reŝovis ilin en la valizon: "Nu, vi retenu la valizon, barono. Mi esperas, ke iam vi redonos ĝin al mi, ĉu ne?"

Ŝia rideto tiel varmigis lian internon, ke li devis bridi la lan-gon, kiu estis dironta: "Belinda, mi volonte retenus kaj vian valizon kaj vian koron!" Li balbutis nur: "Valizo, tiu... valizo – sed kompreneble, f-ino Belinda!" Ŝi sendis al li kompreneman rideton – Layton tre avide legis la gazeton – kaj aldonis: "Mi ne kuraĝis tuŝi viajn kajerojn kaj tiel plu, sed trudis al vi libron el mia kolekto. Mi ne dubas, ke vi terure enuos en la kompanio de tiu malklera balbutulo..." Kaj ŝi donis al li libron.

"Aŭskultu, homoj! Mi iom konas Inglis, tre mildan etan viron – mi supozis, ke li estas eble la plej tolerebla el la lokaj korvoj..."

"Pastroj!" Belinda interrompe interpretis por Maklin.

"Dankon pro la korekto, f-ino Horne! Sed nun mi scias, ke sub lia glata haŭto troviĝas histeria pamfletisto! Mi citu por vi:

*... Li rikanis pri la sestaga kreo de la mondo. Li ŝajnkredeble glitaĉis tra labirinto de scienca ĵargono kun vere papagosimila obstinemo... Hura, Inglis, kia bela metaforo! La stulta publiko*

*brue aplaŭdis lian elverŝatan retorikon, evidente admirante lian insolentan memfidon..."*

Dum Layton transsaltis kelkajn liniojn, Belinda komentis: "Vi trafis iun vundan lokon, Tom. Eble ni devas kompati lin."

"Kompati, Bel! Kiel oni kompatu homon, kiu elsputas jene pri la publiko? Aŭskultu:

*...Tiuj misedukitaj bantamoj, priridaĉante la enkarniĝintan Dion, ŝaŭmblekis sian aprobon aŭ silente admiregis pri ĉiu kleraĉa malrespektaĵo – aŭ ni diru malkaŝe – ĉiu abomeninda blasfemo elbuŝigata de fikreito, kiu volis kredebligi la pekan iluzion, ke ekzistas nek Dio dek diaj leĝoj, nek eterna savo nek eterna puno."*

"Nu, almenaŭ vi komprenas nun, barono, kial mi ne povas resti longe ĉe tia fihomo!" ridis Belinda, kaj la du viroj ne povis ne kunridi.

Belinda restis eble unu horon. Ĉiuj tri ĝuis la dulingvan konversacion. Nur poste Maklin malpakis la libron. Ĝi estis la aŭtobiografio de Goethe, *Dichtung und Wahrheit*. Tian libron li mem neniam elektintus, sed li sciis, ke li avide legus eĉ *La Meritita Puno al Malobeema Roĉjo*, se ĝi venus el la mano de Belinda.

## *Konfidencaĵoj inundas*

La postan matenon Layton opiniis, ke la ŝvelintaj partoj de la spino komencis renormaliĝi, kaj li diris al Maklin, ke li esperas baldaŭ maldungi lin kiel flegiston. Li petis, ke la amiko ŝovu kelkajn kusenojn malantaŭ lian dorson, por ke li povu pli bone konversacii.

Estis ankoraŭ unu el tiuj humidaj tagoj, kiuj igas atendi, ke iam falos forta pluvo. Antaŭtagmeze Layton estis nekutime pensema kaj ne emis paroli. Maklin mem sentis, ke ne nur la fizika atmosfero estas plena je elektro; ial li divenis, ke Layton volas diri ion tre gravan, por kiu lia kutima sprita parolmaniero ne taŭgas. Ĉu la anglo finfine rimarkis, ke ankaŭ Maklin vole-nevole enamiĝis al Belinda? Kion fari, se la amiko postulos, ke Maklin elektu inter amikeco kun li kaj sia pasio por la virino? Unuflanke lia ĉeesto en Brisbano estus verŝajne neebla, se li kaj Layton disiĝos; sed kiel li povos resti en Brisbano kaj fari, kvazaŭ li forgesus pri Belinda? Ke ia krizo alproksimiĝas same kiel fulmotondro, ŝajnis neevitebla.

Post la tagmanĝo, dum kiu Maklin ne plu devis manĝigi Layton, ili ekparolis pri la jaroj en Heidelberg. Ĉu Maklin sciis, ke Meduzo Schniff lastatempe faras sciencan laboron en la Pacifika regiono? Certe li laborus bone kaj konsciencoplene. Ambaŭ viroj esperis baldaŭ ricevi leteron de profesoro Kehl.

Ial Maklin iris al fenestro kaj raportis, ke plumbogrizaj nuboj ekkovras la tutan ĉielon. Oni anticipe ekŝvitis.

"Priploru, ho Homo, se vi devas," deklamis Layton, "viajn mortintajn Javeon, Baal, Zeŭson, Jupiteron. Ili estas same ĥimeraj kiel viaj Hadeso, Ŝeolo, Infero kun iliaj ŝrikegantaj hordoj da furioj, demonoj, diabloj."

Kun vera nostalgio Maklin ridete akceptis la defion daŭrigi la citaĵon el *La Senenigma Universo*. "Kaj prilamentinte la iluziojn, kiuj dum via historio distris, esperigis kaj teruris vin, forgesu ilin; kaj stariĝu rekte kaj ekkonu la veron: vi mem kreis ilin. Sed nun vi povos mem fariĝi tiu Dio, pri kiu vi fabelis. Sed formetu... formetu..." kaj Maklin kapitulace haltis.

"Formetu," Layton triumfe daŭrigis, "vian infanecan konsol-kredon pri ia nevidebla mondo kaj pri individua senmorteco. Nur tiele vi kontribuos vian decan parton al la progresigo de la senfina ĉeno da homaj generacioj, kiu iam apogeos en la apero de la dia estulo, la vera Homo."

Iom hezitante Maklin reprenis la vorton: "Oni konstruos altan turon nur... nur se oni unue elfosas profundajn fundamentojn. Viaj fundamentoj estu, ho Homo, sentima, seniluzia honesto. Antaŭ ĉio, estu honesta."

Layton aplaŭdis la sukcesan kompletigon de la citaĵoj kaj ek-igis novan tekston. Ĝue ili daŭrigis la ludon dum multaj minu-toj, ĝis Maklin agnoskis la superan memoron de la anglo kaj ka-pitulacis.

"Tiu prelego de la pasinta semajno estis eble la plej elokventa prezento de la Kehla mondkoncepto, kiun mi iam aŭdis."

Kelkaj pezaj pluvogutoj batis la tegmenton. La vizaĝo de Lay-ton malheliĝis: "Mi dankas, Niki. Se viaj flataj vortoj pravas, mi ĝojas pri mia sukceso kiel... aktoro."

"Aktoro? Ĉiam vi estis elstara aktoro!"

Pluvogutoj klake tamtamis sur la tegmenton, kaj Layton de-vis paroli pli laŭte: "Mi volas diri aktoro en tiu senco, ke mi lu-dis rolon ne aŭ ne plu propran al mi. Niki, sidiĝu, mi petas. Mi timas, ke mi devas nun ŝoki vin."

Refoja tondro ĉiukaze devigis Maklin iri pli proksimen. Ne-niam li vidis tiel seriozan esprimon sur tiu bela vizaĝo. Videble Layton serĉis konvenajn vortojn. "Vidu, ankoraŭ mi amas kaj alte respektas nian Majstron, sed..."

"Sed intertempe vi... herezuliĝis, ĉu?" Serio da pluvogutoj rikane batis fenestrovitron; ŝajnis al Layton, ke tiu sono substrekas la frivolan tonon de la demando.

"Nu, tiele vi povus esprimi ĝin." Layton ne povis forskui la impreson, ke Maklin alprenis ian strangan rideton; la ruso ŝajnis fremdiĝinta, kaj la nun laŭta ŝtormo metis ian barieron inter la du virojn. Ĉu Maklin ridetis pro kompataĉo por la "herezulo", aŭ ĉu la rideto maskis antipation? Li rekomencis: "Niki, mi ankoraŭ kredas, ke sur ia nivelo la evoluisma teorio pravas, sed... kiel mi diru?... mi ne povas akcepti en ĉiuj detaloj la version de Kehl."

La malforta taglumo ne permesis plu, ke Maklin bone studu la vizaĝon de la amiko. Do bone, li pensis, mi esperas, ke Tom ne povas vidi mian rideton; sed vole-nevole liaj vizaĝ-muskoloj alprenis tiun rideton.

"Nia Kehl instruas, ke la tuta universo estas io stabila kaj ĝisfunde konebla. Necesas nur, ke ni homoj amasigu ĉiujn esencajn pecojn da scio, ĉiujn ŝtonerojn de la Granda Mozaiko. Nia menso povas ĉion scii kaj kompreni, ĉar la universo konsistas nur el materiaĵoj, kiuj devas obei la fizikajn leĝojn kompreneblajn al ni. Ĉio estas do reduktebla al relative simpla kodo."

La respondo de Maklin videble surprizis la anglon. "Malpli altatone, Tom, la universo estas puzlo, kaj ni devas nur kunmeti ĉiujn pecojn por tute kompreni ĝin. Kaj ĉiuj pecoj konsistas el obeema materio."

"Prave. Tiu filozofio..." la pluvaj batoj devigis Layton ripeti: "Tiu filozofio ravis min dum multaj jaroj. Apenaŭ necesas, ke mi ĝin klarigu al vi, ĉar mi supozas, ke ĝi instigis vin dediĉi vian vivon al la kolektado de novaj scioj. Ĉu ne?"

La stranga rideto de Maklin estis nun pli larĝa, kaj Layton povis nun vidi, ke ĝi disradias ne antipation, sed amikecon. "Do mi finu mian konfeson. Mi ne plu povas dividi tiun kredon, kaj mi forte esperas, ke tio ne ĉesigos nian bonan rilaton."

Maklin regis sian ekscitiĝon kaj demandis iom seke: "Ĉu vi trovis anstataŭan penssistemon?"

"Ne. Tute ne. Mi troviĝas en granda konfuziĝo. Sed diversaj spertoj malebligis, ke mi akceptu bazan koncepton de Kehl, nome, ke ĉio ekzistanta estas materia." Post mallonga paŭzo li aldonis: "Krome ŝajnas al mi kontraŭdiro nei la ekziston de nemateriaĵoj kaj samtempe hipotezi, ke ekzistas homa menso, kies komprenivo spitas la limigajn ecojn de la materio."

Fulmo iluminis la trajtojn de Maklin. "Brave, Tom!" li ekkriis. Fine li ja trovis tiun homon, kun kiu li povus ĉion diskuti! "Kiaj estis la spertoj, kiuj kaŭzis la ŝanĝon?..."

Layton videble ĝojis pro tio, ke lia "herezuliĝo" ne ofendas Maklin. "Vi devas promesi ne ridi aŭ pridubi mian mensan sanon, almenaŭ ne ĝis mi finrakontos! Sed mi jam diris, ke mi pasigis unu jaron en Hindio, ĉu ne?"

La komencaj salvoj de la ŝtormo nun cedis al senĉesa, batanta pluvego, kiu samtempe ekscitis la sensojn kaj refreŝigis la aeron. Layton ekrakontis, sed Maklin, kiel petole ĝojega knabo, konstante interrompis. En ambaŭ viroj disrompiĝis ia digo, kaj konfidencaĵoj inundis; Layton rakontis pri hindaj guruoj, kiuj pruvis antaŭ liaj okuloj, ke ili fakte povas kuraci per nura tuŝo, ricevi mesaĝojn per telepatio, antaŭvidi eventojn, kiuj poste realiĝis – sed Maklin daŭre enŝovis detalojn de la nokto de Kodi kaj Engogu. Ambaŭ viroj englutis la rakontojn de la alia, kaj provis superbrui la kanonadon de la naturo.

"Dio mia, Niki!" Layton ekkriis, "ĉu ni atestas ankoraŭ alian miraklon?"

Nur tiam la ruso konsciis, ke la amiko sidas rekte sur la lito spite al la doloroj de sia spino. Sed tuj poste Layton devis ĝemante rekuŝiĝi. Kiam li refoje kuŝis komforte, li komentis: "Nu, ĉiukaze la tago jam alportis sian porcion da bonaĵoj – eble mi freneziĝus, se troaj okazus samtempe!"

Preskaŭ tuj Layton aldonis: "Estas alia afereto, kiun mi devas konfesi: eble pro la kuntira muziko de la naturo, eble pro la intelekta ekscitiĝo... mi devas urini! Ĉu vi helpus treni min tien?"

\* \* \*

Refoje kuŝante, Layton petis: "Niki, estu bonulo kaj infuzu teon por ni. Nun ni diskutu kiel dignaj viroj de la scienca mondo kaj ne kiel knaboj ĵus finintaj la lastan antaŭferian lecionon."

"Komprenesble, s-ro sciencinstruisto. Vidu, eĉ la vetero obeas vian instrukcion." Fakte la vetero trankviliĝis, kvazaŭ normale bonkonduta infano konsciiĝinta pri ĵusa petolaĵo.

Metante bolpoton sur la fornon, la ruso demandis: "Kiel eblis, ke malgraŭ via devojiĝo vi pretis kunlabori en la projekto establi sciencejon sub mia gvidado? Certe vi supozis, ke mi estas ortodoksa kehlano, ĉu ne?"

"Tuŝite! Mi ne estas tre konsekvenca, mi konfesas. Sed iam mi faris ĵuron dum tiu periodo, kiam mi luktis por konservi mian dogman materiismon."

"Ĵuron?"

"Mi ĵuris ke, se iam mi cedos al la tento forlasi mian ĝistiaman fidopadon, mi tamen dediĉos min des pli fervore al disvastigo de scio pri la sciencoj. Iom poste mi aŭdis pri ĉi tiu posteno en Brisbano."

"Laŭ viaj rakontoj mi supozas, ke ĝi estas via unua daŭra laboro."

"Jes, esti la filo de riĉa paĉjo havas siajn malavantaĝojn. Oni povas vivi papilie sencela kaj senlabora. Tio ne longe kontentigas."

"Do via laboro por la projekto estas ia pentofaro, ĉu?"

Miloj da brilantaj akveretoj sur la herboj kaj arbustoj anoncis tra la fenestro, ke nun la suno intencas ree deĵori.

"Tom, kiom da ironiaĵoj! Ankaŭ mi iasence pentofaras, mi venis parte ludi rolon, kiun vi atendis de mi – almenaŭ tion mi supozis. Ankaŭ mi perdis la simplan fidon, ankaŭ mi troviĝas en ia filozofia nenieslando. Sed mi ankoraŭ kredas, ke la sciencaj metodo kaj pensmaniero alte valoras, eĉ se ili ne estas ĉiopotencaj kaj povas ampleksi nur parton de la tuta realo." Kiel Maklin ĝojis, ke fine li povas diri tiajn aferojn al komprenema kaj komprenanta homo! "Tial mi alkroĉiĝis des pli firme al tio, kion mi juĝis vera, sciante tamen, ke ĝi ne liveras ŝlosilon universalan."

Akceptante la unuan tason da teo, Layton diris: "Mi kredas, ke mi ne tuj tedus vin, se mi rakontus iomete pri miaj ekspedicioj tra la tereno de la filozofoj dum la lastaj jaroj. Sed ne forgesu la sukeron, mi petas!"

La tetrinkado estis longa kaj ĝua. Layton regis la scenon per siaj "rakontoj". Liaopinie la ĉefa problemo de ĉia homa pensado en ĉiuj epokoj estas klarigi la rilaton inter la videbla materia mondo, de kiu la homo estas evidente parto, kaj alia intuiciata nevidebla regno, kiun oni diversmaniere nomas. Nek li nek Maklin ŝatis la vorton "spirito" pro tio, ke ĝi estis "kaperita" de la ekzistantaj eklezioj, sed ili ne trovis pli taŭgan esprimon. Laŭ la anglo tiu ĉiama filozofia problemo tre akutiĝis en la okcidenta pensomondo pro la verkoj de Kartezio, kiu instruis, ke materio kaj spirito estas elementoj inter si radikale fremdaj kaj ke la homo estas enigma estaĵo, kiu iel havas unu piedon en ambaŭ regnoj. Postaj filozofoj ĝenerale eĉ pli reliefigis la abismon inter materio kaj spirito, ĝis fine multaj tute neis la ekziston de unu el la du elementoj. Kehl kaj la aliaj radikalaj materiistoj instruis, ke la intuicio pri nevidebla mondo estas nura iluzio.

"Mi opinias, Niki, ke eĉ nia kara olda Majstro en la praktiko, spite al siaj teorioj, akceptas la spiritan parton de la homo. Jes, dankon, ankoraŭ unu tason – sed ĉi-foje iom malpli da sukero! Lia Granda Mozaiko estas aŭdaca spirita konstruaĵo. Sed se oni predikas, ke ni troviĝas solaj en senviva mekanisma universo, oni proponas filozofion tiel morne pesimisman, ke nur heroaj pensuloj – aŭ heroaj misiuloj en tropika ĝangalo – tiras el ĝi vivo-forton. Sed Kehl kaj Maklin ne estas ordinaraj homoj, kaj ordinaraj homoj bezonas malpli senkompromisan miton."

"Tom, vi tute ne konas min! Se vi ne ĉesos min flati, mi ŝutos la tutan enhavon de la sukerujo en vian teon!"

Layton opiniis la teorian ateismon de Kehl, kiu senmezure kolerigis "la multajn Inglis-ojn de nia mondo", malpli grava ol la erariga materiisma koncepto pri la homo mem. "Ŝajnas al mi, ke la sennombraj dioj kaj duondioj kaj nedioj en la tutmonda panteono estas nur spegulaĵoj de nia bildo pri niaj propraj ecoj. Do nia konduto havas nur nerektan rilaton al niaj religiaj dogmoj."

"Vi do opinias, ke nia konduto estas tio, kio vere gravas. Sed sur kio baziĝas tiu opinio?"

Layton konfesis, ke li ne povas teorie pravigi tiun konvinkon. "Sed se vi permesos al mi nun desupri de la rokaj montopintoj de la metafiziko," li ridetis, "mi aldonu ion tute subjektivan sed por mi des pli persvadivan: mi simple ne povas imagi, ke ne estas senmorta spirita elemento en Belinda Horne."

"Kiel vi reagus," Maklin interrompis heziteme, "se iu tamenus, ke ĉiu amanto imagas, ke la amatino estas io tiel bela, ke ŝia pereo estas neebla – sed nur por la amanto?"

"Konfesende, mia privata emocio estas malbona argumento. Sed... kaj refoje ĉi tio pruvas nenion... Bel estas vere unika virino en mia sperto."

"Ankaŭ mi devas konfesi..." Maklin komencis, sed ĝustatempe aliigis la frazon, "ke f-ino Belinda... ŝajnas posedi eksterordinarajn... mensajn kvalitojn."

"Ŝiaj fakultoj ne povas rivali tiujn de la hindaj guruoj, sed foje ŝi scias telepatie, pri kio oni pensas. Iam mi postulis klarigon. Ŝi diris, ke ŝi mem ne regas la aferon, sed se ŝi simpatias kun iu, povas okazi, ke ŝi... klarigu, kiu povas!... estas sur la sama pensondo."

"Mia Bridget iom babilis pri via Belinda," diris Maklin, esperante ke la emfazo de la posesivoj ne ŝajnas morde ironia, "dirante, ke ŝi kurace tuŝis s-inon McLelland. Ĉu vi ion scias pri tio?"

"Ho jes, ne nur Eunice McLelland! Antaŭ kelkaj monatoj ŝi faris same por mi. Tiun vesperon ni ĉeestis koncerton. La ĉefa ero estis peco el Wagner. Poste mi suferis nekutime fortan kapdoloron – mi ne volas kulpigi Wagner pri tio!"

"Kaj Belinda tuŝe kuracis vin?" Li memoris la rektan rigardon de Engogu.

"Jes, sed ŝi diris, ke ŝi estis nur ekstera aganto, ke mi kuracis min mem."

"Tion oni klarigu!"

"Laŭ ŝi iu parto de mi kreis la kapdoloron, por ke iu alia forigu ĝin kun la celo ricevi instruon."

"Kaj ŝi agis nur kiel signalanto al tiu kuracanta parto de vi, ĉu? Tre interesa vidpunkto! Sed kiel ŝi klarigus mian malarion?"

"Demandu ŝin iam. Se vi plue demandos, kiel ŝi scias tion, ŝi nur rave ridetos kaj blagos pri ina intuicio."

Iu frapis ĉe la pordo. La konata hela virina voĉo demandis: "Ĉu iu hejme?" Sekvis la karakteriza ridado de Clarissa.

"Momenteton, fraŭlinetoj!" Layton ĝoje kriis. Al Maklin li flustris: "Niki, ni testu ŝin! Vi pensu pri... pri kriketo! Mi pensos pri, nu, pri la Verda Insulo – ni vidu, ĉu ŝi kaptos niajn pensojn!"

*   *   *

"Bonan tagon, barono, ĉu via paciento bone kondutas?" ridetis Belinda, kaj Clarissa ridis.

"Nu, de tempo al tempo, jes. Bonvolu eniri, fraŭlinoj."

Maklin rapidis meti seĝon sur ĉiun flankon de la lito, por ke ili tri ĉirkaŭu Tom, kiu kiel kutime estu la ĉefrolanto.

"Vi devas juĝi, sinjoroj, ĉu vi estas bonŝancaj aŭ ne, sed ni preskaŭ decidis ne veni pro la pluvo. Tamen Rissy insistis."

"Ne troigu, Bel," Clarissa interrompis. "Estis vi, kiu sciis, ke la pluvo ĝustatempe ĉesos."

Belinda rigardis la du silentajn virojn alterne kaj subite ekridis. "Ne tre galante, sinjoroj! Kial trompi sendefendan fraŭlineton? Certe estis via inspiraĵo, Tom, ke nia kompatinda barono provu pensi pri kriketo! Sed la povrulo konstante elsendas la demandon 'Ĉu ŝi komprenas min?'!"

"*Gott im Himmel!*" ekkriis Maklin, miregante.

Clarissa ĝuis la scenon: "Iuj diras, ke Belinda estas alianculino de la Diablo!"

Fine Layton parolis: "Nun diru, bela gastino, pri kio mi pensis?"

"Mi bedaŭras, ĉarma gastiganto, sed vi pensis malpli laŭte ol via komplico."

Mokserioze la anglo diris: "Mi forte koleriĝas, fraŭlino, ĉar iam vi klarigis al mi, ke vi plej efike kaptas la pensojn de simpatiaj homoj. Ĉu do tiu aĉa ĝangalulo estas pli simpatia ol mi?"

Dum ono de sekundo Belinda ŝajnis nekapabla respondi, sed rapide realprenis sian ŝercan dirmanieron: "La demando flatas min. Mi ekstazas, kiam fortaj viroj kverelas pro mi. Sed la klarigo estas malpli ekscita. Mi kredas, ke ĝuste la plumpeco de la provoj de nia alilanda amiko pensi pri nia bizara nacia sporto superbruis viajn pli subtilajn mensproduktojn."

"Aha, galanteco kaj flatado ne estas monopolo de ni viroj," Layton ridis elkore.

La konversacio daŭris eble du horojn, sed ne atingis la nivelon de la antaŭa babilado. Maklin baldaŭ konstatis, ke la ĉeesto de Clarissa limigas la temaron. La ĉefa novaĵo estis, ke Arthur Horne estas nun oficiala ĉefministro de Kvinslando. Tio vere surprizis Layton, do Maklin juĝis saĝa same esprimi miron kaj gratuli la filinojn de la nova ŝtatestro.

"Oni anoncis tion hieraŭ. Komprenebe ĝi ne surprizis paĉjon," klarigis Clarissa.

"Rissy tre volonte eskapis el la domo, ĉar panjo planas festenojn dum la venontaj du semajnoj. Ŝi torturas paĉjon per demandoj pri la manĝaĵoj kaj la listoj da invitotoj."

"Jes, panjo estas terure energia kaj preskaŭ histeria. Imagu, estos festeno ĉiun duan tagon! Kaj ŝi volas scii ĉiun lastan detalon pri ĉio. Kiu povos sidi apud kiu. Kiu ministro ĝismorte tedas aŭ envias alian, kaj tiel plu!"

"Kaj nun, sinjoroj, ni transiru al la oficiala tagordo. Ĉu vi du bonvolus ĉeesti la kristnaskvesperan festenon honore al paĉjo?"

"Bel, provu nur forrestigi nin!" Layton diris ĝoje.

"Kaj vi, barono?" ŝi diris, senkompate trafante lin per siaj nigrabluaj okuloj.

"Mi supozas," Maklin respondis iomete embarasite, "ke s-ro Layton ankoraŭ bezonos flegiston, do..."

"Neniel! Mi trinkos, dancos kaj flirtos pli ol ĉiuj aliaj viroj kune!"

"Kial ni ne ĉeestu kiel kvaropo?" proponis Clarissa.

Maklin ne sciis, ĉu li sukcesos roli kiel ano de tia kvaropo, sed neeblis rifuzi la inviton. Iom poste la du fratinoj diris, ke ili devos baldaŭ foriri por ne maltrafi sian trajnon. Belinda aldonis:

"Antaŭ ol foriri, mi volas peti ion de vi, Tom."

"Jen mi estas tute via!" ridetis Layton kun la brakoj larĝe etenditaj.

"Temas pri io alispeca," ŝi ridetis. "Ĉu vi memoras, ke iam vi intencis plibonigi mian virinan menson per legado de konvenaj libroj? Ke vi proponis al mi librojn verkitajn de nia barono?"

"Diru nur, ke nun vi volas legi ilin!"

"Nu, tiutempe la verkoj ŝajnis timige ekster mia legokapablo. Sed persona konatiĝo kun la aŭtoro igis min pensi, ke eble estas tempo, ke mi plikleriĝu..."

"Niki, nova konvertito – kaj tre speciala! Kiun el viaj titoloj vi sugestus al la damo?"

"Aj, fraŭlino Belinda!" respondis la ruso ravite sed iom embarasite. "Kion bela junulino legu el miaj polvosekaj aferoj? Mi vere ne scias vin konsili."

"Maklin, ĉu vi volas detrui mian preparlaboron? Kaptu la okazon! Konduku la fraŭlinon en mian studejon kaj lasu ŝin mem elekti."

Senvorte la ruso petis Belinda sekvi. Iu delica raviĝo obtuzigis liajn sensojn. Ili haltis antaŭ la librobretoj, ne plu videblaj al la aliaj. Maklin povis nur fingromontri kaj diri: "Jen miaj libroj." Belinda antaŭeniris por pli bone legi la titolojn. Nun ŝi staris rekte antaŭ li. Propramove liaj manoj proksimiĝis al ŝia talio. Li konsterniĝis, kaj moviĝis flanken por mem vidi la titolojn.

"E... tiu volumo... e... priskribas diversajn facetojn... hm... de la juraj konceptoj de la homoj de la vilaĝo Rogendu... komprenebⅼe mia scio estas tre mankohava. Terure teda por vi, Belinda!" Li konsciis nur, ke li kaptis la okazon por diri ŝian nomon.

"*Taglibro*. Probable tio estus la plej bona enkonduka verko, ĉu ne, Niki?"

Li povis nek respondi nek rezisti la tenton lasi sin fali en sian rojon. Li sciis, ke nun li neeviteble faros ian gigantan mispaŝon.

"Niki."

La okuloj kaj la softa, vibroriĉa voĉo informis lin, ke ŝi plene konscias pri lia emocio kaj ne malakceptas. "Nun, mi prenas la *Taglibron*. Kaj estas nun tempo reiri al Tom kaj Clarissa." Tion ŝi diris tenere.

Maklin apenaŭ sekvis la ĝentilaĵojn de la foriro.

"Ĉu mi ne tuj diris," Layton triumfis, "ke vi alportos bonŝancon al mi, Niki? Vidu, nun ŝi ekinteresiĝas ankaŭ pri sciencaj temoj!"

## Kristnaska donaco

Ĉefministro Arthur Horne stariĝis, aplaŭdate de ĉiuj tablanoj. "Mi dankas, geamikoj, pro viaj flataj vortoj kaj bondeziroj pri mia nova ofico." Lia voĉo estis kutime jorkŝire malrapida, lia vortelekto estis, kiel li mem diris, "senparafa". Kutime li preferis lasi aliajn diveni, kio sin kaŝas malantaŭ liaj vortoj, sed hodiaŭ vespere li ĝuis eble la plej dolĉan periodon de la kariero de ambicia politikisto. Li estis la nova ŝtatestro, sed ankoraŭ ne devis fari malfacilan decidon. Ĝis nun ŝajnis, ke la ŝtato bone funkcias sen aktiva interveno, dum unu grupo post alia okazigis gratulfestenon por li. Nun Arthur Horne ĉirkaŭrigardis; krom la propra familio ĉeestis politikaj kaj personaj amikoj, juna Tommy Layton, kiun li volonte bonvenigus en la familion kiel bofilon, kaj tiu ruso, kiu evidente havis fortan, eĉ senkompromisan karakteron kaj onidire kelkajn nebonvenajn vidpunktojn. Kiel ĉefministro Horne poste konfesos, li neniam estus invitinta Maklin, se la filinoj, kaj unualoke Bel, ne estus tion petintaj. Krom tio, Tommy kaj McLelland, kies nerekta influo sur politikaj opinioj estis konsiderinda, jam konvinkis lin, ke Kvinslando gajnus grandan prestiĝon, se Maklin estrus tiun projekton. Honeste dirite, Arthur Horne trovis la tutan projekton iom fantazia, sed li ne malkaŝis sian kompletan nescion pri sciencaj aferoj, kaj estis preta akcepti, ke sciencejo alportos unue renomon kaj poste financan profiton al Kvinslando.

"Je la bona Dio, kial mi staru kiel ibiso en mia propra domo? Geamikoj, ĉu vi permesas, ke mi sidiĝu?" Oni ridis, oni kriis "Kompreneble!" aŭ "Kiu finfine decidas ĉi tie?!" Ridetante, la ĉefministro sidigis sian fortan korpon. Li bone sciis, ke li ne kapablas oratori kiel juna Tommy, li malmulte imponis en la ĉambrego de la parlamento mem, sed majstris kunsidojn en fermitaj kunvenejoj. Jes, li sentis sin pli bone, sidante kaj parolante en sobraj, sinceraj frazoj. Kaj hodiaŭ vespere, en tiu intima etoso, li sentis bezonon konfidenci, ke li ne estas nur kalkulpova politikisto, sed homo kun sekretaj revoj, eĉ grandiozaj.

Kun intereso Maklin studis la vizaĝon de la gastiganto. Refoje li dankis, ke la filinoj heredis la aspekton de la patrino, sed li ne povis kontesti, ke portretisto trovus tiun politikistan kapon inda defio. Maklin mem persone renkontis krom Horne nur unu alian tian politikiston, ĉefdukon Dimitrij. Sed Dimitrij devis nur sukcese grimpi sur eskalon rezervitan al denaskaj aristokratoj, dum Horne devis iel gajni la aprobon unue de la balotorajtaj kaj poste de la elektitoj.

Estis la voĉo de homo, kiu malofte ne atingis tion, kion li vere deziris. "Geamikoj, mia humoro estas eble iomete sentimentala. Ne kulpigu sole la vinon. Ne," li ridetis, "mi volas sciigi al vi, ke mi havas kelkajn ideojn en la kapo."

La vidangulo permesis al Maklin senĝene studi la dekstran profilon de Belinda. De tempo al tempo li devigis sin dum la manĝo paroli kun Clarissa, kiu sidis dekstre de li, sed nun li apenaŭ konsciis pri ŝia ekzisto. Dum la pasintaj du semajnoj li vidis la amatan virinon nur tri fojojn, sed li apenaŭ memoris tiun foran epokon, kiam li ankoraŭ ne sciis, ke Belinda Horne vivas. Post tiu freneza momento en la studejo de Tom, kiam ŝia prudento savis lin de embarasiĝo, li grandparte regadis sin. Kiam la pli bona stato de Tom permesis al li reiri al Toowong, li retrovis sian kutiman laboremon. Du fojojn li renkontis McLelland kaj aliajn anojn de la Kvinslanda Asocio por la Progreso de la Scienco, kaj la nun konkretiĝanta plano ekscitis lin (li devis cedi, ke McLelland lerte gvidas la diskutojn kaj afable aŭskultas ĉiujn proponojn, speciale tiujn de Maklin). Sed la bildo de Belinda akompanis lin ĉien. Same la konflikto pri lia ŝuldo al Tom.

"Jes ja, geamikoj, mi kredas je glora estonta rolo de ĉi tiu mia elektita hejmlando. Objektive povas ŝajni absurdaĵo, se oni prognozas, ke iam nia juna kolonio trovos sian lokon inter la grandpotencaj ŝtatoj de la mondo." Tiom da patosaj esprimoj devigis Arthur Horne gluti iomete da vino.

"Tio estas ja aŭdaca vizio, ĉefministro," enmetis s-ro Lockwood, la nova ministro por transporto.

"Mia ambicio estas, ke mia registara periodo ekigu tiun epokon, en kiu la vizio ne plu ŝajnis absurda." Neniam Arthur Horne uzus tiajn vortojn publike. "Feliĉe oni jam havas konkretan ekzemplon de iama kolonio, ne malsimila al ni, kiu nun evidente havas la destinon fariĝi almenaŭ serioza rivalo de la eŭropaj potencoj. Usono."

"Eble kelkaj lojalistoj opinius, ĉefministro," komentis ministro Lockwood, "ke via aludo al Usono kiel modelo por Kvinslando estas, ni diru, iom danĝera!" Oni vidis, ke s-ro Lockwood bone lernis sian rolon, provizi al sia ĉefo facile refuteblajn kontraŭargumentojn.

"Mi rapide aldonu," respondis Horne malrapide, "ke ni estas kaj ĝismorte restos britoj, lojalaj civitanoj de la Brita Imperio. Unu el la tragedioj de la monda historio estis la forfalo de Usono." Certe la vino ne estis tute sen efiko sur la gastiganto. "Sed ni rigardu la aferojn sen antaŭjuĝo. Foje, mi konfesas, mi sentas angoron pro la evoluo de Anglio. Ne nur restas tro da senutilaj sociaj strukturoj ĉe la supro, kiuj bremsas progreson. Malsupre kreskas tiuj klasbatalemaj organizoj, kiuj minacas detrui la tutan civilizacion. Feliĉe la laboristoj de Anglio estas plejparte tro prudentaj por aŭskulti la apostolojn de anarkio, sed foje oni frostas... Aliflanke Usono havas senliman spacon, kie ĉiuj klasoj trovas lokon, kaj la lando ne estas katenata de aristokrataj privilegioj."

"Kaj pro la geografiaj kaj historiaj similaĵoj vi opinias, ke Usono estas pli imitinda ol Britio por ni en Kvinslando?" retorikis la sagaca ministro Lockwood.

"Ekzakte," respondis ĉefministro Horne, metante do koncizan finon al la plej longa parolado de sia vivo, se oni ellasas la ritajn elgurdataĵojn de elektokampanjo.

"Do neniu povus misciti vin kaj atribui al vi respublikemajn sentojn," konkludis s-ro Buckley, unu el la plej malnovaj politikaj alianculoj de la nova ŝtatestro.

S-ino Buckley ŝercis, ke ne necesas timi, ke ĉefministro Horne starigos gilotinon por senkapigi la guberniestron kaj aliajn reprezentantojn de Ŝia Imperiestrina Moŝto. Tiu leĝera tono rikoltis elkoran ridadon. Ĉar ĝuste tiam Belinda klinis sin malantaŭen kaj Tom proksimiĝis al la tablo por preni sian vinglason, Maklin kaptis la okazon por demandi: "Kiel statas la dorso?" Layton ridetis kaj respondis: "Mi ja ne povas forgesi, ke mi havas ĝin, sed mi bone marŝas nun. Cetere, Niki, mi ne inde dankis pro via flegado."

Maklin ne havis tempon por respondi, ĉar la monda politiko, aŭ almenaŭ la kvinslanda politiko, denove ĉefroliĝis.

"Kia estas la diferenco nuntempe inter Kvinslando kaj Usono? Ĉefe du aferoj." Oni rajtis diveni tiujn du, dum la ĉefministro trinketis. "Du. Homoj kaj fervojoj, ambaŭ neimageblaj sen la alia."

"Pardonu, ĉefministro," memorigis la fidela ministro, "sed Usono havas ankaŭ grandajn riverojn."

"Dankon, Lockwood, vi pravas kiel kutime." Ĉu iomete ĝenis Arthur Horne, ke la pedanta Lockwood iom difektis la simetrian koncizecon de lia bone elpensita diro? Ĉiukaze lia voĉo jorkŝiris pluen: "Ĝuste pro tio, ke ni ne havas grandskale trafiktaŭgajn riverojn, ni des pli bezonas fervojojn."

Fine la nekutime silenta Layton parolis: "Arthur, kie oni devus laŭ vi konstrui fervojojn?"

"Ĝuste tion mi volis demandi!" Ne plaĉis al ministro Lockwood, ke iu uzurpis lian rolon.

"Bona demando, Tommy. Nu, Kvinslando estas pli granda ol ĉiu lando en Eŭropo, se oni esceptas la Imperion de nia amiko tie," kaj Arthur Horne afable gestis al Maklin. "Ni ne povos fari ĉion per unu fojo. Sed mi antaŭvidas reton da linioj." Li stariĝis por pli bone vidigi al la aliaj imagan mapon de Kvinslando, sur kiu li grandgeste desegnis la ontajn fervojojn, pri kiuj li evidente ofte pensis. "Unue tie, laŭ la tuta marbordo. Poste linioj kuros de la ĉefaj marbordaj urboj por ligi la okcidentajn regionojn. Kaj tiam, se restos iuj pencoj en la ŝtatkaso, ni konstruos diagonale de Brisbano ĝis la nordokcidenta ekstremo."

Maklin provis bildigi al si tiun gigantan fervojaron, sed vidis nur la diagonalan survizaĝan cikatron de Kodi. Tiu malbela bildo eĉ pli fortiĝis, kiam la ministra sufloro aldonis: "Jen vere grandioza plano, ĉefministro! Mi mem transvojaĝis la senlimajn distancojn de nia kolonio. Nekalkuleblaj milionoj da akreoj, kaj senhomaj! Ĝia potencialo estas simple senspiriga!"

S-ro Buckley ricevis subitan inspiron: "Geamikoj, mi proponas toston al la superba kaj aŭdaca plano de nia nova ĉefministro! Ĉu ni stariĝu?"

Ial Maklin estis kontenta, kiam Arthur Horne kun videbla bonhumora modesteco malpermesis "tiajn firlifancojn kaj ceremoniojn" en sia honoro. Do oni trinkis sidante, kaj neniu krom eble la unua filino de la ĉefministro rimarkis, ke la glaso de Maklin restas malplena.

Arthur Horne trankvile ĝojis pro la bona reago al siaj ĵus malkaŝitaj revoj: "Sinceran dankon. Mi volas aldoni nur unu komenton. Ŝerce mi diris, ke ni konstruos tiun diagonalan fervojon, se la ŝtatkaso ne estos malplena. Eble riska ŝerco, sed mi estas konvinkita, ke por ĉiu pundo, kiun ni investos en mian planon, ni baldaŭ enspezos du – jes, eĉ per la linioj al la plej foraj kaj senhomaj lokoj!"

Sekvis momento da silento, kiun rompis la fremdsona voĉo de la ruso: "S-ro ĉefministro, mi konfesas mian preskaŭ kompletan nescion pri la cirkonstancoj ĉi tie, sed mi volonte farus iujn demandojn."

Arthur Horne respondis eĉ pli malrapide ol kutime: "Estus mia plezuro provi respondi demandojn de tia eminenta gasto, barono."

Maklin kunplektis la fingrojn, kaj Belinda sentis, ke li volas malhelpi, ke ili tremetu. "Dankon. Nu, oni parolas pri senhoma lando. Ĉu... e... oni havas statistikojn pri la nombro da indiĝenoj en Kvinslando?"

Layton provis ĵeti avertan rigardon al la amiko, sed la formo de Belinda nevidebligis Maklin. Efektive la momento estis iom streĉa, sed Horne ne perfidis ian ekscitiĝon: "La respondo estas simpla, barono. Neniu scias." Ĉar la ruso ne komentis sed ŝajnis prepari novajn demandojn, la gastiganto aldonis: "Ili vivas en disaj grupetoj. Eble dek sur tereno pli granda ol eŭropa regno, eble neniuj."

"Sed mi legis antaŭ kelkaj tagoj," Maklin ekparolis iomete raŭke, "pri punekspedicio kontraŭ hordo da indiĝenoj – la vorton 'hordo' mi specife memoras – en la distrikto... Mi bedaŭras, ke mi forgesis la nomon de la urbo. Ĉu vi memoras ĝin, Tom?"

"Tully!" diris Layton, grincigante la dentojn kaj dezirante Maklin en urtikaron. Sible li flustris: "Niki, ĉu ni ne jam spertis ĉi tiun scenon!?" Li bedaŭris, ke li mem atentigis Maklin pri la artikolo.

Sed la barono ŝajne ne aŭdis tion: "Dankon, Tom. Jes, Tully. La raporto supozigis, ke tiaj punekspedicioj kaj la... hm... agoj, kiuj necesigas ilin, ne estas maloftaj. Sed la raportanto opiniis, ke oni ne sufiĉe ofte kaj ne sufiĉe severe punas la krimojn de la indiĝenoj. Ĉiukaze oni devas konkludi, ke la nombro da nigruloj estas sufiĉe alta por igi pridubinda la epiteton 'senhoma lando'."

Tio estis rekta vangofrapo al la ŝtatestro. Regis embarasa silento, ĝis ministro Lockwood kolere dehokigis sian ĉefon: "Vidu, barono, vi mem diris, ke vi scias nenion pri la cirkonstancoj ĉi tie. Kaj vi ŝajne tiras falsajn konkludojn surbaze de unu raporto en gazeto, kiun vi eĉ ne nomis."

La agresemo de ministro Lockwood igis Maklin spici sian respondon per kolero kaj sarkasmo: "Pardonu, s-ro ministro, mian teruran insulton al la kutimoj de civilizita argumentado.

244

La gazeto nomiĝis Tully Times. Sed tiu unua artikolo vekis mian intereson, do mi konsultis en la urba biblioteko ekzemplerojn de diversaj gazetoj de provincaj urboj. Mi konstatis, ke ili unuvoĉe postulas punon al la indiĝenoj de sia propra regiono. Ĉu mi citu pliajn ekzemplojn?"

Silento. Streĉa etoso. La sprita s-ino Buckley provis restarigi trankvilecon: "Barono Maklin, mi persone admiras vian kuraĝon. Kaj mi diru kiel virino, ke kiam mi vidas la fajron en viaj okuloj, mi..." Ŝi paŭzis signifoplene, kaj la edzo komprenis la indikon. "Mi aŭdas vin, Mabel!" li diris kun ŝajna ĵaluzo. Sed la spritaĵo estis tiel lama, ke neniu ridis, kaj la kolera ruso montris eĉ pli ĉagrenitan mienon.

D-ro June, mildaspekta grizbarbulo, intervenis: "Barono, la vidpunkto, kiun vi prezentas, honoras vin. Sed permesu al mi esprimi mian opinion, ke ĝi estas malaktuala."

"Malaktuala, sinjoro? Mi ne komprenas. Aktuale la raso, kiu iam vivis sur ĉi tiu kontinento, estas ekstermata. Tion mi trovas neakceptinda. Malaktuala?"

"Povas esti, ke tiu vorto ne bone esprimas mian penson."

"Do bonvolu trovi honestan vorton!"

Aŭdeble oni ŝokiĝis. F-ino Clarissa movetis sian seĝon for de la barono. S-ro Layton ĝemis. Bonŝance la insultito restis serena.

"Mi provu prefere priskribi la signifon. Dum la lasta jarcento okazis kaj okazas io, kio iel superas la normalan nivelon de homa planado kaj agado. Estas kvazaŭ ia tajdo de civilizacio konstante flusus, kaj ĉiujare la unuaj ondoj troviĝas ducent kilometrojn pli malproksime de la ekira punkto."

"Kaj tiu tajdo neeviteble dronigas la necivilizitojn, ĉu?"

"Por paroli malkaŝe, tio estas ŝajne unu el la sekvoj, sed ne la celo de la historia procezo."

Ministro Lockwood ne volis akcepti sian pli fruan malvenkon. "Aŭskultu, barono, via propra lando senĉese trudas civilizacion kaj kristanismon al barbaraj popoloj. Eĉ se oni foje emas kritiki la metodojn, certe vi mem ne povas bedaŭri la entutan evoluon, ĉu?"

"Mi ne aprobas la ekspansiemon de la Rusa Imperio. Sed kiel tio rilatas al la situacio ĉi tie?"

"Estas malfacile argumenti kun homo, kiu estas lojala nek al sia lando nek al sia raso!" eksplodis ministro Lockwood.

Estis tempo, ke Arthur Horne, kiu tiel ofte pacigis kverelemajn politikistojn, restarigu ordon en sia domo. Lia malrapida parolmaniero helpis lin ŝajni serena: "Pardonu, geamikoj, sed memoru, ke ni celebras la kristnaskan vesperon! Barono, permesu al mi lastan provon prezenti la vidpunkton de ĉiu alia homo en la ĉambro – nu bone, ni ellasu la sinjorinojn, kiuj estas senkulpaj pri niaj viraj politikaj pekoj! Sed mi parolas por ĉiu viro ĉi tie – ankaŭ por vi, ĉu ne, Tommy?"

Tom Layton, kutime la ĉarma, sprita fokuso de ĉiu societa rondo, iom peze stariĝis. "Pardonu, Arthur, mia dorso doloras," li diris, "mi volas iom kuŝi sur la sofo en la apuda ĉambro." Preterpasante Maklin, li flustris: "Je Kristo, vi pravas, Niki – sed kiam vi lernos elekti la ĝustan tempon por martiriĝi?" Sen plua vorto kaj kun kretopala vizaĝo la anglo lamis el la ĉambro.

\* \* \*

Observanto nescia pri la arto manipuli aliajn homojn eble demandus sin, kion Arthur Horne celis per tio, ke li devigis Tom Layton publike konfesi, kiun partion li subtenas. Oni komprenu, ke ne plaĉis al li meti junan Tommy en embarason, ĉar li sincere trovis la kandidaton al bofiliĝo simpatia. Sed Tommy devis scii, ke neniu rajtos havi Bel sen kondiĉoj. Arthur Horne pasie amis sian unuan filinon, sed ial li trovis ŝiajn tro sendependajn vidpunktojn fremdigaj, eĉ timigaj. Unu el la taskoj de ŝia onta edzo estos rekonduki ŝin al pli fidindaj pensmanieroj; kaj foje la patro dubis, ĉu Tom Layton vere taŭgas por tiu rolo. Se Tommy volus havi Rissy, la sencerban anserinon, liaj propraj vidpunktoj estus tute indiferentaj.

Ni ripetu, ne estis agrable elmeti Layton al tia testo. Sed li suspektis, ke la junulo ne kuraĝos publike subteni la absurdajn dirojn de la ruso, kiu ne detenis sin de krudaj malĝentilaĵoj eĉ en la domo de la ŝtatestro (lia jaro inter la sovaĝuloj verŝajne misefikis sur lia senso por etiketo). Se Layton malkaŝe pruvos la akceptindecon de siaj vidpunktoj, des pli bone; sed eĉ se li nur kolere eliĝos el la disputo, ankaŭ tio devos penetri la dikan haŭton de Maklin.

Post la retreto de Layton ĉefministro Horne turnis sin al la barono. Antaŭ ĉio necesis resti trankvila; Horne jam mil fojojn spertis, ke kolero valoras en disputo, nur se ĝi estas ŝajna kaj taktika manovro: "Barono, sendepende de niaj diversaj opinioj, estas nur juste aldoni, ke ne estas homo en la ĉambro, kiu ne honoras vin kiel heroon."

"Dankon, sed ankaŭ tio neniel rilatas al la temo."

Iu devas instrui al tiu obstinulo kondutregulojn, pensis Horne, sed li daŭrigis bonvoleme: "Jes, do ree al la temo. Mi absolute akceptas, ke vi legis tiujn raportojn en la gazetoj. Sciu, kiel plurjara membro de la kabineto mi konstante devis legi ilin. Kaj same kiel vi, mi trovas la sangavidan tonon abomeninda. La Tully Times estas aparte fifama pro tio."

Ĉiuj permesis al li buŝplenon da vino. Lia voĉo ne estis bela, sed virece forta kaj certiga; ĝia ial plaĉa tembro per si mem refutis la groteskajn akuzojn de Maklin pri "ekstermado" kaj tiel plu. "Oni devas rigardi tiujn etajn gazetaĉojn en la ĝusta perspektivo. Kiel oni spicu iliajn tedajn paĝojn? Raportoj pri bataloj kontraŭ indiĝenoj, ĝenerale senmezure troigataj, jen kiel. Krome la redaktistoj estas ofte politikaj aspirantoj, kiuj klopodas sin popularigi per tio, ke ili ekspluatas aŭ eĉ kreas plendojn pri la 'fora registaro en Brisbano', kiu laŭaserte rifuzas elspezi monon en la provinco kaj ne komprenas la problemojn de la vivo tie."

"Kaj la indiĝenoj, ĉar ili malsaĝe elektis vivi tie antaŭ la alveno de la eŭropanoj, estas tia problemo?" enmetis Maklin kun seka ironio. Oni notis strangan esprimon sur la fremdlanda vizaĝo; ĉu li ekmalsanas?

"Ĉefministro Horne diris, ke la raportoj estas ofte troigataj, barono, ne ke ili estas tute falsaj. Ni ne volas kaŝi, ke tie kaj tie oni devigis la nigrulojn – kiuj cetere neniel komprenas utiligi la teron – foriri." Ministro Lockwood jam ekpentis pro sia vortelekto.

"Foriri! Bela eŭfemismo! Same kiel rabisto persvadas, ke oni fordonacu sian havaĵon, s-ro ministro?" sarkasmis la oponulo.

S-ro Buckley intervenis: "Ni eĉ cedu, ke de tempo al tempo okazas fiaj aferoj eĉ niaflanke. Sed estus alie, se oni batalus en honeste deklarita milito. La nigruloj perfide atakas izolitajn orserĉantojn, paŝtistojn, virinojn kaj infanojn, se la familiestro forestas. Kaj memoru, barono – ili manĝas siajn viktimojn!"

Ministro Lockwood volis doni la mortigan baton: "Ĉu vi aprobas tion, barono! Ĉu vi ne konsentas, ke foje necesas montri al ili, ke ili ne rajtas trudi siajn barbarajn morojn, sed devas observi la leĝaron de la lando?"

"La leĝaron?..." Oni ne sciis, ĉu Maklin bojis la vortojn pro kolerego aŭ pro io alia, kiu afliktas lin. Bonŝance neniu sciis, ke li estis tuj kriegonta la nepardoneblan frazon "De kies lando?!", kiam la ventumilo de f-ino Belinda klake surplankiĝis. Provante ĝin kapti, la bela junulino perdis la ekvilibron kaj devis ekkapti la ŝultron de la barono por ne fali. La barono surpriziĝis kaj turnis sin al Belinda. Oni vidis, ke pro ŝia danka rideto lia severa mieno degelas. Ĉar ŝiaj kruroj implikiĝis sub ŝia seĝo dum la preskaŭfalo, ŝi devis sin kroĉi per ambaŭ manoj al li, ĝis fine ŝi povis stariĝi.

"Dankon, barono."

"Ne dankinde, f-ino Horne."

Ŝajne la barono perdis sian deziron daŭrigi la sindetruan disputon. Ĉiukaze Arthur Horne juĝis saĝa stariĝi kaj senĝene anonci, ke li foriras dummomente por "trinkigi la ĉevalojn". La ceteraj ridis, sed Maklin nek komprenis nek montris intereson ricevi klarigon. Nun la tuttabla diskuto cedis al babilado de etaj grupoj. Oni sentis sin kontenta forlasi la trotiklan politikan terenon.

Clarissa ekstaris: "Bel, mi volas vidi, ĉu Tom bone fartas," ŝi diris, forrapidante, antaŭ ol Belinda povis komenti. La baronon ŝi eĉ ne rigardis.

"Niki, kio estas al vi?" flustris Belinda.

La muskoletoj ĉirkaŭ liaj okuloj kuntiriĝis: "Mi ne scias. Eble mi nur tro ekscitiĝis kaj koleriĝis..."

"Estas la komenco de malariatako, ĉu ne?"

"Ne! Ne... mi esperas, ke ne..."

"Aŭskultu, Niki, estas grave, ke vi restu ankoraŭ iom. Vi baldaŭ komprenos, kial. Diru al mi la veron. Ĉu vi povos elteni ankoraŭ duonhoron?"

Li transmetis sin en ŝiajn manojn. "Jes. La komenca kapdoloro ĵus venis. Sed mi povos elteni."

"Do restu ĉi tie unu momenton."

Li rigardis senhelpe rekte en ŝiajn okulojn kaj pensis: Mi amas vin! En sia malsaniĝa konfuzo li eĉ esperis, ke ŝi komprenas.

"Mi iras envenigi mian patron kaj Tom."

\*　\*　\*

Kelkajn minutojn poste la viroj sidis pretaj aŭskulti la ĉefministron, kies maniero sciigis, ke li kovadas ion vere prezentindan. Ŝajnis, ke la dorsdoloro de Layton almenaŭ provizore forpasis, sed Clarissa videble bedaŭris la finon de ilia konversacio en la apuda ĉambro. S-ino Horne, Belinda kaj s-ino Buckley jam foriris prepari kafon en la kuirejo, sed la patrino reaperis por ordone gesti, ke Clarissa venu helpi ilin. Paŭtante, la bela juna virino iris tien.

"Geamikoj... pardonu!" diris Arthur Horne. "Amikoj, mi havas bonan novaĵon por iuj el vi." Eĉ tiuj, kiuj ne sciis, kio nun venas, divenis, ke iel temas pri Maklin. Bonŝance tiu obstinulo ne plu emis kontraŭdiri. Lia vizaĝo estis pala. Ĉu Belinda klarigis al sia patro, ke malariatako estas venanta? Alivorte, ĉu Horne sciis, ke ĉiu plua minuto alportas pluan suferon al la ruso? Probable ne, sed ĉiukaze la multjara politikisto Horne kutimis komplezi aliajn tiamaniere, ke la komplezato agnosku, ke estas kondiĉoj kaj prezoj. Kaj la ĵusa kondutaĉo de Maklin certigis, ke Horne emfazu la prezon; la donaco al Maklin venos en iom dika ideologia ĉirkaŭvolvaĵo, kaj se tio ĉi ne plaĉos al li, do bone, ĉio havas sian prezon.

"Mi jam diris, ke mi havas kelkajn ideojn en la kapo. Ne estos facile realigi tiujn revojn. Antaŭ ĉio necesos unueco de la loĝantoj de la kolonio."

Ministro Lockwood retrovis kun vervo sian rolon: "Unueco! Kia bela iluzio en Kvinslando ĝis nun!"

"Jes, vi pravas, Lockwood, sed mi igu klara, ke mi neniel kritikas tiurilate la laboron de mia antaŭulo Lionel Johnson. Lionel estis jam maljuna, ne tre bonfarta, kaj tamen lerte stiris la ŝtaton inter danĝerajn rokojn."

"Almenaŭ li sukcesis venki la bandon el Ipswich!" aldonis d-ro June.

"Mi klarigu por la barono," intervenis Tom Layton. "Ipswich estas iom granda urbo eble kvardek kilometrojn okcidente. Dum jardekoj ĝiaj civitanoj aspiris uzurpi la rangon de ĉefurbeco."

"Dankon, Tom, nun mi komprenas." Sed la tono perfidis, ke la rivaleco inter Brisbano kaj Ipswich malpli priokupas lin ol la propra stato.

"Jes, Lionel gajnis en tiu batalo," resumis Arthur Horne. "Sed restas kelkaj distendencaj opinioj."

"Grandbienistoj kontraŭ agraristoj! Grandbienistoj kontraŭ industriaj entreprenistoj! Liberkomercistoj kontraŭ protektistoj!" kontribuis la ministro por transporto.

"Tiuj por kaj kontraŭ la importado de kanakoj!" alternis s-ro Buckley.

"Foje oni sentas fortan tenton kunpuŝi la kapojn de tiuj idiotoj, kiuj povas ĉion rigardi nur el la vidpunkto de la propra intereso." Neniu dubis, ke laŭbezone la ĉefministro povus tion fari. "Ili ne povas vidi, ke Kvinslando bezonas kaj sukerkanon kaj lanon kaj industriajn produktojn. Ke ni devas dungi kanakojn sed samtempe protekti la vivnivelon de la blankaj laboristoj."

"Tute prave, ĉefministro," aldonis la ministro, "sed kiel vi intencas krei unuecon?"

"Nu, mi havas kelkajn ideojn. Ni devas elekti celojn, kiuj vekos sentojn de solidareco en la tuta popolo."

"Facile, Arthur! Vi devas nur deklari militon kontraŭ Sidnio aŭ Melburno – ĉiu vera kvinslandano nepre aliĝos al via armeo!"

Ridante oni celebris la revenon de Tom Layton al la kutima rolo. Sed la rideto de la ruso iom similis al grimaco.

"Pardonu, Layton, vi forgesis unu aferon," avertis la afabla d-ro June. "Se ni konkerus Sidnion, neniu el ni volus ĝin havi, kaj neniu alia volus ĝin aĉeti!"

Tiu spritaĵo ricevis des pli malavaran aprobon, ĉar ĝuste tiam la virinoj envenigis la kafon. Ĉiu rajtis preni laŭguste sukeron kaj lakton. La rusa gasto, baraktante kontraŭ vomemo, devis tri fojojn kun senespera ĝentileco rifuzi la proponatan tason, antaŭ ol Ottilie Horne rezignis pri sia rolo de tro malavara gastigantino.

Finfine Arthur Horne pretis malvolvi la kristnaskan donacon: "Ni parolis pri iniciatoj, kiuj unuigus la tutan loĝantaron de Kvinslando. Nun mi volas anonci la unuan el tiuj iniciatoj." Iom ŝmace li ĝuis sian kafon. "Imagu, se vi povas, projekton, kiu altiros financan subtenon kaj de la Kvinslanda Grandbienista Ligo – en kiu McLelland ne malaktivas – kaj de la Brisbana Komerca Ĉambro – kies membro mi ja estas – kaj eĉ de kelkaj patriotoj en Ipswich. Imagu krome, ke la kabineto laŭ mia antaŭvido pretos kontribui duonon de la tuta financo."

Laŭŝajne tiu defio al ilia imagopovo estis troa, ĉar neniu sugestis ion. Preninte alian gutaron da kafo, la ĉefministro daŭrigis trenvoĉe: "Mi mem ne kompetentas por juĝi ĉiujn facetojn de tiu projekto. Sed mi volonte akceptas la opinion de kompetentuloj. Kaj evidente la afero ĝuas vastan aprobon, estas pli populara, ol nura politikisto povus imagi."

La antaŭparolo jam tedis Arthur Horne mem: "Barono, ĉu vi plaĉus al vi akcepti kontrakton de la kvinslanda registaro estri stacion, kies celo estos esplori sciencajn temojn kaj teorie kaj en apliko al la praktika vivo?"

Tom Layton ne komprenis, kial la ruso ne ambaŭmane kaptas la belan premion – la frukton de tiel longa planado. Anstataŭ tio Maklin nur malfermis la buŝon kaj, kvazaŭ glutinte aĉan medikamenton, refermis ĝin.

"Konsidere vian rangon kiel renoma sciencisto ni pripensas malavaran salajron, kaj kiel eble plej kompletan ekipaĵon."

Layton volis plenpulme krii: Niki, akceptu, vi stultulo! Finfine venis malforta respondo: "Mi estas tre kontenta akcepti la honoron, s-ro ĉefministro."

"Tio tre ĝojigos viajn amikojn en la KAPS, barono. Restas nur unu afereto," Horne aldonis ne sen emfazo. "Vi komprenas, ĉu ne, ke la posteno estos pure scienca kaj devigos vin kaj viajn postajn helpistojn resti neŭtralaj en politikaj aferoj?"

Spasmo de vomemo taŭzis la vizaĝon de la ruso: "Mi bone komprenas."

La tablanoj ĝojis, ke fine la vespero, sojle al la festo de interhoma amo fontanta el la dia patreco, trovis agrablan turniĝon – des pli domaĝe, ke la ekstravagancoj de la alilandulo iam minacis detrui la belan etoson. Necesis nun prepari sin mense por la kantado de kristnaskaj himnoj; poste oni iros al iu preĝejo, eĉ tiuj, kiuj alitempe neniam konatiĝis kun la interno de ia adorejo. Vizito al preĝejo estis same parto de la kristnaska tradicio kiel la solidegaj manĝaĵoj, kiuj tre konvenis al la subnulaj temperaturoj de la angla decembro – malpli al la 30 ĝis 40 gradoj de la brisbana somero.

Belinda flustris ion al Tom Layton, kiu aŭdeble ekkriis: "Ĉu vere? Mi ne sciis, ke temas pri tio! Mi tuj venigu la kompatindulon al Toowong."

"Tom, memoru vian dorson," enmetis Belinda. "Ĉu mi iru vin helpi?"

"Kompreneble, mia belulino!"

Clarissa eĉ ne provis ŝajnigi, ke ŝi volas akompani la aliajn anojn de la "kvaropo". Ŝia sinteno evidentigis, ke ŝi trovas la baronon malfacile kunparolebla kaj kverelema homo.

Tom Layton rapide klarigis al la ceteraj, ke barono Maklin de kelka tempo suferas malariatakon kaj jam frostas. Tuj oni konstatis, ke fakte liaj dentoj nebrideble kunklakadas. Tom demetis la propran palton, kiun la varma vespero igis tute superflua, kaj volvis ĝin ĉirkaŭ Maklin, dirante: "Niki, vi farus ian ajn krimon por eviti diservon, ĉu ne?" Sed ne estis la tempo por spriti.

Maklin lasis la du gvidi lin. Poste li ne memoros multon pri la veturo al Toowong. Iam li konsciis, ke li ĵus ricevis iun bonan komisiiĝon, sed lia vaganta menso ne povis fiksiĝi sur ĝiaj detaloj. Li memoris tamen, ke iu vin- aŭ kaftrinkanta viro donis al li la komision, same kiel iu vintrinkanto iam komisiis al li iri al la Verda Insulo. Tre probable la sorto de la tuta mondo estas decidata de aro da trinkantoj komforte sidantaj ĉe tablo. Maklin miris, ke en la moviĝanta ĉambreto sidas du aliaj homoj; li penis doni al ili nomojn, kaj estis ravita konstati, ke lia patro resaniĝis, ellitiĝis kaj sidas granda kaj bela apud li. Eĉ pli ekstaza konstato estis, ke panjo, nun tute libera de sia rigideco, apogas lin ĉe la alia flanko; li tre deziris lasi sin glitfali sur la varman, molan bruston de panjo...

# PARTO 3

*La postenulo*

# Ŝuoj kaj kanakoj

Kiel Maklin poste notos en sia *Privata Taglibro*, la unua malsan-
iĝo en Brisbano havis neatendeblajn sekvojn. Iel la suferado en la
propra korpo inicis lin en la realecon de sia ĉirkaŭaĵo. Aŭstralio
perdis tiun duone sonĝecan karakteron kaj trudis sian solidan
faktecon. Maklin subite sentis deziron konatiĝi kun la ekzotaj
aŭstraliaj birdoj, kiuj trilis, kvakis aŭ malmodere ridegis en la
ŝparfoliaj eŭkaliptoj, kun la buntaj papilioj kaj la insektoj, kiuj
multmilope kriĉadis aŭ zumadis nevidate. Lin ekinteresis la pale
verdaj montoj kaj belaj marbordoj, kies rokoj rivelos prarakonton
al liaj trejnitaj okuloj. Baldaŭ li ekkorespondos kun la germana
barono Mueller, la energia botanikisto, kiu fondis la zoologian
ĝardenon en Melburno kaj onidire sciis pli pri la flaŭro de sia
adoptita lando ol ĉiu alia blankulo. La ruso ektrovis, ke ĝis nun li
estis tro en la homa medio, ke li ĉeestis tro da kunsidoj kaj festoj
kaj neglektis la naturan medion, en kiu li ĉiam sentis sin hejme.

Unuope Tom Layton kaj Belinda vizitis lin la tagon post la
malsaniĝo, sed lia mizera stato ŝokis precipe Belinda, kiu ĝis
tiam ne vidis atakon de malario. Nek Tom nek Belinda restis
longe. S-ino Barker flegis lin patrinece; ŝi sincere kompatis la
malsanan ĝentlemanon, kiu ja pagis la luprezon tute prompte
kaj estis cetere pli maldika ol dingo dum la senpluva sezono. Ŝi
zorgis, ĉar dum la malsano eĉ la plej manĝinda frandaĵo ne logis
lin.

La trian tagon li sentis sin sufiĉe forta por iom promeni dum
tiu mirige bela horo tuj antaŭ la noktiĝo, kiam la dumtage bakita
tero revigliĝas kaj ĉio venkas sian apation kaj trovas ĝojon en la

vivo. Maklin sidiĝis sur la liton kaj etendis la brakon por elfiŝi la dekstran boton el ĝia kutima sublita loko. Je sia granda surprizo li kaptis ne la dikan rusan boton, sed elegantan nigran ŝuon. Serĉo montris, ke iu metis la botojn en kaŝitan lokon malantaŭ ŝranko kaj anstataŭigis ilin per la belaspekta paro da ŝuoj. Lia reago estis duflanka; li tre volis danki la donacinton, sed nun konsciis, ke dum la tuta tempo en Brisbano li verŝajne aspektis iomete komika en la botoj.

Vestinte sin, li iris al la dommastrino: "S-ino Barker, vi estas vere tro malavara. Ĉu vi estas certa, ke s-ro Barker aprobus, ke vi fordonu liajn ŝuojn al fremdulo?"

"Hej barono, kion vi diras? S-ro Barker, Dio donu pacon al lia animo, ne postlasis ŝuojn." Ŝia malbela vizaĝo kortuŝe kun-tiriĝis: "Ni enterigis lin en liaj policistaj botoj. Liaj ŝuoj estis jam eluzitaj. En la lastaj tagoj li volis porti nur pantoflojn. Dio benu lin, tia ĝentlemano li estis! Hej barono, kien vi volas iri? Ne tro malproksimen, vi estas tiel malforta kiel unutaga katido! Estus interese por vi promeni en la tombejo. Mia kara s-ro Barker ripo-zas tie. Estas trankvile kaj bele tie. Dum la tago. Mi neinam iras tien nokte. Ĝi estas nur ducent jardojn for, en tiu direkto. Estas ankoraŭ iom da sunlumo. Ŝuoj? Kion vi diris pri ŝuoj?"

Maklin ne volis makuli la novajn donacojn, kies deveno res-tis neklarigita, do li promenis en la botoj. Li trovis, ke la dom-mastrino pravas. La tombejo prezentis iaspecan histori-lecionon, sed oni ne tro fidu la iom patosajn asertojn sur la tomboŝtonoj pri la meritoj kaj atingoj de la kuŝantoj tie. Krom tio li notis, ke tie oni povas bone observi la birdaron de la regiono.

Jes, li antaŭĝuis la multflankan taskon antaŭ si.

\* \* \*

Du tagojn poste Tom Layton trovis Maklin kontente laborantan ĉe la mikroskopo.

"Je Jupitero, vi aspektis malsana! Ĉu ĉiu atako estas tiel severa?"

"Ĉi tiu estis relative milda, Tom. Sed ne utilas diskuti tion. Mi supozas, ke ĝi aspektas pli timiga, ol ĝi fakte estas."

"Niki, mi ricevis tristan novaĵon. Kehl."

"Ĉu ili fine forpelis lin el Heidelberg?"

"Jes, ankaŭ el Heidelberg. Niki, Kehl estas mortinta."

Maklin forpuŝis la mikroskopon kaj sidiĝis. Regis longa silento.

"Koratako. La edzino trovis lin en la studejo. Eĉ ŝi suspektis nenion."

"Estas malfacile kredi, ke ni neniam plu aŭdos tiun sonoran voĉon. Ĉu vi memoras, kiel li balancis tiun grandiozan kapon?"

"Kiu povus forgesi? Niki, dum vi malsanis, la ideo venis al mi proponi, ke ni du verku komunan longan leteron al li pri niaj spertoj, kiuj igis la materiismon neakceptinda al ni."

"Mi estas kontenta, ke ni ne faris tion."

"Kial do, Niki? Memoru lian sloganon: Antaŭ ĉio honesto, sinjoroj!"

"Jes, sed niaj spertoj estis niaj, ne liaj. Kiel oni estu honesta pri la travivaĵoj de aliaj? Tiu slogano estas forte subjektiva kaj individuisma."

"Jes, vi pravas. Probable estus kruele sciigi al maljunulo, ke du el liaj disĉiploj ne plu konsentas kun li."

Sekvis refoje silento okupita de memoraĵoj. Fine Maklin diris: "Cetere, dankon pro la ŝuoj, Tom."

"Ŝuoj? Pri kio vi parolas?" Evidente Layton ne blagis ĉi-foje. "Do vi ne... mi kredas, ke mia... Bridget donacis..." Maklin volis tuj ŝanĝi la temon, sed Layton antaŭis lin.

"Niki, jam kelkfoje mi fosis en via intima vivo. Ĉu mi rajtas refoje demandi ion?"

Maklin nur duone ridetis: "Nu, pri kio temas?"

259

"En Heidelberg oni rakontis, ke vi devis forlasi Peterburgon pro politikaj kialoj. Tio ne estus unikaĵo en Ruslando, sed ĉu prave?"

Mallonga rido. "Tio estus vere troigo, Tom. Nu, mi estis intervjuita de sekreta policisto, ulo sen ia spuro de humuro. Sed mi jam intencis ĉiukaze iri al Heidelberg post la fino de la semestro, do li lasis min iri."

"Ĉu mi rajtas demandi pri via delikto?"

"Kial ne? Nun mi preskaŭ bedaŭras, ke ĝi estis bagatela. Ne atendu heroaĵon."

"Vi bone komprenas juki mian scivolon. Rakontu do pri la bagatelo."

Maklin pense retrosaltis eonon: "Iun tagon mi aŭdis alian studenton Kambelskij, same kiel mi heredan baronon, paroli sensencaĵojn pri la netranspasebla baro, kiun Dio metis inter la nobelaro kaj la servutulojn. Normale mi ignoris tiajn tedaĵojn, sed eble la vetero ĝenis min tiun tagon."

"Do parolu, homo, kion vi diris?"

"Mi memorigis lin, eble iomete tro emfaze, pri la arbitreco de lia kaj mia nobeleco. Ni estas ambaŭ posteuloj de skotoj, kiuj venis al Ruslando en la deksepa jarcento."

"Skotoj! Ĉu sub la felo de Maklin kaŝas sin iu MacLean?"

"Plej probable. Kaj vi povos diveni la nomon de la prapatroj de Kambelskij."

"Nekredeble! Unu el miaj avinoj estis Campbell-anino!" Layton salte stariĝis kaj ĵetis la membrojn imite al skota danco, ĝis muskolpinĉo devigis lin residiĝi. "Kial je mil diabloj skotoj iris al Ruslando?"

"Onidire ili antaŭvidis la neeviteblan venkon de la angloj en sia lando. Ili do preferis forlasi la landon kaj dungiĝi aliloke kiel soldatoj. Tiutempe la caroj batalis kontraŭ la turkoj."

"Sed kiel sovaĝa skota klanano fariĝas rusa nobelo?"

"Ne ĉiuj atingis tiun pinton de la homa socio. Sed multaj estis sufiĉe kuraĝaj aŭ sencerbaj por meriti la dankon de la caroj. Anstataŭ monon ili ricevis titolon."

"Kaj vi senceremonie memorigis tion al s-ro barono Kambel-skij? Kaj pro tio oni denuncis vin?"

"Jes. Mi jam promesis al vi bagatelon."

"Alia demando do: Ĉu vi principe malaprobas sociajn kla-sojn? Ĉu vi estas kriptosocialisto?"

Maklin paŭzis. "Politika teorio ne estas mia afero, Tom, kaj mi neniam trapensis la demandon. Sed... jes, mi kredas, ke la hie-rarkia socia strukturo estas maljusta kaj arbitra. Refoje mi povas aldoni, ke miaj spertoj sur la Verda Insulo malfermis al mi la okulojn."

"Do kial vi ne vendas la bienon, rezignas pri via titolo, kaj vivas kiel simpla civitano? Ankaŭ tio ne estus unikaĵo en Rus-lando."

"Vi certe boras per viaj demandoj, Tom, sed mi volonte res-pondas. Krom tio, ke mi vere ne pripensis la aferon, mi povus diri, ke eĉ se mi farus tiun oferon, al kiu ĝi utilus? Eble mi sentus min heroa, sed mia ago neniel influus la situacion."

"Sed ĉu simbola ofero ne havus sian valoron?"

"Tion mi dubas. Kaj la enspezo de la bieno helpas al mi fari la laboron, kiun mi povas fari, kaj tio estas, mi esperas, ne tute senvalora."

Layton evidente ĝuis la diskuton. Li levis la dekstran polek-son, kiel li kutimis fari ĉe la apogeo de rezonado: "Alivorte, vi konfesas, ke la rusa socio estas neperfekta, sed vi realisme pro-vas labori en la kadro de tiu socio. Ĉu mi pravas?"

"Nu... jes."

Eta triumfbrilo heligis la brunajn okulojn: "Certe vi vin demandas, kial mi tiel insistas pri tiu punkto."

"Mi suspektas, kial."

"Do bone, Niki, temas pri via nuna kaj ĉi-tiea situacio. Diru al mi, ĉu vi akceptus la jenan pensĉenon: Vi malaprobas la sis-temon en Kvinslando, kiu donas al la blankuloj – kaj unualoke al la angloj – pli altan valoron ol al la indiĝenoj, kanakoj, ĉinoj, japanoj, kaj tiel plu."

"Iom milda esprimmaniero, Tom!"

"Konsentite, kaj teorie mi konsentas kun vi, ke io putras ĉe la bazo de ĉi tiu socio. Sed mia spino estas malpli forta ol via." Layton mienis iom amare.

"Tom, mi kredas, ke mi povas kompletigi vian pens-ĉenon. Vi volas, ke mi estu realisma kaj submetu min al la reganta kaj neŝanĝebla sistemo, ĉu ne?"

"Ĝuste. Aŭskultu, Niki, vi estas elstara fakulo. La posteno proponata al vi permesus, ke vi faru grandiozan laboron, ne nur por tiu ĉi kolonieto – la onta Usono, laŭ nia olda Arthur – sed por la tuta homaro. Sed se vi malfermos la buŝon je malkonvena tempo koncerne la politikan kaĉon, Horne ne hezitos elĵeti vin – vi ja jam donis al li kialon! Kaj diru al mi, al kiu utilus, se vi perdus vian postenon? Por citi vin mem, ĉu eĉ heroa interveno via iel influus la situacion?"

"Hm, via demandado estas celtrafa."

"Kaj se vi bezonas teorian pravigon, Niki, pripensu: La historio estas plejparte ogrofabelo. Ĉiu civilizacio, inta, anta aŭ onta, estas konstruita sur monto el kranioj. La bonulo ĉiam devas elekti inter sinmortigo kaj kompromiso kun la mondo."

"Je la nomo de Kehl, Tom, ne apliku tiajn altflugajn vortojn al mia kazo. Sed sciu, ke mi decidis agi laŭeble prudente."

"Hura! Kaj ni povas tion ĝustempe celebri – mi jam vidis vian Bridget plenigi tepoton."

Kaj kelkajn sekundojn poste la brile blanka servico aperis antaŭ la brusto de la dommastrino. Invitite kuntrinki, s-ino Barker mirigis la du ĝentlemanojn per riĉa repertuaro da temoj. Evidente ŝi nun ŝanĝis sian opinion pri f-ino Belinda Horne, tiu ege bela junulino, kiu nun du aŭ tri fojojn – s-ino Barker ne certis pri la nombro – venis al la domo. S-ino Barker ne plu aŭskultos la klaĉojn de s-ino Withers kaj la aliaj pri f-ino Belinda, kiu ja rajtis instrui ion ajn laŭ sia plaĉo. Kaj ĉu la ĝentlemanoj ne opiniis, ke fraŭlino rajtas resti senedza eĉ ĝis kvardekjara, se tion ŝi volas? S-ino Barker mem restis virgulino – jes, ha! ha! – kvankam iuj ne volis kredi ŝin, ĝis sia kvardek-kvina jaro! Nur tia ĝentlemano, kia s-ro Barker, povis persvadi ŝin forlasi tiun staton. Aj, kiam ŝi renkontus tian viron, kia s-ro Barker? – kompreneble la barono kaj s-ro Layton estis ankaŭ plej altagrade ĝentlemanoj, sed ili apartenis al societa rango supera al ŝia, do ili bone komprenus, kion ŝi volas diri, ĉu ne?

Post tiu distraĵo Tom invitis la baronon akompani lin kaj la du fratinojn dum la morgaŭa rajdado. Layton opiniis, ke Belinda fariĝas eĉ pli lerta kaj aŭdaca rajdantino ol Clarissa, kiu jam gajnis kelkajn premiojn. Sed Maklin ne akceptis, unue pro tio, ke li ne tute resaniĝis, kaj due, ĉar li volis verki leteron al la vidvino Kehl.

Kiam Layton foriris, Maklin diris al si, ke ne necesas, ke Tom konsilu prudenton. Li mem fakte jam decidis tian kurson.

Li ja sciis, kiu donacis al li la ŝuojn.

\* \* \*

Kompreneble Maklin sopiris al nova renkontiĝo kun Belinda, sed li ne sciis, kiel mem iniciati la aferon. Li vere ne volis revidi ŝin nur kiel ano de "kvaropo", do li devis esperi, ke ŝi iam vizitos lin; sed ĉu ŝi tion farus post lia resaniĝo?

Alia deziro estis retrovi la vivmanieron de sciencisto. Tio estis tre facila sur la Verda Insulo, ĉar tie li pioniris, kion ajn li faris. Sed kia estos lia taskaro propra en Brisbano? Li decidis unue esplori la sciencan literaturon de la urba biblioteko por sin informi, kio estas ankoraŭ farenda.

Malgraŭ sia promeso eviti politikaĵojn li ne povis malhelpi, ke foje en la trajno li aŭdis konversaciojn, kiuj pikis lian konsciencon kaj eĉ unu fojon tuŝis lin mem. Iun tagon ŝike vestita sed iomete ebria kunvojaĝanto, antaŭ nelonge alveninta el Sidnio, regalis geedzan paron per amuzaĵoj pri iu proceso. Ĝuste tiam Maklin estis pro la varmego dormema, sed liaj oreloj moviĝetis, kiam la nomo "Beveridge" aŭdiĝis. La trinkinto rakontis, plimalpli ĝuste, ke Beveridge opiniis sian aferon tute certa: li ja kaptis

Lewin, la plej konatan "ĉasiston de nigraj birdoj", dumfare. Sed la defenda advokato, per serio da ruzoj, ĉefe per ridindigo de la atestkapablo de la akuzantaj kanakoj, reduktis la proceson al farso kaj tiel kolerigis Beveridge, ke "la bona kapitano" povis nur "kraĉi dentojn". Fine, la ŝikulo raportis, oni verdiktis, ke Beveridge pagu ĉiujn proceskostojn, kaj tio prezentis ridigan apogeon al la rakonto.

La temo "kanakoj" plenigis paĝojn de la lokaj gazetoj. Maklin neniam povis legi la vorton sen pensi pri siaj karaj rogenduanoj. Dum alia trajnveturo li ne povis ne aŭskulti laŭtan konversacion, kiu alarmis lin. La du neforgeseblaj parolantoj estis, kiel li devis ofte aŭdi, s-ro Hobbes, malalta dikulo kun blonda barbo, kaj s-ro Appleby, granda rufharulo sen barbo. Certe ĉiu alia kunvojaĝanto devis aŭdi la vortinterŝanĝon, sed probable neniu alia sentis sin tiel trafita, kiel Maklin.

"...hundofekaĵo!" estis la unua vorto de s-ro Hobbes, kiun la ruso priatentis. "La fekulo, kiu diris tion, neniam provis rikolti sukerkanon sub la norda suno! Ili malsanigas min, tiuj bastardoj, kiuj parolas pape pri io, kion ili neniel komprenas."

"Tute prave! Mi ne estas ĉjo-ĉjo-knabo, sed mi mem spertis tion. Bovosterko! Du horoj da laboro apud la Rivero Johnstone, kaj blankulo estas duonmortinta. Sed rigardu nur la kanakojn; ilia haŭto estas farita por tia suno. Mi ne hontas konfesi, ke tie la kanakoj superis min."

"Jes, Appleby, sed nur en la rekte fizika laboro. Komprenebje la laboro devas esti organizata kaj kontrolata de blankuloj."

La rufulo ekridis: "Komike, tiu afero pri la haŭtkoloro! Se tiu argumento ĉiam trafus, la fekantaj nigroj devus esti eĉ pli bonaj ol la kanakoj! Ha! ha!"

"Vi estas amuzulo, Appleby. Imagu: sukerkankampo, kie laboras nur nigroj! La posedanto bankrotus post unu semajno. Tiuj grasumitoj kapablas nur ŝtelaĉi."

S-ro Appleby decidis enkonduki pli aktualan temon: "Ili diras, ke tiu olda furzulo Horne intencas radikale solvi la problemon pri la koitantaj kanakoj. Ili diras, ke li volas aneksi la Verdan Insulon. Dio, mi ne volus vivi en tiu fetorejo, dekmilfoje pli varma ol eĉ la nordo de Kvinslando! Sed tie ni povus kapti tiom da kanakoj, kiom ni volus, ha! ha!"

"Hej, kie vi aŭdis tion, mi ne aŭdis tion!"

La granda s-ro Appleby ne volis troigi la privilegion de antaŭa scio: "Stulta bastardo!" li ridis afable. "Vi povus aŭdi pri tio en ĉiu ruktejo en la urbo!" Surbaze de sia kelkminuta studo de la dialekto de siaj kunvojaĝantoj Maklin decidis, ke tio estis aludo al la drinkejoj.

"Sciu," ekoratoris s-ro Hobbes, entuziasme balancante la imponan blondan barbon, "mi esperas, ke tio pravas! Ekskremento! Estas ja tempo, ke iu vere regu ĉi tie. Tiu fekulo Lionel Johnson nur oscedis surpuge."

Maklin estis tiel fascinita de la kruda lingvaĵo, ke nur tiam li ekkonsciis pri la graveco de la informo, kiel ajn suspektinda ĝia fonto estu. Horne volas aneksi la Verdan Insulon! La patro de lia amatino volas sklavigi liajn amikojn!

Li trovis malmultan konsoliĝon en la sekvanta kontribuo de la altstatura rufharulo: "Kompreneble estos multaj kontraŭuloj, unue inter la laboristaj radikaluloj – vi ja konas la eternan lamenton, ke invado de kanakoj malaltigos la vivnivelon de la laboristoj. Se la mizeruloj povus vidi preter la limoj de Brisbano, ili scius, ke ju pli da malheluloj laboras sur la kankampoj, des pli altaj estas la enspezoj por la blankuloj."

"Sed kio pri la ploremaj onklinoj, kiuj plendas pri la vivkondiĉoj de la kanakoj? – kvazaŭ la fekantaj kanakoj volus vivi en komforto kiel civilizitoj!"

"Je la infero, estas tro da intestoputrigilo en vi hodiaŭ, Hobbes! Ĉu vi ne vidas, se Kvinslando aneksos la fetoran Insulon, ni povos kontroli la importadon de kanakoj kaj ne simple lasi ĝin al tiaj ŝarkoj, kiaj Lewin kaj Kompanio. Efektive Horne povos prezenti la anekson kiel humanan agon, la ruza bastardo!"

La argumento videble imponis la dikuleton, sed li rapide esprimis alispecajn dubojn: "Momenton nur, Appleby! Kostos al ni kelkajn belajn pencojn almenaŭ komence, se ni aneksos tiun pusamason! Pacigi la ulojn ni devos, kaj nia armeo ne valoras hundofurzon."

"Jes, pri tio vi pravas. Kaj ili diras, ke Horne volas konstrui fervojojn ĉien. Bone, sed li havas kelkajn aliajn ideojn, kiujn li devus ŝovi en sian postaĵtruon. Ĉu vi aŭdis, ke li volas establi ian hundofekan stacion por sciencoj aŭ tio tia?"

Evidente la superaj informfontoj de Appleby enviigis lian kunulon: "Merdo! Kie vi aŭdis tion?"

Sed s-ro Appleby eĉ ne degnis registri la demandon: "Kaj la plej bela peco estas, ili diras, ke Horne ne povas toleri la koitulon, kiu estros la ejon. Iu bugrulo el Ruslando, kiu vivis inter la kanakoj. Vera kanako-amanto, ili diras. Neniu plu volas inviti lin al si, ili diras. Fuŝas la etoson per sia bovosterko."

"Do kial Horne ne simple paku la merdulon sur ŝipon al Ĉinio?"

"Personaj kontaktoj, ili diras. Ŝajnas, ke la ruso estas malnova amiko de tiu karuĉjo, kiu edziĝos al la neĝnaza filino de Horne. Vi scias, tiu longa ulo ĉe la gimnazio..."

Fiere s-ro Hobbes regajnis iom da prestiĝo: "Drayton!"

"Jes, tiu. Emas ludi la oratoron. Ili diras, ke li tiklis la monpoŝojn de tuta aro da feklekuloj lastatempe, plenigante la Salonegon Albert per velopleno da bovofurzoj."

Eĉ inter plene ebriaj studentoj Maklin neniam aŭdis tiel fascinaĉan serion da naŭzaj vortturniĝoj. Li demandis sin, ĉu eble la angla lingvo, aŭ almenaŭ ĝia aŭstralia versio, permesas pli profundan vadadon en kloakoj ol aliaj lingvoj, aŭ ĉu estas nur afero de individua talento. Sed la trajno malrapidiĝis por halti en Toowong, do li devis eltrajniĝi kaj forlasi la du klerulojn. Sed ne eblis subpremi etan pedagogian impulson. Antaŭ ol malfermi la pordon, li alparolis s-rojn Appleby kaj Hobbes: "Dankon pro la distraĵo, sinjoroj erudiciuloj. Sed la nomo de la karuĉjo estas ne Drayton, sed Layton. Kaj se la afero interesas vin, mia pugleka nomo – ĉu mi trafis la ĝustan esprimon? – estas Maklin, barono Maklin."

La ruso ĝentile klinis la kapon kaj elvagoniĝis. Sed li ankoraŭ povis kapti unu opinio-interŝanĝon. Iu el la du sinjoroj, plej verŝajne Appleby, eligis: "Kia impertinenta bastardo!" La alia sinjoro kontribuis: "Tiu fikanto de porkinoj!"

Maklin sciis, ke antaŭ kelkaj jaroj li reagintus al tia vulgaraĉa misuzo de lingvo per forturna malŝato kaj naŭziĝo. Do li trovis ian strangan plezuron en tio, ke li nun juĝas ĝin eĉ iom amuza esprimo de iu eterna homa emo kraĉi sur ĉion.

Sed, atinginte la pordon de Imperia Strato 8, li sentis timtremeton: Kio estos, se Horne fakte aneksos la Verdan Insulon?

*       *       *

Ankaŭ la dommastrino ne permesis Maklin puŝi la temon kanakoj el sia konscio. Iun tagon ŝi ekscitite transdonis la informon, ke fine ili pendigos tiun diablon Mulang.

"Mulang? Kiu li estas, s-ino Barker?"

"Li estas la kanako, kiun s-ro Barker kaptis antaŭ multaj jaroj. Li estis elstara policisto, s-ro Barker!"

"Tion mi povas imagi. Kian krimon faris la kanako?"

"Tiutempe s-ro Barker estis policestro en Cleveland, eta vilaĝo ĉe la maro. Preskaŭ sola li kaptis Mulang kun falĉileto, tie ĉe la rando de granda arbaro."

"Pardonu, s-ino Barker, sed kial necesis kapti Mulang?"

"Nu, barono, estas longa historio. Unue estis ses kanakoj, ne nur Mulang. Ili eskapis for de ŝipo ankrita en la Golfo kaj teruris la homojn de la tuta distrikto Tingalpa. Ili ŝtelis kaj estis tute nudaj."

"Sed kial ili estis sur ŝipo en la Golfo?"

"Ho mi ne scias. Mi supozas, ke la kapitano volis vendi ilin al bienistoj el la nordo. Nu, ĉiukaze ili kaŝis sin en la arbaroj kaj veprejoj inter Brisbano kaj la marbordo. Ĉiutage s-ro Barker ricevis plendojn pri ŝtelado, kaj precipe la virinoj timegis la sovaĝulojn – nudaj, sciu!"

"Ĉu la kanakoj atakis la homojn tie?" Maklin enmetis, antaŭ ol ŝi atingis plenan galopon.

"Tion mi ne scias, barono. Sed imagu, kiel vi sentus vin, se ses nudaj kanakoj vagus tien kaj reen, ŝtelante fruktojn kaj legomojn, jes eĉ kokojn! Imagu, ke ili trovus blankan virinon sola..."

Maklin ekspluatis ŝian ŝokiĝon por komenti: "Evidente ili devis sin vivteni sed evitis ataki homojn."

Tiu neatendita vidpunkto dummomente fermis la buŝon de s-ino Barker, sed ŝi daŭrigis: "Nu, s-ro Barker venigis policistojn el la urbo kaj publike petis helpon de ĉiuj civitanoj por kapti la sovaĝulojn. Kun dudek ĉevaloj kaj multaj hundoj ili encirkligis la kanakojn. S-ro Barker estis tre lerta policisto. Nu, ili kaptis kvin kanakojn, la hundoj iom mordis du el ili. Transportis ilin al Brisbano. Unu el ili konfesis, ke estas ankoraŭ alia, la sesa, tie en la arbaro. Tiu estis Mulang.

Mulang estis ruza diablo. Povis kaŝi sin en musotruo. Ili sciis, ke la ulo ĉiutage ŝtelas, sed neniu iam vidis lin. Imagu la sentojn de la virinoj tie, kaj la infanoj! Vi scias, ke estas nuda sovaĝulo ie, sed li vidas vin kaj vi ne vidas lin!"

Dum ŝi digestis tiun nun agrable distancan hororon, Maklin diris: "Imagu la teruron de la kanako, ĉirkaŭita de malamikoj!"

"Hej, barono!" El ĉiuj strangaj diroj de la ruso – kaj s-ino Barker ofte suspektis, ke li faras obskurajn ŝercojn – tiu estis la plej enigma. Ke oni povus eĉ supozi, ke nuda bruna sovaĝulo mem sentas timon... nu, tio estis simple tro. La sola rimedo por remeti la mondon sur ĝiajn ĉarnirojn estis ridi. Kaj ŝiaj multoblaj mentonoj saltetis kvazaŭ skuata ĵeleo. La barono kunridis kaj diris: "Pardonu la interrompojn. Mi petas vin daŭrigi."

"Nu, tiu diablo Mulang, li ŝtelis manĝaĵojn kaj ankaŭ armilojn, ekzemple la falĉileton..."

La ruso senkompate interrompis ankoraŭ unu fojon: "Falĉileto? Apenaŭ taŭga armilo, s-ino Barker!"

La interrompoj ne nur lamigis la kutiman rakontmanieron de la bona virino, maleblegante riĉigon per samtempa prezento de diversaj temoj, sed ankaŭ konfuzis ŝin: "Li kaŝis la aliajn armilojn ie, sed s-ro Barker trovis la falĉileton en lia mano."

Tiu klarigo restabiligis ŝin, kaj ŝi velis pluen: "S-ro Barker prenis sur sin la taskon trovi Mulang. Li petis la loĝantojn tuj raporti ĉiun ŝtelon al li, kaj li faris grandan mapon de la distrikto, kaj li metis krucon sur ĉiun lokon, kie Mulang ŝtelis, kaj ciferon por marki la tagon. Li diris al mi poste, ke li sidis dumhore antaŭ tiu mapo. Vi vidas, li estis tre klera homo. La problemo estis, ke la ruza diablo dormis dum la tago kaj iris ŝteli nokte, marŝante kaj naĝante en la multaj riveroj tie, eĉ la indiĝenaj spuristoj ne povis sekvi lin. Mi ne scias, kiel li povis elteni la moskitojn tie, sed verŝajne ili ne atakas brunan haŭton. Sed iom post iom s-ro Barker per sia mapo ekkomprenis, kie la kanako sin kaŝas kaj kien li iros ŝteli. Kaj li estis tre pacienca. Kelkajn fojojn li iris serĉi kun nur unu ĉevalo, unu hundo kaj unu spuristo, kaj trovis nenion. Sed li sciis, ke iam li sukcesos. Li esperis, ke iun tagon la kanako iĝos tro aroganta kaj iros ŝteli jam antaŭ la noktiĝo. Kaj tio okazis. Efektive estis nur kelkajn tagojn antaŭ la naskiĝtago de s-ro Barker, kaj li vidis la diablon ĉe la rando de veprejo. S-ro Barker sciis, ke la ulo tre bone kuras, do li postrajdis lin tuj, pafis du fojojn kaj trafis ambaŭ krurojn. Imagu, tiel bone li pafis desur ĉevalo! Kaj li nur malofte mortigis. Jes, la kanako blekaĉis kaj ululis, s-ro Barker diris, kvazaŭ li mortus, sed estis nur multe da sango, la vundoj estis tute nedanĝeraj. Kaj s-ro Barker prenis la falĉileton, antaŭ ol li povis ĝin forĵeti."

Ĉar la ruso ĝentile silentis, ŝi permesis al si nostalgian rebildigon de la virtoj de s-ro Barker, kvankam ŝi tiutempe ne bone konis lin kaj devis bazi sian rakonton sur liaj memoraĵoj: "Vidu, barono, estis prudente preni tiun falĉileton. Vi ne kredos, sed oni eĉ akuzis lin pri krueleco! Kaj li nur faris sian devon, jes pli ol sian devon! McDonnell, tiu sintrudulo de la Asocio por Protekti Polinezianojn, fakte volis procesi kontraŭ s-ro Barker. Sed komprenebIe la falĉileto pruvis, ke Mulang estas danĝera bandito, kaj s-ro Barker ricevis promociiĝon."

"Hm, sendube li meritis tion. Kio okazis al Mulang?"

"Ili donis al li nur dek ok monatojn en la vazo..."

"Vazo?"

Ŝi ridis bonkore: "Jes, barono, malliberejo. Vidu, la ulo diris – almenaŭ tiel McDonnell tradukis – ke lia koro sangas por lia hejminsulo. Se tio pravis, barono, kial li entute venis al Kvinslando? Aŭ kial li ne laboris kaj ŝparis monon por reiri tien?"

Maklin senvorte rigardis la virinon, kaj subite trovis en ŝi animan parencecon kun Santamaria. Aj! Kiom da kleriga laboro necesos sur la tero? Li povis nur diri: "Tre bonaj demandoj."

Sed tiumomente plano nebulece formiĝis en lia kapo. Li demandis: "Kaj ĉu vi scias, kio okazis post lia liberiĝo?"

"Nur malmulte. S-ro Barker ofte antaŭvidis malbonan finon por Mulang. Mi aŭdis, ke li ofte kaŭzis malfacilojn por la bienistoj, estis du-tri fojojn en la vazo. Nun li mortigis alian kanakon. Ambaŭ ebriaj kiel lordoj. Mulang iros alfronti sian Kreinton. Sankta Moseo!" kaj ŝia mieno registris profundan maltrankvilon. "Mi ne volus iri transen kun lia konto!"

La barono klopodigis sin paroli serene: "Sed se li nur mortigis alian kanakon...?"

"S-ro Barker mem diris, ke estas necese de tempo al tempo ekzekuti ilin, eĉ se ili nur mortigis unu la alian. Vidu, kostas monon aĉeti kanakon."

"S-ino Barker, mi jam ofte spertis, ke vi estas bonkora virino. Diru al mi, ĉu vi sentas ian kompaton por Mulang?"

"Por Mulang, barono? Ne, li estas naskita fiulo. Sed, nu, estas kelkaj, jes, mi ne volus esti en ilia loko... kaj, ili ne ĉiuj faris krimon." La svingiĝo de la mentonoj kaj la kuntiriĝo de la etaj migdalformaj okuloj, eĉ la ŝvitperloj inter la lipharoj perfidis, ke io malkvietigas la animon de Bridget Barker: "Foje ili estas preskaŭ samaj kiel normalaj homoj. Sed, barono, kial ili devas esti tiel odoraĉaj kaj malbelaj?..."

Barono Maklin deturnis siajn okulojn de la virino antaŭ si kaj ne trovis respondon.

Sed li esperis, ke almenaŭ la morto de Mulang ne estos tute senutila.

## La triangulo perdas unu lateron

Maklin sentis tenton enketi, ĉu la Asocio por Protekti Polinezia-nojn ankoraŭ ekzistas. Sed li rezistis la tenton; lia plano koncerne Mulang povis esti realigita nur de li mem, kaj li supozis, ke li bezonos la helpon de McLelland kaj Horne.

La sekvantan matenon li ricevis triumfan leteron de McLel-land: la kabineto ĵus aprobis la planon starigi la sciencejon, kaj temis nun pri la situo. Ĉu plaĉus al la barono iri kun s-ro McLel-land elekti la plej taŭgan lokon?

Dum tri tagoj Maklin aŭ kunvenis kun la komitato de KAPS aŭ akompanis la ĉiam afablan McLelland, esplorante eventua-lajn sidejojn de la stacio. Fine ili decidis rekomendi parcelon en Hamilton, kiu jam apartenis al la registaro aŭ, kiel oni esprimis ĝin, al "la krono". Tie la riverbordoj estis sufiĉe altaj por ŝirmi la ontan stacion de eĉ la plej alta inundo. Estis stacidomo fer-voja konvene proksima, kaj eblus konstrui ĝeton por ekspluati la transporteblojn de la rivero. Ĝuste tie la kurbiĝo de la rivero donis al la loko fortresosimilan karakteron. La kunlaboro de la prezidanto de KAPS kaj la rusa sciencisto estis harmonia.

Unu aferro iomete pripensigis McLelland, la iom neordinara peto de Maklin rilate la ekzekutotan kanakon Mulang. Sed, kiel Maklin klarigis, tiu esplorkampo absolute konvenis kun la long-perspektivaj celoj de la sciencejo, kaj krome ĝi estis unu el la spe-cialaĵoj de la ruso mem. Eble McLelland suspektis, ke Maklin ne rivelis ĉion pri la peto, sed li promesis lojale helpi. McLelland havis ja bonan rilaton kun la ministro por justico.

Vespere Maklin ne neglektis sian nun iom pufan *Privatan Tag-libron*. Iam dum tiu periodo li skribis:

*La morto de Kehl iusence orfigis min. Kial mi sentas ian kulpon pri la fakto, ke mi ne povis kunmarŝi kun mia multjara majstro ĝis la fino de lia vivo?*

*Ĉu ne estas parto de la vivsperto, ke en ĉiu generacio la filoj iras en la spuroj de siaj patroj, ĝis ili kapablas pioniri novan terenon?*

*Sed eble tio pravas nur pri nia dinamika, tumulta eŭropa kulturo: Ĉu Melatu iam sentos emon forlasi la vivopadon de Teluli?*

*Aj! Mi timas, ke Melatu ne povos elekti; ke fremduloj venos dikti al la generacio de Melatu, kiel ili devos vivi.*

*Mi ne povas akcepti la eventualon, ke Horne aneksos la Verdan Insulon. Sed se li ne faros tion, kio pri la francoj kaj germanoj? Jes, kio pri ĉefduko Dimitrij?*

Sed alia, pli agrabla temo altiris liajn pensojn. Fine li devis kontakti Belinda. Sed kiel oni skribu amleteron, kiu ne rajtas ŝajni tia? Kiel oni komencu? *Mia kara Belinda* estus certe tro familiara, sed *Estimata F-ino Horne* estus nepre tro rigida. Ĉu li nomu sin *Niki* aŭ *Barono Maklin*? Ĉar li ankoraŭ ne plene komprenis la nuancojn de la angla, li decidis skribi germane (sed amuzis lin la penso, ke dank' al s-roj Hobbes kaj Appleby li eble konas iujn vortojn nekonatajn al Belinda).

Post tri misaj provoj li verkis kompromison, kiu nur iom malpli malplaĉis:

*Kara F-ino Belinda!*

*Bonvolu pardoni la prokraston de ĉi tiu esprimo de mia elkora danko pro via tre bonvena donaco. La ŝuojn mi jam kelkfoje surmetis prove. Ili kvazaŭ firme karesas miajn piedojn, ekzakte ĝuste. Mi antaŭĝuas konvenan okazon por ilin porti kaj estus tre agrable por mi, se la bela donacinto ĉeestus por atesti la historian momenton, kiam "ĝangalulo" maskita kiel civilizito debutos en bona societo.*

*La vorto "ĝangalulo" nepre memorigas min pri s-ro Layton, kiu ekde mia alveno en via urbo, kaj eĉ antaŭ tio, montris sin kara amiko. Mi neniam forgesos mian dankoŝuldon al li.*

*Mi jam legis multajn el la fruaj ĉapitroj de* Dichtung und Wahrheit. *Sciu, ke mi plej probable neniam estus elektinta tian legaĵon; tute erare mi supozis, ke Goethe estas ia marmora statuo sen allogo por mi. Sed nun mi tre ĝuas lian spritan ironion kaj la bildon de lia epoko, kiu antaŭe ŝajnis al mi, nescianto, fremda al miaj interesoj. Jes, f-ino Belinda, ankaŭ ĉi-rilate mi devas vin danki.*

*Mi ne imagas, ke vi sukcesis trafoliumi la paĝojn de mia* Taglibro. *Via legotasko estas certe malpli alloga ol mia. Mi apenaŭ kuraĝas mencii, ke mi povus pruntedoni ankaŭ pluajn el miaj verkoj, se ial vi volus ilin legi. Estus ja eble sendi ilin per la poŝta servo, sed mi preferus transdoni ilin persone, se iam tio eblus.*

*Kara Belinda, estas malfacile por mi verki leteron al ĉarma juna virino. En tiu peza supra alineo mi volis iel informi vin, ke mi volonte, jes tre volonte revidus vin, se tio estus agrabla por vi. Iujn fojojn mi ricevis la impreson, ke ne tute malplaĉas al vi paroli kun mi. Aj, mi esprimas min elegante, ĉu ne?*

*Estas mia espero, ke vi bonvolos baldaŭ respondi al ĉi tiuj plumpaj linioj.*

*Sincere via*
*Nikolaj Ivanoviĉ Maklin.*

Tiun leteron li forsendis lundon vespere. Reveninte hejmen mardon, li maltrankvile traserĉis sian ĉambron kaj tuj iris al s-ino Barker, esperante, ke eble ŝi forgesis meti la prisopiratan leteron sur lian skribotablon. Li devis memorigi sin, ke Belinda probable ankoraŭ ne eĉ ricevis lian.

La postan vesperon li trovis sur la tablo koverton kun lia adreso skribita de eleganta ina mano. Anstataŭ cedi al sia deziro disŝiri la koverton, li sidiĝis kaj malrapide malfermis ĝin. Ene estis nur unu etformata paĝo kun tre mallonga teksto. Lia unua reago estis preskaŭ panika elreviĝo – letero tiel mallonga povus esti nur abrupta neo. Sed li digne malfaldis la paĝeton kaj liaj okuloj fluglegis la unuajn liniojn, ĝis subite ĝojega rideto heligis lian vizaĝon:

*Kara Niki!*

*Fine do vi skribis! Vi pravas: vi ne estas sperta pri leteroj al virinoj.*

*Mi ne perdos mian tempon nun, skribante al vi – mi volas vidi vin, se eble vendredon vespere je la 6:30. S-ino McElhinney, mia dommastrino, tre ekscitiĝas pri la ŝanco gastigi vin.*

*Mi renkontos vin ĉe la stacidomo.*

*Senpacience, via*
*Belinda.*

*P.S. Informu min tuj, se la tempo ne konvenas.*

\* \* \*

La sciencisto Maklin indulgeme priridetis la enamiĝinton, kiu eltrajniĝis en Milton, portante nete tonditan barbon, preskaŭ laŭmode kombitan hararon, tropezan kompleton, nigran kolbanton, forte amelitan ĉemizon konvertitan de la gladilo de s-ino Barker en ian karapacon, kaj tute novajn nigrajn ŝuojn.

Ŝi atendis lin, sidante sur benko. Kiam ŝi stariĝis kaj la nigrebluaj okuloj kaj la blankaj dentoj bonvenige alnaĝis lin, li devis subpremi fortan deziron kisi ŝin. Anstataŭe li etendis la dekstran manon, sed ŝi kaptis ĝin nur por tiri lin al si kaj flustri: "Kial ne?" Iliaj lipoj tremete intertuŝis, antaŭ ol Maklin komprenis, kio okazas. Li retiris la kapon kaj siblis: "Tiom da homoj..."

"Niki, ili ne ĝenas min!" ŝi respondis softe. Kaj fakte neniu atentis la du amantojn. "Sed ni eliru, mia hontema karulo."

Ekstere li trovis, ke ĉio komplotas por venki lian hontemon. Ili estis solaj kaj domoj kaj arboj ŝirmis ilin de ĉies vido; krome nekutime friska vento igis kontakton kun alia korpo eĉ pli agrabla. Senvorte ili iris kelkajn paŝojn, haltis kaj rigardis sin. Belinda staris pasive preta; ĉi-foje la iniciato devis esti lia. Liaj

274

fingropintoj tenere tuŝis ŝiajn vangostojn kaj glitis malsupren, ĝis ili intertuŝis ĉe ŝia nuko kaj liaj poleksoj povis regi la movon de ŝiaj maksiloj. Li tiris ŝin al si kaj ĝuis la molan varmon de ŝia korpo de la frunto ĝis la femuroj. Li serĉis indajn vortojn sed povis nur senspire eligi: "Bel!..." Ŝi interrompis: "Ne parolu!" kaj ŝtopis lian buŝon per sia.

Kiel longe ili kisis kaj karesis, li ne sciis. Fine ŝi iomete flankenturnis la kapon kaj tenere ŝercis: "Ĉu vi volas forrabi mian fraŭlinan virton surloke, vi fiulo?"

"Kion vi supozas – kompreneble!" li ridis, kaj ili iris pluen brak-en-brake.

Estis nekredeble, estis nekompreneble, sed estis vere: Ŝi amis lin!

* * *

Tiun vesperon Maklin povintus senti bonvolon al iu ajn, sed li trovis s-inon McElhinney efektive simpatia. Same kiel s-ino Barker, ŝi estis vidvino, sed aliaj similaĵoj estis malfacile konstateblaj. S-ino McElhinney estis plaĉe inteligentaspekta grizharulino kun digna irmaniero. Ŝi parolis nur, kiam ŝi havis ion dirindan, kaj ŝi montris talenton por aŭskulti la respondojn de aliaj. La manĝo estis neluksa, sed bongusta kaj satiga.

Evidente la dommastrino ŝatis la belan junulinon, kaj ŝiaj demandoj supozigis, ke Belinda jam multon parolis pri la "rusa sinjoro". Maklin ne povis juĝi, ĉu estas nur lia ĝenerala eŭforio aŭ ĉu pravas lia impreso, ke s-ino McElhinney aprobas ankaŭ lin. Dum kelka tempo ili parolis pri Clarissa, kiun la dommastrino bone konis pro ŝiaj oftaj vizitoj. Foje Rissy vizitis iom antaŭ la fino de la lerneja tago de Belinda por paroli pri siaj problemoj al la komprenema sinjorino. Ĉiuj konsentis, ke Clarissa havas ial neplenumatan vivon.

Post la manĝo Maklin surprizis la virinojn kaj sin mem per sia insisto helpi lavi la manĝilaron. Poste s-ino McElhinney anoncis, ke ŝi iras legi en sia dormoĉambro kaj ne plu ĝenos ilin, kaj ke ŝi metas la ceteran domon je ilia dispono.

Tuj, kiam eblis, ili sidis ĉirkaŭbrake sur sofo. Antaŭ ol li povis malfermi la buŝon, ŝi deklaris: "Do nun mi klarigos pri Tom."

"Hej? Ĉiam vi anticipas! Dolĉulino, mi ĝojas, ke ni ne vivas en epoko de aŭtodafeoj. Mi ne volus perdi vin sur ŝtiparo!"

"Niki, bonvolu neniam ŝerci pri tio!" La unuan fojon li vidis ombron de konsterniĝo, ja timo, sur tiu bela juna vizaĝo, kiu ĝis tiam bone mastris ĉian situacion. Belinda nesekura kaj neklarigeble vundebla; kaj des pli kara.

"Pardonu, karulino..."

"Ne, estas mi, kiu devas pardonpeti. Mi klarigos, kiam vi estos preta. Sed nun pri Tom."

"Kiam mi estos preta? Nu, mi fidas je via juĝo... Bonvolu klarigi pri Tom."

"Vi demandas vin, kiel eblas, ke mi amas vin kaj ne Tom. Kredu min, Tom estas kara al mi, kaj ne necesas, ke mi parolu pri lia ĉarmo kaj vira beleco."

Malgraŭ ĉio Maklin sentis jukon de envio: "Do kial vi ne...?"

"De tempo al tempo mi demandis min, kial mi ne plene reciprokas lian amon. Sed en mia koro mi ĉiam sciis, ke li estas – kiel mi diru? – fremda al mi."

Miregante li interjekciis: "Kaj mi ne estas fremda!?"

"Mi provos klarigi ankaŭ tion, kiam la tempo estos matura. Ĉu vi memoras, ke la unuan vesperon mi diris al vi en la trajno, ke tiu tago estas aparta por mi?"

"Belinda, kiel mi forgesu tion?"

"Nu, mi esperas, ke la sciencisto en vi ne priridos mian inan romantikismon, sed jam je la unua rigardo mi sciis, kiu vi estas!"

"Mia bela Belinda, mi komprenas eĉ malpli ol antaŭe, sed mi aŭskultas en ravita nekompreno."

"Bone, sufiĉe por nun pri aliaj homoj. Nun mi volas paroli pri via *Taglibro*. Momenton!" Ŝi liberigis sin kaj rapidis en sian ĉambron. Kiam ŝi reaperis, ŝi ridetante montris lian leteron kaj sekavoĉe laŭtlegis: *"Mi ne imagas, ke vi sukcesis trafoliumi la paĝojn de mia* Taglibro." Kisante lin sur la frunto, ŝi ridis: "Kia ligneca esprimo, kara!"

Ankaŭ li ridis: "Se nur vi scius, kiel mi penis trovi tiajn elokventajn vortojn!"

"Stultuleto, mi glutis ĉiun unuopan vorton de la libro! Mi volas konatiĝi ankaŭ kun la mondfama sciencisto. Sed unue mi devas konfesi, ke mi senhonte flirtis kun vi jam de la komenco. Mi sciis, ke via lojaleco al Tom malhelpus, ke vi eĉ rigardu min, se mi ne donis neambiguajn invitojn. Ĉu mi tiele ofendis vian viran rolon?"

Responde li forte premis ŝin al si kaj kisis ŝin.

Poste ili diskutis la *Taglibron*. Ŝiaj komentoj fascinis lin. Liaj sciencaj raportoj, pri kiuj li ja fieris, ne tiel interesis ŝin, kiel la interpersonaj rilatoj. Ŝi divenis la ŝanĝiĝon en lia sinteno pri la "ŝamano" Engogu. Li skizis tiun etapon de sia vivo kaj promesis pruntedoni al ŝi la *Privatan Taglibron*, kun la kondiĉo, ke ne estus malagrable al ŝi legi pri si mem. Ree ŝi ridis kaj diris: "Tiel bone vi konas virinojn – komprenebla mi legos unue la paĝojn pri mi!"

Pro kelkaj flankdiroj en la *Taglibro* ŝi divenis, ke la speco de germana lingvo parolata de Santamaria agacis lin, kaj ŝi petis lin doni ekzemplojn. Li ripetis iujn perlojn de la eksservisto, kio ridigis ilin ambaŭ, sed subite ŝi diris: "Karulo, ĉu vi ne konsentas, ke lia kapablo komprenigi sin per minimumo da gramatikaj balastaĵoj montras ian inteligenton? Vi komprenis lin, ĉu ne?"

"Jes, sed malbelega estis lia idiomaĉo!"

"Afero de la estetiko, Niki. Sed ĉu vi neas, ke li kreis siaspecan plisimpligitan lingvon? Kiel sciencisto vi devus admiri tion!"

Ŝia hela ridado ne permesis al li diveni, ĉu ŝi nur ŝerce piketas lin aŭ estas parte serioza. Ĉiukaze ili transiris al diskutado pri diversaj lingvoj, kio siavice kondukis al antaŭe netuŝita temo, ŝia laboro.

"Via *Taglibro* helpis min ekkonscii ion pri mia instruado de la latina."

"Alia sibilaĵo!"

Ŝi klarigis, ke lia verko estas ĝuste pro sia intence neŭtrala tono la plej elokventa atako kontraŭ imperiismo, kiun ŝi iam ajn legis (ŝi tuj aldonis, ke ŝi ne certas, ĉu ŝi legis iun alian!). Nun ŝi eksciis, ke la legaĵoj de ĉiu latinkurso, preparitaj de kleruloj en eŭropaj universitatoj, estas apologio ne nur de la *Pax Romana*, sed de la novaj imperioj.

"Karulino," li devis interrompi, "ĉu via patro intencas aneksi la Verdan Insulon?"

"Paĉjo ja volas, sed mi ne scias, ĉu li kuraĝos tion fari. Dependas de la politika konjunkturo ĉi tie, sed eĉ pli de Londono. Vidu, Kvinslando estas mem kolonio, kaj la brita registaro povas aŭ ratifiki aŭ nuligi ĉiun decidon de la brisbana kabineto en eksteraj aferoj. Do, eĉ se paĉjo aneksus, tio ne estus la lasta vorto."

Kial li ne antaŭe pensis pri tio? Liaj bonaj rilatoj kun Blackstone povus do esti tre utilaj...

Li ignoris ŝiajn konsilojn foriri; al li estis egale, ĉu li maltrafos la lastan trajnon aŭ ne. Ĉiukaze la marŝado al Toowong estos ne tro longa. Kaj fine li ja iris, piede. Li volis fajfi, kanti, grimpi sur arbojn, flugi. Sur lia vizaĝo bruletis ankoraŭ la varmo de ŝia haŭto, lia mano ankoraŭ palpis la delican spongecon de ŝia mamo.

Li sciis, ke baldaŭ li volos kompletigi la fizikan flankon de ilia amo. Aĉ! Tia esprimo! Apenaŭ pli bona ol la nehonesta "kuŝi kun ŝi". Sed, kiel ajn oni nomu la aferon, estis iom embarase, ke li havas nenian sperton. Aŭ ĉu ĉio glatas, se nur la du homoj vere amas sin? Ĉiukaze estus bone lerni iom pri la vira rolo, kiu laŭdire estas decida. Kiu povus doni al li kamaradecajn konsilojn? Kompreneble! Tom.

Tom!

Liaj piedoj dummomente haltis.

\* \* \*

Por ĉiuj la ferio finiĝis. En ĉiu parto de la urbo geknaboj ondosimile refluis al la lernejoj; la gefiloj de riĉuloj ree frekventis siajn neŝtatajn lernejojn, eta elito eĉ trovis lokon en la du gimnazioj, kie la nura loĝado kostis multoble la jaran enspezon de simpla laboristo. La koleginoj notis, ke f-ino Belinda Horne, kies kutime gajan karakteron ili aŭ amis aŭ enviis, radias eĉ pli profundan feliĉon. En la apuda gimnazio por knaboj la kolegoj elkore resalutis la popularan instruiston de sciencoj. Oni eĉ palpebrumante demandis, ĉu estas ia interligo inter la feliĉo de f-ino Horne kaj la postferia vervo de s-ro Layton.

Samtempe barono Nikolaj Ivanoviĉ Maklin subskribis kontrakton kun la registaro de la kolonio Kvinslando. Kontraŭ la malavara jarsalajro de kvincent pundoj li konsentis estri la nun konstruatan sciencejon sur la riverborda parcelo kun la stranga nomo "La Salto de Ferguson". Kiel s-ro McLelland klarigis, antaŭ multaj jardekoj iu malliberulo nomata Ferguson metis finon al sia suferoplena vivo, saltante de la supro de la riverbordo sur la rokojn. Sed kun la paso de la jaroj oni komencis uzi la unuan parton de la nomo, "La Salto", tiele ke la malespera ago de la suferinto sed ne lia nomo eterniĝis.

Maklin estis nun tre okupita. Unu el liaj ĉefaj taskoj estis konsulti kun la registara arkitekto kaj la ĉefo de la konstrukompanio. Oni respektis la ĝentilan sed celkonscian agmanieron de la ruso, kiu estis pli simpla homo, ol lia iomete timiga renomo supozigis. Alian aferon oni konstatis: la barono estas feliĉa.

Kutime Maklin reatingis la domon en Toowong post noktiĝo, sed ĵaŭdon li alvenis relative frue. Jam de la palisaro li aŭdis tiun bone konatan voĉon. Li rapidis en la domon: "Tom, estas bone vidi vin!"

Sed la ĝojo ne estis reciproka. "Mi venis nur diskuti la veteron kun s-ino Barker," respondis la anglo. La virino ridis, sed la tono estis amara. Maklin vidis kretmakulon sur la pantalono de Layton, kiu do evidente venis rekte de la lernejo. La kialon li nur tro bone divenis; estis kvazaŭ roko pezus en lia stomako.

Kun pardonpeta gesto al s-ino Barker Tom Layton diris: "Niki, ĉu ni povus paroli private dum kelkaj minutoj?"

"Kompreneble, ni iru en mian ĉambron."

Maklin esperis, ke la amiko ne aŭdas lian korbatadon. Senvorte la du viroj sidiĝis. Layton elpoŝigis leteron: "Bonvolu legi tion, Niki."

La koverto estis adresita al s-ro Thomas Layton, ĉe Brisbana Gimnazio por Knaboj. Maklin elprenis la paĝon. Estis nenio manskribita sur ĝi, nur unu seninterpunkcia frazo, kies literoj estis tonditaj el iu ĵurnalo kaj gluitaj sur la leterpaperon. Maklin legis:

KARA AMIKO VENDREDON ESTIS INTRESA SENO KUN BELINDA HORNE KAJ BARONO MAKLIN KUN SENOMBRAJ KISOJ VIA SEKRETA HELPANTO

Kun distanciga ĝentileco Layton demandis: "Kruda, ĉu ne, Niki?"

Ĉu li aludis la leteron aŭ la "scenon" mem? "Jes, tre."

"Sed, ĉu la mesaĝo estas esence..." Layton raŭkis, "... prava?"

Maklin evitis liajn okulojn: "Jes."

"Kia naivulo mi estis!"

"Tom... mi ne volis, ke..."

"Silentu, mi petas, Niki. Mi bone scias, ke ne estas via kulpo, ke Belinda estas pli forta ol vi kaj mi kune. Certe ŝi iniciatis ĉion."

"Tom, mi sentas min perfidulo..."

"Ne necesas paroli. Kaj estas sensence paroli pri kulpo. Jam sufiĉe ofte ŝi avertis kontraŭ miaj stultaj esperoj. Entute estas nenies kulpo, aŭ eble mia. Sed estas malfacile gluti la amaran pilolon, kiun mi preparis por mi mem. Ke vi, Niki..."

Kion diri? Layton rompis la embarasan silenton: "Unue Kehl. Nun Belinda. Mi scias, ke la verdikto estas laŭmerita. Jes, mi eĉ ne kuraĝis iri al mia juĝistino, sed venis al vi."

"Tom, ĉi-momente mi malŝatas min!"

"Ne parolu stultaĵon. Vi gajnis laŭ merito, mi diris. Estu feliĉa, estu feliĉaj. Kaj Niki, mi scias, ke mi baze estimas kaj ŝatas vin, sed hodiaŭ mi envias kaj ne volas vidi vin. Ĉu vi komprenas?"

"Kaj mi ŝategas vin, Tom. Mi ne volas perdi vian amikecon."

"Almenaŭ provizore vi devos suferi tiun grandan perdon," li diris kun morda sarkasmo. "Cetere, ĉu vi scias, kiu verkis tiun senmortan pecon da prozo?" demandis Layton, prenante la leteron el la mano de Maklin.

"Mi havas nenian ideon."

"Vidu! *Intresa. Seno. Senombraj* – ha, kia spritaĵo, senombraj kisoj! Diru al mi, kiu preskaŭa analfabeto – aŭ analfabetino – povus pumpi tiajn detalojn el la diskreta s-ino McElhinney kaj kunmeti tian romanaĉan tekston? Kaj esperus gajni per tio?"

Layton stariĝis, forironte. Li rifuzis premi la etenditan manon. "Ne, Niki, ne kompatu min. Kaj diru al Bel, ke mi kiel eble plej taktoplene evitos ŝin – kaj ŝian tutan familion!"

\* \* \*

Semajnoj pasis, kaj iom post iom la sufoka varmo kaj subitaj ŝtormoj de la somero cedis al la ŝanĝiĝema sed agrabla aŭtuna vetero. La vivo de Maklin alprenis agrablan ritmon el laboroplenaj tagoj kaj oftaj vesperaj vizitoj al Belinda. Ke tiuj vizitoj restis neobservataj de aliaj, li ne povis kredi, aparte pro tio, ke Tom ne plu aperis ĉe la familio Horne. Maklin ne komprenis la labirintojn de la virina menso, sed li ricevis la impreson, ke iel Belinda sukcesis varbi la helpon de Clarissa por prisilenti lian rolon. Iun vesperon li juĝis preferinda, ke ili simple diskonigu sian amon al ĉiuj, sed ŝia tuja respondo pruvis, ke ŝi jam pripensis la aferon.

"Ne, karulo, ni devas esti paciencaj. Vidu, bedaŭrinde paĉjo ne aprobas vin. Li volas havi jes-jes-ulon kiel bofilon. Strange, li estas mem fortulo, sed ĉirkaŭas sin per fidelaj malfortuloj. Nu, mi supozas, ke tio estas normala ĉe politikistoj. Sed mi timas malfeliĉajn sekvojn, se ni montros niajn kartojn tro frue. Paĉjo trovus ian kialon por maldungi vin, kaj li rifuzus doni al mi eĉ unu pencon. Nu, tio ne multe gravus, eble, sed malgraŭ ĉio mi amas mian patron, kaj ne volas kaŭzi suferon al li. Kompreneble, se mi devos elekti inter vi kaj li, mi senhezite fordonos ĉion por esti via. Sed mi esperas, ke baldaŭ io okazos, kio igos lin vidi, kia kara kaj bona homo vi estas."

Tiu respondo kontentigis lin, ĉar estis vere egale al li, kion la mondo opinias, se nur ili povis esti kune.

Li ofte pensis pri amoro kun ŝi, kaj havis la impreson, ke ankaŭ ŝi volas, sed pluraj kialoj malfaciligis, ke li menciu ĝin. Ili ĉiam renkontiĝis en la domo de iu alia, aŭ ĉe s-ino Barker aŭ ĉe s-ino McElhinney (li havis nenian ideon, kiom da heroa sindeteno s-ino Barker bezonis por ne disbabili la amaferon). Kaj lia multjara hontemo kaj manko de sperto haltigis lian langon. Estiĝis ia silenta interkonsento, ke ankaŭ la amorado devas atendi, ĝis tiu "io" estos okazinta. Intertempe ili avide esploris ĉiun alian faceton de la personeco de la alia.

Ne ofte li aldonis ion al sia *Privata Taglibro* dum tiu feliĉa periodo. Eble li vivis tiel intense, ke li ne bezonis surpaperan surogatan vivon. Sed iam "ĝenis" lin malariatako dum la kutima tagtrio. Tiam li skribis jene:

> *Laŭ tio, kion mi supozas esti la normala versio de la rolo de amanto, mi devus konstante provi enlitigi ŝin. Ĉu do mi ne estas normala viro?*
>
> *Sed mi memoras, ke Tom – kiu cetere estas preter dubo tia "normala" viro – amindumis Belinda dum du jaroj kaj ricevis nur survangan kiseton.*
>
> *Estas kruele, ke mia feliĉo baziĝas sur la malfeliĉo de Tom.*

Maklin zorgis pri la eksamiko. Estis publike konate, ke la bela anglo lastatempe eliras kun mirige rapida sinsekvo da belulinoj, kaj ke kutime li plenumas la "Veneran riton" en sia apartamento.

Sed la admiro de ĉeno da belaj virinoj ne plenigis la vakuon en lia vivo, kaj iom ofte li "reamikiĝis kun Bakko". Kontraste kun tiu vigla societa vivo, li "ermitiĝis" en la lernejo. Se li ne estis en klasĉambro, li restadis en sia studejo. La lernejanoj demandis sin, kio okazis al la sprita instruisto, kiu sciis amuze spici eĉ la plej tedan materialon; nun li estis tro serioza, foje kolerema pro bagateloj. La kolegaro tre sentis la mankon de la iama gajulo, kaj silente serĉis ian respondon sur la vizaĝo de Belinda. Unu fojon ŝi vidis lin rekte rigardi ŝin; ŝi volis iri konsoli lin, sed li forrapidis por eviti eventualan novan humiliĝon.

Iun vesperon Maklin sciigis al s-ino Barker, ke baldaŭ li transOloĝiĝos al la nova domo ĉe La Salto.

"Sed barono, kiu flegos vin, kiam la malario prenos vin? Mi venos, se vi volas. S-ro Barker estis ofte malsana dum siaj lastaj jaroj..."

Maklin pentis pri ĉiu malafabla penso aŭ vorto pri s-ino Barker.

## Eŝafodoj kaj misteroj

La aŭtuno regis. La folioj de la importitaj arboj ekfalis. Evidente tiuj loĝantoj, kiuj kreskigis arbojn, preferis nordhemisferajn speciojn al la ĉiam verdaj eŭkaliptoj. Ĉu ili ne povis akcepti la novan kontinenton, kia ĝi estis, sed devis ŝajnigi, ke ili kreas novan Eŭropon?

Li hastis laŭ Reĝina Strato, la centro de la urbo. Ĉe la stacidomo li jam legis grandliteran titolon de ĵurnalartikolo: Kanako Mulang Pendumota. La subtitolo tekstis: Lasta Apelacio de Asocio por Protekti Polinezianojn Malsukcesis. Pensante pri Mulang, li apenaŭ atentis la homamasojn. Ĉe la angulo de Eduardo Strato du knaboj raŭke diskriis telegramstile la ĉefan enhavon de la ĵurnaloj, kiujn ili provis vendi. Li estis preterpasonta ilin, kiam unu el la knaboj rekone alkriis lin: "Mr. Kleinschmidt!"

"Saluton, Sepp! Ĉu vi bone fartas? Kaj via familio?"

Sepp Jaeger, la eta lamulo, kiun li renkontis survoje al Brisbano, respondis al Maklin ne germanlingve, sed en la angla. Tio pruvis la aserton de la patro; post duonjaro tiu dekdujarulo bone regis novan lingvon. Maklin kontraŭvole rigardis la groteske malgrasan dekstran kruron, sed koncentriĝis tiam pri la inteligenta juna vizaĝo.

Sepp tute forgesis sian laboron. Petinte sian kunulon vendi la ĵurnalojn, li lamis al Maklin kaj ege serioze ekparolis: "Kiel mia familio fartas, Mr. Kleinschmidt? Mi diros al vi."

Kio sekvis, vere mirigis Maklin. Li subpremis ĉian reagon, ĉu admiron, ĉu amuziĝon, ĉu konsterniĝon, kaj pasive aŭskultis la pasian kondamnon al la tuta kapitalisma sistemo. Sepp klarigis, ke lia patro jam perdis ĉiun esperon iam ajn posedi bienon; la prezoj estis astronomiaj. Anstataŭe la kamparulo el Bavario nun ŝvitegis pli ol dek du horojn tage en aĉa tanejo por ricevi "aŭtentike proletan" pagon. (Tuj Maklin demandis sin, kiu instruis tiajn terminojn al la knabo.) La patrino iris al domoj de riĉuloj kolekti lavotajn vestojn, sed la pago apenaŭ vivtenus paseron. Mina, la plej aĝa filino, laboris kiel kelnerino en drinkejaĉo; ŝi ricevis la plej bonan pagon – sed nur kvardek pundojn jare – kaj deĵoris tiel longe ses tagojn semajne, ke en la domo ŝi faris nenion krom dormi. Ilse, la alia fratino, trovis laboron kiel vartistino. "Ĉu vi scias, kiom ili pagas al vartistino, Mr. Kleinschmidt?"

"Ne," respondis la ruso, pensante pri siaj kvincent pundoj.

"Dek ok pundojn jare!" Sepp kraĉis. "Kaj ĉu vi scias, kiom la guberniestro ricevas pro sia neniofarado?"

"Ne, diru al mi, Sepp."

"Kvinmil pundojn!"

"Kia diferenco!" Maklin konsentis.

"Kaj mia frato Adolf, li iris gardi ŝafojn ie sur bieno. Se li ne freneziĝos pro izoleco aŭ pereos pro malario aŭ io, la grandbienista moŝto pagos al li sufiĉon por tradiboĉi du semajnojn je la fino de la jaro. Sed probable la nigoj unue ĵetos lancon tra liaj intestoj."

"Sepp, kial vi diras 'nigoj' anstataŭ 'nigruloj'. Tiu estas malbela vorto. La nigruloj estas ankaŭ homoj."

"Pardonu, Mr. Kleinschmidt!" La inteligentaj okuloj de Sepp registris, ke la penso de la barono estas nova por li sed nepre prava, kaj dummomente li perdis la pamfletan intonacion. Sed lia streĉita risorto ne povis halti: "Kaj nun la bastardoj volas importi milojn da kanakoj por puŝi niajn salajrojn tra la planko. Jen ilia liberkomerca sistemo! Sed la tago baldaŭ venos, Mr. Kleinschmidt, kiam ni proletoj forbalaos la tutan fian sistemon kaj pendumos la lastan burĝon per la intestoj de la lasta pastro!"

"Hm, Sepp, vi certe bone lernis la anglan!"

Sepp ridetis, flatite. Tiam venis alia penso. Sentransire li ree uzis la kadencon de sia bavara lingvo: "Mr. Kleinschmidt, ĉu vi estas burĝo?"

"Burĝo? Ne, Sepp, mi kredas, ke ne. Sed jen ŝilingo, aŭ por vi mem aŭ por financi la Revolucion. Ĝis revido!"

Maklin ne dubis, ke la ciferoj parkeritaj de la senkulpa knabo pravas. Fakte la sistemo ja fetoris. Kvinmil pundoj al tiu, kiu estas jam riĉa, dek ok pundoj al tiu, kiu havas nenion. Ne mirige, se la radikaluloj revas pri eŝafodoj... Sed ĉu La Granda Sangado naskos pli bonan mondon?

Liaj pensoj reiris al la eŝafodo de Mulang.

\* \* \*

Iom poste li ricevis leteron el Sidnio de d-ro Johannes B. Schniff. Qualle Schniff – la Meduzo!

Legante la leteron, Maklin povis facile imagi la humilan vizaĝon de la skribanto. Schniff estis unu el la homoj, kiuj neniam aspiras al unuarangeco. Komence li mallonge skribis pri sia laboro sur diversaj pacifikaj insuloj (*tre rutina kaj tute neoriginala*).

Tiam li klarigis ke, leginte la grandiozajn verkojn de Maklin pri la Verda Insulo, lia sola tuja ambicio estas provi iomete aldoni al la pioniraj atingoj de la ruso. (*Kompreneble mi ne kuraĝos eĉ imagi, ke mia laboro povus rivali vian, sed mi tre fierus, se ontaj libroj pri via vivo piednote aldonus, ke mi estis la dua eŭropa sciencisto, kiu vivis ĉe la Maklina Marbordo.*)

La kerna alineo de la letero petis la helpon de Maklin. Ĉu la barono povus plifaciligi la taskon de iu, kiu celas nur elfosi sian propran peceton, eble nur strasan, por la Grandioza Mozaiko? Ĉu ekzemple li povus provizi vortstokon de iu el la indiĝenaj lingvoj ankoraŭ ne publikigitan, aŭ alimaniere konsili la vizitonton? Se jes, d-ro Schniff tuj vojaĝus al Brisbano, se tio ne ĝenus la baronan moŝton.

Fine d-ro Schniff kortuŝe priskribis sian doloron pro la morto de ilia komuna Majstro, kiu, estinte bona juĝanto de la valoro de aliaj homoj, ne donis al d-ro Schniff tre altan lokon inter siaj disĉiploj; tamen la modesta disĉiplo bone sciis pri la eternaj meritoj de la forpasinto.

Tuj Maklin respondis jese al la peto. Estis ja pli bone, ke devokonscia, senambicia sciencisto, kia Schniff, vizitu la Verdan Insulon, ol ke aventuristoj, komercistoj aŭ misiistoj iru tien.

Du semajnojn poste la Meduzo aperis ĉe Imperia Strato 8. Oni ne povus diri, ke la du viroj spertis ekstazan revidon, sed rea renkontiĝo de germano kaj ruso en ĉambro de sudhemisfera domo sufiĉis por krei ian kolegan etoson.

La forturniĝemaj grizaj okuloj de Schniff bone avizis, ke li konscias pri sia subula rolo. Dum la restado en Brisbano Maklin mem iom kutimiĝis al la rolo de aŭskultanto apud la elokvento de Tom kaj la nerezistebla ĉarmo de Belinda, sed tiun vesperon li transprenis pedagogian taskon. Li inicis Schniff en multajn aferojn ne aperintajn en la verkoj. Kompreneble li prisilentis la eventojn de tiu mensskua nokto, sed li iom skizis la rolon de Engogu, de Teluli, kaj kelkaj aliaj, eĉ Kodi. Li eĉ konfidencis, ke multe helpus, se li nomus sin "frato de Maklin", ĉar la indiĝenoj, li kredis, fidus ĉiun kun tiu nomo.

Krome Maklin montris al la germano longan liston da utilaj esprimoj kaj skeletan gramatikon de la rogendua lingvo. La du sciencistoj kune tralegis la liston, kaj estis plezure aŭskulti la klaran prononcon de Schniff, kiu modeste konfesis, ke li tre volonte okupiĝas pri novaj lingvoj. Fine li kuraĝis peti permeson kopii kelkajn esprimojn, sed Maklin insistis, ke li prunteprenu la materialon dum unu-du tagoj kaj kopiu ĉion. Pro dankemo la grizaj okuloj preskaŭ larmis.

Kaj tiel okazis. La postan vesperon Schniff redonis la kajeron, eĉ heziteme atentigante pri du vortoj, en kiuj li supozis, ke troviĝas skriberaroj. Li pravis, kaj Maklin elkore dankis la humilulon.

Schniff ŝajne volis tuj foriri, sed Maklin devigis lin akcepti tason de la fama barkera teo. Li volis peti komplezon de la germano. Sen doni detalojn li menciis, ke ekestis bedaŭrinda disopinio inter li kaj s-ro Layton; se d-ro Schniff bonvolus interŝanĝi kelkajn ĝentilaĵojn kun s-ro Layton kaj mencii, kiel kore barono Maklin deziras restarigi bonajn rilatojn...

Schniff fakte aspektis kiel mizera meduzo ĵus falinta en kaptilon. Liaj grizaj okuloj malgaje serĉis elirejon ie en angulo de la ĉambro. "Barono, vi ne scias, kiel volonte mi komplezus vin, sed vi ĵus petis unu el la aferoj, kiujn mi neniam povus fari. Mia bedaŭro estas senfunda."

"Gott im Himmel!" diris Maklin iomete kolera. Tiom da humileco ekagacis. "Ĉu do ankaŭ vi malpacas kun s-ro Layton?"

"Jes... e... antaŭ multaj jaroj. Temis pri... e... juna virino, kiun ni... ni ambaŭ konis. Neniu kredus ĝin..." kaj la Meduzo levis la okulojn kaj ŝultrojn por signali, ke ankoraŭ la mondo estas plena je misteroj, "sed la junulino preferis min al li... Ekde tiu tempo s-ro Layton ne volas vidi min. Estus embarase, vidu, se..."

"Jes, jes, kompreneble, pardonu, se mi jam embarasis vin."

Tuj, kiam eblis, la gasto foriris, dankinte multajn fojojn.

Tio estis ja surprizo! Qualle Schniff sukcesis forpreni virinon de Tom Layton! Kaj ankoraŭ Tom ne pardonis lin! Maklin rigardus la rakonton ŝerco, se ĝi ne venintus el la buŝo de la humilulo mem.

287

Sed kiu kredus, ke Maklin mem sukcesis forpreni la beluli-
non, kiun Tom arde amindumis dum du jaroj? Ĉu Tom iam par-
donos lin?

\* \* \*

Belinda estis tre kontenta, ke ŝi persvadis la estrinon de la Gim-
nazio por Knabinoj enkonduki libervolan rajdkurson en la lern-
programon. Ŝi sincere kredis, ke la lernejaninoj bezonas pli da
fizika ekzercado, kaj ŝi mem tre volonte rajdis kaj instruis la rajd-
arton. Inter kisoj ŝi tiris el Maklin promeson, ke li akompanos ŝin
dum dimanĉaj rajdoj, se ili povos tion diskrete fari.

La vintro alproksimiĝis. Post jaroj en tropikaj landoj Maklin
trovis la ventojn tre malvarmaj, kvankam ili estis almenaŭ dek
gradojn pli varmaj ol la vintraj ventoj de iu ajn eŭropa lando.
Nun la niguloj pli ofte kaj en pli grandaj nombroj videblis en
la urbo; probable ili serĉis varmon kaj la varmigajn alkoholaĵojn
de la blanka homo, la malamata sed ĉiopotenca posedanto de la
tero, kiu iam – tiel la tre maljunaj kun larmplenaj voĉoj rakon-
tis – apartenis al la Ĉielarka Serpento, la veraj homoj kaj aliaj
bestoj. Nun la malsanaj, apenaŭ vivipovaj posteuloj de tiuj fabe-
laj homoj kaŭris en tristaj grupetoj en la parkoj de la invadinto,
ĉe stratanguloj, antaŭ drinkejoj aŭ – se la vento tro pike penetris
iliajn malsanajn ostojn – eble ili sukcesis tranokti en karcero.

Iun tagon Mitchell, tiu sama, kiun Maklin iam tiris el kloako,
trudpetis monon de la ruso. Nevolante kontribui al eĉ plia ebri-
iĝo, Maklin kapneis. Mitchell malŝate forturnis sin kaj elkraĉis
kelkajn silabojn, eble "Blanka bastardo!" Dum iuj sekundoj Mak-
lin rigardis la mizeran figuron de la foriranto kaj povis preskaŭ
kunsenti, kian abismon de malespero li trapasas. Ĉu baldaŭ
Teluli, aŭ Melatu, rolos same kiel Mitchell? Maklin butonis sian
jakon kontraŭ la frosta vento.

Frosta estis ankaŭ la akcepto far Belinda tiun saman vesperon. "Niki, ĉu pravas la onidiro, ke vi dissekcis la cerbon de Mulang, tiu kompatinda kanako pendumita antaŭ kelkaj tagoj?"

"Jes, karulino." Certe ŝi ne kaptas miajn pensojn ĉi-foje, li diris al si.

"Tio ŝokas min. Ĉu ne sufiĉas, ke oni venigis la povrulon ĉi tien, brutaligis kaj ekzekutis lin? Ĉu vi, por kontentigi ian makabran sciencistan scivolon, devis vulturosimile distranĉi lian kadavron? Pri vi mi neniam kredus tion – sed mi memoras, kion vi volis fari al Knabo post lia morto! Niki, mi ne komprenas vin!"

"Ĉu vi finis, mia kolera belulino?"

"Kaj ne flatu min, ridetante kiel vampiro!"

Lia elkora rido fremdigis, do li rapidis klarigi: "Bel, mi eĉ ĝojas, ke vi reagis tiele, kvankam ĉi-foje via ina intuicio forlasis vin. Ĉu vi kredas, ke mi povintus savi la vivon de Mulang?"

"Ne, sed..."

"Ne, sed mi deziris, ke almenaŭ io bona rezultu el lia morto. Kaj mi sukcesis!"

Iom pli trankvila ŝi diris: "Tiun enigmon vi devas klarigi."

"Facile. Mi ekzamenis la cerbon de Mulang. Mi ne volas fanfaroni, sed oni rigardas min fakulo sur tiu kampo. Oni legos en aliaj landoj, eble eĉ iam en Brisbano, kion mi skribis. Kaj mi nerefuteble pruvis, ke la cerbo de Mulang neniel diferencas fizike de la cerbo de eŭropano."

La kolera brilo de ŝiaj okuloj mildiĝis. Li daŭrigis: "Ho jes, mi vestis ĉion per terminoj, statistikoj kaj mezuroj, sed por ĉiu komprenanta leganto la mesaĝo estas klara: estas kontraŭscience paroli pri rase superaj aŭ malsuperaj cerboj. Mi intencas ripeti la eksperimenton pri ĉino, ekzekutota en julio; kaj mi estas certa, ke la rezulto estos la sama."

"Do vi uzas la sciencejon por subfosi la teoriojn de amiko McLelland kaj kompanio?"

"Jes, s-ro McLelland probable ĝentile protestos, kiam fine li komprenos, kion mi faras. Sed mi disanoncos la rezultojn de unu el la plej unuaj eksperimentoj registritaj ĉe La Salto."

"Niki, pardonu min! Mi estas nur stulta virino!" kaj ŝi ĵetis la brakojn ĉirkaŭ lian kolon.

"Stulta, ha! La plej unuan fojon vi malpravis... baldaŭ vi inicos min en la lastajn misterojn, ĉu ne?"

Sed pro la multaj kisoj ili ne parolis pri ŝiaj misteroj tiun vesperon.

\* \* \*

Inter siaj multaj taskoj Maklin prenis sur sin la gigantan projekton provi difini la lokon de la aŭstraliaj flaŭro kaj faŭno en la tuta evoluo de la planedo. Li ekkorespondis ne nur kun la fama barono Mueller en Melburno kaj aliaj fakuloj en Aŭstralio, sed ankaŭ petis pergazete la kunlaboron de ĉiuj amatoroj, kiuj kredis, ke ili konas kaj povas kontribui rarajn plantojn aŭ bestojn. Krome li skizis al McLelland, ke la plano povos esti realigita nur, se lin helpos aliaj specialistoj, almenaŭ geologo kaj zoologo kaj botanikisto. De tempo al tempo li mem faris ekspedicion en la ĉirkaŭaĵon por kolekti specimenojn.

Foje li donacis orkideon aŭ alian planton al sia dommastrino. Ŝia reago igis lin kredi, ke eble li estas nur la dua, aŭ eĉ la plej unua viro, kiu iam ajn donacis ion al la malbela Bridget Barker. Kiam la barono fine diris al ŝi, ke post unu semajno li definitive transloĝiĝos al La Salto, ploremo minacis mastri ŝiajn trajtojn. Neevitable ŝi komparis lian foriron kun tiu ĉefa katastrofo de sia vivo, la morto de s-ro Barker. Unuafoje ŝi konfidencis al alia homo, ke malgraŭ granda amo al la elstara ĝentlemano ŝi estis tre malfeliĉa dum la lastaj monatoj de lia vivo pro tio, ke "li iĝis stranga en la kapo".

"Vidu, barono, mi ne sciis pri tio ĝis la tago, kiam s-ro Barker donis al mi rajtigilon por elpreni kvin pundojn el lia konto. Sed li insistis, ke mi alportu la tuton hejmen en unupencaj moneroj. Mi diris al li, mi diris: 'S-ro Barker, vi ŝercas!' Sed ne, barono, s-ro

Barker, grandioza viro li estis, sed li neniam ŝercis. Ne, li diris al mi tre serioze, li diris: 'Bridget, faru, kion mi diris'. Barono, ĉu vi scias, ke en unu pundo estas 240 pencoj, kaj la unupenca monero – jen ĝi, vidu! – estas tre peza! Imagu, barono, mi sentis min idioto kun tiu granda sako kaj 1200 pezaj moneroj! La homoj en la banko ridis, kaj ankaŭ mi ridis, sed mi ne volis ridi, kaj mi sciis, ke io ne estas bona en la kapo de s-ro Barker. Li neniam ŝercis, ne li!"

Sed, kiel s-ino Barker baldaŭ konfesis, tio ne estis la plej malbona afero. Iom poste komenciĝis io, kio "hojligus la dingojn". Fakte s-ino Barker mem iomete hojlis dum sia rakonto: "Vidu, barono, mi ne estis la unua edzino de s-ro Barker. Mi bone konis lian unuan edzinon Dorothy, pere de ŝi mi renkontis s-ron Barker. Elstara sinjorino, Dorothy. Kaj, kredu aŭ ne kredu, barono..." ŝi singultis, "dum la lastaj semajnoj li ĉiam nomis min Dorothy. 'Faru supon por mi, Dorothy,' li diris, aŭ 'Dorothy, kie estas mia pipo?' Nu, barono, komence mi provis klarigi al li, ke mi estas Bridget – mi nomiĝas Bridget – sed li diris nur, ke mi ĉesigu stultajn ŝercojn. Do mi nur respondis 'Jes, s-ro Barker', kiam li nomis min Dorothy.'" Plorigaj memoraĵoj taŭzis ŝiajn facile taŭzeblajn trajtojn. "Sed, barono, iun tagon – estis nur iom antaŭ la... fino, s-ro Barker subite diris al mi: 'Dorothy,' li diris, 'kiel fartas tiu Bridget O'Grady? Vi memoras, tiu virino kun la furunko sur la postaĵo? Kie ŝi estas nun?'"

Pasis iom da tempo, antaŭ ol ŝi refoje regis siajn parolorganojn. "Imagu, barono, mi vivis kun s-ro Barker dum multaj jaroj, kaj neniam permesis, ke iu alia viro tuŝu min, kaj li memoris nur, ke iam mi ne povis sidi, ĉar mi havis furunkon sur la... la..." Kaj ŝi ploris.

La tago venis, kiam Maklin luis veturilojn por transporti la kestojn al La Salto. S-ino Barker kuraĝe subpremis larmojn. Venis al la ruso la memoro, ke antaŭ sep monatoj ilin transportigis tien Tom Layton. Li melankolie demandis sin, ĉu homa feliĉo estas tiel limigita afero, ke kresko ĉe iu nepre kaŭzas, ke iu alia ĝin sammezure perdu.

Belinda trovis lin nefeliĉa tiun vesperon, ankaŭ pro tio, ke iliaj kunestoj estos malpli oftaj pro la distanco inter La Salto kaj Milton. Ŝi provis distri lin per babilado pri la aferoj de sia lernejo. Ŝi sciigis, ke je la komenco de aŭgusto ŝi gvidos semajnfinan rajdekskurson al Hotelo Alta Ripozo, la nova feriejo sur Monto Tambourine.

"Dek knabinoj volas kunrajdi. Tiu montara pejzaĝo estas vere alloga, kaj la noktoj tie malvarmas en aŭgusto. Memorigas min pri Eŭropo. Niki, ĉu ne estus bele, se vi povus nin akompani?"

"Jes, karulino, estus. Sed mi ne kredas, ke tio okazos."

\* \* \*

Jan Ĉi-jung, ĉina ĝardenisto, estis pendumita en julio pro tio, ke li murdis la deksesjaran Archibald Strong. La aserto de la akuzito, ke li volis nur defendi sian legomejon kontraŭ bando da junuloj, kiuj ofte priŝtelis lin, kaj ne intencis bati la kapon de Strong, ne estis akceptita; cetere ĝuste tiam ekestis aparte vigla kampanjo por devigi ĉiujn ĉinojn forlasi la kolonion. Laŭtaj voĉoj deklaris, ke la "mongolidoj" venis nur sendi oron al sia hejmlando kaj nenion kontribuas al la prosperado de la kolonio mem. Ke en kelkaj lokoj la ĉinoj jam konsistigas pli ol duonon de la tuta loĝantaro, timigis multajn patriotojn, kiuj ĵetis angoroplenajn rigardojn al la Ĉiela Imperio kun ĝiaj nenombreblaj hordoj da barbaroj. Ŝajnis oportune malpliigi almenaŭ je unu la ĉinojn en Kvinslando.

Barono Maklin ricevis permeson dissekci la cerbon de Jan Ĉi-jung ĉe La Salto. La rezultoj de tiu laboro plene pravigis la atendojn de la ruso, kiu presigis ilin kaj tuj sendis al la anatomio-fakultatoj de la aŭstraliaj universitatoj kaj en aliaj landoj.

Maklin notis je sia kontentiĝo, ke ankoraŭ s-ro McLelland ne komprenas la signifon de tiu parto de la esploroj de la ĵus fondita instituto. Sed William McLelland ne estis stultulo, kaj li eksuspektis, ke Maklin fariĝas ia centropunkto, al kiu sin turnas pluraj homoj, kies arkaikaj vidpunktoj tute ne plaĉas. Bonŝance Maklin, kies fakkompetenton McLelland nepre alte taksis, ne, aŭ ankoraŭ ne publike diris embarasajn aferojn. Ŝajne li lernis ion ĉe la antaŭkristnaskaj festoj malgraŭ la propra bedaŭrinda konduto.

Sed la reputacio, kiu rezultis el la multflankaj komentoj pri la festoj ĉe McLelland kaj Horne, disvastiĝis. Kiel oni povus atendi, tiu kverelemulo en Maryborough, Richard Brindley Sheridan, verkis longan leteron al Maklin kaj distrumpetis tiun agon tiele, ke fine ĉiuj devus scii pri ĝi. Feliĉe Sheridan, kiu havis iun ne tre gravan oficon en tiu provinca urbeto, restis izolita inter siaj kolegoj, sed lia granda buŝo povis ĝeni. La ulo skribis al Maklin, ke en ĉiu loko, kie blankuloj alvenas por antaŭenpuŝi la limojn de la "civilizacio", ili ĝenerale formas du "Ŝholojn" (la gramatikaj kaj ortografiaj mankoj de Sheridan estis la fono de multaj ŝercoj inter kulturitoj). La unua skolo de Sheridan nomiĝis la "ĉiukaze forpelemuloj" kaj la dua la "poste enlasemuloj". Tiujn neglatajn terminojn li klarigis jene: la unua grupo insistis, ke la indiĝenoj estu forpelitaj el la loko tiel foren, ke ili neniam povu reveni (tio signifias, Sheridan krude skribis, "pura eksterminaciado"). La dua grupo aliflanke konsentis, ke estas unue necese tute detrui la vivmanieron de la nigoj, sed poste oni povus ree "enlasi" ilin kiel malmultekostan servistaron, kondiĉe ke ili rezignu pri siaj antaŭaj ritoj, dancoj kaj tiel plu, kaj portu decajn vestojn por montri sian subordiĝemon. Por pravigi sian aserton pri "la dibato inter la ŝakaloj kaj la hienojn" Sheridan kunsendis amason da eltondaĵoj el multaj gazetoj; krome li kopiis por Maklin la tekston de proksimume kvindek intervjuoj kun nigoj kaj civilizitoj, kiu celis doni kredeblecon al liaj tedaj asertoj, ke oni maljuste traktas la nigrulojn.

Je sia granda surprizo Maklin ricevis en la unua semajno de julio viziton de forta kalvulo en eklezia vestaro. La viro prezentis sin kiel frato Harris, misiisto, kaj klarigis, ke li venas rezulte de rekomendo de sia amiko kapitano Beveridge.

"Mi bone scias, barono, ke vi ja malaprobas la laboron de ni misiistoj, sed multrilate ni povus esti alianculoj, do mi tuj diru, ke same kiel vi mi amas la homojn, kiuj loĝas norde de Aŭstralio, kaj same kiel vi mi batalos por malhelpi, ke eŭropaj ŝtatoj aneksu la insulojn. Kaj same kiel vi, mi fariĝis malariulo tie. Mi pasigis entute dudek jarojn sur insuloj norde kaj oriente de la Verda Insulo. Mi perdis kvar fratmisiistojn tie, mi mem preskaŭ mortis tri fojojn, kaj mi gajnis neniun konvertiton al la Evangelio dum la unuaj naŭ jaroj. Kaj pro mia sinteno rilate la koloniismon mi ofte devis stari sola eĉ inter miaj fratoj. Mi esperas, ke vi povas respekti min."

"Kiel mi ne respektu homon, kiu parolas tiel malkaŝe, frato?" ridetis Maklin, premante la fortikan manon. Li decidis paroli same rekte: "Se mi ĝuste komprenas vin, vi kontraŭstaras politikan kaj komercan imperiismon, sed ne religian. Pardonu, se tio vundas. Mi formulu ĝin tiel ĉi: Vi volus lasi la indiĝenojn sendependaj en ĉio alia, nur konverti ilin al kristanismo, aŭ almenaŭ via formo de kristanismo."

"Bone, mi ne venis interŝanĝi senutilajn ĝentilaĵojn. Mi preferus iom alian priskribon, sed vi trafis la kernon de la afero."

"Eble vi jam aŭdis, ke mi ne ofte kulpas pri troa ĝentileco," ridetis Maklin. Ambaŭ viroj nun trovis la alian simpatia. "Sed permesu al mi esprimi mian malĝentilan opinion, ke via celo estas iluzia, frato."

"Vi volas diri, mi supozas, ke neeblas ŝanĝi la religion de primitiva popolo sen difekti la tutan kulturon?"

"Ĝuste! Mi opinias, ke la religiaj nocioj de tiuj homoj estas tiel integra parto de la kulturo... Mi devas konfesi, ke mi neniam gajnis klarajn ideojn pri la religio de miaj amikoj sur la Verda Insulo, sed mi estas certa, ke ĝi nedisigeble formas unuon kun iliaj parencsistemo, geedziĝleĝoj, reguloj pri posedado, ĉasado kaj tiel plu. Forigu la kernon, kaj la homoj perdos sian orientiĝon en la mondo... Eble tio parte klarigas la katastrofon de la aŭstraliaj indiĝenoj."

"Barono, mi dankas, ke vi konfesis, ke vi nemulton scias pri la religio de viaj verdinsulanoj. Mi penis studi indiĝenajn religiojn dum dudek jaroj. Mi hezitas diri, ke mi ĝisfunde komprenas ilin, sed mi ne hezitas diri, ke ĝenerale ili estas stinka poto..."

"Sed kompreneble, frato, vi *devus* tion opinii, alikaze via tuta misio estus sensenca!"

"Konsentite, sed lasu min klarigi, kial!"

"Povas esti, frato, ke objektive estas preferinde kredi je dio, kiu sendis sian propran filon por surogate morti kaj tiel savi la homojn, ol kulti la proprajn prapatrojn... sed mi ne cedas mian argumenton ke, sendepende de la enhavo de iu ajn religio, la religio de la verdinsulanoj donas integrecon al ilia vivo, kaj fremda religio, kiel ajn preferinda ĝi estu, metus ilin en fremdan universon, kaj tio estus la unua paŝo al submetiĝo politika, kultura, komerca, kaj mi-ne-scias-kia!"

"Barono, ĉu mi rajtas prezenti kontraŭargumenton?"

"Pardonu! Jes, estas via vico."

"Dankon. Ekzemple: la insulo Romatu. Tre malgranda, nur dek vilaĝoj. Ĉiuj vilaĝoj havas unu komunan doktrinon, ke natura morto ne eblas. Ĉiu morto estas ies kulpo. Kaj la kulp into kompreneble loĝas en unu el la naŭ aliaj vilaĝoj. Kaj ĉiu morto postulas 'repagon'. Do, se iu ie mortas, neeviteble sekvas punekspedicio al iu alia vilaĝo. La venĝantoj mortigas iun, kaj tiu nova morto same postulas 'repagon'. Rezulto: la tuta insulo estas timejo. Neniu homo kuraĝas forlasi la propran vilaĝon sola. Rezulto: ĉiu romatuano vivas en fizika kaj spirita geto. Ĉu vi povas akcepti tion, barono?"

"Vi parolas pri *unu* insulo, ĉu ne?"

"Pri unu insulo, kiu estas tipa de la tuta regiono. Sed mi ne finis. Mi intence uzis la prezencon – sed tia estis Romatu antaŭ sep jaroj. Nun la afero estas nekredeble alia. Ĉiuj dek vilaĝoj jam akceptis sian Savinton, kiu instruas al ili ami ĉiujn homojn kaj montri kompaton. Se vi volas insisti, ni detruis la paganan religion, sed la bonaj partoj de la kulturo estas nun pli fortaj kaj la malbonaj grandparte malaperis."

"Kaj la insulanoj ĝuis sep jarojn de la Paradizo? Pardonu, frato, mi ne volas ĉiam sarkasmi, kaj via rakonto fakte imponas al mi. Mi volas nur atentigi, ke sep jaroj ne sufiĉas por juĝi tian gravan evoluon."

"Nun mi menciu argumenton, kiu eble pli influos vin. Vi konsentos, ĉu ne, ke unu el la antaŭkondiĉoj de imperiisma ekspansio estas, ke la viktimlando ne prezentu unuecan reziston. Vidu Hindion, vidu ĉi tiun kontinenton. Nun vidu vian Verdan Insulon. Baldaŭ iu fremdulo provos, kaj probable sukcesos aserti, ke ĝi apartenas al lia lando. Sur kia bazo la indiĝenoj povus unuiĝi por kontraŭstari? Iliaj religioj izolas ilin reciproke. Nur se ili konvertiĝus al unu sola unuiga religio, ili povus eble rezisti. Kaj kiu religio krom kristanismo – ĉi-foje mi ne eĉ mencias ĝiajn superajn ecojn – povus unuigi ilin?"

Maklin tuj rakontis pri la "misio" de Engogu, kiu laŭ li multe pli bone komprenas la pensmanieron de la indiĝenoj ol iu ajn eksterulo, kiu vole-nevole trudus fremdan doktrinaron.

"Ha, jes, sed via Engogu estas evidente unu eksterordinara kaj netipa homo. Sed la forto de kristanismo estas, ke eĉ malfortuloj povas, se ili ĵetas sin en la brakojn de sia Savinto, fari miraklojn."

"Kaj vi esperas, frato, ke la misiistoj tiel fulmorapide konvertos la tutan loĝantaron, ke ili antaŭos la koloniigantojn?"

"La Eternulo estas nia sola savo, barono, eĉ se la ŝancoj ŝajnas malgrandaj. Kaj se la verdinsulanoj konvertiĝos, eble la eŭropanoj traktos ilin pli bone."

"Vi estas bona homo, frato, sed mi vetas, ke la unuaj misiistoj ebenigos la vojon por la unuaj soldatoj. Ĉu via religio permesas al vi veti? Sed unu lasta demando: Vi parolis pri la unuiga potenco de kristanismo – ĉu la romkatolikoj, la metodistoj, la luteranoj, la baptistoj kaj tiel plu akceptus vian kristanismon, aŭ vi ilian? Kaj kiun version la verdinsulanoj adoptu?"

Tiajn demandojn la misiisto ne povis respondi, do ili ĉesigis la kamaradecan polemikon kaj diskutis sian taktikon, se Arthur Horne decidus aneksi la Verdan Insulon.

Fine la frato informis la ruson, ke nun ŝipoj de diversaj nacioj kaj boatoj de la misiista societo preskaŭ regule preterpasas la Maklinan Marbordon. "Baldaŭ ne plu estos malproksimaj, nekonataj landoj."

Frato Harris fine proponis ke, se iam Maklin volos viziti sian antaŭan stacion, li aranĝos transporton sur unu el la misiistaj boatoj. Maklin sincere dankis lin kaj memoris sian promeson al la rogenduanoj. Sed intertempe lia vivo estis tre okupita de laboro kaj amo.

*       *       *

Belinda kredis, ke la songo iel rilatas al ŝia amato. Tuj post vekiĝo ŝi surpaperigis la longan vorton, kiu probable estis la ŝlosilo.

Tiun tagon ŝi kunportis hejmen stakon da kajeroj kaj pasigis almenaŭ tri horojn kontrolante ilin. Kiel kutime ŝi foje skuis la kapon post kontrolo de aparte malbona respondaro kaj demandis sin, ĉu ŝi ne rekomencu ĉe la kurskomenco, almenaŭ por la koncerna knabino. Sed bruletis ia ekscitiĝo en ŝi; li jam promesis veni, kaj la songo indikis, ke baldaŭ ilia rilato eniros novan etapon. Ne gravas, ke li venos malfrue, laca pro longa labortago. Li estis tia homo, ke ju malpli da laboro oni postulis de li, des pli li memvole faris.

S-ino McElhinney estis jam enlite, kiam fine li frapis ĉe la pordo. Li ĝoje ĉirkaŭbrakis Belinda kaj lasis siajn manojn gliti laŭ la konturoj de ŝia dorso: kiel bela kaj dezirinda ŝi estis, kaj ial ŝi estis lia!

Tuj ŝi preparis teon kaj donis al li biskvitojn donacitajn de unu el ŝiaj lernejaninoj. Plezure li rigardis la graciajn movojn de ŝia juna korpo kaj refoje dankis, ke Belinda Horne ekzistas. Baldaŭ li ĝuis la senton de bonfarto, kiun donas al malplena stomako varma teo. Tiam ŝi transdonis la slipon kun la mistera vorto el sia songo. Li preskaŭ lasis fali la tetason.

"Bel, de kie vi havas la nomon de Knabo?"

"Aha! Mi ne sciis, kio ĝi estas, sed nun la afero ŝajnas komprenebla."

Estis al Maklin, kvazaŭ la solida planko ekskuiĝus. Li antaŭsentis, ke la turmentaj demandoj, kiuj sekvis la "nokton de Kodi", post provizora dormado nun ree trudos sin. Sed ĉi-foje li ne panike defendos la propran vidpunkton, ĉar li ne plu havis tian. Li rigardis la belajn okulojn de la amatino; ĉu tie li efektive povos trovi ion, kio ordigos la ĥaoson en lia kapo? Eble, sed li ne lasos al ŝi facile konvinki lin: "Mia kara, mi havas nenian ideon, pri kio vi parolas."

"Dum la pasinta nokto mi sonĝis pri nova naskito, kiu ripetis tiun vorton – la nomon de Knabo – kaj diris 'Ŝanĝas nun, ŝanĝas nun'."

La nuko de Maklin tikliĝis: "Kaj vi kredas, ke vi komprenas la aferon?"

"Niki, mi kredas, ke Knabo uzis min por komuniki al vi, ke post kelktempa ripozo li decidis komenci novan vivon."

"Sed kiel tio koncernas min?" La bagateleco de la propra diro ĝenis la baraktanton.

"Sendube li juĝis, ke la tempo estas matura por vi."

Maklin silentis. La ideo estis absurda, sed ĝi jam ekefikis sur li. Fine li demandis: "Do vi kredas, ke ni vivas pli ol unu fojon?"

"Komprenenble! Tio estas absolute baza, Niki! Pardonu, mi forgesis, ke vi ankoraŭ ne kutimiĝis al la ideo."

"Tiel absolute baza, ke nur mia karulino kredas ĝin..."

"Niki, vi bone scias, ke tia frazo nur spegulas ŝovinisme eŭropan pensmanieron. Sed eble surprizus vin, kiom da eŭropanoj ankaŭ scias pri tio. Goethe, ekzemple... jes, parte pro tio mi donis al vi lian aŭtobiografion. Sed ne gravas, kiu estas por aŭ kontraŭ."

Maklin ekridis: "Pardonu, mi ĵus memoris, ke tiu intelekta giganto Santamaria nomiĝas Renato – la renaskito! Eble li estis Sokrato en sia antaŭa vivo." Li volis ridindigi la diskuton kaj provoki ŝin diri ion nesingarde absurdan kaj facile refuteblan. Sed je lia konsterniĝo ankaŭ ŝi ridis: "Karulo, tia taktiko apenaŭ indas, ĉu?"

Admiro, konfuziĝo kaj ioma kolero luktis en li: kial li, monde konata sciencisto, cedu al ŝi, knabino sen ia speciala trejniĝo? Sed eĉ la ĵusa diro montris ŝian superecon: "Belinda, apenaŭ indas, ke vi venku min per via sorĉistina telepatio! Diru al mi finfine, kiel vi tion faras."

"Mi devas konfesi, ke mi mem ne scias, kiel. Kiam mi estis eta knabino, mi supozis, ke ĉiuj estas telepatiuloj. Nun ĝenas min, ke foje mi ne povas kapti penson kaptindan, kaj foje nedezirindaj pensoj de aliaj trudas sin al mi."

Li fintrinkis, formetis la tason, kaj kvazaŭ kapitulace etendis la fingrojn: "Bel, mi provos debati serioze. Mi vere volas aŭskulti vin. Sed mi probable kontestos ĉiun paŝon."

"Barono Maklin, ĉu ne estas ridinde, ke mi predikas al vi?" ŝi tenere ridetis.

"Predikojn mi ne aŭskultas! Sed vin mi ne komprenas... kuraco per tuŝo, telepatio kaj ĉio tio... kial vi, kaj neniu alia?"

"Kara, mi kredas, ke ĉiu homo povus fari tiajn aferojn kaj ke multaj fakte faras ilin multe pli bone ol mi. Legante vian *Privatan Taglibron*, mi ricevis la impreson, ke Engogu estas certe pli alte evoluinta ol mi. Kial ni ne uzas niajn potencojn, mi ne scias."

"Sed ĉio estas tiel... disa. Reenkarniĝo, psikaj potencoj! Diable, ĉu estas ia hipotezo, kiu ligus kaj ordigus ĉion?"

"Vi postulas multon de simpla knabino, Niki! Vi postulas sciencan hipotezon. Kiam Tom parolas al mi pri sciencaĵoj aŭ mi provas sekvi viajn pensojn en via *Taglibro*, mi komprenas nur parte, sed mi sentas, kaj viaj mensoj estas multe pli riĉaj ol mia. Mi devas dependi de miaj intuicioj, kiujn mi nur ŝerce nomas inaj."

"Sed ŝajnas al mi, ke viaj... intuicioj pli taŭgas por klarigi kelkajn aferojn ol nia scienco. Sed bonvolu neniam citi tion!"

"Dankon, sinjoro, vi volas min kuraĝigi. Mi akceptas vian defion." La ŝerca tono aliiĝis: "Vi devigas min pensi pli sisteme ol iam ajn antaŭe. Do mi provos."

Impulse ŝi kisis liajn okulojn: "Ĉu iu iam diris al vi, ke vi havas delogajn okulojn?"

"Sufiĉe da flatoj, sorĉistino," li ridetis. "Ek al la laboro!"

"Bone do. Mi intuicias, ke la materia mondo, en kiu vi sciencistoj tiel lerte laboras, estas nur parto de la tuto. Ne, mi ne parolas pri la Ĉielo, Infero kaj tiel plu. Mi parolas pri... kion mi diru?... aliaj dimensioj, kiuj estas same naturaj loĝlokoj por ni kiel la tero, kiun vi sciencistoj kutimas rigardi la sola valida."

"Ĉu tiuj aliaj dimensioj estas materiaj aŭ ne?"

"Kelkaj jes, kelkaj ne. Knabo ĵus forlasis unu el la materiaj, ĉar li ne estis preta por vivi sur nemateria nivelo."

"Aj, mi devas diri, ke tio ŝajnas senbaza mistikaĵo al mi. Kial mi, ekzemple, neniam havas intuicion pri tiuj aliaj dimensioj?"

"Tio estas mistero al mi. Ŝajnas ke ĉiufoje, kiam ni decidas ree eniri ĉi tiun dimension – ni diru, naskiĝi – ni konsentas submeti nin al pli-malpli kompleta forgeso. Ial kelkaj el ni retenas sporadan kontakton kun la aliaj dimensioj."

Li glitigis la fingrojn sur ŝia maldekstra vango: "Kaj vi opinias, ke estas via kontakto kun tiuj misteraj dimensioj, kiu donas al vi viajn psikajn kapablojn?"

"Jes, sed mi ne komprenas, kiel la afero funkcias. Mi diru nur, ke ekster nia materia mondo ne ŝajnas esti tempo."

"La mezepoka teorio pri la eterna nuno de Dio!"

"Eble jes. La mezepoko kaj la nuno estas samtempaj aŭ eĉ sentempaj."

"Tio estas malfacile kredebla, sed ĝi eble klarigus klarvidon kaj la senton, ke oni scias pri pasintaj epokoj."

Ŝi prenis lian dekstran manon inter siajn kaj demandis: "Ĉu vi memoras nian unuan renkontiĝon – en ĉi tiu vivo, mi volas diri?" Kaj ŝi ridetis.

"Tion mi memorus tra multaj vivoj!" li ŝercis.

"Nu, mi tuj rekonis vin! Foje mi ricevas memorbrilojn pri homoj iam renkontitaj. Vi kaj mi estas malnovaj konatoj, ni estis ofte parencoj. Mi eĉ konsciis tion tuj, kaj vi, mi kredas, rekonis min, sed ne konscie."

Li liberigis sian manon: "Karulino, tio estas absurdaĵo! Se oni ne konscias pri io, oni havas nenian scion aŭ konon."

"Ne, jen via eraro, Niki; vi supozas, ke via konscia intelekto estas via tuta menso. Pri tio mi certas. Estas niveloj pli profundaj kaj potencaj ol tio, kion vi konscias. Kaj ie kuŝas ankaŭ memoraĵoj pri ĉio antaŭa."

Li reprenis ŝian manon: "Nu, estus pli facile simple veki la dormantajn memoraĵojn ol pene rezoni... Mi preskaŭ deziras, ke mi kredu tion."

"Iom sarkasme, sed vi pravas. Eble iam ni homoj malkovros aŭ eble retrovos teknikon por uzi tion, kion ni jam scias. Eble tiam oni povos paroli pri 'la supreniĝo de la homo', kiel Tom esprimis ĝin."

Maklin paŭzis. Li ne povis rezisti ironian tonon: "Kaj tiu olda Funkciiginto de la universa mekanismo – ĉu Li trovas lokon ie inter aŭ super viaj dimensioj?"

Ŝi batetis lian manon, kvazaŭ ŝi riproĉus aĉkondutan infanon: "Kiam vi vidos, ke via batalo kontraŭ la eklezioj kaj iliaj bataloj inter si estas neatentindaj bagateloj kompare kun la realo de nia ekzisto?" Demetante la instruistinan rolon, ŝi daŭrigis: "Ke ekzistas ia dio, ŝajnas al mi memkompreneblaĵo, kvankam mi supozas, ke Li – aŭ Ŝi, aŭ Ĝi – malmulte similas la objekton de la dimanĉaj predikoj. Sed ne ĝenas min montri respekton al la kredoj de aliaj."

"Komprenebla via sinteno pravas. Sed estas malfacile por mi ne montri malŝaton al tio, kion mi rigardas nepardonebla superstiĉo."

"Iam mi petis vin ne ŝerci pri aŭtodafeoj. Jes, vi bone memoras tion. Mi supozas, ke tio rilatas al vivo en Hispanio. Tiam mi perdis vin sur ŝtiparo. Ni estis fratinoj. Kaj ekde tiam vi malamas ĉiujn ekleziajn instituciojn, sed ne scias kial."

"Kio? Mi estis ino!"

"Kial ne? Ĉu ne estas logike, ke ni ĉiuj elprovas multajn rolojn? Ofte mi elektis esti viro."

"Elektis! Nun vi vere parolas stultaĵon, mia belulino! Neniu elektus esti ĉina kulio aŭ aŭstralia indiĝeno!"

"Stultaĵo? Pripensu, Niki! Vi ankoraŭ juĝas nur el via ĉi-minuta vidpunkto. Mi ne povas klarigi, kial iu elektas esti io ajn, sed foje oni glutas malagrablan medikamenton por esti poste sana, ĉu ne? Eble mizera vivo same servas dum nia tuta evoluo."

Maklin trovis ironia, ke nun li, kiu iam rigardis sin nepolitikulo, enkondukas politikan konsideron en filozofian debaton: "Nu, momenton, Bel! Se iu libere elektas la vivon de, ni diru, aŭstralia 'nigo', la homoj, kiuj nun suferigas lin, rajtas diri, ke ili nur plenumas tion, kion li mem elektis. Tio kondukas al fatalismo kaj apatio pri politikaj krimoj."

"Tute ne! Ĉiu responsas pri la propraj agoj. Estas evidente, ke multaj krimuloj ne estas punataj en ĉi tiu vivo, sed poste, mi supozas, ili vidos, ke la propra evoluo postulas pentofaron."

"Kia estas la senco de la tuta evoluo?"

"Kiel mi sciu tion? Mi ne kreis la universon! Sed mi supozas, ke ĉio estas parto de senfina lernprocezo. Kaj mi firme kredas, ke ĉio estas sencohava, se nur ni havas sufiĉe vastan perspektivon."

Iom poste li devis foriri por ne maltrafi la trajnon. Iliaj lastaj vortinterŝanĝoj estis malpli metafizikaj.

Dum la trajnveturo li spertis kuriozan senton, ke iu parto de li troviĝas ekster lia korpo kaj observas la ceteran. Li estis nun tro laca por cerbumi, ĉu li nun ekzistas sur du dimensioj, sed tio ŝajnis amuze kaj agrable nova eventualo. Li ankoraŭ ne sciis, ĉu li akceptas la groteskajn ideojn de sia amata patrino-diino, sed li jam ekfantaziis pri eblaj antaŭaj vivoj. Iam, kiam lia cerbo estos freŝa, li trovos la mankojn en ŝia argumentado. Sed ĉiu diro el ŝia buŝo havis sian propran ĉarmon, kaj kial ŝiaj ideoj ne pravu?... Maklin, gardu vin, oni ne akceptas ideojn pro tio, ke ili venas el bela buŝo, male oni aparte zorge pesas ilin... Ĉu pravas, ke Teluli kaj mi estis amikoj longe antaŭ mia alveno tie?...

Maklin petis unu el la kunvojaĝantoj veki lin, se li endormiĝos...

# Dinosaŭroj kaj telegramoj

Iam ĝi devis veni: la postan semajnon malario sternis lin. Sed jam post unu tago li trovis, ke li povas ellitiĝi, do li ne perdis la kutimajn tri tagojn.

Li volis "celebri" la du ŝparitajn tagojn, kaj venis al li la ideo akcepti ŝian duoninviton partopreni en la dutaga rajdekskurso en aŭgusto. Eble ŝi juĝus, ke la tempo ankoraŭ ne venis por konfesi ilian amon antaŭ la tuta mondo, precipe antaŭ Arthur Horne. Sed li diru sian jes, kiam li vizitos ŝin ĵaŭdon vespere, kaj ŝi decidu.

Sed io intervenis, io tute neatendita. Merkredon alvenis letero de Wyndham Havelock, la posedanto de la bieno Kalgulamana apud Clermont en centra Kvinslando.

*Altestimata S-ro Barono Maklin:*

*Kun granda emocio mi elplumigas ĉi-sekvajn alineojn, plene konscia ke mi, sidante ĉe nerabotita tablo inter la kvar muroj de mia rura rezidejo kun la botoj tuŝantaj la nudan teron, adresas vin, unu el la vere grandaj lumoj de la moderna scienco. Se mi ne havus ion laŭ mia kredo eksterordinaran por transkomuniki al via moŝto, mi ne aŭdacus makuli ĉi tiujn pasive indulgemajn paperfoliojn.*

*Sed, via barona moŝto, mi legis en unu el la plej rekomendindaj el la ĉi-koloniaj gazetoj, nome "La Kvinslandano", ke vi degnas peti la kunlaboron de ordinaraj mortemuloj, nome laikoj koncerne la sciencon; ke vi nome petas informojn teme al kaj specimenojn de raraj bestoj kaj plantoj maloftaj.*

*Ĝuste tion, mi kredas, mi pro nura hazardo povas nun proponi la via moŝto, kaj je skalo nekredeble granda. Sen plua vortumado mi rapidas nun konfidenci al via moŝto ion nekonatan, laŭ mia scio, al iu ajn homo, kies rezidejo troviĝas ekster la limoj de ĉi tiu humila bieno nomita memore al la iam ĉi tie loĝanta brunhaŭta popolo (nuntempe reprezentata nur de iuj melankoliaj specimenoj) – Kalkgulamana.*

*Okazis jene: Ĉe la okcidenta ekstremo de mia bieno (nomita ĉi-supre) troviĝas ĉeno da montetoj malofte vizitataj de mi. Sed el tiuj montetoj fontas rojeto, kies valoron en ĉi tiu sunbruligata regiono oni ne povas tro alte taksi. Sed pasintjare ni apenaŭ ricevis pluvon kaj ĉi-jare la someraj kaj aŭtunaj pluvoj, de kiuj ĉio dependas, ne aperis sur la scenejo. Mi ne tristigu vin per fremdaj zorgoj, sed la sekeco estas tia, ke eksterulo facile imagus, ke iu kolera kaj malica giganto blovas sian brulantan spiron trans la sendefendan pejzaĝon. Mallonge: eĉ tiu vivregala rojeto ne fluas ĉi-jare.*

*Mi grimpis sur la montetojn por esplori la sekan fundon de la rojeto. Je mia mirego mi trovis, en loko kutime kovrita per akvo kaj plantetoj, vicon da ŝtonoj, kiuj, mi firme kredas, estas la ŝtoniĝintaj vertebroj de prahistoria bestego, nome dinosaŭro. Momente forgesinte la mil zorgojn de mia rura ekzisto, mi fosis kaj skrapis pluen. Kun vera ĉasista ekscitiĝo mi konfirmis miajn supozojn: Jes, aliaj ŝtonoj, jam delonge enterigitaj de geologiaj procezoj, troviĝas ĝustaloke por formi la etendiĝon de enorma prabesta skeleto.*

*Mi ne daŭrigis la fosadon, kaj mi ŝuldas al via barona moŝto klarigon. Unue, ĉar la zorgo savi miajn ankoraŭ vivantajn brutojn okupas min tute; kaj due, kaj precipe, mi estas certa, ke profana mano ne rajtas fuŝtuŝi tian altan taskon.*

*Se vi, barona moŝto, dezirus sendi ĉi tien esplorgrupon, mi kaj Helen, mia plibona duono, elkore volonte gastigus diritan grupon; tamen ni sentas nin devigitaj averti, ke loĝado ĉe ni, precipe en ĉi tiu jaro de suferoj, ne estas londone luksa.*

*Mi jam ŝerce elpensis la terminon "Dinosaurus Kalgulamanensis" ("Dinosaurus Havelocki" estus tro orgojla!). Kia feliĉo, se tiu ŝerco fariĝus realaĵo en la analoj de la scienco!*

*Via honora moŝto, mi havas la honoron saluti vin ankaŭ en la*
*nomo de mia fidela kaj sinofera vivkunulino Helen.*

*Humile kaj obeeme via,*
*W. Havelock*

Maklin decidis mem iri al Kalgulamana. S-ro Havelock naive supozis, ke la sciencejo disponas "esplorgrupon". Maklin sola ne povos elfosi, ekspedi kaj rekonstrui dinosaŭran skeleton. Sed, se li iros tien kaj raportos pere de McLelland al la registaro, ke la projekto penvaloras kaj profitos al Kvinslando, eble la kabineto baldaŭ enpostenigos la helpistojn tiel necesajn ĉe La Salto.

Krom tiuj konsideroj, la ideo mem altiris lin. Li volis viziti aliajn partojn de la vasta kontinento. Kaj ankaŭ li sentis "ĉasistan ekscitiĝon"; restaĵoj de dinosaŭroj ne estas ĉiutagaĵoj.

Ne vidi ŝin dum eble du-tri semajnoj estis dolora penso. Sed, se lia vojaĝo norden kaj ŝia rajdekskurso al Monto Tambourine samtempus, almenaŭ ili ne estus apartaj dum du periodoj.

Li iru do kiel eble plej baldaŭ.

*   *   *

Li observis la karan vizaĝon, dum ŝi legadis la leteron de s-ro Havelock. De tempo al tempo ŝi ridetis, sed sen vera amuziĝo. Li sciis, ke lia decido foriri morgaŭ ne plaĉos al ŝi, sed li ne supozis, ke ĝi tiel deprimos ŝin, kiu preskaŭ ĉiam disradiis serenan bon-humoron.

Ŝi redonis la leteron kaj komentis: "Mi kredas, ke via s-ro Havelock estas simpatia sed iom pedanta viro. Parolema, sed senmalica, kaj lia sinteno al sia 'plibona duono' plaĉas."

"Ŝajnas al mi, ke lia stilo estas tre afekta."

"Li provas imiti la manierismon de kiĉaj romanoj, kaj foje li eĉ maltrafas la ĝustan sencon. Vidu – " kaj ŝi reprenis la leteron. "Li skribis pri sia 'rura rezidejo', li volas ion 'transkomuniki', ĉar via barona moŝto 'degnas', kaj tiel plu. Kaj rigardu la manskribon; li skribas malrapide, iom pene, same kiel lernejano, kiu celas perfektan regulecon. Sed mi kredas, ke li bone gastigos vin."

"Mi revenos tuj, kiam eblos."

"Mi eĉ provas antaŭdiri, kia homo li estas," ŝi diris, kvazaŭ ŝi ne aŭdus lian promeson. "Li estas mezaĝa anglo kun iom bona edukado – vidu la latinaĵon – kiu venis al Kvinslando por rapide riĉiĝi en ĉi tiu Eldorado... Niki! Niki!"

Ŝi kuris al li kaj ĵetis la brakojn ĉirkaŭ lian kolon; li sentis ŝiajn plorspasmojn. Li ĉirkaŭbrakis ŝin, dirante: "Karulino, mi iros al Clermont, ne al Ruslando!"

"Niki," ŝi singultis, "mi provis paroli pri aliaj aferoj, sed la tutan tempon mi pensis nur pri vi!"

"Jes, kara, kaj zorgu, ke vi ĉiam pensu pri mi!" Sed la ŝerca tono ne konvenis.

"Mi devas diri ion al vi, sed lasu min resti iom en viaj brakoj."

Glitkaresante la nigrajn harojn, li diris: "Restu tie dum via tuta vivo, se vi volas."

Iom poste ŝi viŝis la okulojn kaj diris, jam pli trankvila: "Foje mi ricevas malagrablajn mesaĝojn, kiuj bedaŭrinde pravas. Jam dum du tagoj mi havas teruran antaŭsenton, ke... ke ĉi-foje... en nia nuna vivo... ni ne estos kune dum longa tempo."

"Bel, ni ne atentu..."

"Niki," ŝi insistis, "mi devas paroli, kvankam mi ne volas. Sed mi volas, ke vi komprenu, se io okazos. Kion mi nun diros, ŝajnos al vi amara konsolo, se vi ne povos konsenti."

Li volis duonsufoki ŝin per kisoj kaj tiele meti finon al ŝiaj timigaj vortoj, sed ŝi tenere forpuŝis lin: "Ne, Niki, tio ne helpos. Bonvolu aŭskulti."

Kiam li cedis, ŝi daŭrigis: "Estas via juna, nesperta amantino, kiu ploras, sed sur pli profunda nivelo mi bone scias, ke vi kaj mi ĉiam retrovos nin, ĉu sur la tero ĉu aliloke. Jam ni disiĝis kaj retrovis nin centojn da fojoj. Mi esperas, ke vi povos almenaŭ pripensi tion."

"Belinda, mi jam iom kredas ĝin!" Tuj li demandis sin, kiu el liaj voĉoj impulse perfidis tion.

Ŝi kisis lin: "Nikolaj Ivanoviĉ, povas esti, ke mia natura malfe-liĉo pro via morgaŭa foriro troigas la aferon. Eble ni vivos anko-raŭ multajn jarojn kune. Sed... se ial vi ne revenos el Clermont, sciu... ke daŭros nur sekundono de la vera 'tempo', antaŭ ol mi venos al vi. Sed ne miru, se dum tiu multjara sekundono mi multe priploros vin."

Rezolute li respondis: "Lasu min paroli pri miaj intuicioj. Mi intuicias, ke mi vivos longe. Antaŭ nia renkontiĝo mi ĉiam supo-zis, ke mia vivo estos mallonga, kaj la afero estis preskaŭ indife-renta. Sed nun mi havas fortan motivon por vivi ĝis naŭdekjara!"

Refoje ŝi ridetis: "Foje mi estas timema muso, Niki. Eble vi pravas. Sed promesu al mi unu aferon; promesu, ke tuj post via alveno en Clermont vi sendos al mi telegramon. Mi tuj respon-dos ĝin. Konsentite?"

"Konsentite!"

Duonhoron poste ŝi akompanis lin ĝis la stacidomo de Mil-ton. La trajno venis tuj, do ilia lasta kiso devis esti mallonga.

Tra la fenestro de la trajno li admiris la belecon de ŝia formo. La trajno jam ekmoviĝis, kiam li ricevis dank' al iu lumo tre kla-ran vidon al ŝia konsternita vizaĝo. Li energie svingis la manon kaj kriegis: "Mi promesas!" Sed ĝuste tiam la snufeganta trajno ekfajfegis, kaj tre probable ŝi ne aŭdis lin.

Sed ŝi svingis la manon, ĝis la mallumo glutis ŝin.

Mi estos ekstreme singarda dum la vojaĝo, li promesis al si. Kaj al ŝi.

* * *

La ŝipvojaĝo ĝis Rockhampton estis interesa, eĉ malstreĉa. Kvan-kam li sciis, ke la ŝipo laŭiras nur onon de la marbordo de la kolonio, kiu siavice konsistigas nur parton de la kontinento, li ricevis fortan impreson pri la vasteco de Aŭstralio. Kaj la konti-nento estas laŭ la vortoj de miaj brisbanaj amikoj, li pensis iro-nie, malplena. Sed li jam sciis sufiĉe por supozi, ke ĉie, kien la

"tajdo de la civilizacio" fluas, troviĝas indiĝenoj; ke fakte oka-
zas silenta kontinentskala milito, kies fronto apenaŭ anoncate
moviĝas mortherolde ĉiam pli internen. Kion Tom diris pri la
fundamento de ĉiu civilizacio?... Hm, la monto el kranioj. Ĉu li
kaj Tom iam reamikiĝos?

Rockhampton estis malloga nesteto. La senokupaj loĝantoj
sidis apatie antaŭ siaj krudaj kabanoj, sed rigardis la ŝippa-
saĝerojn kun ioma antipatio. Li decidis iri rekte al la stacidomo.
Bonŝance alia viro atendis la trajnon. La du prezentis sin kaj
montriĝis, ke ambaŭ veturos al Clermont.

La kunpasaĝero estis s-ro Rankin, reirante al sia bieno okci-
dente de Clermont. Maklin baldaŭ konstatis, ke Rankin parolas
malkaŝe, sen ajna zorgo pri eventualaj reagoj de la aŭskultantoj.
Sed li ŝajnis bone informita, do Maklin faris kelkajn demandojn
pri la vilaĝo. Rankin klarigis, ke multaj familioj tie dependas de
la laboro havebla ĉe la granda buĉejo Lakes Creek, kiu pasintjare
facile laborigis eĉ nove alvenintojn. Sed ĉi-jare, Rankin daŭrigis,
estas nur manpleno da laborlokoj kaj la loĝantoj estas plejparte
senlaboraj kaj suspektas, ke ĉiu viro alvenanta el la sudo provos
forpreni eĉ la lastan parttempan taskon.

"Kiel vi facile konstatos, mi venis el alia lando," Maklin ride-
tis. "Sed en Brisbano ŝajnis al mi, ke via kolonio bone prosperas."

"Nu, la ĉefurbo neniam estas ĝisdata," diris Rankin iom
malŝate. "Ni ekprosperis ĉi tie, kiam Brisbano estis ankoraŭ
malarie infestita marĉo. Nun ni suferas sinkon de la ekonomio
kaj, memoru miajn vortojn, s-ro Maklin, la balono de Brisbano
baldaŭ laŭte krevos. Ĉio dependas de la monujoj de Londono."

"Ĉu vi povas klarigi tion?"

"Certe. Ĝis la pasinta jaro ni spertis longan periodon de bonaj
jaroj. La buĉejo tre bone funkciis, kaj sendis viandon al Londono
per tiuj surŝipaj fridejoj. Kaj kiam estas milito ie, la armeoj aĉetas
bovpeltojn por fari botojn. Kaj nia lano, sukero kaj grenoj bone
vendiĝis."

"Do tio klarigas la prosperadon. Sed nun..."

"Unue, pro la sekegeco kaj manko de furaĝo la bienistoj ne
povas peli siajn malfortajn bestojn al la merkatoj. Kaj krom tio

ŝajnas, ke ial la fridŝipoj ne tre bone funkcias, kaj la viando el Kvinslando akiras malbonan reputacion en Londono. Se nur almenaŭ iu komencus militon ie, tio iom helpus!"

Nu, pensis Maklin, se ĉi tiu sinjoro pravas pri sia prognozo, mi ne povas esperi, ke la registaro daŭre subvencius tian luksaĵon, kia la sciencejo.

Maklin kaj Rankin estis preskaŭ la solaj trajnpasaĝeroj, kio igis Maklin opinii, ke eble la trajnservo baldaŭ ne plu ekzistos.

Neniam en la vivo Maklin vidis tiel sekan, tristan pejzaĝon, kaj Rankin ŝajne trovis strangan plezuron en la ŝokiĝo de la ruso. "Diru tion al viaj amikoj en Brisbano!" kaj li gestis tra la fenestron. Ĉie staris aĉaj pikdrataj bariloj, apartigante unu senherban kampon de alia. Ofte tuta kampo estis plena je senespere gestantaj arboskeletoj, kiuj ankoraŭ rifuzis fali, sed fantome daŭrigis sian grizan, sensukan vivon. Evidente la ĝentila fremdulo ankoraŭ ne aŭdis pri la maniero mortigi centojn da arboj en unu tago, do Rankin klarigis: "Simple dehaku kompletan ringon de la trunka ŝelo, ĉunk! ĉunk! La arboj mortas, sed multaj ne falos ĝis jarojn poste, kaj la herboj povas pli bone kreski."

Tio ŝajnis al Maklin sovaĝa agmaniero, kaj pro siaj spertoj pri la kompleksaj interrilatoj de ĉiuj kreskaĵoj, li eĉ demandis sin, ĉu la hakantoj ne daŭre difektos la teron. Kvazaŭ por pravigi liajn pensojn, la vojo baldaŭ kondukis ilin preter malgrasaj bestoj, kiuj serĉis furaĝon sur la forpuŝe malbela, ŝtonplena kaj griza grundo; kelkaj el la pli fortikaj bovoj ŝiris foliojn de diversaj arboj kaj manĝis ilin. "Foje la folioj estas preskaŭ la sola manĝaĵo," komentis Rankin.

Maklin prenis el sia poŝo la leteron, kiu venigis lin tien. *Iu kolera kaj malica giganto blovas sian brulantan spiron trans la sendefendan pejzaĝon. Hm, almenaŭ tiu patosaĵo ne tute maltrafas...*

"S-ro Rankin, ĉu vi konas s-ron Wyndham Havelock?"

"Kompreneble, ĉiu konas ĉiun ĉi tie, eĉ la novulojn. Havelock venis al Kalgulamana antaŭ nur kvin jaroj. Sufiĉe agrabla ulo, parolas kiel maljuna fiŝvendistino. Parolas en tre angla maniero, kvazaŭ li havus prunon en la buŝo. Emas paradi sian scion pri tio kaj tio, sed ne tre inteligenta, se vi demandas min. Sed amik-ema, traktas la edzinon, kvazaŭ ŝi estus dukino. Li venis ĉi tien kaj kredis, ke li estos milionulo la postan tagon, sed nun li estas iom pli saĝa."

"Ĉu la vivo de bienisto estas tre malfacila?"

"S-ro Maklin, aŭskultu al mi. En la bonaj jaroj oni enspezas reĝe, sed estas kelkaj etaj aferoj en la aliaj jaroj. Sekegeco. Inun-doj. Fajroj. Epidemioj. Kanguruoj kaj kunikloj, kiuj formanĝas la furaĝon. Dingoj, kiuj mortigas la idojn. Iksodoj. Variemaj prezoj en Londono. Kaj la registaro planas dividi la bienojn kaj vendi partojn al agraristoj – la piĉuloj! Sed, memoru miajn vortojn, s-ro Maklin, la plej malbona plago el ĉiuj estas tiu kakto, tiu 'dorna piro'. Ĉiujare ĝi disvastiĝas kiel marondo, kaj kie ĝi enradiki-gas sin, tie la tero estas tute senutila. Kaj nenio haltigas ĝin. Jam centoj da bienoj estas forlasitaj, dronigitaj de tiu damna 'piro'. Ne surprizos min, se iam ĝi glutos la tutan kolonion."

Maklin stiris la konversacion al alia temo: "Ĉu ankoraŭ vivas en via regiono indiĝenoj?"

"Nigoj? Dank' al Dio, ne! Pli bone, dank' al Haines, la unua posedanto. Haines tuj forpelis la nigojn, kunigis ĉiujn blanku-lojn por ĉasi ilin kaj pafi. Kiam kelkaj revenis iom poste, Haines donis al ili venenitan farunon, kaj poste, kiam ili mortigis kelkajn ŝafojn kaj teruris la paŝtistojn, Haines venigis la Indiĝenan Poli-con – Dio, tiuj estas kruelaj bastardoj! Sed post du ekspedicioj de la Polico la nigoj neniam plu ĝenis. Haines, severa oldulo, havas vizaĝon el roko, sed almenaŭ tion mi ŝuldas al li."

Fine la trajno haltis en Clermont, alia trista kolekteto da domoj. Sed almenaŭ ĝi havis poŝtoficejon. Maklin adiaŭis sian kunvojaĝinton, kaj iris tuj forsendi telegramon. La dormema estrino de la ejo informis lin, ke eble la telegramo atingos Milton la postan tagon.

"Via barona moŝto?" diris ĉue preskaŭ virine alta voĉo.

Du horojn antaŭ la interkonsentita tempo la entuziasma s-ro Havelock venis renkonte.

\*   \*   \*

Pasis multaj horoj, antaŭ ol la elefantgamba, lantpaŝa ĉevalo tiris la ĉaron ĝis Kalgulamana. Survoje ili de tempo al tempo transiris kavan konturon de la tero, kiun ŝildo blage proklamis esti rojo, sed senescepte la roja fundo estis sabla aŭ polva. S-ro Havelock, eble por konsoli sin, entuziasmis pri la "verda Arkadio", kiu aperos tie post sufiĉa pluvo. Maklin konfesis al sia komunikiĝema kunulo, ke tia sceno estas malfacile imagebla. Kvazaŭ por doni ekvilibran bildon, la bienisto prognozis ke, se venos nova somero sen pluvo, la nuna pejzaĝo iam ŝajnos tro bela memoraĵo. Supozante, ke tio estas spritaĵo, Maklin ĝentile ridis, kaj pro tio s-ro Havelock ridis; evidente donis al li plezuron amuzi tiel eminentan gaston.

La simpatia posedanto de Kalgulamana opiniis, ke li mem ne estas tipa bienisto; li plejparte retenis la aspekton de kontoristo en angla vilaĝo, kiu neatendite heredis iom grandan sumon kaj dediĉis ĝin al aventuro en fora kolonio. Do eĉ pri tio Belinda pravis. Ŝian neĉeeston li sentis kiel dolĉan doloron. Li ne plu dubis, ke ĉi-foje ŝiaj timoj pri li malpravas; sed li volis neniam plu foriri de ŝi.

S-ino Havelock atendis la du virojn. Fiere la edzo prezentis ŝin al lia barona moŝto. Refoje la mankiso elvokis plezuran rideton; kaj Maklin pensis, ke la viro prave fieras pri ŝi. Kontraste kun la granda sed malfortaspekta edzo, Helen Havelock estis iom tro ronda, ŝia haŭto perdis sian junan freŝecon, sed ankoraŭ ŝi estis impona, evidente kapabla kaj kvieta virino.

Kiam s-ro Havelock multvorte pardonpetis pro la "provizora neevoluinteco de nia rezidejo", Maklin respondis, ke dum sia jaro sur la Verda Insulo li volonte loĝis en kaduka kabano. Sed li sekrete miris, ke la burĝaj geedzoj el Anglio jam pasigis kvin jarojn en tia domaĉo, kiu tiel kliniĝis, ke li duone atendis, ke ĝi baldaŭ falos. La muroj konsistis el neregulaj kaj tro dikaj bretoj, kiuj tamen permesis trablovon. Lian "gastĉambron" ili evidente

311

penis igi komforta, sed la planko konsistis el ruĝa kaj polva tero, lia lito estis nekomforta matraco kuŝanta sur krude elhakitaj bretoj. Li rajtis elekti, ĉu lasi malfermita la solan fenestron kaj enlasi la vintran aeron, aŭ ĝin fermi kaj riski klaŭstrofobion.

Tamen li kuŝis laca kaj kontenta, provante telepatie mesaĝi sian amon al ŝi antaŭ ol endormiĝi.

* * *

Dum la matenmanĝo Havelock klarigis, ke la dungitoj jam laboras sur la bieno, riparante barilojn, dehakante manĝeblajn foliarojn kaj kolektante la plejparte sovaĝajn bovojn por peli ilin tra "bano" el akvo kaj iksodicido. Maklin subkomprenis, ke Havelock esceptokaze metas sin je la dispono de la gasto dum la mateno, kaj ke posttagmeze li devos iri kontroli la laboron.

La matenmanĝo konsistis el fritita viando kaj dikaj pan-trançaĵoj kun ege densa teo. Ĝi estis multe tro solida por la ruso, kaj li supozis, ke ankaŭ gesinjoroj Havelock malofte manĝas tiel enhavriĉe, sed li murmuris iujn dankvortojn. Tiam venis la momento, kiun la posedanto de Kalgulamana tre antaŭĝuis. Li ekkondukis Maklin al la montetoj ĉe la okcidenta ekstremo de la bieno.

La pejzaĝo estis iomete, sed nur iomete, malpli trista ol tiuj viditaj el la trajno. Vere estis malfacile imagi, ke en bona sezono "la gregoj de Jakobo volonte paŝtiĝus sur niaj verdaj valoj kaj montetoj". La idilia bildo estis eĉ malpli trafa pro tio, ke baldaŭ Maklin sentis dolorojn en la gluteoj; li provis kalkuli, dum kiom da jaroj li ne rajdis.

Li paroligis Havelock pri la kalgulamanaanoj. "Aj, en tia ĉi sezono oni emas forgesi pri tiuj kompatinduloj! Mi ne atestis tiun korpreman scenon, kiam anĝelo kun flama glavo forbaris ilin en ilia Paradizo."

"Anĝelo! Certe lerte maskita anĝelo!"

312

Havelock ridis: "Foje mia erudiciemo kondukas min sur strangajn vojojn! Ne, neniu anĝelo faris tion, verdire. La unuaj bienistoj ĉi tie forpelis ilin per pafiloj kaj vipoj. Sed mia antaŭulo, John Dwyer, estis vera kristano. Li permesis al ili reveni kaj eĉ dungis kelkajn virojn."

"Ĉu la dungitoj ricevis pagon!"

"Jes, via moŝto. Vidu, multaj bienistoj nun laborigas indiĝenojn, ĉar estas malfacile akiri blankulojn por la laboro. Sed kutime oni donas al ili nur la plej necesajn manĝaĵojn – ĉefe farunon, teon kaj sukeron – kaj uzitajn vestojn. Sed John Dwyer krome donis al ili monon. Jes, barono, mi scias, kion vi volas demandi. Jes! Mi donas al ili duonon de blankula pago."

"Kiom da ili laboras por vi?"

"Nuntempe estas tri. Lightning, Captain kaj Snowball. Vi certe renkontos ilin poste."

Maklin pripensis la tri nomojn, kiuj spegulis bienistan senson por humuro: Fulmo, Kapitano kaj Neĝobulo. Kiel la portantoj reagas al la nomoj? Ĉu same kiel Knabo ili trovas egala, kiel ajn la blankuloj nomas ilin? Knabo, kiu vi estas nun?

"Ĉu nur tri indiĝenoj vivas sur via bieno?"

"Ho ne! Tiuj tri helpas vivteni proksimume dudek aliajn, kiuj iel sukcesas postvivi tie en valeto malantaŭ tiu monto – fakte ne malproksime de la dinosaŭra... e, de la rokoj."

"Ĉu ili iam kaŭzas malfacilojn por vi?"

"Ili? Jupitero, neniel! Ne, ili estas tro dankemaj, ke mi permesas al ili resti sur la tradicia teritorio. Oni neniam komprenas, kion ili pensas, sed mi eĉ kuraĝas opinii, ke ili ŝatas min – se entute ili povas ŝati blankulon. Foje ili nomas min 'piĝangja' kaj ridetas. Tiu nomo estas, Olda Dick diras, ĝentilaĵo. Mi devas paroli al vi pri Olda Dick!"

"Pardonu, mi havas ankoraŭ unu demandon. Se iam vi vendos la bienon, kaj la nova posedanto rifuzos permesi al ili resti, kio okazos al ili?"

"Ho, lacrimae rerum! Pri tio mi ne volas pensi, via moŝto!"

"Vi volas paroli pri Olda Dick? Kiu li estas?" Maklin ne vere volis aŭdi, sed ŝajne la celo de ilia rajdo estis ankoraŭ malproksima, kaj la babilado de la latinisto distris lin de liaj doloroj; nun ankaŭ la femurmuskoloj doloris.

"Olda Dick, tre interesa homo. Jorkŝirano, estis transportita kiel malliberulo antaŭ pli ol kvindek jaroj al Sidnio. Kia ago plonĝigis lian vivon en la tenebron de kolonia karcero, li neniam perfidas. Sed post nemultaj jaroj bienisto en Nova Anglio – tio estas parto de Nova Sudkimrio, kurioza terminologio, ĉu ne? – dungis Oldan Dick kiel ŝafgardiston. Iam en la kvina jardeko li venis al Kvinslando, iom sude de ĉi tie, kie kuris tiutempe la limo inter civilizacio kaj sovaĝacio – ha, ĉu mia vorto plaĉas al vi, barono moŝto? Ne? Nek al mi, ha ha!"

La disa rakontmaniero de Havelock kaj la doloroj en la gluteoj kaj gamboj ĝenis Maklin, sed li devis ridi, kiam la ĉevalo de la alia ekfurzis. "Miaj aŭskultantoj ofte tiele aplaŭdas!" diris la anglo bonhumore. Almenaŭ li povas prirideti sin mem, pensis la ruso.

"Tuj post lia alveno en Kvinslando Olda Dick... mi ne scias, sed io terura okazis... li eskapis de la bieno kaj vivis kun ankoraŭ sovaĝa tribo. Li eĉ prenis al si laŭ indiĝena rito edzinon kaj donacis al ŝi infanon, povran etan miksrasulon."

Nun Olda Dick ŝajnis pli interesa. Havelock daŭrigis: "Poste la Indiĝena Polico dispelis tiun tribon kaj bienistoj prenis la teron. La edzinon kaj la infanon la Polico mortpafis, sed Oldan Dick ili reportis kiel kuriozaĵon."

Maklin estis fakte scivola: "Kaj poste?"

"Laŭ la leĝo oni devis resendi lin al malliberejo, li ja forkuris, sed tiutempe iu bienisto dungis lin, ĉar blanka servisto, al kiu oni ne estas devigita pagi ion ajn, estas tre valora. Do Olda Dick restis en Kvinslando, kaj fine Dwyer dungis lin je normala pago."

"Ĉu li bone laboras?"

"Li estas pli ol sepdekjara, kaj mi iom indulgas liajn kapricojn. Sed li faras sian eblon. Helen ofte proponis, ke li vivu en kabaneto apud nia domo, sed li preferas vivi kun la indiĝenoj. Tio havas avantaĝojn, ĉar se mi volas transkomuniki ion al la kalgulamanaanoj, mi sendas mesaĝon pere de li."

314

"Ĉu ili ne parolas la anglan?"

"La pli junaj povas sin pene komprenigi. Olda Dick povas flue paroli ilian lingvon – ngja njungja baŭng!" Maklin ne sciis, ĉu la sonoj ion signifas, sed li supozis, ke Havelock nur provis imiti aŭditajn vortojn. "Kaj imagu, via moŝto, la homo estas analfabeto."

Iom poste ili direktis la ĉevalojn supren kaj haltis ĉe la celo. Maklin preskaŭ kunfaldiĝis, kiam liaj botoj surteriĝis, sed la ekscitita gastiganto ne rimarkis tion. Maklin devis pensi pri knabeto ĵus vekiĝinta kaj memoranta, ke estas lia naskiĝtago. Kun ŝpato en la mano Havelock kondukis la ruson al la jam malkovritaj ŝtonoj, kaj geste submetis ilin, kaj verŝajne ankaŭ sin, al la juĝisto.

*   *   *

La unua rigardo imponis al Maklin. "Tre promesoplena!" li komentis. Sed ial li decidis surmeti la maskon de rigore objektiva kaj postulema sciencisto: "Aliflanke ni ne neu la eblon, ke geologiaj fortoj donis tre similan formon al tiuj ŝtonoj, kiujn vi emas rigardi vertebroj."

"Komprenelbe ne, " koncedis s-ro Havelock, sed nun li similis al knabeto ĵus perdinta sian lastan ludilon. Maklin vere ne komprenis la propran sintenon. Ĉio indikis, ke ja temas pri ŝtoniĝinta bestego, kaj kiam ili zorge forskrapis polvon por videbligi pluajn partojn de la skeleto, la ruso estis preskaŭ tute konvinkita. Tamen li eligis nur fojan "povus esti" aŭ "hm, eble". Kial ne tuj konfirmi la esperojn de la afabla babilemulo? Ĉu li mem "punas" la babilemon?

Sed tiel la afero restis, kiam la du ree rajdis al la domo. Eble por pentofari pro sia rolo de pedanta instruisto Maklin regalis la alian per rakontoj pri sia jaro sur la Verda Insulo. La taktiko efikis; baldaŭ Havelock entuziasme faris demandojn kaj regule

ekkriis: "Nekredeble!" Aŭskulti tiajn aferojn el famula buŝo pres-
kaŭ mildigis liajn zorgojn pro la duboj pri la propra dinosaŭro.

Ili vere malsatis, kiam s-ino Havelock metis la tagmanĝon
antaŭ ilin. Ŝi transdonis la mesaĝon, ke Olda Dick sidas ekstere
malantaŭ la puto kaj proponas sin por helpi la baronon elfosi
la rokojn, se la bienposedanto tion permesus. La ideo surprizis
Havelock, sed estis facile konstateble, ke Havelock estas molkora
mastro: "Nu, li estas iom malrapida ĉe la banlaboro, sed interesa
kunulo. Se la propono plaĉas al via moŝto?..."

"Jes, kial ne?"

"Ĉu mi alvoku la maljunulon?" demandis Helen Havelock.

"Jes, diru, ke li rajtas sidi ekstere kaj manĝi ion de nia tablo,
se li volas."

Per forta kontralto la dommastrino alvenigis la serviston, kiu
humile kaj devokonscie alpaŝis kun la larĝranda ĉapelo en la
mano. Li haltis kelkajn paŝojn for, direktante la okulojn teren: la
subordiĝema servutulo en modela pozo.

"Barono Maklin, jen Olda Dick."

Maklin proponis sian manon, sed la maljunulo aŭ ne vidis
ĝin pro la profunda kliniĝo de sia korpo, aŭ volis ŝajnigi, ke li
ne vidas.

Humile Olda Dick akceptis la manĝon proponitan de s-ino
Havelock, sed li estis kontenta resti ekster la domo, dum la supe-
raj homoj manĝis interne.


\*    \*    \*


Du horojn poste Maklin devigis sin refoje surĉevaliĝi. Olda Dick
jam ligis diversajn fosilojn malantaŭ sia selo. Videble la mal-
junulo volis iri, sed Maklin ne povis kompreni, kial li konsentis
suferigi sian korpon duan fojon; li jam vidis sufiĉon por povi
raporti pozitive pri la fosilioj. Ĉu li blinde plenumas rolon, reĝi-
sorate de iu alia?

"Ĉu via moŝto estas preta?" demandis la maljunulo. Subite Maklin notis, ke Olda Dick estas komplete sendenta. Sed anstataŭ doni al li ridindan aŭ komikan aspekton, la sendenteco iel pliigis lian dignon. La malrapida parolmaniero memorigis pri tiu de Arthur Horne, sed ŝajnis, ke kune kun la dentoj li perdis ĉian akrecon kaj malmildecon de la voĉo.

Silente ili rajdis ĝis la loko, kie ili ne plu estis videblaj de s-ino Havelock (la edzo jam delonge reiris kontroli la laboron).

"Barono Maklin, mia nomo estas Richard Langtry, kaj mi venas el Whitmore en Jorkŝiro."

Do la homo havas civitanan nomon! Sed ne nur tio surprizis; Langtry ne plu rolis kiel humila servisto sed alparolis Maklin kiel homo al homo.

"Do bonan tagon, s-ro Langtry."

"Diru la veron, barono. Ĉu vere estas dinosaŭro?"

Ne eblis respondi al tia rekteco eviteme. "Mi kredas, ke jes."

"Barono, mi aŭdis pri vi iujn fojojn en Clermont. Probable vi ne scias, ke eĉ ĉi tie oni parolas pri vi."

Kien la maljunulo celis? Maklin volis diri ion ironian pri sia famo, sed la seriozeco de Langtry ne permesis frivolaĵojn.

"En Clermont preskaŭ ĉiuj atakas vin kaj nomas vin amanto de nigoj, do mi decidis, ke vi devas esti bona kaj kuraĝa viro."

La tono sciigis, ke Langtry ne flatas, male ke li volas ekspluati la bonan karakteron de la barono por defii al li fari ion eĉ pli noblan.

"Se vi pravas, ni vivas en malbona socio!"

"Se vi volas aŭdi, kiel malbona ĝi estas, mi povos aranĝi tion. Sed nun vi devas scii, ke la vivo de preskaŭ kvindek homoj dependas de via decido."

La ruso intuiciis, ke Langtry parolas kiel deputito de la indiĝenoj. Ankoraŭ ne eblis diveni la plenan signifon de liaj vortoj, sed li neniel blagis, tio estis certa: "Bonvolu klarigi tion, s-ro Langtry."

Ili rajdis ankoraŭ kelkdekojn da metroj. "La kalgulamanaanoj montris tiujn ŝtonojn al mi antaŭ multaj jaroj, kiam neinicito ne povis ilin vidi. Poste mi vidis bildon de dinosaŭro en libro de s-ino Havelock, kaj tuj mi havis la saman suspekton kiel poste Havelock, kiam ili fariĝis facile videblaj."

Tio estis interesa, sed Maklin ne komentis; li atendis la plenan klarigon. "Nu, barono, mi estas la sola blankulo, al kiu ili iam montris la ŝtonojn. Vidu, tiuj ŝtonoj signifas multe pli por ili ol cent dinosaŭroj povus signifi por Havelock aŭ vi."

"Aha, nun mi ekkomprenas! La ŝtonoj estas sakralaj, ĉu?"

"Mi vivis inter la indiĝenoj dek jarojn, sed eĉ mi ne povas tute klarigi al mi, kion tiaj aferoj signifas por ili. La blankuloj jam forprenis aŭ detruis preskaŭ ĉiun sakralaĵon, sed tiuj ŝtonoj restis kaŝitaj ĝis nun. La kalgulamanaanoj kredas, ke tie estas la loĝejo de tre potencaj spiritoj. Se vi forprenos la ŝtonojn, la spiritoj foriros kaj la homoj ĉiuj mortos."

Maklin ne estis preta por respondi la kernan demandon, do li provis gajni tempon: "Vi diris, preskaŭ kvindek homoj. Sed ĉi tie loĝas malpli ol tridek."

"Estas aliaj kalgulamanaanoj sur rezervejoj, kien nia kara registaro venigis ilin. Por protekti ilin kontraŭ si mem, oni diris. Ankaŭ ili mortos."

Post silenta rajdado Langtry aldonis: "Nur tion ĉi mi povas diri: se ili kredos, ke ili mortos – ili ja mortos, kvankam vi kaj mi ne komprenus, kial."

Kial Maklin portu la tutan dilemon? "S-ro Langtry, ĉu vi ne kredas, ke vi povus klarigi tion al Havelock? Li ŝajnas simpatia ulo."

"Kompreneble mi proponis tion al la kalgulamanaanoj, sed ili ne fidas lin. Kaj ne kredu, ke ili ne prudente juĝas blankulojn. Ili havas kromnomon por Havelock: 'piĝangja'. La naivulo supozas, ke tio estas komplimento. Ĉu vi scias, kio estas 'piĝangja', barono? Mi diros al vi. Ĝi estas eta birdo, kiu neniam ĉesas ĉirpi."

"Mi komprenas. Ili juĝas Havelock tro babilema por povi prisilenti tiajn gravajn aferojn. Sed kio pri mi? Ili eĉ ne konas min!"

"Ili scias nur, kion mi rakontis pri vi. Sed ili devas vin fidi. Kaj se vi perfidos ilin, vi mortigos ilin."

Tiaj vortoj estis tro! Kolero pipris la respondon: "Ĉu vi konscias, kion vi postulas de mi? Ĉu ne estas klare al vi, ke post nelonge iu forprenos la ŝtonojn, ke la afero estas en la manoj de Havelock, ne de mi? Ĉu vi ne komprenas, ke necesas persvadi la indiĝenojn senigi sin je tiaj superstiĉoj?"

Richard Langtry rigardis Maklin per okuloj, kiuj perfidis jardekojn da malfeliĉo. Fine li diris mallaŭte: "Eble mi misjuĝis vin, barono. Eble vi estas nur blankulo, ne plena homo."

Maklin preskaŭ ekkriis: Impertinentulo! Sed, kiel ofte okazis ĉe krizaj momentoj, li ekvidis la kalmon en la centro de la kirliĝanta ŝtormo: Esti plena homo, ne nur blankulo! Tiu sendenta analfabeto metis en vortojn la principon, kiun li nekonscie sekvis dum la lastaj jaroj. Langtry estis vera alianculo. Langtry, McDonnell, Sheridan, eble Tom Layton, Harris. Ili estis etnombraj, sed se iam humana civilizacio ekestos sur la granda kontinento, tiaj homoj konstruos ĝin.

"Bone do. Mi raportos, ke la ŝtonoj estis tien metitaj de Satano."

Ambaŭ viroj laŭte ridis, unu plene senŝarĝite, la alia dummomente kontenta pri la propra ago.

* * *

"Barono, ĉu vi soifas?"

"Jes, iom. Kial?"

"Sekvu min."

Ili trotigis la ĉevalojn dekstren, for de la kurso, ĝis Olda Dick Langtry haltis. Maklin surteriĝis, peze kaj malgracie, dum la maljunulo montris felisan elaston. Langtry kunportis ŝpaton kaj invitis Maklin akompani lin al ŝtono sur la fundo de jam longe malaperinta akvofluejo. La du viroj manovris la ŝtonon iomete flanken, kaj Langtry senvorte ekfosis truon sub ĝia antaŭa situo. Kiam la truo estis proksimume duonmetron profunda, la sablo subite montriĝis malseketa. Li fosis ankoraŭ dudek centimetrojn kaj haltis: "Nun rigardu." Malrapide la truon plenigis akvo, kiu estis komence malpura kaj sabloplena, sed iom post iom la sablo surfundiĝis kaj la akvo estis klara. Tie, en ŝajne duondezerta loko, Maklin plezure gustumis bonan, malvarmetan akvon.

"Apenaŭ unu blankulo scias pri tio. La kalgulamanaanoj devis scii pri ĉiuj tiaj lokoj, kaj nun ili devas prisilenti ilin. Havelock ne komprenas, kiel ili ankoraŭ vivas. Se li scius, eble li uzus la lastan akvon por siaj bovoj."

Ili rajdis pluen kaj fine atingis la dinosaŭran skeleton. Sen forta kialo ili skrape malkovris eĉ pluajn kompromitantajn ŝtonojn, kaj preskaŭ samtempe kaptis ambaŭ la ideo movi kelkajn pecojn al alia loko. Dum tiu stranga laboro ambaŭ refoje ridis, Langtry ĝoje, Maklin kulposente. Iun tagon la kalgulamanaanoj remetos ilin en la ĝustajn lokojn.

"Kion mi diru al Havelock?"

"Pri tio mi ne povas helpi. Sed li akceptos ĝin pli facile, se vi uzos multe da grandiozaj latinaĵoj."

Ruza maljunulo! Nu, iel li devis protekti sin dum longa tragedia vivo. Sed lia respondo ne multe helpos por daŭre kontentigi Havelock. Ree rajdante al la domo, Maklin trovis nenian bonan solvon, sed Langtry proponis ion, kio en si mem interesis lin kaj almenaŭ evitos la neceson tuj mensogi al la afabla gastiganto.

Kiam la du atingis la domon, Havelock estis ankoraŭ for. Do Maklin iom kulposente klarigis al lia edzino, ke Olda Dick invitis lin pasigi la nokton ĉe li, kondiĉe ke tio ne ofendus ges-rojn Havelock.

Trankvile Helen Havelock respondis, ke kompreneble ŝi kaj Wyndham deziras nur kontribui al kiel eble plej komforta kaj interesa restado, kaj kie la barono dormos, estas nur lia decido. Maklin ne povis deĉifri ŝian rigardon. Eble ŝi nur kompatis lin pro la sendube mizera nokto antaŭ li, aŭ ĉu ŝi sciis pli, ol oni supozus?

La servisto Olda Dick intertempe staris je respektoplena distanco. Dezirinte al ges-roj Havelock tre agrablan nokton, Maklin reiris al tiu modelo de devokonscia servutulo.

320

* * *

Preskaŭ noktiĝis, kiam Richard Langtry kaj Maklin atingis la ege primitivan kaj evidente nur provizoran tendumejon de la indiĝenoj.

La ruso vidis antaŭ si kompatindajn restulojn de disigita tribo. Ili dividis sian manĝon kun la du blankuloj, sed Maklin apenaŭ povis regi sian malemon manĝi, ĉar ili donis al li radikojn, al kiuj ankoraŭ kroĉiĝis multaj polveroj, insektojn, iom da roke malmola pano, kaj poste ili trinkis tro dolĉan teon el aĉaj, plejparte fendetitaj tasoj. Komence ili parolis hezite kaj, se ili alparolis la vizitanton, ilia angla estis apenaŭ komprenebla. Sidante en tiu seke malbela loko, Maklin havis la impreson, ke li atestas la degeneriĝon de mortanta raso.

Tiam venis la nokto. La ĉirkaŭaĵo malaperis en mallumon. La homoj de Kalgulamana povis forgesi la mondon de la subpremantoj; la centro de la universo estis nun la amikeme saltanta fajro. Ili nun parolis la propran mildan, kantigan lingvon, parolis ĝin sen inhibicio, sciante, ke ilia amiko Olda Dick tradukos, se la vizitanto vere volos kapti la esencon de iliaj rakontoj. La amataj rakontoj estis melankoliaj, memorigante ilin pri la perdita epoko, sed la belo de tiu epoko ankoraŭ vibradis en la historioj. Eĉ se la nuna tempo estis trista kaj la venonta eble eĉ pli, neniu povis forpreni de ili la gloron de la pasinta.

La nokta metamorfozo de tiuj homoj vekis en Maklin memoraĵojn pri la verdinsulanoj. Sed tiuj malhelaj figuroj ĉirkaŭ la fajro estis eĉ pli antikvaj ol liaj aliaj amikoj, ili apartenis al kontinento ŝajne samaĝa kiel la dinosaŭroj. Ĉu fine ili tamen postvivos la eŭropanojn, kiuj invadis antaŭ nur unu jarcento?

Tiun nokton Maklin sonĝis pri tiu epoko, kiam la mondo estis ankoraŭ integra, kiam la homoj vivis en paco kun sia Patrino, la Tero. Tiam la homoj uzis fajron por purigi la vizaĝon de la Patrino; la senutilaj herboj forbrulis, la riverbordoj estis puraj, la riveroj fluis klaraj kaj vivoplenaj, la kanguruoj festenis per la dolĉaj novaj herberoj kaj mem provizis bonan viandon al la homoj. Foje venis inundoj, foje sekaj sezonoj trosekigis la Patrinon, sed ĉiam Ŝi vivtenis la homojn kaj la aliajn bestojn, ĉar ili sciis kie serĉi manĝaĵojn. Foje estis kvereloj kun aliaj homgrupoj, sed malofte multa sango fluis. La Tero ne apartenis al la homoj kaj iliaj parencoj, la aliaj vivaĵoj, sed ĉiuj apartenis al la Patrino. Tiel estis ekde la komenco.

La koŝmaro venis, sed unue la homoj kredis, ke ĝi estas komedio. La fiuloj eniris, plumpaj sur siaj plumpaj bestegoj. En ĉio ili estis rigidaj: inter si ili kondutis rigide, iliaj absurdaj vestoj estis rigidaj, ilia lingvo estis raspa, hakhaka, neniel simila al la rapida birdotrilo el la buŝo de la homoj. De kie ili venis, la homoj ne sciis, sed komence la homoj helpis al ili, por ke ili iru pluen. Sed venis la tago, kiam la fiuloj ne iris pluen sed asertis, ke la Tero apartenas al ili – kvazaŭ iu povus posedi la Teron!

La fiuloj amasiĝis kaj senaverte atakis la homojn, mortigante per siaj teruraj fajrbastonoj. Tiam ili venigis hordojn de tiuj strangaj bestoj, kies akraj kaj pezaj piedoj baldaŭ detruis la riverbordojn; tiuj bestoj ankaŭ metis siajn malpuraĵojn en la riverojn, tiel ke baldaŭ tiuj belaj sakralaĵoj estis hontige profanitaj. La stultaj fiuloj ne komprenis, kiel uzi fajron por sanigi la Patrinon, kaj baldaŭ nocaj plantoj svarmis. Tro da pezaj bestoj tiel tranĉis la haŭton de la Patrino, ke la bona grundo estis forportata de la vento, kaj poste nenio plu kreskis tie, aŭ nur senutilaj kaj aĉaj plantoj.

Kaj se la homoj provis defendi sin kaj la Patrinon, la fiuloj masakris ilin ĉiamaniere, foje nur por sin amuzi. La fiuloj malofte kunportis siajn virinojn, do ofte ili venis perforti la virinojn de la homoj. Foje ili donis manĝaĵojn al la malsataj homoj, kaj okazis pli ol unu fojon, ke la homoj tuj poste mortis en terura agonio. Foje tuta tribo aŭ parto de tribo infektiĝis de ia aĉa malsano alportita de la fiuloj, kaj plejofte ili mortis, tordante la korpojn tien kaj reen.

Kio savos la homojn, kio savos la Patrinon?

Okazis interŝanĝo de animoj, kaj la dormanta Maklin trovis, ke li estas Richard Langtry, malliberulo el Whitmore en Jorkŝiro.

Oni ĵus venigis lin al Redcliffe, tute nova bieno de Charles Fraser. Fraser antaŭe supozis, ke la Indiĝena Polico sukcesis definitive forpeli la indiĝenojn, sed iujn tagojn antaŭ la alveno de Langtry-Maklin, grupo da indiĝenoj lancumis du ŝafgardistojn. Fraser do venigis ĉiun haveblan blankulon por neniigi tiujn damnajn nigojn; ankaŭ al la malliberulo Maklin-Langtry li donis pafilon. Dekduope la blankaj venĝemuloj ekrajdis. Ili bezonis tri plenajn tagojn por fine ekvidi noktan fajron. Tiun saman nokton ili silente ĉirkaŭis la kampadejon de la indiĝenoj. Laŭ interkonsento ili atendis la tagiĝon, kiam la unua pafo de Fraser sciigos al ili, ke estas nun sufiĉe da taglumo por ebligi la sangan laboron.

Maklin kaŭras en la mallumo. Li jam multajn fojojn vidis nigojn, sed nur degenerintajn "malsovaĝigitajn", kiujn li elkore malŝatas. Li jam aŭdis, ke tiuj ĉi nigoj dormantaj nur kelkajn metrojn for de li estas aparte kruelaj, entute mortigindaj. Do li timas tiujn diablojn en homa formo. Kiam Fraser donos la signalon, li pafos kaj pafos kaj pafos, por ke neniu diablo povu alproksimiĝi.

Sed Fraser atendas tro longe. Jam Maklin tute klare vidas la kuŝantajn formojn kaj povus facile trafi. Kial Fraser ankoraŭ ne premis sian ĉanon? Nun iu el la diabloj leviĝas kaj ekbruligas bastonon kaj... kantas. Kion li kantas, estas nemiskomprenebla lamento por la mortintoj.

Maklin estas malgraŭ ĉio iom sentimentala homo. Lia vivo estis griza ekde la komenco, post la malliberiĝo nigra. La solaj lumaj punktoj en la semajno estis la dimanĉa kaj laŭokazaj diservoj. Li ne kredas je Dio, almenaŭ ne la oficiala Dio, kaj ofte eĉ la diservoj estis enuigaj. Sed se la predikanto sciis bone uzi la anglan lingvon, Maklin aŭskultis kun plezuro; eĉ pli li ĝuis belan kantadon. Kaj nun li aŭskultas majstron de la kantarto; neniu kristano iam ajn penetris la koron de Maklin same potence kiel tiu nun klare videbla indiĝeno, alta nobla figuro.

Baldaŭ alia vira voĉo ekkantas, kaj la nova kantanto same ekbruligas bastonon. La dua voĉo estas malpli bela ol la majstra, sed la du bone harmonias. Aliĝas tria voĉo kaj tria flamo, kvara, kvina... la tuta tribo, viroj, virinoj, infanoj kantas la hante melankolian, nekompareble belan lamenton; kaj la multaj flamoj donas lumon, kiu videbligas ĉiun membron de la grupo. Maklin aŭskultas, ravite.

La pafilo de Fraser bojas sian murdan mesaĝon. De ĉiu flanko venas eĥo, eĥoj. La masakro estas kompleta. Multaj kantantoj mortas surloke, ankoraŭ tenante sian flamantan bastonon. Aliaj scias, ke ili povas nenien fuĝi, kaj kantadas, ĝis kugloj silentigas ilin. Infanoj panikite kroĉas sin al patrinoj jam mortintaj, ĝis io terura ŝiras iliajn korpetojn.

Fine la venkintoj ĉesas pafi.

Nur poste ili trovos, ke la malliberulo Maklin forkuris.

\* \* \*

En la mateno Maklin restis ankoraŭ iom ĉe la indiĝenoj. Li ne fieris pri la propra manko de kuraĝo, sed ĉar li ankoraŭ ne elpensis fabelon por mistifiki Havelock, li volis prokrasti la revidon kun sia gastiganto.

Kiam Langtry kaj Maklin reiris al la domo, la mastro estis, kiel ili kalkulis, jam for, ie laborante. Tiam Langtry, denove konvertiĝinte en Oldan Dick, forrajdis helpi ĉe la kontraŭiksoda banado, kaj la ruso restis sola kun s-ino Helen Havelock.

Kion li faru tie? Post konvena enkonduko li demandis ŝin pri la veturplano de la trajno retrovoje al Rockhampton, kaj informiĝis, ke nur post tri tagoj li povus ĝin uzi. La situacio estis embarasa, eĉ absurda. Ĉu li reiru al la dinosaŭra skeleto kaj ludu la arkeologon, nur por fine diri al la elreviĝonta bienestro, ke temas pri hazarde apudkuŝantaj ŝtonoj? Ĉu li iru observi la malabundan flaŭron kaj la birdojn de la bieno?

Li diris al la virino, kiu ĉiukaze ŝajnis tro okupita por multe atenti la gaston, ke li intencas verki ian raporton. Fakte li ekskribis al Belinda.

Je la dekunua Maklin vidis tra la fenestro, ke nekonata rajdanto alproksimiĝas iom rapide. S-ino Havelock mansvingis kaj iris renkonte al la viro, kiu lerte deĉevaliĝis kaj salute demetis la larĝrandan ĉapelon. Maklin pripensis, ĉu eliri kaj sin prezenti al la fremdulo, kiam li kaptis kelkajn frazojn: "... ne, dankon, Helen, mi vere volas esti hejme antaŭ la dekdua. Mi volas tagmanĝi kun Beryl kaj la infanoj. Sed ĉiukaze dankon." Transdoninte ion, la viro refoje saltis sur la ĉevalon kaj tuj forrajdis trans la sekan ebenaĵon.

S-ino Havelock frapis ĉe la pordo de la ambicie titolita gastoĉambro.

"Eniru, mi petas."

"Barono, io por vi." Kaj ŝi transdonis telegramon.

Kia rapida poŝta servo, pensis Maklin, mia amatino jam respondis! Li volis tuj malfermi, sed faris ĝentilan demandon: "Ĉu tiu viro liveras telegramojn?"

"Ne," ridetis Helen Havelock. "Tio estis Dennis Watson, nia suda najbaro. Li venis de Clermont hodiaŭ matene kaj s-ino Beckham, la estrino de la poŝtejo, petis lin transdoni la telegramon. Urĝa, ŝi diris."

La ĝojo sur la vizaĝo de la barono supozigis al s-ino Havelock, ke la telegramo devas veni de lia amatino. Taktoplene ŝi tuj foriris. Ŝi plezure pensis memore pri tiu bela periodo, kiam Wyndham verkadis leterojn al ŝi el sia najbara vilaĝo.

Helen Havelock prenis la pezan lignan kirlokuleron en la manon. Subite ŝi aŭdis el la ĉambro de Maklin korŝiran ĝemon. Ŝi rapidis en la ĉambron: "Via moŝto, kio estas?"

Maklin sidis sur la matraco, nekapabla paroli. Kun malespera mieno li enmanigis al la virino la telegramon:

BELINDA AKCIDENTIS BONVOLU TUJ VENI
TOM LAYTON

\* \* \*

325

mis lin? Aj, jen kial...

Li provis sin konvinki, ke pro envio Tom Layton ruzaĉis, aŭ ke iu alia elpensis makabran ŝercon.

Se estas novaĵo pri ŝi, kial ne ŝi mem sed la eksa amiko informis lin? Aj, jen kial...

*Bonvolu tuj veni. Bonvolu tuj veni. Aj Maklin, Aj Maklin!*

Ĉiaj manovroj de menso senespere penanta nei la enhavon de la telegramo fiaskis; Tom neniam agaĉus tiele, kaj la fakto, ke Tom estas informita, signifas, ke la akcidento estas serioza; tiel serioza, ke Tom petis lin tuj reveni. Lin turmentis la demandoj: Kia akcidento, kiel, kie, kiam? Ĉu sur trajno?... Subite li sciis: Estis ja la semajnfino de la rajdekskurso al... kiel nomiĝas la damna loko? Certe ŝia ĉevalo...

Lasu tiajn demandojn, Maklin! Ŝi akcidentis, ne mortis! Eble ŝi rompis kruron, aŭ brakon... *Bonvolu tuj veni, aj Maklin, aj Maklin!*

Jes, li devis tuj reiri al Brisbano, sed kiel? Kiel li trasuferu la interajn tagojn! Ĉu li atendu trajnon dum tri tagoj en tiu ĉi izolita lokaĉo?

Kia ironio! Ŝi supozis, ke ni disiĝos pro tio, ke mi... sed nun ŝi... Belinda, ne forlasu min! Aj, kion fari?

Helen Havelock tuj intuiciis, ke estas tempo, ke ŝia natura aŭtoritato sin montru. La senhelpa mizero de la gasto klarigis ĉion. Ŝi firme sed patrinece ordonis al li tuj paki siajn aĵojn. Ŝi mem finpreparis kaj pakis grandan kvanton da manĝaĵoj kaj metis en sakon: "Provianto por vi kaj Wyndham survoje al Rockhampton," ŝi klarigis. Maklin feble protestis; li ne povus perdigi al s-ro Havelock valorajn tagojn da laboro, dum li baraktas por savi sian bienon. "Barono, ne parolu stultaĵon. Se vi tuj ekiros al Rockhampton, vi evitos multajn tagojn da atendado. Sed en via nuna stato vi perdiĝus survoje, se vi irus sola. Wyndham akompanos vin, pri tio ne estas debato." Kiam Maklin provis esprimi sian dankon, Helen interrompis: "Kio gravas ankaŭ por ni, estas, ke vi revidu kiel eble plej frue vian junan damon."

Kaj tiele okazis. Kiam Wyndham Havelock akurate revenis hejmen por manĝi kaj eĉ pli por aŭdi la plej freŝan opinion pri sia dinosaŭro, Helen trankvile flankentiris lin kaj per kelkaj koncizaj frazoj klarigis la situacion. La maldika vizaĝo de la anglo perfidis lian ŝokiĝon kaj li diris nur: "Kompreneble, kara." Ĉiuj tri trinkis teon sen superfluaj vortoj; al Maklin estintus egale, ĉu li trinkas teon aŭ ricinoleon.

La ruso memoris kisi la manon de Helen Havelock kaj montri per danka rigardo sian konscion pri ŝia bonvolo. Fine ŝi flustris al la edzo, "Wyndham, ne tro parolu!" – esperante, ke la gasto ne aŭdas.

Iel Maklin travivis la tagojn de ilia komuna rajdo. Kiam la turmentaj demandoj kaj supozoj pri Belinda estis tro, li stimulis la parolemon de s-ro Havelock, kaj efektive dankis pro la distrado. Wyndham Havelock montriĝis komprenema kunulo. Li penis paroli interese, sen tro da duonkleraj aldonaĵoj. Ĉar li iel divenis, ke Maklin ne volas diskuti la kialon de sia vizito, li neniam menciis sian dinosaŭron, kvankam la temo brulis sur lia langopinto.

Dum la lasta tago de la rajdo Maklin iom pli bone regis siajn emociojn. Li sentis fortan ŝuldon al Helen kaj Wyndham; pro ilia afabla boneco preskaŭ eblis supozi, ke la mondo estas bonvola kaj ke Belinda ne... Unu aŭ du fojojn li havis la impreson, ke Havelock volas paroli pri la giganta skeleto; certe lia malemo diskuti ĝin devis esti elreviĝo por la gastiganto. Do Maklin venis al malfacila decido.

"S-ro Havelock, mi devas ion konfesi al vi pri la fosilioj."

"Do ili estas veraj fosilioj!" kriis Havelock ekscitite.

Maklin rakontis al li ĉion. Nur unu detalon li falsis. Li diris, ke la kalgumanaa vorto "piĝangja" signifas "saĝo de la bonulo".

"Nun vi komprenas, ke la vivoj de tiuj homoj dependas de via reago. Se vi tamen insistas raporti pri la dinosaŭro al s-ro Middleton de la Muzea Societo, kaj se li petos mian konsilon, mi vere ne scias, kion mi diros. Sed nun la afero estas en viaj manoj."

Wyndham Havelock, direktante sian ĉevalon preterpasi truon, mienis serioze: "Nu, barono, mi dankas pro via konfidenco. Sed mi devas unue diskuti ĉion kun Helen." Post nelonga pripensado li aldonis: "Mirinda virino, Helen. Mi ne scias, ĉu vi jam vidis, ke fakte ŝi faras la decidojn en nia domo... sed ŝi taktoplene lasas al mi la lastan vorton."

Maklin melankolie pensis pri sia rilato kun Belinda, se...

"Barono, mi jam scias, kion ŝi konsilos. La ĉapitro pri Dinosaurus Kalgulamanensis estas finita."

Maklin stiris sian ĉevalon sufiĉe proksimen por premi la manon de la anglo.

Ili estis bonŝancaj almenaŭ en tio, ke en Rockhampton Maklin preskaŭ tuj trovis lokon sur ŝipo al Brisbano. Ĉe la adiaŭo Havelock notis, ke larmoj plenigas la okulojn de la ruso. Kaj komence li supozis, ke la ruso estas sciencisto sen homaj sentoj! Oni povis nur esperi, ke lia juna damo nun bone resaniĝas.

Post kelktaga eterno la ŝipo atingis Brisbanon. Maklin rapidis al la apartamento de sia amiko Tom Layton.

Ĉe la sojlo Layton emocie ĉirkaŭbrakis lin kaj sufokavoĉe flustris: "Morgaŭ ŝi... estos... enterigita."

## Vakua universo

Kiam Maklin estis aŭskultipova, li volis scii la detalojn, eĉ la plej dolorajn. Jes, Bel kaj la dek knabinoj preskaŭ atingis la feriejon sur Monto Tambourine, kiam la akcidento okazis. Belinda turnis sin por paroli al unu el la knabinoj, kiam ŝia ĉevalo ekpanikiĝis kaj baŭmis tiel subite, ke Belinda ne povis resti en la selo, sed ŝia maldekstra boto restis en la piedingo. La terurita ĉevalo forgalopis, trenante ŝin. Antaŭ ol la boto liberiĝis, ŝia kapo estis bategita kontraŭ almenaŭ unu roko kaj arbotrunko. Ok el la lernejaninoj povis nur histerie krieġi, sed la aliaj du transprenis la rolon de la nun senkonscia instruistino. Dum unu per severaj ordonoj sukcesis kvietigi la plorantojn, la alia rajdis al la feriejo kaj venigis helpon.

Belinda vivis ankoraŭ ses tagojn en la domo de siaj gepatroj. Arthur Horne duonfreneziĝis pro doloro pri la evidente mortanta filino, tiu amegata sed nekomprenebla filino, kiu nur kelkajn fojojn eliĝis el sia komato. Kiam ŝi lucidiĝis la unuan fojon, ŝi volis vidi Maklin sed, iel memorante, ke li estas for, petis, ke oni venigu Tom Layton. Ricevinte la mesaĝon kaj eksciante, kiel serioza estas ŝia stato, Tom tuj ekspedis la telegramon al la viro, kiu forprenis lian amatinon, kaj vizitis la domon de la familio Horne. Intertempe Belinda denove enkomatiĝis, sed li iris ĉiutage tien, esperante, ke ŝi denove vekiĝos. Li ankaŭ rompis la rilatojn kun tiu pimpa filino de riĉa komercisto, al kiu li estis promesinta "saturnalian semajnon" dum la lerneja ferio.

La tagon antaŭ la morto ŝi refoje lucidiĝis, je ĝojegaj krioj de la familianoj. Sed ŝi kapneis, kvazaŭ por diri, ke ili ne havu vanajn esperojn, ke ili akceptu, ke ŝi devas morti.

"Aj Niki, mi estas preskaŭ kontenta, ke vi ne vidis ŝin, estis ploriga sceno. Ili bandaĝis la tutan kapon kaj duonon de tiu... tiu senkompara vizaĝo. Ŝi povis apenaŭ paroli, kaj ŝi estis blinda. Niki, tiuj okuloj estis blindaj!"

Ambaŭ devis paŭzi. Tiam Layton daŭrigis: "Ŝi petis permeson paroli nur kun mi dum kelkaj minutoj. Tio ne plaĉis al Arthur, kaj mi bone komprenis, ĉar neniu sciis, kiom da tempo ŝi havos. Kaj ni ĉiuj divenis, ke ŝi volas per mi mesaĝi al vi, Niki."

"Ĉar mi ne povis ĉeesti, Tom, mi estas tre kontenta, ke vi povis min anstataŭi. La prezo estis terura, sed almenaŭ ni reamikiĝis."

"Dio, kia interŝanĝo por vi, Niki! Nu, unue ŝi petis mian pardonon pro la suferado, kiun ŝi kaŭzis al mi. Imagu, tiu grandioza virino petis mian pardonon... tuj mi vidis, ke mia drameca eliro el ŝia vivo kaj miaj ridindaj provoj poste pruvi mian nedependecon de ŝi estis nur la umado de paŭtema stultuleto!"

"Ne punu vin, Tom! Perdi Belinda ne estas... " Li ne povis finparoli la frazon.

"Sed ĉefe ŝi volis diri du aferojn al vi. La unuan mi nur citas: 'Diru al Niki, ke mia patro intencas baldaŭ aneksi, certe jam en ĉi tiu jaro. Niki faru, kion li devas fari.' Ĉu temas pri la Verda Insulo?"

"Jes." Maklin gestis, kvazaŭ por diri: La kubo estas ĵetita! Kaj nun?

"La dua afero estis: 'Diru al Niki, ke li ne indulgu ian tristan kulton al mortinta korpo, ĉar mi ne mortos. Adiaŭo ne ekzistas, mi diras nur ĝis revido, kaj la revido estos baldaŭ.' Kaj ŝi petis min diri al vi, ke la 'dimensio', kien ŝi iras – jes, jen ŝiaj vortoj – estas same reala kiel la tero sed pli bela. Kaj laste ŝi diris: 'Diru al li, ke mi atendos lin.' Kaj tiam ŝi diris, ke ŝia forto forlasas ŝin, kaj ke estas tempo por paroli al la familio. Mi venigis Arthur kaj Ottilie kaj Rissy kaj iris hejmen. La postan tagon, kiam mi vizitis, ŝi jam mortis. Ottilie diris al mi, ke ŝi havis nur sufiĉan tempon post mia foriro por alparoli ilin tri, antaŭ ol ŝi senkonsciiĝis. Post tio ŝi restis en komato kaj neniu notis la ekzaktan momenton de la morto."

La unuan fojon en la vivo Maklin provis sin ebriigi. Tom ja havis konsternan kvanton da alkoholaĵoj en la apartamento, kaj la du viroj rezolute glutis glason post glaso da vino kaj malplenigis botelon da viskio. La korpo de Tom kapitulacis la unua. Li jam ronkis, kiam ie fore koko kriis kaj Maklin glitis en la sopiratan nenion.

*   *   *

Li vekiĝis malfrue. Lia kapo tamtamis, li estis neniel refreŝigita, en li estis nur vakuo, neniam plu plenigota de ia ajn ĝojo. Almenaŭ bone, ke liaj sensoj estis obtuzaj; eble li ne eltenus, kiam li vidos ŝian ĉerkon.

Li diris al Tom, ke li ne volas eĉ ĉeesti la funebron, ke ĉiukaze li evitos la longedaŭran preĝejan parton. Layton respondis kun ironia, senhumora rideto, ke li mem ricevis "iomagrade oficialan" inviton de Arthur Horne kaj devas partopreni en la tuta solenaĵo, dum Maklin, kiu estis "nur ŝia sola amato", estos unu el la miloj da anonimaj funebrantoj.

Li reiris al La Salto por sin nigre vesti. S-ino Barker ne ĉeestis por trudi ordon al liaj mizeraj vestoj per sia gladilo, sed almenaŭ liaj ŝuoj estos belaj; kaj li estos probable la sola, kiu portas ŝuojn donacitajn de ŝi. Aj, kia bagatela konsolo! Kvazaŭ aŭtomate li veturis per trajno al Milton. Sen scii kial, li marŝis al la domo de s-ino McElhinney. Survoje li rimarkis, ke la suno nur feble brilas kaj el la okcidento blovas penetre malvarma vento. Tio donis al li grimacan kontentigon: estus sakrilegio, se la tero prezentus ridetantan vizaĝon en tia tago. Aĥ Maklin, ne indulgu kiĉajn romantikaĵojn!

Nur pro kutimo li frapis ĉe la pordo. Neniu respondo. Li frapis tre laŭte. Li kriegis: "S-ino McElhinney, enlasu min!" Sed neniu venis... aj kompreneble, ŝi iris adiaŭi ŝin. Mian Bel.

La somnambulo iris pluen. La vojo estis konata, sed nur post iom longa tempo li eksciis, ke li sekvas la paŝojn de tiu ekstaza nokto, en kiu ili konfesis sian amon. Liaj piedoj portis lin al Toowong, kie troviĝas la tombejo. Tie ili...

Sed ankaŭ en Toowong estis la domo de la bonkora stultulino, s-ino Barker. Tie li iam havis preskaŭhejmon, tie ŝi vizitis lin, kaj tie s-ino Barker montris patrinecan inklinon al li. Li turnis sin en Imperian Straton. Pro la longa marŝado estis pli varme al li, sed li aŭtomate transiris la straton por eviti la ombrojn. Ombroj estas nigraj, malvarmaj, tiun tagon ili alprenis kosman signifon. Lia stomako estis malplena, sed ĝi probable ne retenus ion. Kion li diru, kiam s-ino Barker proponos al li teon kaj kukon?

Sed ankaŭ ĉe ŝia pordo li frapis vane. Kompreneble, ankaŭ ŝi iris al la preĝejo. Ĉu vi imagas, ke Belinda apartenis nur al vi, Maklin?

Sencele li vagis laŭ la neinteresaj, senhomaj stratoj de Toowong. Refoje la vento frostigis liajn malariplenajn ostojn. Bone. Kial li ne povis almenaŭ kisi ŝin, ĉirkaŭbraki ŝin, antaŭ ol ŝi mortis, dum ŝi mortis? Subite li memoris ŝian diron: "Niki, nenio estas hazarda. Bona scienca regulo, ĉu ne? Kaj nenio okazas sen nia konsento, eĉ se ni ne bone konscias tion. Se vi forlasos min, mi ploros sed mi komprenos, ke vi havis bonan kialon por elekti vian morton. Ĉio havas sian kaŭzon kaj celon." Lia apatio rompiĝis kaj li koleregis kontraŭ ŝi: "Kruela! Kial vi elektis forlasi min? Vi estas forta, vi komprenas tiajn aferojn, mi ne, kaj tamen vi lasis min sola. Kial?"

La juna preterpasanto alparolis lin, kiel oni alparolas senhelpan infanon: "S-ro Maklin, ĉu mi povas helpi vin?"

Konfuzite Maklin rigardis lin. La vizaĝon li nebulece rekonis, probable li iam konversaciis kun la ĝentila juna viro dum trajnveturo. "Foriru!" kraĉis Maklin, "ne estas via afero, foriru!"

"Mi volis nur... " respondis la konsternito, sed tiam li ŝultrumis kaj foriris. Li iris apenaŭ dek metrojn, kiam Maklin kriis: "Ne, atendu, mi petas, mi tre bedaŭras!" Maklin postĉasis lin kaj insistis ĉirkaŭbraki la surprizitan junulon, plorante.

Maklin liberigis la viron kaj serĉis sunan lokon sur la strato. Iom fore li vidis longan procesion serpentumantan al la tombejo. Li ne volis sekvi tiujn homojn, sed kien li iru? Obee li sekvis kaj aliĝis al la procesio. Li ne konis la homojn ĉirkaŭ si. Bone. Li frostis.

Li ne povis vidi la antaŭon de la procesio, sed la vicoj estis tre longaj. Kompreneble, ne ĉiutage oni enterigas filinon de la ĉefministro. Jam la politikaj amikoj, malamikoj kaj konatoj formus aregon. Kaj la lernejaninoj kaj iliaj gepatroj, la gekolegoj, la societa rondo de la familio, la ĉevalrajdemuloj...

Li trapasis la pordegon. Oni serĉis lokon, de kie eblos vidi. Instinkte Maklin restis for de ĉiuj ombroj, sed pro tio li nur malbone vidis. Li rigardis supren. La tombeja deklivo estis iom kruta, kaj ĝin superregis spajroforma maŭzoleo, absurde misdimensia por la homaj ostoj kuŝantaj sub ĝi. Sendube iu guberniestro aŭ ĉefministro. Neregulaj vicoj da marmoraj turetoj, anĝeloj, krucoj kaj aliaj monumentoj provis rivali la spajron, almenaŭ imiti ĝian grandiozecon tiom, kiom decis, sed ili suferis la malavantaĝon, ke iliaj bazoj situis malpli alte sur la deklivo.

Maklin malbenis la tutan mornan marmoraron, la sombran vanan pompon, kiu provis nei, ke sube troviĝas nenio krom aĉaj putraĵoj. Jes ja, eĉ Belinda, eĉ Belinda, eĉ ŝi fariĝos naŭza predo de miloj da vermoj... Maklin skuegis la kapon por forigi la bildon. Certe Arthur Horne baldaŭ konstruigos unu el tiuj moketernaj monumentaĉoj por ŝi. Milfoje preferinde transdoni ŝin al puriga fajro ol vicigi ŝin inter la tedajn komercistojn kaj regantojn. Ĉu ili ne komprenas, ke ŝi estis tute unika?

Evidente oni jam malŝarĝis la mortoĉaron, sed li ne povis vidi la ĉerkon. Nur la granda amaso da malfekunda, ŝtonetoplena tero videblis; la atendanta truego estis evidente tute apuda.

Iu pastro oficis, legante per sonora, profesie solena voĉo la antikvajn vortojn de la rito. Apud li staris aliaj eklezie vestitoj kun la iloj de sia ofico. Ne plu kolere, sed apatie Maklin sin demandis, kiarajte la pastroj transprenis la korpon de lia Belinda.

Arthur Horne staris rekte, regante siajn trajtojn. La nigraj vualoj de Ottilie kaj Clarissa kaŝis iliajn vizaĝojn, sed iliaj poŝtukoj ofte subvualiĝis. La plorado de la lernejaninoj ne ĉesis, kaj de tempo al tempo oni aŭdis duonhisterian "Ne, f-ino Horne, ne!". La granda, bela, sed ne plu tre juna Tom Layton staris senmova kun klinita kapo. S-ro McLelland kaj Eunice ĉeestis, same s-ro Middleton, s-ro Perkins, kaj aliaj, kies nomojn li ne plu memoris, nek volis memori. Hazarde li vidis ankaŭ s-inon McElhinney. Ankaŭ eta Sally Scoggins estis tie, solene nekomprenante.

Fine la murmurado de la pastro paŭzis, kaj oni antaŭenigis la ĉerkon por lasi ĝin gliti malsupren. Kaj finfine li ekvidis ĝian melankolian gloron el juglando kaj ore brilaj ansoj. Do tiel ŝi kuŝas. La ĉerko fale malaperis. Arthur Horne alpaŝis la truon kaj prenis ŝpaton en la manon. Kun tremiga definitiveco iom da ŝtona tero obtuze sonis sur la lignon. Arthur transdonis la ŝpaton al sia edzino kaj helpis ŝin fari same. Clarissa insistis agi sola, sed sukcesis enĵeti nur kelkajn ŝtonetojn.

La oficiala ceremonio finiĝis. La pastro kondolencis la familianojn kaj foriris ofici ĉe bapto. Multaj eminentuloj aliris la nun tripersonan familion, kaj iom post iom la homamaso ĉirkaŭ Maklin maldensiĝis.

Iu tuŝis lian ŝultron: "Hej barono, mi serĉis vin ĉie!" s-ino Barker singultis. "Aj, barono, tiel juna kaj bela kaj bona ŝi estis, via juna fraŭlino!" Malgraŭ ĉio io varmiĝis en Maklin. "Vidu, la morto estas ja tiel kruela, s-ro Barker, Dio benu lian animon..."

"Dankon, s-ino Barker," li diris, kaj impulse kisis la malbelulinon sur la skuetiĝanta vango. "Sed bonvolu ne plori. Mi ne deziras mem plori."

Ŝi rigardis lin: "Barono, vi ne trompas min. Mi povas vidi, ke vi hojlis dum horoj. Sed mi volas diri unu aferon. Por ni ĉiuj ŝi ĉiam restos juna kaj bela. Ĝis revido, barono, vi estis tre bona gasto."

"Kaj vi estis elstara dommastrino. Ĝis revido."

"Barono, rigardu vin. Ĉu vi estas certa, ke vi povas vin prizorgi? Vi aspektas, kvazaŭ vi ne manĝis ekde... ekde..."

"Vi estas tre bonkora, sed jes, mi povas. Ĝis revido."

Ŝi rigardis lin foriri kaj opiniis, ke ŝi neniam plu revidos lin. Aj, fajna ĝentlemano...

Maklin malgraŭvole iris al Arthur Horne. Fine neniu alia parolis kun la ĉefministro. Li proponis la manon: "S-ro Horne, tre mi bedaŭras," li balbutis. La rigardo de Arthur Horne perfidis, ke li probable sciis pri la amrilato ekde la komenco sed decidis fari nenion, esperante, ke iam ĝi finiĝos sen lia interveno. Nu, pensis Maklin, ĝi ja finiĝis.

Ottilie kaj Clarissa akceptis lian kondolencon kun pli da varmo, ol li atendis. Sencele li forlasis la tombejon, eĉ ne demandante, kien la vojo kondukas lin. Kiam Tom trovis lin, li frostis.

*       *       *

En Heidelberg Tom Layton kaj la aliaj admiris Maklin pro lia sindediĉo al la afero de la Scienco kaj pro lia brila menso, sed ili foje konsentis inter si, ke li vivas sur tute intelekta nivelo, iom tro for de la pensoj kaj sentoj kaj zorgoj de normalaj homoj. Estis bone konate, ke el ĉiuj Kehl-anoj nur Maklin – kaj eble Schniff – nek bezonas karnajn rilatojn kun la lokaj virinoj nek envias la sukcesojn de la aliaj. Iu el la grupo, eble Montcasse, elpensis la epiteton "la ikono".

Se nur la aliaj povus vidi la ikonon nun, pensis Layton. Tiu homo, kiu antaŭe ŝajnis imuna kontraŭ la pelojn kaj tirojn de la korpo, probable spertis en la lasta duonjaro Himalajon kaj abismegon pli intensajn, ol ni povas imagi.

Kiam Layton venigis la amikon al la apartamento en Fortitude Valley, Maklin submetis sin sen rezisto kaj sen entuziasmo. La anglo provis persvadi lin peti forpermeson de sia laboro, sed Maklin nur mizere demandis, kion li faru en libera tempo.

Provizore tiu demando trovis respondon, kiam la frostoj, febroj, ŝvitoj kaj doloroj de lia malnova amiko torturis la korpon de Maklin. Li diris al Tom, ke li volas morti; ĉu ŝi ne promesis baldaŭan revidon? La unua tritaga ciklo cedis al dua. Dum tuta semajno li kuŝis, nekapabla labori, kaj poste li restis apatia.

Konsternite, Tom Layton vizitis La Salton kaj venigis la poŝtaĵojn. Li atentigis pri tre interesaj artikoloj en *Gegenwart und Zukunft*, sed notis poste, ke Maklin ne malfermis la revuon. Tiam Layton vizitis s-ron McLelland por certigi tiun eminentulon, ke Maklin estas iom malsana sed baldaŭ eklaboros refoje. S-ro McLelland kaptis la okazon por informi Layton pri kelkaj propraj zorgoj rilate la sciencejon. Li petis la anglon iel sciigi al Maklin, ke oni ne tre fervoras pri "kelkaj el la ĝisnunaj projektoj". La kabineto substrekis, ke oni apenaŭ povas atendi havindajn rezultojn el dissekcoj de cerboj de krimuloj, se tiaj ekzamenoj ne donas iajn indikojn, kiel oni aŭ preventu krimojn aŭ kuracu krimulajn mensojn. Pri la fiaska vojaĝo al Clermont oni atendis almenaŭ provizoran raporton; eble oni devus insisti pri pli rigoraj kondiĉoj por financado de tiaj vojaĝoj. Fine s-ro McLelland konfesis, ke la financa flanko donas al li la ĉefajn zorgojn, ĉar jam signoj de ĝenerala ekonomia krizo malheligas la horizonton; la sciencejo nepre pruvu, ke ĝi meritas sian financan subtenon. S-ro McLelland emfazis, ke li persone fidas je la kapablo de barono Maklin, eĉ se tiu renoma sciencisto foje montras mankon de prudento pri diversaj aferoj. Fine la estro de KAPS proponis, ke Layton atentigu Maklin pri la neceso helpi la agraristojn per novaj, plibonigitaj grenspecoj kaj per ia rimedo kontraŭ la peste minacanta "dorna piro".

Layton transdonis ĉi ĉion al Maklin, ne maskante, ke lia posteno estas endanĝerigita. "Mi scias, Niki, ke ĝis nun vi malmulte okupiĝis pri grenoj, sed vi estas tia kapablulo, ke baldaŭ vi estus la ĉefa fakulo sur tiu kampo. Ĉu la ideo ne altiras vin?"

"Mi pripensos ĝin, Tom." Sed la tono de la voĉo perfidis, ke li apenaŭ aŭskultis la konsilon.

La postan tagon Layton sternis antaŭ Maklin tri ĵurnalojn. En ĉiuj tri estis leteroj de legantoj, kiuj ĉiuj uzis pseŭdonimojn kun patriota signifo, kaj ĉiuj predikis la avantaĝojn por Kvinslando, se la kolonio aneksus la Verdan Insulon. "Vidu, Niki, Arthur Horne utiligas siajn pajlohomojn por prepari la grundon..."

Layton rigardis la apatian vizaĝon: "Dio, Niki, ĉu vi ne reagas eĉ al tio?"

Sed por Maklin la universo estis vakuo.

Tiun sabaton Layton aŭdis onidiron. Li mem restis skeptika, sed eble la afero helpus lian amikon retrovi sian intereson pri la vivo. Estis ja fremdaĵo, sed nenio pli bona prezentis sin. Dimanĉon matene li simple kuntrenos Maklin al la "miraklofaranto". Unu aŭ du mirakloj eble iom helpus...

## Insulto al ĉia logiko

"Kien ni iras, Tom?" mishumore demandis la duonvekito.

"Rapidu, aŭ ni malfruos. Mi klarigos survoje."

Kutime Layton iom plene matenmanĝis, do la fakto, ke li nun pretas forrapidi ien sen manĝi, impresis eĉ la apatian ruson, al kiu estis egale, ĉu li neniam plu manĝos. Sed kial ili duonkuris dimanĉon matene, dum glacia okcidenta vento fajfis?

"Jen fine fiakro! Kuru, Niki!"

Layton donis neaŭdeblan ordonon al la fiakristo kaj ili ekveturis.

"Ni iras al kampo iom norde de la urbo."

Maklin ne reagis.

"Ni iras al diservo."

Tio almenaŭ estigis komenton: "Ĉu vi ŝercas, Tom?"

"Ne, ni fakte iras al diservo, sed eksterordinara diservo, mi esperas."

Splene Maklin diris: "Nu, ni devas iel pasigi tempon."

Sendube li pensis pri Belinda. Sed Layton obstinis: "Laŭdire la pastro estas miraklofaranto."

"Pastro, kiu faras miraklojn! Neprobablaĵo!"

Je sia kontentiĝo Layton notis, ke la voĉo perfidis ian intereson, eĉ se skeptikan. "Nu, en Hindio mi vidis nekredeblajn aferojn, kaj vi sur via insulo. Kial io tia ne okazu ĉi tie?"

"Eble mi povus kredi ĝin, se vi dirus, ke iu indiĝeno faras miraklojn. Sed pastro!"

Layton kaŝe ĝuis la reaperon de diskutemo en la amiko, do li piketis: "Niki, ĉu vi ne estas iom tro antaŭjuĝema? Ankaŭ al mi la pastra kasto ne plaĉas, sed kial individua pastro ne havu psikajn potencojn?"

"Mi havas la impreson, ke por la pastroj ĉiuj mirakloj okazis antaŭ preskaŭ dumil jaroj. Ili ŝajnas tre timi tiajn aferojn, se ili okazas ekster la oficiala kadro."

"Onidire nia hodiaŭa miraklofaranto ne estas oficiale agnoskita ekleziulo, sed nekonformista predikisto el Usono, kiu faris eksterordinarajn kuracojn en Sidnio, ĝis oni forĉasis lin."

"Forĉasis? Kial?"

"Ĝuste pro tio, ke li ne apartenas al unu el la grandaj eklezioj, la pastroj petis la registaron forpeli lin. Almenaŭ tion mi aŭdis."

"Kaj li trovis bonan akcepton ĉi tie, ĉu?"

"Oficiale ne. Tial ni iras al kampo ekster la urbo. Sed mi supozas, ke estos amaso da nekonformistoj tie."

La sparketo de interesiĝo en la okuloj de Maklin baldaŭ estingiĝis. Ĉu li riproĉis sin pri perfido al ŝia memoro, ĉar li pensis pri io alia dum iuj minutoj?

"Jen la kampo antaŭ ni."

"Tom, kion ni faru tie?"

"Mi ankoraŭ ne scias, Niki. Sed rigardu la nomon!"

Najlita al arbo estis afiŝo: Elmer Zebediah Butler el Usono Portas la Dian Veron kaj Kuracmiraklojn al Brisbano. La vorto Brisbano estis aldonita permane en iom neregulaj literoj; evidente tiu parto de la afiŝo ŝanĝiĝis laŭ neceso.

Layton pagis la fiakriston kaj ili piediris pluen. Antaŭ ili staris iuspeca tendego, kiu fakte konsistis el multaj normalaj tendoj tiele starigitaj, ke ili formis la "murojn" de la granda, sentegmenta konstruaĵo; la enirejo estis breĉo inter du tendoj. La konstruado, se oni povis uzi tiun vorton, evidente okazis tre haste, sed almenaŭ la interna loko estis probable ŝirmita kontraŭ la tre malagrablaj ventoj.

Ili estis enirontaj – Maklin heziteme – kiam ili aŭdis de interne fortegan voĉon: "Kiu estas nia SAVANTO?"

"Jesuo!" respondis multaj voĉoj, sed tiu reago ne kontentigis la predikiston: "Kiu estas NIA Savanto?" li ekkriis.

"Jesuo!"

"Sed diru al mi, geamikoj, KIU estas nia Savanto?"

"Jesuo! JESUO!" tondris el pluraj centoj da gorĝoj.

"Tom," Maklin splene plendis, "ĉu vi vere volas aŭskulti tion?"

Layton kaptis lian brakon kaj trenis la malpli grandan viron post si: "Komprenebble! Eble li bezonas iom da histerio por fari siajn miraklojn... ni sidiĝu!"

Sed la mieno de Layton malkaŝis dubon pri la saĝo de ilia vizito. Tamen, li diris al si, ĉio ajn estas pli bona ol tiu damna apatio de Niki!

\* \* \*

La sola bonaĵo pri ilia eniro estis, laŭ Maklin, ke neniu observis ilin. La religie fervora etoso igis lin malfaldi la kolumon de sia jako, kaj Layton pensis pri testudo retiriĝanta sub sian karapacon. Sen diskuto li sidiĝis sur la benkon plej foran de la predikisto kaj provis aspekti, kvazaŭ li tute ne ĉeestus. Layton ne disputis tiun sidelekton; ankaŭ li sentis sin simile al virtulino en bordelo. Do li okupis sin per la interesa demando, de kie la subtenantoj de Elmer Zebediah Butler havigis tiel kuriozan kolekton da diversspecaj benkoj kaj seĝoj.

"Kaj nun, geamikoj, la Sinjoro diras al mi, Li diras, Elmer Zebediah, instruu al Mia popolo, ke ĝi stariĝu kaj jubilante kantu al Mi, haleluja!"

"Haleluja!" venis el probable ĉiuj buŝoj krom tiuj de la du embarasitoj en la lasta vico, kiuj restis sidantaj, dum la popolo starante kantis.

La kanonkalibra voĉo de s-ro Butler trudis iom da samtoneco al la kantado, sed Maklin apenaŭ kaptis du sinsekvajn vortojn krom la ripetiĝanta "la ĝojo de l' Sinjoro'". La melodio estis marŝigema, eble pruntita el iu soldata kantaro; ĉiukaze ĝi iom post iom pliekscitis la ĉeestantojn.

Subite Maklin rekonis unu el la viroj; estis tiu senbarba ruĝvizaĝulo, kiu provis interrompi la prelegon de Tom en la Salonego Albert tiun vesperon, kiam li la plej unuan fojon vidis ŝin... Tom revenigis lin al la nuno, kubutfrapetante lin kaj dirante: "Vidu, ni troviĝas inter samideanoj!" Do ankaŭ Tom rekonis la fervoran kantanton.

La ruso iom esploris la adorantaron. Unuavide li supozis, ke la homoj ĉiuj apartenas al la malaltaj sociaj klasoj, sed tie kaj tie belŝtofa vesto perfidis la ĉeeston de pliriĉulo. Senaverte unu el tiuj pli bone vestitoj levis la brakojn ĉielen, ekkriis "haleluja!" kaj ĝoje ekdancis antaŭ la Eternulo; efektive estis speco de surloka kurado interrompata de saltoj, per kiuj la viro provis tuŝi la grizan nubaron, kaj de tempo al tempo eksonis lia ekstaza "haleluja!" Baldaŭ multaj imitis lin, tiel ke la "haleluja!"-kriantoj superbruis la kantadon, kaj fine E. Z. Butler mem pliigis la nombron da dancantoj. Je tiu signalo la tuta adorantaro faris la kur-hop-hop-dancon, etendante la brakojn al la Sinjoro kaj vibrigante la aeron laŭ la kvarsilaba ritmo.

"Je Herkulo, kial ni submetis nin al tia histerio?" diris la rusa nekredanto.

"Nu," respondis la anglo ironie, sed ankaŭ kun kelka serio-zeco, "vi devas konfesi, ke ili ĝuas la aferon."

Estis tempo por iom malŝargi; E. Z. Butler findancis kaj lia stentora krio "Ni dankas Vin, ho Jesuo!" tranĉis tra la kolonoj de la "haleluja!"-uloj. Kiam ili denove staris silentaj, li proklamis: "Jes ja, geamikoj, tio vere plaĉis al Jesuo! Al kiu ĝi plaĉis?"

"Al Jesuo! Jesuo!"

La trafa respondo kontentigis la demandinton, kiu mastre gestis, ke ili nun rajtas sidiĝi. Nun la du esceptuloj en la lasta vico povis studi la sendube imponan aspekton de la altkreska usonano. Maklin unue kredis, ke krom Santamaria li neniam vidis pli grandan viron, sed baldaŭ li opiniis, ke kelkaj aferoj trompe emfazas lian grandon. Elmer Zebediah Butler havis eks-terordinare longajn kaj iom maldikajn brakojn, kaj lian longan, mallarĝan vizaĝon superregis akcipitra nazo. La nigraj vestoj kaj fanatikulaj okuloj pliigis la sorĉivon de lia aspekto.

Kiam Elmer Zebediah ekparolis, Maklin devis streĉe atenti por sin kutimigi al lia prononcmaniero, sed baldaŭ li trovis ĝin pli facile komprenebla ol tiu de multaj aŭstralianoj.

"La Sinjoro diris al mi, Li mem diris, Elmer Zebediah, forŝutu de sur viaj ŝuoj la polvon de Sidnio, kie regas Satano, kaj alportu Mian evangelion al la fideluloj de Brisbano."

"Haleluja!"

"Kaj hodiaŭ, geamikoj, la Sinjoro, tiu sama, kiu naskiĝis en forgesita angulo de la mondo antaŭ 1883 jaroj kaj suferis la mor-ton sur la kruco inter du rabistoj pro niaj pekoj – pro miaj pekoj kaj viaj, geamikoj – tiu sama Jesuo Kristo diris al mi, Elmer Zebe-diah, Li diris, iru al Miaj fideluloj en Brisbano kaj portu al ili la savon!"

"Haleluja!"

"Kaj la Sinjoro, Li diris al mi, Elmer Zebediah, Li diris, raportu al tiuj pekuloj en Brisbano, ke ankaŭ ili povos ricevi la savon... same facile, kiel oni falas de sur arbotrunko ruliĝanta en rivero. Jes, vi pekuloj, tute glata kaj glitiga arbotrunko."

Evidente tiu promeso nepre postulis klarigon, sed E. Z. Butler paŭzis, krucis la brakojn, kaj rigardis ĉielen. Iu el la adorantoj petkriis: "Ho Sinjoro, parolu al ni per la buŝo de Via servanto Elmer Zebediah!" Sed eĉ tio ne tuj paroligis la servanton, kiu videble trovis ian ferocetan plezuron en sia potenco super la pekuloj. Iom poste li malrapide etendis la longajn brakojn, kvazaŭ por ĉirkaŭbraki ĉiujn ĉeestantojn. Je sia surprizo Maklin devis memori, kiel Engogu per siaj etenditaj brakoj iom post iom limigis la movspacon de Kodi – ĉu tiu ĉi monstra korvo nun regos ilin ĉiujn?

Dum la usonano senurĝe preparis sin por transdoni la mesaĝon de la Eternulo, alia penso frapis Maklin: Fulmotondro, dum la tuta dramaĉo mi ne pensis pri ŝi!

"Kie vi trovos la savon, geamikoj?" Anstataŭ tuj doni la respondon al la brulanta demando li senĝene paŝis al seĝo flanke de la sceneja mezo, sed liaj brakegoj restis etenditaj similaj al flugiloj de grandega superrega birdo. Sed subite la birdego saltis sur sian predon; la maldekstra mano ekkaptis la spinon de dika nigre bindita libro, dum la alia mano susure ĵetmalfermis la paĝojn, flugigante ilin tiele, ke ili siavice similis al la ŝvebmovoj de forflugema birdo: "Ĉi tie vi trovos la savon! En la Vorto de Dio, nun kaj por ĉiam, amen!"

"Haleluja!"

"La Sankta Skribo diras al ni, ke ni kredu je Li kaj ni estos savitaj! Ĵetu viajn pekojn en Mian sangon kaj Mi forlavos ilin senspure! Jes, geamikoj..." kaj la voĉo alprenis tre emocian tonon, laŭte emociigan tonon, "ĵetu vin en la brakojn de nia eterne amanta Jesuo Kristo la Reĝo de reĝoj la Eternulo la Sinjoro la Sankta Ŝafido la por ni Krucumito la Reĝo de la Ŝafidoj la Ĉiopotenculo la Kreinto de la tuta universo kaj la tero kaj la firmamento kaj la Ĉielo la o-o-o Jesuo Kristo... kaj vi trovos la savon!"

"Haleluja! Haleluja! HALELUJA!" Nerezistebla ekscitiĝo ekkaptis la ĉeestantojn, sed E. Z. Butler ne volis lasi, ke la klimakso venu tro frue, do li tranĉis la aeron per siaj manegoj por meti finon al tiu enkonduka fazo. Iom malrapide la entuziasmo bridiĝis. Kiam la dirigento refoje ekmuzikis, li estis serioza, eĉ severa.

"Sed, geamikoj, aŭskultu la averkton de Elmer Zebediah: gardu vin kontraŭ la logojn de la praa malamiko de la homaro, kiu muĝas kiel voranta leono, rampas kiel glite-glata serpentaĉo, ridetas kiel ŝminkita putino, solene tronas en purpuraj roboj, promesas konverti ŝtonojn en panon kaj donaci al vi ĉiujn regnojn de la mondo, se nur vi falos ĉe liaj piedoj kaj adoros lin kaj donos al li vian eternan animon!"

"Apenaŭ bona negoco por la praa malamiko," flustris Layton el sia buŝangulo. Maklin sufokis sian ridemon kaj sentis varman simpation por tiu ĉarma skeptikulo, kiu ŝajnis la sola en la tuta tendego krom li, kiu rezistis la sorĉon de la ega akcipitro.

"Jes, geamikoj, la praserpento Satano, li estas majstro de sinmaskado kaj konstante serĉas stultulojn por ilin vori. Kaj la Sinjoro, Li diris al mi, Li diris, Elmer Zebediah, iru al Mia popolo kaj averktu Miajn ŝafojn kontraŭ la maskitaj diabloj, la demonoj, kiuj volas faligi iliajn animojn en eternan pereiĝon, en neniam estingiĝontan fajron!"

Eta paŭzo, kaj denove la flugilegoj kapte ĉirkaŭis la sidantojn. "Kaj hodiaŭ la heroldoj de Satano surhavas novajn maskojn, kaj la Sinjoro, Li diris, Elmer Zebediah, iru al Mia popolo kaj senmaskigu tiujn diablojn!" E. Z. Butler levis la okulojn, kvazaŭ petante permeson por forigi la maskojn.

"Diru ĝin al ni, Elmer Zebediah!" Aha, ĉi-foje la du pekuloj en la lasta vico klare vidis, ke la petanto estas ilia malnova konato kun la ruĝa vizaĝo. Fine la konfidenculo de la Sinjoro cedis:

"Li diris al mi, Elmer Zebediah, unu el la ĉefaj alanciuloj de Satano estas ankoraŭ tiu bebmanĝanto, kiu tronas en Romo, la urbo de la Putinego. Tiu monstro la papo ankoraŭ sukcesas sendi milionojn da trompitoj en la fajran abismon."

Elmer Zebediah paŭzis iom, por ke oni plene konsciu pri la abomenindaĵoj de Romo. "Sed la aliaj alanciuloj estas sennombraj, jes, mi diris, sennombraj." La voĉo sinkis ĝis vera baso, kaj tima tremeto ondis tra la adorantaro. Neniu ĝoja "haleluja!" heligis la subite sombran, minacan etoson.

Estis tempo por konsoli la popolon de Dio. "Sed vi povas koni kelkajn el tiuj diabloj, se vi atentas la averktajn vortojn de Elmer Zebediah diritajn al li de la Eternulo. Elmer Zebediah, Li diris al mi, estas granda diablaro, kiu nomas sin scientifikistoj, ili donas al si pompajn titolojn, perfosoroj kaj doktoroj kaj tiel plu, kaj ili trompas multajn perdotajn per siaj dokterinoj, ke la Libro, Mia Vorto, mensogas. Ili uzas stinkajn pecojn da roko – flosilioj, ili diras – kaj aliajn fitrompilojn por aserti, ke la dikreita tero aĝas pli ol siajn sesmil jarojn kaj ke la Kreinto ne kreis ĝin. Ili diras, ke ne estis Ĝardeno kaj Adamo kaj Eva kaj serpento."

Mallonga paŭzo permesis al la dia popolo mense digesti la hidan kosmologion de la scientifikistoj. "Nu, mi havas etan demandon por tiuj perfosoroj: Sinjoroj, se tiuj aferoj ne ekzistis, kiel la peko eniris nian mondon, hej?" Gaja aplaŭdo pruvis, ke la aŭskultantaro aprecis tiun nerefuteblan baton kontraŭ la alianculoj respektive alanciuloj de la praa serpento. Sed tiu milda intelekta venko ne kontentigis E. Z. Butler: "Ili neas, ke Dio eĉ ekzistas kaj insteruas, ke la homoj peku laŭ siaj deziraĉoj, ĉar ne estas Dio por ilin puni... Geamikoj, mi averktas vin," kaj nun lia voĉo estis pura lafo, "evitu tiujn diablojn kaj ĉiujn iliajn verkojn same kiel vi evitas la peston, ne, pli ol tion, ĉar la pesto mortigas nur la karnon, evitu ilin PLI ol la peston! Sciu, ke la Sinjoro mem, nia kara Paŝtisto, ĵetos ilin... tien!" Lia longa polekso vervege plonĝis direkte al la interno de la planedo.

"Haleluja! Ha! Sinjoro, savu nin!"

Refoje venis flustro el la buŝangulo de la angla pekulo: "Je Zoroastro, mi esperas, ke tiuj kriemuloj ne rekonas nin!"

"Estas alia nesto de animpereigantoj," instruis E. Z. Butler, kaj lia peĉnigra tembro avertis aŭ eble averktis la adorantaron, ke venas aliaj malbonegaĵoj. Oni tuj silentis. "Ili nomas sin komenistoj, soceralistoj, anakristoj kaj mi-ne-scias-kiel kaj ili volas insciti al malamo kaj malobeo. Ili rifuzas konfesi, ke ĉi tie..." li tondre frapis la Sanktan Skribon, "Sankta Paŭlo ekspolice – jes, geamikoj, ekspolice – ordonas, ke sklavoj sin submetu al siaj mastroj! Jes ja, geamikoj, ili kredas sin esti dioj kaj ke ili rajtas venĝi la krimojn de la pufaj reĝoj kaj dikpugaj riĉuloj. Ili ne volas scii, ke la Sinjoro diris, 'Venĝo estas mia!'. Ili volas fari ribelion kaj revlucion kaj militon, en kiu la granda Satano glutos miradion – jes, mi ripetas, kion la Sinjoro diris al mi – miradion da eternaj animoj! Ankaŭ ilin vi evitu, geamikoj, pli ol dek pestojn!"

"Sinjoro, savu nin! Jesuo! Jesuo!"

"Sed, geamikoj, se vi vadas en la sankta sango de nia ĉiam amanta Jesuo kaj alvokos Lian sanktan nomon, vi estos protektataj kontraŭ tiuj diabloj ĉiuj... kaj sciu, ke ilia destino estas... eterne bakiĝi en la stinka fornego de sia perfida mastro! Jesuo savas nin!"

"Haleluja! Haleluja! HALELUJA!" La humoro de la fideluloj proksimiĝis al ekstazo.

"Kiu divenus, ke la aŭtoritatuloj forĵetis tiun ulon el Sidnio!" Tom devis diri laŭte. "Se la regantoj havus dikan haŭton kontraŭ foja insulto, ili devus doni al Elmer Zebediah specialan postenon por prediki pri la Ruĝa Minaco."

"Kaj nun, geamikoj, estas tempo por kanti. Ni kantu 'En la sango de l' Ŝafido triumfos ni'."

La kanto estis solena, iom melankolia malgraŭ la oftaj aludoj al venonta triumfo. Maklin demandis sin, kial la lerta dirigento tiele dampis la kreskantan histerion. Probable, li pensis, li volas regi ilin komplete, ekscitante aŭ malekscitante ilin laŭ sia bontrovo; sendube venos eĉ pli frenezaj momentoj.

La lasta "amen" sobre mortis. Elmer Zebediah subite ŝajnis laca, humila, ne plentempa konfidenculo de la Ĉiopotenculo, nur homo inter homoj. "Geamikoj," li formetis sian biblion, "mi estas simpla servanto de Dio, preter mia kompreno Li mem sendis min porti la savon al pekuloj, sed ankaŭ Elmer Zebediah devas sin iel vivteni en lando, kie regas Satano. Nur donacoj de la popolo de Dio povas savi mian vivon, por ke mi daŭrigu Lian laboron. Sciu, ke ĉiu cendo – pardonu, penco – donita al Elmer Zebediah estas rekte redonita al la Sinjoro mem kaj laŭ Lia promeso enspezigos al vi cent cen... pencojn. Do mi humile petas vin helpi vin kaj la mision de nia Jesuo per tio, ke vi donos etan donacon al Elmer Zebediah."

Je tiu signalo kvar viroj stariĝis kaj iris inter la aliajn, portante monkolektilojn. "Intertempe, geamikoj, la Sinjoro deziras, ke vi stariĝu kaj kantu 'Al Dio plaĉas la donema'. Do stariĝu kaj ĝoje uzu la voĉon, kiun la Sinjoro Jesuo donis al vi. Amen."

La kanto estis tre mallonga, kaj la monkolektantoj ankoraŭ oficis, kiam la aliaj residiĝis. E. Z. Butler diris ankoraŭ unu fojon "amen", kaj oni vere ricevis la impreson, ke la hodiaŭa prezentaĵo jam finiĝis.

"Tom, kio pri la mirakloj?"

"Jes, same mi demandas. Aŭ miaj informoj ne pravis, aŭ la Sinjoro ne faros miraklojn por Elmer Zebediah hodiaŭ."

"Ĉu ni foriru, antaŭ ol la monkolektantoj atingos nin?"

"Tio altirus eble nedezirindan atenton al ni, kaj ĉiukaze estas tro malfrue, ili venas. Sed jes, Niki, prenu kvaronpencon el mia mano. Ni ne kontribuu malavare al tiu fripono."

*   *   *

Enmetinte siajn monerojn, ili stariĝis por foriri.

Ĝuste en tiu momento la predikisto etendis la brakojn kaj deklaris: "La Sinjoro benas la donemulojn. Dankon al vi. Nun Li volas montri al vi Sian senfinan amon kaj kompaton, benante vin per mirakloj. Li kuracos viajn korpojn, por ke vi donu al Li vian eternan animon. Jesuo venas nun ĉeesti en speciala maniero inter vi, jes ja homoj! Li venas vin kuraci!"

Poste Maklin kaj Layton ne povis memori, ĉu ili residiĝis pro tio, ke la fanatikulaj okuloj de la giganta akcipitro rekte trafis ilin, aŭ pro tio, ke ili volis spekti la promesitajn miraklojn. Ĉiukaze ili sidiĝis.

"Jes, geamikoj, la Reganto de la universo venas vin kuraci, sed unue ni deklaru nian amon al Li kaj nian fidon je Li."

La dirigento agordis siajn instrumentojn; ĉiu okulo sekvis liajn tentaklajn fingrojn. Lia voĉo komencis mallaŭte, sed pograde plilaŭtiĝis ĝis tondra kresĉendo: "Hu-u-u-u-u-u-u Jesuo!!"

Venis la respondo: "Hu-u-u-u-u-u-u Jesuo!"

"Kiu regas nin?"

"Jesuo!"

La demandoj kaj respondoj iĝis pli kaj pli rapidaj, laŭtaj, fervoraj, ekscitaj. "Kiu savas nin?" "Jesuo!" "Kiu amas nin?" "Jesuo!" "Kiu venas nun al ni?" "Jesuo!" "Kiu estas nun inter ni?" "Jesuo!" "Kiu nun kuracos nin?" "Jesuo!" "Kiun ni bonvenigos?" "Jesuo!" "Haleluja!" "Haleluja! Haleluja! Haleluja!"

Elmer Zebediah Butler turnis la manplatojn al sia grego kaj liaj longaj fingroj malpugniĝis kiel malfermiĝantaj ventumiloj. Lia kapo kliniĝis malantaŭen kaj liaj okuloj fermiĝis, sed la elokventaj fingroj ordonis, ke la adorantoj ne malpliigu sian bolantan fervoron; Elmer Zebediah dummomente profundiĝis en rektan kontakton kun la Sinjoro, sed baldaŭ li revenos nin kuraci.

Kaj la atendaĵo plenumiĝis. La voĉo estis solena sed nur duone subpremis liptremigan emocion. "La Sinjoro diras al mi, Elmer Zebediah, estas homo ĉi tie inter Miaj ŝafidoj, kiu suferas pro terura tumboro... ĝuste tie ĉi!" Li pinĉis la dekstran flankon de la nuko. "Kiu vi estas? La Sinjoro volas vin kuraci. Kiu vi estas? Levu la manon!"

Paŭzo. La okuloj kaj manoj de E. Z. Butler balais la homojn. "Kiu vi estas? Haleluja, fine vi levis la manon! Ĉi tien, fratino, Jesuo amas vin kaj volas fari miraklon por vi!"

Timema virineto alproksimiĝis, ĝis ŝi staris nur kelkajn metrojn for de la iom timigaspekta kuraconto. Je signalo de la dirigento forta viro sin lokis unu paŝon malantaŭ ŝi.

"Fratineto, ĉu vi amas Jesuon? Parolu laŭte!"

"Je-es. Jes!"

"Ĉu vi kredas, ke Jesuo povas vin kuraci?"

"Jes. Jes!"

"Kie vi havas la tumboron?"

Heziteme kaj malforte ŝi pinĉis la saman lokon, kiel Elmer Zebediah jam indikis.

"Ĉu vi scias, ke vi havas la tumboron pro tio, ke Satano tenas tiun parton de via korpo en sia potenco?"

"Ĉu-u... Jes!"

"Fratino, Jesuo venas nun vin kuraci! Mi vidas fali sur vin la gloron de l' Sinjor'!"

E. Z. Butler fermis la okulojn, beate ridetis, suprenĵetis la brakojn, kaj kriegis: "Satano, per la potenco donita al mi de Jesuo mi ordonas al vi liberigi ĉi tiun etan fratinon, forigu vian fetoran memon, foriru el ŝia korpo for! for! for!" Ĉe ĉiu "for!" lia dekstra brako rapidege tranĉis diagonale teren. Satano rezistis: Elmer Zebediah ripozis sufiĉe longe por petkriegi: "Jesuo, helpu! Jesuo! Jesuo!" Denove lia brako sagis supren-suben: "For! Stinka fiestaĵo! For! For!"

Fine la praa malamiko kapitulacis; ŝajne senkonscia la virineto ekfalis malantaŭen, sed la forta viro kaptis ŝin kaj lasis ŝin gliti malsupren. Ŝi kuŝis senmova. E. Z. Butler lasis ŝin dum kelkaj sekundoj, tiam komandis: "Fratino, stariĝu en la nomo de Jesuo!"

Sed la forta helpanto devis levi ŝin. Kiam ŝi fine povis propraforte stari sur tremantaj kruroj, la predikisto demandis: "Fratino, kie estas via tumboro nun?"

La virineto palpis, pinĉetis, pinĉis, pinĉegis la saman lokon kaj ĝojege balbutis: "Fo... for! Ĝi es's for!"

"Haleluja! Gloro al vi, Sankta Ŝafido!" laŭtege triumfis la kuracinto.

"Haleluja! Haleluja! Li estas vere nia Sinjoro! Laŭdatu Jesuo la Kristo!" Tondra aplaŭdo bonvenigis la mesaĝon. La virineto kuris en cirklo, plorante pro ĝojo, palpante sian nukon, kriante ion neaŭdeblan.

"Kia evidenta trompo!" kriis Maklin. "Domaĝe, ke ni ne povis vidi la... kion ŝi laŭaserte havis?"

347

"Tumboron! Aŭ, se vi preferas paroli ĝuste, tumoron. Nu, oportuna koincido, ke ŝi kaj nia magiisto sentis jukon ĉe la sama loko!"

"Aŭskultu, Tom! Ĉi tiuj homoj estas nekredeble naivaj! Ili volas esti trompitaj!"

"Mi esperas, ke Elmer Zebediah donos honorarion al la fratineto! Ŝi ankoraŭ aspektas kiel nekomprenanta gajninto de loterio. Ŝin mi rekomendus al ĉiu impresario!"

\* \* \*

Se la du skeptikaj spektantoj supozis, ke la virineto kun la "tumboro" estas la sola kunaganto de s-ro Butler, ili ja eraris. Sekvis listo da diagnozoj: iu havis doloron en la brusto, du havis alilokan "tumboron", tria suferis pro "grasobulo" en la stomako, kvaran doloris "pufiĝinta reno", kvina suferis "senĉesan splenon", sesa havis "tro da acido en la hepato". La proceduro estis nevaria: la predikisto diagnozis la perturbon kaj ordonpetis la suferanton sin prezenti, katekizis lin aŭ ŝin pri la roloj de Jesuo kaj Satano, kaj faris sian spiritan gimnastikon; sekve la "paciento" iom poste falis malantaŭen en la brakojn de la fortulo, kuŝis ŝajne senkonscia, estis restarigita kaj deklaris sin kuracita, je la fervora aplaŭdego kaj "haleluja!"-krioj de la popolo de Dio. Malgraŭ la frosta vento Elmer Zebediah baldaŭ ŝvitis.

Ne plu necesis flustri. "Ili vere ne havas multan fantazion," komencis Maklin. "Ĉiufoje la sama rutino."

"Ne postulu de tiaj homoj, ke ili lernu pli ol unu rolon. Estas bedaŭrinde, ke ili ĉiuj havas internan malsanon, kies kuraciĝon ni ne povas vidi! Mi ne grakos 'haleluja!', ĝis mi povos vidi la miraklon," li mokis.

Ĉu la Sinjoro informis Sian servanton pri tiu bedaŭro?

"Kaj nun Jesuo diras, Elmer Zebediah, Li diras, estas homo ĉi tie, kiu malrapide parelziĝas en la kruroj kaj la genuoj ne plu bone fleksiĝas. Kiu estas? Ĉu vi volas ricevi kuracon de Jesuo? Levu la manon!"

Pene kaj ĝemante stariĝis mezaĝa viro, helpate de virino. La viro insistis provi iri sola al la miraklofaranto, sed liaj paŝetoj estis tiaj, ke oni devus longe atendi. Efektive Elmer Zebediah ne povis bridi sian senpaciencon, sed per gigantaj paŝoj rapidis renkonte, kriegante: "Aha! La gloro de la Sinjoro pluvas sur lin!" Iu spiritpreta ĉeestanto tuj lokis sin malantaŭ la penanto, kaj E. Z. Butler vervege gestis: "For! Satano! Vi fia inferulo, for! For el li!"

La eta dramo havis la nun atendeblan finon. Kiam la laminto restariĝis, li dancis kaj eligis serion da "haleluja!"-oj. La virino, kies helpon li antaŭe rifuzis, kuris kaj ĉirkaŭbrakis lin. Elmer Z. Butler kaptis brakon de la viro, kaj la tri homoj faris rondkuron antaŭ la pasia aprobantaro.

La du skeptikuloj rigardis sin, sed ambaŭ silentis. La nun facile marŝanto jubilante reiris al sia seĝo, gratulate de la ĉirkaŭantoj. Tiam ĉiuj okuloj ree turnis sin al la servanto de Dio.

"Elmer Zebediah ricevas mesaĝon de Jesuo." Liaj okuloj estis fermitaj. "Ĉi tie estas juna frato, kiun Satano tenas en la ungegoj jam de la naskiĝo... tiu juna animo ŝvebas en terura danĝero... por meti sian markon sur nian frateton Satano ŝrumpigis unu el liaj kruroj... la dekstran... kaj volas gluti lian junan animon por ĉiam... Juna frato, kiu vi estas? Venu! Frateto, kial vi ne volas saviĝi? Fine anoncu vin! Aha, jen vi! Venu al Jesuo!"

"Sepp Jaeger!" miregis Maklin. La ruso stariĝis. Li povis nun vidi aliajn anojn de la bavara familio. Neniam li estus supozinta, ke ili apartenas al nekatolika sekto. Aŭ ĉu ili malfidelas al sia eklezio, esperante ricevi miraklan kuracon por Sepp el la manoj de tiu kvaronklera fanatikulo? Aj, kia trista elreviĝo atendas ilin... ĉu ne? "Tom, mi konas tiun knabon. Almenaŭ li certe ne ludas trompan rolon!"

La malegalaj kruroj de Sepp fine portis lin al tiu loko, kie Elmer Zebediah deziris, ke li staru kaj ricevu la preparan instruon.

La povra knabo, pensis Maklin, sendube li ne scias, ĉu penti aŭ ne pro la socialistaj sentimentoj encerbigitaj al li. La tuta situ-

acio estis ja groteska, ja estis krimo starigi Sepp antaŭ tiujn histe-
riulojn kaj submeti lian viglan junan menson al la monstraĵoj de
tiu kriĉeganta frenezulo.

La demandado ne iris laŭplane. La knabo ekploris, ĉu pro
timo ĉu pro pentosento, estis neklare, sed al la demandoj pri
Jesuo kaj la praa malamiko li silentis. Estis aparte ĝene, ke li ne
konfesis, ke lia lameco ŝuldiĝas al diabla posedo.

"Eta frato, se vi ne denuncos Satanon ĉi tie antaŭ la popolo de
Dio, vi ne povos ricevi kuraciĝon kaj saviĝon."

Sed la severa tono atingis nenion, do E. Z. Bulter ŝanĝis sian
taktikon, montrante pli da elasteco, ol Maklin supozis ebla.

"Knabo, eble Satano ligis vian langon. Sed Jesuo insteruis al
ni esti ruzaj kiel serpentoj. Do mi ordonas, ke vi laŭte agnosku
Satanon kiel vian mastron... se vi ne parolos, mi scios, ke vi ne
servas tiun fiulon. Mi atendas..."

Estis neniu sono krom singultoj de Sepp. Elmer Zebediah ja
ektriumfis: "Satano, vi feĉulo, paroligu nian etan fraton, se vi
povas."

Profunda silento, rompita nur de susurado de la vento tra
la eŭkaliptoj. Sed tiam eksonis la orelfenda krio de la usonano:
"Ha! Satano, vi do *ne* estas lia mastro! Nun, en la nomo de nia
dolĉega Jesuo Kristo mi komandas, ke vi forlasu tiun junan kor-
pon kaj neniam plu revenu! For! For!..."

La fortulo kuris por kapti la falontan knabon. Sed eĉ post deko
da "For!"-oj Sepp restis starante sur siaj malegalaj kruroj. Elmer
Zebediah ĝislime streĉis siajn voĉkordojn kaj brakomuskolojn,
sed lia penego ne efikis. Li ripozis elĉerpita, sed ne kapitulacis.
La knabo staris nun senlarme; liajn emociojn oni ne povis diveni.

"Geamikoj, ĉi tiu estas tre rezista, spitema diablo, eble du. Sed
Jesuo triumfos, tion Elmer Zebediah promesas al vi." Li profunde
en- kaj elspiris, kaj refortiĝis por la batalo. "Mi petas la helpon de
dek du viroj – jes ja, ankaŭ Jesuo elektis dek du – dek du veraj
kredantoj por forĉasi tiun fian diablon. Dek du viroj, fortaj en la
fido je Jesuo Kristo nia Sinjoro. Venu, vi dek du, formu cirklon
ĉirkaŭ nia frateto!"

Post mallonga hezito iu stariĝis kaj iris antaŭen.

"Estas la patro!" flustris Maklin.

Baldaŭ multaj homoj sekvis tiun ekzemplon, kaj E. Z. Butler devis direkti la trafikon: "Dankon, dankon, sed dek du sufiĉas. Jes, vi! Unu, du, tri... jes, frato, venu!... kvar, kvin, ne dankon, fratino, nur viroj... ses, sep, jes vi kun la barbo!... ok, naŭ, dek, kaj vi du tie! Dankon! Venu, formu cirklon ĉirkaŭ la juna animo kaj savu ĝin."

Li instrukciis la elektitojn, ke ili etendu la brakojn antaŭen, turnante la manplatojn direkte al la juna animo; ili devis pensi pri sia amo al Jesuo kaj preĝu, ke Lia gloro fluu en tiun animon. Per aŭtoritataj gestoj li sciigis al la ceteraj, ke ankaŭ ili nepre helpu.

Nova kresĉendonta litanio ekis, ritme ekscita kaj superbrua. "Kiu savas nin?" "Jesuo!" "Kiu amas nin?" "Jesuo!" "Kiun ni adoras?" "Jesuon!" "Al kiu ni levas la voĉon?" "Jesuo!" "Kiu mortis por ni?" "Jesuo!" "Kiu estas ĉiopotenca?" "Jesuo!" "Kiu venkas Satanon?" "Jesuo!"

Malgraŭ ĉio Maklin ne povis rezisti la konsterne fascinan ritman ekscitiĝon... kvazaŭ li atestus sovaĝan prahistorian ekzorcon, ian histerian koncentriĝon de ia mensa energio... ĉu Sepp freneziĝos? Tiu kompatinda viktimo staris senhelpa, ĉirkaŭita de mordema aro da bojantaj hundoj sub la estrado de ululanta lupego...

"Kiu kuracas nin?" "Jesuo!" "Kiu kuracos nun nian frateton?" "Jesuo!" "Kiu venas nun?" "Jesuo!" "Kiu estas nun inter ni?" "Jesuo!" "Kiu?" "Jesuo!" "Kiu?" "Jesuo!" "KIU? KIU? KIU?" "Jesuo!" JESUO! JESUO!!"

La paroksismo venis: "Per la potenco de nia ĉiam triumfanta Jesuo Kristo mi komandas: Satano, vi kotobulo, for! For! For! For!"

Elmer Zebediah Butler saltis kaj trançis per la brakoj subensupren-suben. La "Jesuo!"-krioj cedis al senkohera zumego de preĝoj, unuopaj nekompreneblaj interjekcioj, kantoj, kaj el kelkaj gorĝoj venis simpla sinsekvo de "a-a-a"-ĝemoj. Kaj fine la korpo de Sepp Jaeger balanciĝetis, kliniĝis malantaŭen, ia forto puŝis liajn ŝultrojn, lia malforta korpeto ne plu rezistis, li... falis en la brakojn de la fortulo... kuŝis senmova. Elmer Zebediah per unu aŭtoritata gestego tuj silentigis ĉiujn sonojn... Maklin stariĝis sur la benko, provante vidi Sepp...

Kvazaŭ el kanonego ĝi venis: "En la nomo de la vivanta Dio mi diras al vi: Stariĝu kaj estu integra, libera je la potenco de Satano!"

"Mein Gott, Tom, vidu!"

"Gloro, haleluja!" triumfegis Elmer Zebediah.

"Gloro, haleluja! Gloro, haleluja! Gloro, haleluja!"

Spontana jubilo kaj aplaŭdego erupciis, dum la miraklofaranto kaj Sepp Jaeger brak-en-brake marŝis antaŭ la adorantaro; eĉ la fikse rigardantaj nekredantoj devis konfesi, ke la du kruroj de la knabo aspektas preskaŭ tute egalaj.

"Estas insulto al ĉia logiko, Niki, sed..."

"Nur ŝi povus tion klarigi, Tom!"

\* \* \*

La vento estis malvarma, sed li eĉ bonvenigis tion. Kaj en la kupeo ĉiuj fenestroj estis komprenebla fermitaj. Kiel kutime li trovis la fumon el la pipoj kaj cigaredoj tre malagrabla; sed hodiaŭ li rigardis tion bagatelo. Kial li veturas denove al Toowong, li ne povis klare diri eĉ al si mem; al Tom li parolis pri ia "alvoko", kaj la amiko komprenis, ke temas pri io, kion li devas fari sola.

Dum li forlasis la apartamenton, Layton diris: "Niki, mi ne plu zorgas pri vi." Jes, ekde la kuraciĝo de Sepp Jaeger ia interna cikatriĝo okazis al Maklin. Antaŭe lin obsedis neforigeblaj bildoj de la mortintino... Belinda falas de la ĉevalo... ŝia kapo frakasiĝas... ŝi elkomatiĝas blinda... ŝi kuŝas en la falanta ĉerko... la ŝtonetoplena tero sufoke kovras ŝin... Sed nun la glacia premo de tiuj bildoj fandiĝis; la miraklo al Sepp redonis al li la vivantan Belinda.

Tom kuntrenis lin al tiu stranga tendego en la espero, ke io okazos por terapie skui lin el la deprimiĝo, sed la sekvoj multege superis liajn esperojn. Tia okazaĵo nepre refunkciigis la naturan sciemon de la ruso, kaj la hazardo, ke la koncerna knabo estis konato, povis nur pliintensigi iliajn diskutojn.

Post la kuraciĝo Maklin venkis sian embarasiĝon kaj iris paroli kun Sepp kaj lia patro. Sed ĉiuj familianoj povis nur plori pro ĝojo kaj balbuti fragmentajn frazojn en sia bavara dialekto, kiun li nur parte sekvis. La du sciencistoj rajtis laŭplaĉe ekzameni la dekstran kruron de la knabo; se ili atente komparis la du krurojn, ili povis konstati, ke la dekstra restas iomete malpli dika ol la alia, kvazaŭ por memorigi pri la ĝisnuna vivo de Sepp. Ilia ekzameno konfirmis la fakton, kiun ili neniel povis klarigi. Sed kio povus tion "klarigi"?

La du amikoj diskutis la aferon ĝis malfrue en la vespero. Ili interkonsentis, ke iu ajn duone kontentiga teorio devus aŭ simple lasi flanke aŭ preteriri la kadron de la fiziko, en kiu ili trejniĝis. Iom post iom la diskuto alprenis difinitajn konturojn: Tom demandis, petis klarigojn, koncedis aŭ protestis, kaj Maklin respondis, eksplikis, defendis. Kaj la metafiziko, kiun li prezentis, estis tiu de la bela junulino, kiu ne plu kuŝis putranta sub nigra tero, sed vibre reviviĝis antaŭ siaj du amantoj.

"Tom, dum mi provas citi al vi tion, kion ŝi diris al mi, mi konsciiĝas, ke mi mem grandparte akceptis aŭ almenaŭ trovas koheraj ŝiajn ideojn. Kaj antaŭe mi kutime provis kontraŭargumenti ilin."

"Mi povas kunsenti kun vi. Estas tre malfacile por ni akcepti klarigojn sen empiriaj pruvaĵoj."

"Niaj esplormetodoj ankoraŭ ne permesas al ni pritrakti tiajn temojn. Miaj spertoj de la lastaj jaroj – kaj ankaŭ viaj, mi kredas – relevas la demandon, kiun mi supozis esti respondinta: kiaj estas la kriterioj de sekura kaj fidinda scio?"

Refoje Layton skuis la kapon, kvazaŭ neante ion simple neakcepteblan: "Ke tia afero venis dank' al Elmer Zebediah, tiu memcentra sensciulo... eĉ per dekmetra bastonego mi ne tuŝus la fetoran kaĉon de liaj ideoj! Kaj tamen..."

"Vi imagas, ke psikaj potencoj estas ia premio pro nobleco, erudicio aŭ inteligenteco. Ŝi opiniis, ke tiaj potencoj rezultas plejparte el agoj en antaŭaj vivoj kaj ne nepre rilatas al la karaktero en la nuna, kaj do oni trovas mediumojn inter sanktuloj, banditoj, frenezuloj – aparte frenezuloj! – kaj homoj alirilate nedistingitaj."

La trajno haltis en Milton. Li ankoraŭ ne sciis, kial li entute sidas tie, sed almenaŭ estis bone, ke la maljunulo kun la pipo kaj unu el la cigaredfumantoj eltrajniĝis.

Brue kaj malglate la lokomotivo ektrenis sian pezegan ŝarĝon. Lia menso reiris al la pasintvespera diskuto. La enigmo Elmer Zebediah Butler ripetfoje paroligis Tom Layton: "Nu, mi ne povas nei la rezultojn... se eta kandelo de klereco ekiluminus la kosman nokton en lia kapo, mi supozas, ke li ne plu atingus ilin..."

"Estas evidente," Maklin komentis, "ke eksterordinaraj aferoj okazas, se oni sufiĉe forte kredas, ke ili okazos. La enhavo de la kredo, la fona klarigo, ŝajnas esti indiferenta."

"Jes, ne gravas, ĉu oni kredas, ke per la potenco de Jesuo oni forpelas la praan drakon, aŭ ĉu oni atribuas la efikon al Viŝnuo aŭ al La Granda Ruĝa Brasiko... oni nur kredu! Sed Sepp, Niki, kio pri li? Vi diris, ke antaŭe li ŝprucigis socialismajn kaj kontraŭklerikalajn sloganojn, la rektan malon de la saĝaĵoj de nia histriona amiko. De kie venis lia kredo?"

"Ĉu vi forgesis, kion ŝi diris al vi? Ke iu pli potenca parto de la memo de Sepp ol lia konscia intelekto uzis la eksteran energion provizitan de tiu ege intensa etoso por kuraci la korpon."

"Prave! Nu, ni fuĝis for de Kehl por konvertiĝi en disĉiplojn de Belinda, ĉu ne?"

La trajno haltis. Sur la ŝildo li legis TOOWONG. Ial li devis eltrajniĝi. Kien la piedoj kondukos lin?

\* \* \*

Eble pro nura kutimiĝo la piedoj haltis antaŭ la domo en Imperia Strato. Sed tiam la cerbo protestis. Kion li dirus al s-ino Barker, se li enirus? Nebulece li memoris, ke la lasta renkontiĝo kun la virino estis definitive adiaŭa, ke nova renkontiĝo estus antiklimakso. Ne, la alvoko ne temis pri lia eksa dommastrino. Li iris pluen.

Kie okazis tiu lasta renkontiĝo?... Kompreneble, ĉe la enterigo. Kial li ne tuj konsciis, ke tien li iras, al la tombejo? Li volis nun adiaŭi ŝin sola. Nur malbone, tra ia kurteno el doloro kaj misorientiĝo, li povis bildigi al si tiun tagon; sed tion li sciis, ke li estis nur sensignifa unuopulo en granda amaso.

Li ĉirkaŭrigardis, serĉante florojn por fari bukedon por sia amatino. Sed en tiu sezono floroj nur tre malvolonte montras sian efemeran gloron.

Li haltis en la tombeja enirejo. Post kelkaj paŝoj li vidos la tombon. Li ne havis florojn en la mano. Sed certe kuŝus sur la plenigita tombo amaso da florkronoj... floroj velkantaj sur la kruda, malbela tero. Eble kelkaj floroj jam ekputris. Ne, tion li ne povis rigardi.

La piedoj denove transprenis. Ili stiris lin for de la tombejo, for de la urbeto, unue malsupren en valeton kaj poste supren, denove malsupren, refoje supren. Li trovis sin en arbaro. Neniu signo de Brisbano videblis aŭ aŭdeblis.

Iu voĉo riproĉis: Tiel ĉi agas senkuraĝulo! Ĉu vera amanto forkuras de la lasta ripozejo de la amatino?

Sed la piedoj senĉese pelis lin antaŭen: la malvarma vento donis pluan kialon por resti moviĝanta.

Li ekrimarkis la ĉirkaŭaĵon. La palverdaj, malmolaj kaj tre mallarĝaj folioj de la eŭkaliptoj miriade pendis kaj balanciĝis, suverene indiferentaj pri la vintra sezono. Jes, la aŭstralia kontinento havas unikan, esplorindan karakteron.

Instinkte li rigardis malsupren, dum danĝeraspekta bruna serpento salte forrampis de inter liaj piedoj. Sed anstataŭ senti timon, li volis scii pli pri la besto, kiu probable povus mortigi lin per unu mordo. Kian lokon ĝi okupas en la interdependa retego da vivaĵoj? Kion ĝi ĉefe manĝas? Li emis analizi ĝian venenon.

Li volis ree labori.

Li haltis. Tri grandaj eŭkaliptarboj ĉe la bazo de kruta mont-eto ŝirmis lin de la vento, sed samtempe permesis trapason al la iom malfortaj sunradioj. Ĝuste tie li paŭzis kaj supozis ke, se li turnus la kapon, li havus panoraman vidon al Brisbano. Sed li ne turnis la kapon; li ekvidis la birdon.

Ĝi staris senmova sur malalta branĉeto. Iom poste ĝi forflugis, gracie, senhaste. Evidente ĝi ne sentis veran timon, ĝi nur plenumis iun postulatan rolon – jes, ĝi devis distri la homon, por ke li ne vidu la lerte kaŝitan neston.

Li ja vidis la neston, sed returnis la okulojn al la belega birdo. Super brile nigreblua trunkplumaro ŝvebis nigraj flugiloj. Tiu kolorkunmeto kaj la perfekta formo memorigis lin pri io. Pri Belinda.

Senaverte li sciis, ke ŝi uzas la birdon, ke en iu tre reala maniero Belinda ĉeestas. Lia delonge skeptika menso simple silentis antaŭ certa scio, ke lin kontaktas iu ekstera influo... ne, ne iu estaĵo, sed Belinda Horne, aŭ tio, kio ĝis antaŭ nelonge okupis tiun korpon.

Ne estis nur konsola teorio. Ŝi ankoraŭ vivis kaj amis lin.

Lia funebra periodo finiĝis. Li ne vizitos ŝian tombon. Oni starigu tie malbelan monumenton; al li tio estis egala. Ŝi ne plu kuŝis tie, ol li kuŝis inter la cindroj de tiuj vestoj siaj, kiujn oni bruligis malantaŭ la biena domo, post tiu grava malsano en lia sesa jaro.

Tiun vesperon li diris al Tom, ke la postan tagon li reiros al La Salto. Li volis ĵeti sin en la laboron malgraŭ ia konvinkiĝo, ke li nelonge restos en la posteno.

Liaj lastaj vortoj antaŭ la enlitiĝo estis: "Tom, ne ĉiam estos facile, sed ekde nun mi provos ne funebri, ĉar mi perdis ŝin, sed ĝoji, ke mi entute renkontis ŝin. Bonan nokton, kaj dankon pro ĉio."

# Malŝarĝiĝo

Dum la postaj semajnoj Maklin vere laboregis. Eĉ se lia tempo en Kvinslando ne longe daŭros, neniu rajtos diri, ke li estis aŭ nekapabla aŭ pigra. Tom Layton bone sciis, ke la amiko devos baldaŭ kolizii kun la registaro, se la aneksoplano realiĝos; kaj la temo liveris multe da materialo por la gazetaro. Sed Layton ne sentis sin rajtigita prediki al li pri "prudento". Ĉu ne la mortint-ino diris, ke Niki faru sian devon?

Maklin provis fari ion kontraŭ la "dorna piro", la kakto, kies nehaltigebla disvastiĝo alarmis ankaŭ lin. Sed li klarigis al s-ro McLelland, ke li neniam specialiĝis pri botaniko kaj bezonas la helpon de fakulo. McLelland nur kapneis kaj certigis, ke pro la malboniĝanta ekonomia situacio ĉiu tia peto estus rifuzita.

Arthur Horne nostalgie memoris la komencan etapon de sia regado, kiam ĉio ŝajnis tiel facila. Ĉu li kulpis pro la nun plene sentebla sinko de la ekonomio? Sed kiel kutime, la grumblantoj direktis sian malkontenton kontraŭ la registaro, unuavice kon-traŭ la ĉefministro. La morto de Belinda, la plej amata homo de lia vivo, estis kruela bato; dum kelkaj tagoj li pripensis retiriĝon el la politika vivo. Sed tiu morto gajnis dum ioma tempo kun-senton de la publiko, kaj li decidis daŭrigi. La gajno estis tamen mallongadaŭra, kaj li sentis sin sieĝata.

Ju pli Horne malpopulariĝis, des pli heliĝis la stelo de Lloyd Rafferty, la nove elektita ĉefo de la opozicio, brila juna advokato kaj spertulo pri ekonomiaj aferoj. Kiel Arthur Horne regajnu la favoron de la balotontoj? Lia principo en la politiko estis, ke oni sin defendu per atako, kaptu la iniciaton per iu aŭdaca manovro.

Lin ĉagrenis, ke ĝis tiam li ne havis ŝancon pruvi, ke li estas homo kun grandaj ideoj. Ĉu oni memoru lin nur pro tiaj bagateloj, kiaj la fondiĝo de tiu sciencejo – kiu pruviĝis eĉ senutila! – dum liaj revoj eĉ ne konserviĝos en arkivejo? Pro la financaj premoj li ne plu povis revi pri la fervoja retaro, almenaŭ ne dum antaŭvidebla tempo. Restis al li tamen tiu alia plano; ĝi estis riska, kaj li ne povos permesi publikan debaton, sed li fidis, ke ĝi kreos patriotan solidarecon, se ĝi estos prezentita kiel fakto plenumita.

Dum la leteroj de liaj pajlohomoj svarmis en la ĵurnaloj, Arthur Horne nur montris sfinksecan mienon, se iu demandis lin pri la Verda Insulo. Fakte unu afero iom hezitigis la ĉefministron: Londono devos ratifiki la anekson, kaj se la britoj rifuzus tion fari, li aspektus ne nur humiligita sed ankaŭ stulta. En sia koro Horne kredis, ke neniu brita registaro povus rifuzi akcepti pliiĝon de la grandioza Imperio. Sed oni aŭdis strangajn raportojn pri Gladstone kaj Derby...

Horne sekrete komisiis Peterson, sian konsulon en Londono, sondi la opinion de la britoj; se ili ne eksplicite kontraŭos, li agos rapide kaj rezolute.

\*   \*   \*

"Bonan vesperon, Tom! Ĉu la lernejo tre laborigas vin?"

"Saluton, Niki. Jes, mi sopiras al vendredaj vesperoj! Sed mi ne parolu pri laboro... probable vi laboras duoble tiom, kiom mi. Ĉu vi ĵus skribis en via *Privata Taglibro*? Dio mia, vi jam plenigis tutan stakon da kajeroj!"

"Nu, foje mi skribemas... Momenton, mi faru teon."

La du viroj ĝue anticipis sian konversacion. Senplane ili diskutis temojn leĝerajn kaj profundajn. Tom Layton menciis, ke la nova instruistino de fremdaj lingvoj ĉe la Knabina Gimnazio estas f-ino Walsh, certe neniel rivalino de Belinda, sed inteligenta kaj plaĉaspekta junulino kun nekutima intereso pri politikaĵoj.

"Sed tio ne surprizas, kiam oni scias, ke ŝi estas kuzino de Rafferty."

"Rafferty? Ĉu la opoziciestro?" Ia nebuleca plano formiĝis en la kapo de la ruso.

"Jes, la nova stelulo mem. Onidire f-ino Walsh estas fervora apogantino de kuĉjo Lloyd... Cetere, ĉu vi aŭdis, ke la polico diris al Elmer Zebediah, ke li rajtas resti en la kolonio nur kondiĉe, ke li ne eniru Brisbanon refoje? Ĉiusemajne li prezentis sian spektaklon, kaj onidire la preĝejoj preskaŭ malpleniĝis."

"Kiel mi supozis, la profesiaj ekleziuloj timas verajn manifestiĝojn de spiritaĵoj... Ĉu pravas la onidiro, ke Rafferty kolektas statistikojn pri la kvinslanda ekonomio, kiuj eksplodigus la nunan registaron?"

"Plej verŝajne. Clemmy – Clementine Walsh – diris ion, kio supozigas tion."

Maklin evidente volis ion demandi, eble eĉ peti, sed li hezitis, do Layton aldonis: "Tiu lernejo certe ĉerpas siajn instruistinojn el la supraj societaj tavoloj! La kuzino de Rafferty anstataŭas la filinon de Horne. Pardonu, Niki!"

Videble la lasta frazo iel vundis Maklin. La filozofia cikatro sur lia doloro estis ankoraŭ maldika en iuj lokoj.

"Ĉu mi rajtas paroli pri ŝiaj ideoj?"

"Kompreneble, Tom."

"Lastatempe mi pripensis ĉion, kion ŝi kaj vi diris pri la ideo, ke ni vivas multajn fojojn. Kaj ĝi ŝajnas al mi ĉiam pli logika kaj supera al ĉiuj aliaj klarigoj. Sed restas ia... kiel mi diru?... estetika objeto."

Ambaŭ viroj sorbis iom da teo, preparante sin por la debato.

"Miaj pensoj ne havas tre klarajn konturojn, sed mi diru, kio venos en mian kapon." Layton krucis la krurojn kaj daŭrigis: "Ŝajnas al mi, ke unu tre potenca fonto de nia arto, eble de la plej sublima arto, estas ĝuste tiu tragedia kontrasto inter la homa potencialo kaj la vivrealo... Ne, mi provu refoje! Ni estas terure limigitaj kaj tamen ni intuicias, ke ni kapablus ege multon. Ekzemple: enpense ni povas flugi ĝis la limoj de la universo, eble preter ili, sed en nia ĉiutaga vivo ni estas enkarcerigitaj en ĉi tiu malsanema skeleto! Eĉ pli drasta kontrasto: mense ni povas viziti ian komencon de ĉio aŭ ian finon de la universo, sed ni mem daŭras nur dum kosma palpebrumo."

"Konsentite, sed ĉu ne pravas, ke la teorio, ke ni estas mem eternaj – en ambaŭ direktojn! – venkas tiun kontraston?"

"Ĝuste! Ĝi forigas tiun tragedian problemon, facile, tro facile! Mi provu daŭrigi mian penson... Foje mi opinias, ke ĉiu artaĵo estas provo neniigi la kontraston inter la realo kaj la revo... ke nia estetika senso klopodas defii la tempopason."

"Kaj vi volas diri ke, se ni akceptus, ke ne estas ia nesuperebla abismo inter la realo kaj la revo, tiu fonto de arta inspiro forsekiĝus, ĉu ne?" demandis Maklin.

"Nu, mi supozas, ke vi esprimis mian penson sufiĉe bone."

"Sendube mi ellasis iujn nuancojn, Tom. Sed ŝajnas al mi neinda koketaĵo funebri pri la perdo de ia 'tragedia senso', se ni povas vidi, ke tiu senso rezultis nur el nia miopeco."

"Eble vi pravas, sed mi persone ne povas vidi ĉi-momente, kia estetiko povus baziĝi sur esence ege optimisma vivfilozofio, kiu instruas, ke ĉiu problemo estas rezulto de nesufiĉe larĝa perspektivo."

"Tom, ĉu mi rajtas ŝanĝi la temon? Mi volas peti komplezon de vi, kies impertinenteco embarasas min."

"Bone do!" ridis Layton. "Ĝi estos nepre interesa peto. Pri kio temas?"

"Nu... Ĉu f-ino Walsh altiras vin? Sufiĉe, por ke vi foje... pardonu!... foje... e... rilatu al ŝi en cirkonstancoj de duopa kunesto?..."

"Diru rekte, Niki! Ĉu vi volas, ke mi enlitigu Clemmy? Nu, volonte, sed kial?"

Klarigante sian peton, Maklin humure taŭzis sian buŝon kaj komparis la realon kaj la revon.

*   *   *

360

Fine ĝi okazis. Iun matenon la gazetaro anoncis, ke la kvislanda registaro ĵus aneksis la Verdan Insulon kaj plene atendas, ke la kabineto de Ŝia Imperiestrina Moŝto senprokraste ratifikos tiun pliampleksigon de la plej glora imperio en la homa historio. La tuja motivo de la anekso estis, kiel multaj rimarkis, apenaŭ konsekvenca aŭ eĉ komprenebla. La registaro de s-ro Horne raportis, ke krimuloj, eskapinte for de la franca malliberejo sur la insulo Nova Kaledonio, teruras honestajn kaj pacamajn kvinslandanojn loĝantajn sur la plej apuda marbordo. La fakto, ke tiuj krimuloj povis atingi kaj teruri la marbordon post vojaĝo de mil mejloj, igis urĝe necesa, ke la kvinslanda registaro povu certigi pacon sur aliaj insuloj eĉ pli proksimaj. Eble kelkaj homoj eĉ rigardis tion adekvata motivo.

Kio fakte okazis, estis malpli drameca. Jes ja, la francaj malliberuloj atingis la bordon de Kvinslando, sed ŝajne havis nur vagan ideon, kie ili troviĝas aŭ kion ili povas fari tie. Tamen ĉefministro Horne tuj telegrafis al kapitano Denham, la policestro de la plej norda vilaĝeto, Cooktown. Denham vojaĝis per ŝipeto al la plej proksima promontoro de la Verda Insulo, hisis la flagojn de Kvinslando kaj Britio, proklamis la insulon aneksita, kaj revojaĝis al sia vilaĝeto. Se iuj verdinsulanoj observis la strangan riton, ili probable nur skuis la kapon pri la klaŭnaĵo de la rigide moviĝinta blankulo. Sed kapitano Denham povis telegrafi al sia ĉefo: Misio plenumita.

Dum ioma tempo la okuloj de la politike interesatoj turnis sin al du lokoj; al Egiptio, kien la britoj ĵus sendis koloniigan armeon, kaj al la Verda Insulo. Protestoj el multaj landoj alvenis en Londono. La protestantoj sincere esperis, ke la imperia registaro ne subtenos la rabsalton de la kvinslanda registaro, kiu serioze minacas estigi malkonkordon inter la diversaj imperiaj potencoj; aparte riproĉinde estis, ke s-ro Horne ne observis la konvencion, ke oni aneksu teritorion nur, se iu propra ŝtatano loĝis tie dum konsiderinda tempo. Tiun ĉi lastan senskrupulaĵon plej indigne kondamnis kanceliero Bismarck de Germanio. Kiel atendeble, iuj britaj gazetoj kolportis malicajn onidirojn pri la traktado al kanakoj en Kvinslando.

Sed konsulo Peterson, la reprezentanto de Kvinslando en Londono, estis bone preparita. Rilate la protestojn de aliaj ŝtatoj li atentigis lordon Derby, la ministron por kolonioj, ke malgraŭ la vualitaj minacoj de tiuj ŝtatoj la strategia situacio de la imperio, kaj speciale de la aŭstraliaj kolonioj, estus multe pli forta, se Londono ratifikus la iniciaton de la lojalaj kolonianoj. Bismarck koleriĝas nur pro tio, Peterson prave komentis, ke li mem planis gluti la Verdan Insulon. Rilate la tute unuflankajn gazetartikolojn pri maljusta traktado al kanakoj... nu, lordo Derby devus mem vidi la politikajn motivojn de la skribintoj kaj povi juĝi ilian fidindecon. Eĉ se en pasintaj jaroj foje iu individua kvinslandano kulpis pri iom severa agado kontraŭ la kanakoj – kaj s-ro Peterson, mem posedanto de du sukerkan-plantejoj, povis konfirmi, ke tiaj aferoj estis tre maloftaj – tia argumentado tute ne validis kiel pledo kontraŭ la anekso. Male, se la kvinslanda registaro povus oficiale kontroli la komercon, la transportadon de kanakoj, ĝi povus des pli bone garantii, ke neniu limigu la rajtojn de la dungitoj. Fine s-ro Peterson diris, ke ĉiaj argumentoj favoras ratifikon de la anekso; kaj lordo Derby nur pripensu la rezulton, se fremda ŝtato establus bazojn sur la Verda Insulo.

Lordo Derby konservis neŭtralan mienon, sed promesis doni seriozan konsideron al la peto de la kvinslanda konsulo. Do s-ro Peterson tuj kontaktis s-ron Horne, kiu instrukciis, ke la konsulo serĉu apogon ĉe longa listo da eminentuloj, kiuj certe rekomendus al Derby ratifikon.

La ĵurnalleganta publiko en ĉiuj landoj sciis, ke la du fokusoj de diplomatia agado estas Egiptio kaj la Verda Insulo, sed neniu normala mortemulo havis eĉ vagan ideon pri la tien-kaj-reeno de homoj kaj paperaĵoj. Al ĉiuj vizitantoj kaj demandantoj lordo Derby kaj ĉefministro Gladstone ripetis nur, ke la kabineto serioze pesas la alternativojn. Tiuj alternativoj ne estis plu difinitaj, sed kelkaj observantoj trovis signifoplena la parentezan komenton de Derby, ke la paŝo de la kvinslanda ĉefministro venis tute neatendite; oni bone sciis, ke tiaj iniciatioj de nura kolonia politikisto ne amuzas la londonanojn.

Estis probable nura koincido, ke ĝuste tiam kavaliro Gordon Blackstone, la ĉefa kolonia oficisto en la okcidentpacifika regiono, troviĝis en Londono. Nur kelkaj subuloj eĉ suspektis la strangajn ideojn, kiuj fantomis en la kapo de Blackstone. Nur retrospektive oni mense ligis la degeneradon de lia cerbo kun lia konatiĝo en Singapuro kun tiu senpatrolanda ruso Maklin. Estis bone konate, ke Blackstone kaj Derby estas amikoj, kaj retrospektive neniu dubis, ke Blackstone influis la ministron. La posta evoluo de Blackstone al neambigua oponanto de koloniismo estis per si mem pruvo. Sed en tiu kriza periodo neniu normala ĵurnalleganto povus scii, ke Blackstone vigle korespondas kun Maklin.

\* \* \*

La prokrastado en Londono kompreneble konsternis Arthur Horne, ĉar li estis konvinkita, ke lia politika destino estas intime ligita kun la decido. Certe la protestoj de Bismarck, la francoj kaj tiel plu estis ĝenaj, sed ili estis tute atendeblaj, kaj en sia koro Horne firme kredis, ke neniu brita registaro iam ajn rifuzus pligrandigi sian imperion.

Fine lordo Derby venigis s-ron Peterson kaj informis lin, ke la imperia registaro ĝisfunde pripensis kaj pripensas la aferon; restas tamen la demando pri financado de eventuala nova kolonio. Kiel s-ro Peterson memkompreneble sciis, la registaro ĵus intervenis en Egiptio por pacigi tiun tumultan landon, kaj la elspezoj estis kaj restos tre peza ŝarĝo. Se la Verda Insulo fariĝus kolonio, la imperia registaro devus insisti, ke la kvinslanda registaro, kiu ja iniciatis la aferon, transprenu ĉiujn kostojn, almenaŭ en la komenca periodo.

S-ro Peterson flaris venkon. Li interpretis la vortojn de la ministro kiel preskaŭ definitivan jeson. Se Kvinslando promesos pagi la fakturojn – kaj s-ro Peterson, loĝinte dum kelkaj jaroj en Anglio, neniel dubis, ke tio facile eblos – la britoj benos la anekson. Tre kontente li telegrafis al Brisbano la bonan novaĵon.

Arthur Horne sciis pli pri la financa situacio ol la konsulo en Londono, kaj li mallaŭte sakris, legante la telegrafaĵon. Do necesis blufi, almenaŭ provizore. Li devis kalkuli je la patriotismo de siaj samŝtatanoj. Li esperis ke, se Kvinslando akiros sian propran kolonion, la fieraj kvinslandanoj rapidos kontribui al speciala Verdinsula Fonduso. Ankaŭ tio estus risko, sed senriska eliro el la aktuala politika dezerto ne sin prezentis. Li mesaĝis al Peterson simple: "Diru: Jes, ni pagos."

S-ro Peterson memfide prezentis sin antaŭ Derby. Unu horon poste li forlasis la ministrejon, apenaŭ pova kredi, ke lia registaro suferis tiel senapelacian malvenkon. Lordo Derby, kiun Peterson poste inter intimuloj nomos "angilglata bastardo", ĝentile akceptis la konsulon, aŭskultis lian garantion, kaj iom post iom rivelis, ke li "intertempe" ricevis "alarmajn sed nepre fidindajn informojn pri la ekonomio de la kolonio Kvinslando". Kompatinda s-ro Peterson ne povis tute kompreni la litanion da ciferoj, sed ankaŭ li devis konfesi, ke laŭ tiuj statistikoj Kvinslando ne povos eĉ kovri la propran terure pliiĝantan deficiton. Lordo Derby surmetis sian plej lamentan mienon kaj bedaŭris, ke en la nuna konjunkturo la registaro de Ŝia Imperiestrina Moŝto ne povas ratifiki la anekson de la Verda Insulo; kaj li, lordo Derby, kaj la ĉefministro, s-ro Gladstone, do respektoplene petas, ke la registaro de la kolonio Kvinslando malvalidigu ĉiun leĝon, kiu baziĝas sur la proklamita sed ne ratifikita anekso de la ĉi-nomita Verda Insulo.

Retrospektive s-ro Peterson kredis memori, ke ekde la komenco Derby volis saboti la anekson kaj nur uzis la financan demandon kiel prekeston. Sed kiu fiulo liveris la ekonomiajn informojn al Derby?

Pri tiu demando cerbumis ankaŭ la ĉefministro de Kvinslando. Al sia kabineto li promesis publike senhaŭtigi la bastardon. Li kunvokis specialan kunsidon de la parlamento.

\* \* \*

Ĉiu orelo en la plenplena parlamentejo streĉe aŭskultis, dum la malrapida jorkŝira voĉo disaŭdigis la vortriĉan, altstilan sed rifuzan leteron de lordo Derby. Se la opoziciuloj sentis triumfon pro la humiliĝo de Horne, ili ankoraŭ ne manifestis ĝin. Estis io impona pri tiu vundita politika besto nun luktanta por sia vivo.

"Sinjoroj," la silaboj venis treniĝe, "la respondo de la imperia ministro estas ja unusignifa. Sed mia kabineto kompreneble apelacios kontraŭ ĝi." Eĉ se ĉiuj sciis, ke tio estas blufo, neniu ekparolis. "Ni protestos, ĉar la decido ne ratifiki estis farita surbaze de misaj informoj. Vere surprizas min, ke la kabineto de nia senkompara Brita Imperio faris decidon tiel gravan sub la influo de ekonomiaj statistikoj, kiuj ne venis el oficiala registara fonto – kaj eĉ ne donis al ni ŝancon ĝustigi la falsan impreson kreitan de tiuj ciferoj. Jes, sinjoroj, tio vere surprizas min. Eble ankaŭ vin, ĉu ne?"

Ankoraŭ regis silento en la ĉambrego. Sed oni sentis, ke baldaŭ ŝtormos. "Jen la unua surprizo, sinjoroj. La dua estas, ke evidente estas iu spionaĉo, iu ŝtatperfidulo en nia urbo, kiu probable ĉi-momente rikanas pro la sukceso de sia fiago. Iu homo, kiu scias sufiĉon pri la ekonomio de nia ŝtato por povi kunmeti ŝajnkonvinkan tabelaron... sufiĉon por erarigi la londonanojn kaj do saboti la interesojn de ĉiuj kvinslandanoj."

La unuaj flustroj akompanis tiujn vortojn. "La interesa demando estas, ĉu tiu talpo kuraĝos konfesi sian gloran atingon." Senkompata severeco markis la iomete rapidiĝantan voĉon. "Mi volus demandi, ĉu la perfidulo sin malkaŝos." Zumis en la parlamentejo.

"Mi emus demandi, ĉu eble tiu glora heroo estas... la junulo, kies hobio estas ludi per monkalkuloj... kaj kiu pro ia ŝerco de la historio nun sidas rekte kontraŭ mi!"

Tumulto erupciis en la ĉambro. De unu flanko venis salvo da "Hontu!", "Insulto!", "Trovu alian propekan kapron!" "Stultulo!", kaj de la alia "Jen trafite!", "Muknaza bubo!", "Ŝtatperfidulo!" kaj sortimento da similaj ĝentilaĵoj. Lloyd Rafferty kolerege ekstaris kaj provis aŭdigi sian indignan proteston, sed dum multaj minutoj li estis neaŭdebla en la brua kakofonio.

Arthur Horne intertempe sidiĝis. Eĉ se li devos perdi la batalon, li sentis ioman kontentiĝon en la scio, ke lia provoko sukcesis detrui la ekvilibron de Rafferty. La kutime tre elokventa junulo vane luktis kontraŭ la propra kolero kaj la ĝenerala tumulto kaj memorigis Horne pri mordema fiŝeto en akvario.

Fine Rafferty povis aŭdigi sian ĵuron, ke li nek sendis tiajn informojn al Londono, nek scias, kiu sendis ilin, se entute tiaj informoj ekzistas kaj ne estas nura imagaĵo de la venkita ĉefministro. Plue Rafferty postulis, ke Horne validigu sian diron pri la asertitaj statistikoj kaj sciigu ilin al la parlamento kaj la publiko; se la informoj ekzistas kaj estas falsaj, la ĉefministro pruvu ilian falsecon.

Kontraŭ minacaj krioj kaj muĝoj de la opozicio Horne diris, ke la kabineto publikigos la misajn statistikojn en loko kaj tempo al si konvenaj; ne estas tasko de registaro pliigi maltrankvilon en periodo de ekonomia malfacilo per disvastigo de alarmaj prognozoj.

Laŭtaj mokkrioj salutis tiun diron. Fine la debato iĝis nura interŝanĝo de insultoj. Poste neniu povis decidi, ĉu la registara partio aŭ la opozicio perdis pli da prestiĝo. Sed ŝajnis kredeble, ke ne Lloyd Rafferty provizis la statistikojn al Derby. Do kiu?

\*　　\*　　\*

Kiu estis la spiono? Kion li sendis al lordo Derby? Kion Horne faros pri la spiono? Jen klaĉis, diskutis kaj disputis la brisbananoj dum la postaj tagoj. Estis ĝenerale konsentite, ke Rafferty havas statistikojn tre embarasajn por la registaro; sed kial li utiligu ilin tiam kaj tiel? Kial li ne atendu ĝis iom antaŭ la balotado kelkajn monatojn poste? Kaj kial li provu matigi Horne pri la Verda Insulo? Certe Horne perdis eĉ pli da prestiĝo pro tiu fiasko; sed se oni kredus, ke Rafferty kontraŭbatalis la akiron de kolonio, la rezulto povus esti katastrofo por la juna advokato, kies baldaŭa venko ŝajnis ĉiukaze certa.

Tiam aperis la fama letero en *La Kvinslandano*.

*Estimata S-ro Ĉefministro Horne,*

*Mi deziras, ke ĉesu la divenoj pri la persono de tiu, kiun vi publike riproĉis "ŝtatperfidulo". La demando estas nur triaranga kompare kun la veraj problemoj, kiel vi scias. Sed sufiĉe da divenoj. La spiono estas mi, la ĉi-subskribonto.*

*Mi volis nek oponi vin nek subteni la opozicion. En la aferoj, kiujn mi juĝas gravaj, mi ne vidas klaran diferencon inter via partio kaj tiu de s-ro Rafferty. Aliflanke mi ŝuldas multon al vi pro tio, ke via registaro donis al mi gravan kaj bonsalajran postenon. Do vi akceptu, ke mi bezonis tre fortan motivon por fari tion, kio el via vidpunkto ŝajnas "perfido".*

*Mi firme kredas, ke neniu ŝtato rajtas aneksi alian. Ke mi pli bone konas la homojn de la Verda Insulo ol vi, vi probable koncedos; kaj mi estas konvinkita, ke estus katastrofo por tiuj homoj, se fremda ŝtato sin trudus al ili.*

*Permesu al mi fari demandon, kiu probable ŝajnos al vi iom impertinenta. Kiarajte Kvinslando aŭ iu ajn alia ŝtato posedprenus la teron de aliaj homoj? Imagu, se vi povas, ke fremda ŝtato aneksus Kvinslandon kun la preteksto, ke ĝi "civilizos" la "primitivulojn" de via ŝtato. Per kia rajto? Pro tio, ke la pli potenca rajtas tirani la malpli potencan? Ĉu tio estas principo de civilizitoj?*

*Jen la motivo de mia "ŝtatperfido", s-ro Ĉefministro. Mi estas kontenta, ke almenaŭ dum ioma tempo la verdinsulanoj ankoraŭ restos liberaj. Sed malgraŭ ĉio mi ne fieras pri la propra rolo.*

*Kompreneble ĉi tiu publika konfeso signifas la finon de mia sciencista kariero en Kvinslando. Mi esperas tamen, ke la sciencejo, fondita sub via regado, daŭros kaj alportos bonon al Kvinslando kaj la tuta homaro; tiucele mi transdonas al la sciencejo la kestojn da specimenoj kolektitaj dum mia jaro sur la Verda Insulo. Multaj el tiuj specimenoj estas unikaj.*

*Kiel homo mi tre bedaŭras, ke mia restado en via urbo finiĝas tiamaniere.*

*Sincere, Via*
*Barono Nikolaj Ivanoviĉ Maklin.*

# PARTO 4

*Hejmen*

# Falsaj fratoj

Layton frapis ĉe la pordo de la hotelĉambro. La pordo malfermiĝis. "Bone, Tom, do vi ricevis mian letereton. Bonvolu eniri."

Layton sidiĝis sur la proponitan seĝon. "Nu, Niki, mi ne volas refoje prediki al vi pri prudento..." Sed evidente li atendis ian klarigon.

"Jes, mi ŝuldas al vi almenaŭ eksplikon. Kaj mi diros la aferojn, kiujn vi pro ĝentileco ne diras. Vi rajtas diri, ke mia veno ĉi tien estis katastrofo... mi intervenis inter vin kaj ŝin... mi probable jam sinkigis la sciencejon... kaj mia letero al Horne eble – pardonu, mi eĉ ne pensis pri tio! – eble kompromitis vin kaj f-inon Walsh..."

"Haltu! Mi ne venis devigi vin al ia mea culpa. Pri Belinda: mi neniam havis rajton al ŝi. Pri la sciencejo... eĉ se via ago metos finon al ĝi, mi respektas viajn prioritatojn. Kaj pri Clemmy kaj mi – tio estas alia afero. Sed mi vere volas demandi, ĉu vi pripensis vian propran situacion?"

"Jes!" Larĝa rideto junigis la trajtojn de la ruso. "Jes, mi plenkonscie kapitulacis al tute neprudenta sopiro esti libera. Libera, Tom! En mia posteno mi devis roli kiel duonhipokritulo."

"Apenaŭ unu homo el mil kuraĝus oferi tian salajron."

"Ne laŭdu min pro tio. Hereda rusa nobelo ankoraŭ povas elekti, ĉu li preferas labori aŭ paraziti."

"Vi neniam kapablus paraziti! Kion vi faros nun?"

Li ne povis kaŝi sian ekscitiĝon: "Mi revizitos la Verdan Insulon! Mi promesis tion, kaj nun la tempo ŝajnas esti matura."

"Kiel vi intencas fari tion?"

"Mi jam aranĝis antaŭ tri semajnoj kun frato Harris de la Kalvaria Misio. Mi forvojaĝos dimanĉon."

"Harris. Jes, vi jam parolis pri li. Nu, vi certe antaŭplanis ĉion. Kion vi farintus, se la anekso estintus ratifikita?"

"Mi kredas, ke tiam mi havus eĉ pli validan motivon por reiri."

"Sed, Niki, la ŝipeto de la misiistoj apenaŭ povos transporti vin. Ĉu do vi iros sen via ekipaĵo? Ĉu vi povos fari vian laboron kiel sciencisto?"

"Mi fakte ne scias. Mi eĉ ne scias, en kia rolo mi agos tie."

"Alia demandeto. Sendube vi foje malsaniĝos. Kiu flegos vin?"

"Eble la indiĝenoj. Alia problemo surloke solvenda."

"Nu, Niki, vi mankos al mi, jes tre. Sed evidente nenio povos haltigi vin. Bonŝancon, amiko."

"Tom, mi elkore esperas, ke ankaŭ vi ricevis ion el nia amikeco. Mi akre sentos la mankon de via kamaradeco. Sed, vidu, mi supozas, ke ekde ŝia morto mi volas revidi la verdinsulanojn."

Sekvis silenta periodo. Maklin ekparolis: "Mi volonte farus demandon al vi."

"Komprenehle!"

"Se estos ŝanco savi la sciencejon, kaj se oni ne povos trovi alian estron, ĉu vi pripensus transpreni la laboron?"

"Uf, kia malfacila demando!" La bela anglo kapjesis, kapneis, stariĝis. "Antaŭ du jaroj McLelland kaj aliaj petis min fari ĝuste tion. Mi tien-kaj-reen-is, konsiderante mian propran karakteron. Ne, Niki, ne protestu! Mi devis pripensi, ĉu eble mi perdus entuziasmon pri aferoj jam komencitaj. Sed tiam aperis viaj unuaj raportoj pri la Verda Insulo, kaj mi diris al mi: Jen la solvo!"

"Pardo..."

"Ŝŝ! Neniu vorto plu pri tio! Ĉi-momente mi efektive ne scias, kion respondi al via demando. Mi devas pripensi kaj diskuti ĝin."

"Diskuti? Kun McLelland?"

"Ne, jen nova temo. Ĉu vi permesus, ke mi konfesu al Clemmy – al f-ino Walsh – ke mi transdonis al vi la statistikojn?"

"Kompreneble! Ĉu vi volas fari tion, por ke ŝi ne aŭdu de iu alia la veron?"

"Ĝuste. Eble ŝi jam scias, ŝi estas ja inteligenta."

"Tom, via voĉo ŝanĝiĝis. Ĉu via rilato kun la fraŭlino gravas?"

"Mi kredas, ke jes. Ĉiukaze mi ne volas, ke ŝi subite akuzu min pri perfido... estos pli bone mem konfesi kaj klarigi. Sed nia flirto, kiun vi instigis – dankon! – estas multe pli kontentiga, ol mi imagis. Dua Belinda Horne ŝi ne estas, mi ne sentas fajron kaj flamon, sed ju pli bone mi konas ŝin, des pli ŝi plaĉas al mi. Jes, estas grave, ke ŝi sciu la veron."

"Plaĉas al mi aŭdi tion. Tom, tre volonte mi bondeziras vin kaj la junulinon. Se ŝi interesas vin, certe ŝi devas esti ĉarmulino."

"He, ĵus venis al mi ideo. Kiam vi forvojaĝos? Sabaton?"

"Ne, dimanĉon."

"Bone! Ĉu plaĉus al vi renkonti Clemmy? Kial ne pasigi sabatan vesperon kun ni en mia apartamento? Almenaŭ tion vi devos konfesi: Clemmy scias kuiri!"

"Uĵ! Uĵ! Uĵ!"

\* \* \*

"Envenu, via moŝto," ridetis Tom Layton. "Mi prezentu al vi f-inon Clementine Walsh, fakulinon pri la kuirarto!"

Jes, pensis Maklin dum la prezento, alloga virino. Li provis ne kompari ŝin kun la amatino. Clementine disradiis feliĉon pro sia kunesto kun Tom, kaj ankaŭ li aspektis kontenta. Videble ŝi interesiĝis pri la fremdulo, kaj sukcesis fari demandojn, kiuj estis samtempe spritaj kaj ne frivolaj. Sed post kelkminuta babilado Layton rimarkis, ke io priokupas la ruson.

"Clemmy, nia gasto ĝismorte malsatas. Estu bonulino kaj alportu la fruktojn de via posttagmeza penado." Kiam ŝi eniris la kuirejon, li rapide flustris: "Diru, Niki, ĉu io malbona? Ĉu estus pli bone, ke Clemmy ne aŭdu ĝin?"

"Do mia mieno perfidas min! Tom, se vi fidas Clementine, mi ne kontraŭas, ke ŝi sciu."

"Jes, mi fidas ŝin."

"Nu, ni ĉesu flustri!" Li elpoŝigis oficialaspektan koverton, kaj intence paŭzis, ĝis Clementine reaperis kun la manĝaĵoj. "Hodiaŭ min vizitis policisto. Eble li eĉ legis la enhavon! Lia konduto estis froste ĝentila kaj degna. Legu ĉi tion." Li transdonis rigidan paĝon kun la emblemoj de la ŝtato supre. "Laŭtlegu, mi petas."

Layton transsaltis la unuajn vortojn: *"... decidis ne plu finance subteni la sciencan stacion... kaj bedaŭras la neceson maldungi vian baronan moŝton... esprimas dankon pro la transdono de la materialoj kolektitaj sur la Verda Insulo... en konsulto kun s-ro Middleton de la Muzea Societo, ĉu oni povus iel utiligi..."*

"Pardonu la memcentran interrompon, Niki; sed almenaŭ mi ne plu devos hamleti pri la posteno!"

"Oni povus diri, ke mi dizertis, eĉ ne atendinte por enkonduki eventualan posteulon. Eble mia forfuĝo, oni povus diri, mia manko de responsemo, faciligis al Horne decidon, kiun li ĉiukaze volis fari."

"Hm, vidu, eĉ ne unu vorto pri via laboro. Se vi devus uzi ĉi tiun leteron kiel referencon, ĝi valorus neniom. Feliĉe via reputacio pli valoras ol ĉiuj paperaĵoj."

"Mi atendis nenion pli bonan, kaj el lia vidpunkto mi certe meritis bastonadon sur la postaĵon. Sed tio ĉio ne plu menciindas. Kio min konsternas, estas ĉi tio." Li elkovertigis duan paĝon de neoficiala papero, kies haste kaj granddimensie manskribita teksto evidente fluis el kolera plumo. "Bonvolu laŭtlegi ĉion. Ne estas multo." Layton legis:

*Maklin:*

*Vi estas stultulo. Tiuj ŝtonepokuloj devas ĉiukaze eniri la modernan mondon. La sola demando estas, kiu koloniigos ilin, ni aŭ alia ŝtato. Baldaŭ vi legos, ke la germanoj ensakigis ilin; kaj kredu min, ni estas anĝeloj kompare kun la germanoj. Ni scias, ke Bismarck jam delonge planas anekson. Aŭ ĉu vi supozas, ke via granda amiko Schniff nur ferias tie? Li estas agento de la germana registaro.*

*Do ankaŭ vi perdos la ludon!*
*A. Horne.*

Mallaŭte fajfante, Layton redonis la leteron. "Schniff! Ĉu la Meduzo laboras por Bismarck... sur la Verda Insulo?"

"Mi timas, ke jes. Diru, Tom, ĉu vi kaj Schniff iam kverelis pro virino?"

Layton ridis: "Kio? Se jes, ĝi okazis tute sen mia scio! Sed mi ne komprenas la kuntekston."

Maklin rakontis pri la vizito de Schniff kaj la stranga reago, kiam li petis la germanon saluti Layton. "Lia fabelo estis sufiĉe surpriza por trompi min. Evidente li volis eviti kontakton kun vi. Li scias, ke vi estas malpli naiva ol mi, kaj timis, ke vi penetros lian maskon."

Clementine taktoplene memorigis, ke la viando malvarmiĝas, kaj aldonis: "Barono, mi estas tre kontenta, ke vi povis uzi mian kontakton kun Lloyd – ne pardonpetu, mi estas tre serioza pri tio! Sed kiel vi intencas kontraŭbatali la Feran Kancelieron, se li aneksos la Verdan Insulon?"

Malgaje la ruso levis la ŝultrojn. "Restas unu mikroskope eta espero. La homo nomiĝas ĉefduko Dimitrij. Sed..." Lia gesto estis tre pesimisma.

\*     \*     \*

La vojaĝo de la misiista ŝipeto *Apostolate* prokrastiĝis dum kelkaj tagoj. Intertempe Maklin sekvis la konsilon de Layton akiri modestan sciencistan ekipaĵon. Piketis lin la penso, ke li simple cedas al emocia pelo eskapi el Brisbano kaj reviziti la Verdan

Insulon. Kun kia celo? Ĉu li estas tiu sama absolute celkonscia sciencisto, kiu iam iris tien? Nu, li ne bedaŭris sian spiritan evoluon; sed ĉu li iras al la insulo kiel nura turisto?

Sed fine la tago alvenis. Tom Layton poste diris, ke li devis subpremi larmojn, dum li adiaŭis la amikon, ĉar li ial konvinkiĝis, ke ja estas adiaŭo, ne nura ĝisrevido. Krome, Maklin aspektis mizera, kaj Layton divenis, ke venas malariatako.

Bonŝance frato Kitching, la misiisto, kiu estris *Apostolate*, estis komprenema viro, samcelano de frato Harris. Li faris ĉion eblan por mildigi la malsanon de la ŝvitanta-frostanta pasaĝero, kiu foje kriis nekompreneblajn deliraĵojn, inter kiuj tamen fantomis la nomoj Schniff kaj Bismarck.

Ili vojaĝis preskaŭ dumil kilometrojn laŭlonge de la kvinslanda marbordo, antaŭ ol Maklin sufiĉe refortiĝis por bone kompreni, kie ili troviĝas. La postan tagon ili ankris en la haveno de la urbeto Cooktown, la lasta sur la longega orientaŭstralia bordo. Maklin memoris, ke de Cooktown kapitano Denham veturis por aneksi la insulon. Kun forta ekscitiĝo li demandis ĉe la vilaĝa poŝtejo, ĉu estas ia novaĵo pri la Verda Insulo. La flegma poŝtejestro, iomete amuzita pro la nervozeco de la glimokula alilandulo, respondis senemfaze, ke li aŭdis nenion.

Forlasinte Cooktown, Maklin sentis bezonon paroli kun frato Kitching, kiu siavice notis fatalisman tonon en la vortoj de la ruso; ĉu Maklin volis kapti la okazon por konversacii kun simpatia eŭropano, eble la lasta? La grizhara misiisto juĝis, ke Maklin estas malpli severa homo, ol frato Harris supozigis. Li eĉ trovis lin kortuŝe "donkiĥota". Pacience la aŭstraliano aŭskultis, dum Maklin konfidencis la enhavon de sia letero al ĉefduko Dimitrij.

Kitching respondis malrapide sed kun nerefutebla logiko, kaj iom post iom Maklin sentis preskaŭan honton; tiu simpatia eksterulo metis lian naivan agon sub novan lumon. Aj, mi estas stulta! Maklin bedaŭris. Mia propono subteni ĉefdukon Dimitrij estas infanece nerealisma. Mi, jama "ŝtatperfidinto", promesis esti vehiklo de la rusa imperiismo kun la kondiĉo, ke la verdinsulanoj restu tute sendependaj en sia terposedo, religio, kaj kulturo; alivorte, mi petis, ke la rusa registaro transprenu sur sin la riskojn de imperiisma anekso sed garantiu ne rikolti la kutimajn gajnojn de koloniismo... Dimitrij ne sendis alian ruson post mi al la insulo; tio signifas, aŭ ke li turnis sian atenton al aliaj landoj, aŭ ke li ne plu signife influas la direkton de la registaro. Tamen mi postulas, ke li defiu la aliajn ŝtatojn, precipe la potencajn germanojn, por altruisme protekti la verdinsulanojn kaj komplezi al ŝtatperfidinto... Ĉu mi atendas miraklon?

Li sentis fortan nostalgion, dum *Apostolate* grince pelis sin laŭ la ofte nebulvualitaj konturoj de la "Maklina Marbordo". "Maklina"! Se tiu nomo nur pravus... mi forĉasus Schniff kaj liajn komplicojn!

Kaj tiam ili troviĝis nur kelkajn kilometrojn for de lia antaŭa hejmo.

Lia koro forte batis. Io ne estis en ordo.

*     *     *

Pro la aroj da nuboj kaj nebuloj li ne povis tuj klarigi al si, kio ĝenas la konatan bildon. Sed baldaŭ li sciis, ke la fumkolonoj, kiuj markas la situon de la vilaĝoj, estas malplinombraj kaj leviĝas el aliaj lokoj. Nu, eble la verdinsulanoj kutimis ŝanĝi sian loĝlokon ofte, sed kial tute mankis vilaĝoj proksimaj al la maro? Kie estis Rogendu? Certe ne en la antaŭa situo.

Liaj okuloj esploris la videblajn partojn de la masivaj montondoj, kiuj ankoraŭ minacis ruliĝi en la maron kaj kovri la bordan strion. Ĝuste tiam densa nubaro dekstre disbloviĝis kaj ricevis gigantan grizenigran vundon, kiu sin etendis laŭ la topografio de la montosupro ĝis la maro. Lafo!

Li provis bildigi al si la impone teruran scenon. Kiam la vulkano erupciis, preskaŭ certe okazis ankaŭ tertremoj kaj altega fluso. Jes, komprenenble! Eble la gigantaj marondoj eĉ atingis la plej apudajn vilaĝojn. Rogendu?... Ĉu Teluli kaj liaj samvilaĝanoj eble suferis la saman sorton kiel Oŝaklin, Rubajlo kaj la aliaj rusoj?

Petite, frato Kitching enmanigis al li duonkadukan lornon. Maklin luktis kun la trouzita instrumento, ĝis li estis certa, ke li rigardas la lokon, sur kiu staris lia kabano. Li estis certa malgraŭ tio, ke la furiozaj ondoj en multaj lokoj ŝanĝis la kurbiĝon de la mola sablo. Jes, tio devis estis la loko, ĉar jen la rojo perdis sin en la senfinan maron. La rojo... li subpremis ankoraŭ tro freŝan memoron pri ŝiaj okuloj. Nu, la rojo ne malaperis, sed estis nenia spuro de la kabano.

Alia afero estis stranga. Kiam *Vostok* laŭveturis tiun marbordon, preskaŭ ĉie videblis indiĝenoj. Do kial la strandoj restis senhomaj? Ĉu intertempe ili kutimiĝis al la ĉeesto de blankuloj kaj iliaj boategoj?

Maklin mallevis la lornon kaj morne rigardis antaŭen. Io eta kaj helkolora moviĝetis sufiĉe por altiri lian videmon. Fakte ĝi troviĝis iom proksime al lia antaŭa regneto, sed pli alte, preter la atingopovo de iu ajn ondego. Liaj tremetantaj manoj eĉ pli malfaciligis kontentigan fokusiĝon de la klaketanta lorno, sed fine li diris al Kitching: "Jes... mi pravis, bedaŭrinde! Estas la flago de la Germana Imperio." Li fikse studis la lokon kaj fine povis parte percepti la formon de kabano apud la flagostango. Eĉ el tiu distanco li klare vidis, ke la kabano estas multe pli ampleksa kaj bone konstruita ol lia malaperinta. Aŭ Schniff konstruigis pli ambician stacion, eble eĉ kun bone ekipita laboratorio... aŭ pli ol unu homo loĝis tie.

Li duone atendis, ke baldaŭ ili vidos Schniff sur la plaĝo, eble grupon da germanoj. Kun pafiloj?

"Barono, se vi insistas resti ĉi tie, estas tempo por surbordigi viajn aferojn."

\* \* \*

La lastan fojon li mansvinge salutis la malaperantan *Aposto-late*. Preskaŭ la sola similaĵo de liaj du alvenoj estis, ke kaj Oŝaklin kaj Kitching provis persvadi lin ne resti sur tiu danĝera plaĝo. "Barono, mi jam vidis tro da bonaj homoj morti pro malario aŭ 'nigra akvo'. Mi ne volas troigi, sed vi aspektas tro malsana por longe rezisti." Fine la grizhara misiisto foriris, promesinte reveni post unu monato survoje al Aŭstralio.

Nun li staris sola apud la loko, kie iam staris lia kabano. Kie estis la jubilantaj amikoj el Rogendu, Figam, Lamedu kaj la aliaj vilaĝoj? Amara voĉo eksonis: Ha, stultulo? Vi forĵetis bonan laboron en Brisbano por – jes, por kio? Konfesu, vi volis dorloti vian amon al vi mem! Vi atendis, ke la indiĝenoj deliros pro ĝojo, ĉar Maklin revenas, ĉu ne? Do jen via rekompenco! Romantikaĉa pajaco, kiu iam estis sciencisto!

Mankis ne nur la kabano kaj ĉia alispeca memoraĵo de lia tempo tie. Estis nekredeble, sed eĉ la multaj padoj, kiuj disradiis de tiu punkto, komplete malaperis sub senbreĉa verdaĵo. La senkompara fekundeco de la lando rikanis al li.

Li skuis la kapon por senigi sin je senutila melankolio. Li devis agi por rekomenci sian vivon. Baldaŭ la taglumo estingiĝos kun perfida hasto, do li devis trovi taŭgan lokon por prepari teon kaj por dormi. Li suspektis, ke dumnokta malsekiĝo ekkatalizos la venenon en lia sango. Se li malsanos, li eble mortos; kaj ĉiukaze li ne utilos al siaj amikoj. Amikoj ankoraŭ? Kiel li utilu?

"Maklin! Maklin! Maklin!"

Ĝoje li turnis sin. Certe tiuj voĉoj estis rogenduaj!

Li provis regi sian emocion. Li objektive studu la scenon. Kvin viraj figuroj rapide alpaŝis el distanco de iom pli ol cent metroj. Ili venis paralele kun la bordo mem, do devis esti nova pado, kiu atingis la plaĝon tie. Li cerbumis por doni nomojn al la figuroj. La ibisgamba maljunulo estis Labanil; tiu dekstre estis Likame, kiu iam demandis, ĉu Maklin povas morti; la diketulo estis Orenda; la plej granda estis Bilgasi; la junulon en la mezo li ne memoris – certe li estis nur knabo antaŭ kelkaj jaroj. Kial Teluli ne venis?

"Maklin! Aĝabaj, Maklin!"

Ankaŭ Maklin cedis al la deziro ĝoje krii: "Aĝabaj, Orenda! Bilgasi! Ligame! Labanil! Aĝabaj!"

Ili estis nur tridek metrojn for. Bilgasi triumfis: "Vidu, Bilgasi diris, ke estas Maklin, ne la frato de Maklin! Estas la vera Maklin!"

La ruso fieris, ke li tiel facile kaptis la sencon de la parte forgesita lingvo. Estis malpli facile respondi, sed komence tio nek necesis nek eblis, ĉar ĉiuj kriis samtempe; nenio estis komprenebla krom la feliĉo de revido. Sed fine li povis aŭdigi: "Kie estas Rogendu?"

"Tie!" Ĉiuj fingromontris al loko proksima al la kabano de Schniff. Tion li divenis, kvankam la kabano mem estis nevidebla de tie. "Aj, malnova Rogendu for!" lamentis la maljuna Lubanil, horizontale falĉante per la brako kaj sible blovante por imiti la ŝaŭmantan maron. Maklin ripetis la geston kaj puŝis la ruinojn de imaga vilaĝo en la maron: "Malnova Rogendu for – tien?"

Ĉiuj solene konsentis, evidente memorante ion teruran. La ruso levis la manplatojn por iel bildigi rekonstruon: "Nova Rogendu tie. Bona?"

Li ridetis, memorante kiel li devis peni por lerni tiun vorton "bona". La rogenduanoj ŝajnis ne tute kompreni la demandon, sed iu diris: "Nun bona. Nun frato de Maklin foriris."

Poste li volos aŭskulti klarigon de tiu diro, sed nun li devis demandi: "Kie estas Teluli?"

"Aj Teluli! Teluli mortinta! Maro manĝis Teluli!" – ili diris samtempe. Bilgasi uzis la brakon kiel balailon kaj klarigis: "Maro s-s-s-s-s forportis multajn homojn s-s-s-s."

"Kaj Engogu?"

"Engogu dormis, ne vekiĝis." Do ankaŭ la eta ermito mortis, sed probable tre pace. Knabo. Vostok. Kehl. Belinda. Teluli. Engogu.

"Kaj Melatu?"

"Melatu kun Teluli kaj Dalusela. Ĉiuj s-s-s-s-s!"

Tre volonte li akceptis ilian inviton iri al Rogendu. Li estis laca kaj baldaŭ noktiĝos. Ili insistis porti liajn posedaĵojn. Nur kiam ili ekportis, li rimarkis, ke ili ĉiuj portas ankaŭ lancon kaj sagojn. Ĉu la intervilaĝa paco povus daŭri en la novaj cirkonstancoj?

\* \* \*

Ĝis eble la deka vespere li parolis kun la vilaĝanoj, aŭ almenaŭ kun sufiĉe granda parto el ili. Li devis tamen rimarki, ke tiu generacio, kiu viriĝis dum lia foresto, montras malmultan intereson pri li. Likame, la inteligentaspektulo, provis logi sian filon Mangum partopreni en la konversacio, sed la ŝvelmuskola junulo preferis sidi aparte. Maklin demandis sin, per kiu genera hazardo Likame naskigis tiel fortan sed krudvizaĝan filon. Maklin havis kialon por rigardi Mangum intense, ĉar Likame klarigis, ke Mangum estas la edzo de Ponigala. Kvazaŭ por rekompenci, Likame sukcesis persvadi sian duan filon Kain veni paroli kun Maklin. Ĉu estis ia interkultura ŝerco, ke Kain tute ne portis ian distingan markon, sed havis la plaĉajn, honestajn trajtojn de la patro?

La longa interparolado estis iom pena, kaj Maklin ofte deziris, ke iu el la aliaj estu same rapidpensa kaj mimipova kiel lia mortinta amiko Teluli. Li estis tre konscia, kiel primitivaj kaj sennuancaj liaj propraj frazoj estas. Kiam ili demandis lin pri liaj faroj dum la pasintaj jaroj, li povis nur balbute respondi, kaj li estis kontenta, ke baldaŭ ili ne plu demandis pri tio. Aliflanke ili tre elokventis pri la terura nokto, kiam la monto kraĉis kaj la maro venis gluti Rogendu. Maklin taksis, ke almenaŭ tridek rogenduanoj mortis, kaj la raportoj pri najbaraj vilaĝoj supozigis, ke ankaŭ tie multaj perdis la vivon. Pro la ĝenerala lamentado la "endormiĝo" de Engogu iom poste estis malmulte atentita.

La alia afero, kiu priokupis la rogenduanojn, okazis antaŭ nelonge. La frato de Maklin – de tempo al tempo iu menciis ties alian nomon, Esnif – iun tagon alvenis kun kvin aliaj fratoj; ĉiuj portis la bastonojn, kiuj mortigas sen sago. Komence la rogenduanoj kaj homoj el aliaj vilaĝoj ĝoje akceptis ilin kaj helpis ilin konstrui la grandan kabanon. Schniff evidente ne faris la saman eraron kiel Maklin, sed unue zorge observis la lokajn morojn, aĉetante la necesajn arbojn. La rogenduanoj konfirmis tion, aldonante, ke la fratoj de Maklin akiris kelkajn arbojn de Kodi, kiu cetere estis iom freneza sed ne plu danĝera. La fratoj de Maklin unue donacis belajn aĵetojn; kelkaj el ili surprizis per tio, ke ili ofte venis kuŝi kun la virinoj (antaŭe oni supozis, ke Maklin kaj liaj fratoj ĉiuj vivas kiel Engogu, sen deziro koiti kun virinoj).

La bonaj rilatoj tamen ne longe daŭris. La ĉeffrato de Maklin – jes, Esnif – bone lernis la lingvon, sed li ne kuracis la homojn, li ne montris intereson pri la arboj kaj bestoj, li ne volis partopreni en la festenoj kaj dancoj, li ne ridis, li ne volis esti amiko. Ne, li kaj la aliaj estis malbonaj fratoj de Maklin.

Kio metis finon al la gastamo de la rogenduanoj, estis la alveno de ankoraŭ alia ŝipego (malpli granda ol la unua vera ŝipego de Maklin, sed ankoraŭ mirinde granda) kun pluaj fratoj de Maklin – aŭ, kiel iu formulis, fratoj de Esnif. Ĉiuj blankuloj parolis dum tuta tago kaj vespere ili iris kiel grupo, ĉiuj kun mortiga bastono, al la vilaĝo. Esnif, la malbona frato de Maklin, insistis, ke la homoj ĉiuj aŭskultu lin. Li anoncis, ke baldaŭ ili apartenos same kiel li kaj la aliaj blankuloj al Dojslan (kiam Maklin interrompis: "Deutschland?", la rogenduanoj verve kapjesis). En Dojslan estas ĉefo multe pli potenca ol Maklin kaj la aliaj blankuloj. Kiam iu interrompis, ke ankaŭ Maklin parolis pri granda lando post la horizonto, "Ruslando", kaj demandis, ĉu Dojslan estas Ruslando, Esnif tranĉe respondis, ke ne, ke Dojslan estas multe pli bona kaj potenca ol Ruslando. Esnif aldonis, ke ili tre fieros aparteni al Dojslan. Baldaŭ venos multaj ŝipoj kaj oni donos multajn belajn aferojn al la rogenduanoj kaj aliaj homoj, se ili obeos la ĉefon el Dojslan. La homoj el Dojslan montros al ili kiel kreskigi utilajn plantojn interŝanĝeblajn kontraŭ la mirindaĵoj de la blankuloj; sed ili devas kompreni, ke la tero ne plu apartenos al ili, sed al la ĉefo de Dojslan. Tamen ili rajtos vivi tie, se ili obeos kaj estos diligentaj kaj honestaj. Fine Esniff konsilis al la rogenduanoj, ke ili diskonigu la mesaĝon al aliaj vilaĝoj, ĉar baldaŭ ĉiuj vilaĝoj apartenos al Dojslan.

Tuj Esnif kaj liaj fratoj formarŝis, tre rigidaj kaj singardaj, kvazaŭ ili timus atakon. La postan tagon ĉiuj blankuloj iris sur la ŝipon, ŝlosinte kaj riglinte la kabanon kaj ordoninte, ke neniu tuŝu ĝin. La rogenduanoj rimarkis, ke Esnif mem kaj unu el la malbonaj fratoj estas malsanaj, sed ili ne bedaŭris tion. Ili esperis, ke la ŝipego forveturos kaj neniam revenos. Fakte ĝis nun Esnif ne revenis, sed onidire li loĝis kiel ĉefo en grandega kabano iom norde de Bukbuk. Tie la malbonaj fratoj faligis multajn arbojn kaj plantis strangajn novajn nemanĝeblaĵojn. Ŝajne ili ne tro zorgis akiri la teron laŭleĝe, ĉar multaj homoj koleris kontraŭ ili.

Morgaŭ la rogenduanoj montros al Maklin la kabanon de Esnif, sed nun ĉiuj estis dormemaj. Se li volis, Maklin rajtis dormi en la kabano de la senedzinaj viroj.

*   *   *

Li ne povis tuj endormiĝi. Unue li devis konfesi, ke tiu riproĉa voĉo ne tute malpravis, kiam ĝi incitis lin: Nu, nu, kio pri la ekstaza bonvenigo far la karuloj, por kiuj vi martiriĝeme forĵetis vian postenon en la blankula mondo? Do tiel la noblaj sovaĝuloj akceptis sian duondion Maklin!

Jes, li ja atendis, eĉ se li ne tute konsciis, triumfan procesion, grandan festenon, tutnoktan tamtamadon kaj dancadon, senbridan manifestiĝon de ilia amo. Efektive la kvin viroj sur la plaĝo elkore akceptis lin, sed intertempe kreskis nova generacio, por kiu blankuloj ne estis estuloj de alia planedo. Eĉ ne unu fojon li vidis fingron en ies buŝo! Same kiel Teluli, pluraj aliaj konatoj mortis, kaj la pli junaj estis pli ĝentilaj ol amikaj. Laŭ ĝenerala konsento ili invitis lin dormi tie, sed li sentis, ke ili apenaŭ protestus, se li dirus, ke li volas tranokti aliloke. Ne plu ili sendus iun Ponigala por spici lian nokton ĉe ili.

Ankaŭ ŝin li foje rigardis dum la vespero. Probable ŝi estis ankoraŭ la plej plaĉaspekta el la virinoj, sed post du naskoj ŝia figuro perdis iom el sia elasteco kaj malpli allogis lin. Cetere li supozis, ke la viroj de Schniff ofte koitis kun ŝi. Eble tio parte klarigis la laŭŝajnan mankon de korinklino inter Ponigala kaj ŝia edzo Mangum. Malgraŭ la du infanoj (eble li ne estis la patro!) la geedzoj ŝajnis indiferentaj al si reciproke.

Aj Maklin, kiom tio koncernas vin! Kaj senigu vin je tiu aĉa sinkompato, ĉar ili ne venis renkonte kun palmbranĉoj! Kion vi faros nun?

Li turnis siajn pensojn al Schniff. Kial la germano forlasis la unuan stacion por fondi plantejon norde de Bukbuk? La respondo venis rapide: Probable la unua kabano, konstruita en loko, kie Schniff povis uzi la rogenduan lingvon, jam servis sian celon. Ĝi donus pli-malpli validan pretekston por aneksodeklaro. Sed tiu loko ne havis taŭgan havenon por la celoj de koloniistoj; tion la germanoj verŝajne jam trovis en la nova loko.

Maklin sentis varman sangofluon tra la vizaĝo: Morgaŭ li malhisos la germanan flagon kaj bruligos ĝin antaŭ la indiĝenoj kaj diros al ili, ke per la aŭtoritato de Maklin ili disvastigu la mesaĝon, ke ilia tero neniam apartenos al la falsaj fratoj de Maklin.

Jes, tion li faros! Li devos veki la koleron de tiu milda popolo, por ke ĝi defendu sin kontraŭ la manpleno da blankuloj – poste estos jam tro malfrue!

Li eksidis. La ideo ekscitis lin, sed li devis ĝin prudente pripensi. Iom post iom lia vizaĝo perdis sian trovarmon, ĉar serio da kontraŭargumentoj trudis sin.

Unue, ĉu la vortoj de Maklin havus ian aŭtoritaton nun?

Due, eĉ se li sukcesus inciti ribelemon inter la rogenduanoj, estus ĥimere esperi, ke aliaj vilaĝoj kunagus. Bedaŭrinde frato Harris pravis pri la mensa geto de la verdinsulanoj.

Trie, eĉ se tiu tute neprobabla organizita rezisto okazus, ĝi estus invito al la germanoj sendi punekspedicion kaj masakri sufiĉajn homojn por establi la seriozecon de siaj pretendoj al regado de la lando; eble ili eĉ bonvenigus la ŝancon.

Refoje Maklin kuŝiĝis. Se la germanoj ankoraŭ ne oficiale aneksis la landon, punekspedicio estus klara rompo de... Jes, Maklin, rompo de kio? De internacia juro aŭ alia bela fikciaĵo? Ĉu via naiveco estas senlima?

Restas, li decidis, nur unu ŝanceto. Kolere li flankenŝovis la rikanan voĉon, kiu eksonis: Nu, nu, vi iam diris, ke ĉefduko Dimitrij estas la lasta ŝanco!

Tre volonte li pugnobatus la nazon de la Meduzo pro lia perfido de sciencista solidareco. Sed la afero de la verdinsulanoj postulis, ke li provu apelacii al Schniff kiel sciencisto al sciencisto, homo al homo. Ĉu li persvados ekskolegon... fariĝi siavice ŝtatperfidulo?

Malica ridado vibris tra lia kapo: Ha! ha! Donkiĥoto ĝis la fino!

Bonŝance li estis nun fizike elĉerpita, sed tiaj pensoj povus detrui lian ripozon. La plej bona kaj elprovita metodo por restarigi trankvilon estis komuniki kun ŝi. Foje li kredis ricevi aktualajn konsilojn, foje venis memoraĵoj. Li fermis la okulojn. Li troviĝas sur la fervoja perono de Milton... do ĉi-foje estas memoraĵo... nigrebluaj okuloj kaj brile blankaj dentoj alnaĝas... li bridas sian emon kisi ŝin... sed ŝi tiras lin al si kaj diras: "Kial ne?"... Li cedas kaj petas: Bonvolu endormigi min, antaŭ ol la memoraĵoj doloros. Belinda, mi am...

# Dilema propono

Silente la tuta grupo rigardis la kabanon. Maklin kapjesis agnoske: Schniff lerte ekspluatis liajn spertojn. Li uzis ĝuste tiujn arbospeciojn rekomenditajn en Konstrumaterialoj de la Verda Insulo. Sed la metilerteco de la germanoj ŝuldis nenion al Maklin; oni devis malgraŭvole admiri ilian kompetenton, kaj la malaperinta kabano de Maklin vere estis kruda kompare kun tiu staranta apud ili. Evidente la indiĝenoj ne tuŝis la kabanon, aŭ pro timo aŭ pro sia propra kutimo respekti la posedaĵojn de aliaj.

Ne ventis; la germana flago estis nur peze pendanta peco da neidentigebla malseka ŝtofo kun nigraj kaj ruĝaj makuloj. Sed kia minaco restis en tiu malbrila ŝtofo...

Maklin estis kontenta, ke preskaŭ ĉiuj rogenduaj viroj, eĉ la junaj, akompanas lin. Li supozis, ke la pli maturaj viroj disvastigis iujn dirojn pri li. Eble ili flustris, ke Maklin forĉasos Esnif kaj la aliajn homojn el Dojslan.

Nu, li faru sian devon.

Kiam li anoncis, ke li volas tuj iri paroli kun la malbona frato de Maklin, la kvar amikoj Likame, Labanil, Orenda kaj Bilgasi senprokraste volontulis kuniri. Ĉar laŭ unuanima konsento li iros per boato – neniu volis travadi la danĝerajn nordajn marĉojn – nur du povos lin akompani; pirogo enhavas nur tri homojn. Li elektis la du pli fortajn, Bilgasi kaj Orenda.

Ĉiuj reiris al Rogendu, kie oni pakis en bananfoliojn proviianton por la tri vojaĝontoj. Maklin notis kun plezuro, ke papajo, kukurbo, maizo kaj fazeoloj nun apartenas al la regulaj manĝaĵoj, kvankam li enkondukis ilin nur antaŭ kelkaj jaroj. Sed ĉu ĉiaj pliboniĝoj baldaŭ montriĝos vanaj?

Kiam ili ekiris, ĉiuj viroj procesiis kun ili al la plaĝo kaj alterne portis la pirogon. Multaj insistis lanĉi la veturilon, tiel ke komence Orenda kaj Bilgasi nur sidis, larĝe ridetante kaj gestante per la senokupaj remiloj. Fine la vojaĝo ekis. La laŭtaj kaj spontanaj "ĝis"-krioj igis Maklin esperi, ke baldaŭ li rilatos al ili same amike kiel en la tagoj de Teluli.

Estu optimisma, Maklin, skeptikis iu voĉo – vi bezonos ĉiun guton da optimismo!

* * *

La multhora remado tre lacigis la du indiĝenojn, sed ili ne permesis, ke ilia gasto prenu remilon. Li memoris, ke kutime la rogenduanoj uzas nur tiun parton de la maro, kie ili povas facile vadi. Des pli li ŝuldis dankon al la amikoj, kiuj certe aĝis pli ol li.

Kiam ili atingis la markolon apud Bukbuk, du pirogoj venis renkonte kaj nepre volis inviti ilin sur la insulon. Post multa ridado kaj klarigado Bilgasi kaj Orenda daŭrigis sian vojon rekte antaŭen. La tri nepre devos viziti la bukbukanojn revenvoje, kaj Maklin plezure anticipis revidon kun la potfara popolo.

Bonŝance por la dolorantaj muskoloj de la remantoj la stacio de la germanoj baldaŭ videblis. La loko estis sendube tre taŭga; la akvo sub la roka marbordo estis sufiĉe profunda por permesi aliron al almenaŭ mezgrandaj ŝipoj. Ili direktis la pirogon al la solida ĝeto; de tie la okulo nepre sekvis la longan kaj krutan ŝtuparon, kiu kondukis al la granda domo. La domo situis sufiĉe alte por spiti ĉiun altfluson. Refoje Maklin nevole admiris la efikan laboron de la malamikoj. Kiel li persvadu Schniff ne plene ekspluati la elstaran laboron kronitan de la sama malseka nacia simbolo?

Dum ili proksimiĝis al la ĝeto, du pafilportantoj aperis de ie. Neniu parolis, ĝis la pirogo preskaŭ battuŝis la masivajn arbotrunkojn apogantajn la kajon. "Guten Tag!" kriis Maklin, kiel eble plej afable. "Mi nomiĝas Maklin, kaj miaj amikoj estas Bilgasi kaj Orenda el la vilaĝo Rogendu – eble vi memoras ilin?"

"Do vi estas tiu Maklin," respondis la pliaĝa, rufhara germano. Lia intonacio pensigis, ke la fama Maklin devas aspekti pli impona. Li aldonis, montrante, ke nenia afableco influas lin: "Kion vi volas?"

"Ni volus paroli kun d-ro Schniff," Maklin direktis sin pli al la alia germano, junulo, sur kies sunruĝigita vizaĝo brilis malsana tavolo da ŝvito.

"Eble li ne volas paroli kun vi," malafablis la rufulo, kaj la mieno de la juna germano vidigis, ke li nek rajtas nek volas paroli.

"D-ro Schiff estas malnova kolego mia," diris Maklin kun perfortita rideto. "Ni studis kune ĉe la granda profesoro Kehl, unu el la korifeoj... lumoj de la monda scienco. Aĥ, bela urbo, via Heidelberg!"

Ŝajne la flatado efikis. La rufulo grumblis: "D-ro Schniff ne permesas, ke nigoj eniru la stacion. Ili devas resti en la boato. Ni demandos, ĉu la doktoro volas vidi vin. Iru, Schreiber!"

"Jes, sinjoro." Obee sed malvolonte la junulo kun la malseka vizaĝo puŝis sian korpon laŭ la kruta ŝtuparo, trenante sian pafilon en nesoldateca maniero, kio kolerigis la mishumorulon.

Ĉar la germano sur la kajo videble ne volis paroli, Maklin klarigis la situacion al la rogenduanoj. Se Esnif konsentos paroli kun Maklin, la du atendu lin ĉe eta promontoro kvaronkilometron pli norde kaj konstante rigardu, ĉu li revenis kaj mansvingas al ili. La tuta komedieto de la komisio de Schreiber ĉagrenis Maklin. Certe Schniff povis bone vidi ilin ekde ilia alveno, probable eĉ pli longe, ĉar de la domo la vido estus panorama. Por retrovi la necesan bonhumoron, Maklin babilis kun Orenda kaj Bilgasi pri komunaj aventuroj en la bela malnova epoko.

Schreiber emerĝis el la domo kaj braksvingis por indiki, ke la intervjuo estas permesata. Sed tuj la germano sur la kajo forturnis la vizaĝon, ŝajnigante, ke li ne vidis la geston. La mesaĝo estis klara: Ĉi tie oni plene observas la regulojn, eĉ se tio devigas nenecesan tien-kaj-reenon sur la peniga ŝtuparo; oni ne indulgas pigrajn junulojn. La sakraĵo de Schreiber estis duonaŭdebla. Per pezaj, intence malrapidaj paŝoj li malsuprenvenis la ŝtuparon. Fine li haltis: "S-ro Eckenberger, d-ro Schniff estas preta akcepti Maklin."

Eckenberger degne agnoskis la altmoŝtan decidon: "Nu, Maklin, venu kun ni, sed diru al viaj nigoj, ke ili restu ĉi tie en la boato."

"Ili jam decidis ne plu ĝeni vian Ekscelencon per sia ĉeesto," sarkasmis Maklin, kaj Schreiber neprudente ekridis.

"Schreiber, fermu vian faŭkon! Kaj aŭskultu, Maklin! Eble la nigoj bruligas incenson ĉe via altaro, sed vi ne imponas al mi. Ne devigu min kontroli, ĉu via kranio estas imuna kontraŭ kugloj!" Tre videble Eckenberger balancis sian pafilon.

Bonŝance la peno grimpi sur la ĝetan ŝtupetaron silentigis Maklin. Atinginte la kajon, li senĝene turnis sin dum kolerige longa tempo al la amikoj kaj sen neceso ripetis rogendulingve liajn instrukciojn, dum ili forremis. Ankoraŭ iomete li rigardis ilin kaj la simboleco tristigis lin: Ili, pri kies lando kaj estonteco ja temas, ne rajtas ĉeesti; ilia porparolanto estas senpova blankulo; ilia juĝisto estas karaktere nedifinebla "meduzo", kies helpantoj ŝajnas esti karikaturoj de brutalaj prusaj suboficiroj.

\* \* \*

Inter la soldatece marŝanta Eckenberger kaj la anhelanta Schreiber li metis la ŝtupojn unuope malantaŭ si. Tiel ĉi sentas sin militkaptito tuj post la malvenko, li supozis. Li ŝvitis, ne nur pro la humideco.

Ju pli ili proksimiĝis al la domo, des pli lin deprimis la lerteco de la konstruintoj: La stacio aspektis permanenta. Aliflanke tio provizis al li materialon por flati Schniff. Maklin konis sin mem sufiĉe bone por antaŭvidi, ke nur konscia aktorado malhelpos, ke li koleriĝu.

Iu alia parto de lia cerbo kalkulis la ŝtupojn: kvindek du. Estis nur iometa konsolo imagi, kiel la germanoj ĉiutage malbenas tiun penigan ekzercadon. Ili atingis la supron de la unua ŝtuparego, kaj devis marŝi dek metrojn ĝis la malsupro de la malalta ŝtuparo, kiu kondukis en la domon mem. Sed ili haltis sur la mallarĝa plataĵo, ĉar blanke vestita viro aperis sur la perono de la domo kaj diris: "Dankon, Eckenberger, mi prizorgos la baronon." Eĉ lia maniero prononci la nomon de sia subulo rivelis malŝaton de tiu krudulo, kaj Maklin tuj rimarkis, ke la novulo kultivas aristokratan mienon kaj ne portas pafilon. "Venu supren, mi petas, s-ro barono," aldonis la elegante vestito, samtempe komprenigante, ke Eckenberger kaj Schreiber restu malsupre.

Lia nova ĉiĉerono moviĝis energie sed rigide. Samtempe li klakigis la kalkanumojn, klinis la kapon kaj etendis la dekstran manon: "Estas plezuro renkonti vin, s-ro barono. Von Litznow. Mi bedaŭras, ke ĉi-momente d-ro Schniff estas okupata. Ĉu plaĉus al vi sidi ĉi tie dum kelkaj minutoj?"

"Maklin," li anhelis, ankoraŭ senspira pro la grimpado, kaj prenis la manon. Li interne dankis, ke la energiŝargita homo ne pistis lian manon, sed liberigis ĝin post firma skuado. "Dankon, jes, volonte mi sidus." Li lasis sin duonfali sur la indikitan benkon, kies krudeco igis lin konsolige diri al si: Almenaŭ tio ne estas perfekta! Okupata estas mia kara kolego Schniff, ĉu? Bone, li ludu la pedantan burokraton, se li volas: tiele li donas al mi tempon por normaligi mian spiradon kaj elpensi taktikojn.

"Mi aŭdis multon pri vi, s-ro barono. Evidente la indiĝenoj alte taksas vin. Mi bedaŭras, ke pro manko de lingvokapablo mi devas ĉiam aŭskulti nur peritan version."

"Dankon, s-ro von Litznow, vi estas tro afabla," respondis Maklin, kaj iom kredis la propran diron.

"Certe vi faris longan vojaĝon. Ĉu vi volas trinki teon? Se vi volas, mi povus tuj fari ĝin por vi, aŭ vi povus iom atendi kaj trinki samtempe kun la doktoro."

"Jes, mi preferus atendi." Eble tio pliagrabligus la aferon. Li turnis sian atenton al von Litznow: "Ĉu vi estas eksa kavaleria oficiro?"

La alia ridetis flatite: "Ĉiuj miaj fratoj servas kiel oficiroj, s-ro barono. Mi – beaŭrinde – pulmoj k.t.p., vi scias, ĉu ne? Mi ja aspektas pli sana, ol mi estas. Paradokse, ĉu ne, mi spertis pli da aventuroj en la servo de la kompanio ol ĉiuj fratoj kune, ha ha!"

"Kompanio! Sed..."

"Jes, bonŝance la Germana Sudmara Komerca Kompanio estas malpli rigora ol la germana armeo, ha ha!"

"Ĉu la Verda Insulo plaĉas al vi, sinjoro?"

"Aĥ, sinjoro barono, ĉiu el ni sopiras al eskapo. Ĝis nun ĉiu krom tiu Eckenberger estas tuŝita de malario. Cetere, ĉu tiu aĉulo mistraktis vin? Tiuj kreitoj – cetere, li estas onidire duonjudo – nur damaĝas la reputacion de la germana imperiismo. Jes ja, neniu el ni pli suferas malarion ol la doktoro."

Se vi tiel malamas la landon, kial ne senprokraste ĝin forlasi?, pensis Maklin. "Ĉu via plantejo bone progresas?"

"Certe! La tero estas ja terure fekunda. Pro tio ni ja estas ĉi tie, ĉu ne?"

La tintado de sonorilo eksonis de interne.

"Aĥ, tio signifas, ke la doktoro atendas vin. Nu, barono, estis plezuro paroli kun tia famulo en ĉi tiu sendia lokaĉo. Sed eĉ tio ne tentos min rezigni pri mia baldaŭa vojaĝo al Germanio, ha ha!"

Do la serioza ludo komenciĝas, pensis Maklin, ekstarante. Li hezitis, nesciante, ĉu Schniff venos lin akcepti.

"Bonvolu eniri, sinjoro barono. D-ro Schniff laboras en la granda ĉambro maldekstre. Mi iras prepari teon por vi ambaŭ."

Maklin profunde enspiris. Ĉar iu moka voĉo ripetis: Donkiĥoto! Donkiĥoto!, li superbruis ĝin duonsarkasme: "Dankon ankaŭ al vi, s-ro von Litznow. Estis plezuro paroli kun preskaŭa prusa oficiro!"

La kontenta mieno montris, ke von Litznow ne sentis hokon en la "komplimento".

Maklin eniris la ĉefpordon kaj trovis alian pordon maldekstre. Ĉe tablo sidis d-ro Johannes B. Schniff, alinome la Meduzo.

\* \* \*

D-ro Schniff ne rigardis la eniranton, ĉar iu evidente tre grava dokumento priokupis lin. Maklin paŝis al seĝo kaj volis sidiĝi, sed decidis atendi inviton. Antaŭ ĉio li devis resti trankvila. Do li staris tie, kun la ĉapelo en la mano, ĝis la ekskolego fine gestis, sen levi la okulojn: "Vi rajtas sidiĝi."

"Dankon," respondis la ruso kun maksimuma ĝentileco. "Mi gratulas vin pri la vere elstara konstruo de la stacio. La rogenduanoj informis min, ke vi parolas ilian lingvon preskaŭ same bone kiel mi, kvankam mi loĝis multe pli longe inter ili. Gratulon, Johannes... d-ro Schniff! Kaj vi tre bone elektis la plej taŭgajn arbospeciojn."

Regu vin, Maklin – pri sarkasmo li estas akreaŭda!

Ankoraŭ la okuloj de la doktoro fiksiĝis sur la atentonajla dokumento, sed li permesis al si ironian rideton: "Jes, miaj kunlaborantoj konas sian metion. Kaj ni ne forgesu vian tre helpan rolon, sen kiu eble la kvinslanda registaro aŭ eĉ via propra estus malebliginta mian laboron."

Tuŝite! Maklin amare konstatis, ke la Meduzo finfine perfidas, ke ĝi havas iuspecan spinon. "Estas afable viaflanke, Johannes – pardonu, d-ro Schniff – ke vi agnoskas mian kontribuon. Ĉar vi ankoraŭ studas tiun korespondaĵon, vi estas evidente tre okupita homo. Diru al mi, ĉu via nova ofico... e... estas plejparte sciencista?"

"Fakte ne, barono," respondis la germano glacie, "do vi ne devas timi, ke mi baldaŭ publikigos verkojn, kiujn superfluigos viajn."

"Nu, jes, iam mi verkis sciencaĵojn," diris Maklin, kvazaŭ al si mem. "Je Herkulo, kiel la tempo pasas! Tio ŝajnas aparteni al antikva epoko."

Ankoraŭ Schniff tenis plumon en sia mano, sed fine liaj grizaj okuloj saltis renkonte al Maklin kaj refoje serĉis rifuĝon sur la multlegita paĝo. La lastaj vortoj de la eksterulo donis al li angulon por subtile enpuŝi rapiron: "Vere, mi konsentas, barono, ke nova epoko venas." Sur la vizaĝo aperis spuroj de lia malnova humileco. "Epoko, kiu naskas novan mondon, nepre pli belan novan mondon. Sed tiuj, kiuj ne komprenas la signifon de la ŝanĝiĝoj, riskas esti pistitaj. Ekzemple vi, kies brilecon neniu povas pridubi, ŝajne ne plene kaptas la signifon de la ideoj de nia kara profesoro Kehl."

La Meduzo do volas apogi sin sur Kehl, kiu malkaŝe malŝatis lin? Tion mi almenaŭ aŭskultu! "Eble vi tute pravas, doktoro," li diris kun surpriza afableco. "Ĉu vi bonvolus klarigi tion?"

"Nu, ĉiu granda homo eraras pri detaloj, kaj ni ne volas aserti, ke Kehl estis senerara. Sed grandatrajte lia 'Grandioza Mozaiko' implicis la koncepton de tuthomara kulturo bazita sur empirie pravigeblaj veroj. Sed tia monda kulturo ne venas el nenio, ĝi postulas portantojn. En nia jarcento la konturoj de tia evoluo estas jam nebulece videblaj."

"Ĝis nun mi bone sekvas vin. Mi aŭdis esence similajn argumentojn de miaj gastigantoj en Brisbano, sed malpli erudicie esprimitaj. Mi kredas, ke la pli interesaj detaloj de via teorio venos nun, ĉu ne?"

"Unu sekvo de tiu tutmonda evoluo estos la malapero de getoj."

"Aha! Vi volas diri, ke tia izolita kulturo, kia la ĉi-tiea, estas kondamnita, ĉu?"

"Tiaj arkaikaj kulturoj povos daŭre vivi nur tiomamezure, kiom ili estos revivigitaj de la granda fluo de la kulturportantoj de la estiĝanta mondkulturo." Denove la grizaj okuloj ĵetis dumsekundan rigardon al Maklin.

"Mi kredas, ke via teorio iom forbloviĝis de sia ekirpunkto. Ĉu vi forgesis la filipikojn de Kehl kontraŭ imperiismo? Ĉu vi vere kredas, ke li bonvenigus kulturan evoluon, kiu dependas malpli de intelekta forto ol de vaporŝipoj kaj pafiloj?" Subite Maklin volis provi alian taktikon: "Diru al mi, vi vere amis Kehl, ĉu ne? Ĉu vi opinias, ke li aprobus vian nunan rolon?"

Kolere Schniff trastrekis tri fojojn iun vorton sur la paĝo kaj ĵetfermis la dosieron: "Kaj kia estas mia nuna rolo? Kion vi scias pri ĝi?"

Nun mi trafis! Sendube estis tiu demando pri la opinio de Kehl. Jes, la Meduzo rivelis sian malforton; ankoraŭ nun li estas

kvazaŭ dependa infano. Senpacienca kolero, ke tia malforto kaj
aroganta regemo troviĝas en tiu malgrasa brusto, maskitaj de
ŝajnhumileco, flankenpuŝis lian prudenton – li volis piki la mal-
amikon.

"Via rolo? Nu, komence mi kredis, ke vi perfidis mian kolegan
helpon kaj trompis la indiĝenojn kaj misuzis mian nomon por la
germana ŝtato, sed nun mi scias, ke vi ricevas vian judassalajron
de iu komerca kompanio. Ĉu vi ne komprenas, vi Meduzo, ke
vi helpas sklavigi ĉi tiujn amindajn homojn por pufigi la monsa-
kojn de dikventraj kompaniestroj en Hamburgo? Ĉu vi ne scias,
ke baldaŭ koloniistoj konvertos la verdinsulanojn en mizerajn
kuliojn? Ĉu vi vojaĝas tra la mondo kun fermitaj okuloj? Ĉu vi ne
vidis la indiĝenojn de Aŭstralio aŭ la indianojn de Norda Ame-
riko? Mi parolas pri homoj el osto kaj karno, ne pri viaj damnaj
abstraktaĵoj – kulturportantoj, kia fekaĵo!"

Schniff tremetis pro senpova kolero; Maklin eĉ sonis simile al
Kehl. Li devis eskapi. Lia mano ĵetiĝis al la sonorilo...

"Teo, sinjoroj!" anoncis von Litznow gaje. "Mi bedaŭras, ke
nia restoracio ne disponas lakton, ha ha!"

Von Litznow fine konstatis, ke la du viroj ankoraŭ emanigas
agresemon. Ha, kia kaĉo! Kion li faru? Lia fantazio ne estis tre
riĉa: "E... hm... teo por vi, d-ro Schniff? S-ro barono Maklin?"

Raŭke Schniff luktis por retrovi sian trankvilon: "Nu... teo?
A-hm... jes, dankon, von Litznow. Kaj... ĥĥ... ankaŭ vi deziras
teon, ĉu ne, barono?"

"Teo?" respondis Maklin, embarasite de la nova turniĝo. "Jes,
volonte. Sen sukero, dankon."

La teverŝa ceremonio de la preskaŭa oficiro daŭris ŝajne
horojn; almenaŭ sufiĉe longe por restarigi etoson de iom streĉa
paco. Sed kiel la afero iros post la foriro de la afabla, ne tre inte-
ligenta pruso? Tio dependos unuavice de Schniff, ĉar la lastaj
frazoj de Maklin faligis la fasadon de malvarma ĝentileco.

\* \* \*

La komenco estis malfacila, kaj la grizaj okuloj tiriĝis ĉien, nur malofte al Maklin. Sed ŝajnis al la ruso, ke Schniff demetis sian mienon de pedanta burokrato.

"Ĥĥ, barono Maklin, mi supozas, ke la ĥĥ kato-muso-ludo ektedas ankaŭ vin. Ĉu ni parolu malkaŝe pri la celo de via vizito?"

Maklin lasis iom da teo gliti tra la gorĝo: "Konsentite."

"Tuj, kiam mi vidis la pirogon veni, mi sciis, kial vi venis."

"Kaj...?"

"Mi diru tuj, ke tio neeblus, eĉ se mi volus plenumi vian peton. Kaj mi ne ŝajnigas al vi, ke mi volas."

Maklin ŝultrumis kaj ne trovis vortojn.

"Estas vere, ke mi venis ĉi tien kiel agento de la Germana Sudmara Komerca Kompanio. Sed en ĉi tiu afero la registaro kaj la kompanio tute samcelas, kaj mi rigardis min patrioto pli ol dungito de komerca kompanio. Mi plene atendas, ke la oficiala aneksodeklaro okazos jam antaŭ la fino de la monato."

Melankolie Maklin kalkulis. Maksimume du semajnoj. La ludo estis perdita: Kiu dirus ne al Bismarck? "Doktoro, mi fintrinkos vian bongustan teon kaj foriros."

"Bonvolu aŭskulti ankoraŭ iomete. Eble via vizito ne estos vana."

Lace Maklin elspiris: "Vi jam vanigis ĝin."

"Mi komprenas vian sintenon, sed mi povas nur esperi, ke vi komplezos min per pacienca aŭskultado."

Maklin provis kaj dumsekunde sukcesis fiksigi la okulojn de la alia; li provis juĝi, ĉu Schniff parolas sincere aŭ ne. Ĉu fakte li havas ion aŭskultindan? Senvorte li gestis: Parolu do!

"Unue mi faru ion tre malfacilan. Mi konfesu al vi, ke ne plaĉis al mi uzi vin por celoj, kiujn vi certe malaprobas. Mi troviĝis en situacio, kiu postulis de mi moralan kompromitiĝon..."

Maklin ekridis, kio ŝajnis vundi la germanon, do li aldonis: "Pardonu, privata ŝerco. Iam mi havis kolegon, kiu ofte deziris moralan gombromidiĝon. Sed daŭrigu, mi petas."

Schniff konsolis sin per gluteto da teo. "Barono, bonvole kredu min, ke mi ĉiam admiris vin, kaj tiu parto de mia rolo suferigis min. Mi ne scias, pro kiaj motivoj vi rifuzis helpi aneksi ĉi tiun landon al via propra, sed kiel individuo mi alte taksas vin, ĉar mi supozas, ke via morala decido estis tre malfacila. Mia estis, mi supozas, pli facila."

Malgraŭ ĉio Maklin ricevis la impreson, ke eble la unuan fojon Schniff parolas senmaske. Sed li daŭre silentis.

"Ĥĥ... Mi volas proponi ion al vi, sed antaŭ tio mi humile... mi petas vin provi kompreni mian situacion."

Aĉ! Ĉu li dissolviĝos en larmoj? Tamen la ruso silentis.

"Mi esperas, ke vi povas akcepti, ke mi sincere fieras pro mia servo al mia patrolando. Malario estas parto de la prezo. Sed vidu, en miaj pli junaj jaroj mi eĉ ne havis patrolandon. Nun ni germanoj havas ĝin, dank' al la plej granda geniulo de la epoko!"

"Imperiestro Wilhelm?" demandis Maklin kun malica stulteco.

"Ne, Bismarck!" Nur la negermaneco de Maklin igis tian kolosan nescion pardonebla. "Mi ne tedu vin per detaloj, sed objektiva rigardo montras, mi kredas, ke ekde 1870 Germanio rapide iĝis la unua lando sur multaj kampoj. Kaj ni ja havas Bismarck!"

Aha! Jen la Meduzo fine senmaskigas sin; li estas denaska adoremulo de grandaj homoj – kaj nun Kehl devis cedi sian lokon al Bismarck. Aĥ, nun li regalos min per tiuj ĝisnaŭze konataj plendoj, ke Germanio aperis tro malfrue por okupi sian merititan lokon sub la suno! Venas nun tiu senĉese revarmigata supo: Ni devas gluti nian justan pecon de la tero. "Pardonu, doktoro, sed mi ne komprenas, kiel tio koncernas min."

"Pardonu, mi parolu pli koncize. Mi estas konvinkita, ke la germana kontribuo al la venonta monda kulturo estos – almenaŭ devus esti – unuaranga. Pro tio mi estas fiera aldoni mian pecon al la disvastigo de nia kulturo. Sed!" La "sed" li laŭte kriis, ĉar evidente la ruso volis ekstari.

"Sed kio?"

"Sed mi devas konfesi, ke eĉ la germana ekspansio, same kiel ĉiu tia historia evoluo, estas foje makulata de bedaŭrindaĵoj. Mi scias, ekzemple, ke mia subulo Eckenberger estas hontiga subjekto, eble pro sia rasa deveno. Sed mi tre deziras, ke nia okupado de la Verda Insulo estu modele humana. Pro tio mi estus tre kontenta, se vi restus ĉi tie, eĉ kiel pagata sciencisto kaj regiona oficisto."

"Kio-o!" La surprizita mieno de la ruso kuraĝigis Schniff pluenparoli: "La ideo estas mia, sed mi estas certa, ke mi povus ĝin akceptigi ĉe la koncernaj instancoj. Pripensu: Se vi ne akceptos, plej probable la venonta administristo devigos vin forlasi la landon. Se vi konsentos, vi povos tre efike helpi certigi, ke la Eckenberger-oj ne indulgu siajn emojn en ĉi tiu lando."

"Doktoro, mi eĉ kredas, ke vi ne ŝercas. Sed ĉu vi konscias, ke vi petas min helpi, ke via lando glate ŝtelu la posedaĵojn de miaj amikoj? Ke la verdinsulanoj similu al la mizeruloj, kiuj iam posedis la aŭstralian kontinenton? Ĉu vi ne povas imagi, ke mi laŭeble instigus ilin rezisti viajn soldatojn?"

"Jes, tio estus risko. Sed vi malpravas, se vi imagas, ke ni intencas aŭ eĉ permesos tian mizeriĝon de la indiĝenoj. La komparo kun Aŭstralio estas nevalida. Unue la klimato de la Verda Insulo certigos, ke blankuloj neniam amase loĝu ĉi tie. Due, la nombro da indiĝenoj ĉi tie estas multe pli granda ol tiu de la dise loĝintaj indiĝenoj de Aŭstralio, kaj ilia nombro malebligus kompletan submetigon, eĉ se ni intencus tion. Sed niaj interesoj ĉi tie estas pli komercaj kaj en la longa perspektivo kulturaj. La verdinsulanoj gajnos pli ol ni. Vi povus forte influi tian feliĉan disvolviĝon."

"Mi ankoraŭ ne komprenas, kiel la Germana Imperio gajnus pro la ĉeesto inter la indiĝenoj de kontraŭulo de imperiismo."

"Tio pruvus al la cetera mondo, ke ni ja respektas la rajtojn de la indiĝenoj. Ĉiuj scias, ke vi estas sentima kaj nekorruptebla. La germana ŝtato kaj la tuta mondo profitus de via sciencista laboro. Kaj... mi hezitas aldoni... sed ankaŭ mi sincere ĝojus, se vi..." Schniff ne finis la frazon, sed mirigis la ruson, ke la grizaj okuloj pete kaj senpalpebrume rigardas liajn.

"Doktoro, vi uzis la esprimon 'morala kompromitiĝo'... La alternativoj estas du: Akcepti viajn kondiĉojn, aŭ esti forĵetita kaj lasi miajn amikojn eble en la manoj de viaj Eckenberger-oj. Hm, kiel mi decidu?"

"Nikolaj Ivanoviĉ, ne necesas tuj decidi! Mi estas tre kontenta permesi al vi tiom da tempo, kiom vi volas!" La unuan fojon Schniff disradiis iom da varmo. Maklin ne sciis, ĉu rezisti aŭ ne la evidentan provon alproksimiĝi homo-al-home. Tamen li kredis, ke Schniff ĉi-foje parolas el la koro. Li stariĝis: "Miaj amikoj atendas min. Pri via propono – mi kontaktos vin. Probable post tri aŭ kvar semajnoj."

Schniff venis de malantaŭ la tablo kaj insistis salute premi la manon. Maklin nek retiris sian manon nek responde premis la maldikajn fingrojn de la germano.

Subite lia stomako anoncis malsaton. Sed lia kapo estis plena je argumentoj kaj kontraŭargumentoj. Kun preskaŭa nostalgio li pensis pri la morale facilaj decidoj kontraŭ ĉefduko Dimitrij kaj Arthur, ŝia patro.

\* \* \*

Al ĉiuj demandoj de Orenda kaj Bilgasi, ĉu nun Esnif foriros, Maklin sukcesis trovi nur enigmajn respondojn aŭ mem faris demandojn. La du rogenduanoj memoris tiun taktikon de Maklin; ili memoris, ekzemple, ke al la demando de Likame, ĉu Maklin iam mortos, li ne donis vortan respondon, sed kreis situacion, en kiu la demando fariĝis: Ĉu Likame povas mortigi Maklin? Do la remantoj baldaŭ ŝparis sian spiraeron por la peniga tasko antaŭ si.

La tre sukcesa vizito al Bukbuk, kie ili tre bonguste manĝis, preskaŭ reportis Maklin al lia unua feliĉa restado inter tiuj amikemaj potfaristoj. Sed ne tute. La dilemo hantis lin.

Komence lin priokupis la konduto kaj la motivoj de Schniff. Kial la Meduzo kun brutala rekteco anticipe anoncis al la indiĝenoj, ke ilia lando baldaŭ ne plu apartenos al ili, jam antaŭ la anekso? Sed se oni tre bonvoleme interpretis tion, oni povus konkludi, ke almenaŭ tia antaŭaverto estas preferinda al subita tuja konfisko post la anekso. Eble.

Se Schniff deziris "modele humanan" okupadon, kial li malpermesis, ke "nigoj" eniru la stacion? Aŭ ĉu tiu delikata diro estis propra elpensaĵo de la subtirano Eckenberger?

Se Schniff sincere planis proponi humanan kunlaboron, kial li unue provis humiligi Maklin per insultaj burokrataĵoj kaj pedanta lekcio pri lia nekapablo kompreni la iron de la historio? Ĉu lia konscienco pikis kaj igis lin protekti sin per atako... Kaj certe la travideblaj flatoj kaj sarkasmo de Maklin incitis lin.

Fine la tri lacaj vojaĝintoj marŝis laŭ la pado. Ili puŝis sin por atingi Rogendu antaŭ mallumiĝo. Subite ĉiuj tri aŭdis ĝin: io misis en la vilaĝo. "Kiu mortis?" demandis Orenda.

Efektive ne eblis interpreti la bruon alimaniere. Kun insista kaj ial malgaja tamtamado miksis sin la harstariga ululado de lamentantaj virinoj.

Dum la tuta jaro de la unua vizito li neniam atestis morton eĉ de maljunulo. Nur de la propra servisto.

Ĉu la kliŝo pri nova epoko en fatala maniero pravos?

## Mortoj kaj tentoj

Li konfesis, ke la Rogendu antaŭ li estas jarmile fremda. La viroj kuris ŝajne senplane tien kaj reen, kriante kaj gestante; kelkaj batis tamtamojn. La virinoj staris grupe kaj eligis sian forpuŝan-kortuŝan pralamenton. La infanoj kaŭris ie kaj tie en timigitaj grupoj.

La reago de Bilgasi kaj Orenda tre konsternis lin. Kaptinte la sencon de la babelaj krioj, ili preskaŭ terenĵetis la pirogon, kiun ĉiuj tri pene portis de la plaĝo. Forgesante Maklin, la du fideluloj fariĝis panikiĝantaj formikoj hastantaj de grupo al grupo.

Maklin demandis sin, ĉu li tranoktu aliloke. Lia ĉeesto povus ĝeni. Sed dum li staris sendecide, la maljunulo Labanil alpaŝis. Li ŝajnis esti la sola trankvila homo en Rogendu. Ĉu pro tio, ke li estis iom tro aĝa kaj multsperta por tiel ekscitiĝi, kiel la aliaj?

Kriante en la orelon de Maklin por sin aŭdigi, Labanil klarigis: "Mangum, la unua filo de Likame, subite mortis. Mangum estis forta kaj sana, sed Likame trovis lin mortintan tie. " Labanil indikis lokon en la ĝangalo iomete ekster la vilaĝo."

"Tre malbone. Kial Mangum mortis?

"Kulako aŭ Seraman faris tion."

Tre klare Maklin memoris sian viziton al Kulako, kaj li sciis, ke Seraman estas alia vilaĝo en la montoj.

"Likame kaj aliaj volas ataki Kulakon aŭ Seraman kaj mortigi la kulpulon."

La unuan fojon do mi renkontas tiun ombran parton de la verdinsula menso, li pensis, tiun marasmon de neracieco, pri kiu Harris tiel emfaze parolis. Ne iu malsano mortigas, sed iu homo estas ĉiam la fifarinto.

"Kial ataki la montanojn?" Maklin bone sciis, ke lia demando estas naiva, kaj Lebanil respondis, kvazaŭ klarigante al infano: "Se Rogendu ne mortigos ilin, Kulako aŭ Seraman mortigos la tutan Rogendu."

Do militiro estus laŭ ilia pensmaniero nepra sindefendo. Li demandis sin, ĉu rolas ia longa tradicio de intervilaĝa malamikeco, kies originon ĉiuj intertempe forgesis. Se Teluli ankoraŭ vivus, ĉu ankaŭ li senpense kunkrius instige al batalo? Maklin ne volis tro penetre pripensi tion. Engogu... jes, sed li jam finis sian mision.

La unuan fojon li ekvidis Likame, apenaŭ rekoneblan, ĉar la tutan korpon kovris koto. La perdinta patro sidis iom flanke kaj kun konsterna intenseco dishakis ion. Maklin iris pli proksimen kaj vidis, ke la dishakataĵo estas vico da lignaj iloj. Apud Likame brulis fajro, kiu konsumis dispecigitajn lancojn, sagojn kaj pafarkojn. Sendube la posedaĵoj de la filo.

"Likame, Maklin estas tre malfeliĉa."

Senvorte Likame agnoskis la kondolencon de la blankulo, sed evidente li ne estis alparolebla en tiu momento. Kun blinda kolero li svingis sian hakilon.

Maklin ne sciis, kion fari en la fremda vilaĝo, sed li pripensis kiel malhelpi la frenezan kaj probable sangopostulan planon de ĝiaj homoj. Ŝajne, ke nur kun Lebanil li povus paroli, do li reiris al la maljunulo: "Maklin volas vidi Mangum."

Lebanil indikis la kabanon kaj aldonis, ke tiun tagon ĉiuj iras vidi kaj adiaŭi; Maklin simple eniru.

\* \* \*

Ial li imagis, ke en la kabano li eskapos for de la sovaĝa hurlado, sed ĝi sekvis lin en la preskaŭ malluman internon. Liaj okuloj rapide kutimiĝis kaj distingis du formojn. Li iris tre proksimen kaj studis la trajtojn torditajn en agonia grimaco. En la duonlumo la kadavro aspektis integra kaj li trovis nenian spuron de la mortokaŭzo. Sed eĉ se li povus diri, ke Mangum mortis pro tiu aŭ tiu fizika kaŭzo, kion tio signifus al ili?

La dua formo moviĝis, alproksimiĝis. Ponigala!

Same kiel Likame, ŝi estis kovrita de koto kaj krome havis ŝmiraĵon el cindroj. Sed ŝi ridetis kaj la blanka brilo de ŝiaj dentoj ŝajnis forskui la malpuraĵon kaj riveli, ke la formala rolo de nekonsolebla vidvino tedas ŝin. En ŝia rideto estis pli ol ĝentila saluto; ia nedifinebla ina sorĉo emanis el tiu sana juna alproksimiĝanta korpo, ja tiuj elstarantaj mamoj elsendis specife erotikan altiron.

Li rigardis ŝin fikse kaj silente dankis, ke ŝi estas pli bone videbla ol li. Ne estis miskompreno; ŝi stariĝis kaj tute klare invitis lin. Lerninte, ke blankuloj ne volonte vidas koton sur la korpo de virino, ŝi glite forskrapis la cindrojn sur siaj mamoj tiamaniere, ke ŝi samtempe ilin karesis. Ŝi ne estis tiu duonpudora Ponigala sendita de Teluli por tenti lin en nigra nokto; tute senpudore kaj proprainiciate la dezirinda virino Ponigala sin proponis al li.

Freneze! Iam ajn iu povus eniri kaj se ni...

"Maklin..." Estis la voĉo de virino, kiu scias, kiel arde viroj volas ŝin havi. Lia kapo kresĉende pulsadis. Subite estis egale al li, ĉu Eckenberger, von Litznow, Schreiber kaj la tuta Germana Submara Komerca Kompanio, eĉ Schniff mem, puŝis sian volupton sur tiuj belaj inaj femuroj... des pli bone eĉ! Ankoraŭ li ne faris la du paŝojn al ŝi, kvankam la senĉesa tam-tam-tam-tam plirapidigis lian sangon – eĉ la mortlamentado de la virinoj admone incitis: Vi mortos, do kaptu la okazon!

"Maklin..." Ŝi etendis la manon por lin tuŝi. Instinkte lia maldekstra boto moviĝis iomete malantaŭen. Ĝi tuŝis tion. Kion? Li ĵetis rigardon al ĝi. La malbelaj lipoj de Mangum, fiksitaj por ĉiam en dolorega spasmo, mute malbenis lin. Maklin fuĝis el la kabano.

\*   \*   \*

Likame ĵus finis sian oferan taskon. Li vidis, ke Maklin venas el la kabano, kaj kuris plorante al tiu iam potenca blankulo.

"Maklin, faru magion por mortigi la montanojn!"

Unu post alia la tamtamantoj abrupte ĉesis bati, kaj la virinoj ankaŭ eksilentis. Ĉiuj turnis sin por aŭskulti la vortojn de la patro, kies perdo igis lin la ĉefrolanto, kaj la eksterulo.

"Maklin, helpu Rogendu!" Likame petegis de malantaŭ la kota masko.

La cerbo de la ruso funkciis tiel rapide, kiel la ĵusa seksa ekscitiĝo permesis al ĝi. Kial la demona bruaro subite ĉesis. Ĉu ili nur agas tiele pro mora devigo? Ĉu la tuta lamentado estas same fasada, kiel la vidvina rolo de Ponigala? Se jes, eble ilia kriado pri militiro estas ankaŭ nur blufo, kutima maniero por montri kunsenton kun la patro. Kiu vere volus ekigi militon pro la malafabla Mangum?

"Kiel Maklin helpu Rogendu?"

"Maklin mortigu la montanojn," insistis Likame.

"Kiujn montanojn?"

"Kulakanojn!" "Seramananojn!" "Kulakanojn!" "Ne, Seramanojn!"

Jen la esperglimo: Ili ne povis interkonsenti pri la punenduloj: "Ĉu Maklin mortigu homojn de Kulako aŭ de Seraman?"

Refoje ili kriis, refoje sen interkonsento, ĝis Likame solvis la problemon: "Kulako kaj Seraman!"

Tiu elirejo estis do barita: "Ne, Maklin ne mortigos montanojn."

"Montanoj volas mortigi Rogendu."

"Maklin protektos Rogendu."

"Maklin ne helpos mortigi la malamikojn de Rogendu?"

"Maklin jam parolis!"

"Maklin devas foriri!" bojis Likame. "Maklin ne estas amiko de Rogendu!"

Tio estigis kakofonion de ekscititaj voĉoj, sed la ruso kaptis la sencon de la argumento, kiu gajnis: Se Rogendu forpelos Maklin, eble Maklin fariĝos alianculo de la montanoj. Likame restis nekontenta, sed fine cedis al la aliaj. La plej bona taktiko por Maklin ŝajnis esti provizora retreto, sed li volis memorigi ilin, kaj li jam volas ilin helpi.

"Hodiaŭ Maklin parolis kun Esnif, la malbona frato de Maklin," li deklaris enigme, "sed Rogendu ne volas aŭskulti. Maklin iras dormi."

Apenaŭ noktiĝis, sed li fakte formarŝis al la kabano de la senedzinuloj. Neniu el ili komentis.

Kuŝante, li streĉe aŭskultis. Koleraj voĉoj ade aŭdiĝis, sed almenaŭ la tamtamado ne rekomenciĝis. Ŝajne ankaŭ la virinoj laciĝis.

Baldaŭ tamen li devis aŭdi ĝenan disputadon en la propra kapo.

Aĉ Maklin! Kia bruta amoremo! Kaj kun kotokovrita indiĝenino tuj apud la edza kadavro – sen ia ajn tenereco aŭ korinklino! Aĥ, fermu vian prudan buŝon! Tio estis tute natura kaj neniel hontiga – ĉu mi ne estas ankoraŭ enkarna viro?

Admirinda blufo, mia kara! Kion vi respondos, kiam ili estos pretaj aŭskulti pri via fama interparolo kun Schniff? Ke vi helpos surmeti al ili la katenojn?

Kaj kion vi respondos al amiko Schniff, he? Komprenable vi neniam negocos kun imperiistoj; kiel eblis, ke vi ne diru tion tuj? Komprenable vi devas kunlabori, ili ja bezonos vin!

Kion signifas, mia galanta heroo, ke vi neniam sentis tiel fortan impulson salti sur vian Belinda, ha, ĉu mankas io al via ilaro? Tio signifas, ke mi amis – kaj amas – ŝin, ne nur lascivis pri ŝi, jen kion ĝi signifas!

Pluvo falis sur Rogendu, pelante la indiĝenojn en iliajn kabanojn kaj trankviligante la zumaĉantajn pensojn en lia kapo.

Fine silento regis. Sed paco?

*   *   *

La postan matenon la rogenduanoj estis neparolemaj. La mienoj suspektigis, ke eta blovo povus forigi la maldikan tavolon da grizo kaj saltigi ruĝajn flamojn de kolero.

Li provis alparoli ilin pri ĉiutagaj, eĉ bagatelaj temoj. Neniu el ili rifuzis respondi – li evitis provi paroligi Likame – sed klare ili malaprobis ion. Li devis konkludi, ke iliaj vortoj pri milito estis elkoraj, kaj ke lia rifuzo helpi seroze malplaĉis al ili.

Refoje estis Labanil, kiu montris sin plej komunikema. Poste, je la surprizo de la ruso, venis ankaŭ Kain, la bela plijuna, nun sola, filo de Likame.

Post enkondukaj ĝeneralaĵoj Maklin kuraĝis demandi: "Kiel la montanoj mortigis Mangum?"

Pli per gestoj ol per vortoj la maljunulo respondis: Iel la montanoj akiris pecojn da ignamo ne tute konsumitajn de la rogenduanoj. La restaĵojn ili diserigis, sorĉe malbenis kaj bruligis. Maklin

demandis, kiel la kulakanoj aŭ seramananoj povis akiri la igna-
mopecojn. Nek Labanil nek Kain povis klarigi. Sed videble tio
neniel influis ilian kredon, ke ili bone scias, kio okazis.

Iom poste Kain diris, ke posttagmeze ili forportos la kadavron
de Mangum, kaj li subtile komprenigis, ke Maklin estas invitita
ĉeesti la ceremonion. Tre volonte la blankulo akceptis, supo-
zante, ke li estos la unua eŭropano, kiu rajtis vidi tiun ritaron. Li
ankaŭ ekkomprenis la rolon de Kain; ĉar Likame koleris kontraŭ
Maklin, li mem ne donis la inviton sed cedis al plimulta premo
kaj sendis Kain tion fari.

Pri tiu ceremonio oni povas legi en la *Taglibro:*

*Iom post tagmezo ĉiuj viroj ariĝis antaŭ la kabano de la mortinto;
la vidvino jam foriris.*

*Subita akra fajfo de kokusŝela "buglo" de ie en la ĝangalo. Ĉiuj
virinoj kaj infanoj tuj malaperis en la ĝangalon.*

*La fajfinto aperis kaj haltis ĉe la rando de la placo. Tiam li albuŝigis
la kokosŝelon kaj, daŭre blovante en ĝin, solene marŝis en la
kabanon, ĉirkaŭ la kadavron, kaj refoje en la ĝangalon. Tiam la
fajfado ĉesis. La virinoj kaj infanoj reaperis.*

*La patrino kaj edzino de la mortinto kaj du aliaj virinoj, kiujn mi
supozas esti parencinoj, eniris la kabanon kaj portis la kadavron
sur la placon. Ĉiuj formis rondon ĉirkaŭ Mangum.*

*La maljunulo Labanil ŝmiris blankan farbon sur la frunton kaj
nazon de la kadavro, kaj la ceteran vizaĝon li ŝmiris per braĝo el
la fajro, en kiu jam brulis la lignaj posedaĵoj de la mortinto. Tiam
Labanil puŝis akrigitajn lignopecojn tra la oreloboj kaj blankan
plumon en la hararon.*

*Kvar viroj volvis grandajn palmfrondojn ĉirkaŭ Mangum kaj
firme ligis ilin. Tiam ili levis la kadavron sur la dorson de la patro
de la mortinto, Likame. Malgraŭ evidenta malfeliĉo kaj ĝemoj pro
la granda pezo, Likame rapide portis sian ŝarĝon laŭ pado. Ni ĉiuj
procesiis post li.*

*Atinginte elektitan arbon, Likame haltis tie kaj surterigis la
kadavron. Ĉar apenaŭ kreskas io sub tiu granda arbo, ni ĉiuj povis
ariĝi tie.*

*La kapo estis kovrita per sako. Pluraj homoj, laŭsupoze proksimaj parencoj, farbis sin per ia odoraĉa nigraĵo kaj ĝenerale malbeligis sin. Laŭte lamentante, ili tuŝis la lastan fojon la kadavron. La vidvino aparte brue kriis kaj senespere skrapis la teron per la piedoj; ŝia teniĝo montris tre profundan malĝojon.*

*Du lertaj junuloj grimpis sur la arbon ĝis branĉego proksimume dek metrojn alta. La kadavron oni per ŝnuroj enmanigis al ili, kaj ili ligis ĝin en staranta pozicio al la trunko. Tiam ni foriris. (Dum miaj multaj marŝoj laŭ tiaj padoj mi neniam vidis nek flaris kadavron; mi do konkludas, ke la kadavro de Mangum ne longe restos en tiu loko.)*

*La lasta rito estis la ricevo de la "mionu" (protekta kontraŭsorĉilo). Ĉiuj viroj eniris la kabanon de Mangum por ĝin ricevi. La mionu estas fakte miksaĵo el maĉitaj manĝaĵoj, kiujn Likame kraĉis en niajn etenditajn manojn. Tuj poste ni iris al la plej ofte uzata rojo kaj lavis la manojn.*

*La postan matenon la kabano de Mangum estis detruita kaj la pecoj bruligitaj.*

*La vidvino (kies nomo estas, mi kredas, Pongala aŭ Pongalia) iris loĝi en la kabano de sia onklo Botol.*

\* \* \*

Dum la postaj tagoj unu temo brulis sur ĉiuj langoj, eĉ se ili ne konstante ĝin diskutis: Ĉu oni ataku la malamikojn en la montoj? Maklin certe ne komprenis ĉion, ĉar la homoj parolis tre rapide, ekscitite kaj ofte samtempe. Krome ili uzis vortojn, kiuj apartenas al la mondo de nevideblaĵoj, kaj estis do ankoraŭ arkanaj. Multajn fojojn li aŭdis sian nomon, kaj evidente kelkaj aludis la magiaĵojn de la antaŭa Maklin. Entute tio nur emfazis la malpliiĝon de lia prestiĝo, sed aliflanke estis bone scii, ke ankoraŭ li ne estas tute neglektebla.

Pro diversaj kialoj li decidis nelonge resti en Rogendu. Lia ĉeesto povus ĝeni, se aliaj mortoj aŭ similaj eventoj okazus. Iam li devos suferi malarion; en la nuna situacio estus pli bone iel sin flegi, ol esti ŝarĝo por ili. Alia kialo estis, ke li ne povis kontentige labori en ilia kabano. Iam ajn iu povis eniri, kaj la multfonta bruado de ekstere – gruntado kaj ŝrikado de porkoj; bojado de ofte batalemaj hundoj; plorado, ridado kaj kriado de infanoj kaj plenkreskuloj – preskaŭ neebligis skribadon kaj la uzon de la scienca ekipaĵeto. Kaj Maklin forte emis ree kolekti materialojn por pluaj antropologiaj verkoj.

Estis aliaj motivoj por translokiĝo. Lia reputacio de eksterordinarulo jam konsiderinde plifaciligis lian laboron, kaj li supozis, ke tiu reputacio, jam iom ŝrumpinta, estos pli bone konservata, se la indiĝenoj vidos lin malpli ofte. Alia motivo por loĝi aparte, kiun li nur poste konfesos al si, estis kompleksa kaj prisilentenda eĉ al li, sed ĝia ŝlosilvorto estis "Ponigala".

Kvar tagojn post la morto de Mangum estis klare, ke Likame kaj la aliaj militemaj jam perdis sian ŝancon. Maklin ne povis juĝi, ĉu liaj vortoj iom influis la decidon ne militi; li supozis, ke la ĉefa malinstigo estas ilia nekapablo interkonsenti, ĉu la krimintoj kontraŭ Mangum loĝas en Seraman aŭ en Kulako. Egale; la danĝero de milito ŝajnis nun malgranda, kaj estis tempo loĝi aliloke.

Sed kie? Lia propra kabano ne plu ekzistis. Li ne volis loĝi en alia indiĝena vilaĝo. Li ne povis sola konstrui kabanon, kaj li ne volis peti helpon de la rogenduanoj, parte pro tio, ke li mem ne sciis, kiom da tempo li restos en la lando. Eble li forvojaĝos kun Kitching sur *Apostolate* post kelkaj semajnoj. Eble – li grincigis la dentojn – li restos por helpi la germanojn – ne, por helpi la indiĝenojn kontraŭ iliaj sintrudintaj regantoj.

Do kien iri?

La kvinan tagon post la morto de Mangum okazis io, kio kaŭzis, ke multaj homoj enbuŝigu fingron (ha, li pensis, finfine ili faras tion refoje!), kaj probable surprizus ankaŭ eventualajn eŭropajn atestantojn. La rusa sciencisto Maklin, akompanate de multaj indiĝenoj portantaj liajn aferojn, malhisis la germanan flagon ĉe la iama stacio de d-ro Johannes B. Schniff. Tiam li forsegis

407

la ŝloson de la kabana pordo kaj ekloĝis tie. Li promesis viziti la vilaĝojn en la ĉirkaŭaĵo kaj provi kuraci malsanojn; plue li emfazis ke, male al la kutimo de la posedinto de tiu kabano, li elkore invitas la homojn viziti lin. Eĉ la virinoj, se ili kuraĝos, rajtos lin viziti.

Tio elkore ridigis la virojn de Rogendu, ĉar virinoj neniam kuraĝis forlasi la tujan ĉirkaŭaĵon de sia propra vilaĝo. Krome ili sciis, ke Maklin ne bezonas virinojn.

*       *       *

Antaŭ ol Maklin pasigis eĉ unu tagon en la "nova domo", okazis tertremo. La ŝoko estis mallongedaŭra kaj ne videble difektis la bone konstruitan kabanon. Tamen la sperto estis konsterna, ĉar la malmultaj tertremoj dum la unua vizito estis teruraj nur en la menso de Renato Santamaria, sed ĉi tiu donis ioman impreson pri la efiko de forta skuo.

Tuj li marŝis al Rogendu, esperante, ke ili ne kulpigos homan agenton pri la tertremo. Timo videblis sur ĉiu vizaĝo, kaj li memoris ke *grimtan*, tertremo, estas eble la plej timoveka vorto en la lingvo. Nenia helpo lia necesis aŭ eblis, sed ili sincere dankis pro lia deziro helpi. La fakto, ke Maklin restas amiko, ja estis konsolo; kelkaj eĉ memorigis la aliajn, ke dum la vizito de Maklin ne okazis malbona *grimtan*. Li reiris al "sia" kabano kun la konvinkiĝo, ke nun almenaŭ ĉia diskuto pri tiu frenza militiro ĉesis.

Pasis du semajnoj, dum kiuj li preskaŭ retrovis la antaŭan vivritmon. Li fariĝis denove esploranta kaj registranta sciencisto, kaj projektis ekspedicion al novaj vilaĝoj kaj al la detruinta vulkano. Lin vizitis foje homoj el diversaj vilaĝoj, plej ofte el Rogendu. Tre kontentigis lin, ke inter la vizitantoj el tiu vilaĝo troviĝas ĉiam pli da junuloj; inter tiuj elstaris Kain, kiu montris sin inteligenta kaj afabla. Bedaŭrinde lia patro ankoraŭ koleris pro la "perfido" de Maklin.

Ĉiutage li vizitis Rogendu. La modeste titolita *Provo* skizi la religiajn konceptojn de la homoj de Rogendu, aperonta post lia morto, estis baldaŭ skizita. Piednote li dankis siajn ĉefajn informintojn Labanil, Orenda, Bilgasi, Botol kaj Kain.

Povas esti, ke Maklin ne bezonis tiom da vizitoj al la vilaĝo. Eble la ĉiutagaj vizitoj eĉ iomete bremsis la progeson de lia monografio. Sed ĉiufoje okazis, ke kvazaŭ hazarde Ponigala aperis antaŭ li, kiam neniu alia rigardis. Ŝi ja kondutis diskrete, sed en kelkaj sekundoj ŝiaj okuloj povis klare mesaĝi: Nu, Maklin, du fojojn vi forpuŝis min, sed mi tre plaĉas al vi, ĉu ne? Baldaŭ vi konfesos, ke vi volas ĝui mian korpon – rigardu ĝin! Kaj ĉiufoje venis tiu duontenera, duonincita rideto, kiu devigis lin tre atente okupiĝi pri io alia. Iam kaj tiam ŝi tenis preskaŭ kaŝitan objekton, kiun ŝi tamen permesis al li ekvidi: la spegulo, kiu ne perdis sian brilon en la interaj jaroj.

Ambaŭ sciis, ke Maklin povus fini la serpento-birdo-ludon simple per tio, ke li venu malpli ofte al Rogendu, aŭ per tio, ke li ne sidu por skribi ĝuste en tiu loko, kie ŝia sekreta prezentaĵo eblis. Post la morto de Mangum ŝi ŝajnis al li maltrankvilige bela. Unue li supozis, ke ŝi insistas nur pro tio, ke li kiel blankulo prezentas defion al ŝiaj virinaj ĉarmoj, aparte ĉar li jam du fojojn ne cedis. Probable ŝia flirtemo amarigis la vivon de Mangum, probable ŝi kuŝas kun ĉiuj viroj, kiuj iom plaĉas al ŝi. Sed kun la paso de la tagoj, kiun spicis ilia preterfluga renkontiĝo, li ekkredis, ke eble ŝi ne estas nur voluptema virino sed virino, kiu vere sentas korinklinon al li. Kial li ne "cedu"?

Liajn sonĝojn ŝi hantis. Plej ofte li trovis sin en absurda situacio, en kiu li penis ŝajnigi al Belinda, ke Ponigala ne ekzistas, kvankam li bone sciis, ke la du virinoj estas bonaj amikinoj. Ju pli klare li vidis, ke nur li klopodigas sin por konservi tiun fikciaĵon, des pli li provis ĝin konservi. Sed iam liaj fortoj tro streĉiĝos...

\* \* \*

409

"Maklin! Maklin! Venu, Maklin!"

Li interrompis sian rizmanĝon por iri al la pordo: "Jes, Kain, kio estas?"

"Venu tuj! Gubaj estis mordita de serpento! Gubaj, la juna filo de Botol."

"Maklin venas tuj!"

Rapide li kunigis lanceton, likvan amonion, kelkajn bandaĝojn kaj iom da kalia permanganato, kaj postkuris Kain. Bonŝance la vojo estis mallonga kaj baldaŭ li eniris la kabanon, kie grupiĝis multaj homoj. Botol karese tenis la knabon, eble kvinjaran, kaj senĉese eligis konsolajn vortojn, sed la knabo ne ĉesis ĝemegi pro doloro.

Maklin estis dankema, ke la vilaĝanoj alvokis lin en tiu kriza momento, sed lia scio pri la veneno de serpentoj estis ne multe plia ol tiu de mezklera laiko. Se nur li posedus la misteran kapablon de iu Elmer Zebediah Butler! Aŭ ĉu eĉ tiu enigmulo devus malsukcesi kontraŭ veneno? Flustre kelkaj rogenduanoj memorigis aliajn, ke Maklin iam savis la vivon de Melatu.

Li forŝovis tiajn senutilajn pensojn, li petis, ke Botol montru la vundon. Du punktetoj perfidis la mordolokon sur la dekstra polmo. Ruĝaj linioj montris la fluvojon de la veneno.

Timante, ke estas jam tro malfrue, Maklin instrukciis, ke Botol ege firme tenu la manon de Gubaj kaj kvar aliaj same firme tenu lian ceteran korpon. Kiam la knabo vidis la lanceton, lia vizaĝo tordiĝis kaj liaj okuloj mute petegis kompaton. La ruso ordonis, ke alia homo, kiu staris tuj apude, forturnu la kapon de Gubaj.

Kun pli da lerteco, ol li mem atendis, la blankulo faris du profundajn tranĉojn en la polmon de la senbride krieganta etulo. Kun preskaŭ brutala forto li plonĝigis la klingon ankoraŭ du, tri fojojn en la senespere tremetantan karnon, ĝis eblis elŝiri pecon da sangoŝpruciga fibraro. Forĵetinte la karnon, li tuj kovris la vundon per sia buŝo kaj kiel eble plej forte ensuĉis la naŭzetan sangon. Pleniginte la buŝon, li kuris al la kabanpordo kaj per ĉiuj fortoj katapultis la ruĝaĵon el sia gorĝo. Refoje li kuris al Gubaj, ripetis la vampiran trinkon, kaj ree elĵetis ĉiun lastan guteton de la likvaĵo el sia buŝo. Post eble dekfoja suĉo li estis laca, do li petis, ke Botol transprenu, kion la patro tuj faris. Kiam ankaŭ Botol laciĝis, la homo, kiu antaŭe tenis la knaban kapon, anstataŭis lin. Nur tiam Maklin rimarkis, ke tiu kapabla homo estas Ponigala – aĥ jes, ankaŭ ŝi loĝas en la kabano!

"Ĉu Botol vidis la serpenton?"

"Botol vidis," respondis la patro.

"Malbona serpento?"

Senvorte Botol kapjesis.

Maklin devis plilaŭtigi la voĉon por superbrui la lamentadon de Gubaj: "Granda?" La apartigitaj manoj de Botol supozigis, ke la serpento estas eble duonmetra.

Maklin demandis sin, ĉu eble la besto estas ankoraŭ tro malgranda por mortigi homon. Tre neprobabla eventualaĵo!

Ponigala ankoraŭ elsuĉis la venenitan sangon. Maklin juĝis, ke tiom da suĉado eble sufiĉas – se entute tiu agmaniero valoras – kaj li gestis, ke ŝi lasu lin vidi la manon. Ĉu penvalorus aldoni kalian permanganaton? Kial ne – ĝi ne povus malutili.

Li bandaĝis la purpure ŝmiritan manon.

Subite li rimarkis, ke la ruĝaj strekoj sur la brako de Gubaj pli kolere videblas ol antaŭe. Liaj okuloj sekvis ilin ĝis la akselo. Maklin devis subpremi ĝemon; la limfoglando estis malmole ŝvelinta. Povis esti, ke lia kuracprovo estas senutila turmentado por la knabo.

Li sentis sin mizere senscia. Ĉu li konsentu kun la spertuloj, kiuj insistas, ke oni senĉese marŝigu la viktimon de serpentomordo, ĝis la krizo pasos; aŭ ĉu tiuj aliaj spertuloj pravas, kiuj konsilas absolutan senmovecon? Li diris nenion.

En gesto de homa solidareco li metis brakon ĉirkaŭ la ŝultrojn de Botol. Tiam, apenaŭ konscia pri sia ago, li faris same al Ponigala, kiu ja meritis ian agnoskon.

\* \* \*

Posttagmeze li reiris al la germana kabano, sciante, ke la sorto de Gubaj dependas ne plu de ia homa ago sed de tio, ĉu lia organismo rezistos la venenon.

Post mallonga siesto li trovis rifuĝon en intensa laboro. Eĉ la dilemo, kion respondi al Schniff, ne ĝenis lin, ĝis li ekskribis en la tridekdua kajero de la *Privata Taglibro*. Li demandis sin, kio tiras lin skribi tiun privatan dokumenton; ĉu iu iam volos ĝin legi?

Iom antaŭ la kvina li ree vizitis Botol. La aspekto de Gubaj ŝokis lin kaj la bildo de la agonianta Knabo saltis antaŭ liajn okulojn. Li forturnis la rigardon: Ĉu la morto de knabeto ekscitos ilin same kiel tiu de la forta juna viro Mangum? Kaŝe li studis la mornajn mienojn ĉirkaŭ si kaj konsternite rimarkis, ke kun malfeliĉo sin miksas subpremata kolero. Kolero kontraŭ kiu?

Li prokrastis la reiron al la kabano de Schniff. Por doni motivon al tiu prokrasto li faris kelkajn demandojn rilatajn al la raporto pri iliaj religiaj konceptoj. Sed ankaŭ al li estis klare, ke la tempo ne konvenas por tia demandado.

Kie ŝi estas – ĉu ŝi kuŝas kun viro ie?

Abrupte li riproĉis sin. Do tial vi plilongigas ĉi tiun senutilan viziton! Kaj kiom koncernas vin, kion faras indiĝenino? Li rapidis "hejmen", por ke la ŝvebanta nigriĝo ne embusku lin survoje.

Tiun vesperon li sidis inter du flagrantaj kandeloj kaj skribadis, fakte bone progresante pri la monografio. El la direkto de Rogendu venis nenia sono. Eble Gubaj jam trapasis la krizon.

Li kuŝiĝis. Li decidis fini la farson kaj amori kun Ponigala. Li atendis la momenton, kiam ŝi preterpase haltis, sed li mem kaptis la iniciaton kaj per komplica palpebrumo kaj diskreta gesto li mesaĝis, ke li atendos ŝin en la kabano de Esnif. Tre incitis lin, ke ŝi ŝajnigas ne kompreni, sed sen intertempo ili du troviĝis en la germana kabano, kiun li jam kiel eble plej deloge ornamis. Sufokante la lastan krieton de sia cenzurista voĉo, li malrapide kaj volupteme nudigis ŝin kaj glitigis la manojn laŭ ŝiaj virinaj konturoj, dume admirante la lerte koketan ŝajnpudoron de ŝia tentulina mienaro. Sentransire li ĝuegis la senrezervan kontakton inter iliaj kuŝantaj nudaj korpoj, li fermis la okulojn, ĉar la ekstaza plezurego minacis frenezigi lin. Io devigis lin malfermi la okulojn, kaj je sia mirego li vidis, ke li kuŝas ne kun Ponigala, sed kun Belinda. Estis la vespero antaŭ lia vojaĝo al Kalgulamana kaj ili decidis amori kaj tiele nuligi ŝian baldaŭan morton, lin ekprenis giganta ondego forbalaante ĉiujn obstaklojn inter li kaj ŝi, li tute kapitulacis al la dezirego aparteni nur al tiu montalta oceana fluego, kiu estas Belinda, la volupto ĵetegis lin en liberan, senfundan oceanon, li estis nur parto de ĝi, li ekstazis en plena unuiĝo kun Belinda, sed la volupto ne troviĝis en la ingvena regiono, ĝi trapenetris lian tutan memon, li jubilante kriis: Ni estas nedisigeble unu!

La krio vekis lin. Li sidiĝis. La belan songon frakasis io malbonaŭgura.

El Rogendu venis konfuza bruo: tamtamado kaj kriĉega virina lamentado. Jam tagiĝis.

Gubaj.

Kiun ili kulpigos? Ĉu mi simple dormu plu? Kial trudi min en iliajn aferojn? Jes, mi volas rekapti tiun songon.

Li stariĝis kaj surmetis la botojn.

## Manko de kondicionalo

Sed li decidis ne tuj iri al Rogendu. Eble li mem estis tro nervoza kaj senkiale imagis, ke la harstariga bruado signifas sinpreparado al batalo. Ĉiukaze ili nenion faros ĝis post la funebra rito por la knabo. Interesus lin observi tiun riton, ĉar li supozis, ke ĝi varios de tiu por Mangum kaj provizos pluan materialon por lia verko. Tamen li ne volis riski ilian koleron.

Post la modera matenmanĝo li sencele sekvis la unuan padon, kiu kondukis lin for de la bruoj el Rogendu, for de la tragedioj, ĝojoj kaj stultaĵoj de homoj. Li volis eviti ĉiujn vilaĝojn, resti sola en la belega ĝangalo kun siaj pensoj. Tre baldaŭ li trovis susuran silenton en tiu verda universo.

Jes, li pensis, ĉi tie mankas plejparte la malsanoj, kiuj afliktas "civilizitajn" landojn, sed la verdinsulanoj kultivas sian propran formon de frenezeco. Ĉu ĉiuj pasintaj kulturoj, pri kiuj ni volonte hipotezas, suferis siaspecajn mankojn? Ĉu revoj pri idealaj oraj epokoj aŭ venontaj paradizoj ĉiam estis kaj restos nur tio – revoj, konsolaj fabeloj? Ĉu la tuta universo, almenaŭ la homa sfero, estas ia giganta fiŝerco?

*Ĉio estas sencohava, se nur ni havas sufiĉe vastan perspektivon.*

Jes, karulino, mi memoras. Sendube vi pravas, sed ne estas facile konservi larĝan perspektivon meze de la ĉiutagaj eventoj.

Nedirebla tenereco al ŝia memoro – al ŝia nuna apudesto, li korektis sin – ekposedis lin. Ŝi eĉ preparis min por nia disiĝo. Pro tiu prepariĝo kaj la helpo de Tom – kaj de tiu strangega usonano – la terura nokto post ŝia morto ne daŭris tre longe.

Subite li kredis kompreni la torditan logikon en la verdinsula kredo, ke homo ne mortas pro naturaj kaŭzoj. Ankaŭ li dummomente koleris kontraŭ ŝi pro tio, ke ŝi forlasis lin. Ĉu la ŝtonepokuloj same koleras kontraŭ la mortinto, kiu tiel suferigis ilin per foriro, sed direktas tiun detrueman emocion kontraŭ iu nekonata eksterulo?

Li malrapidigis sian irritmon.

Karulino, ĉu tiu ĵusa penso estis mia propra, aŭ ĉu vi komunikis ĝin al mi?

Anstataŭ rekta respondo venis: Egale! Pensoj kaj mesaĝoj seninterrompe pasas inter niaj dimensioj. Fiero pri "originalaj" ideoj estas sintrompo; la limoj de la homa personeco estas nek la eksteraĵo de la kranio, nek eĉ la limoj de la pensopovo. Se vi nur komprenus, ne estas limoj inter homoj, ĉiu homo estas samdimensia kun la Ĉio; sed inter la limoj de la Ĉio – kiuj ne estas limoj – okazas senĉesa ĉiudirekta fluego de pensoj.

La mesaĝo finiĝis – tio ja sufiĉos por kelkminuta meditado! Li ne plu dubis, ke lia pasintnokta sonĝo venis de ŝi. Do kion signifis tiu beata kompleta unuiĝo kun ŝi? Ĉu ĝi nur anticipis la mesaĝon pri la unueco de ĉio? Aŭ ĉu ĝi indikis al venanta kuniĝo de ili du? Se jes, estu tiel!

La pado kondukis supren al senarbejo. La vento blovanta el la direkto de Rogendu alportis apenaŭ aŭdeblan bruon. Do ankoraŭ ili submetas sin al tiuj sangekscitaj sonoj.

Kion mi faru, se la rogenduanoj vere decidos militi morgaŭ? Li sentis sin tre humila post la ĵusa meditado. Kaj plue li demandis, kion signifos *sub specie aeternitatis* la morto de kelkdekoj da verdinsulanoj? Certe la sama sceno ripetiĝis milojn da fojoj en la historio de la lando. Do kial li sin trudu?

Abrupte li turnis sin por iri al la vilaĝo.

La situacio ŝajnis senespera, sed li devis fari sian eblon por persvadi siajn amikojn ne oferi sin kaj mortigi aliajn homojn pro tiu malfeliĉa miskredo.

\*   \*   \*

Kiam li alvenis, ili jam finis la ceremonion por Gubaj. La vilaĝo ne bruis pli ol normale, sed unu rigardo al la viroj konvinkis lin, ke ili jam decidis militi. Ĉiuj pretigis lancojn kaj sagojn, kaj la mienoj perfidis komunan rezolutecon plenumi malagrablan sed necesan taskon. Ili rigardis lin ĉue, sed kun iometa malfido. Eĉ la afabla maljunulo Labanil, kiu transprenis sur sin la iaman rolon de Teluli, balancis solene la kapon: "Aj Maklin, baldaŭ venos la fino de Rogendu. Rogendu ne punis la montanojn, kaj nun la montanoj mortigis Gubaj."

Aha! Ĉar mi estis kontraŭ la punekspedicio, mi kontribuis al la morto de la knabo! Trista logiko. Li ne povis sin bridi: "Montanoj ne mortigis Mangum, ne mortigis Gubaj!"

Tia stultaĵo silentigis ĉiujn. Maklin, sciante, ke lia provo malvalidigi superstiĉon enradikiĝintan en tiuj mensoj devas malsukcesi, tamen devis diri: "Mangum havis malbonon tie kaj mortis." Li frapis la stomakon. "Kaj serpento mordis Gubaj kaj li mortis. Montanoj ne mortigis."

Eĉ la hundoj kaj porkoj silente aŭskultis. Nur kelkaj virinoj, starante malantaŭ la viroj, ekscitite interŝanĝis flustrojn. Ĉu malgraŭ ĉio li sukcesis igi ilin dubi?

Likame kaj Botol, la du perdintaj patroj, sidis kune. Ili alpaŝis kun malafablaj mienoj. Likame puŝis Botol antaŭen; li atentigu Maklin pri lia senscio. Per voĉo, kiu aŭdigis, ke la morto estas ankoraŭ sencikatra vundo, li diris: "Serpento mordis Gubaj, jes. Sed kiu sendis la serpenton?"

"Neniu!" Maklin provis samtempe montri kondolencon kaj racion. Li daŭrigis: "Ĉu Botol povas sendi serpenton mordi homon?"

Botol ŝultrumis pri tia memkompreneblaĵo: "Botol povas."

Estis la vico de Maklin surpriziĝi. Sed li rapide volis ekspluati tiun kredon: "Botol sendu serpenton al la montanoj, ne faru militon!"

Likame volis eviti tiudirektan diskuton. Defie-malafable li kraĉis la vortojn: "Rogendu atakos Seraman! Ĉu Maklin helpos Rogendu? Aŭ ĉu Maklin helpos Seraman?"

Maklin provis novan taktikon: "Seraman? Ne Kulako?"

"Seraman!" konfirmis multaj.

Estis neniu eliro. Kion li diru? Kelkaj viroj jam rekomencis akrigi siajn lancojn. Li volis nur komenti: Se Rogendu atakus Seraman, tio estus granda malbono. Li malfermis la buŝon, sed ne povis esprimi la kondicionalon. Kvazaŭ kiel observanto li aŭdis el la propra buŝo: "Se Rogendu atakos Seraman... estos granda malbono."

Refoje ĉiuj senmoviĝis: Tio estis rekta minaco, ultimato.

La propra agado mirigis Maklin. Li solene levis la brakojn en pastreca gesto kaj ripetis laŭte kaj aŭtoritate: "Se Rogendu atakos Seraman, estos granda malbono."

Li turnis la dorson al la silentaj homoj kaj marŝis for. Kvankam li ne rigardis ilin, li sciis, ke ĉiuj okuloj sekvas lin kaj ĉiuj cerboj pesas lian minacon.

Iom poste li sidis en la kabano de Schniff. Kia stulta senbaza blufo! Nun vi vere metis finon al via nimbo!

Sed alia, serena voĉo respondis: Maklin nur obeis instrukcion. Ni vidu, kio okazos.

*  *  *

La postan matenon li vekiĝis iom malpli frue ol kutime. Surprizis lin, ke li povis tiel longe dormi, ĉar jam la tamtamado ree komenciĝis. Probable la virinoj preparis provianton por la militontoj, kiuj siavice sin pretigis psikologie.

Kiel oni militas en ĉiu tiu lando, Maklin volis scii. La rogenduanoj per sia bruado certe atentigas pri siaj intencoj, kaj ili ne atendas la nokton por nevidate surprizataki la imagajn malamikojn. Nu, plej probable la "malamikoj" en Seraman ne suspektas sian rolon. Ĉiukaze la verdinsulanoj ĉiuj evitas la ĝangalan nokton, tiun hejmon de tiom da prisilentendaj fifantomoj.

Subite Maklin sentis tenton simple forvojaĝi kun Kitching kaj ne plu zorgi pri tiuj stultaj homoj – se ili mortos, tio okazos ja laŭmerite! Ĉu ne iam iu spritulo sentencis, ke la plej punenda kulpo estas nescio?

Unuope la rogenduaj viroj aperis antaŭ lin: Teluli, Orenda, Likame, Bilgasi, Kain... Kiuj ne jam mortis, eble mortos tiun tagon. Li bildigis al si la seramanojn, kiuj mortos. Kaj li devis konfesi, ke ne plu eblas distancigi sin, ke ilia sorto ja koncernas lin, ke ili gravas al li. Sed ilia propra kulturo subevoluinteco ne permesis al li ilin helpi.

Kion li faru? Li sentis malagrablan tikliĝon, bildigante al si ilian revenon. Ĉu la sangokovritaj pretervivantoj kunportos naŭzajn "trofeojn"? Ne, li ne povos resti en la germana kabano tiun lamentindan tagon. Sed kien? Nu jes, estis tempo por respondi al Schniff; tien li iru.

La matenmanĝo estis sengusta. Malĝoje li ekpakis provianton por la peniga marŝo. Tiam ĝi okazis.

La planko tre percepteble ondume leviĝis kaj refalis, kaj li stumblis. De ie venis protesta knarado de suferanta ligno, kaj subita romposono. La kabanmuroj tremis kaj ŝajnis falontaj, kaj la tegmento minacis disiĝi kaj ĵeti sin sur lin. Sed la koŝmaro pasis same rapide, kiel ĝi venis. Nur poste li havis tempon por kompreni, ke li ĵus spertis la plej severan tertremon de sia vivo; sed ĝi estas nenio kompare kun vera sismo, li riproĉis siajn tremetantajn manojn.

Li kuris eksteren, nesciante, ĉu venos dua, eble forta skuo. Sed nenio okazis dum kelkaj streĉaj minutoj, do li konkludis, ke la danĝero pasis. Rapida ekzameno montris, ke kelkaj traboj rompiĝis kaj ĉiuj ŝtupoj loziĝis, sed ankoraŭ li povos loĝi en la kabano.

Kaj Rogendu? Nur tiam li rimarkis, ke oni ne plu batas la tamtamojn. Almenaŭ tion la *grimtan* atingis, li pensis, sed necesos multe pli forta tremo por ĉesigi ilian militpreparadon.

"Maklin! Maklin!"

Alkuris multaj viroj, ankoraŭ duone ŝminkite, verŝajne por teruri la seramananojn. La unua estis Kain: "Maklin, diru..." Li ŝparis sian spiron, ĝis li atingis la kabanon. "Diru," li anhelis, "ĉu venos granda grimtan, se Rogendu atakos Seraman?"

"Maklin! Ĉu venos malbona grimtan?" "Grimtan?" Preskaŭ ĉiu alkuranto faris samsencan demandon. "Maklin, diru!"

Maklin silentis longe, dum lia cerbo provis digesti la nekredeblan bonŝancon, ke li elbuŝigis laŭŝajnan antaŭdiraĵon, kiu eĉ ŝajnas plenumebla. Ĉu do tiu "stulta senbaza blufo" efektive estis ia mesaĝo de ie?...

"Maklin diris," li komencis tre solene, "ke estos granda malbono por Rogendu. Maklin estas amiko de Rogendu kaj ne volas tion."

"Maklin, ĉu venos grimtan?"

Li ŝajnis porti ŝarĝon de ia animpista okulta scio: "Se Rogendu atakos Seraman, estos granda malbono. Rogendu vidos." Li ĉirkaŭrigardis: "Kie estas Likame kaj Botol?"

"Likame kaj Botol diris, ke Rogendu ataku Seraman, eĉ se venos grimtan."

"Maklin, se Rogendu ne atakos Seraman, ĉu venos tiam grimtan?" La demandinto estis Kain, la filo de Likame.

"Maklin estas amiko de Rogendu. Maklin diras: Se Rogendu ne atakos Seraman, estos granda bono."

Tuj eksplodis ekscitita interbatiĝo de voĉoj. La ruso juĝis, ke pluaj vortoj liaj povus nur malpliigi la efikon. Li levis la brakojn por silentigi ilin, faris misteran geston, kaj memorigis ilin: "Homoj de Rogendu, ĉu Maklin ne ĉiam estis via amiko?" Li grimpis sur la peronon de la kabano sed, antaŭ ol malperi, turnis sin kaj diris: "Maklin volas nur bonon por Rogendu."

Ene li iom haltis por provi kapti iliajn komentojn. Ĝojigis lin, ke la klara voĉo de Kain deklaris: "Maklin estas vera amiko de Rogendu." Ke la filo de la plej obstina militinstiganto parolis tiel, povis tre kontribui al ĉesigo de la freneza ekspedicio.

Ju pli li konatiĝis kun Kain, des pli la junulo imponis al li. Estis ankaŭ interese konstati, ke eĉ en tiu primitiva socio, al kiu grandparte mankas konceptoj pri individueco, Kain kuraĝas kontraŭi la opinion de sia patro. Ĉu iam Kain parte rolos en la loko de Teluli?

\* \* \*

Dum la ceteraj tagoj de sia vivo Maklin intence restis for de Rogendu. La vilaĝanoj okupu sin pri liaj sibilaĵoj. Labanil vizitis lin, aŭ proprainiciate aŭ delegite de la aliaj, kaj informis, ke ankoraŭ oni debatas la punekspedicion. Likame, Botol kaj kelkaj batalemaj junuloj tre koleras kontraŭ Maklin kaj la "senkuraĝuloj" kaj minacas eĉ marŝi kontraŭ Seraman sen la "poltronoj"; ili antaŭdiras, ke estos multaj aliaj viktimoj de Seraman, se oni ne tuj defendos Rogendu. Sed la ceteraj viroj aŭ atentas la averton de Maklin aŭ restas neŭtralaj.

La ruso tre dankis la afablan maljunulon. Plaĉis, ke liaj vortoj denove tre influas, kvankam ĉio baziĝas sur miskomprenoj. Sed ĉu la antaŭa duondia Maklin ne estis same kreaĵo de ilia nescio?

Tri tagoj pasis kaj neniu militiro okazis. Evidente la grupo de Likame refoje perdis la debaton. Sed Maklin decidis forresti ankoraŭ unu semajnon. Lia ĉeesto povus agaci la militemulojn. Eble post unu semajno ilia doloro kaj venĝemo estos sufiĉe mildigitaj por permesi normalajn rilatojn.

Al sia *Privata Taglibro* li konfidencis, ke novaj vizitoj al Rogendu povus reardigi lian deziron posedi Ponigala. En trankvilaj momentoj li diris al si, ke tiu deziro ial ne indas.

Dum la lasta plena tago de lia vivo okazis plua tertremo. Ĝi estis apenaŭ atentenda, sed iom konsternite li sin demandis, kio okazos, se malgraŭ ilia decido ne ataki Seraman tamen okazos vere malbona *grimtan*.

Tiun vesperon li verkis leteron al sia angla amiko Tom Layton. Unue li informis kun ironia rideto, ke li sidas en la kabano, en kiu Schniff plenumis sian taskon provizi al la "Granda Latrono" pretekston por aneksi la landon. Tiam Maklin skizis sian elrevigan revenon al la marbordo, kiu portas lian nomon, kaj la surprizan proponon de Schniff.

*Jam du fojojn mi devis fari similan decidon: Ĉu mi "perfidu" ĉefdukon Dimitrij, kaj ĉu mi "perfidu" Arthur Horne. El mia vidpunkto tiuj du decidoj estis morale senproblemaj. Mi devis nur elekti blankon aŭ nigron. Kaj ambaŭfoje la morale simpla decido postulis nur fuĝon el netolerebla situacio.*

*Ĉi-foje mi ne povas elekti blankon aŭ nigron, sed nur la pli helan nuancon de grizo. Kaj ŝajnas al mi, ke fuĝo el la nuna dilemo estus la pli granda perfido. Dum mia tuta vivo mi povis memsufiĉe migri, mi ne bezonis iun alian homon (krom Belinda) kaj neniu alia homo, laŭ mia scio, bezonis min. Sed nun mi kredas, ke mi*

*devas resti kaj helpi, eĉ je la risko, ke la verdinsulanoj ne kompre-
nos miajn motivojn.*

*Arthur Horne kaj aliaj kvinslandaj patriotoj certe povos aserti,
ke mi estis la tutan tempon agento de la germanoj. Tio ja vundos
min, sed ĉiaj aliaj konsideroj estas neeldireble bagatelaj kompare
kun la katastrofo, kiu plej probable baldaŭ falos sur la homojn de la
Verda Insulo.*

*Retrospektive mi supozas, ke mi jam decidis akcepti la proponon
de Schniff tiun tagon, kiam mi decidis ekloĝi ĉi tie. Ho jes, mi ja
malhisis la agloflagon, sed tiu "defia" ago eble nur avizis, ke mi ne
kunlaboros senkondiĉe.*

\* \* \*

*Mi scias, ke mi ne devas pardonpeti pro la temo nun tuŝota, ĉar mi
konas neniun alian homon, kun kiu mi povus ĝin diskuti. Tom, mi
ne deliras, kvankam eblas, ke la eta doloro ĉe miaj tempioj heroldas
malarion. Mi ne deliras, sed mi estas konvinkita, ke lastatempe mi
ricevas informojn de Belinda. Nu, malnovaj pensiroj obstinas, kaj
eĉ al vi mi hezitas rakonti pri kelkaj aferoj. Se vi insistas, mi pri-
skribos ilin en sekvanta letero.*

*Mi ne povas diri, ke mi plene akceptas ĉion, kion ŝi diris al mi.
Kiel oni plene konsentu kun mistikulino pri aferoj ekster la propra
spertaro? Sed ĝis nun mi ne trovis ian mallogikaĵon, kiu refutus
ŝiajn konceptojn. Unu el ŝiaj "absolute bazaj" ideoj mi tamen
senrezerve akceptas, nome tiun, ke nia ekzisto estas sencohava
nur, se ni estas eternaj kaj spertas multajn "dimensiojn" kaj vivas
en multaj diversaj roloj en ĉi tiu materia mondo. Mia nuna vivo
estas, mi esperas, valora – sed nur fragmento. Nur hieraŭ frapis
min la penso ke, se la tempopaso estas nur iluzia, niaj multaj vivoj
devas esti sam-"tempaj" kaj konstante reciproke sin influi. Ĉu eble
mia deka-jarcenta mio kaj iu futura "Maklin" en ĉi tiu "momento"
interŝanĝas pensojn kun mi... Ne petu min provizi empiriajn
pruvojn por tio!*

\* \* \*

*Malgraŭ mia decido resti ĉi tie dumtempe, mi ne planas definitive loĝi en la lando. Mi eksentas nostalgion por Eŭropo, por la stepoj de Ruslando kaj la belaj germanaj urbetoj. Sed povas esti, ke mi revidos ilin nur kiel grizbarbulo.*

*Alian aferon mi volas diri ĉi-foje. Viroj en nia kulturo ne facile konfesas tian aferon, sed surpapere mi estas pli kuraĝa. Nur manpleno da homoj vere gravas al mi tiommezure, ke mi uzus pri ili la vorton "amo". Vi estas certe unu el tiuj, Tom. Tre interesos min legi, ĉu viaj rilatoj kun f-ino Clementine ankoraŭ feliĉigas. Se jes, al vi ambaŭ mi deziras ĉian eblan ĝojon.*

*Ho ve! Dum la lastaj kvin minutoj mi ricevis konfirmon, ke mia malnova akompananto, malario, nepre intencas viziti min. Do mi finu nun, ĉar frato Kitching povus alveni jam morgaŭ.*

*Elkore via*

*Niki.*

*P.S. Post la paso de la nuna malariatako mi vizitos Schniff por kondiĉigi mian helpon. Mi postulos tiom da garantioj pri libero por la verdinsulanoj, kiom eblos en la situacio. Cetere mi informos la Meduzon, ke vi jam pardonis lin pri la ŝtelo de via amikino!*

*N.*

# EPILOGO

## *Apoteozo*

Karaj legantoj, mi devas, kaj mi tre bedaŭras la devon, anonci, ke vi ĵus legis la lastan vorton – krom unu – el la plumo de barono Nikolaj Ivanoviĉ Maklin. Mi ja povus peni daŭrigi la rakonton samstile ĝis la fino; sed ĉu mi ne promesis al vi, ke vi legos sur ĉi tiuj paĝoj ne romanon de tre sentalenta eksbibliotekisto, sed fidelan raporton bazitan sur la verkoj de la heroo mem? Tamen mi supozas, ke vi scivolas pri la morto de Maklin, ĉu ne? Do mi provu resumi.

Kiam frato Kitching, la estro de *Apostolate*, atingis tiun plaĝon de la Maklina Marbordo iujn tagojn poste, lin atendis granda amaso da diversvilaĝaj sed precipe rogenduaj viroj. Bedaŭrinde la frato el Aŭstralio komprenis neniun vorton de iliaj lingvoj, sed konstante ripetiĝis la nomo de Maklin kaj alia vorto, kiun la bona misiisto literumis "leekamay". Vi, karaj legantoj, facile divenos, ke temis pri la indiĝeno Likame. Sed tiom Kitching ja komprenis: Ke Maklin estis jam enterigita en loko, kiun la homoj montris al li. Surprizis la fraton ankaŭ trovi, ke Maklin loĝis en la kabano de la germana malamiko.

Frato Kitching forportis la melankoliajn restaĵojn de la ruso: la modestan sciencistan ekipaĵon, kelkajn vestojn, grandan amason da kajeroj, ekzempleron de *Dichtung und Wahrheit*, kaj – apenaŭ atendeblan ekiperon en tiu ĝangalo – preskaŭ neuzitan paron da nigraj ŝuoj de vere luksa kvalito. Sur la kovrilo de unu nur parte plenigita kajero estis vorto tute fremda al la frato, sed li supozis, pro la terure neregula vico da literoj, kontraste al la tre neta manskribo ene, ke la ruso skribis la vorton mallonge antaŭ aŭ eĉ dum sia mortagonio. Mi povas nun riveli al vi, paciencaj amikoj, ke Maklin ja mortante skribis la rusan vorton por bruligu sur la kovrilo de la lasta kajero de sia *Privata Taglibro*. Mi – kaj mi esperas, ankaŭ vi – tre dankas, ke la misiisto ne komprenis tiun vorton!

Sed vi volas scii, ĉu ne, kiel barono Maklin mortis?

Tion la ekstera mondo eksciis nur multajn monatojn poste, kiam la Verda Insulo estis jam agnoskita kiel parto de la Germana Imperio. D-ro Schniff persone esploris la demandon. Jen lia raporto:

*Via Guberniestra Moŝto:*

*Laŭ la eldiroj de la vilaĝanoj de Rogendu, kiujn la akuzato neniel provis nei, la morto de barono Maklin okazis jene:*

*La barono kuŝis en mia antaŭa kabano; laŭdire estis la dua tago de malariatako. Dume en la proksima ĉirkaŭaĵo okazis akcidento: la juna viro Kain falis dum grimpado sur kokosarbon kaj rompis al si la spinon kaj mortis iomete poste. La patro de Kain, Likame, kiu tiel perdis la duan filon en la daŭro de mallonga tempo (mi ne povis ricevi ekzaktan informon pri tio), kulpigis la loĝantojn de Seraman (vidu mapon) pri la morto; ial li akuzis baronon Maklin pri kompliceco.*

*Onidire la indiĝeno Likame freneziĝis kaj senaverte kuris al la kabano, kie la barono kuŝis. Estas eble, ke barono Maklin estis en delira stato. La indiĝeno Likame per klabo batis la kapon de la barono, fuĝis, kaj poste konfesis sian krimon al la samvilaĝanoj. Tiuj provis en sia primitiva maniero flegi baronon Maklin sed li vivis nur du tagojn, plejparte en komato.*

*Mi rekomendas, ke via Guberniestra Moŝto ordonu la ekzekuton de la indiĝeno Likame. Tamen estus miajuĝe nekonvene apliki en ĉi tiu kazo la principon de kolektiva kulpo al la ceteraj vilaĝanoj.*

Estas interese noti, ke post lia forpaso la indiĝenoj faris el Maklin preskaŭan kultfiguron. La ŝoko de lia morto – per kiu cetere Likame respondis sian propran demandon – ŝajne igis la homojn memori liajn preterhomajn kaj bonkorajn farojn. Eĉ hodiaŭ en draste ŝanĝitaj cirkonstancoj la loĝantoj de la Maklina Marbordo rakontas al turistoj pri sia prapatro el la mita tempo, kiu venis al ili en la formo de bona blankulo.

Maklin mem estis konvinkita, ke li reaperos sur la tero. En tio li nur anticipis unu el la instruoj de la Iluminitoj de nia epoko. Estus interese konjekti, en kies haŭto li elektis reveni al ni, se hazarde li vivas inter ni nun. Eble unu el vi, karaj legantoj, retrovos vian memon sur ĉi tiuj paĝoj... Eble unu el niaj Iluminitoj estas Maklin reenkarniĝinta. Nur unu afero estas certa; estas neimageble, ke li elektus okupi la korpon de parolema universitata bibliotekisto. Aŭ... ĉu eble tiu heroa spirito decidis – ni diru, pentofare – sperti vivon en neheroa korpo?

Karaj legantoj, ĉu vi ne trovas, ke estas tempo meti la lastan demandosignon?

# Fremdlingvaj esprimoj

**Deutschland** (germana: *dojĉlant*): Germanio.

**Enchanté, Madame** (franca: *anŝanté madám*): mi estas ravita, sinjorino.

**Gegenwart und Zukunft** (germana: *gegenvart unt cukunft*): nuntempo kaj estonteco.

**Gott im Himmel** (germana: *got im himel*): Dio en la ĉielo!

**Gute Nacht, Fräulein** (germana: *gute naĥt frojlajn*): bonan nokton, fraŭlino.

**Guten Tag** (germana: *guten tak*): bonan tagon!

**Herr** (germana: *her*): Sinjoro.

**Homo britannicus ludens** (latina: *homo británikus ludens*): brita homo ludanta.

**Innings** (angla): vico de unu el la du teamoj por bati la pilkon kaj atingi poentojn.

**Lacrimae rerum** (latina: *lakrimaj rérum*): larmoj de la aĵoj, tristeco de la vivo.

**Mea culpa** (latina: *mea kulpa*): pro mia kulpo.

**Mein Gott** (germana: *majn got*): Dio mia!

**Sub specie aeternitatis** (latina: *sub spekje ajternitatis*): el vidpunkto de la eterno.

**Presto** (itala): *baldaŭ.*

# Proponitaj vortoj

**bajo:**  golfeto

**firlifanco:**  frivola stultaĵo

**hokuspokuso:** mistifikaj, sensencaj vortoj

**nigo:**  nigrulaĉo; esprimo de rasa malŝato imite al la angla *nigger*, *nig*

**sakrala:**  (jam proponita de Waringhien en *Ni kaj Ĝi*): numena, sankta, sed sen la ideo de morala bono

**vuduo:**  formo de sorĉado

# Enhavtabelo

Prologo: Antaŭ ol dece retiriĝi ...................................................... 7

Parto 1: Inter solvaĝuloj ............................................................ 11

    La alveno ............................................................................ 13

    Ŝtatperfido ........................................................................ 36

    Fino de ensprita ŝerco ..................................................... 75

    Malsana senmortulo ......................................................... 94

    La nokto de Kodi ............................................................ 115

    Kiam Maklin revenos ..................................................... 141

Interakto: Survoje .................................................................... 151

Parto 2: Inter civilizitoj ........................................................... 165

    Unuaj impresoj ............................................................... 167

    Prelego kaj rojo .............................................................. 179

    Disputo inter tostoj ........................................................ 196

    Perdita ludo .................................................................... 207

    Konfidencaĵoj inundas ................................................... 229

    Kristnaska donaco .......................................................... 239

Parto 3: La postenulo .............................................. 255

    Ŝuoj kaj kanakoj ........................................... 257

    La triangulo perdas unu lateron .............................. 271

    Eŝafodoj kaj misteroj .................................... 283

    Dinosaŭroj kaj telegramoj ............................... 303

    Vakua universo ......................................... 328

    Insulto al ĉia logiko ..................................... 336

    Malŝarĝiĝo ............................................. 357

Parto 4: Hejmen ................................................ 369

    Falsaj fratoj ............................................. 371

    Dilema propono ......................................... 386

    Mortoj kaj tentoj ........................................ 399

    Manko de kondicionalo ................................... 413

Epilogo: Apoteozo ............................................. 423

Fremdlingvaj esprimoj ........................................ 426

Proponitaj vortoj .............................................. 427

www.ingramcontent.com/pod-product-compliance
Lightning Source LLC
Chambersburg PA
CBHW030349030726
47497CB00002B/249